De scheidingsclub

Van dezelfde auteur

Moeders & Co
De kookclub
De bruiloft

SOPHIE KING

De scheidingsclub

A.W. Bruna Fictie

Oorspronkelijke titel
The Divorce Club

Vertaling
Mieke Vastbinder
Omslagontwerp en -illustratie
Ingrid Bockting

ISBN 978 94 005 0063 1
NUR 302

FSC www.fsc.org MIX Papier van verantwoorde herkomst FSC® C013683

Dit boek is gedrukt op papier dat het keurmerk van de Forest Stewardship Council (FSC®) mag dragen. Bij dit papier is het zeker dat de productie niet tot bosvernietiging heeft geleid. Een flink deel van de grondstof is afkomstig uit bossen en plantages die worden beheerd volgens de regels van FSC. Van het andere deel van de grondstof is vastgesteld dat hiervoor geen houtkap in de laatste resten waardevol bos heeft plaatsgevonden. Daarom mag dit papier het FSC Mixed Sources label dragen. Voor dit boek is het FSC-gecertificeerde Munkenprint gebruikt. Dit papier is 100% chloor- en zwavelvrij gebleekt en wordt geleverd door Arctic Paper Munkedals AB, Zweden.

De scheidingsclub

Ik had nooit verwacht dat het met ons zou gebeuren. Niet weer.

Het perfecte stel. Dat zegt iedereen nog steeds.

'Ik dacht dat we samen oud zouden worden,' fluister ik, en hij kijkt gekweld.

'We zijn veranderd,' zegt hij zacht. 'Allebei. Maar jij bent nog jong genoeg om opnieuw te beginnen.'

Zijn stem klinkt paniekerig – een goed teken! Hij ziet nu in dat het een idioot idee is. Zo meteen maken we een fles Californische witte wijn open en eten we de kipfricassee die in de oven staat te borrelen en praten we over de verkiezingen of ons werk of waar dan ook over, als het maar niet hierover gaat.

Wacht even. Er is iets mis. Op dit punt haalt hij meestal bakzeil. Zegt hij dat hij zal blijven. Belooft hij dat we gaan proberen het op te lossen.

Hij loopt op me af. Legt zijn grote handen om mijn gezicht en dwingt me hem aan te kijken. 'Ik moet je iets vertellen,' zegt hij.

En op dat moment weet ik dat ik deze keer iets anders moet doen. Help me. Alsjeblieft.

De scheidingsclub (voor iedereen toegankelijk)

Gebroken hart?

Bang om alleen verder te gaan met je leven nu je relatie op de klippen is gelopen?

Kom bij onze club en je zult je nooit meer alleen voelen!

Begrijp ons niet verkeerd – we zijn geen bemiddelingsbureau. Maar we streven er wel naar om je binnen zes maanden weer overeind te helpen. Tevredenheid gegarandeerd. Niet goed, geld terug!

1

Lizzie

Dies. Nuf. Wiet. Set. Sies.

In het Frans terugtellen, zoals het ontspanningsbandje had gezegd. Haal diep adem. Nog een keer proberen.

Lizzie ging op haar hurken zitten bij haar zoon Jack van zes en liet haar vingers door zijn prachtige kastanjebruine haar gaan. 'Lieverd, weet je zeker dat je geen luizen hebt? Heb je niet een heel klein beetje kriebel? Ik bedoel, je hoeft je er echt niet voor te schamen. Iedereen heeft ze tegenwoordig.'

Jack nam niet de moeite op te kijken van haar iPhone waarmee ze hem in een poging tot omkoping liet spelen. 'Iedereen? Zelfs de Tommy-trut?'

Ongelooflijk wat kinderen tegenwoordig allemaal oppikten! Lizzie bezigde het predicaat TT, Tommy (Hilfiger)-trut, alleen maar tegen vriendinnen om de hooghartige, goedgeklede voorzitter van de ouderraad van Jacks school aan te duiden. 'Ik weet niet of ik haar zo heb genoemd...'

'Jawel, zo heb je haar genoemd.'

'Nou, dan bedoelde ik het niet zo.' Lizzies handen (moet handcrème kopen!) wandelden nog tussen de haarzakjes van haar zoon door. Als ze hem niet snel zo ver kreeg dat hij meewerkte, dan kwamen ze tijd tekort.

'Houwop, mam.'

Hij trok zich zo snel van haar terug dat ze bijna omviel (moet zien dat ik aan nieuwestijl redactiestiletto's wen). 'Ik kijk alleen, liefje.' Ze wierp een blik door de studio en keek naar fotograaf Rob, die iets aan een van zijn vele camera's aan het bijstellen was en dempte haar stem. 'Als je zeker weet dat je geen luizen hebt, Jack, kun je dan niet doen alsof? Je weet wel, heel even maar.' Ze wierp hem een glimlachje toe. 'Alleen voor mama's pagina in het tijdschrift?'

'Maar ik heb geen luizen. En je zegt altijd dat we niet mogen jokken.'

Oké, oké, maar dit was anders. Lizzie voelde het weer benauwd worden in haar borst (moet een nieuwe beha kopen en nog wat kalmeringspillen bij de drogist!). Als Jack niet wilde meewerken, zouden ze niet genoeg foto's hebben en dan werd de redacteur ontslagen, maar de redacteur, suffe Liz, dat was *zíj*. Althans, dat was ze sinds vrijdag, toen de vorige was ontslagen. En als ze niet voldeed door de volgende editie van *Charisma* tegen een recordminimum aan kosten in de winkel te krijgen, stond ook zij op straat.

'Alles goed, Lizzie?'

Prima, wilde ze zeggen tegen het frisse hoofd van de Australische fotograaf die geen benul had van spreadsheetende echtgenoten, kinderen, werk, een linnenkast die meer een textielversie van een overkokend melkpannetje was, en ouders van in de zestig die zich gedroegen alsof ze net hun rijbewijs hadden gehaald. Alles was hélemaal prima.

'Je ziet er gewoon een beetje gespannen uit.' Rob keek haar met een vreemde blik aan. 'En dat blousegeval van je zit binnenstebuiten. Dacht dat je dat wel zou willen weten.'

Shit. Nee. Dat mag ik niet zeggen waar de kinderen bij zijn. Chips. Bovendien was het blousegeval eigenlijk een jurk. Zag hij de paarse legging eronder dan niet?

'Sorry.'

Hij glimlachte ironisch naar haar. 'Je hoeft je niet te verontschuldigen.'

Natuurlijk hoefde ze dat niet! Tenslotte was zij de redacteur! Net als ze de ouder was – behalve dat ze nog steeds wachtte op het moment dat ze zich volwassen zou voelen en dat de kinderen zouden beseffen dat ze het niet altijd beter wisten. Dat deed haar eraan denken... Waar waren Ellie en Freddie?

'Die gingen naar de wc, toch?' Rob richtte zijn camera op Jack.

'Maar dat is een hele poos geleden! Ik zal maar even gaan kijken.'

Ze wankelde over de vloer van de studio (misschien waren die hakken toch niet zo'n goed idee) en liep op de wc ter grootte van een kast af die Robs studio in Covent Garden rijk was. De deur zat op slot maar binnen werd er een hoop gegiecheld. 'Ellie?' Ze duwde de deurkruk omlaag. 'Freddie?'

De deur ging op een kier open. Binnen zag ze de kinderen van haar buurvrouw, maar nu zagen ze er meer uit als mummies waar blauw bloed uit sijpelde. 'Wat hebben jullie nou gedaan?'

'Freddie zei dat ik wc-papier om hem heen moest doen en dan dat wc-spul over hem heen moest spuiten,' zei Ellie, waarna ze uitdagend haar duim in haar mond stak.

Maar wie weet was het wel giftig!

'We hebben het niet gegeten,' snoof Freddie. 'Alleen gespoten.'

Shit, shit, shit. Chips, chips, chips.

'Weet je zeker dat je ogen niet branderig aanvoelen?'

'Ja.'

'Heb je het op je huid gekregen?'

Freddie tuurde omlaag, in zijn onderbroek.

'Nee.'

'Maar het zit op je kleren!' Lizzie hoorde haar stem omhoogschieten. 'Daar zal Mode blij mee zijn!'

'Wie is Mode?' vroeg Ellie.

Wie was Mode? Het lag op het puntje van haar tong om te zeggen dat het een afdeling was waarvan zogenaamde journalisten naar modeshows gingen en dan in het tijdschrift schreven over dure kleren die de lezers toch niet konden betalen, maar dat gaf niet want het personeel kreeg tenminste korting. Maar toen herinnerde ze zich dat zij, Lizzie, na de laatste bezuinigingsronde Mode was. Dus zij was degene die aan de mensen van pr zou moeten uitleggen dat de kleren die ze voor de fotosessie hadden uitgeleend nu waren besmeurd met de onflatteuze tint blauw van wc-eend.

Ze werkte de kinderen de wc uit en liep op haar tenen naar de gebarsten spiegel aan de muur. Zag ze er echt zo uit? Over wallen gesproken. Onder haar ogen, welteverstaan. En dan die frons! Lizzie probeerde haar gezicht mentaal glad te strijken, zoals in de sectie Beauty van de laatste editie van *Charisma* (ook door haarzelf geschreven) had gestaan. Dat was beter. Nou ja, iets beter. Ze zag er nog steeds een beetje slonzig uit met die min of meer blonde uitgroei die nodig bijgewerkt moesten worden en met haar uitgelopen mascara (idem).

Om een of andere reden had ze maar één oorbel in (nu wist ze het weer – de kinderen hadden haar vanochtend gestoord terwijl ze zich aan het aankleden was) en haar lipgloss schitterde door afwezigheid. Maar ze was toch een werkende moeder? Je kon gewoon niet volmaakt zijn.

Niet dat er werkende moeders waren die dat zouden toegeven, dacht Lizzie terwijl ze terugliep naar de studio. Dankzij haar moeders generatie die ervoor had gevochten dat meisjes naar de universiteit konden, werd er nu van hen verwacht dat ze een wereldbaan hadden, een gezin opvoedden en drie keer per week seks hadden.

'Geregeld?'

'De seks niet,' antwoordde Lizzie, nog in gedachten.

'Sorry?'

Shit. Chips. 'Sorry.' Haar wangen brandden van schaamte en ze besefte dat er een veelzeggende blos uit haar hals omhoog kroop. Als Lizzie iets aan zichzelf kon veranderen, dan zou het die blos zijn die op de meest ongelegen momenten toesloeg. 'Ik dacht aan iets anders.'

Robs ogen twinkelden. 'Mijn zus in Sidney is net zo. Ze heeft zes kinderen maar speelt het klaar helemaal in haar eigen wereld te leven. Volgens haar is het de enige manier om zichzelf te blijven. Maar goed,' hij gebaarde naar Jack die een zilveren paraplu voor het statief stond bij te stellen. 'Ik heb je zoon zo ver gekregen dat ik een paar mooie foto's van hem mocht nemen.'

'Hoe heb je dat gedaan?'

Rob haalde zijn schouders op en zijn lange haarlok viel over zijn ene oog. 'Makkelijk. Gewoon gevraagd wat hij wilde en dat kon ik voor hem regelen.'

'Niet zijn eigen iPhone?'

'Welnee. Ik heb alleen zijn rekenhuiswerk voor hem gedaan.' Rob grijnsde. 'Ik hoorde dat jij vorige keer een 3 voor hem hebt gehaald. Bovendien, Lizzie, wist je dat je blauwe vlekken op je blouse had?'

*

Dies. Nuf. Wiet... Het hielp niet. Niet als ze zo erg te laat was, dankzij de vertraging die ze bij Marylebone had opgelopen, wat tot gevolg had dat er een bon onder haar ruitenwisser zat tegen de tijd dat ze in Amersham aankwam. (Soms betwijfelde Lizzie of het wel zo slim was geweest van Balham naar het einde van de Chiltern Line te verhuizen. Het idee erachter was geweest dat ze nog op en neer naar haar kantoor in Londen zou kunnen en tegelijkertijd dichter bij haar ouders zou wonen, zodat die haar vaker zouden zien en konden bijspringen met de kinderen. Maar zoals vandaag het geval was, liep het niet altijd zo.)

De docent van Sophies club na school had al eens gezegd dat ze geen pyjamaparty gaf en had gevraagd of ze voortaan op tijd wilde komen. Maar waar zat haar dochter nou toch? Lizzies hart ging tekeer. Ze was te laat. Het was allemaal haar schuld. Er kon haar van alles zijn overkomen.

'Sorry,' riep ze naar een redelijk elegante jonge vrouw die op de hoek stond met een groen-zilveren sjaal op een slimme manier om haar hals gedrapeerd en lange, zilveren oorbellen. 'Hebt u misschien mijn... Sophie?'

Haar dochter liet zich op de passagiersstoel glijden, wierp haar lange, blonde haar naar achteren. Het had dezelfde kleur als dat van Lizzie toen ze zo oud was. 'Wat ben je laat, mam.'

Wat krijgen we nou? Lizzie keek naar de foundation die eruitzag alsof hij erop geplamuurd en daarna geairbrushed was. 'Je hebt make-up op! En je hebt mijn oorbellen geleend.'

'Ik ben bijna dertien, mam. Bovendien heb ik je vanochtend gevraagd naar de oorbellen, maar waarschijnlijk luisterde je niet, zoals altijd. Voor je het vraagt, ik heb de sjaal in de grote pauze gekocht van mijn zakgeld.' Sophie leunde naar voren en pakte de verjaardagskaart die bij haar voeten op de vloer lag. 'Ik heb gezegd dat je de kaart voor oma op de bus moest doen. Ze is vandaag toch jarig?'

Shit.

'Mam!'

Chips.

'En je moet niet sms'en als je achter het stuur zit.'

'Dat doe ik niet. Waar zie je me voor aan? Ik stop juist even. Zeg, jullie daar op de achterbank, wees eens stil. Ik hoor niets. Mam! Met mij. Gefeliciteerd. Sst, iedereen.' Ze klonken als een kudde mekkerende schapen.

Straks lagen er nog keutels op de vloer. 'Wacht even, mam!'

Op de achterbank ging Jacks mobiel (om veiligheidredenen moesten ze er op school allemaal een hebben). 'Ja?'

'Met mij. Mama. Wees alsjeblieft stil. Ik probeer door de andere telefoon met oma te praten.'

Sophies ogen rolden hemelwaarts. 'Mam, je bent knetter. Dat moet wel als je ons belt terwijl we achter je zitten.'

'Nu had ik tenminste zijn aandacht. Mam, ben je er nog? Sorry hoor. Ik ben bang dat je kaart te laat aankomt, maar ik heb gewerkt.'

'Dank je, schat.' Haar moeders stem klonk gemaakt opgewekt, wat haar schuldgevoel nog meer aanwakkerde. Wat was ze voor een dochter dat ze vanochtend was vergeten te bellen? 'Het is eigenlijk een beetje een rare dag geweest. Je vader is vanochtend weer over zijn gebit gestruikeld. Ik weet niet waarom het niet gewoon blijft zitten, zoals bij iedereen. En ik heb een mobieltje van hem gekregen, maar ik krijg die snelkeuzetoetsen maar niet onder de knie. Jeetje! Wat is dat voor een vreselijke herrie?'

'Mijn ontspanningsbandje. Dat heb ik hard gezet, dan overstemt het de kinderen. Luister – mag ik straks langskomen? Ik moet Ellie en Freddie nog bij Sharon afzetten. Nee.' Ze wierp een blik op de achterbank en ging zachter praten. 'Nee. Ze heeft nog niemand anders.'

Terwijl ze verder reden naar het huis van haar vriendin, vroeg ze zich af hoe ze Zo'n Moeder had kunnen worden. Het soort moeder dat pas besefte dat ze tegen haar kinderen zat te schreeuwen als ze keelpijn kreeg. Het soort dat altijd zanikte (huiswerk/tandenpoetsen/naar bed) in plaats van een rustig spelletje in de auto te spelen. Het soort dat altijd werkte.

Maar het was ook nooit de bedoeling geweest Zulke Kinderen te krijgen. Het soort dat haar afwees als vriend op Facebook (Sophie). Dat zijn huiswerk niet wilde maken (Jack). Weigerde om rechtop aan tafel te zitten (allebei).

Maar goed dat Tom het begreep. Bij de gedachte aan haar man kreeg ze vreemde kriebels in haar buik. De laatste zondagochtendsessie in bed was eigenlijk best prettig geweest, ook al had ze de openingszet moeten doen én had ze tegelijkertijd aan Hugh Grant en Jeremy Clarkson en (deze was nieuw) aan Elvis moeten denken.

Maar uiteindelijk ging het lekker, ondanks het feit dat ze halverwege had moeten opspringen om een stoel vast te zetten onder de deurkruk omdat de kinderen wakker werden ('Wat is dat rare geluid, mama?'). En nu hoefde ze zich er de komende... ach... paar weken tenminste niet meer druk over te maken.

Die arme oude Sharon met haar flubberige vleermuisarmen en haar muiskleurige, dunne vlashaar dat een ware uitdaging zou zijn voor welke make-overrubriek dan ook. Het was volgens haar niet alleen de seks die ze miste. In Lizzies ogen werd het belang daarvan altijd een beetje overschat. Het was het gezelschap. Weten dat er 's avonds iemand met een glimlach binnen zou komen (ook al was hij helemaal murw door de files). Samen op de bank ploffen (even maar, omdat ze altijd nog e-mails moest lezen en nog een telefonisch interview moest doen) en dan, het fijnste. In bed kruipen en de warmte van andermans lichaam tegen het hare voelen.

'Met mij gaat het best,' zei haar vriendin schouderophalend als ze soms vroeg hoe het ging. 'Ik heb vijf jaar gehad, weet je nog?'

Dat was waar. Lizzie had Keith nauwelijks gekend. Die rat van een vent had spoedig na de laatste les van zwangerschapsgym de benen genomen en die arme Sharon met haar slappe, net bevallen lijf (na al die jaren nog steeds slap) aan haar lot overgelaten met Freddie in haar armen en kleine Ellie van vijf, die maar naar papa bleef vragen.

Tom en zij hadden hun best gedaan om te helpen. Tom, de schat, vroeg de kinderen er vaak bij als ze spelletjes in het park deden en had Sharon zelfs geprobeerd te koppelen aan een vriend van zijn werk, hoewel dat niets was geworden.

En natuurlijk droeg zij, Lizzie, ook haar steentje bij. Werd Sharon niet betaald voor deze sessie? Het was niet het gebruikelijke honorarium, maar het was toch iets.

Ze kreeg een ander kriebelgevoel. Sharon wist niet precies dat de foto's ter illustratie dienden bij een artikel over hoofdluis. Ze dacht dat het over shampoo ging. Maar zo erg zou ze het toch niet vinden? Waarschijnlijk zou ze er de grap wel van inzien. Bovendien las ze geen tijdschriften. *Eastenders* was meer iets voor haar.

Soms, bedacht Lizzie terwijl ze Sharons straat in reed met de rij kleine rijtjeshuizen met identieke witte, kunststoffen deuren, zag ze de voordelen wel in van het single-zijn. O ja! Je niet druk maken om het koken, maar gewoon snacken als je er zin in had. Je niet hoeven afvragen of twee keer per maand genoeg was. Geen discussie of de kinderen al dan niet hun eten voor de tv mochten opeten. Maar na een poosje zou het best saai worden. Dat deed haar eraan denken. Ze moest Sharon dat artikel geven over een nieuwe datingsite. Waar had ze dat nou gelaten? Ergens op de achterbank bij de gestolde Starbursts (van de kinderen) en de verdwaalde Bounty's (van haar).

'Ik wil naar huis om te oefenen op mijn viool!' (Sophie.)

'Ik ook!' (Jack.)

Waarom waren haar kinderen niet als andere kinderen en hielden ze het na een paar maanden niet voor gezien? Dat zou een fortuin aan muziekles-sen en oordoppen schelen.

'Niet zo zeuren, jongens.' Lizzie belde weer bij Sharon aan. Ze had zo'n vreselijke dingdongbel die haar moeder altijd zo burgerlijk vond; net als de WELKOM-mat voor de deur.

Lizzie haalde diep adem en probeerde zich te herinneren wat ze als smoes had bedacht voor het te laat terug zijn. De camera was kapot gegaan. Het verkeer was onmogelijk geweest...

'Goddank! Ik dacht al dat er iets ergs was gebeurd!' Sharon deed ademloos de deur open. Ze had haar gebruikelijke kreukjeans aan, een T-shirt met ronde hals en lichtblauwe hondensloffen. Haar gezicht was gekleurd zoals bij zwaardere mensen vaak het geval was, en had een uitdrukking alsof ze net de wc in was gelopen en had gezien dat er geen wc-papier was (moet boodschappen doen!).

Er kroop een naar, kil gevoel langs Lizzies rug omhoog en weer terug. Haar vriendin werd nooit ergens boos over. Ontspannen, zei Tom altijd, op een toon die suggereerde dat ze daar een voorbeeld aan kon nemen. Gezette mensen waren vaak ontspannen, had ze gemerkt. Ontspannen en goedlachs alsof ze voorwendden dat ze er echt niet mee zaten dat ze maat 46 droegen, en neigden naar 48. Ellie en Freddie waren juist mager en blond, zoals Keith was geweest.

'Gaat het wel?'

'Ja hoor,' wilde Lizzie zeggen, maar toen besefte ze dat Sharon het tegen haar eigen kinderen had die ze nu strak omhelsde, alsof Lizzie ze had geprobeerd te ontvoeren.

'Het spijt me echt dat we zo laat zijn, hoor,' zei ze snel terwijl ze achter Sharon aan de hal in liep, met het beige plastic rek vol sportschoentjes die netjes in het gelid stonden in plaats van verspreid over de vloer zoals bij haar thuis. 'De shampoo moest er nog uitgewassen worden. En het was zo druk op de weg...'

Jack knikte heftig. 'Ellie en Freddie heb zichzelf in de wc opgesloten en toen duurde het heel lang om dat blauwe spul eraf te krijgen en toen...'

Waarom hadden de kinderen altijd de ergerlijke gewoonte om de waarheid te vertellen?

'Dat klopt niet helem...'

'Waarom heb je niet gebeld?'

'Sorry. De tijd vloog, maar de foto's...' Lizzie wist even niet wat ze moest zeggen. '... de foto's zijn geweldig. Je zult ze prachtig vinden.'

Er was iets heel raars met Sharons gezicht. Iets waardoor haar bekkenbodem een diepe val maakte. Oeps...

'Mag ik even naar de wc?'

Voordat Sharon had gezegd dat het goed was, stond ze in de kleine badkamer met zijn spiegeltegels en de sticker HANDEN WASSEN! boven de wc, maar sinds ze samen op zwangerschapsgym hadden gezeten (kort nadat ze uit Londen waren verhuisd), was het zo geweest met hun tweeën. Liepen ze gewoon bij elkaar naar binnen. Vragen hoefde niet. 'Doe alsof je thuis bent,' hadden ze altijd tegen elkaar gezegd, ook al was hun victoriaanse twee-onder-een-kapvilla om de hoek toch wel iets anders. Moederschap, dacht ze, nivelleerde veel. Sharon was niet haar evenknie, maar ze was hartelijk. En ze vond het prima af en toe op de kinderen te passen.

Maar nu, terwijl Lizzie de wc doortrok met een ketting (die net zo klingelde als de deurbel!) en haar handen waste (waar lag de zeep?) vroeg ze zich af wat er met Sharon was. Haar baan stond toch niet ook op de tocht? Daar had ze zich afgelopen maand zorgen over gemaakt.

Zeep. Zeep. Sharon had altijd reservezeepjes in het kastje liggen. Misschien zou ze dat voor haar moeders verjaardag meenemen: wat lekker, duur spul uit de drogist die met een beetje mazzel 's avonds nog open was. Dan zou ze morgen iets anders kopen. Iets mooiers en...

Krijg nou wat! Verbaasd pakte Lizzie een vierkant plastic doosje. Zij had er precies zo een! Maar Sharon had niet gezegd dat ze iemand had. Ze had niet gezegd dat ze nu, na al die jaren, dat nogal ouderwetse anticonceptiemiddel (volgens haar moeder) gebruikte dat nu weer een comeback beleefde (volgens *Charisma* die als kop had gehad MET DE PET RONDGAAN).

'Klaar?' Sharon klopte op de deur en had weer die scherpe klank in haar stem. 'Freddie moet ook.'

Snel legde Lizzie het roze doosje weer achter de tandpasta... Dat was raar! Dat was dezelfde tandpasta die zij ook gebruikten. Of eigenlijk Tom. Een heel sterke smaak in een roze met groene tube die hij altijd bij de drogist in Docklands kocht, tegenover zijn werk. De drogist met de naam die op de sticker stond waar ze nu naar keek...

Een vreemde, misselijkmakende bal van een ondefinieerbare substantie begon zich in haar keel te vormen toen ze de groene tandenborstel ernaast zag liggen. Die met de gekke knik, zoals ze er vorige week nog een had gekocht, (voordat hij voor zijn werk naar Edinburgh moest en haar ouders de kinderen hadden gehad) en toen kwijt was geweest. Het stond haar zelfs haarscherp voor de geest omdat de tandjes van Jacks hamster in de steel stonden...

Lizzie zag zichzelf in slow motion door de badkamer lopen. Keek naar zichzelf in de spiegel alsof er iemand anders voorbij zweefde. Herinnerde zich met een duizeligmakende, verdovende klap de gekke naampjes die hij afgelopen zondag half slapend had gemompeld. Iets over 'memmen' tegen haar borsten, wat ze hem nog nooit had horen zeggen, zo had ze toch vaag geregistreerd.

Ze deed de deur open.

'En dan nog iets!' Sharon keek haar woest aan terwijl ze Freddie omklemde, die een blik in zijn ogen had die zei: 'Ik heb net alles aan mammie verteld.' 'Je was niet alleen te laat maar volgens de kinderen moesten ze ook doen alsof ze luizen in hun haar hadden! Ik heb het al eens gezegd, Lizzie. Dit kun je niet gewoon blijven doen. Dat stuk over wormen van vorige maand was al erg, maar...'

'Zeg alsjeblieft,' hoorde Lizzie zichzelf langzaam zeggen. 'Zeg alsjeblieft dat er een reden is – wat voor reden dan ook – dat mijn mans tandenborstel bij jou in het badkamerkastje ligt.'

Er viel een stilte die alleen werd verbroken door het dreunen van de tv in de kamer ernaast.

'Ik weet het! Ik weet het!'

Kleine Freddie sprong op en neer, met zijn hand in de lucht om het antwoord te mogen geven. 'Dat was toen de papa van Jack hier kwam logeren, hè mama?'

2

Alison

Ja!

Nee!

26 september!

Alison had zo lang naar deze dag uitgekeken – en er tegelijkertijd tegenop gezien. De dag waarop hun jongste, eindelijk, naar de universiteit vertrok en zij en David voor het eerst in, hoelang, bijna vijfentwintig jaar alleen thuis bleven.

'Was het maar zo ver!' Dat had Jules (doopnaam Julia) gezegd sinds het moment dat ze haar aanmelding had verzonden. En hoewel Alison gekwetst was door die uitroep, had ze ook de neiging om over de John Lewis-keukentafel terug te roepen: 'Inderdaad, was het maar zo ver!'

Natuurlijk zou het raar zijn. Alison had genoeg vriendinnen die de afgelopen jaren te stellen hadden gekregen met het legenestsyndroom om te weten wat het was. Sommige vriendinnen hadden gekermd dat alleen hun man thuis was, maar David en zij hadden zich erop verheugd. 'Eindelijk rust in de tent,' had hij droog opgemerkt.

Dus ze had wat kaartjes voor de schouwburg gekocht – waaronder een paar bijzondere voor die nieuwe musical van Andrew Lloyd Webber voor Davids verjaardag, vlak voor de kerst. Ze had haar dochter geholpen met inpakken ('Het wordt al kouder – je hebt minstens drie truien nodig!'). En op een of andere manier hadden ze het allemaal in de Volvo kunnen proppen voor de drie uur durende reis naar het noorden. Jules had zich in diep stilzwijgen gehuld, met haar iPod in de oren zodat ze het leek alsof ze in een volstrekt ander voertuig zat dan haar ouders. Ze waren bij een studentenhuis aangekomen, opgetrokken uit vuil baksteen en glas met een plaquette erop waarop stond vermeld dat het een architectuurprijs had gewonnen. Ze hadden zich met andere ouders, die zich ook geen houding wisten te geven, op de achtergrond gehouden terwijl hun kinderen in de rij stonden voor de sleutel van hun kamer en begingen toen de vergissing om te proberen haar te helpen uitpakken om dat vreselijke hok in een thuis te veranderen...

'Zie je wel, mam!' Over de zee van kleren die op de versleten tapijttegels verspreid lagen, wierp haar dochter haar een woeste blik toe. 'Ik zei toch dat je niet al die truien moest inpakken. Ik kan ze nergens kwijt!'

Ze gebaarde met een hand (die onder de nicotinevlekken zat die ze niet eens meer probeerde te verbergen) door het hok dat niet veel groter was dan de reiskooi die ze voor Mungo had gehad, toen die nog een kleine, zachte, zwartfluwelen pup was geweest zonder de vetrollen die hij in de loop der jaren had gekregen.

Haal diep adem, zei Alison tegen zichzelf. 'Strijk' je gezicht glad door je spieren te ontspannen: een tip die ze in een of ander tijdschrift had gelezen. Ze fronste, zag ze in de spiegel op de deur van die vreselijke kast. Ze zag ook dat ze in de haast om te vertrekken niet alleen was vergeten haar gebruikelijke lichtblauwe oogschaduw op te doen maar ook dat haar fletse, schouderlange haar (dat ze al jaren in dit lange bobkapsel droeg) er slap bij hing.

Stress misschien? Er waren momenten geweest dat zij noch David had gedacht dat Jules de universiteit zou halen. Maar na eindeloze hertentamens was ze dan toch hier, zo anders dan haar oudere broer die fluitend drie tienen had gehaald. Oké, Ross was niet naar Oxford gegaan. Of zelfs maar naar een van de meer gevestigde oude namen. Toen David en zij studeerden was het niet eens een universiteit geweest. Maar wat verwachtte je ook als je jongste de afgelopen vijf jaar met haar neus in Facebook had gezeten? Dat laatste had ze hardop en waarschijnlijk te vaak uitgesproken.

'Mama, hou in vredesnaam op! Je maakt de la kapot! Pap, zeg eens wat!'

David wierp haar een blik toe die ze na negenentwintig, bijna dertig, jaar huwelijk duidelijk begreep. Niet doorgaan, zeiden zijn rustige grijze ogen. Je hebt het beloofd. Ze is nerveus over haar eerste dag op de universiteit. Het is begrijpelijk.

Alison stond op, klopte zichzelf af (wanneer was deze kamer voor het laatst gestofzuigd?). 'Doe niet zo onbeleefd, Julia.'

'Jules,' zeiden David en dochter tegelijk.

Op dit soort momenten had ze het gevoel dat ze tegen haar samenspanden! Ze hadden altijd een goede band gehad, die twee. Had te maken met het feit dat ze de jongste was, had haar zus Caroline droog opgemerkt. Waarom beschouwden sommigen mensen zonder kinderen zichzelf als experts?

'Jullie moeten iets voor jezelf gaan doen, als ze weg is,' had haar zus vorige week nog bazig geadviseerd. (David zei vaak dat Caroline het type was dat erop stond haar eigen thee te zetten omdat niemand die zo kon zetten zoals zij het wilde.) 'Je kunt wel schouwburgkaartjes kopen, maar je moet ook iets fysieks doen. Geen golf, dat ligt te veel voor de hand. Wat dacht je van abseilen? Een van mijn cliënten heeft een buitensportbedrijf. Ik kan wel een gratis introductielesje voor je regelen.'

Bij die gedachte moest Alison lachen terwijl ze de truien met tegenzin uit de la trok en ze weer in een van de drie koffers stopte die ze hadden meegenomen. Alsof David ooit zou gaan abseilen!

Af en toe vroeg Alison zich af waar de zorgeloze man met wie ze was getrouwd, was gebleven. Oké, ze was niet veel ouder dan Julia geweest toen ze trouwden! David was maar net drieëntwintig geweest, en nog trainee. Ze vroeg zich af hoe ze het hadden gered toen ze amper zes maanden na hun bruiloft zwanger was geworden. Maar ze hadden het gered, ook al was de 'reiswieg' van Ross een uitgetrokken lade geweest die ze met dekentjes hadden gevoerd.

Al snel, heel snel, waren ze vervallen in het conventionele rolpatroon dat je tegenwoordig bijna niet meer zag. Een patroon waarin zij thuisbleef, de kinderen opvoedde, en toen ze eindelijk op school zaten... deed ze eerlijk gezegd niet zoveel. Soms wenste ze dat ze was gaan studeren, net als haar slimme, oudere zus, zodat ze nu 'iets kon doen'. Maar over het geheel genomen vond ze het prima. Ze genoot ervan het huishouden te doen (ze vond vloeren in de was zetten zelfs leuk!); ze bracht op haar gemak de kinderen naar school zonder snel door te hoeven rijden naar kantoor, zoals andere moeders; ze tenniste een paar keer per week, deed aan pilates (woensdagmiddag) en schilderde aquarellen (donderdagochtend).

Wat David betreft, die had zich de carrièreladder op gewerkt bij de firma waar hij trainee was geweest. Dat was zo goed gegaan dat hij de logische opvolger was als maat in de maatschap. Helemaal niet slecht. En hoewel het ontzettend wennen zou zijn zonder hun dochter thuis, zouden ze nu in elk geval tijd voor elkaar hebben. Eigenlijk wel spannend!

'Gaan jullie nu?'

Jules stond daar met haar armen over elkaar geslagen, haar gezicht omlijst door haar rossige donkere haar dat ze zelf slordig had geknipt. (Welke natuurlijke blondine zou nu haar haar laten kleuren?) Maar er was ook iets anders te zien op haar gezicht, en niet alleen dat extra zilveren knopje dat afgelopen week op haar rechteroorlel was verschenen, naast de vier die er al zaten. Nee, het was een bepaalde blik. Een blik die zei: ik ben bang.

Alisons hart zwol op. 'Wil je niet dat we blijven om je te helpen vrienden te maken?'

'Vrienden maken?' Julia rolde haar ogen hemelwaarts. 'Jezus, mam. Ik ben geen zes meer.'

Davids hand lag al op haar arm. Dat was een geruststellend gevoel. 'Kom, Alison. Laat dat maar aan Jules over. Ze heeft deze week introductieweek, weet je nog?' Hij grijnsde naar zijn dochter. 'Je zult daar snel vrienden maken. Ik denk nog vaak aan de mijne!'

Alison voelde een vreemde steek; een steek die ze wel vaker had gevoeld wanneer haar man het over de universiteit had gehad of wanneer Jules haar eraan herinnerde dat ze wel kon zeuren over goede cijfers halen, maar dat ze zelf nooit was gaan studeren. Maar in haar tijd ging niet iedereen studeren, bovendien, zo had haar moeder gezegd, wat was er mis met een goede secretariële opleiding?

'Heb je alles?' Alison kon zich er nog niet toe zetten weg te gaan. Opeens werd ze bevangen door het verlangen haar dochter veiligheid te bieden. Er zeker van te zijn dat ze die essays op tijd inleverde. Hoe zou ze het in vredesnaam klaarspelen zonder dat haar moeder aan hoofd zeurde en zei dat ze moest uitloggen?

'Ja, mam.' Jules duwde haar nu bijna de deur uit.

'Geld.' Alison wierp David een paniekerige blik toe. 'Je hebt toch wel genoeg overgemaakt op haar bankrekening, hè?'

Hij knikte bijna vermoeid. Natuurlijk had hij dat gedaan. David was betrouwbaar. Onverstoorbaar, in zijn tweed jasje en zijn corduroy weekendbroek. Logisch denkend. Georganiseerd.

'Nou, geef niet te veel uit. Drink niet te veel. En als je je glas neerzet, ook al is het maar even, en je let er even niet op, dan moet je er niet meer uit drinken. Wie weet heeft iemand er iets in gedaan. En...'

David fluisterde in haar oor. 'Dat weet ze allemaal, Alison. Laat haar even met rust, anders mogen we helemaal niet meer langskomen.'

'Wil je dan niet meer naar de auto meelopen om ons uit te zwaaien?'

Jules schudde haar hoofd. 'Dan moet ik misschien huilen,' zei ze zacht. 'Ga nou maar, mam.'

Dus het deed haar wel iets! Onmiddellijk trok Alison haar dochter tegen zich aan in een stevige omhelzing.

'Ik hou van je, mam,' fluisterde Jules.

Er prikten tranen in Alisons ogen. 'Ik ook van jou, schat.'

'Bel maar als je zo ver bent,' zei David bruusk.

Ze kende die toon. Hij was evenzeer van streek als zij, maar zo volwassen dat hij het niet liet merken. En zij moest dat ook zijn; zich volwassen gedragen. Om zich eraan te herinneren dat ze vijftig was (nog maar net!) in plaats van negentien.

*

De terugrit was stil, op het geluid van de radio na. Een of andere schrijfster over wie ze ooit eens had gehoord, werd over haar nieuwste roman geïnterviewd. 'Nu mijn moeder dood is, kan ik over haar schrijven,' zei ze koeltjes.

Voelde Jules zich ook zo? Alison wierp een zijdelingse blik op Davids knappe profiel met de lichte knik in zijn neus door een rugbyongeluk lang geleden. Ze wilde het hem vragen, maar zijn gezicht was gesloten. Dat was nog iets wat ze in de loop der jaren had geleerd. Als hij niet wilde praten, was het niet verstandig zijn gedachten te onderbreken. Dit was voor hem duidelijk net zo moeilijk als voor haar.

'Denk je dat ze het wel redt?' waagde ze net buiten Birmingham te vragen, toen ze nog een uur rijden van huis waren.

Hij knikte kort. 'Tuurlijk redt ze het wel.'

Maar het was zo raar met z'n tweetjes terug te rijden, terwijl ze nog niet zo lang geleden zelden ergens heen gingen zonder dat er vier in de auto zaten! Zo raar om de zware eiken deur open te doen en de hal met de edwardiaanse tafel (van Davids moeder geërfd) door, en dan de keuken in te slenteren, waar je de met laurier omzoomde tuin in keek, zonder dat Jules nors langs haar heen liep.

Maar toch, verandering was altijd even wennen. Daar was deze week nog iets over geweest in *Het vrouwenuur*. Over hoe erg je de kinderen mist als ze gaan studeren, maar dat het ook het moment was om jezelf te hervinden. Kijk naar de voordelen, had de presentator gejubeld. Geen ruzie meer! Geen gezeur meer over huiswerk. Geen 'weet je wel hoe laat het is?' meer.

Goddank was Mungo er! 'Hallo, lieverd,' zei ze, en ze begroef haar gezicht in zijn nek toen de hond naar haar toe kwam sjokken, alsof hij wilde zeggen: 'Fijn dat je er weer bent, maar weet je wel hoe laat het is?' Hij bleef even staan om te snuffelen en hobbelde toen weer naar zijn mand naast het fornuis. Hij hoefde niet meer uitgelaten te worden, zag ze. Hij had de terracotta tegels op de keukenvloer al gebruikt. Arm beest! Dat kwam doordat hij zo oud was, had de dierenarts gewaarschuwd – nog iets waar ze niet over na wilde denken.

Nadat ze de rommel had opgeruimd (David was zoals gebruikelijk naar zijn studeerkamer gelopen om zijn mail te checken) liep ze naar boven. Het huis was zo stil! 'Niet haar kamer in gaan,' had Caroline geadviseerd. 'Even een paar dagen niet doen. Dat is te confronterend. Een cliënt van me heeft net een boek geschreven over dit legenestsyndroom. Help me herinneren dat ik je de drukproeven laat lezen.'

Te laat besefte ze dat haar kinderloze zus nu eens gelijk had gehad. Overal lagen herinneringen aan Jules. Neergegooide spijkerbroeken en T-shirts op het Habitat-bed. Posters aan de muren. Tubes foundation verspreid op de kaptafel die haar dochter in haar gothicperiode zwart had geschilderd. Cd's zonder doosje. Jules was er en toch was ze er niet.

'David,' begon ze, en op zoek naar troost rende ze de trap af naar zijn studeerkamer. Meer dan ooit wilde ze nu gewoon zijn armen om zich heen voelen. 'Ik was net in Julia's kamer en...'

Haar blik viel op de donkergroene koffer in de hal. 'Zijn we die vergeten?' Er trok een heerlijk gevoel door haar heen dat ze zich nuttig kom maken. 'Ik kan hem morgen wel brengen, als jij op je werk bent!'

David schudde zijn hoofd en keek haar strak aan. 'Hij is van mij.'

'Van jou? Je hebt niet gezegd dat je weer een zakenreisje had.'

'Heb ik ook niet.'

Hij keek haar nu met een vreemde blik aan. Zoals Jules haar eerder die dag in de hal had aangekeken. Nu pas besefte ze dat hij zijn jas aanhad. Zijn grijze tweed jas die ze altijd zo mooi had gevonden; de jas die warm en David-achtig rook als ze hem 's avonds van hem aannam en hem op de kapstok in de hal hing.

'Ik begrijp het niet.'

'Ik ga weg, Alison.' Hij keek haar nog steeds strak aan. 'Er is geen makkelijke manier om dit te zeggen. Het spijt me. Ik wil al jaren weg. Maar ik moest wachten tot Jules uit huis was. Tot ik mijn verantwoordelijkheden had vervuld.'

De woorden kwamen stijf over zijn lippen, alsof hij aan de vergadertafel zat. 'Het spijt me,' zei hij. 'Er staat genoeg geld op de bank om het een paar maanden uit te zingen tot we de praktische dingen hebben geregeld. En bel me alsjeblieft niet. Ik bel wel als ik zo ver ben dat ik de papieren kan tekenen.'

De papieren...

Hij keek haar nu aan alsof ze debiel was. 'De scheidingspapieren, Alison. Ik wil scheiden.'

3

Karen

Drie zwangere goudvissen? Had ze de beller nou goed verstaan, vroeg Karen zich af, terwijl ze haar koptelefoon goed op haar hoofd zette. Hij wreef langs haar nieuwe, lange oorbellen die ze zichzelf afgelopen zaterdag op de markt cadeau had gedaan. Hoe wist je überhaupt of een goudvis zwanger was?

Misschien was het weer een grap. Het zou de eerste niet zijn. Vorige maand hadden ze die giechelende schoolmeisjes gehad die hadden geprobeerd hun leraar in de rubriek 'Honden te koop' te plaatsen. En de kwade echtgenoot die de hele haute-couturegarderobe van zijn vrouw te koop aanbood in de rubriek 'Eén pond voor de hele partij'. Dat was voor *The Sun* aanleiding geweest voor een artikel over wraak.

Daar giechelden ze op kantoor nog steeds om – deels uit afgrijzen en deels uit bewondering. Zoals Karen alle nieuwe medewerkers vertelde, was er niets als het werk op de afdeling 'Kleintjes' in een plaatselijke krant, zoals deze, om je de ogen te openen. Scoutingpakken (deze week drie), kolfapparaten (gebruikt) en 'zo goed als nieuwe' fietsen die maar één wiel bleken te hebben. Hier kwam je alles tegen. Maar zwangere goudvissen? Dat was een nieuwe.

'Mag ik vragen hoe u weet dat uw vis in verwachting is?' vroeg ze beleefd. Sandra, die naast haar werkte en die nog niet eens geboren was toen zij trouwde, proestte het uit in gedempt gelach.

'Ik snap het,' ging Karen geroutineerd verder. 'Ze wordt dikker en ze – sorry, Goldie – eet meer dan anders. En u weet zeker dat het een zij is? Nee, het is niet dat ik u niet geloof, mevrouw. Het is meer dat als we uw vis plaatsen als zwanger en ze het niet is, we problemen krijgen met de Warenwet.'

'Geregeld?' vroeg Sandra, die haar KitKat van twaalf uur uit de verpakking haalde om bij haar koffie op te eten.

Karen knikte en typte de laatste details op het scherm voor haar. 'Ik denk het. Ze stemde uiteindelijk in met het compromis.'

'Je komt hier allerlei types tegen, hè?' Sandra beet in haar reep, waardoor Karen haar maag voelde knorren. Ze had geprobeerd chocolade af te zweren maar... ach wat! Wat maakte het uit als ze een beetje extra gewicht om haar middel kreeg? Niemand die zich daar druk om maakte. Dat was het mooie van alleen zijn. Ze hoefde alleen maar rekening met zichzelf te houden. Bovendien, als je in de juiste spiegel keek, zag je alleen je bovenlichaam maar. Uit die hoek zag ze eruit als een voluptueuze Twiggy met een paar extra lachrimpeltjes, zoals een aanbidder het eens had uitgedrukt. Een onhandig compliment? Misschien. Maar goed, de bewonderaar had het niet lang uitgehouden. Ze zorgde ervoor dat ze geen van allen lang bleven. Dat zou niet goed zijn.

'Ben je hier altijd goed in geweest?' Sandra had nu beide helften van de reep weggewerkt en leunde achterover voor een korte pauze voordat de telefoon weer overging. Als supervisor stond Karen het de meisjes toe een kort praatje te maken als het niet druk was. Dat hadden ze nodig. Het kon er hier nogal heftig aan toe gaan met de rijen monitors (sommige mensen mailden hun advertentie) en voortdurend overgaande telefoons (anderen brachten het liever mondeling over) en het orkest van stemmen van de verslaggevers die de andere helft van de kantoortuin gebruikten. Het was een wonder dat ze zichzelf nog konden horen denken.

'Goed waarin?'

'Mensen sturen. Compromissen voorstellen. Zoals "misschien zwanger".'

Karen dacht even terug aan die drie fantastische jaren aan de universiteit van East Anglia waar ze zich in de jaren zeventig had begraven in de Engelse literatuur, voordat het echte leven zou beginnen. 'Ik doe mijn best. Het maakt het leven makkelijker. Vooral als je zo ver heen bent als ik.'

Sandra was nu aan haar tweede KitKat begonnen. 'Je ziet er jonger uit dan je bent, weet je dat?'

Op een plek als deze had het geen zin om te proberen je leeftijd te verbergen! Een paar maanden geleden had ze het zich op haar verjaardag laten ontvallen. Ze hadden er met z'n allen op gestaan haar na het werk op een drankje te trakteren. En toen ze hoorden dat het haar vijfenvijftigste verjaardag was, wilden ze haar mee uit eten nemen, maar ze had uitgelegd dat dat heel aardig was, maar dat ze al met haar zoon had afgesproken.

'En je kunt zo goed luisteren,' ging Sandra verder. 'Ja, echt waar. Ik heb je gehoord.'

Karen begon zich nu ongemakkelijk te voelen. Inderdaad, sommige mensen wilden graag even praten. Het verkopen van spullen leek dat op te roepen. Zoals bij de oudere heer die gisteren belde om de verzameling porselein van zijn overleden vrouw te verkopen. Ze stelde voor dat hij de opbrengst aan de plaatselijke hospice zou geven, en daardoor leek hij zich een stuk beter te voelen.

'Mijn buurvrouw verwacht altijd dat ik naar haar luister, maar dat is echt een klus.'

Hield Sandra nou nooit op met kleppen?

‘Ze is in de zestig, maar ze gedraagt zich er niet naar. Nu is de man van haar dochter ervandoor gegaan met een vriendin. Vreselijk, hè? Heeft haar met twee kinderen achtergelaten. Maureen is er echt kapot van. Die denkt dat haar dochter op instorten staat.’

Karen knikte meelevend. ‘Arme meid.’

‘Ik bedoel, hoe moet ze nou een andere man vinden?’ Sandra scheurde een derde (!) KitKat open. ‘Dat zegt mijn buurvrouw altijd en ze heeft nog gelijk ook. Mannen willen geen vrouwen met kinderen. Nou ja, niet veel mannen.’

‘Ze zal wel niet echt naar een man op zoek zijn – nog niet tenminste,’ zei Karen voor ze er erg in had. ‘Waarschijnlijk denkt ze eerst aan de kinderen en niet aan zichzelf.’

Sandra keek haar oplettend aan. ‘Dacht jij ook zo? Ook al was jij degene die bij hem wegging? Paul heette hij toch?’

Soms wenste ze dat ze die verjaardagsborrel nooit hadden gehad.

‘Bij iemand weggaan kan net zo traumatisch zijn als verlaten worden. Of zelfs traumatischer, afhankelijk van de omstandigheden, omdat je jezelf verwijt dat je het gezin uit elkaar hebt gerukt.’

‘Maar je had er goede redenen voor, toch?’

Karen knikte. ‘Ja. Maar ik had niemand om mee te praten. Jouw buurvrouw staat tenminste voor haar dochter klaar.’

Sandra snufte. ‘Maureen kan maar beter voor zichzelf zorgen, als je het mij vraagt. Ze is zo’n vrouw die in de zestig is, maar doet alsof ze veertig is. Ze maakt het haar man knap lastig.’

‘Heeft haar dochter een baan?’

‘Iets als journalist, of zo.’

‘Dat is in elk geval iets. Toen ik er alleen voor stond, had ik nog nooit gewerkt. Was nergens in opgeleid. Toen had ik geluk. Ik zag een advertentie voor deze baan en ze hebben me hier opgeleid.’

‘Maar je hebt een graad! Had je niet iets beters kunnen krijgen?’

‘Telefoon!’

Ze doken allebei naar hun koptelefoon. Sandra kreeg iemand met een enorme trampoline (misschien iets voor Josh als hij ouder was geweest!) en de hare was een wasmachine zonder deur. (‘U gebruikt hem als kast, meneer? Aha...’)

Maar om een of andere reden kon ze het verhaal over de dochter van Sandra’s buurvrouw maar niet van zich af zetten. Twee kinderen. Alleen. Dat zou niet makkelijk zijn. Dat wist ze zelf maar al te goed.

*

Karen bleef de hele weg naar huis met Sandra's opmerkingen zitten. Ze herinnerde haar eraan dat ze inderdaad was overgekwalificeerd voor dit werk, maar wat had ze anders gemoeten? Zoals zoveel vrouwen van haar leeftijd kwam ze net na het hoogtepunt van de thuismoeders en net voor de hoogtijdagen van de crèches en oppasmoeders van nu. En daarom bevond ze zich in deze situatie, waarin ze net haar hypotheek kon betalen met een baan die ze ook zonder academische graad wel had kunnen doen.

Maar ze was toch gelukkig zo? Bovendien had ze Adam. De bus was vandaag op tijd, gelukkig. Terwijl ze achterin op de bank ging zitten, keek het meisje naast haar naar de ID-ketting die om haar nek hing. Oeps! Ze was weer vergeten hem af te doen. Karen wierp een korte blik op haar foto die boven het nummer stond. Wat zou een vreemde zien? Een vrouw op leeftijd met haar golvende kapsel uit de jaren zeventig tot net over haar schouders. En natuurlijk zilvergrijs nu (volgens *The Express* de nieuwe trend) en enigszins verwaaid. Nog steeds die zwarte eyeliner die ze al eeuwen gebruikte, omdat die haar ogen benadrukte. Een lichtgroene jas die grappig afstak bij de paarse legging die onder haar rok van rood kaasdoek uit kwam. Een zekere berusting op haar gezicht die kwam doordat ze eindelijk had geaccepteerd wat het leven haar had gebracht...

De vrouw naast haar was in haar tijdschrift gaan lezen en onwillekeurig wierp Karen een blik op de kop.

IK VIND HET VRESELIJK OM ALLEEN TE ZIJN schreeuwde de kop in de glossy. NIEMAND OM MEE TE PRATEN.

Het lot! Dat moest wel. Een teken dat de ingeving die ze op haar werk had gekregen om een groep te beginnen, niet genegeerd moest worden. Karen knikte zwijgend en dook in de grote paarse bloemetjestas (een geweldige vondst in het liefdadigheidswinkeltje van de hospice) op zoek naar haar boek. *Hoe word ik gelukkig met wat het leven me brengt?* had de beloften van de titel nog niet helemaal waargemaakt. Maar er was nog tijd. Ze was nog maar halverwege de kast met zelfhulpboeken in de bieb. Misschien... Dat was een idee! Misschien moest ze er zelf maar een schrijven...

*

'Vind je niet dat je al genoeg op je bordje hebt?' vroeg Adam toen ze hem die avond tijdens het eten over haar idee vertelde. Hayley moest weer overwerken en dat maakte het makkelijker om te praten terwijl ze om het kleine grenen tafeltje in haar keuken zaten. Het was weer net als vroeger toen ze met z'n tweetjes waren, nadat ze bij Paul was weggegaan. Karen vroeg zich soms af of ze een te nauwe band met haar zoon had – ze belden elkaar minstens één keer per dag – maar dat was gekomen doordat ze op elkaar aangewezen waren geweest. Een bange, alleenstaande moeder en een verwarde, slungelige knul van veertien tegen de rest van de wereld. Maar nu hij getrouwd was, had ze moeten leren zich terughoudend op te stellen.

'Misschien heb je gelijk.' Karen stak haar hand uit om te zien of de babyfoon wel aan stond. Gisteren had ze hem per ongeluk niet aangezet en had de arme kleine Josh in haar logeerkamer zitten brullen zonder dat iemand het had gehoord. Daar voelde ze zich nog schuldig over. 'Maar ik wil helpen. Ik weet hoe het is.'

Adam viel hongerig aan op zijn varkensvlees. Hayleys idee van koken was een uitstapje naar de diepvriesafdeling van de supermarkt, en daarom vond ze het leuk om een ovenschotel te maken als hij langskwam. 'Maar er zijn al groepen voor zulke mensen.'

'Niet echt.' Opgewonden veerde ze op. 'Natuurlijk zijn er groepen voor alleenstaanden. Datinggroepen. Maar ik heb nog nooit gehoord van groepen die mensen helpen met de praktische kanten als bijvoorbeeld de belastingaangifte invullen voor alleenstaanden of de emotionele kant van wat je moet doen als je 's avonds op de bank zit en er niets op tv is.'

Ze voelde het nu echt kriebelen. 'Ik dacht dat ik hier in de buurt een groep zou kunnen oprichten. Het klein houden. Ik zou hun kunnen vertellen hoe ik me er doorheen heb geslagen en misschien helpt dat.'

'Hier kun je hen niet ontvangen. Daar is het te klein voor en de verzekering dekt het ook niet.'

'Ik wil ook geen groep vreemden in mijn huis, lieverd. We huren een zaaltje in de buurt. Er zit er een aan de hoofdstraat. Het is niet veel – dat heb ik al gezien. Als ik een bijdrage reken — vijf pond, of zo? – dan heb ik geen kosten.'

'Je kunt er net zo goed een winstgevende onderneming van maken, als je toch bezig bent.'

Een accountant in hart en nieren. Dat was hij. Soms was ze er trots op, en soms maakte ze zich er zorgen om. Adam leek in sommige opzichten te veel op zijn vader. Altijd aan het geld denken. Maar dat hoefde niet slecht te zijn.

'Ik wil geen onderneming beginnen. Ik wil gewoon...'

'Anderen helpen.' Adam klopte op haar hand. 'Ik weet het. Je bent een kei, mam, weet je dat? Dat was trouwens heerlijk. Denk je dat er nog iets is?'

*

Als het geen 26 september was geweest had ze het daarbij kunnen laten. Tegen zichzelf kunnen zeggen dat het een goed idee was dat ze 'een keer' zou kunnen uitvoeren. Maar de datum en dat artikel in het tijdschrift in de bus en de dochter van Sandra's buurvrouw, Lizzie heette ze toch, waren bij elkaar te toevallig om te negeren.

Vandaag was het tien jaar geleden dat ze bij Paul was weggegaan! Tien jaar sinds ze Adams hand had gepakt en had uitgelegd dat ze niet meer bij papa zouden wonen en dat hij hem elke week op zondag mocht zien. Tien jaar sinds ze avond aan avond op haar bed had gezeten, omdat ze niet kon slapen en zich afvroeg wat ze in godsnaam had gedaan. Tien jaar sinds ze de veiligheid van de gezinslinnenkast achter zich had gelaten en het gezin van drie naar twee had laten krimpen.

Hoe was ze erdoorheen gekomen? Verhuizen naar een andere plaats, weg uit de oude woonplaats, had geholpen om een nieuwe start te maken. Maar het was eng geweest om iets nieuws te zoeken, terwijl het huis werd verkocht. En zelfs toen was er maar net genoeg geld geweest om een flatje met één slaapkamer te kopen.

'Je had in het huis kunnen blijven,' had haar advocaat afkeurend gezegd. Maar dat had ze niet gewild. Ze moest weg. Wegkomen van de herinneringen aan een huis waar ze iets had gedaan waar ze zich nu nog voor schaamde.

Als Adam er niet was geweest, was ze ingestort. Maar als je een kind had, moest je doen alsof alles goed ging. Zorgen dat hij op tijd op school was. Brood op de plank krijgen.

'Heb je familie die in de vakanties voor je zoon kan zorgen?' was haar gevraagd tijdens een sollicitatiegesprek, en ze had gezegd dat haar ouders allebei dood waren, maar dat ze de kinderopvang zou regelen als ze de baan kreeg. Maar ze kreeg hem niet. En de volgende ook niet. En de acht daarna ook niet (toen ze verzweeg dat ze een academische opleiding had), maar uiteindelijk werd ze aangenomen door het hoofd van de afdeling Kleintjes van de plaatselijke krant, die zelf alleenstaand moeder was geweest.

En het was gelukt! Karen had – tot haar eigen aanzienlijke verbazing – gemerkt dat ze goed met mensen kon omgaan. Degenen die haar per vergissing belden als ze eigenlijk de overlijdensadvertenties wilden spreken en wilden praten over hun man van drieënvijftig die net was 'heengegaan'. De vrouw die de inhoud van haar hele huis verkocht, omdat ze ging emigreren maar die het toch wel eng vond. Je stond ervan te kijken hoe intiem en bevredigend het verkopen van een paar regels in de krant aan een wildvreemde kon zijn! Dus dan kon zij zeker toch ook anderen helpen met hun liefdesverdriet, net zoals ze zichzelf had geholpen?

'Hoe ga je adverteren?'

De zware stem van haar zoon bracht haar met een ruk terug naar het heden. 'Via de krant denk ik. En misschien wat foldertjes bij de bibliotheek en in een paar winkels.'

Adam rolde met zijn ogen. 'Die tent? Dat is precies het soort gekkenhuis waar eenzame mensen komen snuffelen.'

Dat was niet eerlijk!

'Oké, sorry, mam. Dat neem ik terug.' Hij keek door de nette, compacte keuken met zijn grijze 'marmerlook' aanrecht van HomeBase en de rij kristallen die aan een rek aan het plafond hingen. 'Maar ik vind al dat spul allemaal toch een beetje raar.'

'Al dat spul' was het andere geweest wat haar erdoorheen had gesleept. Automatisch gleed Karens hand in haar zak en sloot zich om haar blauwgroene gelukskiezel die ze de dag nadat ze hier was komen wonen had gekocht toen er een jonge man op haar deur had geklopt. Hij verkocht dingen voor het goede doel. Voor de daklozen. En omdat ze zo dankbaar was dat ze weer een eigen plek had, had ze niet alleen de stofdoek gekocht die boven op zijn spullen lag maar ook de kiezel die tussen een bosje andere kiezels aan zijn rugzak hing. 'Goede keuze.' Hij had goedkeurend geknikt. 'Hij zal voor u zorgen.'

Sindsdien had ze die kiezel altijd bij zich gehad. En ze had het toch gered? Net als Adam. Hij had Hayley leren kennen – in haar ogen te jong, maar ach – en ze hadden Josh gekregen. Over trouwen werd niet gesproken, dat deden jonge mensen tegenwoordig niet. Hayley had niet dezelfde achtergrond maar het had snobistisch geleken om dat uit te spreken. Maar goed, Hayley werkte dan in een supermarkt, het was een lieve meid en een fantastische moeder.

'Wat bof ik toch,' zei ze vaak tegen zichzelf. Een huis. Een baan en een zoon die om de hoek woonde in het huis van de ouders van zijn vriendin, terwijl die in hun tweede huis in Spanje woonden. En hoewel ze soms best eenzaam was geweest (wie was dat niet), was ze aan haar eigen gezelschap gewend geraakt. Natuurlijk had ze weleens vriendjes, maar die bleven nooit lang. Daar zorgde ze wel voor. Wat had het voor zin bij iemand te blijven als het de ware niet was? Je kon veel beter eerlijk zijn tegen jezelf en met een bordje toastjes met Marmite en een glas chablis een dvd'tje kijken in plaats van een nietszeggend gesprekje te voeren met iemand die saai was of onaantrekkelijk of allebei!

'Nou,' zei Adam, die opstond om zijn bord weg te brengen. 'Als je dat wilt doen, dan laat ik het aan jou over. Trouwens, ik moet je nog iets vertellen.' Hij keek haar met een vreemde blik aan. 'Papa heeft me gisteren geschreven. Hij zei...'

'Nee.' Karen schrok van de kracht achter haar stem. 'Zeg alsjeblieft niets meer, Adam. Als je weer contact hebt met je vader, dan is dat fijn. Maar ik wil niets over hem weten. Oké?'

Adam hield zijn handen op als in overgave. Zijn uitdrukking – een mengeling van verwarring en liefde – deed haar zo sterk aan Paul denken toen hij zo oud was, voordat het helemaal mis ging. 'Oké mam. Rustig maar. Als jij het zo wilt, prima. Wanneer ben je van plan met die groep van je te beginnen?'

4

Ed

Was het echt waar dat kale mannen aantrekkelijker waren? Ed bekeek zichzelf in de passpiegel aan het voeteneinde van zijn bed. Hij was het er zelf nooit mee eens geweest. Moest je hem nou zien! Zijn hoofd glom als het licht er een beetje verkeerd op viel, maar toch, als hij vanuit de juiste hoek naar zichzelf keek was de rest van zijn gezicht (krachtige neus, blauwgrijze ogen, welgevormde wenkbrauwen, een brede, gulle mond) niet zo slecht. Vriendinnetjes hadden weleens gezegd dat hij net Hugh, Vince of Boris was, niet in die specifieke volgorde. Zonder haar natuurlijk. Kennelijk had hij gewoon zo'n gezicht, dat vond Nancy ook.

Niet dat hij ijdel was! Maar echt, vaak vroeg hij zich af of zijn gebrek aan haar de oorzaak was van het feit dat zijn relaties tot nu toe altijd misliepen. Tenslotte, bedacht Ed, terwijl hij zijn handen diep in de zakken stak van zijn donkerbruine, heuplange Armani-jasje dat hij als altijd op zijn gebruikelijke donkere spijkerbroek droeg, bij zijn schone, witte sportschoenen, was het toch niet zo onredelijk om op zijn leeftijd een vrouw en kinderen te willen?

De meeste van zijn vrienden van in de dertig was dat nu wel gelukt. Echt, elke keer als hij met een van hen ging lunchen, werd hij misselijk van afgunst bij de stank van luiers of overgegeven eten dat zijn peetkinderen (waarvan hij er nu heel wat had) gewillig in zijn richting braakten alsof ze wilden zeggen: 'Je moet wel in actie komen als je er ook zo een wilt hebben.'

Niet dat hij het niet geprobeerd had. Neem Tatty. Toen hij haar had leren kennen, had hij zeker geweten dat zij de ware was. Het had hem ongelooflijk veel zelfbeheersing gekost om haar niet meteen op hun eerste afspraakje het restaurant uit te sleuren, naar de juwelier, alvorens door te stomen naar Prenatal. Hij had het drie afspraakjes uitgehouden, en daarna gehoord dat ze de verlovingsring aanvaardde, maar de gang naar Prenatal afwees. 'Ik ben nog niet aan baby's toe,' had ze verklaard met dat keelaccent van haar waarin ze alle e's verwisselde voor i's, hoewel hij soms vermoedde dat ze het om het effect deed.

Wat hadden meiden tegenwoordig toch? Nancy had gelachen toen hij het haar had gevraagd en iets gezegd over niet overhaast te werk gaan, zoals hij al eerder had gedaan. Daar zat wat in, zei Ed tegen zijn spiegelbeeld. Hij zou Tatty een paar maanden geven om zich te bedenken en dan... nou, eerlijk gezegd moest hij gewoon verder.

En zo ver was hij nu dus. Hij oefende zijn afscheidsspeech voor de spiegel, een truc die zijn vader hem jaren geleden had geleerd om te zien of zijn gezicht wel de juiste uitdrukking had. Meelevend. Invoelend. Maar realistisch.

'Luister, Tatty, lieverd. Ik weet niet hoe jij het voelt, maar persoonlijk denk ik dat ik niet goed genoeg voor je ben.'

Zijn spiegelbeeld schudde het hoofd. Te cliché. Misschien kwam het door de spiegel dat hij niet de goede toon kon vatten voor zijn afscheidsspeech aan Tatty. Misschien moest hij tegen het waterbed praten. Nee. Te veel herinneringen. De muur dan, waar het erotische Indiase schilderij boven de jacuzzi hing.

'Tatty. Het spijt me. Je hebt altijd gezegd hoe belangrijk het is om de waarheid te spreken. Dus ik zal eerlijk zijn! Het is niet omdat ik je ribbenkas als braille kan lezen. Het gaat niet om de seks – die is geweldig. Of dat ik als ik je kus een nicotine-gin en tonic proef, zonder het ijs en de citroen. Het is omdat je geen kindje wilt en – sorry dat ik het zeg – je bent niet de vrouw die ik zocht.'

Wat was dan het soort vrouw waar hij naar zocht, had Nancy hem gevraagd. 'We zijn niet perfect, hoor,' zei ze dan, en ze wendde haar volkomen volmaakte profiel naar hem toe. 'Echt, Ed, als je blijft zoeken naar iemand bij wie je al je hokjes kunt afvinken, stuur je elke keer aan op een teleurstelling.'

Had ze gelijk, vroeg Ed zich af terwijl hij Tatty's nummer weer intoetste. Hij luisterde naar de tonen die de afstand overbrugden en hoopte dat het antwoordapparaat niet zou aan klikken. Het was niet wat zijn vader altijd tegen hem had gezegd. Sinds hij was begonnen met meisjes uit te gaan, was zijn vader heel duidelijk geweest. 'Als het niets wordt, zoon, moet je verder. Het leven is te kort om het met minder te doen. Maar breek het nooit af met een negatieve boodschap. Zeg dat het aan jou ligt en niet aan hen. Leg uit dat ze zonder jou beter af zijn. En als ze het nodig hebben, kun je hen financieel een beetje ondersteunen. Maar wees vóór alles eerlijk.'

Pa – over perfectionisten gesproken! – had hem zeker genoeg nagelaten om dat te doen. Niet dat Ed het een goed idee vond om met zijn rijkdom te koop te lopen. Daarom woonde hij met opzet in een redelijk bescheiden appartement, hoewel het in een goede buurt lag, nog geen uur van Londen vandaan maar toch op het platteland van Chiltern. Maar er waren momenten dat hij zich afvroeg of Tatty zijn Porsche meer zag zitten dan zijn kwaliteiten als opvoeder.

'Tatty?'

Eindelijk! Ze nam op.

'Hallo! Hallo? Ben je daar? Ik hoor jou wel!' Een giechelaanval. 'Geintje. Sorry – ik ben er niet, maar je weet wat je moet doen! Doeiii!'

Ze had een andere meldtekst ingesproken, zo'n irritante, die klonk alsof ze zelf aan de lijn was in plaats van naar een of andere fotosessie in de Cariben!

'Tatty, met mij. Ed. Je verloofde, weet je nog?'

Te sarcastisch. Dat kon hij nu niet meer terugdraaien.

'Ik heb je al een hele poos niet gesproken. Hoe gaat het met je? Ik wil je spreken. Ik moet je iets belangrijks vertellen.'

Stik. Hij kon net zo goed naar zijn werk gaan. Wat waterkoeleradvies inwinnen.

*

Ed had de waterkoeler vijf jaar geleden ontdekt, op de tweede dag dat hij er werkte. Daarvoor had hij na zijn studie ruim zes jaar voor een andere ontwikkelaar gewerkt. Pas toen erkende zijn vader met tegenzin dat hij zijn strepen verdiend had, maar toch zou hij de 'nieuwe' zijn. Niet het zoontje van de baas. 'Geen privileges,' had zijn vader streng verteld. 'Je moet je opwerken. Niemand weet dat we familie zijn – begrepen?'

Dat ging goed, omdat Ed nog nooit in zijn kantoor had mogen komen. En omdat zijn vader de gewoonte had op zijn werk niet over zijn gezin te praten. Niemand wist dat hij een zoon had. Dat was tijdens de pauze juist een veelbesproken onderwerp bij de waterkoeler en de snoepautomaat.

'Kijk maar uit met die ouwe Bill,' zei een oudere vrouw tegen hem. 'Dat is een harde. Rechtvaardig. Maar hard. En vraag hem onder geen enkele voorwaarde naar zijn gezin. Zijn vrouw is jaren geleden gestorven, en sindsdien heeft hij er heel wat versleten.'

Hij had zich afschuwelijk gevoeld. Een echte verrader. Vooral toen de meisjes hem in vertrouwen vertelden over hun problemen met hun vriendjes. Zo had hij geleerd dat je een vrouw het best aan de haak kon slaan door naar haar te luisteren en te zeggen dat ze onheus door haar vriend was bejegend. Echt waar! Natuurlijk, hij wilde best na het werk iets met haar gaan drinken als haar vriend het niet erg vond. Ze zou het toch uitmaken? Nou, hij zou zich er niet mee bemoeien maar hij wist zeker dat ze daar goed aan deed.

Maar toen werd zijn vader ziek. 'Niets ernstigs,' zei zijn vader tegen Nancy en hem. 'Ik ben er voorlopig nog wel even.'

Maar zelfs als zijn vader was blijven leven, zou Ed hem nooit meer hebben kunnen vertrouwen. Het was allemaal een leugen geweest. De prognose was vanaf het begin een doodvonnis geweest. Afgezien van het omgaan met de schok en Nancy's verdriet, had hij ook de zakelijke kant moeten regelen en tegen het personeel moeten zeggen dat hij, Ed, degene die zich had opgewerkt tot landmanager, eigenlijk de zoon van de baas was. En dat hij nu de leiding had.

'We wisten toch wel dat jij zijn zoon was!' had een van de meisjes gegniffeld.

Echt?

Je lijkt heel erg op hem!

Meen je dat?

'Bovendien heeft hij tegen een paar meiden gezegd dat jij zijn zoon was. We mochten het tegen niemand zeggen. Hij zei dat dat voor iedereen beter zou zijn.'

Slim, dat moest hij toegeven.

En houden we onze baan wel?

Absoluut.

Op een of andere manier was het Ed gelukt om ieders vertrouwen te behouden en de baas te zijn van de middelgrote projectontwikkelaar die de recessie maar net had overleefd. Natuurlijk kon hij niet meer met de meiden uitgaan: het was met geen van hen toch serieus geweest. Bovendien had hij het altijd op een positieve manier afgesloten. Maar hij vond het altijd wel leuk om met hen te kletsen en naar hun problemen te luisteren. Daardoor begreep hij beter hoe vrouwen dachten.

Terwijl hij een glas water voor zichzelf tapte, kwam hij in de verleiding om een van de meisjes, namelijk die beeldschone uitzendkracht met dat kastanjebruine haar, over zijn problemen met Tatiana te vertellen.

'Hallo?'

Even had hij de nieuwe ringtoon van zijn mobiel niet herkend (hij had hem net als proef van het tijdschrift *Men* gedownload).

'Ed?'

Shit. Dat was Tatiana's echte stem. Er moest iets ernstigs zijn gebeurd, anders had ze nooit zo snel terug gebeld.

Zijn mond voelde plotseling droog aan. Hij had het nooit goed gevonden helemaal op condooms te vertrouwen. 'Alles goed?'

'Ik ben weer terug, Ed. Kun je naar het appartement komen?'

'Wat is er, Tatty?'

'Dat zeg ik als je er bent.'

*

Het vreemde van het beëindigen van een relatie – en hij had het vaak genoeg gedaan – was dat de ander het meestal aanvoelde en met iets kwam waardoor je je een ploert voelde dat jij hun er nog een probleem bij bezorgde. Dan waren ze ontslagen. Of ze hadden griep. Of de poes was weg. Iets waardoor je een poosje medelijden met hen moest hebben (wat hij natuurlijk had). Maar het hield ook in dat je jouw boodschap even moest uitstellen als je een beetje fatsoen had, en dat probeerde hij te hebben. Echt waar. Het was duidelijk, dacht Ed terwijl hij de Porsche vijf centimeter van de stoeprand af parkeerde (daar was hij heel precies in) en door de gevallen herfstbladeren (moet ze eens opvegen!) de witte traptreden op rende en zijn persoonlijke code in het beveiligingskastje toetste. Na het eerste paniekgevoel had hij berekend dat het niet het condoom kon zijn omdat ze net voor ze wegging ongesteld was geweest. Slim bedacht, die menstruatie, maar dan moesten ze zich wel aan het schema houden. Dus waarschijnlijk was het een gebroken nagel. Of een paar gespleten haarpuntjes.

'Ed!'

Ze zat met haar rug naar hem toe. Spiernaakt, op een van zijn nieuwe verchroomde stoelen van de Design Gallery. Er hing dik zwart haar over een blote schouder. Wauw. Onder de gordel begon hij eraan te twijfelen of 'Ik denk dat het niets wordt' een goed idee was.

Nee. Er was iets mis. Ze bleek wel iets aan te hebben. Een soort beige pak, zag hij nu, over een glinsterend gouden joggingding heen. 'Je hebt je haar laten groeien,' zei hij verbijsterd.

Tatiana schoof haar zonnebril omhoog en haalde haar vingers door haar lange, zwarte haar dat toen ze wegging in een groene bob had gezeten, met roze strepen.

'Extensions, Ed.' Ze keek hem nu aan met die verbluffend groene ogen die hem in het begin zo hadden betoverd. Verdorie! Hij moet wel gek zijn geweest dat hij aan uit elkaar gaan had gedacht! Haar huid was zo zacht en blank dat hij zijn vingers erover wilde laten gaan. Hij wilde...

'Ed.'

Waarom praatte ze nu zonder nepaccent?

'Ik moet je iets vertellen, Ed. Kun je even gaan zitten? Alsjeblieft. Even maar.'

Dus hij ging zitten.

Soms lijkt het jaren sinds het voor de eerste keer gebeurde. Soms lijkt het dagen geleden. Het is net of je door een vrachtwagen wordt overreden. Je hebt zoveel pijn dat je geen adem kunt halen. Maar niemand kan de gapende, rauwe wonden zien.

Je draagt het in je mee als een stil litteken op je arm. Je probeert het te verbergen onder nieuwe kleren. Nieuwe huizen. Nieuwe gedachten. Misschien zelfs een nieuwe man.

Maar niets helpt. Omdat je de vlek niet kwijtraakt. Een grote, bruine vlek die doorlekt naar het heden, de toekomst en het verleden. Toen we met het gezin in Spanje op vakantie waren, die zomer, zeg je tegen jezelf, liep hij eigenlijk aan iemand anders te denken. Toen hij zijn mobiel moest gebruiken om zijn werk te bellen, was hij in werkelijkheid haar aan het bellen. En die gedachte is al genoeg aanleiding om de kiekjes uit het fotoalbum te rukken.

Deze keer, zegt hij, is er geen ander. Maar ik geloof hem niet. Jij?

Sessie één
Een kennismaking

Voel je je:
- *Geschokt?*
- *Verdoofd?*
- *Bang?*
- *Eenzaam?*
- *Maak je geen zorgen. Je bent niet de enige. Tijdens deze bijeenkomst praten we over waarom we bij elkaar zijn en wat we ermee hopen te bereiken.*
- *We leren elkaar ook kennen en maken nieuwe vrienden!*
- *En vooral: we hebben het over degene die er echt toe doet.*
- *Jij!*

5

Lizzie

'Een singlesgroep!'

Ongelovig staarde Lizzie naar de folder die haar moeder haar in de hand had gedrukt. Het was amper een maand geleden dat Tom was vertrokken, en haar moeder probeerde haar nu alweer aan iemand te koppelen!

'Het is geen datinggroep, lieverd, hoewel ik wou dat ik er een had geprobeerd voordat ik met je vader trouwde.' Ze klonk met haar sherryglas tegen Lizzies Cath Kidston-koffiemok. 'Het is een groep mensen die er net als jij alleen voor staan. Ik hoorde er van mijn buurvrouw over.'

Dus haar moeder had het de buren al verteld! Waarom keek ze daar niet van op? Haar ouders waren laaiend geweest over Tom. Ze had haar moeder moeten tegenhouden toen die naar Tom wilde gaan om hem er met haar nieuwste *Saga* van langs te geven. Maar haar vader had er merkwaardig filosofisch op gereageerd. 'Misschien is het maar beter zo, liefje. Ik ben er nooit van overtuigd geweest dat hij de juiste voor je was.'

Bedankt, pa. Dit soort dingen overkwam haar niet. Dat gebeurde mensen op de 'Lieve Kelly'-pagina van *Charisma* (niet te verwarren met haar eigen gezinspagina) hoewel de meeste problemen toch verzonnen waren.

'Je moet het accepteren.' Haar moeder stak nu echt haar vinger voor haar neus op. 'Tegenwoordig gebeurt dit soort dingen aan de lopende band. Veel beter dan in onze tijd. Toen moesten we maar blijven lachen en ermee leren leven. Geen discussie mogelijk. Wij passen wel op. Hoe vind je mijn nagels trouwens? Het zijn acrylnagels. Je krijgt ze van me, kun je eens ergens anders aan denken dan aan die vent.'

Alsof dat zo makkelijk kon worden opgelost! Maar daar liep ze dan toch, over het pad naar het plaatselijke zalencentrum waar ze Sophie ooit naar de scouting had gebracht...

Ze gluurde om de hoek en zag een stapel flessengroene canvas stoelen en een ouderwetse tafeltennistafel tegen de muur. Er was niemand! Er was niemand naar de bijeenkomst van 'Hoe overleef ik de scheiding?' gekomen, omdat iedereen wel iets beters te doen had. Bovendien, Tom had dat van een scheiding niet echt gemeend, toch?

'Hallo! Kom binnen! Jij bent vast...'

Ze schrok van een lange, stevige vrouw met lang, zilverkleurig haar en een felroze, met lovertjes bestikte rok boven paarse laarzen, die vanachter de stapel stoelen vandaan kwam. Was ze per ongeluk in een theaterrepetitie terecht gekomen?

'Lizzie.' Even had ze geen stem. 'Ik ben Lizzie Morris.' Ze had met opzet haar getrouwde achternaam gegeven, en niet haar meisjesnaam, want onder die naam schreef ze nog steeds. *Charisma* was een nationaal tijdschrift; ze kon toch niet worden ontmaskerd als een vrouw die haar eigen leven niet op orde had, en al helemaal niet met een lezeressenaantal van vijftigduizend, hoewel dat er steeds minder werden.

De vrouw keek op haar klembord, vinkte haar naam af en knikte nadrukkelijk. Ze zag er dan een beetje raar uit, vond Lizzie, maar ze had een mooie, warme glimlach en lachrimpeltjes om haar ogen. 'Super! Er komen er drie – drie dames – en jij bent de eerste. Kom binnen. Let alsjeblieft niet op de gekke lucht. De jongensgroep van de scouting heeft hier net gezeten en ze hebben iets met lijnzaad gedaan. Nou, ga zitten, dan schenk ik thee of koffie voor je in. Trouwens, heb je de flip-over al gezien? Daar.'

Lizzie staarde naar de paarse hoofdletters. GELUKVINDTMENERGENS

'Wat denk je dat daar staat, Lizzie?'

Was dat een strikvraag?

'Geluk vindt me nergens?' probeerde ze.

Weer een grijns. 'Probeer het nog eens.'

Shit. Sorry. Chips. Waar had haar moeder haar nu weer voor opgegeven?

*

Bedankt, Caroline! Leuk voor haar zus dat ze makkelijk weer verder kon, maar zij, Alison, zat anders in elkaar! Een avond bij een singlesgroep zou echt niet helpen. Ook niet als, zoals haar zus haar had verzekerd, het geen datinggroep was.

'En ook al zou het dat zijn, dan kan het nog geen kwaad, toch?' had haar zus opgewekt door de telefoon gezegd, terwijl Alison op weg was naar de bijeenkomst. Soms gedroeg zij zich alsof ze de Verenigde Naties aanvoerde in plaats van een pr-bedrijfje, en alsof niets anders ertoe deed. Zelfs het plotselinge einde van een negenentwintigjarig huwelijk niet. 'Misschien kun je daar wat van die opgekropte woede kwijt. Die verrekte taxi ook! Ik begin te vermoeden dat de chauffeur me met opzet de toeristische route geeft. De Fransen maken me af als ik te laat kom. Nee, niet tegenstribbelen, Alison. Je moet kwaad op hem zijn. Diep vanbinnen.'

Maar dat was Alison niet. Ze was alleen maar verdoofd door ongeloof. 'Zo voel ik me ook,' zei de kleine blondine die al in de zaal zat toen ze binnenkwam. 'Ik kan maar niet geloven dat mijn man me heeft verlaten voor mijn vriendin.'

'Misschien is het een vergissing,' hoorde ze zichzelf zeggen. 'Misschien deed hij iets wat helemaal niet bij hem past en heeft er nu spijt van.'

'Denk jij dat ook van je man?' vroeg Karen vriendelijk. Toen Alison was aangekomen in dit gekke zaaltje – niet zo ver van haar huis maar ze had het nog nooit echt opgemerkt – met de halve cirkel van stoelen die maar voor de helft bezet waren, de geur van cricketbats en lijnzaad en een flip-over met wat steekwoorden erop, had de aanblik die Karen bood met haar warme, hartelijke glimlach haar wel aangestaan, ondanks de zware jarenzeventigmake-up. Uit de manier waarop deze vrouw zich bewoog en sprak dacht ze te kunnen afleiden dat zij het leven had geleid dat Alison had, voor haar eigen huwelijk op de klippen liep.

'Mijn eigen man,' hoorde Alison zichzelf zeggen, 'doet iets wat zeker niets voor hem is.' Ze voelde haar stem paniekerig een paar tonen stijgen. 'Vrienden vonden ons altijd het perfecte stel, maar wat ze nu zeggen, klinkt niet eens meer alsof we bij elkaar zouden passen.'

'Daar wen je wel aan.' Karens stem klonk zacht. 'Alles gaat voorbij. Dat zei iemand destijds tegen mij. En dat klopt. De pijn die je nu voelt – die houdt een keer op. Daarom heb ik deze groep de scheidingsclub genoemd. We zullen het overleven.'

Alles gaat voorbij. Dat klonk goed, vond Alison. 'En mijn dochter.' Ze zweeg even. 'Volgens mijn zus is ze oud genoeg om het te verwerken. Maar dat is niet zo. Dat ze het kan verwerken, bedoel ik.'

Er schitterde iets in Karens ogen. 'Kinderen van die leeftijd willen het ene moment geknuffeld worden en het andere met rust gelaten.'

Dat was waar.

'Aha!' Karen keek achter haar. 'Volgens mij is er net iemand bijgekomen. Geeft niet dat je wat later bent! Kom er maar bij.'

*

Naarmate de avond vorderde, werd Karen steeds zenuwachtiger. Ze raakte ter geruststelling af en toe de blauwe kiezel in haar zak aan. Ook de folders waar ze eerst zo trots op was geweest vond ze er nu amateuristisch uitzien! Ze kon nu wel denken dat haar eigen ervaringen anderen zouden kunnen helpen, en die cursus 'Gesprekstechnieken' van de Open Universiteit die ze afgelopen jaar had gedaan zou zeker van pas komen. Net als die uitspraak over geluk op de flip-over.

Maar nu er vier zaten, vroeg ze zich af of ze zich er niet op had verkeken. Die arme meid die nu alleen met haar twee jonge kinderen zat, nu haar man ervandoor was! En dat lieve vrouwtje met het dunne schouderlange haar van wie de man was vertrokken om zichzelf te zoeken. De knappe man van in de dertig die eruitzag alsof hij er elk moment vandoor kon gaan. En de vrouw in de omvangrijke wikkelrok die later was binnengekomen – Violet heette ze toepasselijk – die daar maar zat en de koekjes naar binnen schrokte. Zou ze hen echt kunnen helpen?

Misschien zou ze de volgende bijeenkomst nog doen, en als die niet goed ging, zou ze hen gewoon hun geld teruggeven.

*

'Inderdaad. Ik ben drie keer gescheiden.'

Bijna vier keer, als je zijn verloving met Tatiana meetelde, wilde Ed zeggen, maar hield net op tijd zijn mond. Bij het zien van de opengevallen monden om hem heen vroeg hij zich af of hij misschien had moeten doen alsof het maar twee keer was geweest. Of misschien maar één keer. Het was ook handiger geweest als hij op tijd was gekomen – sinds hij te laat was binnengekomen (het verkeer vanaf Wycombe was een ramp geweest) hadden ze hem geen seconde uit het oog verloren. En ook zo lekker dat hij de enige man was!

'Drie keer?' herhaalde die enorme vrouw in het badlaken die, hij kon er niet omheen, een prachtige bos haar had. Jammer dat die op haar bovenlip zat.

'Dat klopt. Drie keer.' Hij zette zich schrap. Eén verbroken huwelijk was tegenwoordig heel acceptabel. Bijna verplicht, net als een eerste huis, een eerste hond of een eerste baan.

Twee kon ook nog. Er waren vrouwen op zijn werk die net bij hun tweede man weg waren. Ze hadden hem zelfs tijdens afzonderlijke gesprekken bij de waterkoeler met een wanhopig soort autoriteit verzekerd dat statistisch gezien tweede huwelijken eerder strandden dan de eerste door de kinderen uit het eerste huwelijk die de nieuwe partner niet zagen zitten. Interessant. Anita (vrouw nummer twee) had een dochter die nog voor ze kon praten een pesthekel aan hem had gehad.

Wanhopig probeerde hij zich te herinneren wat de waterkoelervrouw hem had verteld. Dat was het! 'Hoe vaker je trouwt, hoe sterker je beseft hoe belangrijk het is jezelf te zijn,' herhaalde hij tegen de halflege kring van stoelen. Stilte. 'Dus je moet ermee kappen voor je weer ten onder gaat,' voegde hij eraan toe. 'Niet dat ik niet in het huwelijk geloof. Ik geloof er juist wel in. Maar alleen als het een goed huwelijk is en er kinderen van komen.' Hij keek rond op zoek naar een blijk van medeleven. 'Ik wil zo graag vader worden!'

Er snoof iemand, maar hij kon niet zien wie, en toen schoof de blondine haar stoel naar achteren alsof ze niet dicht bij hem wilde zitten. 'En hoe oud was je ook weer?'

Vrouwen die zo direct waren, beangstigden hem altijd. 'Vijfendertig.' Stilte. 'Bijna zesendertig.'

Hij wachtte op de gebruikelijke opmerkingen over dat hij veel jonger leek, maar die kwamen niet.

'Je bent nog maar zesendertig en je bent al drie keer getrouwd geweest? Hoe oud was je toen je begon?'

Hij had geen inquisitie verwacht. Clive, zijn huurder die bij een bibliotheek vlak bij zijn huis werkte, had verteld dat dit hem een leuke groep leek. Tenminste, dat had hij gedacht van de vrouw die hem de folder in de hand drukte. 'Heb je wat aan, joh,' had hij met zijn platte, noordelijke accent gezegd.

'Sorry.' De blondine haalde haar handen door haar haar. Dat deed Anita ook altijd als ze gestrest was. Misschien was het een gedragscode die vrouwen van hun moeder leerden. Misschien moest hij die ook leren, net als sudoku's. Een code die hij kon kraken en het de volgende keer goed doen.

'Sorry,' zei ze weer. 'Dat komt door mijn journalisteninstinct. Daardoor stel ik te veel vragen. En ik stink nogal.' Ze keek de kring rond. 'Mijn jongste braakte de hele boel onder net voordat ik wegging. Ik was bijna niet gekomen, maar ik moest van mijn moeder.'

Er werd meelevend geknikt door iedereen, op Ed na. Jakkes! Dat verklaarde die stank... 'Luister.' Schutterig stond hij op en streek zijn schone, witte overhemd glad. 'Misschien is dit toch niets voor mij. Sorry. Je mag het geld houden. Maar ik heb het gevoel...'

Hij zweeg en vroeg zich ineens af wat hij eigenlijk voelde. Afgewezen. Een mislukking. Stom.

'Ik voel me ook stom,' zei de vrouw met de lichtblauwe oogschaduw na een gek hinniklachje. 'Ik begrijp niet waarom mijn man "zichzelf moet vinden".'

'Waarschijnlijk omdat hij iemand anders heeft!' zei Ed voor hij het wist. 'En jij...' Hij knikte naar de blondine. 'Jij moet eens bij die zogenaamde vriendin van je langsgaan en vragen waar ze nou eigenlijk dacht dat ze mee bezig was toen ze het met je man deed. Kijk me niet zo aan met z'n allen. Als ik blijf, ben ik eerlijk. Bovendien is het misschien handig om eens een mannenstandpunt te horen.'

Alle vier knikten ze, en even voelde Ed zich opgetogen. Ze hadden hem nodig!

De stevige vrouw in het paars met het gezicht als een te vaak gebruikt Brillo-sponsje, begon een koekje te verkruimelen in haar enorme, zachte witte handen waaraan een keur aan robijnen ringen prijkte. Iemand zou haar eens moeten vertellen dat kabeltruien niet meer in de mode waren. 'Sorry, maar kan iemand me vertellen wanneer we beginnen met zingen?'

Zingen? Was hij hier in een gekkenhuis terechtgekomen of – god verhoede – een of ander evangelische repareer-je-huwelijkgroep? Tot zijn opluchting zag Ed dat de anderen met dezelfde verwarde blik in hun ogen naar haar versierde, paarse wikkelrok staarden – net een schizofrene grand foulard.

'Zingen?' herhaalde Karen.

De vrouw haalde een verfrommeld krantenknipsel uit haar zak. 'Kijk.' Ze wapperde ermee en tegelijkertijd vielen er een paar koekkruimels op de grond. BANG OM TE ZINGEN? KOM BIJ ONS KOOR 'ALTIJD AL WILLEN ZINGEN'.

'Mag ik eens lezen?' Ed nam het van haar aan. Dat dacht hij al. De vorige receptioniste vergiste zich ook altijd in data. Gelukkig was ze met zwangerschapsverlof, dus was ze er een poosje niet en had hij nu een VA (Virtuele Assistent) in plaats van de feilbare menselijke variant. 'Dat is op woensdag. Niet op dinsdag. Verkeerde avond, helaas.'

Mooi! Nu zou ze wel vertrekken.

De paarse vrouw snufte. 'Dat is jammer. Ik begon het net leuk te vinden hier. En die folders zijn hartstikke goed.'

'Je kunt niet blijven.' Ed voelde zich nu alsof hij de leiding had over de bijeenkomst, net als gisteren tijdens de raadsvergadering. 'Je bent niet gescheiden.'

Een paar zwarte kraalogen richtten zich op hem. 'Hoe weet jij dat nou?'

Karen leunde naar voren alsof ze hen uit elkaar moest halen. 'Violet, voel je alsjeblieft niet beledigd. Maar deze groep is eigenlijk voor mensen die alleen zijn komen te staan. Gaat dat ook voor jou op?'

De vrouw knikte; met alle vijf kinnen. Natuurlijk ging dat voor haar op. Met zo'n gezicht stond ze waarschijnlijk altijd al alleen. Ze was net Groucho Marx, maar dan breder en met halverwege een dosis lippenstift.

'En wil je graag blijven?' ging Karen door.

Weer een knik, deze keer in zijn richting. 'Als die man niet zo bot tegen me blijft doen.' Ze leunde naar voren. 'Een grote jongen, hè? Je doet me aan Elvis denken, maar dan zonder haar. Die heb ik gekend.' Ze wierp haar haar, dat met paarse kraaltjes bijeen werd gehouden, als dat van een tiener, over een schouder. 'Toen ik bij de film werkte.'

Bij de film? Waarschijnlijk als schoonmaakster bij Elstree. Wat Elvis betreft, dat was een nieuwe hoewel hij inderdaad zo'n gezicht had dat iedereen dacht te kennen, variërend van Jeremy Clarkson tot William Hague. Maar hoe durft ze te zeggen dat hij bot deed? Hij was gewoon helemaal van zijn stuk gebracht door wat Tatty tegen hem had gezegd. Met zijn mond vol tanden, zoals Nancy het had uitgedrukt. ('Jezus christus,' was Clives reactie geweest toen hij hem er bij een Peroni over vertelde.)

'Arme man.' De oudere vrouw met het vlassige haar keek hem aan. Ze had echt heel mooie ogen – bijna zo blauw als Nancy's saffieren oorbellen, hoewel de oogschaduw haar niet flatteerde. Maar een prachtige stem. 'We wilden je niet aanvallen. Misschien komt het doordat je hier de enige man bent en wij, hoe oneerlijk het ook is, een stukje woede op jou projecteren. Wil je je eigen verhaal eens vertellen?'

Er viel een ongemakkelijke stilte toen ieders blik op hem werd gericht. Vertel ze alles, had Clive aangemoedigd voordat hij die avond was weggereden. Ze zullen er niet van schrikken. Het zijn vrouwen.

'Oké.' Hij staarde voor zich uit. 'Ik heb Tatiana gevraagd te vertrekken, omdat ik erachter ben gekomen dat ze iemand anders had.' Hij keek de groep uitdagend rond. 'Een vrouw.'

Hij wachtte tot iemand iets zou zeggen. Misschien waren de woorden helemaal niet uit zijn mond gekomen. 'Je weet wel. Een pot. Lesbienne. Hoe je ze tegenwoordig ook moet noemen. Ik begrijp het gewoon niet. Dat is me nog nooit gebeurd. Nooit! En ik moet zien te ontdekken waarom.' Hij leunde gretig voorover. 'Heb ik iets verkeerd gedaan?'

Nog steeds niets. Moest hij het allemaal nog een keer zeggen? En wat was dat geluid?

Tot zijn ontzetting zag hij de enorme vrouw in het paars haar hoofd in de nek gooien en een rij gouden vullingen onthullen. Het kreng zat hem uit te lachen. Of zat ze te zingen? Ze wiegde naar voren en achteren en maakte een raar kreunend geluid.

Wat dat andere geluid betreft, dat kende hij maar al te goed. Hij had het onmiddellijk herkend, ook al had hij het ontkend toen Clive hem had gevonden toen hij met zijn hoofd over de magnetron hing.

'Ach, kom maar.' Karen wiegde hem in haar armen – dikke, maar heerlijk zachte armen. Ze omarmde zijn snikken zo stevig dat hij haar indringende, zoete parfum kon ruiken, iets wat Viv ook altijd gebruikte. 'Niet huilen, Eddie. Je bent nu onder vrienden. Daarom heet deze sessie "Een kennismaking". Het komt goed. Dat beloof ik.'

'Wacht even!'

De paarse vrouw was opgesprongen en wees naar de flip-over. 'Ik ben er net achter!'

Waar achter?

'Het is niet "geluk vindt me nergens"! Het is "geluk vindt men ergens". Dat betekent het, hè?'

'Ja,' hoorde hij Karen zeggen. 'Als je het leven op de goede manier bekijkt. En dat is precies waar het om gaat bij de scheidingsclub. Ik zie jullie over een maand weer!'

6

Lizzie

'Mammie, mammie! Mogen we een Shitzoen net als George en de Tommy-trut. Het is helemaal niet lastig. Gewoon poep in je tas in plaats van op de stoep.'

Hoe kon hij uitgerekend nu aan honden denken? Lizzie maakte de knoop van haar Artigiano-spijkerbroek open (door het troosteten had ze haar riem anderhalf gaatje wijder moeten doen sinds Tom weg was) en ze bekeek Jacks eerlijke gezichtje om te zien of ze tekenen van spanningen van de afgelopen weken kon ontdekken. Niets! Niets wat aangaf dat ze nu officieel een eenoudergezin waren. Het puntneusje van haar zoon was roze van opwinding en zijn ogen glinsterden, smekend om haar toestemming. Zo was hij zijn hele leven al, bijna alsof hij gefixeerd was op zijn verlangen om iets te hebben. Maakte niet uit wat. Een nieuw computerspel. Een voetbal-short zoals Beckham had, ook al speelde hij zelf niet (Jack, dus). De viool – jee, wat een vergissing was dat geweest! En nu een Shih Tzu-hond, alsof ze nog niet genoeg voor hun kiezen kregen.

Tom en zij hadden onophoudelijk gekibbeld over Jack en zijn onvermogen zich ergens langer dan vijf minuten op te concentreren. 'Er is iets met hem,' snauwde Tom dan, alsof het aan haar lag. Dus was ze met hem naar de dokter geweest die makreel en Omega 3 had voorgesteld (Jack had een hekel aan vis en pillen bleven altijd in zijn keel steken) en toen had ze hem meegenomen naar acupuncturisten, osteopaten en homeopaten (dat was allemaal gratis geweest omdat ze erover had geschreven) en Jack bleef wie hij was. Als hij ouder was, moest ze een baantje bij Waitrose voor hem regelen, zodat hij wat manieren leerde.

'Nee.' Lizzie probeerde vastberaden maar vriendelijk te praten, zoals de therapeut haar had aangeraden. 'We kunnen geen Shitzoen, eh Shih Tzu, nemen. Overdag is er niemand thuis om ervoor te zorgen.'

Dat was waar. Als haar ouders er niet waren geweest die in de vakanties meestal voor de kinderen zorgden, had ze haar baan nooit kunnen volhouden. Redacteur van *Charisma* zijn was een meer dan fulltime baan. Dat leerde Tom nooit inzien. Sinds hij op computers was overgestapt, was hij vreselijk serieus geworden.

'Je bent zo competitief!' had Tom gesnauwd voordat hij wegging. 'Je werk komt altijd op de eerste plaats.'

Dat was niet eerlijk. En als het zo was (dat ze competitief was), dan kwam dat door haar opvoeding. Als ze geen enig kind was geweest en niet de eerste in de familie die ging studeren, was het misschien anders geweest. Misschien was ze minder gestrest geweest als ze iets gedaan had waar de concurrentie minder moordend was dan in de journalistiek.

Jack wierp zich nu op de grond en trommelde met zijn mollige vuisten op de keukenvloer, die pas was betegeld met gratis namaak-victoriaanse tegels. Dat was een onderdeel geweest van een stuk over huisinrichting. 'Ik verveel me! Ik wil een hond om mee te spelen!'

Vervelen was toch goed? Het vormde je karakter. Ze hadden er net een artikel over geschreven, over dat kinderen soms juist niets te doen moeten hebben, zodat ze zelf eens iets moesten verzinnen.

'Wat ben jij gemeen, mama. Als jij er geen voor me koopt, vraag ik het wel aan papa. Sharon is de hele dag thuis, die zorgt er dan wel voor.'

Lizzie hapte naar adem. Hoe kon hij zo ontzettend gevoelloos zijn? Het was precies drie weken en vier dagen geleden dat ze had uitgelegd dat papa een poosje bij de mama van Freddie en Ellie ging wonen (ze had het 'voor altijd' niet over haar lippen kunnen krijgen) maar dat hij elk weekend naar hen toe zou komen en iets leuks met hen zou doen.

Sophie had haar zwijgend aangestaard, terwijl Jack allerlei vragen op haar afvuurde. Hoe lang was een poosje? Was het weer een logeerpartijtje? Waarom konden zij er niet ook heen?

'Dit is niet eerlijk,' had Lizzie aan de telefoon tegen Tom gezegd. 'Je moet hierheen komen om het ze zelf te vertellen.'

'Oké.'

Ze hoorde zijn stem trillen.

'Lizzie, ik moet zeggen dat je er erg volwassen mee omgaat.'

Dat was inderdaad ook zo. Misschien omdat dit alles niet echt gebeurde. Alsof ze iemand anders was geweest toen ze de tandenborstel van haar man, met de zo herkenbare hamstertandafdrukjes, bij haar vriendin in de badkamer had aangetroffen. Alsof het een andere vrouw was geweest die rustig het huis was uitgelopen, met aan elke hand een kind, de opgelaten smoezen ('alsjeblieft, wacht even, Lizzie, ik kan het uitleggen') van Sharon negerend. Een andere vrouw die door de keuken ijsbeerde, wachtend tot haar man zou thuiskomen en ze hem zwijgend zijn tandpasta kon overhandigen; de tandpasta waarvan ze gekscherend altijd zei dat hij haar neus ontstopte.

'Hou je van haar?' vroeg ze eindelijk, toen hij even zwijgend was gaan zitten aan de andere kant van de ovale glazen tafel (die Tom per se had willen kopen, ook al wist hij dat zij hem foeilelijk vond) terwijl de kinderen in de kamer ernaast tv keken.

Hij had geknikt. 'Het spijt me.' Hij hield haar blik vast alsof hij ook bang was. 'Maar wij zijn getrouwd voordat we elkaar echt goed kenden, Lizzie. We zijn nog jong genoeg om opnieuw te beginnen. Denk je niet?'

'Mag het?' Jack begon op en neer te springen, waarmee hij haar abrupt naar het hier en nu terug trok, waar ze eigenlijk liever niet was. 'Meen je dat, mama? Niet net als vorige keer. Mogen we een Shitzoen?'

Dat had ze niet gezegd! Maar zijn oogjes stonden zo hoopvol en ze hadden zoveel voor hun kiezen gekregen, zoals Karen tijdens de bijeenkomst vriendelijk had gezegd. 'Oké. Ik zal erover nadenken.'

Jack rukte zijn BlackBerry (had Tom hem die ook gegeven?) tevoorschijn. 'Hoe lang moeten we wachten? Een week? Twee?'

'Dat vertel ik je nog. Pak je spullen voor school. We zijn al laat.'

Sophie dook onverwacht op uit het niets en stond bij de deur van de huiskamer. Had ze staan luisteren? 'Er is geen school. Het is vakantie.'

Shit. Sorry. Chips. O ja, natuurlijk.

'Wat heb je zitten drinken?' Sophie pakte haar gestippelde mok op en rook er met een afkeurende blik aan. Sinds wanneer was 'gebrek aan respect' toegevoegd aan het menu 'Opties'?

'Koffie.'

'Waarom ruikt het dan zo raar?'

Omdat er een enorme slok whisky in zat, daarom.

'Het is een nieuw merk dat ik voor Lifestyle moet proberen.' Ze gooide haar haar met een verdedigend gebaar over haar schouder. 'We moesten hem allemaal proberen.'

Sophie keek haar koel aan. 'Gaan we nu of niet?'

'Waarheen?'

'Naar Ellies verjaardag, natuurlijk. Die staat op je kalender.'

O ja, de kalender aan de muur met taferelen in Buckinghamshire, waarop met haar ronde handschrift data stonden die ze vóór 26 september had geschreven. De dag die haar leven voorgoed had veranderd. En waarom niet? Had ze niet net met zichzelf afgesproken dat het genoeg was? Ze zou naar Sharon de Slet benen en een verklaring eisen voor het stelen van haar man en het vernietigen van de toekomst van haar kinderen.

'Oké.' Lizzie probeerde wankelend overeind te komen. 'Maar dat rokje draag je niet, hè?'

Weer zo'n laatdunkende blik van haar dochter. 'Natuurlijk niet. Ik doe een nog veel korter rokje aan.'

'Mama?'

Dat was Jack.

Wat?

'Ben ik geadopteerd?'

Wát?

'Want zij zegt dat ik ben geadopteerd.'

'Sophie! Hoe kom je daar nu bij?'

Haar dochter haalde haar schouders op. 'Vroeg het me gewoon af. Al het andere is veranderd, toch? Bovendien is hij zo anders dan ik.'

Hoe kon ze zo volwassen voor haar leeftijd zijn? Toen zij twaalf was, speelde ze nog Pim Pam Pet. 'Nou, hij is niet geadopteerd. En jij evenmin. En natuurlijk ben je anders. Dat zijn broers en zussen altijd.'

'Waarom heb jij geen broer of zus, mam?'

Sharon had haar substituutzus moeten zijn, ook al waren ze zo verschillend. Daar hadden ze soms grapjes over gemaakt.

'Weet ik niet. Nou, kom op. Anders zijn we nog later.'

*

Sharon deed bijna onmiddellijk open, alsof ze haar verwachtte, wat ongetwijfeld het geval was. Die mobieltjes van de kinderen waren het moderne equivalent van rooksignalen. Waarschijnlijk had Sophie Ellie ge-sms't om te zeggen dat ze eraan kwamen en... O god, waarom ging haar hart zo tekeer? Lizzie voelde zich misselijk alsof zij het was die er met de man van een andere vrouw vandoor was gegaan en niet haar zogenaamde vriendin. En ze was niet eens echt Toms type. Sharon was best leuk om te zien, maar ze was enorm! Aan de andere kant kon ze met haar decolleté zo in de folder voor een behamerk, en dat wist ze. Waarom zou ze anders van die laag uitgesneden shirtjes dragen waarmee ze erbij liep als twee wandelende slagroomsoezen?

'Ik verwachtte je al,' was alles wat Sharon zei. Lizzie wierp automatisch een blik in de spiegel in de hal (leuk, nu zat er een stresspukkel op haar kin), perste zich langs het schoenenrek heen en liep de keuken in.

Opeens kwam alle woede naar boven borrelen, haar mond uit, net als bij Sharons nieuwe, stomende zilverkleurige espressomachine, die ze – shit, sorry, chips – vorige maand nog had helpen uitzoeken bij IKEA. 'Waarom? Waarom heb je het me aangedaan?'

Sharon nam de moeite niet zich om te draaien. Haar stem klonk vlak en zakelijk alsof ze het over een nieuw recept voor de lunch had: er klonk geen spoor paniek in door, in tegenstelling tot de vorige keer. 'We zijn verliefd geworden. Dat was niet de bedoeling. Het spijt me.'

Zo klonk het niet. 'Maar je bent "verliefd geworden" op andermans echtgenoot. De vader van mijn kinderen. Voel je je niet een klein beetje schuldig?'

Sharon draaide zich deze keer om, en nu, van dichtbij, zag Lizzie veelzeggende donkere kringen onder haar ogen. 'Natuurlijk wel, maar ik kon er niets tegen doen. Dat konden we allebei niet.'

Lizzie kon de koffie wel door de kamer gooien. 'Je hoefde alleen maar nee te zeggen! Verdomme. Ik heb je van alles over Tom verteld. Dingen die ik nooit aan iemand anders zou vertellen.'

Ze viel stil en herinnerde zich dat ze niet zo lang geleden bezorgd was geweest over het feit dat Tom altijd zo moe was in bed. Ze had zelfs aan Sharon gevraagd of zij vond dat dat normaal was. Haar 'vriendin' was helemaal stil geworden en had gevraagd hoe Lizzie kon verwachten dat zij, een alleenstaande moeder, dat soort dingen nog wist. En Lizzie had zich vreselijk geschaamd. Ze had zich zelfs een egoïst gevoeld omdat ze even was vergeten dat de 'arme' Sharon niemand had.

'Hoe lang is het trouwens al aan de gang?'

'Twee maanden.' Sharon bloosde licht. 'Toen de kinderen net zomervakantie hadden gekregen. Je was weg. Alweer.'

Twee maanden? Tom had gezegd dat het 'een paar weken' was. Twee dagen was beter geweest. Helemaal niet zou het beste zijn geweest; dan kon ze wakker worden uit deze belachelijke stroopnachtmerrie.

Lizzie stond op en ging weer zitten. Waarom deden haar benen het niet? Sharon begon er nu minder zelfverzekerd uit te zien. Ze zat aan tafel, haar blik gericht op een denkbeeldige plek aan de muur achter Lizzie, zoals hun lerares pilates hen had geleerd. Op haar wangen lagen twee felroze plekken.

'Maar wanneer was je van plan het me te vertellen?' Lizzie sloeg met haar vuisten op tafel.

Er viel een stilte waarin Lizzie een sprankje hoop voelde. Omdat het nu voorbij is, kon ze Sharon bijna horen zeggen. Omdat we hebben ingezien dat het verschrikkelijk egoïstisch is en we willen vergeten dat het ooit is gebeurd. Kon zij, Lizzie, het vergeten? Ja, ja! Alles om het normale gezinsleven weer terug te krijgen.

'Snel. We konden het niet meer voor ons uit schuiven. Ik ben straks geen alleenstaande moeder meer, snap je. Dus je kunt niet meer over me schrijven.'

Lizzie kromp in elkaar. Dat was een artikel geweest waar Sharon minder blij mee was geweest, hoewel ze er wel voor betaald had gekregen. Het tijdschrift had haar als voorbeeld gesteld in een stuk met als titel 'Single moeders rennen en vliegen' en Sharon was een beetje in haar wiek geschoten toen Lizzie had geschreven over de kinderen die ze op de hoek had afgezet in plaats van op het schoolplein zodat ze op tijd op haar werk kon zijn.

'Hoe bedoel je dat je straks geen alleenstaande moeder meer bent?'

Sharons ogen glansden en ze keek Lizzie uitdagend aan. En met een ziekmakend wringen in haar maag wist Lizzy ineens precies wat ze zou gaan zeggen.

'Ik krijg een kind van je man. Dus het is nu voorbij, Lizzie. Je hebt verloren. Accepteer dat maar.'

7

Alison

De kapper was een van Carolines betere ideeën. 'U hebt zin in iets anders, hè?' had het meisje gezegd dat haar haar meestal deed. 'Zal ik ook uw wenkbrauwen epileren?'

Alison moest er even over nadenken, maar het meisje had gelijk. Het gaf haar gezicht een open uitdrukking. Wat het kortere, bijna elfachtige kapsel met de rode lokjes betrof, dat wel iets weghad van dat van Jules... ze wist niet wat ze ervan moest denken! Ze vond het tegelijk vreselijk en leuk. Die dunne, lichtbruine plukjes op de grond zagen eruit alsof ze nooit van haar waren geweest. Niets leek meer echt. Zelfs de fikse rekening niet.

Toen ze thuiskwam voelde ze ineens de behoefte naar boven te lopen en al haar kleren uit te trekken. Zomaar. Spiernaakt voor de passpiegel, om vijf voor halftwaalf 's morgens, zonder de gordijnen dicht te trekken.

Terwijl ze zichzelf in de spiegel aankeek stelde ze zich de vraag: wat had David elke avond gezien als ze zich uitkleedde? Wat had hij geobserveerd en waar had hij misschien inwendig van gegruwd als hij haar een kus op de wang gaf, op zijn zij ging liggen en in slaap viel? Ze had er toch wel recht op om wat aanwijzingen te krijgen? Een tip van de sluier die verborg waarom hij weg wilde.

Moest je haar borsten zien, of tieten, zoals Jules ze noemde! Niet slecht, alles in aanmerking genomen. Dus op dat front viel haar niets te verwijten. Een redelijk platte buik dankzij pilates. Aflopende schouders die altijd een van haar pluspunten waren geweest (ze had altijd bij hoog en bij laag beweerd dat die door het autoraampje bruin werden) en, als ze zich omdraaide en over haar schouder in de spiegel keek, een klein, peervormig kontje, en dan een glinstering in haar ogen die nog mooier was als ze lachte.

Dus waarom vond David haar dan niet meer aantrekkelijk? Misschien was ze saai. Dat zou de ergste belediging zijn. Veel erger dan dat hij de triviale reden zou hebben gegeven dat haar lichaam in verval raakte.

Ze trok haar kast open (een van de nieuwe kasten die ze voor veel geld hadden laten maken), pakte een beha en een slipje dat er niet bij paste. Wat een verspilling! Van de kast, dus. Daar zou ze afscheid van moeten nemen, net als van het huis; niet dat dat in het grotere plaatje belangrijk was. 'Als die man van jou dit een paar jaar geleden had gedaan, toen de kinderen nog thuis woonden, dan zou je wettelijk het recht hebben gehad om hier te blijven,' had Caroline bazig opgemerkt.

Echt, dacht Alison, ze had ook wel in een flatje van de sociale woningbouw willen wonen, als Davids hoofd maar op het kussen naast het hare lag in plaats van dat platte, gladde kussensloop en die koude helft van het bed. En hoe zou ze het redden zonder man én zonder kinderen? Eigenlijk benijdde ze die nog redelijk jonge moeder, Lizzie, in de groep wel. Die had tenminste kleintjes om haar af te leiden.

'Ik dacht dat we samen oud zouden worden,' fluisterde ze aan de telefoon toen hij de avond nadat hij was vertrokken belde. Bij het horen van zijn stem voelde ze eerst een sprankje hoop opleven. Hij had gebeld om te zeggen dat hij een afschuwelijke vergissing had begaan. Dat hij van streek was over Jules die het huis uit ging. Dat...

'Ik bel om te zeggen dat ik komende week nog een paar spullen kom ophalen.' Zijn stem klonk zo normaal, zoals hij altijd klonk, dat ze in een wild, onbeheersbaar snikken was uitgebarsten. Hij had niets gezegd, alleen gewacht tot dat voorbij was, precies zoals hij had gedaan als Jules een van haar opstandige tienerbuien had gehad.

'Heb je iemand anders?' vroeg ze toen ze zich uiteindelijk dwong om tot rust te komen.

'Nee.' Zijn stem klonk zacht. 'Echt niet.'

Goddank! Als er wel iemand anders was geweest, wist ze niet hoe ze daarmee om had moeten gaan. Het was twee vriendinnen van haar overkomen, de arme meiden. De ene had haar man er na zijn affaire uitgegooid, maar was er nooit overheen gekomen. De andere had haar man gehouden, maar kon het niet vergeten en bleef hem te pas en te onpas aan zijn 'vergissing' herinneren. Daarmee werd elk dinertje een ontzettend gespannen aangelegenheid.

'En Jules? Hoe gaan we het haar vertellen?'

'Ze weet het al. Een paar dagen voordat ze wegging heb ik de situatie uitgelegd.'

Had hij het haar dochter eerder verteld dan haar?

'Neem het haar niet kwalijk, Alison. Ik heb haar gevraagd er niets over te zeggen. Maar ik wilde het haar persoonlijk vertellen, voordat ze wegging.'

'Hoe kon je? Geen wonder dat ze van streek was toen we vertrokken. Wat een vreselijke manier om aan haar studie te beginnen.'

'Ze vond eigenlijk dat we er goed aan deden. Ze zei dat ze net als Ross wel wist dat we niet bij elkaar pasten en dat we, nu ze het huis uit waren, onze eigen weg moesten zoeken.'

Op dat punt had ze de telefoon neergelegd, wat, zoals Caroline later zei, het enige was wat je in die omstandigheden moest doen. 'Stijlloos! Dat noem ik nou echt stijlloos.' Ze had met de folder van 'Hoe overleef ik de scheiding' gewapperd. 'Ga je nou hierheen, of niet? Ik ben na Carl naar zoiets geweest en dat heeft wel geholpen. Echt.'

Dus Alison was naar de eerste bijeenkomst gegaan, en het was een verrassende troost geweest te merken dat ze niet de enige was in deze positie. Ze had zelfs medelijden gehad met die jonge man die er zo van zijn stuk van was dat zijn vriendin er met een andere vrouw vandoor was. Caroline had het een giller gevonden toen ze de volgende dag was langsgekomen om te horen hoe het was geweest.

'En ga je nou naar de volgende bijeenkomst?'

Alison haalde haar schouders op. 'Misschien. Die keer heet het "Verder met je leven".'

'Precies wat je nodig hebt. Geweldig kapsel, trouwens. Zie je wel dat ik gelijk had.' Caroline, die het geluk had haar moeders natuurlijk blonde uiterlijk te hebben geërfd, trok de koelkast open, pakte een ongeopende fles wijn, een wijnglas dat ze eerst waste voordat ze het vulde (de brutaliteit!) en wierp een blik door de huiskamer die nog steeds bezaaid lag met kranten van vorige maand, van de dag voordat ze Jules hadden weggebracht. De dag dat de wereld nog normaal was.

'Komt er geen makelaar om een taxatie te doen? We kunnen maar beter even opruimen, denk je niet?' Ze vulde haar glas weer. 'Dan doen we om te beginnen die mannenkleren de deur uit. Nee. Kijk me niet zo aan. Dat is psychisch. Om verder te kunnen moet je zijn spullen inpakken. En de meubelen een beetje anders neerzetten zodat het een andere slaapkamer lijkt dan die uit de tijd dat hij er nog was. Echt. Hier ben ik expert in.'

*

De taxatie was natuurlijk maar een afleidingsmanoeuvre. David zou de verkoop van het huis echt niet doorzetten, wat hij ook zei. Ze wist zeker, absoluut zeker dat als ze hem een paar formele uitspraken onder de neus hield en ze ervoor gingen zitten – dat zouden ze toch zeker doen? – om praktische zaken te bespreken als het verdelen van de inboedel en hun kapitaal (wat een rotwoord), hij zou beseffen dat het een vergissing was en dat hij terug zou komen.

David was dol op hun huis. Hij was er dol op geweest vanaf het moment dat hij het al die jaren geleden had gevonden en had gebeld om te zeggen dat hij het volmaakte huis had gevonden (vlak bij Amersham) en dat ze er wel redelijk veel hypotheek voor zouden moeten nemen, maar dat het dat op de lange duur wel waard zou zijn. 'Het ligt aan een rustige straat,' had hij haar opgetogen verteld, 'met genoeg ruimte op de oprit voor twee auto's, misschien wel drie. En er staan een wilg in de tuin – ik weet dat je die altijd hebt gewild en...'

Zes maanden later waren ze erin getrokken, vlak voordat Jules werd geboren. Alle herinneringen lagen hier, dacht Alison. De plek op de muur waar Ross zijn voetbal tegen had gegooid, ook al waren balspelen binnen verboden. (Meer haar regels dan die van hem.) De ruime hal waar Jules haar eerste stapjes had gezet en ze opgewonden een nogal gestrest klinkende David op zijn werk had gebeld om dat te vertellen. De provisiekast die vroeger de keuken was geweest, voordat ze genoeg geld hadden gespaard om een uitbouw te laten neerzetten.

Nee. Dit zou hij niet allemaal achterlaten. Ze zou meespelen met zijn rare spelletje, waartoe hij was aangezet, dat wist ze zeker, door zijn drukke baan en het feit dat hun jongste kind uit huis ging. Hij zou wel terugkomen. Ze had die trilling in zijn stem gehoord toen ze had gezegd dat de deur nog open was.

'Mam!'

Voordat ze het wist werd Alison omhelsd door een stel jonge, sterke armen (weer zo sterk lijkend op die van haar man). 'Het spijt me dat het zo lang duurde voor ik kon komen.' Ross deed nu een stap achteruit, alsof hij zich schaamde voor zijn vertoon van aanhankelijkheid. 'Maar ik kon niet eerder komen. Dat snap je wel, hè? En wat heb je met je haar gedaan? Het ziet er... anders uit.'

Ross was in de juridische voetsporen van haar man getreden, maar dan in een andere branche. Zijn firma stuurde hem regelmatig naar Hongkong en Singapore, waar hij had gezeten toen David met zijn rampzalige nieuws kwam. Maar nu was hij er weer! Hij leek zo op zijn vader dat als er iemand was die het goed kon maken, hij het was. Ze zouden de shepherd's pie eten die ze net had gemaakt (ook al had ze helemaal geen honger) en het allemaal regelen.

'Heb je papa gesproken?'

Zodra de woorden over haar lippen waren, voelde ze de ironie ervan schrijnen. Hoe was het zo ver gekomen, dat ze haar zoon moest vragen of er nog nieuws van haar eigen man was?

Hij knikte. 'Van het vliegveld op weg hierheen ben ik langsgegaan op zijn kantoor.'

Was hij eerst bij zijn vader langs geweest voordat hij naar haar kwam? Ze greep de mouw van zijn jasje. De angst golfde door haar heen. 'Gaat het goed met hem?'

Ross beet op zijn lip. 'Luister, mam, ik weet niet hoe ik het je moet vertellen, dus ik zeg het maar gewoon. Papa heeft zijn baan opgezegd. Gewoon ontslag genomen en weggegaan. Tenminste, dat vertelde Brian.'

Brian was een van de oorspronkelijke partners met wie David de firma had opgezet. Ze hadden samen gestudeerd; waren op elkaars bruiloft geweest en waren regelmatig bij elkaar komen eten. 'Weggegaan? Maar dat kan niet. Hij heeft toch een opzegtermijn?'

Ross nam haar handen in de zijne. Ze voelden koel aan. Niet geruststellend. 'Dat is het hem juist, mam. Volgens Brian heeft hij zes maanden geleden zijn ontslag al ingediend. Er was nogal wat ophef over geweest; je trekt je niet zomaar terug uit een maatschap.'

Had hij dit zes maanden lang beraamd? Onmogelijk! 'Maar waar is hij heen?'

'Dat weten we niet zeker. Brian zei dat hij het over reizen had; hij dacht dat jij meeging omdat...' Zijn stem beefde. 'Omdat papa hem had gevraagd niets tegen jou te zeggen. Dat de reis een verrassing was.'

Had David gelogen? Maar dat deed hij nooit. Je kon mannen op een rijtje zetten om een test aan de leugendetector te ondergaan, en David zou als laatste overblijven.

'En er is nog iets, mam.' Ross drukte haar op een stoel neer. Davids stoel. De stoel waar hij na het warme eten altijd in neerzeeg om naar het nieuws van tien uur te kijken voordat hij naar bed ging. 'Er was een vrouw... van een andere firma met wie ze samen aan een project werkten.'

Primrose! Ze had haar tijdens het laatste bedrijfsetentje leren kennen. Een magere, redelijk jonge vrouw die haar had verteld over die zwervers die bij de ingang van winkels stonden en had gepraat over of je hun geld moest geven, of koffie, of gewoon door moest lopen. Ze waren allebei voor de koffieaanpak geweest.

'Het blijkt dat ze op precies hetzelfde moment bij haar werkgever is weggegaan, en volgens Brian... Volgens Brian beginnen de mensen te praten.'

Ross keek op en ze kon tranen in zijn ogen zien. 'Ik vind het rot voor je, mam. Ik wilde het je niet vertellen. Maar ik denk dat we de waarheid onder ogen moeten zien. Denk je niet?'

8

Karen

DOOS CONDOOMS (GEBRUIKT). MOET WORDEN OPGEHAALD.

Karen staarde naar de stenografische notitie die ze net op de blocnote had gemaakt (het computersysteem was weer gecrasht!). Als je dit werk zo lang had gedaan als zij, zei ze waarschuwend tegen de nieuwelingen, dan schreef je soms een advertentietekst op zonder erbij na te denken, en dan maakte je makkelijk fouten, vooral als je steno een beetje vaag was. 'Sorry, meneer, zou u dat nog een keer willen zeggen?'

De kraakstem aan de andere kant van de lijn klonk geërgerd. 'Ik zei: "Doos condooms. Moet worden opgehaald".'

Ze draaide zich om naar Sandra, die naast haar zat. 'Ik begrijp het, meneer. Kunt u alstublieft condooms voor me spellen?'

Dat deed je altijd als je vermoedde dat iemand je voor je gek hield. Haar oude baas had haar dat in het begin geleerd. Vraag ze het te spellen. Als ze konden. Normaal gesproken barstte de grappenmaker dan uit in gegiechel.

'Ik snap het. K-O-N-D-O-O-M. Leren ze jullie helemaal niets meer op school, lieverd? Wat voor kleur condooms?'

Er klonk puberaal gelach aan de andere kant van de lijn toen het mikpunt van de grap de telefoon neerlegde.

'Waarom krijg ik ze altijd?' vroeg Karen aan Sandra.

'Jij hebt iets! Misschien is het je aura dat hen aantrekt.'

'Oké, oké.'

Er waren momenten dat Karen wilde dat ze Sandra het niet tijdens een koffiepauze had verteld. 'Zoiets moet je eigenlijk voor jezelf houden, mam,' zei Adam altijd.

Maar het was een gave! Een gave die was opgekomen nadat Paul was vertrokken. Nadat ze de steen had gekocht. Op een of andere manier was ze begonnen zachte kleuren boven het hoofd van mensen te zien zweven; soms blauw, soms paars, soms roze. En toen ze er in de bibliotheek – haar favoriete plek op zaterdagochtend –iets over zocht, begon ze zich in te lezen over aura's.

Vaak klopte het allemaal. Sandra's aura was nu geel, wat betekende dat ze in een opgewekte stemming was.

Het grappige was dat ze tijdens de eerste bijeenkomst niemands aura had gezien. Het was jammer dat er maar een paar waren gekomen. Maar toch, als ze hen had geholpen, was het de moeite waard. De vraag was, had ze iets kunnen bijdragen? Dat wist ze pas bij de volgende bijeenkomst – als ze terugkwamen.

'Een doos boeken, meneer? Ja, dat komt in de categorie "Onder de tien pond".'

Dat was een telefoontje voor Sandra – misschien zou ze zelf wel voor die boeken bellen. In de krant vond je soms echte koopjes. Wacht even. Haar lijn werd gebeld. 'Een universele vuilnisbak. Drie pond. Tja, misschien komt er wel iemand voor.'

'Waarom nemen die klanten voor die drie pond de moeite om te wachten tot er iemand naar hun spullen komt kijken?' vroeg Sandra toen ze had neergelegd.

'Omdat ze eenzaam zijn?'

'Misschien.' Sandra, wier sociale leven onophoudelijk knipperend op haar mobieltje doorging, keek in het zakspiegeltje dat op haar bureau lag of haar mascara nog goed zat. 'Trouwens, mijn buurvouw zei dat haar dochter naar je groep is geweest.'

Karen had zich afgevraagd of Sandra daarover zou beginnen.

'En waar zit ze nou mee?'

'Sorry.' Ze deed alsof ze aan haar beeldscherm prutste.

'Kom op!'

'Ik kan geen vertrouwelijke dingen vertellen.'

'Wou jij soms de problemenrubriek overnemen?'

De telefoon knipperde, waarmee een nieuwe beller werd aangekondigd. 'Ik neem wel op,' zei Sandra, die het laatste stukje KitKat in haar mond propte. Karen knikte, blij met de onderbreking. Dat kon je wel zeggen van de zogeheten kredietcrisis. De mensen stopten niet met het verkopen van hun spullen. Integendeel! Op die manier had ze zelf al een paar koopjes in de wacht gesleept.

Bijvoorbeeld Orlando en Jemina. Hoe had ze daar weerstand aan kunnen bieden? 'Twee katten zoeken een nieuw thuis. Eigenaar emigreert.' Ondanks Orlando's aanvankelijke geblaas en Adams afkeuring waren ze nu al goed gewend.

'Als er een kind te koop werd aangeboden, zou jij het willen hebben!' zei hij weleens, en dan gaf hij haar een knuffel. Natuurlijk zou ze dat willen. Een hart van peperkoek, dat had ze. Een zacht hart dat haar vaker dan haar lief was in de problemen had gebracht. Anders was ze niet meegegaan met de helft van de mannen met wie ze na Paul was uit geweest. Ze hoefden haar alleen maar hun zielige verhaal te vertellen, en voor ze het wist had ze alweer toegestemd in een diner of soms een lunch, alleen maar omdat ze hen niet wilde kwetsen.

'Zo is het genoeg!' had ze tegen Adam uitgeroepen toen hij haar er een keer van beschuldigde dat ze met zichzelf te koop liep. 'Hoe durf je? En ik ga niet met ze naar bed, als je dat soms bedoelt.'

Adam was toen stil geworden. Hij besefte dat hij de grens van het respect had overschreden. 'Ik bedoel alleen, mam, dat je voorzichtig moet zijn.'

En dat was ze ook. Het was waar dat ze met geen van die mannen naar bed was geweest. Maar het was leuk om zo af en toe te worden gekust en geknuffeld, als het daarbij bleef.

'Vier antieke stoelen en dito tafel, nog maar tien jaar oud,' hoorde ze Sandra ernstig zeggen.

Ze zwaaide om de aandacht van haar collega te trekken. 'Antieklook,' mimede ze, maar Sandra trok slechts haar wenkbrauwen op. Laat maar. Dat konden ze later wel aanpassen. Paul en zij hadden een mooie antieke kast gehad, maar die had ook weg gemoeten, net als al het andere. Toch probeerde ze het te zien als een catharsis: het loslaten van het verleden en het omarmen van de toekomst. Heel af en toe voelde ze een subtiele steek als ze terugdacht aan het oude huis met zijn kastanjeboom, vooral nu het kastanjetijd was. Maar een huis, hield ze zich voor, was pas een thuis als je er met de juiste persoon was.

Daar ging ze weer! Weer een knipperend lichtje... Een opblaasbadje! Niet zo'n handige tijd om het te verkopen, maar misschien was het net iets voor Josh, de komende zomer. Eindelijk! Even een momentje rust. Sandra was aan de telefoon, en dat betekende dat Karen even een blik kon werpen op haar advertentie die nu voor de vierde achtereenvolgende week in de krant kwam. (De vierde week was altijd gratis.) Ze had de formulering deze keer veranderd zodat hij wat frisser overkwam. Misschien belden er dan wat meer lezers.

DE SCHEIDINGSCLUB

IN EEN DIPJE NA JE GESTRANDE RELATIE?
IEMAND NODIG OM MEE TE PRATEN?
PROBEER JE JEZELF TE HERONTDEKKEN?
KOM DAN EENS LANGS BIJ ONZE VRIENDSCHAPPELIJKE BIJEENKOMSTEN EN BEGIN MET GEVEN!
TELEFOON...

Begin met geven? Dat had 'leven' moeten zijn. Erger nog was dat het laatste cijfer van het telefoonnummer verkeerd was! Hoe kon dat nou zijn gebeurd?

'Sorry,' kweelde een van de redactiemedewerkers. 'Volgende week krijg je hem gratis, als je wilt.'

Karen werd nooit boos. Dat was zoiets wat ze bij Paul zo lastig had gevonden. Maar ze was toch teleurgesteld.

Sandra gaf haar een por in de ribben. 'Bel het verkeerde nummer,' siste ze met haar hand over het spreekgedeelte van de telefoon omdat ze net weer een advertentie aan het opnemen was. 'Leg de situatie uit en vraag of ze je nummer willen geven als er iemand belt.'

Geen slecht idee – maar ze kreeg een antwoordapparaat. 'Hallo, met Karen van de afdeling Kleintjes van uw plaatselijke nieuwsblad. Ik vrees dat uw telefoonnummer per vergissing in de krant is gekomen.'

Wat een lekker figuur sloeg ze weer! 'Dus ik vroeg me af, als er iemand belt voor de scheidingsclub, zou u dan mijn nummer willen doorgeven? Het is hetzelfde als dat van u maar dan met een zeven aan het eind. Dank u.'

Misschien had ze uit moeten leggen waar die groep voor was!

'Hallo, nog even met mij. Ik dacht dat ik het misschien even moest uitleggen. De scheidingsclub, de groep waarover ik het had, dat is een soort praatgroep voor mensen die er alleen voor staan. Allemaal heel netjes, natuurlijk. Niets onfatsoenlijks. Maar we proberen de humor ervan in te zien en er grapjes over te maken, maar...'

Klik. Het antwoordapparaat was aangeklikt. Goed zo, Karen, je hebt er een lekker zootje van gemaakt, hè? Eigenlijk was het zo tenenkrommend dat ze er wel om kon lachen.

*

Haar vaste telefoon ging toen ze net thuiskwam van haar werk. Karen zocht haar 'Superoma'-sleutelhanger en was net op tijd om op te nemen.

'Met de scheidingsclub?'

'Ja?' Ze hapte naar adem uit opluchting dat ze de telefoon op tijd had opgenomen én weer een mogelijk nieuwe deelnemer had.

'Met Ed. Luister, het spijt me, maar ik denk niet dat ik nog kan komen. Ik voel me er een beetje buiten vallen dus ik dacht, ik bel maar even, dan kan er iemand anders in mijn plaats komen.'

Dat kon hij niet maken! Dan bleven er amper nog mensen in de groep over.

'Neem alsjeblieft geen overhaaste beslissingen. Geef het nog een kans. Veel mannen huilen. Ik bedoel, het is een teken van kracht, niet van zwakte. Weet je wat, laten we een keer samen een kop koffie drinken. Morgenmiddag?'

*

Gelukkig had hij ermee ingestemd. Ze had het zichzelf niet vergeven als Ed zich door haar slechter was gaan voelen in plaats van beter.

'Hé, hoi!'

Ze hoorde het geluid van de deur die openging. Niet nu! Normaal gesproken vond Karen het gezellig als Hayley langskwam, en daarom had ze haar ook een sleutel gegeven. Het was een soort onuitgesproken afspraak dat ze ongeveer op dit tijdstip langskwam op weg van de crèche naar huis, vooral nadat haar kleinzoon was geboren. In een ander leven had ze graag een dochter gehad. Maar vanavond had ze er zich echt op verheugd wat tijd voor zichzelf te hebben. Een van de geneugten van het leven als single, hield ze zich vaak voor.

'Oma!'

Met een zoevend geluid vloog Josh in haar armen. 'Au, lieve schat, dat doet pijn!'

Met een grijns bleef haar kleinzoon zijn worstenvingertjes door haar haar halen. Er zat iets kleverigs aan – Joost mocht weten wat!

'Niet doen, Josh,' zei Hayley, die een kauwgumpje uitpakte (haar nieuwste poging om te stoppen met roken). 'Omie heeft de hele dag gewerkt. Ze is moe.'

Karen was al eeuwen geleden opgehouden Hayley te vragen haar oma in plaats van omie te noemen. Maar uit zo'n familie kwam Hayley uiteindelijk, en wat maakte het eigenlijk uit? Toen Adam zijn bloedmooie, blonde, sprankelende vriendin voor het eerst mee naar huis nam die niet echt netjes sprak, maar die zo duidelijk een hart van goud had, had ze haar twijfels gehad. Het verkeerde soort twijfels, had ze tegen zichzelf gezegd. Snobistische twijfels. Maar ze was binnen de kortste keren gecharmeerd van Hayleys lach en haar hartelijkheid ('Nee, Adam. Maak eens een kopje thee voor je moeder. Het hoort niet andersom te zijn.') En zelfs al had ze zelf Hayley niet als ideale vrouw voor Adam gekozen (of partner, zoals ze tegenwoordig zeiden), ze was van haar gaan houden als van een dochter. Misschien zou ze op een dag schoondochter zijn, maar ze zou er niet over zeuren. Ook niet toen Josh sneller was gekomen dan iedereen had verwacht.

'Hoe was het op de crèche, schatje?'

Josh sprong op haar af en zwaaide met een vel papier met krijtstrepen. 'Zo heet ik,' verkondigde hij gewichtig.

Echt? Toen Josh was geboren had Hayley zijn naam op haar enkel laten tatoeëren, en Karen had haar tong moeten afbijten om niets te zeggen.

'Doe je schoenen uit voordat je op de bank kruipt, Josh. Dat weet je toch?'

Er was iets aan de hand! Hayley was nooit zo kribbig en haar gezicht zag er gespannen uit. En haar aura – meestal blauw, een teken van evenwicht – was grijs.

‘Gaat het wel goed met je, liefje?’

Hayley wendde haar blik af. ‘Niet echt. Maar als ik het jou vertel, mag je het niet tegen Adam zeggen. Beloof je dat?’

Voordat ze goed en wel had nagedacht knikte Karen onwillekeurig.

‘Ik ben...’ Hayley keek vlug naar Josh, die nu met de afstandsbediening zat te spelen. Ze wees op haar buik. ‘Ik ben... je weet wel.’

Nog een baby! Karen wilde eerst vragen hoe ze dat zouden klaarspelen. Twee kleintjes met ouders die allebei onder de vijfentwintig waren! Maar toch, een nieuw leven! Een broertje of zusje voor Josh! Nog een kleinkind om te verwennen!

‘Maar ik hou het niet. Het kan niet! Wíj kunnen het niet! Het is te veel, vooral nu Adam zijn baan kwijt is.’

Wat?

‘Ik vroeg me al af of hij iets had verteld. Hij wilde je waarschijnlijk niet ongerust maken. Dus je snapt het wel, toch?’ Haar mooie groene ogen keken Karen onderzoekend aan. ‘Je vindt het toch niet slecht van me?’

Op een of andere manier vond ze haar stem terug. ‘Wat vindt Adam ervan?’

Hayley wierp Josh nog een snelle blik toe. Hij keek naar een presentatrice die niet goed had leren praten. ‘Hij weet het niet. En dat moet ook niet. Het gaat de laatste tijd niet zo goed tussen ons. Als we er nog een kindje bij krijgen, Karen, denk ik dat we het niet redden.’

Haar stem trilde. Zolang Karen haar kende had ze nog nooit gehuild, maar nu zat ze te beven en ze stak een hand uit. ‘Je helpt me toch wel? Alsjeblieft?’

9

Ed

Een kopje koffie, had ze op die warme, moederlijke toon voorgesteld die hem ernaar deed verlangen zijn hoofd te begraven tussen die enorme, warme (hij wist gewoon dat ze warm waren) uitnodigende borsten waar hij met de beste wil van de wereld niet omheen kon – niemand toch? – onder dat dunne shirtje dat ze tijdens de bijeenkomst droeg.

Hoe erg hij het ook vond om toe te geven, als het niet om die borsten was geweest, had hij gewoon gezegd dat hij het te druk had. Er was een eindeloze reeks redenen om het niet te doen; en de meeste waren nog waar ook. Een vergadering; weer een trip naar Barcelona om zaken aangaande verhuurprojecten, een rondje over de golfbaan met een cliënt...

Op een of andere manier had die onverwachte omhelzing van Karen in aanwezigheid van iedereen hem teruggevoerd naar die vreemde, onwerkelijke tijd waarin zijn moeder er het ene moment nog was, en het volgende niet meer. 'Stil maar, liefje. Het komt goed,' had hun werkster Viv geruststellend gezegd en (ook al had zijn vader gezegd dat hij nu veel te groot was om te huilen en dat hij er van de andere jongens op school van langs zou krijgen als ze wisten wat voor baby hij was) had hij zich tegen Vivs warme, wollen vest aan genesteld dat altijd naar Cussons-talkpoeder rook, en als zijn vader niet keek had hij bij wijze van troost zijn duim in zijn mond gestoken.

Die herinnering was de reden dat hij aan de telefoon zat te knikken en toch maar had ingestemd met die kop koffie en het praten. Maar nu hij nerveus bij het raam van Café Nero zat en in zijn warme chocolademelk roerde, nadat hij zijn schoteltje zorgvuldig met een servet had bedekt om geen voetenbad te krijgen, dacht hij onwillekeurig terug aan de avond dat hij Tatty had leren kennen.

Het was tijdens zo'n feestje in een of andere wijnbar in Islington geweest ter gelegenheid van het vertrek van een collega. Ed was nog hevig opgelucht door het vertrek van zijn vorige vriendin (hoe heette ze ook weer?) en beloofde zichzelf dat hij zich nooit, maar dan ook nooit, meer halsoverkop na een relatie in een nieuwe zou storten, laat staan dat hij weer zou trouwen. Hij had besloten dat hij een uurtje zou blijven en dan doorging naar het volgende feest.

Maar hij was nog niet binnen, met een glas van een of andere bubbelwijn achter de kiezen, waarna hij zocht naar een volgend glas, of hij had Tatty op schoot zien zitten bij de vent die afscheid nam. Ze mimede rechtstreeks iets naar hem wat merkwaardig sterk leek op 'Haal me hier vandaan'.

Amper wetend wat hij deed, had hij zijn hand uitgestoken, hoewel het was alsof er een vreemde kracht was die zijn arm voor hem uitstrekte. En ze had hem gegrepen, hem met haar mooie groene ogen aangekeken, was opgestaan van de knie van de eikel bij wie ze op schoot zat en was naar hem toe gezweefd...

'Ed!'

Er schoot een enorme turquoise blouse op hem af, waarmee hij het heden weer werd ingetrokken, met het zware kralencollier en de lange oorbellen die langs zijn wangen veegden toen de draagster ervan een snelle zoen (!) op zijn rechter- en toen op zijn linkerwang plantte. Karen!

'Het spijt me ontzettend dat ik zo laat ben. Parkeren is een ramp.'

'Ik weet het. Ik heb me hier laten afzetten.'

Maar ze was nog aan het praten, alsof ze hem niet had gehoord. 'Ik ben bang dat ik maar tien minuten heb – we krijgen meestal een uur, maar het is daar vandaag een gekkenhuis! Maar we hebben in elk geval geen parende goudvissen of gebruikte condooms gehad!'

Geweldig. Nu had hij ook een gehoorprobleem – volgens de dokter nog een teken van stress. Hij had durven zweren dat Karen iets had gezegd over goudvissen die condooms gebruikten. En haar stem leek in golven op hem af te komen, om zijn hoofd heen te galmen. Ze vervaagde en zwom zijn gezichtsveld in en uit.

'Ed? Gaat het wel?' Haar hand op de zijne. 'Heb je vanochtend wel ontbeten?'

Toen zijn moeder er niet meer was, maakte Viv altijd ontbijt voor hem. Warme, versgebakken broodjes, uit de oven. Dat was het moment dat hij het K-woord voor het eerst had gehoord. 'Wat is kanker?' had hij gevraagd, en Viv was vreemd stil geworden.

'Want als je niets hebt gegeten,' zei Karen nu, 'dan zou dat verklaren waarom je zo bleek ziet. Wacht even.'

En voor hij het wist, was ze terug met een panini; eentje met champignons, en dat was zijn favoriet (hoe wist ze dat?) en ze liet hem gewoon eten zonder afleidende vragen te stellen, zoals Bella (vrouw nummer 3) altijd deed en waar zijn spijsvertering altijd onder leed.

'Voel je je weer iets beter?'

Hij knikte. 'Dankjewel. Zeg, wat krijg je van me...'

Ze wuifde zijn onafgemaakte vraag weg. 'De volgende keer bestel je maar iets voor me.' Ze leunde naar voren, met beide ellebogen op tafel, en even dacht hij dat ze zijn handen zou pakken. 'Ik ben zo blij dat je belde, Ed. Ik maakte me zorgen over je aan het eind van de bijeenkomst. Het is heel normaal, weet je. Om te huilen, bedoel ik. Dat heb ik uren gedaan toen mijn huwelijk op de klippen liep.'

Dit werd vervelend. Afleiden, zei zijn vader altijd, als zoiets gebeurde. 'Alsjeblieft, Karen.' Hij raakte even haar arm aan. 'Vertel eens wat jou is overkomen.'

Karen maakte een snorkend geluid, wat voor de man aan het tafeltje naast hen aanleiding was om zich om te draaien. Geamuseerd zag Ed dat de uitdrukking van de man van geërgerd veranderde in bewondering voor Karens borstomvang. 'Wij zijn waarschijnlijk te jong getrouwd. Dat deed je in die tijd. Het einde van de jaren zeventig, snap je... En toen kregen we een kindje.' Ze straalde. 'Adam. Hij is nu bijna vijfentwintig en heeft zelf alweer een baby!'

Ed had bij Karen geen kinderen verwacht, laat staan dat ze oma was. Ze leek te zorgeloos en ontspannen. Vrienden van hem die kinderen hadden (en dat waren er niet zoveel) hadden een eeuwig aura van verwarring om zich heen hangen. Een paar kletsten hem helemaal gek en hadden zo naar de quiz Mastermind gekund met als eigen expertise 'Wijdlopigheid'.

'Maar hij is toch wel gebleven? Ik bedoel, tot je zoon ouder was?'

Ed kon eigenlijk niet goed tegen het idee dat Karen het in haar eentje had moeten redden. Voor zijn vader was het al erg genoeg geweest, maar dat was een taaie geweest. Hij had hem geen enkele keer zien huilen. Zelfs niet toen hij Ed had meegenomen naar dat winderige kerkhof buiten Oxford, waar je het verkeer voorbij hoorde razen. Daar vertelde hij Ed dat zijn moeder onder die steen lag. 'Maar heeft ze het dan niet koud?' hoorde hij zichzelf vragen. 'En wat krijgt ze dan als ontbijt?'

Nu schudde Karen haar hoofd. 'Nee. Ik heb hem gevraagd te gaan toen Adam veertien was. Maar wat ik wil weten is of ik je kan overhalen om naar de volgende bijeenkomst te komen.' Ze leunde weer naar voren en van de kloof tussen die geweldige borsten werd steeds meer zichtbaar. Voor iemand van haar leeftijd was ze fantastisch! 'Je hebt tenslotte het moeilijkste al gedaan, ons over je vier vrouwen verteld...'

'Drie,' onderbrak hij haar.

Karens ogen twinkelden. 'En de verloofde. Sommige knullen van jouw leeftijd zijn nooit getrouwd geweest.'

Knullen? 'Ik ben ouder dan ik eruitzie,' zei hij stijfjes.

Die ogen twinkelden weer. 'Vooruit, vertel het me maar.'

Zat ze met hem te flirten?

'Negenendertig.'

'Je ziet er jonger uit.' Ze ging achterover zitten en voor het eerste zag hij dat ze een zilverkleurige panty onder haar zwarte Uggs aan had. 'Raad eens hoe oud ik ben?'

O god! In zijn ervaring was dat een van de gevaarlijkste vragen die een vrouw kon stellen afgezien van de vraag 'Met hoeveel vrouwen ben je naar bed geweest?'

'Negenenveertig?' waagde hij. Er viel een korte stilte waarin hij zijn adem inhield. Toen barstte Karen in lachen uit. 'Heel vleiend! Ik ben vijfenvijftig.'

Poeh! 'Je ziet er veel jonger uit.'

Karen straalde. 'Allemaal te danken aan mijn moeders genen. Jee, is het al zo laat. Ik moet weer terug.' Ze rolde met haar ogen. 'Nog meer parende goudvissen, als het tegenzit.'

Dus hij had het de eerste keer goed gehoord! 'Werk je bij een dierenarts?'

'Ik plaats de particuliere advertenties, je weet wel, bij de plaatselijke krant. Je krijg allerlei rare snuiters aan de lijn, maar ook heel leuke mensen. Jij zult wel geen nest puppy's willen, hè? Ontzettend schattig. Kruising tussen een labrador en een spaniël. Die staan al drie weken in de krant.'

Een puppy! Dat was wel het laatste wat hij nodig had!

'Zit daar iemand naar je te zwaaien?' Karen tuurde uit het raam naar de rode cabrio die op de busstrook geparkeerd stond. Nancy! Die was vroeg. En – shit – daar was de bus die ongeduldig achter Nancy toeterde, maar Nancy maakte geen aanstalten weg te rijden. Echt iets voor haar!

'Sorry. Die komt me ophalen.'

Karens blik werd niet meteen koud, maar er veranderde absoluut iets in haar ogen. 'Dat is snel. Pas op, Ed. Pas heel goed op. Drie vrouwen – bijna vier — en je hebt alweer iemand anders gevonden. Maak niet nog een fout, oké? Daar hebben we het tijdens de volgende bijeenkomst over. Je komt toch wel, hè?'

Nancy toeterde weer, net als de buschauffeur. Iedereen draaide zich om om te kijken, en – juist – daar was een politieauto! 'Ja. Nee. Ja, ik kom. En wat Nancy betreft, de vrouw die je net zag. Dat is niet wat het lijkt. Dat leg ik volgende maand wel uit.'

Ik hou er niet van alleen te slapen. Ik word 's nachts wakker en steek mijn hand uit naar zijn warme rug. Maar die is er niet.

Toch hoor ik hem snurken. Aanzwellend en wegstervend, regelmatig, door de muur van de logeerkamer. Kennelijk is hij verkouden. Ik heb altijd gezegd dat de isolatie van dit huis niet in orde is. Dus dat zeg ik de volgende ochtend bij de toast (licht geroosterd, zoals hij het lekker vindt) tegen hem. En daarmee zijn we weer op neutraal terrein, in tegenstelling tot gisteravond, toen hij me ervan beschuldigde dat ons huwelijk slechts een zakelijke overeenkomst was waarin ik het huishouden deed en hij de middelen binnenbracht.

'Ik zal de isolatie regelen,' zegt hij. En hij kijkt me over de marmeladepot aan en glimlacht echt naar me.

Dus zeg maar niets tegen hem als je dit leest. Misschien komt het toch nog goed!

Sessie twee
Het leven gaat verder

Dat is niet makkelijk als je jarenlang met iemand samen bent geweest. Maar het kan!

Probeer:

- *Nieuwe tradities in het leven te roepen (bijvoorbeeld op zondag naar de markt gaan).*
- *Jezelf eens te verwennen (een lavendelbad).*
- *Een lijst te maken van vijf dingen die goed zijn aan het niet bij je partner zijn.*

Zie je wel? Je kunt het!

10

Lizzie

'Weet je zeker dat die vrouw zwanger is van Tom?'

Haar moeder zat er nog steeds met haar mond open in precies dezelfde stand als toen ze een halfuur geleden de moed had gevonden om het nieuws te vertellen. De 'kopjechino' die haar moeder had gemaakt, stond nog koud in de bruin met crème mok die Tom en zij afgelopen jaar hadden meegebracht na een vakantie in Cornwall.

'Ik had alleen niet gedacht dat Tom zo'n type zou zijn,' siste haar moeder vanaf de crèmekleurige leren bank die ze in de zomeruitverkoop had gekocht (sinds de overgang was haar moeder met de meest onverwachte dingen thuisgekomen). 'We waren zo blij, weet je nog, lieverd, toen je met hem thuiskwam, hè Jim? Een betrouwbare man. We hadden nooit gedacht dat hij een schuinsmarcheerder zou zijn. Trouwens, wist je dat je een lelijke pukkel op je kin hebt, lieverd? En weet je zeker dat je nog een stukje taart wilt?'

'Schuinsmarcheerder?' Haar vaders ogen lichtten op. 'Ik wist niet dat Tom in het leger had gezeten. Hij zal zijn kistjes wel niet hebben laten staan, hè, toen hij wegging? Sorry, flauw grapje, vrees ik.'

'Ssst.' Lizzie gebaarde naar de kinderen die volkomen in beslag genomen voor 'de Wee' zaten (zoals papa zei), die haar vader voor zichzelf had gekocht om zijn laatste heupoperatie te vieren. 'Niet over praten waar zij bij zijn.'

Haar moeder maakte een achteloos handgebaar. 'O, die horen niets. Bovendien, ze weten meer dan wij. Nou, meer dan híj, in elk geval.'

Ze knikte naar haar vader die nu deed alsof hij in slaap gevallen was, wat hij altijd deed als mam weer eens lekker doordraafde. 'Zelfs meer dan je vader. Dat doet me eraan denken. Waar heb ik mijn "Niet reanimeren"-kaartje? Echt, ik wil niet teruggebracht worden als ik met hem daar getrouwd moet blijven.'

Waarom bleven sommige stellen, zoals haar ouders, vrolijk doorkibbelen, maar bleven ze toch bij elkaar? Tom en zij hadden zelden ruzie gemaakt en moest je nu eens zien! Hoe kon hij nu in vredesnaam vallen voor iemand met een achterste ter grootte van een divan en die nooit een aflevering van *Corrie* miste?

'Mama, heeft papa seks met de moeder van Eleanor?'

Goddank was haar moeder de kamer uit, zogenaamd om haar 'Niet reanimeren'-kaart te vinden, maar eigenlijk om haar glas nog eens vol te schenken.

'Jack, doe niet zo belachelijk. Natuurlijk niet. En wil je ophouden met dat vioolspelen aan tafel! Ik heb geen oren meer over.'

'Maar oma zegt van wel. Ze zegt dat het walgelijk is en dat Sharon een verrader en een rover is.'

'Roofvrouw,' corrigeerde Lizzie automatisch. Ze hield een kussen tegen haar oren om het lawaai van Jack te dempen. Het was waar. Ze had zelfs een stuk in het tijdschrift geschreven over vrouwen die het leuk vonden op getrouwde mannen te jagen. Maar ze had Sharon nooit als zo'n vrouw gezien. Hoe had ze haar zo verkeerd kunnen inschatten?

'Omdat ze je zo goed van pas kwam?' suggereerde een stemmetje in haar hoofd.

Lizzie voelde een steek van schuldgevoel. Sharon was haar inderdaad heel goed uitgekomen. Ze was er altijd om de kinderen op te vangen als ze een spoedgeval op haar werk had. Ze kon altijd een voorbeeld aandragen voor een verhaal in het blad. Als ze Sharon in die opzichten niet had nodig gehad, waren ze nooit vriendinnen geweest. Ze waren te verschillend. Maar Sharon was er wel erg happig op geweest om vriendinnen te worden. Omdat ze datgene wilde hebben wat Lizzie had en zij niet. Een man.

Een hard geluid aan de andere kant van de tafel deed haar opkijken. Haar vader was in slaap gevallen, met zijn mond open waardoor je zag dat er een rij tanden ontbrak (waar had hij zijn gebitje deze keer gelaten?) en met zijn handen stevig om een fles Jacob's Creek (of Crack, zoals hij het noemde) die er net nog niet had gezeten.

Lizzie leunde voorover en trok de fles zachtjes uit zijn handen. Dat was beter! Normaal gesproken hield ze absoluut niet van witte wijn. Maar ze begon nu al een merkwaardig soort onverschilligheid ten aanzien van de wereld om zich heen te voelen. Nog één slokje misschien...

*

Maar goed dat haar ouders op loopafstand woonden. 'Wat ruikt je adem raar?' vroeg Sophie streng terwijl ze in haar tas naar de sleutel zocht.

Het moederschap had haar in de loop der jaren geleerd snel te reageren. 'Het gebakken eitje van oma.'

'Oma heeft geen ei gebakken.' Sophies helderblauwe ogen keken net zo koel als die van haar vader. 'Bovendien ruikt het niet naar ei. Het ruikt naar wijn. Chardonnay of misschien Jacob's Creek.'

Niet doen, dacht Lizzie terwijl ze met de sleutel in het slot morrelde. Zeg dat wijn proeven tegenwoordig een verplicht vak op school is. 'Hoe weet jij het verschil tussen die twee?'

Haar dochter rolde met haar ogen. Wie had gezegd dat meiden van twaalf dat mochten doen? 'Omdat Julie die allebei op haar feest had.'

'Nou, dat hoort niet.'

'En jij,' zei Sophie, die haar de sleutel afnam en de deur met gemak opendraaide, 'had geen slok uit opa's fles mogen nemen en er dan over liegen.'

De wc. Snel. 'Het was uit medicinale overwegingen,' wist ze nog uit te brengen voordat ze de deur net op tijd dichtdeed. Wat mankeerde haar? Het waren toch maar twee glaasjes geweest? Hoorde ze daardoor dat afschuwelijke geluid in haar hoofd? Niet weer die viool!

'Hou op met oefenen,' riep ze. 'Alsjeblieft!'

Tegen de tijd dat ze van de wc kwam (moet nieuw wc-papier kopen), had Sophie vissticks gebakken en Jack zo ver gekregen dat hij op een van de barkrukken was gaan zitten in plaats op de gebruikelijke plaats voor de tv met het bord op schoot. Lizzie werd heen en weer geslingerd tussen geïmponeerd en boos omdat ze buiten spel werd gezet. 'Ik had pasta willen maken.'

Haar dochter keek haar strak aan. 'Die was over datum dus ik moest het met de vissticks doen. We moeten de vriezer ontdooien. Hij zit vol met ijspegels.'

Dat was ook zo. Weer een klus. En geen tijd. Nu Tom weg was besefte ze pas hoe veel Tom in en rond het huis had gedaan. En ze moest ook nog een stuk schrijven en vóór morgenochtend inzenden.

'Morgen gaan we naar papa.'

'Niet met je mond vol praten, Jack.'

'Maar het is echt waar. Toch, Soof? Hij haalt ons op en brengt ons naar school.'

'Ik weet van niets. En Sophie, hou op met de koelkast uitmesten.'

'Je zou er blij mee moeten zijn, mam.' Weer zo'n koele blik van haar dochter. 'Jij zegt altijd dat je te veel te doen hebt.'

Juist. Dat was het. 'Wat is er lieverd? Ben je boos omdat papa en mama uit elkaar zijn? Dat komt wel weer goed. Zo voelt het nu misschien niet, maar op een dag zul je het zien.'

Dat wilde ze eigenlijk zeggen, maar op een of andere manier kwam het er anders uit. 'Jezus, Sophie. Doe eens niet zo stekelig. Ik kan er niets aan doen dat je vader me heeft laten zitten voor Sharon de Slet.'

'Ja, dat kon je wel!' Sophie kwam overeind, en er stonden tranen in haar ogen. Zelfs op kousenvoeten torende ze nog boven Lizzie uit. 'Papa zegt dat jij nooit thuis was, en daar heeft hij gelijk in. Je was weer te laat om me op te halen en dat is ontzettend vervelend. Rot toch op.'

Sophie! Maar de woorden wilden niet komen. Als in slow motion zag Lizzie Jack van zijn kruk glijden en koers zetten naar de veiligheid van de televisie, terwijl haar handen zich sloten om iets koels en geruststellends.

Iets waarvan ze niet had geweten dat het achter in de koelkast stond, tot de schimpscheuten van Sophie haar ertoe hadden aangezet het op te ruimen. Een lekker koele fles wijn. Chardonnay. En ook nog Jacob's Creek. En misschien een paar chocoladekoekjes als bodempje.

*

'Dus je sjnapt, ik heb sjin in sjeks. Gewoon om eensj lekker wraak te nemen.'

'Natuurlijk, Lizzie, maar vertel eerst eens even iets.'

Bij het horen van Karens heerlijke, warme en geruststellende stem voelde Lizzie zich al meteen zoveel beter (nou, ze had toch gezegd dat ze mochten bellen als ze wanhopig waren). De stem dreunde in golven op haar in.

'Waar zijn de kinderen?'

'Die sjlapen.'

'Weet je het zeker?'

Lizzie knikte. 'Echt sjeker. Kep net gekeken. En toen nog een keer. Jack ligt bij zijn susj in bed. Hij sjlaapt niet graag in sjijn eentje.'

'Ben je misselijk, lieverd?'

Hik. 'Neu.'

'Luister goed, dan. Ik wil dat je een glas koud water drinkt en dan even rechtop op de bank gaat zitten. Daarna kun je me bellen en dan kun je misschien lekker je bed in. Maar nu nog niet, voor het geval je misschien moet overgeven.'

Overgeven? Terwijl Lizzie achteroverleunde, wist ze dat ze niet hoefde over te geven. Ze wilde het alleen maar vergeten. En met de wijn – waar ze normaal gesproken niet zoveel van dronk – ging dat prima.

Weer de telefoon? Misschien was het Tom die wilde zeggen dat hij een stomme fout had gemaakt. Of misschien was het Sharon om te zeggen dat zij er een had gemaakt. Of misschien Karen...

'Lizzie? Met mij, Rob.'

Wie?

'Het spijt me dat ik je zo laat moet storen, maar ik moet een bijschrift bij die foto's hebben. Ik denk dat ik mijn aantekeningen kwijt ben. Hoe heetten die kinderen ook weer?'

'Welleke kindertjesj?'

'Lizzie? Gaat alles goed?'

'Sjuper.'

'Zo klink je niet.'

In een verre uithoek van haar brein herinnerde Lizzie zich dat ze Rob niet meer had gezien sinds die dag, de dag waarop ze het van Tom had ontdekt. 'Hij is bij me weg.'

‘Wie?’

‘Mijn man. Voor zo’n roofvrouw.’

‘Zo’n roofdier. Jezus. Zó eentje. Vreselijk voor je.’

‘Sjuust.’

‘Niet huilen, Lizzie.’ Zo had ze hem nog nooit gehoord. ‘Luister, volgens mij zit ik bij je in de buurt. Bij Amersham, toch? Ik zit bij vrienden en we zitten in een pub aan de hoofdweg. Zal ik even langskomen?’

Ze schudde haar hoofd en vergat dat hij dat niet kon zien.

‘Ik heb je adres. Dat stond in die mail. Wacht even. Ik ben zo bij je. Heb ik je verteld over mijn zus die hetzelfde is overkomen? Nee. Nou, dat vertel ik je wel als ik bij je ben. Over twintig minuutjes.’

11

Alison

'Het is waar, vrees ik.'

Brians lichtblauwe ogen (bijzonder onaantrekkelijk bij een man!) stonden wazig van het medeleven, aan de andere kant van de tafel van het exclusieve Italiaanse restaurant waar hij haar per se mee naartoe wilde nemen toen ze hem na Ross' onthulling had gebeld.

'Ik wil alleen maar even praten,' had ze willen zeggen, maar op een of andere manier had ze zich door de zakenpartner van haar man laten ompraten tot een volledig diner. Het was sinds David was vertrokken al moeilijk genoeg om een stuk toast binnen te krijgen, laat staan meer. Wat een ironie dat ze jarenlang had geprobeerd die extra kilo's kwijt te raken en dat het er nu af vloog. Ze had nu op zijn minst maat 40.

'Ik had je misschien moeten waarschuwen.' Brians stem werkte altijd op haar zenuwen met die kwaaktoon van hem. Tijdens diners met de partners had ze haar best gedaan om beleefd te blijven, maar nu kreeg ze ineens een hevige aanvechting om te gaan gillen. Om te schreeuwen dat zij zijn medeleven niet wilde, alleen de feiten.

'Ik begrijp het niet.' Ze haalde diep adem om zich te beheersen. 'David en jij hebben een partnercontract ondertekend. Daar kan hij toch niet zomaar onderuit?'

'Dat is het hem nou juist.' Brian leunde naar haar toe, en ze rook zijn adem. Getver! 'Er was een ontsnappingsclausule, waardoor een van ons de samenwerking na vijftien jaar kon beëindigen.'

'Maar wat is er met het geld gebeurd dat hij erin heeft gestoken?'

Brian haalde zijn schouders op. 'Hij heeft het overeengekomen bedrag meegenomen.'

Ze dacht weer aan wat Ross had gezegd. Hij was naar het buitenland. Daar ging hij het uitgeven. De schoft! Alison deed niet aan woede. Misschien kwam dat doordat haar ouders heel rustige mensen waren geweest; het soort mensen dat nooit ruzie maakte. Maar nu voelde ze iets warms en heets in haar borst opstijgen. 'En die vrouw. Primrose?'

Brian kreeg een kleur. 'O, daar weet je dus van?'

'Verdorie, dit is toch geen quiz.' Ze duwde haar kom paddenstoelentagliatelle van zich af, ineens kon ze het spul niet meer zien. 'We hebben het hier wel over mijn huwelijk. Een huwelijk dat bijna dertig jaar heeft geduurd, tot zes weken geleden. Ik wil weten wat er is gebeurd.'

'Oké.' Hij draaide ongemakkelijk op zijn stoel. 'Ik zal er niet omheen draaien. Primrose was gedetacheerd vanuit een andere firma om David te helpen bij een zaak over...'

'Boeiend!'

Die uitspraak schokte haar – en hem ook, zag ze. 'Hoe zag ze eruit? Was ze getrouwd?' Deden ze het op kantoor, wilde ze ook nog vragen. Hoe lang was het al aan de gang?

'Mager, eigenlijk.' Brian keek alsof hij net iets heel vies had gegeten. 'Ze droeg vormeloze bloesjes en broeken. Van dat dunne haar en best saai, eigenlijk. We begrepen geen van allen wat hij in haar zag.'

Ze reageerde prompt. 'Dus iedereen wist dat ze een verhouding hadden?'

Hij speelde nu nerveus met zijn servet. 'Ze brachten veel tijd met elkaar door en gingen vaak uit eten om de zaak te bespreken. Dat heeft de roddelmachine eerlijk gezegd wel op gang gebracht.'

'Hoe lang? Hoe lang was dit al aan de gang?'

'Eigenlijk meteen zodra ze hier kwam werken.'

Wanneer was dat geweest? Wanneer had David precies verteld – tussen neus en lippen door, heel achteloos – dat er een vrouw van een andere firma was die hem met een zaak hielp die behoorlijk ingewikkeld in elkaar zat. Maar zij was met Julia bezig geweest; ze had haar voortdurend op haar kop gezeten om te studeren zodat ze zou slagen en ze had haar eigen man verwaarloosd zodat ze, zelfs toen ze die Primrose (het was een opvallende naam die ze zich daarom herinnerde) tijdens het etentje van de zaak ontmoette, nog steeds niets in de gaten had.

'Je moet het jezelf niet kwalijk nemen, weet je.'

O god, hij probeerde nu haar hand vast te houden en kneep er geruststellend in. Onmiddellijk trok ze haar hand weg, maar – nee zeg! – hij hield hem vast en staarde haar aan met een vreemde blik die ze nog nooit bij hem had gezien. 'Je bent een aantrekkelijke vrouw, Alison. En ik vind je nieuwe kapsel geweldig staan. Heel anders. Korter, maar heel chic, vooral met die lange oorbellen. De mannen staan binnenkort vast voor je in de rij, als je niet al...'

Ze schoof de stoel achteruit en gebaarde heftig naar de ober om haar jas. 'Het spijt me, Brian. Maar ik moet gaan.'

❇

Caroline had het natuurlijk uitgebruld van het lachen toen ze die belde zodra ze binnenkwam. 'Wat? Die vreselijke man met dat zandkleurige haar en z'n gouden bril? Die je toen te eten had gevraagd toen ik net bij dinges weg was?' (Haar zus vergat vaak de namen van mannen die ze aan de haak sloeg en van wie ze zich daarna even resoluut weer ontdeed.)

Het was een klein gezelschap geweest, herinnerde Alison zich, waar haar zus en Brian met genoeg gasten konden praten – nog vier anderen – om hen af te leiden als het niet zou klikken. Dat laatste was dus het geval geweest.

'Hoe kan hij nou denken dat ik hem zie zitten? De enige man die ik wil is David.'

'Misschien doet hij dat ook niet. Ziet hij jou niet zitten.' Er klonk een slurpend geluid door de lijn, wat aangaf dat haar zus aan haar gebruikelijke avondwijntje zat. 'Misschien wilde hij je meer zelfvertrouwen geven.'

'Dank je.' Alison liet zich op de onderste trede van de trap vallen; haar favoriete positie. Op een of andere manier leek de bank te comfortabel om zo'n gesprek te voeren.

'Zo zie je maar wat er allemaal kan gebeuren, hè, Alison? Bij het uit elkaar gaan, draait het om je leven weer oppikken. Een nieuw image creëren. Net als je haar. Ooit aan een make-over gedacht?'

'Nee.'

'Dat moet je niet zo zeggen.' De stem van haar zus klonk milder. 'Luister, kom maar even hier langs. Ross is er niet, toch?'

Maar al te waar. De stilte om haar heen was oorverdovend. En de netheid deed zeer aan haar ogen. Jarenlang had ze wanhopig opgetreden tegen het spoor van kleren, vuile borden en kranten op de grond... David was voor een jurist verrassend slordig. Maar nu iedereen weg was bleef het schoon als ze had schoongemaakt. Alles lag op zijn plek. Zelfs Mungo lag slaperig in zijn mand; hij zag liever van zijn avondwandeling af nu het 's nachts zo koud werd.

'Het probleem is,' zei Caroline alsof ze haar gedachten had gelezen, 'dat je een dubbele dosis hebt gekregen. Een scheiding en je kinderen die het huis uit zijn.'

Er liep een koude rilling langs haar ruggengraat. 'Wie heeft het over scheiden gehad?'

'Sorry. Uit elkaar, dan. Dat doet me eraan denken. Ik heb de naam van een goede advocaat als je zo ver bent.'

'Ben ik niet.'

'Alison, dat zijn we geen van allen. Maar je moet reëel zijn. Heb je het huis te koop staan, nu het getaxeerd is?'

'Nee.' Verwilderd keek ze om zich heen in de prachtige hal met zijn zwartwitte tegels en de geslepen spiegel boven het grenen kastje. De spiegel hadden David en zij jaren geleden in Frankrijk gekocht. Het was al erg genoeg dat ze haar man kwijt was. Erg genoeg dat de kinderen niet thuis waren – Ross wist niet hoe snel hij naar zijn huurflat moest vertrekken, nadat hij haar het nieuws had gebracht. Maar haar thuis wilde ze niet kwijt.

'Dat gebeurt nu eenmaal, vrees ik. Als ik...'

Alison liet Carolines woorden door zoemen. Er zeurde iets in haar achterhoofd. Iets over wat die man Ed tijdens de bijeenkomst had gezegd. Toen had hij gezegd dat zijn huisgenoot hem had aangespoord om te gaan. Dat was het! Zijn huisgenoot!

'Hoeveel zou iemand tegenwoordig betalen voor een kamer in een huis, denk je?'

'Een kamer? Kom op, Alison, jij kunt toch beter krijgen. Jij kunt je wel een driekamerflat veroorloven als je het huis hebt verdeeld, hoewel misschien niet in de populairste buurt.'

'Ik bedoel hoeveel zou ik kunnen rekenen als ik een van de kamers van de kinderen verhuur?'

'Dat kun je niet maken! Waar moeten zij dan heen?'

Alison liep de trap al op met de snoerloze telefoon tussen haar schouder en oor geklemd. Ze zwierf door de eerste logeerkamer, daarna door die van Ross en toen die van Jules. 'Ach, ze komen toch niet vaak thuis. Ik zal Jules' kamer natuurlijk zo houden voor in de vakanties.'

Door hun eigen kamer. Davids hangkast. Ze gooide de deuren open, rukte de hangers eruit en smeet ze op de grond.

'Wat is dat voor geluid, Alison?'

'Ik ben aan het uitmesten.'

Zijn pakken. Allemaal. En die lamswollen trui die ze hem met kerst had gegeven. Op de grond. Naar de kringloop.

'Kun je dat niet doen als je niet aan de telefoon bent? Ik heb er een hekel aan als je niet luistert.'

Als zíj niet luisterde?

'Ik vind het verhuren van een kamer een idioot idee. Je weet nooit wat je in huis haalt.' Haar zus werd even stil. 'Je kunt ook nog bij mij komen wonen. Ik zou een beetje gezelschap wel leuk vinden. Alison? Ben je er nog? Je wordt een beetje gestoord, en ik bedoel niet alleen de verbinding, lieverd.'

Alison smeet het mooie blauw-wit gestreepte Jermyn Street-overhemd op het bed. Hoe zou ze in vredesnaam met haar zus met de scherpe tong kunnen samenleven? Ze was altijd blij geweest dat ze haar kinderen een eigen kamer kon geven. Caroline en zij hadden er een gedeeld tot zij was gaan studeren en dat waren jaren die haar bleven achtervolgen. Dat afschuwelijke gebrek privacy! De drukte die haar zus had gemaakt als zij, Alison, 's avonds wilde lezen en Caroline per se harde muziek aan wilde zetten.

'Dat is heel lief van je,' zei ze, terwijl ze de stapel kleren op de trap mikte voordat ze weer naar de keuken liep. 'Maar ik denk dat we daar allebei een beetje te oud voor zijn, denk je niet?'

'Misschien.'

Alsof hij het ermee eens was, maakte Mungo een snuivend geluid.

'Wat is dat?'

'De hond.'

'Goddank.' Haar zus giechelde. 'Ik dacht even dat je die Brian toch mee naar huis had genomen!'

'Echt niet.'

Dat was raar. Mungo maakte weer zo'n vreemd geluid vanuit de hoek van de kamer. Een vreemd laag gorgelen achter in zijn keel. En zijn ogen! De donkere irissen waren naar boven gerold en verdwenen. Er was iets mis. Er was iets helemaal mis...

'Caroline, ik bel je terug.'

Met trillende handen probeerde ze zich wanhopig het telefoonnummer van de dierenarts te herinneren. Daar stond het. Op het bord in de keuken waar iedereens nummer stond, ook dat van Davids mobieltje. Er zou op dit tijdstip niemand zijn, maar ze zouden wel een nummer voor noodgevallen hebben.

Toen ze naast Mungo zat – het holle, raspende geluid werd steeds harder – wachtte ze ongeduldig tot er iemand opnam. 'Alsjeblieft, ik heb hulp nodig. Het gaat niet goed met mijn hond...'

12

Karen

Karen fronste. 'Hoeveel legpuzzels waren het ook alweer?'

De vrouw aan de andere kant van de lijn zuchtte. Niet zo gek ook. Sinds Hayley haar het slechte nieuws had verteld, had ze zich niet goed op haar werk kunnen concentreren. Voor het eerst in haar leven, kon ze Adam nauwelijks aankijken, wetend dat ze een geheim voor elkaar hadden. Het zijne was in haar ogen ondergeschikt. Ontslag was niets vergeleken bij het beeindigen van een leven. Een leven waarvan haar zoon niet eens wist dat het bestond.

Zelfs het omvatten van de kiezel hielp niet.

'Drieënveertig puzzels,' herhaalde de vrouw. 'Van elk duizend stukjes, maar eentje heeft er negenhonderdzesentachtig en een andere negenhonderdvierenzeventig.'

Wat voor leven leidden die mensen? Wie had er in hemelsnaam tijd om het aantal stukjes te zitten tellen van een puzzel die maar zo'n vijf pond zou opleveren en die je beter naar een liefdadigheidswinkel kon brengen? Hoe zou een puzzelstukjestellende vrouw als deze omgaan met de problemen waar zij en haar groep mee geconfronteerd werden?

'Ze zijn mooi.' De vrouw klonk verdedigend alsof ze Karens gedachten kon horen. 'En er zit een oprolmat bij zodat je de puzzels kunt verplaatsen.'

Puzzels! Alles in Karens leven was ineens weer een puzzel geworden. Net toen ze het met zoveel inspanning voor elkaar had. Ze was zo verward over alles en dat gedoe met Ed maakte het er niet beter op. Haar gedachten schoten terug naar hun koffieafspraak en de lange blondine met de mooie benen die hem naderhand in haar blitse sportwagen was komen ophalen, nadat zij hem had gewaarschuwd dat hij niet te snel van de ene relatie in de andere moest rollen.

De bijeenkomst! Dat herinnerde haar eraan dat ze niet te laat naar huis moest gaan. Niet vanavond, nu ze had beloofd om op kleine Josh te passen, omdat Hayley weer een avonddienst had.

'Juist.' Haar vingers vlogen over het toetsenbord. 'Nu heb ik het. Drieënveertig puzzels. Elk duizend stukjes. Twee (enigszins) incompleet. Telefoonnummer?'

'Ik kan u beter mijn mobiele nummer geven. Vaak haal ik mijn vaste telefoon niet op tijd.'

Karen probeerde niet gefrustreerd te kreunen. Ze had nu geen tijd om te babbelen.

'Mijn dochter is niet goed, snapt u. Tweeëndertig is ze. Het wordt moeilijk om haar in en uit de rolstoel te krijgen. Maar puzzels leggen kan ze wel! Jee, die kan er wat van. Dat zeg ik almaar tegen de artsen. Ik bedoel, als zij in nog geen dag een puzzel van duizend stukjes kan leggen, dan heeft ze meer in haar mars dan ze denken. Wat vindt u?'

*

Karen liep die avond naar huis, want ze had behoefte aan frisse lucht, ook al was het koud. De vrouw met de gehandicapte dochter had haar van haar stuk gebracht. Net als Hayley en Adam. Ze had altijd gedacht dat ze het volmaakte stel waren. Maar een vrouw die een geheim had voor haar man (ze zag ze als getrouwd, ook al waren ze dat niet) en het liever met haar schoonmoeder deelde? Dat was niet goed.

'Hoi, mam. Hoe ging het vandaag?'

Adam stond al in de keuken thee te zetten. Dat deed hij soms, en dan gebruikte hij de reservesleutel die hij had gehouden toen hij in het huis van Hayleys ouders ging wonen. 'Earl grey of een sterke bak met melk?'

'Een sterke bak, graag.'

Niets zeggen, zei ze tegen zichzelf. Laat hij het maar vertellen.

'Wil je niet weten waarom ik niet op mijn werk ben?'

Haar hart maakte een sprongetje. Eindelijk! Hij zou haar over zijn ontslag vertellen!

'Dat komt doordat ik een nieuwe baan heb! Geweldig, hè? Ik ben net op gesprek geweest en ze hebben het me meteen verteld.' Hij straalde. 'En ik verdien bijna twee keer zoveel. Misschien kunnen we nu een eigen huis betalen of nog een kindje krijgen.'

Karen werd er misselijk van. 'Wat zegt Hayley ervan?'

Adam gaf haar een mok met het opschrift BESTE OMA TER WERELD waar kleine stukjes af waren. 'Ik heb het haar nog niet verteld. Ze moest vanmiddag naar de dokter. Niets ernstigs. Ze heeft pijn in haar buik.' Hij trok de koelkast open en haalde er een fles bubbels uit. 'Ik zei dat ze hierheen moest komen. Dan konden we het vieren. Wat denk je?'

*

Misschien, zei Karen bij zichzelf, terwijl ze Josh voor het kinderprogramma op tv op haar knie knuffelde, had Hayleys 'buikpijn' er niets mee te maken. Misschien zou ze van gedachten veranderen. Misschien...

'Daar is ze!' Adams gezicht was roze van opwinding toen hij opsprong om zijn vrouw te begroeten. 'Hayley! Je raadt nooit wat er is gebeurd.'

Met één blik op Hayleys grauwe gezicht wist Karen wat ze moest weten. Die bange groene ogen die zeiden – heel even maar – dat het allemaal voorbij was en wat je ook doet, vraag me er niets over en zeg niets tegen Adam.

'Wat?' Hayley liet zich naast haar op de bank zakken en stak haar armen uit naar haar zoon. Tot haar schaamte bleef Josh bij haar op schoot zitten. 'Wil omie.'

'Oké.' Hayley ging achterover zitten en deed haar ogen dicht. 'Wat wilde je vertellen, Adam?'

'Ik heb een nieuwe baan! En het betaalt geweldig! Nu kunnen we nog een...'

Karen kon er niet gewoon naar blijven luisteren. 'Ze is niet lekker, Adam. Kijk dan.'

Meteen zat hij naast haar. 'Sorry, liefje. Ik dacht niet na. Wat zei de dokter?'

'Iets over het tijdstip in de maand.' Hayley had haar ogen nog steeds dicht. Dat wist ze nog wel, dacht Karen. Ze wist nog wel wanneer het handiger was je ogen dicht te doen.

Karen pakte haar hand. 'Het is best zwaar, hè, liefje?'

Hayley deed haar ogen open en zond haar een snelle, dankbare blik. 'Nogal. Dus ik denk dat ik maar naar bed ga, als je het niet erg vindt.'

*

Adam had er natuurlijk niets van begrepen. Mannen begrepen het niet, was haar ervaring. Je menstruatie was iets waar je niet over praatte, zelfs al was het eigenlijk een heimelijke abortus.

'Ze feliciteerde me niet,' had hij gezegd, toen ze de fles met z'n tweeën hadden leeggedronken – wat ze eigenlijk niet had moeten doen omdat ze vanavond de bijeenkomst had. Maar lieve help, wat had ze het nodig gehad!

'Hayley voelt zich niet lekker, lieverd.'

'Je snapt het niet.' Hij aarzelde. 'Ik was ontslagen, mam. Dat heb ik je niet verteld omdat ik je niet ongerust wilde maken. Maar we vonden het wel heel erg, vooral omdat we nog een kindje wilden krijgen. En nu heb ik echt een gave baan. Ik dacht dat ze er blij om zou zijn.'

'Ze zal er ook blij om zijn. Geef haar de tijd.'

Maar nu, terwijl Karen naar de zaal liep – opschieten, anders was ze te laat! – wist ze het niet meer zo zeker. Voordat ze van huis ging, had ze bij Hayley gekeken die in Adams oude kamer lag, waar zijn posters nog steeds aan de muur hingen. 'Je zegt er toch niets over, hè?' was alles wat ze zei, en Karen had zwijgend haar hoofd geschud.

Maar het voelde niet goed om te liegen. Helemaal niet goed.

'Hallo?' Een lange, nogal slungelige man van achter in de vijftig met een dikke bril stond bij de ingang. Er hing een paarse aura boven zijn hoofd, wat aangaf dat hij diepe emotionele wonden had. 'Ben ik op het juiste adres voor de scheidingsclub?'

'Ja, maar...'

'Gelukkig. Ik heb het nummer wel honderd keer gebeld, maar het was het verkeerde nummer – wist je dat? – dus toen heb ik de advertentieafdeling van de krant gebeld en daar zeiden ze waar de bijeenkomst was en hoe laat. Maar ik kon niet eerder komen omdat ik in de Verenigde Staten zat voor mijn werk, dus ik dacht, nou dan kom ik de derde keer gewoon. Ik ben trouwens Hugh. Hugh Gregory.'

Dit alles werd in één adem gezegd zonder dat er een speld tussen was te krijgen, zodat Karen niets kon zeggen. Maar nu hij uitgepraat was, veranderde haar aanvankelijke reactie, die was dat het te laat was om nog mee te kunnen doen. Als ze zei dat hij er wanhopig uitzag, was dat niet bepaald overdreven. Ondanks zijn welbespraakte stem, zag ze een rauwe blik waaraan boodschappen voor één persoon en eenzame avonden met een saaie dvd af te lezen waren.

'Natuurlijk kun je meedoen,' zei ze vriendelijk. 'En wees maar niet zenuwachtig. We zijn een vriendelijke groep. De bijeenkomst vandaag heet "Verder met je leven". Kom er gezellig bij.'

13

Ed

'Fijne avond, Ed!'
'Tot morgen, Ed!'
'Prettige avond, Ed!'
'Doei, Ed.'

Soms, dacht Ed, terwijl hij door de gang liep, langs zijn personeel dat nog aan hun bureau zat te zwoegen, waarschijnlijk in de hoop indruk op hun baas te maken, vroeg hij zich af hoe zijn leven eruit zou hebben gezien als zijn vader hem de zaak niet had nagelaten.

Gek eigenlijk. De meeste projectontwikkelaars hadden het zwaar gehad tijdens de crisis, maar zijn ouweheer was een slimme rakker geweest. (Woordkeus van zijn vader, een die hij vaak gebruikte, zelfs tijdens een van de tuinfeesten, waarvoor Nancy zich diep geneerde.)

Dus toen zijn vader uiteindelijk nogal onverwacht de pijp aan Maarten had gegeven – tot groot verdriet van Nancy die oprecht van hem had gehouden (voor zover hij dat kon bepalen) – had Ed een flinke som geld in handen gekregen, naast een volledig afbetaald huis met drie slaapkamers aan het eind van de Chiltern Line (handig om in Londen te komen en voor fietsritten in Wendover Woods); een werkster die hij van de vorige eigenaar had geërfd en die hij niet had durven ontslaan, en de morele verplichting (jaren geleden aan zijn vader beloofd) om als oudste zoon voor zijn stiefbroers en –zussen te zorgen. Om nog maar te zwijgen van het feit dat hij een oogje moest houden op zijn hippe stiefmoeder.

'Vroeg naar huis, Ed?'

De best knappe uitzendkracht van wie hij de naam was vergeten, maar die zoveel efficiënter was dan haar voorgangster die nu (gelukkig!) met zwangerschapsverlof was, keek op van haar bureau. In tegenstelling tot zijn vader die zijn personeel schrik en vrees had ingeboezemd, had Ed erop gestaan dat zijn team hem bij de voornaam noemde. Maar gezien het feit dat dit meisje er nog maar een paar dagen was, vond hij het toch wel vrijpostig!

'Dat is het voorrecht van de baas,' herinnerde hij haar vriendelijk.

Ze knikte, alsof hij haar op haar plaats had gezet. Jee, wat was het moeilijk om de gulden middenweg te bewandelen tussen een toegankelijke baas zijn en degene die het voor het zeggen had.

'Natuurlijk.' Haar ogen schoten naar zijn linkerhand, waar een smal wit strookje huid zichtbaar was. 'Prettige avond.'

Terwijl hij door de draaideur naar buiten wipte, waar Charlie zou wachten, dacht hij dat ze er waarschijnlijk vanuit ging dat hij met iemand uit eten ging. Met een lange en blitse vrouw, zoals Tatiana was geweest. Een slim en sprankelend iemand als Bella, die pas toen ze getrouwd waren had bekend dat ze geen kinderen wilde en toen beweerde dat ze een postconjugale depressie had. Een grappig en intelligent persoon zoals Anita was geweest, maar dan met een kind uit een eerder huwelijk dat hem wél mocht. Als hij ze allemaal nu eens kon samenvoegen.

Hij had zoiets ooit eens tegen zijn huurder Clive gezegd. 'Goed idee,' had die temerig gezegd. 'Je moet in de kloonindustrie gaan.'

Dat deed hem eraan denken. Het werd tijd – dat was het al maanden – dat hij Clives huur omhoog deed. Zelfs Clive had hem eens gezegd dat hij te weinig betaalde. Maar op een of andere manier klopte het niet; vooral niet als iemand als bibliothecaris het hoofd boven water probeerde te houden. Clive was na Tatiana een van Nancy's heldere ingevingen geweest. 'Ik ken een man wiens leven is veranderd,' had ze geheimzinnig gezegd. 'Hij is vanuit het noorden hierheen gekomen en moet ergens iets kunnen huren. Jij verdwaalt in je eentje toch zo'n beetje in dat huis. Kun jij hem niet helpen?'

Een man die ze kende? Hij wilde niet verder vragen, maar vermoedde dat ze het voorstel meer voor hem deed dan voor Clive. Een huis met drie slaapkamers was amper groot genoeg om in te verdwalen. Bovendien was hij graag alleen. Dan kon hij om drie uur 's nachts naar bed, harde muziek draaien en laat thuiskomen, omdat je dat soort dingen kunt doen als je de baas bent.

'Maar dat is niet wat je vader zou hebben gedaan, hè?' had Nancy hem er vriendelijk aan herinnerd.

Dus hij had deze pezige, nogal kiene noorderling met het droge gevoel voor humor in huis genomen, en merkte dat, hoewel het hem vaak ergerde iemand in huis te hebben, het soms ook best gezellig was om een biertje in de keuken te drinken of voor te stellen dat ze afhaaleten aten (Clive stond er altijd op zijn deel te betalen) en dan over Tatiana te praten. Maar nu had zelfs die goeie ouwe Clive blijkbaar genoeg van hem, omdat hij nu thuis was gekomen met die folder van de scheidingsclub, en gezegd dat het voor zijn huisbaas goed zou zijn eens te praten met mensen die hetzelfde hadden meegemaakt.

'Hé, Ed.'

Charlie zat in de Porsche te wachten die zijn grote trots was geweest sinds hij hem van zijn vader had gekregen toen hij dertig werd. Hij had hem kunnen, of horen te, ruilen voor een nieuw model, maar zoals Nancy zei, nu zijn vader was gestorven had hij gevoelswaarde.

Ed liet zich in de passagiersstoel glijden, en schaamde zich nog steeds een beetje dat hij een chauffeur nodig had. Het zag er zo... nou ja, flamboyant uit. 'Charlie, ik ga niet meteen naar huis. Ik moet eerst ergens anders heen.'

Charlie knikte. 'Dat adres waar ik je vorige keer afzette? Ongeveer een maand geleden? Net buiten Amersham?'

Hoe wist hij dat?

'Ik dacht dat het tijd was voor de volgende bijeenkomst.' Charlie knipoogde. 'Ik heb het in mijn BlackBerry gezet, voor het geval jij het vergat.'

Dat dacht hij al. 'Nancy heeft je erover verteld, zeker?'

'Ze heeft het beste met je voor, Ed. Als het je door deze periode heen helpt, is het goed.'

Hij gaf Ed een Big Mac; het soort waarvan hij hield, met een dubbele portie kaas. 'Ik dacht dat je daar wel trek in zou hebben.'

Ed beet er hongerig in. 'Dank je.'

'Je zou dat internetdating eens moeten proberen. Onze Jan heeft dat gedaan en die heeft wat leuke kerels leren kennen, hoor.' Charlie remde bij de verkeerslichten. 'Maar toch moet je dit alles zeker wel stil houden?'

Hij hoefde niet te vragen wat 'dit alles' was. Het probleem met single én vermogend zijn, dacht Ed, terwijl hij uitstapte, was dat je nooit wist of mensen je om de juiste redenen leuk vonden.

'Tien uur om de hoek, net als de vorige keer?' vroeg Charlie.

Ed wierp een blik om zich heen om te zien of niemand keek. 'Dank je.' Hij keek neer op de tissue die Charlie hem gaf. 'Je hoeft niet ook nog mijn neus te snuiten, hoor.'

Charlie grijnsde. 'Ik dacht alleen dat je misschien die saus van je gezicht zou willen halen.'

*

Karen wilde dat ze met vijf dingen kwamen die positief waren aan het single zijn. Ha! Hij kon er wel meer dan vijf bedenken. Zoals de badkamer nog vóór de lunch in kunnen. Niet hoeven meedoen aan Tatiana's macrobiotische dieet. En geen last hebben van haar buien...

Jee, wat zat deze stoel beroerd! Van wie was hij eigenlijk? Een lilliputscout? Hij zou deze groep nog een kans geven en dan kon hij tegen Nancy zeggen dat hij het had geprobeerd en dat het niets voor hem was. Tot dusverre was de bijeenkomst gedomineerd door de vrouw in het paars, geurend naar 'Charlie' (Bella's geurtje), die maar doorratelde over ene Henry die allergisch voor haar honden was geweest. In Henry's plaats was hij allergisch voor Violet geweest.

En dan had je die behoorlijk knappe blondine – Lizzie – die zei dat ze dacht dat ze, toen ze te veel had gedronken, iets had gedaan wat ze niet had moeten doen, maar ze kon niet zeggen wat. Dat was wel duidelijk! Ze was zeker met een andere vent naar bed geweest.

'Dat is toch volkomen begrijpelijk,' zei hij tijdens de discussie, ondanks Karens afkeurende blik in zijn richting. 'Jij wilt weten of je nog aantrekkelijk bent, toch?'

En nu zei een andere vrouw – Alison, die gelukkig de blauwe oogschaduw had afgeschaft – dat haar kinderen vreselijk tegen haar waren, ook al was zij degene die niets verkeerd had gedaan. Karen had iets gezegd over kinderen die naar deden als ze in hun hart eigenlijk bang waren, en toen zei die Alison dat ze vroeg weg wilde, omdat haar hond niet lekker was, waardoor hij zich afvroeg of hij niet ook een hond kon verzinnen.

Bliep, bliep!

Verdorie. Zijn kontzak trilde tegen zijn linkerbil. 'Sorry. Vergeten hem uit te zetten.'

Super! Dit zou zijn excuus worden. Hij zou doen alsof hij zijn berichten bekeek en dan zeggen dat hij moest gaan. Mooi. Hij had echt een bericht gekregen.

HAAL JE OP NA DE BIJEENKOMST. MOET JE SPREKEN. DRINGEND.

Nancy?

'Is er iets tussengekomen?' Karen keek hem met een vreemde blik in haar ogen aan, die suggereerde dat ze er geen snars van geloofde. 'Heeft dat iets te maken met de vrouw met wie ik je zag?'

Dat ging haar niets aan! Hij keek de kring rond en voelde alle ogen op zich gericht.

'Je bedoelt mijn stiefmoeder?'

Karen knikte. 'Als jij je daar beter bij voelt, lieverd.'

De paarse vrouw leunde naar voren. 'Gaan we het deze keer doen?'

'Wat?'

'Je hoeft niet zo te snauwen, grote jongen. Zingen! Afgelopen maand zouden we het al doen.'

'Dit is toch geen zangles!'

Stik. Nou keken ze weer allemaal naar hem.

'Misschien niet,' zei de griezel met de geaffecteerde stem – hij had de naam Hugh nooit wat gevonden en deze man zag eruit als het soort arrogante bal die probeerde tijdens de kerstmis met het koor mee te zingen of in de trein de plaatsen aan het gangpad bezet hield. Wat dééd hij trouwens? In tegenstelling tot de rest had hij tot dusverre nog niet verteld wat hij voor werk deed.

'Maar!' Hugh keek hen allemaal met een heldere, bijna koortsige blik in de ogen aan. 'Van zingen ga je je wel positiever voelen.'

En zo kwam het dat Ed ineens mee stond te zingen met een lied dat hij zich vaag herinnerde van zijn padvindertijd. *Kumbaya* of iets dergelijks. En het gekke was dat hij zich, toen hij de zaal uit liep, verrassend helderder en rustiger voelde dan toen hij binnen was gekomen. Ook al stond Nancy's zilvergrijze Audi cabrio buiten onheilspellend te glanzen.

*

'Wat is er?'

'Dat vertel ik je zo wel.' Ze hield haar blik strak op de weg gevestigd. Nancy reed altijd heel voorzichtig. 'Vertel eens wat je vanavond hebt gedaan.'

Alsof hij weer op school zat.

'Gewoon, dingen.'

'Dingen!' Nancy klonk geamuseerd. 'En helpen die dingen?'

'Geen idee nog. We zijn met een opsomoefening begonnen, maar toen begon iemand iets te vertellen en daarna hebben we nog wat afleiding gehad.'

'Ik heb ook een beetje afleiding, nu je het zegt. Jamie heeft gebeld. Daarom heb ik jou gebeld.'

Hij kreunde. 'Zeg maar niets. Dat joch is weer geschorst.'

'Meteen goed. Hij zegt dat hij genoeg heeft van de kostschool en dat hij naar een gewone middelbare school wil. We hebben er een voor hem gevonden. Niet zo ver bij jou vandaan, gek genoeg.'

'Nee, Nancy, Nee.'

'Ed, het is je stiefbroer. En zijn moeder is niet bepaald in staat om voor hem te zorgen. Niet zolang ze in een inrichting zit.'

'Ik weet het, ik weet het.'

'Het is maar voor een paar maanden, Ed. Als het al zo lang duurt. Hij wordt toch wel weer geschorst, en dan moet hij weer ergens anders heen. Maar intussen ben jij misschien wel net de verstandige invloed die hij nodig heeft. Kom op, Ed. Je weet dat je vader zou hebben gewild dat je het doet.'

'Nee, nee, néé! Jamie is onmogelijk. Hij staat 's morgens niet op. Hij drinkt sinds zijn twaalfde. Hij heeft al drie tatoeages...'

'Eigenlijk vier. We dachten dat eentje met balpen was gedaan, maar dat bleek een amateuristisch tattoowerkje te zijn.'

'En hij werd betrapt toen hij een moeder van drieëntwintig in een dancing stond af te lebberen.'

'Meen je dat?' Nancy klonk geïmponeerd. 'Wat vond haar man daarvan?'

'Die had ze kennelijk niet. Wist je dat hij al van vier scholen was gestuurd?'

'Nu vijf. Maar dat is het hem juist, Ed. Hij heeft een man in zijn leven nodig. Een stabiliserende factor. Net als jij op zijn leeftijd een moeder nodig had.'

'Dat is niet eerlijk, Nance.'

'Weet ik, lieverd. En het spijt me. Ik wilde die troef niet uitspelen, tenzij ik hem nodig had. Ga je nou je kleine broertje onderdak bieden of niet?'

Ik had het mis. Niet over de isolatie. Dat heeft hij iemand laten doen. Maar toen ze klaar waren, glimlachte hij een vreemd lachje naar me en zei: 'Dat is beter voor als we het huis verkopen.'

Verkopen?

'Dit is mijn thuis,' zei ik, en ik probeerde rustig te klinken, omdat hij er een hekel aan heeft als ik hysterisch word, zoals hij dat noemt. 'Ik wil niet verhuizen. Bovendien, waar moeten we dan heen?'

Toen legde hij zijn hand op mijn schouder en zei: 'Niet we. Ik. Jij.'

Snapt hij het niet? Zonder hem is er geen 'ik', omdat we een 'wij' zijn. Ik doe wat ik altijd heb gedaan. Ik neem mijn slaappillen en doe alsof er niets aan de hand is. Ik moet wel. Voor de kinderen.

Sessie drie
Praktisch denken!

Misschien heb je er nu geen zin in. Maar op de lange termijn heb je er veel aan.

Heb je:
- *Een advocaat gesproken om te weten waar je recht op hebt?*
- *De gemeente laten weten dat je maar voor één persoon gemeentelijke belasting betaalt (als dat van toepassing is)?*
- *Overwogen werk te zoeken (en je zo nodig om te scholen)?*
- *Advies ingewonnen bij het burgeradviesbureau over bovenstaande en andere onderwerpen?*

14

Lizzie

'Vertel eens, Lizzie, heb je het nog met iemand gedaan?'

Lizzie staarde geschrokken in de spiegel voor zich, waarin een ontstelde vreemdelinge met stekelhaar te zien was, en Annaliese, 'haar' kapster die ze net een halfuur kende (en die haar nu al tutoyeerde en het had over 'de volgende keer dat je komt') knipte opgewekt door. Wat had ze zich nu eigenlijk voorgesteld van een knipbeurt? Dit was kort. Veel te kort.

'Sorry?'

'Ik vroeg of je nog plannen had om met kerst weg te gaan.'

Dus haar nieuwe kapster had níét naar haar seksleven gevraagd! Het was gewoon haar slechte geweten dat opspeelde! Hetzelfde geweten dat moord en brand had geroepen sinds ze na die avond met Rob was wakker geworden met een bittere smaak in haar mond (die goedkope witte wijn was een vergissing geweest), een verkreukeld dekbed en een verdwaalde sok met een gat bij de teen die zeker geen restantje van Tom was, omdat die maat 43/45 had en dit was maat 39/41.

'Ja. Nee. Min of meer. Sorry, maar vind je dit niet een beetje kort?'

'Waar ga je dan heen?'

'Ik blijf thuis. Ik had toch een paar centimeter gezegd?'

'Eigenlijk heb je gezegd dat ik mocht doen wat me leuk leek.' De blik in de ogen van de kapster gaf aan dat ze de uitnodiging om over zes weken nog een afspraak te maken misschien wel zou intrekken.

'Ik ben niet gek,' wilde Lizzie zeggen. 'Ik ben alleen maar in de war, omdat ik met een andere man naar bed ben geweest om te bewijzen dat ik niet onaantrekkelijk ben, ook al doet mijn man het met mijn beste vriendin.'

Shit. Sorry. Chips. Nu zag ze eruit als Peter Pan. Waar was haar haar? Haar prachtige, halflange bob! Ze kreeg nu al koude oren. Nu zou Tom haar nooit terug willen! Vooral niet nu ze zich dankzij een pijnstillende cocktail van Bounty's en drank gestaag opwerkte naar maat veertig.

'Cool.' Annaliese knikte goedkeurend. 'Hij vindt het vast leuk, denk je niet?'

'Wie?'

'Je ex. Daarom willen de meeste vrouwen hun haar eraf. Ze zeggen dat ze er helemaal anders willen uitzien. Hem laten zien wat hij mist.'

'Juist, dat was het plan.' Lizzie glimlachte dapper naar de kapster en besefte dat ook zij een blonde Peter Pan was en een bleek, smal strookje huid aan haar linkerhand had, net als zij. 'Hopelijk werkt het.'

*

'Doe niet zo belachelijk.' Haar moeder zette haar kop thee met een klap voor zich neer zodat ze een voetenbad kreeg. 'Hij is nu met iemand anders. Ze is zwanger, Lizzie. Het is al te ver gevorderd. Bovendien, wat heb je in hemelsnaam met je prachtige haar gedaan?'

Te ver gevorderd? Dat hoefde niet zo te zijn. Ze had het er gisteravond na de bijeenkomst van de groep rustig met Ed over gehad. Hij bleek sympathieker dan ze eerst had gedacht. Misschien omdat ze Ed had willen verzekeren dat zijn ervaring niet op zichzelf stond (ze had vorig jaar nog een artikel over lesbische echtgenotes voor *Charisma* geschreven), had ze opgebiecht dat ze Tom ondanks alles eigenlijk nog steeds verschrikkelijk miste. Dus als een volslagen vreemde het begreep, waarom haar moeder dan niet?

'Je mist gewoon het vertrouwde.' Haar moeder ging tegenover haar zitten en stak een sigaret op. 'En kijk me niet zo aan, Lizzie. Als ik af en toe een sigaret wil, dan rook ik er een. Waar zou ik me op mijn leeftijd zorgen om maken?'

Daar zat wat in.

'Precies!' Haar moeders ogen glommen zoals ze altijd deden wanneer ze wist dat ze een dispuut had gewonnen. 'Wil je iets van de bakker?'

Waarom niet? Eten was een van de weinige dingen die de pijn verzachtten.

'Nee, schat, een plakker. Zo'n pleister die je op je gezicht plakt om de frons eruit te halen. Echt geweldig zijn die, en jij kunt er wel eentje gebruiken, als ik het mag zeggen. Ik heb ook gelijk wat Tom betreft. Als je vader een verhouding had gehad, had ik het hem nooit vergeven.'

Dat meen je niet. Arme, ouwe pap. Tom had altijd gezegd dat hij een zwaar leven had. Hij wist niet hoe hij moest omgaan met het voortdurende mopperen. De kritiek.

'Toen ik de mijne had, was het natuurlijk iets anders.'

Lizzie verslikte zich in haar thee. Waarom verstond ze toch alles verkeerd? Eerst de kapster en nu haar moeder.

'Sorry?'

Haar moeder zette nu haar kop neer en keek haar op haar hoede aan. 'Ik zei dat het, toen ik mijn verhouding had, anders was.'

'Heb jij... een... verhouding... gehad?'

Haar moeder verschoof slecht op haar gemak op haar stoel. 'Ik wist dat ik het je niet had moeten vertellen, maar het kan ook helpen.'

'Hoe? Wanneer? Met wie?'

Ze stond nu op; draaide haar dochter de rug toe (dat deed ze weleens) en wendde voor af te wassen. Wacht eens even. Zo makkelijk kwam ze er niet vanaf.

'Mam!' Lizzie nam de afwasborstel van haar over en stuurde haar terug naar de tafel. 'Vertel het. Alles.'

'Goed dan.' Ze zuchtte. 'Het drukt al zo lang op mijn geweten dat het misschien ook wel een opluchting is. Zoiets als een mentale WeightWatchers. Jij was klein. Ongeveer zes. George woonde hiernaast. Ik heb naderhand ook mijn haar laten knippen. Een soort boetedoening.'

George? Ze herinnerde zich vaag wat buren: opgewekte lieden die een poosje over het hek naar haar hadden gezwaaid, in de tijd dat de vader van haar moeder bij hen allemaal woonde, tot hij stierf.

'Je vader was altijd maar aan het werk en leek geen belangstelling te hebben voor het slaapkamergebeuren.'

Te veel informatie!

'Toen heb ik iets gedaan wat ik niet had moeten doen.'

Ze wierp een nerveuze blik op Lizzie. 'Het was maar één keer. Maar het was genoeg. Natuurlijk heb ik je vader er meteen over verteld. Anders had ik niet met mezelf kunnen leven.'

'En hij is gebleven?'

'Natuurlijk. Hij moest wel.'

'Hoezo?'

Haar moeder snufte. 'Dat moet je hem zelf maar vragen. Ik heb al genoeg gezegd. Dat komt ervan als je thee met cafeïne drinkt. Echt, Lizzie, ik weet niet hoe jij dit spul kunt drinken. Je hart slaat ervan op hol. Maar daarom heeft het geen zin te verwachten dat Tom terugkomt en dat het dan weer goedkomt.'

'Waarom niet?'

'Je moet goed begrijpen...' Haar moeder had haar armen nu om haar heen. 'Als je die grens eenmaal hebt overschreden, dan is het nooit meer hetzelfde.'

'Wou je dat je was meegegaan? Met...' Ze kon de naam van de man amper over haar lippen krijgen. 'Met George?'

Haar moeders ogen glansden. 'Soms vraag ik me af wat er was gebeurd als ik dat had gedaan. Maar dat was niet eerlijk geweest ten opzichte van jou, liefje. Nee, toch?'

Dus het was haar schuld! Als ze niet voor haar had gekozen, zou haar moeder er met die George vandoor zijn gegaan en dan hadden haar vader en zij in vreugdeloze chaos samengewoond. Er trok een afschuwelijk kil gevoel door haar heen. Waar zat hij eigenlijk? Had hij het gehoord?

'Naar zijn Silver Surfers Club,' had haar moeder gesnuft. 'Hopelijk leert hij er wat van. Hij denkt nog steeds dat een server iemand is die hem alles aandraagt, zoals ik.' Ze klopte Lizzie op de arm. 'Maar hou het allemaal maar voor je, lieverd. Hij zal niet blij zijn dat ik het je heb verteld. Bovendien zijn het allemaal oude koeien, hè? Het is niet iets waar je Eegie na fort voor kunt nemen, hè?'

Echinaforce. Maar goed. Misschien had haar moeder gelijk. En ze had ook belangrijkere dingen om zich mee bezig te houden. Zoals een afspraak met Rob. Over precies veertig minuten. En daar kon ze niet onderuit. Tenzij ze haar baan wilde kwijtraken.

*

'En betaalt hij je nu alimentatie, meissie?'

Meissie? Waarom praatten al die Australiërs alsof ze een kruising van Skippy en dat stuk van *Home and Away* waren? Bovendien wilde ze het niet over alimentatie hebben. Ze wilde praten over wat er wel of niet gebeurd was, toen Rob de week ervoor was langsgekomen. Intussen stond hij geconcentreerd de lens scherp te stellen op de kleine van zes van de buurvrouw van de nicht van Pauline die had gezegd dat haar dochter best kon doen alsof ze wormen had. Als ze maar betaald kreeg. Contant.

Pauline was ook een moeder van Sophies school die allerlei mensen kende en het (in tegenstelling tot Sharon) niet erg vond gevallen te 'leveren' als ze maar een aandeel kreeg. Hoewel dat inhield dat ze dan een deel van haar eigen honorarium moest afstaan, was dat het wel waard.

Intussen zette Rob zijn apparatuur in de studio op. Shit. Sorry. Chips. Had hij dat de vorige keer ook gedaan?

'Over die keer dat je langskwam en ik me niet zo goed voelde,' begon ze met klamme handen.

'Ja?'

Hij maakte het haar niet makkelijk.

'Ik heb het idee... Ik bedoel... Ik weet niet of...'

'Of je te veel hebt gezegd?' Hij grijnsde. 'Maak je geen zorgen, Lizzie. Ik zei toch al dat mijn zus vier kinderen heeft, van wie er twee uit een eerder huwelijk komen. Daardoor kan ik zo goed naar vrouwen luisteren. Geen probleem. Leuk kapsel, trouwens. Geinig! En die rondingen! Mijn zus stopte zich ook vol met chocola om er doorheen te komen. Staat je wel. Minder schriel. Luister Kylie, ik wil dat je op die stoel gaat zitten en kijkt alsof je ergens jeuk hebt. Snap je? Goed zo!'

*

Toms mobiel schakelde zoals meestal door naar de voicemail.

'Dit is de voicemail van Tom Morris. Spreek een bericht in...'

Het geluid van de stem van haar man – nogal stijf, zoals hij altijd klonk aan de telefoon – klonk haar vreemd in de oren nu ze hem niet meer elke dag hoorde. Wat zou ze nu doen? Ze kon moeilijk Sharon bellen. Ze zou gewoon moeten wachten tot hij de kinderen zou ophalen voor het weekend, zoals hij had gedaan sinds hij was vertrokken. Gek genoeg leken ze deze routine te accepteren, ondanks haar vragen naderhand.

'Zijn jullie naar Sharons huis gegaan?' vroeg ze na de eerste keer.

'Nee,' zei Jack, die van de ene eetkamerstoel op de andere sprong (wat had hij in vredesnaam gegeten?). 'We zijn in London Eye geweest. Dat was echt cool!'

London Eye! Maar dat zouden ze nog als gezin doen. Hoe kon Tom haar dat nou afnemen?

'Heb je Tom gesproken, liefje?' Haar vader, die thuis was geweest toen ze de kinderen na de wormenfoto's ophaalde, keek haar meelevend aan.

'Nee.'

'Mama zegt dat je hem terug wilt.'

Dus af en toe praatten ze nog wel!

'Ze zegt dat ze je ook over George heeft verteld.'

Ze zei dat er niets over gezegd mocht worden!

'Dus ik denk dat het nu mijn beurt is, lieverd.'

Wat nu weer? Een gezinsbiecht?

'Kom eens.' Hij klopte naast zich op de bank. 'Ik heb een virusje, maar maak je geen zorgen. Het is niet besmettelijk! Geintje, lieverd. Ik heb het over mijn computer. Ze heette trouwens Marjorie.'

'De computer?'

'Nee. Liefje. Mijn vriendin. Degene over wie ik je probeer te vertellen. Het was toen we net getrouwd waren. Je moeder en ik... hadden wat aanpassingsproblemen. En we probeerden jou te krijgen maar dat lukte niet zo snel. Dus ik ben bang dat ik iets doms heb gedaan.'

Ze schoof bij hem vandaan. 'Alsjeblieft, pap, ik wil het niet weten.'

'Maar dat moet wel, liefje. Misschien heb je er iets aan om te begrijpen wat er nu met Tom en jou gebeurt. Toen je moeder erachter kwam was ze ontzettend gekwetst. Net als jij nu. Maar ik heb haar gesmeekt me terug te nemen en dat heeft ze gedaan en toen kregen we jou. Dat was heerlijk.'

Ze hoorde een 'maar' aankomen.

'Maar het was niet genoeg. Je moeder was zo gekwetst, snap je, dat ze zelf een affaire kreeg. En om een of andere reden zijn we er nooit overheen gekomen. De woede zit er nog steeds. Bij ons allebei.'

Na al die jaren?

'Op onze leeftijd is het een beetje laat om helemaal opnieuw te beginnen.' Hij haalde zijn schouders op. 'Misschien hadden we jaren geleden uit elkaar moeten gaan. Er resoluut een punt achter moeten zetten en iemand anders moeten zoeken. Daarom weet ik dat je dat kunt. Vooral nu je zo'n leuk, nieuw kapsel hebt. Het maakt je jaren jonger, weet je dat? Wacht eens even!'

Hij sprong op en griste zijn krant van het glazen blad van de jarenzestig-salontafel. 'Dit is precies wat jij nodig hebt!'

De *Daily Telegraph*?

'Nou, het is toch donderdag? Zelfs ik kijk af en toe, gewoon uit belangstelling, snap je?' Haar vader duwde het letterlijk in haar gezicht. 'Dit is precies wat je nodig hebt.'

Was ze gek aan het worden? Hoe kan haar vader met zijn grijze kabelvest nu de contactadvertenties van de *Daily Telegraph* lezen in plaats van zich aan het zakelijke nieuws te houden?

'Kom op, schat. Pak een pen. Dan stellen we nu meteen een advertentie voor je op!'

15

Alison

Ze had half verwacht dat Davids telefoon uit zou staan. Maar nee. Hij liet die verre, buitenlandse toon horen die aantoonde dat haar zoon Ross gelijk had. David was inderdaad naar het buitenland gegaan zonder ook maar een telefoonnummer voor noodgevallen achter te laten.

Wat onverantwoordelijk! Stel dat een van de kinderen iets overkwam en ze hem niet te pakken kon krijgen. Het was nu met Mungo al erg genoeg...

'David?'

Was hij dat wel? Die slaperige stem die te kennen gaf dat ze duidelijk midden in de nacht had gebeld. Waar zat hij? Ze kon zich de laatste keer dat ze zonder elkaar naar het buitenland gingen niet herinneren behalve... O, god. Wat was ze naïef geweest. Toen hij vorig jaar naar Parijs was geweest voor een 'congres van twee dagen'.

'Met wie spreek ik?'

Zelfs in bed en gescheiden bleef hij welgemanierd, bemerkte ze geërgerd. 'Je vrouw. Weet je nog?'

'Alison! Alles goed? Is er iets met de kinderen?'

Ze voelde een sprankje van genoegen dat ze hem bezorgd had gemaakt. En toen kwam ze terug naar de werkelijkheid.

'Het gaat om Mungo. Hij is ziek. Heel erg.'

'Wat naar.'

Daar hoorde ze duidelijk opluchting in zijn stem! Dus er is niets met de kinderen, kon ze hem bijna horen denken. Het is de hond maar. Het was Mungo maar die bij hen was geweest sinds Ross naar de middelbare school was gegaan. Een deel van hun leven dat hij, David, zo onverwacht in duigen had laten vallen.

'Eerst dacht ik dat hij iets verkeerds had gegeten.'

Ze was zich er afschuwelijk van bewust dat ze stond te kwetteren, gedeeltelijk uit opluchting dat ze haar man hoorde, gedeeltelijk uit bezorgdheid om Mungo die intussen bewegingloos in zijn mand lag, slaperig van de medicijnen.

'Maar nu denkt de dierenarts dat hij misschien een hersentumor heeft. Hij loopt heen en weer te ijsberen en stoot overal tegenaan.'

Zijn stem klonk koud, afstandelijk. Alsof ze het over iets anders hadden. 'Kunnen ze er iets aan doen?'

Die vraag had ze de dierenarts talloze malen gesteld.
'Hij krijgt morgen een scan. Dat kost een fortuin.'
'Ik heb wat meer geld op de rekening gestort.'
Ze kon wel gillen. 'Daarom bel ik niet. Ik dacht dat je misschien terug wilde komen. Om... om afscheid te nemen.'
'Dat gaat niet.'
Hij had zijn antwoord niet sneller kunnen terugkaatsen.
'Waarom niet?'
Ze kon de paniek in haar stem horen toenemen. David zou niet terugkomen? David die dol op Mungo was geweest, die hem elke avond had uitgelaten. Zou hij zijn teruggekomen als het voor een van de kinderen was geweest?
Alsof hij haar gedachten las zei hij: 'Heb je Ross gebeld? Die zal wel komen helpen.'
De woede die ze net even had gevoeld, kwam terug. Hij sloeg in golven toe, brandde als een valse aanval van maagzuur. 'Wil je niet terugkomen, David. Wil je geen afscheid nemen? Jezus, waar zit je toch? Ik weet dat je bij die vrouw bent. Ik weet...'
'Ik moet hangen. Mail me maar. Ik weet niet wanneer ik mijn mail kan lezen, maar probeer het maar.'
Klik.
Ze zat een paar seconden naar de telefoon in haar hand te kijken alsof ze hem daarmee kon dwingen weer aan de telefoon te komen. Toen de dierenarts over de tumor had verteld, had ze zich geschaamd voor het sprankje hoop dat in haar was opgegloeid. De hoop dat dit nieuws haar man reden zou geven naar huis te komen. Maar wat nu?
Ze knielde naast de stille Mungo en aaide hem achter zijn oren, wat hij als puppy altijd al heerlijk had gevonden. Hij verroerde zich niet maar ze kon hem voelen ademen. Langzaam. Zwaar.
Bel Ross, had haar man gezegd. Dat had ze al gedaan. Ze had allebei haar kinderen gebeld en beide keren hun voicemail gekregen. Als ze het bericht hoorden, zouden ze natuurlijk naar huis komen. Ze waren dol op Mungo. Maar David was het haar verschuldigd terug te komen.
Ach, wat. Als hij zich zo wilde gedragen, dan zou hem eens wat laten zien. Hen allemaal.
Ze popelde om het de groep te vertellen. Eens zien wat ze ervan vonden.

*

Die nacht had ze onrustig geslapen en ze was om vijf uur wakker geworden. Dat was begonnen nadat David was vertrokken. Ze was zich vaag bewust van een droom waarin ze op een fiets zat en haar man van achteren omklemde. Er kwam een kat in de droom voor, maar wat hij deed kon ze zich niet herinneren. Karen had tijdens de afgelopen bijeenkomst gezegd dat ze konden verwachten dat ze rare dromen kregen. Reizen komt veel voor, had ze gezegd. Dat betekende dat je verderging met je leven. Telde een fiets ook? Ze had niet het idee dat ze zelf verder kwam. En Caroline, die gisteravond laat nog ongevraagd was langsgekomen, vond absoluut van niet.

'Hufter.'

Haar zus zat op de keukentafel, een sigaret in de ene hand en een glas chardonnay in de andere. 'Hij is het gewoon niet waard, Alison. Als hij niet eens de moeite neemt naar zijn zieke hond te komen. Moet je dat nou zien!'

Caroline zwaaide haar hand naar Mungo, die weer was gaan ijsberen. Af en toe stond hij stil en staarde dan naar een lege plek alsof hij daar iets zag. Best eng.

'Als het een tumor is, kunnen ze dan iets doen?' Caroline drukte haar sigaret in de vierkante, porseleinen gootsteen uit. Op een ander moment had Alison haar gevraagd dat niet te doen.

'Niet veel.' Ze slikte. 'Maar na de scan die ze morgen doen, weten we meer.'

Caroline vulde ongevraagd haar glas nog eens bij en trok de vriezer open. 'Geen ijs?'

'Mijn man is vertrokken en de hond ligt dood te gaan, en dan vraag jij om ijs?'

'Niet zo prikkelbaar, Alison. Ik probeer alleen maar te helpen. Wanneer komen de kinderen?'

'Morgen.'

Caroline snoof. 'Je zou denken dat ze een beetje sneller waren gekomen. Wat zijn kinderen tegenwoordig toch met zichzelf bezig. Ik zou bijna blij zijn dat ik er zelf geen heb.'

Ze sprong van de tafel. Ze zag er anders uit. Slanker misschien. Het stond haar wel. 'Ben je afgevallen?'

'Een beetje. Komt doordat ik zo hard werk. Over werk gesproken, ik moet gaan. Morgen moet ik vroeg op voor een klant.' Ze gaf Alison een kus op de wang. 'Ik bel je nog. Kijk uit, Mungo. Je botste tegen me op.'

Haar zus was nooit een hondenmens geweest, dacht Alison terwijl ze Caroline uitliet. Of kindermens. Maar als je geen ouders meer had was een zus nog de enige lijn naar de rest van jezelf.

*

Drie uur later was Alison de wanhoop nabij. Het ijsberen van Mungo was erger geworden. Hij duwde zijn kop in alle hoeken en gaten. Niets hielp.

Ook niet als ze met hem voor de tv ging zitten, wat hij normaal gesproken heerlijk vond. (Toevallig was het een progamma over padden. Padden! Wanneer zou ze naar zoiets hebben gekeken toen de kinderen nog thuis waren?)

Net toen ze overschakelde naar een andere zender, liep Mungo weer voor haar langs, met zijn blik gevestigd op een onzichtbaar voorwerp voor zich. Wat eng! Echt eng. Hij hoorde de klopper niet eens, die nu op de voordeur neerkwam. Normaal gesproken zou hij furieus blaffend naar de voordeur zijn gerend. Gelukkig was in elk geval een van de kinderen vroeg thuisgekomen, bedacht Alison met een golf van opluchting terwijl ze deur opendeed.

'Hallo. Alison?'

Ze staarde de gedrongen vreemdeling voor de deur aan. Hij keek haar aan alsof ze zou moeten weten wie hij was.

'Alison Greene?'

Instinctief legde ze haar hand over de rode alarmknop naast de voordeur. Ze hoefde er alleen maar op te drukken, dan ging het signaal regelrecht naar de politie.

'Ik ben Clive. Clive Edwards. Heeft Ed je niet verteld dat ik zou langskomen? Ik weet dat het een beetje laat is, sorry hoor. Ik heb geprobeerd te bellen maar je was de hele tijd in gesprek. Ik was toevallig in de buurt dus ik dacht dat ik wel even langs kon komen. Maak je geen zorgen. Ik kom wel een keer terug.'

'Nee. Wacht.'

Er kwamen vlagen van een gesprek met Ed terug, die leuke man van de groep die inderdaad gisteren had gebeld, of was het eergisteren? Iets over of ze het meende om iemand in huis te nemen, en zo ja, zou ze dan zijn huurder willen overnemen, omdat Eds stiefbroer onderdak nodig had en hij kon ze niet allebei herbergen. Het zou maar tijdelijk zijn en misschien kon ze op die manier bepalen of ze wel een vreemde in huis wilde hebben.

'Sorry, ik was het vergeten.' Iets in het hartelijke gezicht van de man en die ogen die niet werden neergeslagen en dat vriendelijke noordelijke accent trok haar aan.

'Ik zie dat je het druk hebt.' Hij deed een stap achteruit, het stoepje af, en er knerpte grind op het pad, grind dat vervangen moest worden. Iets wat David nog had zullen doen.

'Ja. Nee. Kom binnen.'

Ze wilde dat hij haar nu gezelschap hield. Dat er iemand was. De vrouw die op de hoek van de straat de daklozenkrant verkocht was ook goed geweest. Voor ze het wist had ze hem meegenomen naar de zitkamer waar de televisie nog aanstond. Er kwam een vreemd kreunend geluid uit en ze zag een flits van blote benen. Ze had toch niet per abuis een sekskanaal ingeschakeld?

'Daar zat ik niet naar te kijken!' Ze voelde zich vuurrood worden. 'Ik had iets anders aangezet om wat afleiding te hebben. Mijn hond. Hij is ziek. Morgen laat ik een scan doen.'

De woorden ratelden haar mond uit alsof ze de verbindingswoorden niet kon vinden die de woorden tot fatsoenlijke zinnen aaneen moesten rijgen. Maar deze brede, vriendelijke man leek het te begrijpen.

'Wij hadden vroeger ook een hond.'

Ze greep die informatie aan als een reddingsboei. 'Wil jij even naar hem kijken?'

Hij aarzelde. 'Volgens mij kun je beter de nooddierenarts laten komen. Er moet er eentje dienst hebben.'

'Dat is ook zo. Maar ik heb liever dat mijn eigen dierenarts het doet. Die kent hem al sinds hij puppy was.'

'Hallo, maatje.'

Voor ze het wist zat Clive op zijn hurken naast Mungo, die nooit veel van vreemden moest hebben en die het toch leek te dulden – nee, hij leek het bijna fijn te vinden – zoals hij achter de oren werd gestreeld en toegesproken met die zachte, geruststellende stem die bijna hypnotiserend werkte. Ze kreeg het idee dat hij wonderen zou kunnen verrichten.

'Het ene moment ligt hij hier, en dan ineens raast hij de kamer door alsof hij hyper is,' begon ze uit te leggen, maar de woorden waren haar mond nog niet uit of Mungo kwam wankelend overeind en liep wiebelig naar de muur alsof die er niet stond, alsof hij er dwars doorheen zou lopen.

'Zie je wat ik bedoel?'

Ze staarde hem aan, wilde dat deze man zou zeggen dat het goed zou komen. Dat hij wist wat er aan gedaan kon worden.

'Hij lijdt, Alison. We moeten hulp inschakelen.' Hij keek nu ernstiger. 'Als ik jou was, zou ik toch de nooddierenarts maar bellen. Nu meteen.'

*

Hij ging met haar mee in de auto en hield op de achterbank Mungo vast, die in zijn favoriete, inmiddels stinkende deken gewikkeld was alsof hij hem zijn hele leven had gekend. Bij het verkeerslicht, toen ze kon stoppen en achterom kon kijken, hief Mungo zijn kop op en keek haar aan, zoals hij altijd had gedaan, en ze voelde weer een steek van hoop.

'Hij praat! Hoorde je dat? Hij zei iets tegen me!'

Clive knikte. 'Ik begrijp mensen niet die zeggen dat honden niet praten,' zei hij zacht.

Maar het licht sprong op groen voordat ze daarmee in kon stemmen en toen waren ze bij de dierenkliniek, die, net als andere zaken in de stad, in duisternis was gehuld. 'Hij zei dat hij naar buiten zou komen,' zei ze ontzet.

'De lichten gaan nu aan. Kijk maar.'

Zijn stem klonk geruststellend en gaf haar het gevoel dat het misschien nog goed kwam. 'Kom, ouwe reus. Daar gaan we.'

*

De dierenarts was absoluut te jong om afgestudeerd te zijn. Dat was tenminste haar eerste indruk. Maar ze klonk professioneel en Alison zag aan de manier waarop ze Mungo onderzocht dat ze wist wat ze deed. 'Het spijt me.'

Ze kijken haar nu allebei aan alsof ze een team waren. 'Ik denk echt dat we hem uit zijn lijden moeten verlossen.'

De woorden kwamen aan als een mokerslag. 'Maar de kinderen. Mijn man. Ze zijn er niet bij.'

Het meisje wierp een blik op Clive alsof ze had gedacht dat hij de laatstgenoemde was. 'Kunnen ze hier over een paar minuten zijn?'

'Nee.'

De blik in de ogen van de dierenarts was genoeg om het tot haar door te laten dringen. Ze ging op haar knieën zitten en begroef haar gezicht in Mungo's zachte, zwarte vacht. 'Het spijt me zo, lieverd. Ik hou van je. Ik hou zielsveel van je.'

Het gezicht van het meisje had nu een zachte, begrijpende uitdrukking. 'Ik beloof u dat hij er niets van zal voelen.'

*

Alison kon zich niets herinneren van de rit naar huis. Later besefte ze dat Clive waarschijnlijk achter het stuur had gezeten, waarschijnlijk onverzekerd. Vaag kon ze zich herinneren dat ze een mok met iets zoets en warms kreeg, waaraan ze nipte terwijl ze op de grond zat, naast de lege mand die nog warm was van Mungo.

Het huis was zo stil!

'Ga niet weg.'

Had ze dat gezegd? Of had ze zich dat alleen maar verbeeld?

Vaag herinnerde ze zich dat ze alleen de trap op liep en zich in foetushouding op het bed opkrulde. Dit was te veel om te verdragen, zei ze tegen zichzelf, waarna ze in een zachte duisternis viel. Te veel.

*

'Mam. Mam!'

Mam?

De stem leek door water tot haar te komen. Ze probeerde hem te negeren, maar hij was volhardend. Terwijl ze zich overeind hees, besefte ze dat hij afkomstig was van een lange gestalte in de deuropening van haar slaapkamer. Een lange, slungelige gestalte met een lange haarlok over zijn voorhoofd. Een jonge David.

'Wat is er aan de hand?'

In het donker tastte ze naar de lamp en knipte hem aan. Het was Ross. Fronsend. Woedend.

'Waar is Mungo? En wat doet die man in godsnaam op de bank in de zitkamer?'

16

Karen

Het zaaltje was die maand volgeboekt. Daardoor had ze haar A4'tjes moeten versturen, met een verontschuldiging erbij. De maand erna was het volgens de voorzitter van de boekingscommissie met het afgebeten accent ook volgeboekt. En ze kon geen ander moment vinden.

'Ik kan ze toch niet weer teleurstellen,' had ze gejammerd. 'Ik vind het al zo erg van deze maand.'

'Vraag dan of ze naar jou toe komen,' stelde Adam voor. 'Voor een keertje.'

Ze knikte terwijl ze kleine Josh een stukje brood gaf zodat hij de eendjes kon voeren die verwachtingsvol bij de vijver stonden te flapperen. Ze waren een dagje uit naar een plaatsje bij Wycombe – haar idee. Alles om de boel tussen Adam en Hayley te lijmen.

Sinds die avond waarop ze aan het gezicht van haar schoondochter had gezien dat het te laat was, had Hayley haar ontlopen. 'Het is goed, liefje,' had ze haar weten te zeggen toen Adam even de kamer uit was. 'Ik keur het niet af, weet je. Je had je redenen.'

Maar Hayley had haar aangekeken met een blik in de ogen die zei: 'Ik wil het er niet over hebben' waarna ze zei dat ze niet mee kon vandaag, omdat ze een essay moest schrijven voor haar cursus aan de Open Universiteit (geïnspireerd door Karens voorbeeld, zei ze).

'Ik weet dat je niet zoveel plaats hebt, maar het is wel gezellig.'

Adams stem trok haar het heden weer in. Het idee dat de nieuwe man (Hugh met de bekakte stem) bij haar op de enigszins versleten chintz bank zou zitten (die ze maar niet kon wegdoen omdat hij uit het 'oude' huis kwam en haar een geborgen gevoel gaf), vond ze een beetje verontrustend. Maar hij had er na de bijeenkomst zo dankbaar uitgezien dat ze hem niet wilde teleurstellen.

'Je vindt het echt leuk om die bijeenkomsten te doen, hè mam?'

Ze knikte. 'Ik ben geen Anthony Clare...' Ze had het altijd heerlijk gevonden om naar het radioprogramma van de bekende psychiater te luisteren, vooral toen ze door haar donkerste periode ging, en ze miste zijn geruststellende stem nu hij er niet meer was. 'Maar ik heb het zelf meegemaakt.'

Adam pakte het handje van Josh. Hij was een goede vader. Gelukkig beter dan zijn eigen vader. 'Je zou er eens over moeten nadenken coach te worden, mam.'

'Ha! Ooit eens. Als ik geen zwangere goudvissen hoef te verkopen.'

'Wat?'

'Laat maar.'

Het was op kantoor een grapje onder ingewijden geworden, samen met de gebruikte condooms. Als ze haar werk niet had, dacht ze, was ze gek geworden. Dat had Alison nodig. Als ze een baan zocht, zou ze wat anders aan haar hoofd hebben. De routine had haarzelf gered, om nog maar te zwijgen van het inkomen. Die jonge meid, Lizzie, daarentegen moest eens wat minder gaan werken. En wat Ed betreft... Die moest zich gewoon concentreren. Op één vrouw tegelijk. Violet had ze nog niet helemaal door. Hugh evenmin.

'Gaat alles goed met Hayley?'

Krijg nou wat. Dat had ze helemaal niet willen vragen, maar het was gewoon haar mond uit gekomen. Hoewel ze geen idee had wat het te maken had met haar onsamenhangende gedachten over Ed. Ze was een moederkloek geworden. Ze gaf alleen nog maar om haar kinderen en daar hoorde Hayley ook bij. Had ze daarom nooit een echte opvolger voor Paul gevonden? Was ze echt zo eenzaam dat ze onbewust haar zoon en zijn gezin had gebruikt om overeind te blijven? Misschien had ze daarom wel met haar groep willen beginnen, om die te gebruiken als buffer tegen haar eenzaamheid, die ze altijd had ontkend.

'Hayley?' Haar zoon fronste. 'Zo'n beetje. Maar ze doet de laatste tijd een beetje raar. Afstandelijk. Humeurig. Niet zichzelf.'

Ze kreeg een beklemmend gevoel in haar borst. 'Praat dan met haar. Vraag wat er aan de hand is.'

'Heb ik gedaan. Ze zegt dat ik het me verbeeld.'

Communicatie is de sleutel. Dat stond in alle zelfhulpboeken. Karen had ze allemaal gelezen. Maar als je de enige was die probeerde te communiceren, kon je weinig beginnen.

'Zo was je vader ook.'

Normaal gesproken paste ze ervoor kritiek te leveren op Paul waar haar zoon bij was. Maar Adam knikte. 'Nu je het zegt. Oma heeft gebeld. Sorry. Vergeten te zeggen. Ze zegt dat ze je moet spreken.'

*

Het was vandaag hectisch op het werk. Nog erger dan anders, en dat kwam niet alleen door haar onzekere gevoel na de melding van Adam. Vier dames met een headset en computer – het hadden er vijf moeten zijn, maar het nieuwe meisje had zich ziek gemeld, hoewel Sandra haar op weg naar kantoor het uitzendbureau had zien binnengaan.

Karen kon het haar eigenlijk niet kwalijk nemen. Deze baan kon je helemaal gek maken. Het was best heftig, en juist daarom moest je er af en toe de humor van inzien.

Vandaag hielp ze Sandra de berichten te sorteren die mensen met de hand geschreven voor de categorie Algemeen bij de receptie afleverden, in plaats van te bellen of e-mailen. Sommige handschriften waren moeilijk te lezen.

'Moet je deze zien,' zei ze en ze gaf er een aan Sandra om te laten lezen.

GEFELICITEERD MET JE NIEUWE BABY stond er in een sierlijk handschrift.

'Wat is daar mis mee?'

Karen wees naar de volgende regel. IK HOOP DAT JE BETER VOOR DEZE ZORGT DAN VOOR DE KINDEREN DIE JE MET MIJ HEBT GEKREGEN.

'Oké, met je eens. We schrijven terug om uit te leggen dat we hem niet kunnen plaatsen.'

Verbluffend hoeveel mensen de Kleintjes als forum gebruikten om wraak te nemen. Weer de telefoon!

'Drie springer pups. Twee zwarte en een bruine?' Karen las nog eens. 'Had je die vorige week niet ook?'

'Inderdaad.' De wanhopige stem van de vrouw klonk nog schril na in haar oren. 'Het waren er zes en voor drie heb ik een baasje gevonden. Maar tegenwoordig zit niet iedereen op puppy's te wachten.'

Karens hart sprong op. Zou ze? Nee. Dat zou niet eerlijk zijn tegenover de katten.

'Ik wil er geen geld voor hebben. Ik wil er alleen voor zorgen dat ze een goed baasje krijgen.'

Karen had de vrouw prettig vinden klinken. 'Laten we het nog eens onder Huisdieren proberen, dan zal ik hier op kantoor ook eens mijn licht opsteken of er iemand belangstelling heeft.'

'Dat is ontzettend aardig.'

Zo snel als ze kon zonder onbeleefd te zijn, maakte ze een eind aan dit gesprek. Nog maar vijf minuten en dan had ze pauze en daar was ze hard aan toe. Niet dat ze veel tijd zou hebben om haar broodje hoemoes weg te werken, dat in haar handtas zat. Ze had afgesproken met Doris. En als ze niet uitkeek, kon dat de hele middag duren.

*

Vreemd, dacht Karen terwijl ze zich een weg baande door de drukke straten van High Wycombe, op weg naar het café waar ze had afgesproken met Doris, hoe goed ze het ondanks alles altijd met haar schoonmoeder had kunnen vinden.

Vanaf het moment dat Paul haar mee naar huis had genomen om met zijn moeder kennis te maken, hadden ze het super met elkaar kunnen vinden. Niet dat ze er makkelijk een speld tussen kon krijgen. Doris praatte voor twee.

Maar ze was vriendelijk, hartelijk en zo lief geweest toen Karen had verteld dat haar eigen moeder tijdens haar studie was overleden (wat had betekend dat ze een jaar was gestopt om voor haar toch al zwakke vader te zorgen), dat ze bijna verliefd was geworden op het chaotische, drukke, liefdevolle nest waar Paul uit kwam in plaats van op Paul zelf. Was zij als enig kind gewoon op zoek geweest naar een substituutgezin?

'Ik schaam me voor hem,' was Doris' reactie tien jaar geleden geweest, toen ze had gehoord wat haar zoon had gedaan. 'Kun je hem niet nog een kans geven, meisje? Hij geeft echt om je.'

Deed hij dat? Daar was Karen niet zo zeker van. Maar, zoals ze zichzelf vastberaden voorhield, ook al was haar huwelijk voor eens en altijd voorbij, dat wilde nog niet zeggen dat ze geen contact kon houden met Doris, die een moederrol voor haar had vervuld. Bizar dat ze al bijna vijfenzeventig werd! Dat zag je niet aan haar af.

'Hallo, liefje!' Doris strekte haar armen uit. Karen knuffelde haar terug, snoof haar kenmerkende luchtje van lavendelwater op en nam de karakteristieke sandaaltjes in zich op met die dikke laag vleeskleurige 60 denierkousen eronder. Doris geloofde niet in panty's. Dat broeide maar, zei ze altijd. 'Kom, ga zitten en vertel eens hoe het met je gaat.'

Karen ging tegenover haar zitten, keek om zich heen om een serveerster te zoeken die de tafel kon schoonmaken. Doris vond dit een leuke tent; meestal kwamen ze hier omdat ze voor de zestigplussers heerlijke uitsmijters met patat hadden. Maar eigenlijk vond ze het een beetje achteruit gaan. Net als Doris. Verbeeldde ze het zich of was ze echt dunner?

'Goed, hoor. Prima. En met jou?'

De ogen van haar schoonmoeder werden spleetjes. Het was een klein vrouwtje – Paul had zijn lengte van zijn vader meegekregen – maar Karen had vaak gedacht dat ze haar schoonmoeder maar beter niet tegenover zich kon krijgen.

'Alleen goed?' herhaalde ze, Karens eigen vraag negerend.

Zou ze over Hayley vertellen? Nee. Nog niet. Dat had ze beloofd.

'Echt heel goed, hoor!' Ze keek stralend naar haar schoonmoeder en gaf haar tegelijkertijd de kaart. 'Ik heb al voor ons besteld. Het gewone recept.'

Goddank had ze dat broodje gehad, dat haar behoedde voor de uitsmijter met patat. 'Neem die van mij maar, ik heb onderweg al gegeten.'

Doris knikte. Dit was het ritueeltje dat ze altijd afwerkten; het was ongelooflijk hoe veel ze kon eten, als je zag hoe klein ze was. En ze wisten allebei dat als de rekening kwam, Karen zou betalen. Het was, zoals Karen altijd zei, het minste wat ze kon doen. Doris was zo goed voor haar geweest in die zware tijd toen ze bij Paul weg was gegaan.

'Heb je het druk?'

Karen knikte.

'Ik ben gek op je rubriek!'

Doris praatte alsof ze de pagina als journalist volschreef in plaats van dat ze aan de telefoon tekst voor advertenties noteerde. 'Ik lees hem altijd! Heb je nog mooie koopjes voor me?'

Vorige maand had ze nog een bijna splinternieuwe, zwartleren bank voor haar schoonmoeder gevonden (iets wat Doris gek genoeg altijd al had willen hebben!). Hij was van een vrijgezel geweest wiens bruid had besloten dat hij niet paste in het nieuwe interieur dat zij had bedacht.

'Nee, tenzij je gedeukte pingpongballen wilt hebben, of puppy's.'

Doris haalde een medicijnflesje uit haar tas en schonk tot grote ontzetting van de tafel naast hen de inhoud ervan in haar theekopje. Karen probeerde niet te giechelen. Dat deed ze altijd, gedeeltelijk om anderen op de kast te jagen en gedeeltelijk omdat ze het lekker vond. 'Het is whisky, geen urine,' wilde ze tegen de afkeurend kijkende mensen zeggen. Nou en!

'Luister, lieverd. Ik zal eerlijk zijn. Toen ik gisteren belde, was het niet alleen voor de gezelligheid.'

Karen werd een beetje ongerust. Er was iets op komst.

'Het gaat om Paul.'

Ze zweeg. Doris had haar zoons naam jarenlang niet in haar bijzijn uitgesproken. Ze hadden er op een of andere manier altijd omheen gepraat en het gehouden bij veilige onderwerpen als Adam en Hayley, ook al was dat nu geen veilig onderwerp meer.

'Hij zit een beetje in de nesten, eerlijk gezegd.'

Wat kan mij dat schelen, wilde Karen gillen. Ineens vloeide alle welbevinden uit haar lichaam weg en had ze na al die jaren de belachelijke aanvechting een sigaret op te steken.

'Hoezo?'

Ze worstelde om haar stem vlak te houden. Visualiseerde een uitademing via haar armen om te voorkomen dat ze haar schouders door de spanning zou optrekken.

'Hij heeft me gevraagd dat niet te vertellen.'

Dit voorspelde niets goeds. Doris raakte zelfs de uitsmijter en patat niet aan die het meisje voor haar had neergezet. Normaal gesproken had ze het onmiddellijk naar binnen gewerkt.

'Hij wil je spreken. Volgende maand. De eerste zaterdag aan het begin van de middag op de markt. Nee, hij kan niet op een ander moment. Er is een reden voor.' Doris strekte haar handen uit en ze voelde de greep van haar schoonmoeders magere handen. 'Je gaat toch wel, hè, lieverd? Voor mij.' Weer een scherpe blik. 'Per slot van rekening zijn jullie nog steeds getrouwd, liefje. Ja toch?'

17

Ed

'Opstaan!'

Ed probeerde het dekbed van het joch weg te rukken, maar die klampte zich eraan vast alsof zijn leven ervan afhing. Hij kon amper ademhalen in die walm van lichaamsgeur en verschaald bier, laat staan dat hij om zeven voor halfacht 's morgens nog eens een partijtje ging touwtrekken. Hij zou dit koste wat kost winnen! Hij greep een hoek van het dekbed en stommelde achteruit, terwijl Jamie terugtrok. Desondanks had hij onbedoeld een glimp opgevangen van het onderstel van zijn stiefbroer. Gloeiende, gloeiende. Dat was indrukwekkend. En oneerlijk.

'Ga weg.'

Er werd getrokken door wat eruitzag als de bovenste helft van een deels gebleekte en in de gel gezette hanenkam; de ene kant was wit en de andere zwart. Hoewel de rest niet te zien was, wist Ed dat iets lager een zilveren ring door een onderlip te zien was, die goed was voor een lichte slis. Suffe idioot. Daar zou hij nog weleens spijt van krijgen.

'Nee, dat doe ik verdorie niet, luie donder. Straks kom je te laat op school en dan ben ik te laat op mijn werk.'

'Nou en, meneer het perfecte voorbeeld? Jij moet alles altijd precies goed doen, hè?'

Jamies stem klonk gedempt onder het dekbed vandaan, dat hij om zich heen had gewikkeld. Er klonk een reeks korte piepjes, wat aangaf dat hij tegelijkertijd een nummer op zijn mobiel aan het intoetsen was. Konden ze nou nooit één ding tegelijk doen? 'Jij bent toch de baas?'

Ed was nog steeds aan het trekken. 'En hoe denk je dat ik dat heb bereikt? Niet door de hele dag in bed te blijven. Als je niet de hele nacht achter je laptop had gezeten, was je nu niet zo moe geweest.'

Geen wonder dat je moeder niets met je kon uitrichten, wilde hij zeggen, maar hij bedacht zich. Jamie, of het joch, zoals hij hem noemde, was altijd een uitdaging geweest (zijn eigen vader had dat zelfs gezegd, ook al had hij altijd een zwak gehad voor de jongen, waar Ed als hij heel eerlijk was wel jaloers op was). En ook al geloofde hij niet in zenuwinzinkingen (vooral niet als het Angela's zevende was, of was het haar achtste?), het bleef familie.

'Hoe doe je dat met al die stieffamilieleden?' vroegen vrienden vaak.

Maar voor Ed was het normaal. Als je met een vader opgroeide die al een aantal keer getrouwd was geweest en na Eds moeder Angela nog twee vrouwen had, leek het alleen maar logisch. 'Het is maar net wat je gewend bent,' zei hij schouderophalend als zijn vrienden op zijn verjaardag kwamen en daar een verzameling stiefbroers en -zusjes aantroffen en bij een gelegenheid die hem was bijgebleven een baby in een kinderwagen.

'Wie is dit?' vroeg iemand en Ed had er een zekere voldoening in geschept om te zeggen: 'Mijn zwager.'

Eigenlijk was het zijn stiefzwager, maar een kniesoor die daarop lette. Bovendien – en dat was wat ertoe deed – ze konden allemaal goed met elkaar overweg. Daarom geloofde hij in het huwelijk. Hij geloofde er echt in. Als je tenminste de ware vond, natuurlijk. Zijn vader was een geweldige, joviale en soms fantastisch rijke man geweest (en soms blut, wat verklaarde dat hij naar een minder luxe kostschool was geweest) en deed hem qua uiterlijk soms denken aan wijlen Jimmy Goldsmith. Zijn vader was befaamd geweest vanwege zijn gastvrijheid, en nodigde vaak ex-vrouwen en een paar toekomstige uit op zijn jacht en tweede huis in Cannes.

Misschien had hij het daarom niet zo erg gevonden om een punt achter zijn eigen huwelijken te zetten. Als het niet ging, waarom zou je er dan mee doorgaan? Dat was de les die hij van zijn vader had geleerd. Je kon scheiden maar toch vrienden blijven. Dat was hem op een of andere manier met zijn eerste vrouw gelukt, die eerlijk gezegd toch nauwelijks zijn vrouw was geweest. Hij had Carol leren kennen toen hij nog in de eindexamenklas zat en aan rugby deed. Hij was direct na zijn achttiende verjaardag naar de burgerlijke stand gerend terwijl hij eigenlijk een wedstrijd had moeten spelen. 'Ik hou van haar,' had hij zijn peinzende vader gezegd toen die had gevraagd waarom hij het had gedaan. En nee, ze was niet zwanger, maar achteraf bezien was hij wel herstellende van de breuk met Claire. Nee. Dat was het enige meisje aan wie hij echt niet meer wilde denken...

Maar een paar maanden later hadden 'zijn bruid' en hij besloten dat ze andere mensen meer zagen zitten (vooral na dat bal met al die meisjes van het St. Margaret) dus had zijn vader – tot grote opluchting van de ouders van het meisje – discreet het huwelijk laten ontbinden met als reden dat het huwelijk niet was geconsumeerd, wat niet helemaal klopte.

Maar nu, terwijl hij probeerde zijn jongere stiefbroer uit bed te slepen zodat hij hem naar de dure school kon brengen waar Jamie zijn eindexamen kon halen, begon hij zich af te vragen of het leven niet eenvoudiger zou zijn geweest als ze het allemaal bij één of hoogstens twee vrouwen hadden gelaten.

'Als je niet opstaat, krijg je een plens water over je heen.' Nog terwijl hij dat zei, viel zijn blik op de fles water die op de grond stond naast een verkreukelde spijkerbroek met veiligheidsspelden erin in plaats van ritsen die eigenlijk in de wasmand thuishoorde. Jamie was opgegroeid met het predicaat 'het joch' omdat hij eindelijk de laatste stiefbroer was; door de dood van zijn vader was dat nu zeker. Dat was nog een reden waarom Ed een zwak voor hem had. Zijn eigen vader had het dan misschien druk gehad met zijn werk en de andere mensen voor wie hij verantwoordelijk was, maar hij had altijd tijd voor Ed gehad. Hij had veel jeugdherinneringen aan samen vissen, rugbywedstrijden, lange wandelingen met Paddy, de rode Ierse setter en één keer, om nooit te vergeten, een uitnodiging op een bepaalde club in Soho voor zijn zestiende verjaardag.

Maar Jamie had dat alles niet gehad. In plaats daarvan had hij een moeder (die niet bepaald Eds favoriete stiefmoeder was vergeleken bij Nancy, die hij werkelijk aanbad) die net was getrouwd met een in Eds ogen volslagen nietsnut. Hij was het zijn vader verschuldigd om voor het joch te zorgen, en als dat inhield dat hij twee opwarmmaaltijden moest kopen in plaats van één, een koude douche had omdat het warme water op was én dat hij water over hem heen moest gooien om hem wakker te maken en naar school te krijgen, dan was dat maar zo.

'Rot op! Je maakt me helemaal nat!'

Jamie sprong uit bed en struikelde over een lege fles. Smirnoff?

'Ben je gaan slapen met een glas wodka op?'

'Nee.' Jamie droogde zijn gezicht af met het dekbed. 'Een halve fles.'

'Een halve fles?'

'Je gaat me toch niet brokken, hè?'

Wat betekende dat in vredesnaam?

Jamie rolde zijn ogen hemelwaarts. 'Dat is dat je me op m'n kop geeft. Weet je niet dat tieners twaalf uur slaap nodig hebben?'

Als deze jongen een gebitje kocht, had hij een extra large nodig.

'Hou die brutale mond en ga douchen. We hebben het er nog over.'

Maar Jamie stapte al in zijn boxer van gisteren die nog op de grond lag bij al zijn andere kleren sinds hij bij Ed was aangekomen. 'Ik ga niet douchen omdat je het me gevraagd hebt.'

'Dus je gaat zo naar school?' Ed keek met afgrijzen naar de zwart-witte hanenkam, de lippiercing, het met wodka bevlekte T-shirt met de kleur van spaghettisaus en de afbeelding van de Wattevers erop (zijn lijfband) en gescheurde spijkerbroek met alle vlekken en scheuren die hij per se elke dag aan wilde. Tot het moment dat hij hier vorige week kwam wonen, had Ed het eeuwig slonzige voorkomen van de jongen toegeschreven aan de verwaarlozing door de moeder van Jamie. Maar nu begon hij bijna medelijden met haar te krijgen. Jezus! Zijn blik viel op nog iets wat op de grond lag. Zeg nou niet dat het was wat hij dacht dat het was. Met inhoud, ook nog...

Jamie, het joch, snoof geamuseerd. 'Ja, Ed. Het is een condoom. Met de K van klaarkomen, de O van orgasme, de N van neus tussen je...'

'Condoom schrijf je met een C. Leren ze jullie niet meer te spellen?'

'Wat je wilt. Maar goed, ik heb hem alleen gebruikt voor soloseks.'

Waarvoor?

'Dat je het met jezelf doet. Om te oefenen. Je moet het zelf eens proberen nu je Tietie... eh Tatty niet meer hebt. Gaat ook met vershoudfolie.'

Had het zin om hem een lesje te leren? Het was alsof je Frans sprak tegen een holbewoner. Bovendien moest het ding de vuilnisbak in voordat de werkster kon denken dat het geval van hem was. 'Als je nu niet opschiet, dan...'

'Wat?' Jamies ogen glinsterden alsof hij hiervan genoot. 'Ga je me dan slaan? Dat kan nu niet. Er was gisteren een jongen wiens moeder werd vervolgd omdat ze hem een mep met haar haarborstel had verkocht toen hij niet naar school wilde.'

Waar gaat dat heen, vroeg Ed zich af. In zijn tijd was het wel anders geweest. Zijn huisoudste had hem er al van langs gegeven als hij de helft had gezegd van wat het joch allemaal uitkraamde.

'Oké.' Hij probeerde zich de wijze woorden van Nancy te herinneren die ze had gesproken voordat ze het joch afzette na het noodtelefoontje van het afkickcentrum. 'Wees resoluut maar vriendelijk. Gebruik emotionele logica.'

'Als je nu beneden komt en wat eet, mag je naar school rijden, als Charlie er is.'

Jamies gezicht lichtte op. Hij had op zijn dertiende in de stationcar van zijn moeder leren rijden, maar was tot nu toe nog niet geslaagd voor zijn rijbewijs, ook al was hij zeventien. 'Lauw.'

Lauw? Wat betekende dat? Voor zover hij wist kon dat alles betekenen. Oké. Alsjeblieft. Dank je. Waarom konden ze tegenwoordig niet fatsoenlijk praten?

'Ik kom beneden als ik in je auto mag rijden. Maar ik eet niets. Ik heb geen honger.'

Wacht eens even. Op dat moment zag hij iets. Iets nieuws boven de afgezakte tailleband van die gescheurde short.

'Heb je nog een tattoo laten zetten? Heb je er nu vijf?'

'Gaat je niets aan. Bovendien is het maar balpen.'

'Laat eens zien.'

'Hou op, man.'

Ed beet op zijn lip. Hij zou deze keer niet aandringen. Bovendien wist hij redelijk zeker wat hij had gezien. Of het nu balpen was of permanente inkt, hij had het woord gezien. PAP had er gestaan, met aan weerszijden een klein, blauw hart.

Arm joch.

*

Hoe deden werkende ouders dat, vroeg Ed zich af toen hij struikelend de draaideur van zijn vaders vastgoedzaak door kwam.

'Morgen!'

Dat mooie, roodharige meisje van de receptie glimlachte naar hem en keek hem toen eens goed aan. 'Grote genade. Je ziet er moe uit, als ik zo vrij mag zijn.'

'Nou, eigenlijk ben ik wel een beetje brak,' hoorde hij zichzelf tegen beter weten in zeggen. 'Een van mijn stiefbroers woont bij me in en hij is een stuk jonger. Ik kon hem niet naar school krijgen, dus we hadden woorden en toen...'

'Ik weet precies wat je bedoelt!' Haar gezicht lichtte op. 'Ik heb een broertje dat veel jonger is dan ik en mijn moeder kan hem ook nooit uit bed krijgen. We hebben alles geprobeerd. Ze heeft gisteren zelfs zijn tenen in een bak met ijs gestopt. De lakens werden wel nat, maar ach. O jee. Dat bedoelde ik allemaal niet zo.'

Ze bloosde beschaamd en om een of andere reden deed hij hetzelfde. 'Ik kan maar beter opschieten. Bedankt voor het idee. Misschien probeer ik het wel. Het ijs, bedoel ik.'

'Laat eens weten of het helpt. Weet je, ze zeggen dat tieners twaalf uur slaap nodig hebben. Er stond laatst een stuk over in de *Daily Mail*. Mijn moeder is er woest over. Oeps! Ik zal die telefoon maar opnemen!' Ze glimlachte ontwapenend. 'Ik wil niet ontslagen worden!'

Op weg naar de rust van zijn kantoor voelde hij een vage onrust over dat gesprek (kwam dat door de aantrekkelijke uitzendkracht of door die twaalf uur slaap?). Ed opende zijn e-mail. Honderdeenendertig berichten en het was nog niet eens elf uur! En de helft ervan wissen of ze doorsturen naar zijn assistent kon ook niet. Hij zou Garth gewoon moeten zeggen dat hij even telefonisch niet bereikbaar was zodat hij er tegenaan kon.

*

Tegen de middag begon zijn maag te knorren en dat herinnerde hem eraan dat hij dankzij zijn ruzie met Jamie alleen kans had gezien bij wijze van ontbijt een sneetje koude toast naar binnen te werken.

'Garth?' Hij stak zijn hoofd om de hoek van de deur. 'Wil jij even bij Costa een panini champignon en emmentaler halen?'

Zijn doorgaans niet van zijn stuk te brengen assistent wierp hem een blik toe die alleen omschreven kon worden als beslist van zijn stuk gebracht. 'Vóór- of nadat jij je hierover hebt ontfermd?'

Ed kreunde toen Garth hem een stapel e-mails met het opschrift DRINGEND in de handen drukte. 'En het is misschien een idee om eerst de directeur te bellen.'

De directeur?

'De school van het joch.'

Jamies beruchtheid was dusdanig dat zelfs het personeel hem bij zijn bijnaam noemde.

'Kennelijk is hij bij een les achter in de klas gaan zitten met zijn mobiel en heeft hij tegen de docent aardrijkskunde gezegd dat hij kon oprotten.'

Godallemachtig! Hij had hem gewaarschuwd geen grove taal te gebruiken. En waarom stonden ze überhaupt mobieltjes in de klas toe?

'Dat doen ze niet, dat was onder andere het probleem. O, en er heeft net ene Alison gebeld. Ze zegt dat het niet dringend is, hoewel ze wel een heel innemende stem heeft.'

Omdat Garth niet op vrouwen viel, was dat wel een groot compliment.

'En als ik het mag zeggen, denk ik dat je daarna echt naar die bovenste e-mail moet kijken.'

*

Eds vader had hem altijd geleerd eerst de aangenamere dingen af te handelen. 'Dan kun je de ellendige dingen beter aan,' zei hij altijd.

Dus hij belde Alison, maar hoorde dat haar antwoordapparaat aan stond. Een beetje teleurgesteld – hij vond het echt jammer dat de bijeenkomst deze maand niet doorging – probeerde hij het nog eens. Nog steeds geen reactie. Als ze vanavond niet had teruggebeld, zou hij haar morgen bellen. Het was een systeem dat Karen de vorige bijeenkomst had voorgesteld. 'Iedereen heeft een maatje,' had ze opgewekt gezegd. 'Je belt elkaar regelmatig – om beurten – en het maakt niet uit als je niet wilt praten. Het gaat erom dat je er voor elkaar bent.'

Hij was heimelijk teleurgesteld geweest dat hij Lizzie niet had gekregen, de jammie mammie, maar dat had misschien alleen maar problemen opgeleverd en die had hij al genoeg. Maar Alison was intrigerend en ze had hem al wat goede ideeën aan de hand gedaan om met het joch om te gaan. Dat van de auto was haar idee geweest.

Het volgende op de lijst was de directeur. Deze keer – heel verdacht – werd hij meteen doorverbonden.

'Ja.'

'Ik weet het.'

'Het zal niet weer gebeuren.'

'Mijn excuses, maar misschien kunt u rekening houden met de nijpende situatie...'

Hij haalde de gebruikelijke verontschuldigingen van stal voor het joch (dat rotgozertje, hij zou ervan lusten!), trok zijn wenkbrauwen op en trok rare gezichten naar Garth, van wie hij gekke gezichten terugkreeg. En toen kwam het mooie meisje van de receptie binnen met koffie. (God, wat rook ze heerlijk!)

Pas toen viel zijn oog op de bovenste e-mail waar Garth, die nu eindelijk de deur was uitgegaan om die zo broodnodige panini te halen, zo paniekerig over had gedaan.

Hij herkende de naam van de afzender niet, maar de toon was schrikbarend afstandelijk.

'Ik zou het op prijs stellen als u bovenstaand telefoonnummer zo spoedig mogelijk kon bellen.'

Stik. Aan de bewoording te zien was het een advocaat. Als er iets was wat hij van zijn vader had geleerd (en dat was nogal wat) dan was het dat advocaten problemen met zich mee brachten.

Weer werd hij onmiddellijk doorverbonden. Waarom gebeurde dat alleen maar als je iemand niet wilde spreken?

'Meneer Smith? Goed dat u belt.'

De stem klonk gevaarlijk glad en beheerst. Diep en enigszins buitenlands. 'Ik wilde contact met u hebben over een contract waar wijlen uw vader zich aan heeft gecommitteerd. Weet u aan welke kwestie ik refereer?'

Hij had verdorie geen flauw benul, wilde Ed zeggen. Zijn vader had in zoveel kwesties een vinger in de pap dat dat moeilijk was bij te houden. Zelfs nu, drie jaar na zijn dood, kwam Ed nog steeds dingen tegen waar hij niets van had geweten.

'Omdat het een uiterst delicate kwestie is, denk ik dat het het beste is dat we hier op mijn kantoor afspreken. Zullen we zeggen over drie weken op donderdag om halfvier 's middags? Ik vrees dat ik u niet eerder kan inplannen.'

De man was duidelijk uit hetzelfde hout gesneden als zijn vader. Met andere woorden, je vertelt iemand dat je iets belangrijks te vertellen hebt en beweert dan dat je hem de eerstvolgende weken niet kunt spreken om hem lekker te laten zweten.

'Sorry, ik moet een kind bij school ophalen.'

De stem klonk licht geamuseerd. 'Ik vertrouw erop dat een man in uw positie wel iemand anders heeft die de kinderen kan ophalen.'

Kind, eigenlijk. Bovendien was het niet gewoon ophalen. Hij had de directeur beloofd dat hij het joch niet alleen zou ophalen, maar ook samen met Jamie bij hem zou langskomen om te zorgen dat het joch zijn gedrag zou veranderen.

Maar iets in de stem van de man bezorgde hem koude rillingen langs zijn ruggengraat. Luister naar je onderbuikgevoel, had zijn vader altijd gezegd. En nu gaf zijn onderbuik een harde por tegen zijn ribben en milt, en Joost mag weten waar nog meer. Biologie was nooit zijn sterkste vak geweest, behalve in bed. 'Ik ben bang van niet. Maar vijf uur haal ik wel.'

'Prima.' In de stem van de advocaat klonk enige onwillige bewondering door. 'Maar eerlijkheidshalve wil ik u adviseren dat u er verstandig aan doet een juridisch persoon mee te nemen.'

Hij is weer koel. Afstandelijk. Afgrijslijk beleefd.

Toen ik hem eraan herinnerde dat we die avond te eten waren gevraagd door de heer en mevrouw Wyndham-Smith, zei hij dat hij niet wilde. Ik ging daar niet tegen in. Ik heb de rest van de dag alleen mijn adem ingehouden en ben me gaan omkleden. Ik heb de blauwe jurk met dat kantje aan de zoom uitgekozen, waarvan hij had gezegd dat die me goed stond.

Hij trok de rits voor me dicht en is zich toen zelf gaan omkleden.

Het was een leuke avond! Heerlijk dat je er was, liefste, hoewel ik moet toegeven dat ik me zorgen maakte en blij was. Ik ben altijd bezorgd dat je iets zult zeggen.

Dat zou het alleen maar erger maken, weet je.

Laat mij het op mijn manier doen.

Hij gaat niet weg. Niet echt. Er staat te veel op het spel.

Sessie vier

Hoe gaat het?
Deze sessie is voor jullie!

Het is een inhaalsessie – sorry allemaal, van de vorige keer – om van jullie te horen hoe het met jullie gaat.

Naast wat praktische onderwerpen die we nog zouden doen, zul je in deze sessie ook iets opsteken:

- *Vertel anderen je tips over hoe je je leven opnieuw aan het inrichten bent.*
- *Vertel ons wat goed was, en wat niet.*

Nu jij!

PS: We zullen deze maand proberen er een extra bijeenkomst bij te plannen om de vorige goed te maken!

18

Lizzie

Natuurlijk kon ze dat van de advertentie in de *Daily Telegraph* echt niet doorzetten, hoewel ze het zich tegen Violet, de paarse dame die haar door Karen als maatje was toebedeeld, had laten ontvallen.

Als ze niet oppaste, bedacht Lizzie, zou ze nog de beste vriendin van die vrouw worden, zoals Violet haar bleef mailen. Dat was wel het laatste waar ze tijd voor had! Vooral nu ze maar bleef doordrammen over het feit dat ze actrice was geweest. Het arme mens maakt zich illusies.

'Waarom zet jij geen advertentie?' mailde de vrouw terug.

'Omdat ik nog verliefd ben op mijn man,' had ze geantwoord.

En dat was waar. Ondanks die vreselijke, zielige wraakactie die avond met Rob die ze nog steeds niet kon vergeten (gelukkig had hij het fatsoen om er niets over te zeggen, of hij vond het normaal dat hij het bed in dook met ieder vrouwtje dat troost zocht) kon Lizzie zich een leven zonder Tom niet voorstellen.

'Maar ze verwacht een kind van hem, lieverd,' zei haar moeder telkens. 'Je moet hem loslaten. Zet hem uit je hoofd. Trouwens, wist je dat je op één oog geen mascara hebt gedaan? Dat had ik na George ook. Je wordt er vergeetachtig van, hè? Je moet verder met je leven, schat.'

Verder? Na bijna veertien jaar? Onmogelijk! Vooral nu ze Sharon de Slet elke ochtend haar kinderen bij school zag afzetten en – nog erger – Jack vrolijk op hen af zag rennen om te spelen.

'We gaan zaterdag naar papa toe,' kondigde Sophie ineens aan toen ze Jack met zijn breitas (weer zo'n bespottelijk idee voor wat kinderen op school moesten leren) had afgezet en op weg was naar de zelfverdedigingsles van Sophie.

Aanstaande zaterdag? Dat had hij haar niet verteld! Maar goed, ze hadden elkaar nu ook al weken niet gesproken. Hij mailde liever. Of sms'te.

'Hij zei dat hij een bericht op het antwoordapparaat had ingesproken.'

Dat verklaarde veel. Ze had geen tijd gehad om berichten af te luisteren. Ze had de kinderen, haar werk en het huis om aan te denken. Dan was er dat lek achter de wasmachine dat gerepareerd moest worden. Tom was zo goed geweest in dat soort dingen, en nu moest ze iemand laten komen, tenzij...

Lizzie schoot overeind achter het stuur, waardoor haar lege Bounty-wikkel op de grond viel. Wat was ze stom geweest. Ongelooflijk, superstom...

*

Toen Tom net weg was, herinnerde ze zich terwijl ze op de lift naar zijn kantoor wachtte, had hij aangeboden om langs te komen om 'klusjes in huis' te doen. Lizzie voelde zich wat ongemakkelijk bij de herinnering aan hoe ze had gegild dat hij er bij haar niet meer in kwam (haar lichaam of het huis) maar dat was toch een normale reactie als je man het met een moeder van school deed?

Maar dat was vóór die avond dat Rob was langsgekomen én vóór die peptalk met Ed na de bijeenkomst, toen hij had gezegd dat een van zijn stiefmoeders na een scheiding weer met zijn vader was getrouwd. Oké, ze waren snel weer uit elkaar gegaan, maar ze hadden het in elk geval wel geprobeerd.

Was er niet iets voor te zeggen om Tom terug te nemen? Om hem te vergeven? En school er geen waarheid in wat Tom had gezegd over dat ze zo hard werkte dat ze nooit meer tijd voor hem had?

Ping! Vierde verdieping!

Shit. Sorry. Chips.

Ze was misselijk. Misschien moest ze Toms kantoorgebouw nu meteen uit lopen met die stijve receptionist, die had gevraagd wie ze was, alsof ze geen echtgenote meer was. Ze zou naar huis moeten rennen, die hakken moeten uit gooien die haar voeten vermorzelden (wat een giller om je voor je ex op te doffen) en...

'Lizzie?'

Haar hart sprong op. Shit. Het was alsof ze hem voor het eerst zag. Het gezicht dat ze zo goed kende. Een gestreept overhemd dat ze niet kende. Voorspelde weinig goeds. Had de slet het voor hem uitgekozen? Had...

Hij fronste. 'Is er iets met de kinderen?'

De opluchting in zijn ogen toen ze haar hoofd schudde kwetste haar en deed haar ook goed. Gelukkig voor Jack en Sophie. Aas, had haar vader waarschuwend tussen zijn nieuwe gebit door gelispeld. Zorg ervoor dat je ze niet als aas gebruikt. Stik. Aas of niet. Het was het enige wat haar nog restte.

'Ik moet met je praten, Tom.'

Hij maakte een gebaar naar een kantoor aan de zijkant. 'Hierheen.' Hij bekeek haar nog eens. 'Je hebt je haar anders.'

'Ja.'

Ze wachtte op zijn commentaar, maar hij nodigde haar al uit om te gaan zitten. Zij had een ander kapsel (dat hij kennelijk niet mooi vond) en hij een ander kantoor. Dit kantoor had een chic beukenhouten bureau met keurig opgestapelde dossiers erop. Toen ze hier een jaar geleden kwam en de kinderen er een zootje van maakten, had hij verderop in de gang gezeten. Hij had het met een collega gedeeld. 'Ik heb promotie gemaakt,' zei hij een beetje gegeneerd. 'Mijn advocaat zal je schrijven. Ik kan je wat meer geld geven.'

Advocaten. Lizzies hoofd begon te tollen toen ze aan de stapel ongeopende post bij de voordeur dacht. Op sommige stukken stond op de voorkant de naam van een advocaat netjes in een rood kader gedrukt.

'Kom terug.' Ze stond op en stak haar handen uit. 'Alsjeblieft, Tom. We hebben je nodig. Je mag dat geld aan Sharon geven en dat... dat ding dat ze in zich heeft. Als jij niet thuiskomt zijn we geen gezin. Het lijkt wel of wel allemaal in een blender zijn gestopt. Alsjeblieft.'

Er begon iemand te huilen. Te jammeren. Een vrouwenstem. Haar eigen stem, besefte ze met een schok. En toen voelde ze zijn warmte. Zijn armen om zich heen. Zijn hoofd op het hare. Gelukkig! Het zou allemaal goedkomen. Ze konden naar huis gaan. Doen alsof deze ellende allemaal niet was gebeurd. 's Avonds weer dyslectisch Scrabble spelen (een variant die ze speciaal voor Jack hadden verzonnen). Uit eten gaan. Misschien zou ze zelfs proberen te koken...

'Lizzie.' Zijn handen streelden met ritmische gebaren haar nek. 'Het spijt me.'

Ja, ja, ja!

'Je mist me vanwege de routine. De vertrouwdheid. Dat is te begrijpen.' Hij keek haar aan. 'Maar we geven al jaren niet echt om elkaar, toch? We waren zo jong toen we elkaar leerden kennen. We hebben geen kans gehad om te... om te onderzoeken hoe het met anderen zou zijn. En je moet toegeven dat het enige wat ons nog bindt de kinderen zijn.' Hij schraapte zijn keel. 'Ik hou van Sharon. Sorry. Dat doe ik echt.'

Nee, nee, nee! Ze kon een lobotomie laten doen bij de kinderen zodat ze zich gedroegen. Ze kon een spoedcursus seks en koken doen (zoals een van Eds stiefmoeders deed). Of ze kon liegen.

'Sorry. Je hebt gelijk.' Ze ging recht zitten, veegde haastig haar ogen af. Rode vlekken hadden haar nooit gestaan. 'Daarom ben ik hier niet.'

Hij keek op zijn horloge. 'Het spijt me maar ik heb zo een vergadering.'

'Het gaat om de wasmachine. Dat lek. Dat is erger geworden. En de loodgieter heeft geen tijd.'

Hij zocht zijn BlackBerry. 'Ik zoek een andere voor je.'

'Dat is niet snel genoeg. Ze kunnen nooit meteen. Het lekt. Dwars door de muur heen, de hele tijd. Eigenlijk zou ik hier niet moeten zijn. Ik zou aan het dweilen moeten zijn.'

'Door de muur heen?' Hij werd bleek. 'Toch niet naar mijn verzameling cd's?'

Ze knikte opgetogen. 'Precies. Die bijzondere. Ik heb geprobeerd er een paar te verhuizen, maar ik ben bang dat ze misschien zijn gebarsten...'
'Gebarsten?'
Ze knikte. 'Misschien zijn ze nog heel, maar ik wist niet of ik ze gewoon weg moest mikken...'
'Ik ben er vanavond.'
'Super.' Ze glimlachte zwakjes. Schooltoneel was toen ze klein was nooit haar sterkste punt geweest, maar Violet had haar geholpen met het repeteren van deze specifieke voorstelling, en het had duidelijk zijn uitwerking niet gemist. 'Ik zorg wel voor eten.'
'Trouwens.'
Hij glimlachte, en even ving ze een glimp op van de oude Tom. 'Wist je dat je een vreemd paar schoenen aan hebt? Tenzij het de bedoeling is een rode en een blauwe te dragen.'

*

'Mam. Kom hier!'
Waarom verwachtten ze altijd dat jij naar hen kwam als ze iets nodig hadden?
Sophie wees naar de emmer waarin *The Best of Grateful Dead* regelrecht naar de bodem zonk. 'Waarom stop je papa's cd's in een emmer water?'
'Omdat we een overstroming hebben gehad? Omdat Jack weer naast de pot heeft geplast?'
'Geen pot zeggen, mama. Je hebt altijd gezegd dat we wc moesten zeggen. En we gaan geen normen verlagen omdat we nu toevallig een eenoudergezin zijn.'
Sorry. Ik moet beter mijn best doen. 'We hebben een soort overstroming gehad.' Lizzie wees naar het water op het tapijt naast Toms dierbare cd-speler. 'Kijk dan.'
Haar dochter keek op met een blik in haar ogen die zei: 'Dacht je dat ik debiel was?'
'Je hebt water over de vloer gegooid zodat het lijkt alsof we een overstroming hebben gehad, zodat papa moet komen om het op te ruimen. Ja, toch? Daarom heb je ook wat cd's van hem nat gemaakt. Moet je die krassen zien!'
Waarom waren bijna-tieners zo verdomd volwassen?
'Cool, mam.' Sophie was de waterkan al aan het vullen. 'Maar als je het goed wilt doen, moet je meer rommel maken. Kom, ik zal je helpen. Als jij me overhoort voor mijn proefwerk wiskunde voor morgen. En niet vergeten dat Jack morgen Romeinse-soldatendag heeft.'
Romeinse-soldatendag? O jee. Dat wilde zeggen dat ze weer een kussen-

sloop moest kapotknippen om hem te verkleden. Ze had er al drie doorheen gejaagd voor de engelenoutfit van afgelopen kerst.

Sophie kneep haar ogen halfdicht. 'Als je het niet doet, vertel ik papa over de fotograaf die vorige week is langsgeweest. Geeft niet. Het zal het rebound-effect wel zijn. Mandies moeder heeft het ook gedaan. Maar het mag niet weer gebeuren. Als je papa tenminste weer terug wilt. Nou, opschieten. Ik hoor zijn auto buiten.'

Zijn auto? Maar dat was een nieuwe. Een gestroomlijnd zilverkleurig geval dat waarschijnlijk bij zijn promotie in zat. Had Sharon er al met haar kinderen in gezeten? Plotseling zag ze hun eerste auto voor zich, een Citroen Dyane. Ze hadden hem samen gekocht, Tom en zij, toen ze geen van beiden veel geld hadden. Hij was de eerste dag al kapot gegaan en de man van wie ze hem hadden gekocht had geen geld terug willen geven. Ze hadden er in de loop der jaren grapjes over leren maken, maar nu ze naar Toms glanzende cabriolet keek, werd ze niet goed.

'Kom binnen.'

Waarom had ze het zo stijf gezegd? Nu zag hij er nog minder op zijn gemak uit.

'Hier is de overstroming.'

Ze gebaarde naar het tapijt in de zitkamer en slikte een uitroep in die ze voelde opkomen. Jack en Sophie hadden het geweldig gedaan. Nu kon niemand haar ervan beschuldigen dat ze had overdreven. Ze zouden een nieuwe wasmachine moeten kopen. En een nieuw tapijt. En een nieuwe muur. Om maar te zwijgen van een nieuwe verzameling cd's.

'Waar is dat nou vandaan gekomen?'

Hij keek verbijsterd, eerst naar het plafond, dat duidelijk droog was, en toen naar de radiator, die een heel eind verderop zat.

Uit de kraan? Ze haalde haar schouders op. 'Geen idee. Gek hè? Jee, dat ruikt lekker.'

Alsof ze daarop had gewacht, kwam Sophie binnen stuiven. 'Páp! We hebben je gemist!'

Ze omhelsde haar vader, draaide zich om en trok een gezicht. 'Ga maar even naar de stoofschotel kijken, mam. Hij staat in de oven. Weet je nog, voor als papa wilde mee-eten.'

Tom trok zijn jasje uit en probeerde het niet-bestaande lek te vinden. 'Het spijt me, dat gaat niet. Ik heb beloofd...'

'Alsjeblieieieft, papa. Alsjeblieieft.' Sophie had haar armen om hem heen en Jack omklemde zijn benen. Even leek het net een gewone vrijdagavond waarop de kinderen zich op hem stortten zodra hij thuiskwam en zij – o god, hoe had ze zo dom kunnen zijn – weer eens op haar laptop bezig was geweest om een stuk voor haar werk in te zenden. Zonder aandacht te besteden aan het feit dat haar man thuis was.

'Hier, pap. Neem een glaasje wijn. Kan wel. Mama heeft de fles al opengemaakt.'

Jack knikte gewichtig. 'Ze drinkt altijd...'

'Hou op, Jack.' Sophie nam het serieus als bazige huwelijksreparateur. 'Wij dekken de tafel wel, oké?'

Tom zette grote ogen op. 'Dekken de kinderen nu de tafel?'

Lizzie slikte. 'Sinds jij weg bent hebben we allemaal moeten leren dingen te doen.'

Mooi. Hij voelde zich schuldig. Ze zag het duimendik op zijn gezicht liggen.

'Maar we redden ons wel.'

Zorg ervoor dat hij niet het idee krijgt dat hij nodig is, had Violet gezegd. Maar maak hem wel jaloers. Een beetje maar.

*

Het duurde eeuwen voordat Tom het water had opgedweild en zijn cd's had drooggeveegd alsof het stuk voor stuk zijn kindjes waren! Het eten moest er bijna voor uitgesteld worden en dat zou jammer zijn geweest, omdat ze zich echt had uitgesloofd.

Tot dan toe had Lizzie zichzelf meer als 'culinair arrangeur' beschouwd dan als kok. Ze vroeg zich heimelijk af of ze eigenlijk arts had moeten worden omdat ze een ster was in noodoperaties met dikke room om schuimtaartjes dicht te metselen als ze opengebarsten uit de oven kwamen.

Maar het eten was vandaag spectaculair, al zei ze het zelf! Wonder boven wonder probeerden de kinderen elkaar onder de tafel niet af te maken. De ovenschotel van de supermarkt was zalig en ze had de moeite genomen om de verpakking in de vuilnisbak te doen.

'Moet ik nog iets voor je doen?' had hij gevraagd toen ze de tafel hadden afgeruimd. Ze zaten na het eten met een kop koffie in de zitkamer – wat ze in geen eeuwen hadden gedaan.

'Ik denk dat we het verder wel redden, dank je.' Ze wist dapper te glimlachen. 'Fijn dat je even langs kon komen om naar de lekkage te kijken.'

Tom fronste. 'Ik weet nog steeds niet waar die vandaan is gekomen. Je kunt het maar beter in de gaten houden.'

Ja, ja, ja! 'Je zult wel geen tijd hebben om morgen even te komen kijken, hè? Het baart me echt zorgen.'

'Sorry.' Was dat een snelle spijtige blik die over zijn gezicht trok? 'Sharon heeft morgen een afspraak voor een echo en ik heb gezegd dat ik zou meegaan.'

Echo? Baby's? Dat waren dingen die hij met haar deed! Niet met Sharon de Slet met het dubbel D-gebergte die in de loop der jaren bij haar had uitgehuild over het alleenstaand moederschap en toen haar man had ingepikt.

'Noem haar geen slet, Lizzie. Dat siert je niet.' Tom stond nu op en zocht zijn jas.

'Papa, papa, blijf alsjeblieft nog even. We hebben de Wii om mee te spelen.'

'Sorry, dat gaat niet.'

Hij liep nu vastberaden naar de voordeur. Ze moest iets doen. En snel.

Ze schoot de keuken in en deed de deur achter zich dicht. Maak hem jaloers, had Violet gezegd. En ze had net bedacht hoe.

BEL AJB OP MOBIEL OM SESSIE MORGEN TE BEVESTIGEN, sms'te ze Rob haastig.

Het was gekkenwerk, maar misschien werkte het! Bel nou, Australische idioot. Bel voordat Tom weggaat!

Ja, ja, ja!

'Sorry, ik moet even opnemen. Met Lizzie. Rob! Wat leuk dat je belt!' Ze glimlachte en zag tevreden dat Tom meer naar haar luisterde dan naar Jack die hem nog steeds bij de deur probeerde weg te trekken.

'Sorry dat ik je niet eerder heb teruggebeld. Morgen. Acht uur? Prima. Verheug me erop.'

Shit. Haar stem trilde als die van een kanarie. Rob zou denken dat ze getikt was en niet dat ze net een sessie bevestigde die voor acht uur 's morgens stond gepland, hoewel Tom hopelijk dacht dat het een afspraak om acht uur 's avonds was!

'Perfect! Tot dan.'

Ze legde de telefoon neer en schreef de afspraak in haar agenda.

'Ga je iets leuks doen?'

De subtiele klank in Toms stem vervulde haar met hoop. Hij vond het niet leuk dat ze iemand anders had!

'Ik hoop het!' Ze glimlachte naar hem. 'Lief dat je langskwam. Het was een gezellige avond, maar je hebt gelijk. Je moet gaan. We zouden niet willen dat Sharon bezorgd werd, toch?'

19

Alison

Nog steeds werd Alison om halfzeven wakker, klaar om uit bed te springen zoals ze de afgelopen twaalf jaar had gedaan, onder de douche door te rennen, haar gebruikelijke geurtje op te spuiten dat ze al sinds haar zeventiende had, maar dat haar altijd een heerlijk fris gevoel gaf en dan Mungo uit te laten. Maar na een paar seconden wist ze het weer... Geen reden om uit bed te komen. Niet meer.

'Neem een nieuwe pup,' kraaide Caroline. 'Zou ik doen. Een kleintje, deze keer.'

Haar zus was nooit een hondenliefhebber geweest en praatte alsof het vervangen van Mungo even eenvoudig was als het upgraden van een BlackBerry. En kennelijk had hij voor David even weinig betekend, omdat die niet de moeite had genomen om terug te komen.

Vreemd genoeg had Clive haar meer dan wie ook geholpen over de dood van Mungo heen te komen. En het was verrassend prettig iemand in huis te hebben in plaats van die oorverdovende stilte sinds David was vertrokken.

'Het is geen vriendje,' had ze volgehouden op de avond dat Ross (te laat) was teruggekomen om afscheid te nemen van Mungo. 'Het is de nieuwe huurder. Hoe moet ik anders rondkomen? En hij was zo vriendelijk met me mee te gaan naar de dierenarts. Doe eens niet zo onbeleefd, zo vroeg op de ochtend.'

Toegegeven, Ross (die, zo besefte ze met een schok, steeds meer op David ging lijken met die onberispelijke, juridische manieren) was beleefd, zij het afstandelijk. Maar hij was er duidelijk niet blij mee.

'Had je geen vrouwelijke huurder kunnen nemen?' had hij zacht gevraagd toen Clive in zijn kamer zat die tot voor kort de logeerkamer was geweest.

'Ik neem wat ik krijgen kan,' had Alison koel gezegd terwijl ze keek hoe haar zoon zich bediende van een dikke snee volkorenbrood en die rijkelijk besmeerde met marmelade. Sinds David weg was had ze elke cent omgedraaid. 'Ik zoek er eigenlijk nog een.'

'Toch niet voor mijn kamer?'

'De jouwe of die van Jules.' Op dit gesprek zat ze niet te wachten. Ze had het liever een andere keer gevoerd. 'Ik dacht dat je het misschien leuk vond om een kamer te delen als je hier bent. Kijk niet zo, Ross. Jullie vonden het geen van beiden de moeite waard om thuis te komen. Zelfs Jules niet. Ik kan me zo'n huis niet permitteren zonder een extra inkomen. Anders moet ik verhuizen. Ik moet toch al een baan gaan zoeken.'

'Wat voor baan?'

Alison had zich precies hetzelfde ook al afgevraagd. Wat kón een vrouw überhaupt doen als ze de afgelopen vijfentwintig jaar thuis was geweest?

'Je tante zei dat ik haar misschien met wat administratief werk kon helpen.'

'Dat zou ze wel leuk vinden. Jou lekker bedillen. Dat is haar sterkste punt. Waarom ga je niet iets anders doen?' Ross' ogen begonnen te glinsteren, net als die van David als hij vroeger enthousiast werd over een nieuw project. 'Dit kan een heel spannende tijd voor je worden. Ik weet het, je hebt geen diploma, maar je bent een kei in het zorgen voor mensen en je kunt goed luisteren. Er zijn vast heel veel dingen die je kunt doen.'

*

Clive was heel bemoedigend geweest toen ze de dag erna over dat gesprek vertelde. Ross was alweer naar zijn eigen flat, wat eerlijk gezegd wel een opluchting was, omdat hij almaar op de badkamerdeur bonsde om te zien of hij bezet was. Als Clive zich beledigd voelde, liet hij dat niet blijken.

'Je zoon heeft gelijk,' zei hij nu. 'Er zijn vast allerlei dingen die je kunt doen.'

Ze zaten aan de keukentafel haar zelfgemaakte spaghetti bolognese te eten (en er stond siroopcake in de oven) en Clive werkte zijn portie met een eetlust naar binnen die haar het gevoel gaf weer nuttig te zijn. Als iemand vorig jaar tegen haar had gezegd dat ze in haar eigen keuken met een praktisch vreemde zou eten, omdat haar gezin (dat ze de afgelopen vijfentwintig jaar had opgevoed en verzorgd) haar in de steek had gelaten, had ze er niets van geloofd.

Maar het was een goed gevoel, verrassend goed, om gezelschap te hebben. Bovendien was Clive makkelijk om mee samen te leven. Hij bezette de badkamer niet te lang (ondanks Ross' donkere blikken); hij bleef 's avonds op zijn kamer (ze had er tegenop gezien om de zitkamer met hem te delen) en kwam 's avonds niet laat thuis. Hij wilde volgens de oorspronkelijke afspraken ook voor zichzelf koken, maar toch had ze hem voor ze het wist gevraagd om de spaghetti op te eten die ze de dag ervoor voor Ross had gemaakt.

'Goed om je te zien eten,' zei hij, toen hij haar hielp afruimen.

'Wat zeg je?'

'Nou, het was me niet ontgaan dat je niet echt at voordat je zoon thuiskwam. Geeft niet. Ik heb een vriendin gehad die dat ook had toen haar eerste huwelijk op de klippen liep. In een maand kilo's afgevallen. Het Secretaressedieet noemde ze het, omdat haar man er met een vrouw van kantoor vandoor was.'

Een vrouw van kantoor! Alison probeerde iets gevats te zeggen, maar de woorden wilden niet komen. Bovendien had Clive de vaatwassertabletten al in het gootsteenkastje gevonden (wat Jules nog nooit was gelukt) en begon de vaat uit te zoeken.

'Heb je zin om zaterdag mee te gaan naar een feestje?'

Probeerde hij haar te versieren?

'Vrienden van me nodigen wat mensen uit en ik dacht dat je wel wat gezelschap kon gebruiken.'

Automatisch wierp ze een blik op Mungo's mand naast het fornuis. Ze had hem nog niet kunnen wegdoen, net als ze ook zijn as nog niet had kunnen ophalen bij de dierenarts. Dat betekende toegeven dat hij er niet meer was en dat kon ze nog niet.

'Een feestje?' wist ze uit te brengen. 'Ik weet eigenlijk niet of ik daaraan toe ben.'

Hij grijnsde. Een innemende, brede grijns, dacht ze onwillekeurig, met een rij witte tanden.

'Wij noorderlingen zijn best geschikte lui, vooral als we ver van huis zitten. Waarom probeer je het niet? En als je het echt niets vindt, ga je gewoon op tijd weer naar huis.'

*

'Ik ben uitgenodigd voor een feestje!' vertelde Alison haar zus die die avond bij haar langskwam om te praten over dat administratieve werk dat, zo had ze besloten, misschien goed was zolang ze niets anders had. 'Mijn nieuwe huurder vroeg me mee. Maar het is geen date.'

'Echt?' Caroline, die in haar la naar een kurkentrekker zocht, klonk alsof ze met haar gedachten ergens anders zat. 'Luister, even over dat werk. Ik wil dat je elke ochtend mijn lijst met klanten doorloopt en telefoontjes pleegt. Ik zal je eerst inwerken, tot je het helemaal door hebt. Het betaalt niet veel, maar...'

Hier genoot ze van, dacht Alison, die de woorden van haar zus maar over zich heen liet komen. Ross had gelijk gehad. Dat zag ze nu in. Caroline zou haar bedillen tot en met, en zeggen wat ze verkeerd deed, en dat voor een klein sommetje contant geld aan het eind van de week waar ze misschien net de boodschappen mee kon betalen.

'Dus maandag is goed?'

'Maandag?'

Caroline fronste. 'Jezus, Alison. Let toch eens op. Ik weet dat je er een poosje uit bent geweest, maar dit is mijn werk. En als ik komende week weg ben, moet jij de boel voor me waarnemen.'

'Weg?'

'Heb je helemaal niets gehoord van wat ik zei? Ik heb het gezegd: ik moet op reis. Naar Florence met een cliënt.'

Caroline bloosde hevig. Alison had dan misschien niet geluisterd, maar ze wist wel wanneer haar zus stond te liegen.

'Een cliënt?'

Weer een blos. 'Dat zei ik toch? Dus ik wil wel dat jij bent ingewerkt voordat ik vertrek. Snap je? Trouwens, heb je nog iets van David gehoord?'

Ze schudde haar hoofd.

'Nou, ik vind dat hij zich gruwelijk heeft misdragen. Als ik jou was, zou ik mijn leven weer oppikken. Hem jaloers maken.'

Dat was gewoon haar stijl niet, dacht Alison toen ze haar zus zo beleefd mogelijk uitliet (Caroline kon je maar beter niet tegen de haren in strijken). Karen had hen bij wijze van waarschuwing verteld over afgewezen vrouwen (en mannen) die onmiddellijk iets met een ander kregen om te 'bewijzen' dat ze nog aantrekkelijk waren. Maar dat trok haar niet, hoewel ze wel enige afgunst voelde als ze aan David dacht die de passie in zijn leven had ontdekt. Waarom zou hij alles krijgen? En waarom zou zij alle zorgen over de kinderen op zich nemen, terwijl hij er zomaar vandoor was gegaan?

Misschien werd het tijd dat ze zich niet druk maakte om hen. Niet meer van streek raken als Jules haar niet terugbelde. Ervan genieten dat het huis niet vol lag met haar spullen en dat er nog eten in de koelkast lag waar ze het had achtergelaten en dat er nog geld zat in het potje wisselgeld bij de voordeur. Per slot van rekening had Ross haar er op Facebook van verzekerd dat zijn zus het uitstekend maakte. 'Geef haar wat ruimte, mam. Dat van papa en jou hakt er bij haar flink in.'

Het had er zo ingehakt dat ze niet eens de moeite nam om te horen of het goed ging met haar eigen moeder! Ga je eigen leven leiden, had Caroline gezegd. Nou, dat ging ze vanavond toch doen? Ze bekeek zichzelf in de spiegel in de hal en vroeg zich af of haar enige spijkerbroek goed genoeg was.

'Hé! Je ziet er super uit!'

Clive keek haar beslist bewonderend aan, en als er niet zo'n leeftijdsverschil was geweest – hij moest toch zeker minstens tien jaar jonger zijn dan zij? – had ze zich nog zorgen kunnen maken.

Hij zag er zelf ook niet slecht uit, vooral nu hij de slobberige sweater achterwege had gelaten en een spijkerbroek en een crèmekleurig overhemd aan had met een paar knoopjes open zodat er wat zwart borsthaar te zien was.

Jemig, waar was ze nou mee bezig?

'Trouwens,' zei hij terwijl ze in haar auto stapten. 'Als je nog een huurder zoekt, heb ik er misschien een voor je. Ze heet Annie – een Amerikaanse van in de dertig, niet weer zo'n noorderling, vind je misschien wel prettig – en ze komt ook op het feest. Zie maar.'

Alison voelde dat vreselijke, benauwde gevoel in haar borst opkomen dat was begonnen toen David was vertrokken. Dat afschuwelijke gevoel dat ze geen lucht kon krijgen.

'Gaat het wel, Alison? Je ziet ineens heel bleek.'

Haar handen lagen klam op het stuur. 'Ik denk van wel.'

Maar dat was niet zo. Het was te veel in te korte tijd. Man weg. Kinderen weg. Nieuwe huurder. Nog een huurder. Een feest met jongelui die (bijna) zo jong waren dat ze haar kinderen hadden kunnen zijn. Misschien zou ze gewoon Clive afzetten en naar huis rijden. Om zeven uur 's avonds het bad laten vollopen en de rest van de avond doorbrengen in haar grote witte badjas (nog van een bezoekje aan Champneys, lang geleden). Misschien een filmpje van de videotheek. Een flesje wijn opentrekken. Een opwarm-curry eten. Dingen doen waarmee ze was begonnen sinds David weg was, zoals Karen had voorgesteld. Alles was goed, als ze maar niet naar een feestje hoefde waar ze mensen zou tegenkomen die ze niet kende.

'Hier is het. Ja, aan de linkerkant.'

Hij raakte haar arm even aan. 'Het komt wel goed, Alison. Ik heb zelf ook een mislukt huwelijk achter de rug.'

Echt waar?

'Alles wordt beter. Echt. Nu gaan we naar binnen en we nemen een biertje.'

*

Clive had gelijk! Ze vermaakte zich prima. Dat kon ook niet anders, het waren zulke vriendelijke mensen. Het feest was – een beetje vreemd omdat het bijna november was – op de patio van het mooie victoriaanse huis vlak bij het plaatsje Tring, en tegen de tijd dat ze een glas punch had gekregen waar ze vanbinnen lekker warm van werd, was dat vreselijke gevoel in haar borst verdwenen.

'Wat doe je?' vroeg een lang, mager meisje dat Mickey heette en de gastvrouw bleek te zijn.

'Niet genoeg.' Ze was Mickey aan het helpen de biefstuk in folie te wikkelen om op de barbecue te leggen. 'Ik ben op zoek naar een baan, nu... nu ik alleen ben.'

De woorden klonken zo vreemd uit haar mond, maar Mickey knikte.

'Mijn moeder is ook alleen. Ze vindt het vreselijk dat ik zo ver weg zit, maar ze zegt het niet.'

'Schrijf je haar?'

'We mailen. Maar waarschijnlijk niet vaak genoeg. Heb je kinderen?'

'Twee. Maar er is er maar één die zich af en toe laat zien.'

'Nou, nu heb je Clive! Hij zegt dat je geweldig kunt koken.'

Dat compliment deed haar goed. Het was erg fijn om iemand anders te hebben om voor te zorgen, moest ze toegeven.

'En Annie is ook oké. Heeft Clive het al verteld? Ze zoekt een kamer.'

Iets in de toon van het meisje waarschuwde haar, maar voordat ze iets kon vragen, kwam er een heel klein, ontzettend knap meisje met donker haar de keuken in dansen.

'Hoi! Ik ben Annie!' Ze drukte haar sigaret uit. 'Clive heeft me over je fantastische huis verteld. Ik sta te popelen om bij je in te trekken.'

Wacht even, probeerde ze te zeggen. We kennen elkaar nog niet. Ik heb je nog niet gesproken, nog niet...

'Je hebt toch wel een douche, hè? Ik vind het bizar dat jullie Britten liever in bad gaan. Zo basic! In de Village heb ik wel drie douches.'

De Village?

'Greenwich Village!'

Het meisje keek haar aan alsof ze niet normaal was. 'Alleen is de huur nogal hoog, vind je niet?'

Wat onbeleefd! 'Helaas valt er niet te onderhandelen.'

'Jammer. Maar waarschijnlijk red ik het wel.'

'En ik ben bang dat er bij mij in huis niet gerookt mag worden.'

Het gezicht van het meisje klaarde op. 'Oké. Dan doe ik dat in de tuin. Clive zei dat je iemand zocht die meteen kon komen, dus ik heb mijn huur opgezegd. Ik kan volgende week al komen als jij dat oké vindt.'

*

'Hoe goed ken je Annie?' vroeg ze Clive op de terugweg.

'Ze duikt af en toe op bij mijn vrienden. Hoezo?'

Alison probeerde het zorgvuldig te formuleren. 'Ze lijkt me anders dan de rest van je vrienden...'

'Is dat zo?'

Clives stem sleepte een beetje en ze vroeg zich af of de bierlucht aan zijn kant van de auto er morgen ook nog in zou hangen. 'Je kunt haar een kans geven en als het niets wordt, vraag je of ze wil gaan.'

Dat was zo.

Tot haar opluchting ging Clive regelrecht naar zijn kamer toen ze thuiskwamen. Tijdens de rit naar huis voelde ze zich plotseling geïrriteerd door zijn gezelschap, om nog maar te zwijgen over Annies overrompelende manier van doen.

Ze kon Carolines reactie nu al horen. 'Je hebt toch wel naar referenties gevraagd, hè?' zou ze zeggen.

Was het te laat? Annies opdringerigheid had haar verrast, dus dat was ze helemaal vergeten. Misschien zou ze haar morgen een sms'je sturen. Hoe laat was het nu? Over elven, maar ze had nog geen slaap. Toen kreeg ze een idee. Eerst leek het een beetje dwaas, maar hoe meer ze eraan dacht, hoe meer zin ze erin kreeg. Om Clive niet wakker te maken liep ze op haar tenen de trap af, naar de keuken, trok de draagbare tv uit het stopcontact en nam hem mee naar boven. Toen ging ze weer naar beneden en nog eens naar boven. Deze keer met een kom cornflakes.

Het was alsof ze een nachtelijk feestje hield, weer twaalf jaar was en Caroline haar had verraden aan hun ouders.

Maar eigenlijk was het merkwaardig bevrijdend, bedacht Alison, terwijl ze opgewekt op de cornflakes zat te kauwen en naar een laat praatprogramma op Sky Channel keek waar ze anders nooit naar keek. Precies wat ze nooit zou hebben gedaan als David nog thuis was geweest.

Toch niet de telefoon? Zo laat op de avond nog? Toen ze de groene knop indrukte zag ze dat er al een telefoontje van Ross was geweest dat ze had gemist. En nog een. En een derde.

'Mam?'

Haar zoons stem klonk dringend. Vol spanning.

'Ik probeer je de hele tijd al te bereiken. Waar zat je?'

'Ik was uit met... gewoon uit. Wat is er?'

'Het gaat om Jules. Niet schrikken. Ze is niet gewond. Maar ze zit hier. Bij mij.'

In Londen?

'Ze is opgehouden met haar colleges. Vond het niet leuk. Luister, het is te laat om er nu over te praten. Ik laat haar morgenochtend wel bellen.'

20

Karen

Ze had de avond 'Hoe gaat het?' genoemd. Hij was bedoeld als bijpraatsessie zodat iedereen de rest kon vertellen hoe het ging. Ook konden ze elkaar tips geven.

Maar op een of andere manier verliep het niet volgens plan. Alison had verteld over een dochter die met haar studie was gestopt en over een nieuwe huurder. Lizzie (o jee, alweer een nieuw kapsel, dat haar nog slechter stond dan het vorige) had bekend dat ze een date om acht uur 's avonds had voorgewend, wat eigenlijk een werkafspraak om acht uur 's morgens was, om haar man te laten denken dat ze een vriendje had. Maar Karen had het gevoel dat ze dat verkeerd had begrepen. Sinds haar bezoekje aan Doris van vorige week was ze niet helemaal zichzelf.

Ze had niet beseft dat haar schoonmoeder haar geheim wist. Een geheim dat eigenlijk niet de bedoeling was geweest, maar dat gewoon zo was gegroeid. Toen Paul weg was, hadden ze zich allebei zo vreselijk gevoeld dat ze geen van beiden de fut hadden gehad om naar een advocaat te gaan. Niet dat een van beiden nog zin had een ander te zoeken. Op een of andere manier was in al die jaren de noodzaak van een scheiding niet gebleken.

'Het komt doordat je onbewust de banden nog niet wilt afkappen, liefje,' had Doris triomfantelijk gezegd.

Was dat zo? Was dat de reden dat ze nog nooit een langdurige relatie had gehad? Omdat ze nog getrouwd was en het verkeerd voelde?

Maar wat betreft een ontmoeting met Paul, daar kon geen sprake van zijn. 'Hij heeft me gekwetst. Echt diep gekwetst, Doris. Het heeft me jaren gekost om daar overheen te komen, en ik ben bang dat ik weer in dat zwarte gat val.'

'Ik weet het.' Haar schoonmoeder had toen haar handen gepakt; haar koude, papierdunne huid brandde in haar geweten. 'Maar Paul zit ook in de nesten. En hij zegt dat hij er pas uit kan komen als hij vrede heeft gesloten.'

'Hij is toch niet ziek?'

'Niet echt.'

'Hoe bedoel je?'

Doris leunde achterover op haar witte kunststof stoel en deed haar ogen dicht. Waarom verdwenen je oogleden als je ouder werd? 'Hij heeft geen kanker, als je dat bedoelt, lieverd.'

Goddank. Als dat zo was, moest ze hem opzoeken, bovendien stond de gedachte dat Paul echt zou overlijden haar niet aan.

'Het lijkt wel alsof mijn man al zijn gevoel heeft verloren.' De stem van Alison rukte haar naar het heden. 'Wat vind jij ervan, Karen?'

'Sorry.' Ze was zich ineens bewust van al die blikken die op haar gevestigd waren in haar kleine zitkamer, die vol stond met extra stoelen die ze uit de slaapkamers naar beneden had gehaald. Ze voelde zich betrapt. 'Ik heb een beetje hoofdpijn, helaas, en mijn gedachten begonnen af te dwalen.'

Je kon altijd maar het beste eerlijk zijn. Nou ja, meestal wel. Maar nu trok er iets over Alisons gezicht dat op teleurstelling leek. 'Ik snap gewoon niet hoe hij een dubbelleven heeft kunnen leiden.'

'Acteurs doen niet anders,' snufte Violet, die weer zo'n volumineuze kaftan droeg, deze keer met bijpassende tulband.

'Dat is nogal een generalisering, hè?' zei Hugh, de nieuwe man.

Hij was de enige wiens gezicht zijn gedachten had verraden toen hij door haar bescheiden voordeur naar binnen was gekomen en naar het vale vloerkleed had gekeken dat ze nooit weg had kunnen doen en dat eigenlijk redelijk waardevol was. Te laat wenste ze dat ze de bijeenkomst had afgezegd en had gewacht tot het zaaltje weer beschikbaar was. Ze had haar best gedaan om het aangenaam te maken met lavendelstokjes en pepermuntthee, maar toch...

Violet begon te snuiven. 'Ruik ik een hond?'

Ze bloosde. 'Vijf honden.'

Juist op dat moment begon een van de pups vanuit de keuken te piepen. Het verraste haar dat ze dat nog niet eerder hadden gedaan. Eigenlijk waren ze ongelooflijk braaf geweest.

'Ik werk bij de plaatselijke krant op de afdeling kleintjes, snap je. En iemand moest zijn puppy's kwijt. Als ik ze niet had genomen, had niemand dat gedaan en waren ze...'

Ze zweeg, niet in staat de vreselijke realiteit onder woorden te brengen. Sommige mensen waren zo wreed.

'Ik heb voor allemaal een nieuw baasje gevonden, op twee na.' Ze keek rond. 'Misschien dat een van jullie er een wil hebben. Het is een kruising tussen een labrador en een springer. Ontzettend lief, maar wel erg levendig.'

Tot haar teleurstelling schudde iedereen van nee, ook Alison, wier eigen hond vorige maand was doodgegaan. Maar je kon het altijd proberen. Dat had Doris gezegd toen ze haar schoonmoeder had verteld dat ze Paul echt niet wilde zien. Misschien volgend jaar, of het jaar daarna, maar nu niet. Niet nu ze net haar leven weer op orde kreeg.

'Ik zou jouw piano best weleens willen proberen.' Violet wierp Ed een veelzeggende blik toe. 'Wij zongen vaak tussen opnames door.'

Voor ze ja had kunnen knikken zat Violet al op de pianokruk, waar haar brede achterwerk zich over het zitvlak verspreidde. Er proestte iemand (Hugh?) zacht en iemand anders (Lizzie?) giechelde. Maar toen begonnen die mollige, bleke vingers zich over de toetsen te bewegen en er viel een verblufte stilte.

Violet kon spelen! Echt spelen. Het klonk als Chopin, maar wat het ook was, het was betoverend. Net toen ze wilde zeggen 'Geweldig,' veranderde het. Ineens had ze iets anders ingezet. Iets volslagen anders dat bij hen allemaal op de lachspieren werkte – zelfs bij Hugh, die toch wel wat stijf kon zijn, besloot ze. Ze vroeg zich af wat hij deed. Iets bij een bank misschien. Beslist iets financieels.

'Toe dan!' Violet draaide zich half om op haar kruk. 'Allemaal meezingen.'

Er kwamen herinneringen boven aan een oude plaat die haar vader vroeger draaide. Alison en Hugh bleken de tekst ook te kennen, maar Ed en Lizzie niet. Het was waarschijnlijk van voor hun tijd. 'De boer had maar ene schoen!' kwinkeleerde Violet. 'Weinig genoeg, genoeg, genoeg...'

Voor ze het wist, leek de 'Hoe gaat het?'-bijeenkomst een behoorlijk positieve wending te krijgen, ook al had ze bijna iedereen teleurgesteld.

Het zou niet weer gebeuren, zei ze vastberaden bij zichzelf, terwijl ze de lege koffiemokken naar de keuken bracht toen iedereen weg was. De volgende keer zou ze zich concentreren. Niet aan haar eigen problemen denken.

'Etenstijd, jongens!'

De puppy's dromden om haar heen, dringend en elkaar wegduwend aan haar voeten. 'Voorzichtig, anders struikel ik nog! Om de beurt!'

Het was net alsof ze een groot gezin had! Het soort gezin waarvan ze altijd had gedroomd. Stilte, afgezien van de slurpgeluiden. Dat duurde een paar heerlijke minuten tot ze klaar waren en op zoek waren naar restjes, als het maar eetbaar was. Maar het was geweldig! Ze brachten zoveel energie in haar leven, hoewel ze niet altijd konden blijven!

'Mam?'

'Adam, lieverd. Ik had je niet horen binnenkomen.'

Hij gaf haar een snelle knuffel. 'Is je groepje gebroken harten nu weg?'

'Zo moet je ze niet noemen, lieverd. Ik heb ooit in hetzelfde schuitje gezeten.'

Hij keek naar een puppyplasje op de grond. 'Ik zei al, mam, ik dacht dat je al genoeg op je bordje had liggen.'

'Wel een rommeltje, hè? Oeps. Nog eentje. Geef de wc-rol en de ontsmettingsspray eens aan, wil je?'

Ze lachte om Adams gezicht. Hij was altijd een pietje-precies geweest. 'Eigenlijk wilde ik je even spreken, mam. Over Hayley.'

Er trok een vreselijk, kil gevoel door haar heen.

'Wat is er?'

'Dat wil ze me maar niet vertellen. Ze is zo afstandelijk en stil, maar als ik vraag wat er is, dat zegt ze dat ik het me maar verbeeld.'

Hij wierp haar een 'Help me'-blik toe, zoals hij deed toen hij klein was. 'Ze zal jou ook wel niets hebben verteld, hè? Ik weet dat jullie een goede band hebben.'

Zeg het, zeg het. Maar toch maar niet...

'Sorry.' Ze wendde zich af en deed alsof ze de drinkbak van de puppy's bijvulde, ook al was die al vol. 'Misschien is ze gewoon moe. Geef haar wat tijd. Neem Josh eens mee, zodat ze even wat tijd voor zichzelf heeft.'

'Maar dat heb ik al gedaan en het helpt niet.' De paniek in zijn stem begon te groeien. 'Mam, ik vroeg me af of je niet eens met haar kon praten. Eens zien wat haar dwarszit. Dat zou fijn zijn.'

'Als jij dat wilt.' Ze beet op haar lip. 'Eigenlijk wil ik jou ook iets vragen, Adam. Heb jij afgelopen tijd je vader gesproken?'

Er trok een donkere uitdrukking over zijn gezicht. 'Niet sinds de geboorte van Josh. En ik weet niet eens waar hij woont. Die brieven die hij me heeft gestuurd, heb ik via oma gekregen.'

'Hij wil me spreken.'

'Wilde oma daarom met je afspreken?'

Ze knikte.

'Nou, dat had ze niet mogen doen. Als ik dat had geweten, had ik de boodschap niet doorgegeven. Je gaat toch niet, hè?'

'Ik wil niet, maar heb het idee dat ik wel moet.' Ze slikte. 'Ik heb het gevoel dat hij in de problemen zit.'

'Wat voor problemen?'

'Dat weet ik niet. Ik zei dat ik niets met hem te maken wilde hebben, maar nu weet ik het niet zo zeker meer.'

Adam bukte om een van de puppy's te aaien. Hij keek zo lief dat ze wel kon huilen. Haar zoon was een grandioze vader. En hij had de kans moeten hebben om nog een kind te krijgen.

'Ik kan jou niet vertellen wat je moet doen, mam. Echt niet.'

Natuurlijk kon hij dat niet. Zij was de volwassene. Karen tastte in haar zak naar de blauwe steen. Ze moest zelf een beslissing nemen.

*

'Tien bantammers. Niet-leggend.'

Kwam er dan geen eind aan de stommiteit van deze wereld? Waardoor hield een kip op met leggen? Wat deed een vrouw beslissen dat ze haar kind niet wilde krijgen? Nee. Stop. Nu meteen.

De advertenties van gisteren klonken nog door in haar hoofd terwijl Karen naar de markt liep. Zaterdag rond lunchtijd was een idiote tijd om met iemand in de stad af te spreken, een plek waar je zelfs op rustige momenten niet kon parkeren. Waarom niet 's avonds een keer na het werk? Maar Paul had erop gestaan. Het moest zaterdag zijn. Geen enkele andere dag was goed. Buiten Marks & Spencer in een naburig plaatsje waar ze niet vaak kwam. Bij de middelste deuren. Om kwart voor één. Stipt.

Tot haar ergernis had ze zich met zorg gekleed. Niet de blauwe broek die te chic was, ook al had ze er een... redelijk slanke taille in. Niet de rode rok, die hij niet leuk zou vinden, omdat hij altijd had gezegd dat rood haar niet stond. Uiteindelijk had ze gekozen voor een zwarte broek en een lang vest, ook al was het koud, in plaats van haar dikke winterjas, die in dit weer een veel betere keus was. Hayley had haar het vest afgelopen kerst gegeven, en iedereen zei dat het haar goed stond.

Wie probeerde ze nou te imponeren, vroeg ze zich boos af. Zichzelf zodat ze terug kon komen en zeggen dat het helemaal niet erg was geweest om hem te zien? Of Paul zodat hij weg zou gaan met de gedachte dat hij een grote fout had begaan haar te laten gaan?

Lieve help! Daar stond hij. Bijna precies hetzelfde, maar nu met grijze snor en korter haar. Maar die jongensachtige uitdrukking was er nog steeds, en de manier waarop hij zijn hoofd vragend schuin hield, terwijl hij haar aankeek, zoals hij die eerste avond had gedaan toen ze elkaar in de pub hadden ontmoet. Dat was tijdens haar eerste jaar in Londen geweest, toen ze uitzendwerk deed nadat ze net was afgestudeerd. Hij had voorgesteld dat ze zich van haar vriendje zou ontdoen en in plaats daarvan met hem iets zou gaan drinken.

'Karen!'

Kordaat liep hij glimlachend op haar af. Wacht even! Er was iets veranderd. Niet alleen dat hij dunner was. Het waren zijn ogen. Ze waren die zelfverzekerde branie kwijtgeraakt. Ze stonden bezorgd. Dat zag ze nu. Bezorgd dat ze misschien niet zou komen. Geen aura – tenminste geen aura dat ze kon zien.

'Paul.' Er was een ongemakkelijk moment toen ze tegenover elkaar stonden en niet wisten of ze elkaar luchtzoenen zouden geven. Zij trok zich als eerste terug. 'Het spijt me dat ik te laat ben.'

'Geeft niet.' Hij zei het zo snel dat ze wist dat het wel gaf. Hij had niet zeker geweten of ze wel zou komen en die wetenschap gaf haar een superieur gevoel. Dat had ze nog nooit gehad. 'Ik heb gereserveerd bij Café Rouge. Vind je dat goed?'

Zijn vooruitplannen – dat niet strookte met de angstige blik in zijn ogen

– verwarde haar. Maar om een of andere reden liep ze naast hem alsof ze een van de vele getrouwde stellen waren die op zaterdag in de stad liepen tijdens een middagje winkelen. Net als zij een leven geleden hadden gedaan.

Nu nam hij haar vest aan, trok een stoel voor haar naar achteren en vroeg wat ze wilde drinken ('het gebruikelijke?') en zorgde ervoor dat zij als eerste de kaart kreeg. Maar toch klopte er iets niet; iets wat bij deze nieuwe hoffelijkheid kwam. Misschien had hij artritis, dacht Karen. Hij bewoog zich zo stijf. Zo onhandig, en hij bleef maar om zich heen kijken alsof er iemand naar hen zat te kijken.

'En Karen, hoe gaat het met je?'

Alle woorden die door haar hoofd zongen sinds Doris haar had gevraagd te komen; alle beschuldigingen, alle tegenwerpingen... alles leek uit haar hoofd te verdwijnen. 'Het is zwaar geweest.'

Ze praatte zachter en voelde zich merkwaardig beheerst nu ze de blauwe steen in haar zak voelde. Ze streek erover, op zoek naar troost. Dat was beter.

Hij knikte snel. 'Ik weet het. Het spijt me.'

'Spijt het je echt?'

Ze zweeg toen de serveerster hun drankjes kwam brengen. Water? Bestelde hij water voor zichzelf?

Hij knikte met een schuldbewuste glimlach. 'Ik heb nu al vijf jaar geen druppel gedronken.'

Was dit toneelspel? Net als het uitschuiven van de stoel?

'Echt, Karen, als ik de tijd kon terugdraaien, dan deed ik het.'

Dit was te erg. 'Het is te laat, Paul. Het kwaad is al geschied. Ik ben verdergegaan met mijn leven, ik moest wel. En het gaat goed.'

Hij knikte. 'Heb je iemand?'

'Min of meer.'

Waarom zou ze toegeven dat ze op dit moment niemand had?

'Dan boft hij.'

'Paul, hou hiermee op. Zeg nou maar wat je wilt, dan ga ik weer.'

Zijn ogen vertrokken alsof hij gekwetst was. 'Ik wilde weten hoe het met je ging.'

'Na al die jaren?'

Hij gaf geen antwoord maar schoof ongemakkelijk op zijn stoel en gluurde nog eens naar de deur.

'Verwacht je iemand, Paul?'

'Nee. Nou ja, niet precies.' Hij zuchtte.

Ze wist het! Nu kwamen de smoezen!

'Luister, Karen, ik weet wat je denkt, maar deze keer moet je me vertrouwen. Ik heb het ook zwaar gehad. Echt zwaar. En iemand heeft tegen me gezegd... Iemand heeft gezegd dat ik er niet overheen kon komen als jij me niet vergaf. Daarom ben ik hier. Om je om vergeving te vragen.'

Ja hoor! 'Zo simpel is het niet, Paul. Ik kan niet zomaar zeggen: het is goed. Wat jij hebt gedaan heeft me jarenlang pijn en verdriet gedaan, hoewel ik je eerlijk gezegd soms ook dankbaar ben. Ik heb er een leven door gekregen dat ik niet gehad zou hebben. Ik ben nu een soort coach.'

Hij fronste. 'Mijn moeder zei dat je advertenties verkocht.'

'Dat ook. In mijn omstandigheden doe je wat je kunt krijgen.' Ze stond op. 'Dus als er verder niets is, ga ik weer.'

Hij maakte een beweging alsof hij haar mouw wilde vastpakken. 'Ik wil je gewoon zien. Op zaterdag. Niet elke zaterdag, want dat kan ik niet. Maar eens in de drie weken. Is dat goed?'

'Mij zien? Waarom? Een waarom eens in de drie weken? O, ik snap het al. Je hebt iemand anders, zeker.'

Hij lachte schor. 'Zo is het niet.'

'Hoe is het dan?'

Zijn blik hield de hare vast alsof hij haar dwong te beseffen dat hij de waarheid sprak. 'Dat kan ik niet zeggen. Nog niet. Maar dat komt nog. Geef me gewoon wat tijd.'

'Waarom zou ik?'

Hij knikte. 'Je hebt gelijk. Waarom zou je? Ik zei al dat het een stom idee was...'

'Tegen wie zei je dat?'

'Niemand. Nou ja, ze is wel iemand, maar niet zoals je denkt. Ik heb niets met haar of zo. Ze is een soort vriendin. Iemand die zei dat ik mijn excuses moest aanbieden als ik verder wilde met mijn leven.'

'Nou, dat heb je gedaan.'

'Maar het is niet genoeg...'

Ze stond nu op. 'Ik moet gaan. En alsjeblieft. Neem geen contact met me op.'

Ze drong tussen de tafeltjes door en wilde wanhopig graag naar buiten. Ze rende bijna, met haar vest over de arm, dat over de grond sleepte.

'Sorry,' zei ze tegen een jong meisje tegen wiens arm ze per ongeluk had geduwd. Het meisje draaide zich om alsof ze iets wilde zeggen.

'Hayley?'

'Karen?'

En toen zag ze hem. De oudere man aan de andere kant van de tafel wiens hand, besefte ze met een schok, zich snel uit de rechterhand van haar schoondochter terugtrok.

'Hallo,' bracht ze uit. En toen rende ze de straat op.

21

Ed

Hij kleedde zich met zorg in opzettelijk nonchalante stijl. Gebleekte spijkerbroek; een loshangend overhemd van Jermyn Sreet, met roze en crèmekleurige strepen, want echte mannen konden zich in alle kleuren vrij bewegen. Geen das, een duur jack van geruwd leer, crèmekleurige sportschoenen en zijn Rolex...

'Laat de andere partij nooit denken dat je je geïntimideerd voelt door hen,' had zijn vader hem geleerd. Deze outfit zou dat aantonen.

'Deze mensen zijn haaien,' had zijn advocaat waarschuwend gezegd tijdens de bijeenkomst om strategieën te bespreken. 'Ik weet dat je graag praat, Ed, maar deze keer moet je je mond houden. Laat mij de leiding nemen.'

Tim had zijn zaken geregeld sinds zijn vader was gestopt als senior partner, en dat was ongeveer in dezelfde periode geweest dat Eds pa door een onverhoedse hartaanval werd geveld. Ze waren ongeveer van dezelfde leeftijd maar zo verschillend als Eton en de gewone middelbare school, waar zijn vader, zoals hij nooit vergat te vermelden, het ongelijk van al zijn docenten had aangetoond.

Tot zijn ergernis kwam Tim in een grijs krijtstreeppak en met een taxi. Hij wierp een blik op Eds fiets die hij net aan de reling ketende. 'Rij je nog niet?'

Rot op, wilde Ed zeggen. Dat moest zijn vader hem hebben verteld. Volgens Nancy was Tim een van de weinige mensen die de ouwe wat de meeste dingen betreft in vertrouwen had genomen.

Tim legde een hand op Eds schouder; een gebaar waar hij nog kregeliger van werd. 'Nou, even samenvattend...'

'Ik weet 't. Ik weet 't. Die mannen zijn haaien. Maar dat was pa ook. Als die papieren die ze hebben gestuurd echt zijn, heeft hij een of andere geheime overeenkomst gesloten waar zij ons aan willen houden nu er een deadline zit aan te komen. Ik ben hun volgens hen duizenden ponden schuldig, die ik volgens jou niet heb. En ik moet mijn mond houden, terwijl jij deze puinhoop die de ouwe ervan heeft gemaakt, rechttrekt.'

Grote genade! Was dat een spoortje van een glimlach om Tims mond? Zeg nou niet dat de man gevoel voor humor begon te krijgen!

'Oké. Naar binnen.'

Er was niet eens een receptie, zag Ed toen hij de groezelige, rommelige wachtkamer in zich opnam. Wie waren deze mensen en waarom had zijn vader hem hier niets over verteld? Na zijn dood had Ed de ene map na de andere gevonden met nette aantekeningen over wat er moest gebeuren en hoe. Het had bijna geleken alsof hij verwachtte voortijdig te overlijden – Nancy had iets in die richting gezegd –, maar over deze zaak was niets te vinden.

'Ha, Ed. Fijn dat je kon komen.'

Een lange, tengere jongeman gekleed in een donkergrijs pak (mooie snit, trouwens) en met een lange lok over zijn voorhoofd kwam op hem af met een houding die suggereerde dat hij normaal gesproken geen pakken droeg. Jezus, wat had hij stilletjes die deur opengedaan. Als een kat. En hoe durfde hij hem zomaar Ed te noemen?

'Volgens mij zijn wij nooit aan elkaar voorgesteld,' zei Ed langzaam, Tims waarschuwende blik negerend. 'De naam is Edward. Smith, zoals je al weet. En jij bent?'

'Giles.' Zijn stem had een licht Schots accent. 'Met een i in het midden en geen y. Ik vind het niet prettig als mensen het verkeerd spellen. Inderdaad. Gewoon Giles. Mijn achternaam hoef je niet te weten, oké?'

*

Daarna hield Ed zich aan zijn belofte. 'Vergeet die onzin over dat je advocaten niet moet vertrouwen,' had zijn vader hem gezegd. 'Het zijn niet allemaal louche types. Zoek een goede en vertrouw hem. Hetzelfde gaat op voor artsen.'

Dus hij liet Tim de leiding nemen tijdens de bespreking, en dat was maar goed ook want eerlijk gezegd ging het hem boven zijn pet (die Giles mocht dan jong zijn, vijfentwintig of zesentwintig, maar hij wist waar hij het over had). Ook al had zijn vader hem jarenlang voorbereid in wat er wanneer moest gebeuren en wanneer je je terug moest trekken, hij was nog steeds lerende. Sterker nog, als Tim en ook Nancy, die ook een slimmerik was, er niet waren geweest, was hij het grootste deel van zijn vaders fortuin misschien allang kwijtgeraakt, in de beginfase van de kredietcrisis.

Maar op een of andere manier, gedeeltelijk door geluk, had hij overeind weten te blijven en zelfs nog een beetje winst kunnen maken. Beter nog, vond hij zelf, hij had de ontslagrondes, waartoe veel andere bedrijven zich zagen gedwongen, kunnen voorkomen.

Over personeel gesproken. Hij moest bloemen sturen naar die slome receptioniste die vorige week was bevallen. Die knappe, roodharige uitzendkracht had hem er die ochtend nog op gewezen. Mocht zwangerschapsverlof alsjeblieft eeuwig blijven duren?

'Duizenden ponden...'
'Het stond in het contract...'
'Niet aan de belofte gehouden...'
Ed probeerde zich te concentreren, maar getallen waren nooit zijn sterkste kant geweest. Tenzij het ging om cupmaten van de meisjes van de school in de buurt.
'Juist.'
Tim stond op, zijn gezicht gespannen. Dat had Ed al eerder gezien. Dat was gewoon een masker om te verhullen dat hij in zijn nopjes was met een overwinning.
'We nemen contact met je op.'
De tengere jongeman knikte kort. 'Zoals ik al zei, Ed, drie weken krijg je. En niet langer. En dan zijn we nog soepel. Heel soepel. De ouwe had ons die tijd niet gegeven als de zaken er anders voor stonden.'
Tim verstarde en wierp Ed een blik toe die zei: 'Niets zeggen'. Hoe durfde hij zijn vader 'de ouwe' te noemen? 'Bedankt voor je tijd.'

*

'Hoe bedoel je "Bedankt voor je tijd"?' snauwde Ed op weg naar buiten. 'Die wijsneus moet eens wat respect bijgebracht worden.'
De mond van zijn advocaat verstrakte weer. 'Helaas zijn we niet in de positie om dat te doen.'
'Ik begrijp het niet.' Ed voelde een steek van bezorgdheid. Hij had verwacht dat Tim hem nu een klap op de rug zou geven en zou zeggen dat er niets was om zich zorgen over te maken.
'Heb je vijanden, Ed?'
Die vraag verraste hem. 'Vijanden? Ik heb wel een heel stel ex-vriendinnen die niet zo blij met me zijn, maar die zou ik geen vijanden noemen. Hoezo?'
Tim was nu duidelijk nerveus. Vreemd. Hij was het soort man dat geen vin verroerde, tenzij hij dat eerst grondig had doordacht. En dan alleen als het goedgekeurd en gestempeld was. 'Omdat ik een vreemd voorgevoel heb bij deze toestand. Ik denk dat ze namens iemand anders handelen. Iemand wil je te grazen nemen. Ik weet het niet zeker, maar ik zit er niet vaak naast.'

*

Later op de avond schonk Ed Nancy een groot glas wijn in uit haar eigen drankkast, die eigenlijk van hem had moeten zijn als hij het inhalige type was geweest. Hij was tenslotte van zijn vaders grootvader geweest, afkomstig uit de tijd dat die een rubberplantage op Borneo had gehad. Nancy zei altijd dat het samen met al het andere voor hem zou zijn, omdat ze nooit meer wilde trouwen. Ze was jong, zei hij vaak tegen haar. Als ze wilde trouwen en zijn erfenis wilde verspelen, dan was dat prima, vond hij. Als ze maar gelukkig was.

Terwijl hij keek hoe zijn stiefmoeder (verbluffend dat ze maar acht jaar ouder was dan hij!) zich behaaglijk op de bank nestelde, waarbij haar blote voeten onder haar Zara-jeans uit piepten, vroeg hij zich af of ze weer was begonnen met daten. Ze straalde iets uit, maar dat kon ook gewoon komen door de woede om wat hij haar net had verteld.

'Die mensen kunnen niet zomaar proberen het bedrijf op deze manier over te nemen!' Haar ogen schoten vuur, en niet voor het eerst zag Ed waarom zijn vader zo gek op haar was geweest. 'Je vader zou zich nooit in die positie hebben gemanoeuvreerd. Dat slaat nergens op.'

Dat vond Ed ook, zelfs toen Tim het later in het kantoor had uitgelegd. 'Waarom zou mijn vader iets hebben ondertekend waarmee hij twintig procent van de aandelen uit handen gaf zonder er iets voor terug te krijgen? En waarom hebben ze tot nu gewacht met het opeisen ervan?'

Nancy liet haar vinger over de rand van haar glas gaan en zoog erop. 'En heb je echt goed nagedacht over Tims vraag? Die over of je vijanden hebt, Ed? Iemand die hierachter kan zitten?'

'Misschien. In dit soort werk kun je veel mensen tegen de haren in strijken.'

Nancy's koffiekleurige chiffon bloesje was een beetje omhooggekropen toen ze achterover op de bank ging liggen, waardoor hij zich een beetje ongemakkelijk begon te voelen.

'Luister, Nance, ik moet gaan. Het joch moet studeren voor een paar herkansingen, wat betekent dat hij pas om drie uur 's nachts thuiskomt en ik moet op hem wachten.'

'Tuurlijk.'

Nancy kuste hem op zijn wangen en toen hij haar rook, sloegen zijn hormonen op hol; hij wilde meteen de straat op rennen en iemand zoeken die hem wilde vasthouden, omhelzen. Die hem het gevoel gaf dat alles goed was.

'Weet je, Ed, je doet het hartstikke goed met Jamie. Eerlijk gezegd wist ik niet hoe het zou gaan. Maar toen ik gisteren belde, sprak hij echt in volledige zinnen.'

Ed kreunde. 'Tegen mij niet. Of tegen wie dan ook. Het is een grommend "ja" of "nee", maar door zijn mobiel praat hij honderduit. En breek me de bek niet open over Facebook. Ik heb van iemand een tienerslangwoordenboek moeten lenen om er iets van te begrijpen. Wist je dat "labatyd" smstaal is voor *Life's a Bitch and then You Die*? Dat zeggen ze als ze alles zat zijn. En hij blijft dat K-woord maar gebruiken. Ik heb geprobeerd er een grapje van te maken door te zeggen dat hij niet zo moet tutten, maar hij maakt me dan voor ouwe sul uit.'

Nancy lachte verrukt. 'Ed, je wordt nog eens een geweldige vader.'

Bij het idee voelde hij een onverwachte steek. 'Het zou leuk zijn als dat nog eens gebeurde.'

'Ik meen het.' Ze kwam naar hem toe en nam zijn handen in de hare. 'Je bent een droomvent, Ed. Knap, geestig – en met een kinderwens. De meeste vrouwen zouden je bespringen.'

Ed pakte zijn jasje. 'Dank je.'

Nancy begon te lachen. 'Je bloost helemaal, Ed. Je dacht toch niet echt dat ik je stond te versieren, hè?'

Stik. 'Tuurlijk niet.' Hij stond in een wip bij de deur. 'Ik hou je op de hoogte. Doei.'

Jee. Dat was raar! Echt raar! Even had hij gedacht dat ze hem verleidde, maar nu begreep hij dat ze gewoon stiefmoederlijk deed. Wat zou ze nou van hem denken? Echt, soms zou hij er alles voor overhebben om tot een normale familie te behoren.

*

'Ben naar klup. C U van8.'

Wat leerden ze tegenwoordig op school? Kon het joch 'club' niet eens goed spellen? En waarom was hij om kwart over één 's nachts nog uit als hij de volgende dag naar school moest? Gisteren was het 'de verjaardag van een vriend' ook al was die vriend vorige maand ook al jarig geweest. Dezelfde vriend die 'al eeuwen' reed, ook al was hij nog maar zeventien. Lekker veilig idee.

Ed ijsbeerde door de hal en vroeg zich af wat hij moest doen. Hij had het sms'je beantwoord, zodra hij het had gezien toen hij terugkwam, maar natuurlijk reageerde het ettertje niet. Waarschijnlijk zou zijn 'batterij leeg' zijn.

'Blijf contact houden,' had Karen tijdens de afgelopen bijeenkomst gezegd. Vreemd. Hij had zijn beurt om te praten besteed aan het vragen om advies aan de anderen over het opvoeden van een tiener. En hoewel hij nog steeds kapot was van Tatiana – natuurlijk was hij dat nog! – was hij bijna dankbaar dat die gup hem daarvan afleidde.

'Dat heb ik ook,' zei Lizzie, die ondanks het feit dat ze blond was soms met goede ideeën kwam. 'Als ik geen kinderen had gehad om me af te leiden, dan zou ik er helemaal kapot van zijn dat Tom weg is.'

Daar was hij dan, aan het geluid te horen. Krijg nou wat, hij had ook nog een stel meiden meegenomen!

'Alles cool, grote broer?'

Het joch kwam binnen wankelen in het T-shirt dat hij de hele week al aan had, met een indianenkralenketting om zijn nek en een spijkerbroek die allang niet meer op zijn heupen hing en nu aan een afdaling was begonnen. Desondanks zag hij er ongelooflijk jong uit en had hij een bijna volmaakte huid die een beetje gekleurd was door de vakantie die hij kort geleden met zijn moeder had gehad, voordat ze de kliniek in ging.

Maar het waren de mensen die hij had meegenomen, die Eds aandacht trokken. Aan elke arm een beeldschoon, extreem bleek meisje. Ze hadden wel tweelingzusjes kunnen zijn met hun identieke oranje en groene haar en zwarte, katachtige kohlstreepjes om hun ogen, om nog maar te zwijgen van de krijtwitte make-up die eruitzag alsof hij erop was gespoten. Jezus!

Jamie grijnsde naar hem, en het licht van de lamp aan de muur viel op de lippiercing in zijn onderlip die hem tegemoet schitterde, net als de grote, witte oorringen die hij vorige week had gekocht. 'Hal-looo, humor,' zei hij met nadruk op het 'humor', waarmee hij wilde suggereren dat Ed geen humor had. 'Je hebt er toch geen bezwaar tegen, hè, grote broer?'

'Volgens hem zou je het wel begrijpen,' kirde het meisje aan zijn linkerarm. 'Hij hield maar niet op over hoe ruimdenkend jij wel niet was en zo!'

'Tenslotte,' zei Jamie terwijl hij het eerste meisje in de nek kuste, 'Sorry, schatje. Deed dat pijn? Komt door die beugel die ze me hebben gegeven. Daar krijg je supervette bijtsporen van!'

Ed stond als aan de grond genageld, niet in staat een woord uit te brengen.

'Kom op, grote broer. Kijk niet zo geschrokken! Het zijn toch geen volslagen vreemden? Maar ik moet toegeven, het was wel heel toevallig dat ik ze in de club tegenkwam. Vind je het ook niet lauw?'

Lauw? Als hij zich goed herinnerde uit het tienerboek, betekende dat gaaf. Maar dit was niet lauw. Dit was helemaal niet gaaf. Hoe kon Jamie? Hoe konden ze?

Een van de meisjes schudde haar haar – de laatste keer dat hij het had gezien was het zwart geweest – en zweefde naar hem toe. Hij wilde iets zeggen, maar kreeg niets over de lippen.

'Hé, Ed, skatje,' lispelde Tatiana, en ze hield hem haar wang voor zodat hij haar kon kussen. 'Maar koet dat we er waren. Jouw broertje wielde bienenkomen met een valse ID-kaart. Maar koet dat wij de eikenaar van de cluup kenden.' Ze kuste hem op de wang. 'Vertel eens. Hoe kaat et met jou?'

Je wilde weten wat er gebeurd is, dus hierbij. Na het etentje gedroeg hij zich anders. Bijna gezellig. Maar toen, een week geleden, gedroeg hij zich weer even cool als voorheen. Ik kon in zijn ogen niets goed doen. Waarom had ik er niet aan gedacht om gloeilampen te kopen? Hoe kon ik dat vergeten?

Alles wat ik doe, lijkt hem te irriteren.

Dus ik val terug op oude hulpmiddelen. 'Wat dacht je van een vakantie?' vroeg ik, opkijkend van de zaterdagse reisbijlage.

'Ik kan geen vrij nemen op het werk.' Hij klonk alsof ik dat zelf ook al wel had kunnen bedenken.

'Een lang weekend weg dan?' antwoordde ik, terwijl ik hem een artikel aanreikte over St. Mawes. Jaren geleden hebben we het al opgegeven om naar het buitenland te gaan.

'Oké,' zei hij uiteindelijk. 'Zolang het om een weekend gaat.'

Ik voel een opluchting die me doet opstijgen.

Het zal beter gaan als we een weekend weg zijn. Zoals altijd.

Sessie vijf
Maak niet twee keer dezelfde fout!

Aan zekerheid hecht bijna iedereen!

Dat is ook de reden dat we soms, zonder het zelf te beseffen, terugvallen in oude gewoontes, omdat we ons daar 'zeker' bij voelen – vooral tijdens de kerstdagen!

Dat kan betekenen dat we iemand ontmoeten die erg lijkt op onze vorige partner. Of we maken opnieuw dezelfde fouten – zoals je te afhankelijk opstellen.

Ik waarschuw je maar alvast!

22

Lizzie

‘Weet je zeker dat het een goed idee is om je man jaloers te maken?’ had Karen gevraagd tijdens hun laatste ontmoeting toen ze had verteld over haar plannen om Tom terug te krijgen.

Op dat moment was Lizzie daar honderd procent zeker van geweest, maar na dat acht uur ’s morgens/’s avonds-telefoontje had hij haar geen enkele keer meer naar haar privéleven gevraagd en de communicatie beperkt tot heel korte e-mails.

‘Waarom wil je hem terug na wat hij je heeft geflikt?’ vroeg haar moeder telkens. Heel simpel! Als Sharon geen toenadering had gezocht (en Tom had gezworen dat het zo was gegaan) was er helemaal nooit iets gebeurd.

De tijd stond ondertussen niet stil – het was al bijna kerst! – en Sharon de Slet bleef maar uitdijen. Kotsmisselijk werd ze als ze daaraan dacht. Ze móést hem op een of andere manier terug zien te krijgen. Weer een normaal gezin zien te creëren.

Het ergste was nog dat Jack en Sophie zich normáál gedroegen, duidelijk een teken dat ze van binnen intens verdrietig waren! Ze leken er totaal niet mee te zitten dat hun vader zich maar één keer per week liet zien en dan met ze ging bowlen of ze meenam naar een pretpark (dingen die hij echt nooit deed toen hij nog thuis woonde).

Het doel heiligt de middelen, toch? Ze kon maar één persoon bedenken bij wie ze voor advies terechtkon over de waarschuwing van Karen. Iemand met meer dan genoeg ervaring.

‘Natuurlijk vind ik het niet erg dat je me op het werk belt,’ had Ed gezegd, al had hij wel lichtelijk geïrriteerd geklonken. ‘Als ik Tom was, zou ik er waarschijnlijk behoorlijk tegenop zien om een tweede gezinnetje te stichten. En met een beetje geluk gieren de zwangerschapshormomen bij die Sharon door het lijf en is ze geen pretje om mee samen te wonen.’

Lizzie knikte en hoopte dat niemand op haar kantoor op de zestiende verdieping haar kon horen. Niet dat er nog zoveel mensen over waren overigens. De meesten waren ontslagen. Als het in dit tempo doorging, kon ze dat verrekte tijdschrift straks zelf gaan drukken. ‘De kinderen zeiden dat ze laatst in het pretpark tegen Tom had lopen snauwen.’

‘Mooi. Dus wat jij moet doen, is hem uitnodigen voor een gezellig avondje met het gezin. Maar deze keer zonder lekkende wasmachine als smoesje.

Laat hem voelen hoe het is om bij een normaal gezin te horen. Zorg dat hij gaat missen wat hij heeft achtergelaten.'

En dus had ze een bericht achtergelaten op de voicemail van Toms werktelefoon en hem gevraagd of hij zin had om deze week een keer te komen eten 'zodat de kinderen je ook weer eens in een gewone situatie meemaken'. Deze keer, beloofde ze zichzelf, zou ze alles goed voor elkaar hebben. Iets lekkers halen op de specialiteitenafdeling. Op zoek gaan naar mooie servetten. Waarschijnlijk lagen die nog ergens onder in de wasmand met beschimmelde etensresten erop van de laatste keer dat ze gebruikt waren (Pasen? Kerst?). Wat had Ed ook weer gezegd? Laat hem voelen hoe het is om bij een normaal gezin te horen. O, wist ze maar hoe dat was.

*

Leuk, had Tom ingesproken op haar voicemail. Donderdag zou goed uitkomen. Dan zou hij meteen de kerstcadeautjes voor de kinderen meenemen.

Kerstcadeautjes? Zou hij er dan niet op de dag zelf zijn om ze te geven?

'Zeg daar nu nog niks over,' had Ed gewaarschuwd toen ze hem weer had gebeld. (Deze keer klonk hij echt geïrriteerd – misschien kon ze hem beter niet meer lastigvallen.) 'Wacht tot hij er is. Onder vier ogen is altijd beter. Anders gaan we toch maar leugentjes opdissen.'

Fijn om te weten dat het mannelijk ras zo betrouwbaar was.

Inmiddels was het donderdag en ze zat nog steeds vast op haar werk ondanks dat ze van plan was geweest vroeg naar huis te gaan. De telefoon bleef maar piepen met berichten van pa en ze had geen tijd om die te lezen. En Max, de hoofdredacteur, had haar naar zijn kantoor laten roepen voor een 'kort overleg' om haar ideeën voor het volgende nummer te bespreken.

Shit. Sorry. Chips!

Max was vijftien jaar jonger dan zij (toen zij en Tom elkaar voor het eerst ontmoetten, zat hij bij wijze van spreken nog in de luiers) en wilde heel graag hogerop komen. Zijn geaardheid was nogal dubieus (de fotoredacteur was ervan overtuigd dat hij zich liet ombouwen tot vrouw, zijn medewerkers dachten precies het tegenovergestelde). Hij had de vreemde gewoonte om gekleurde sportschoenen te dragen (blauw aan zijn linkervoet en rood aan de andere), al verscheen hij ooit een keer met de verkeerde kleur aan de verkeerde voet. Ook gebruikte hij echte zakdoeken en geen opgepropte stukjes wc-papier. Met andere woorden, hij was volwassener dan zij.

'Lizzie. Kom binnen.'

Hij klopte op de stoel naast hem. Dat was nog zo'n hebbelijkheid van hem. Niemand zat tegenover de hoofdredacteur, want ze 'deden dit met z'n allen'. Je moest per se naast hem zitten en zo veel mogelijk uitademen om te voorkomen dat je de eau-de-weet-ik-veel inademde die hij altijd ophad.

'Goede ideeën. Ik ben vooral enthousiast over het item over hoe je ervoor kunt zorgen dat je man weer helemaal opnieuw verliefd op je wordt. Volstrekt onmogelijk natuurlijk. Maar jij weet – zoals altijd – vast wel een praktijkvoorbeeld te vinden. Daarom ben je ook zo goed in je werk, Lizzie!'

In elke andere situatie zou ze gegloeid hebben van trots. Max toonde zelden veel waardering voor het werk van zijn medewerkers. Maar sinds hij was gaan vertellen over zijn nieuwe 'partner', was hij gevaarlijk aardig aan het worden. Dat vond iedereen.

Met een beetje geluk betekende dit dat hij haar contract, dat over een paar maanden afliep, zou verlengen. Lizzie besefte dat ze tot nu toe verhipt veel geluk had gehad. Na de geboorte van Jack, had ze stevig onderhandeld over haar werktijden, zodat ze nu deels thuis en deels op kantoor kon werken onder de voorwaarde dat ze haar kopij op tijd inleverde. Dat viel niet best bij de kinderloze medewerkers op kantoor, maar dankzij de vakbond konden ze er weinig tegen beginnen, vooral niet omdat ze ermee had ingestemd toezicht te houden op reportages toen ze tot redacteur was gepromoveerd.

Niet dat dat iets was om trots op te zijn. Dat betekende alleen maar dat zij de eerste kandidaat was als er koppen moesten rollen. Zo werkte dat bij bladenmakers. Dalende verkoopcijfers? Ontsla de redacteur. Zoek een nieuwe doelgroep. Of verander de inhoud. Of doe beide.

Max keek haar met een perfecte glimlach aan, met dank aan een of andere ongetwijfeld peperdure orthodontist. 'Hoe staat het met dat stuk "Geen seks, ik ben zwanger"?'

'Prima!' zei ze stralend, in de hoop dat hij daarmee genoegen zou nemen. Dat stuk was nog een hele dobber geweest, maar uiteindelijk had ze iemand weten te vinden die bereid was zich tegen betaling te laten fotograferen (niet in bed natuurlijk, want het draaide er nu juist om dat HET niet gebeurde). Nog beter was dat het niet ging om een van de vrouwen van school of om iemand met wie ze binnen een dag bevriend moest zien te raken om haar te kunnen overtuigen. Deze vrouw was lid van een landelijke eenouderclub. 'Ik was altijd veel te moe om te vrijen, maar het heeft me mijn huwelijk gekost,' vertelde ze Lizzie tijdens het interview. 'Hij begreep gewoon niet waarom ik niet wilde.'

Was Tom om die reden vertrokken, had Lizzie zich afgevraagd toen ze het stuk schreef. Omdat ze veel te vaak te moe was voor seks?

'Gaat het met je, Lizzie?' vroeg Kelly toen ze na haar bespreking met Max weer achter haar bureau ging zitten. Kelly was een van de nieuwkomers (net van school, kunstnagels, oranje highlights in het haar) en zat tegenover haar. Zij had de rubriek Lieve Lita toebedeeld gekregen toen ze het blad (opnieuw) een 'eigentijdse draai' had gegeven.

'Ja hoor. Hoezo?'

Ze keek nadrukkelijk naar Lizzies handen. Vreemd! Die leken de foto van Tom die altijd op haar bureau stond te willen verscheuren. De foto die genomen was op hun trouwdag.

Kelly schoof haar stoel dichterbij en haalde iets uit een dun stripje zilverpapier. 'Wil je erover praten?'

En toen brak Lizzie met alle regeltjes en vertelde ze alles. Over Tom, Sharon, de baby... En toen had Kelly een interessante ingeving. Veel beter dan het idee van Ed. 'Dus die Sharon is nogal een flirterig type.'

'Dat kun je wel zeggen! Je zou eens moeten zien hoe ze omgaat met de vaders op school tijdens ouderavonden. En wat ze aanheeft! Haar borsten krijgen meer frisse lucht dan haar mond.'

'Dus,' zei Kelly langzaam, terwijl ze bedachtzaam op haar kauwgom kauwde, 'hoe weet je dan dat het Toms baby is?'

*

Waarom had ze daar zelf niet aan gedacht? Het enige wat ze hoefde te doen, was Tom ervan overtuigen dat Sharon het met Jan en alleman had gedaan (tenslotte stond ze hartje winter praktisch te paaldansen bij de schoolhekken in die belachelijk laag uitgesneden topjes van haar) en ervoor zorgen dat ze een DNA-test zou laten doen. De Slet zou zich zo beledigd voelen dat ze met een beetje geluk ruzie kregen en misschien... heel misschien, in combinatie met het plannetje voor volgende week, zou alles daarna weer als vanouds worden.

Shit. Sorry. Chips. Lizzie zuchtte bij het zien van de e-mail die net binnenkwam van de eindredacteur.

WAAR IS DAT STUK 'GEEN SEKS, IK BEN ZWANGER'?

Geweldig. Dat betekende achter het toetsenbord voor de rest van de dag (of liever gezegd nacht, als je zag hoe donker het buiten al was en hoeveel verlichte kantoren je zag). Toen ze eindelijk het pand verliet, was het al na zevenen...

Goddank zou mam de kinderen ophalen – verdorie, ze was vergeten haar vader terug te sms'en. Wat ze nu nog moest doen, was de kinderen ophalen bij haar ouders, Jack zo ver zien te krijgen dat hij een toneelstukje zou opvoeren (ofwel zich zou gedragen); iets aantrekken dat er sexy uitzag, die red-ons-huwelijkschotel van de supermarkt opwarmen en Tom overhalen om te blijven slapen.

Simpel.

Gestoord.

De trein deed er een eeuwigheid over – vanwege werkzaamheden in een plaats waar ze nog nooit van had gehoord. Twintig minuten later dan de 'officiële aankomsttijd' stapte ze uit op station Amersham, samen met hele hordes forenzen die allemaal druk aan het sms'en waren. Zij en Tom hadden vaak gesproken over de mogelijkheid om dit alles vaarwel te zeggen en te verhuizen naar een plek waar het lekker warm was, Italië bijvoorbeeld, of misschien Frankrijk. En dat zou ook gebeuren! Het was nog steeds mogelijk! Als alles vanavond goed ging tenminste!

'Eindelijk!'

Haar vader stond haar al op te wachten bij de deur. Hij zag er verrassend knap uit in zijn kanariegele trui en rook naar aftershave met citroengeur. 'Heb je mijn berichtjes niet ontvangen? Nee? Laat je moeder niet merken dat je er bent. Ik moet eerst met je praten. Kom mee.'

Wat was er aan de hand? Haar vader sleepte haar praktisch over het modderige tuinpad naar zijn schuur. 'Het is ijskoud, pap. Wat is er in hemelsnaam aan de hand?' Een vreselijke gedachte kwam naar boven. 'Ma is toch niet ziek, hè?'

'Zo kun je het ook bekijken.'

Zijn ogen stonden helder, maar ze vreesde het ergste. 'Het is allemaal de schuld van Sophie. Als zij ons niets had laten zien, was er niks gebeurd.'

Puur van opluchting dat haar moeder niet ziek was, zei ze nogal bits: 'Wat zou er niet gebeurd zijn?'

'George.'

Nee, niet George.

'Je moeder was met hem verloofd totdat ik haar op andere gedachten bracht.'

'Was mama met hem verloofd? Wacht even. Ze had het laatst nog over hem. Ze zei dat hij een oude buurman was.'

Pa maakte een wegwuifgebaar. 'Allebei in feite. Ik dacht dat dat allang verleden tijd was, totdat Sophie ons attendeerde op Grandparents Reunited. Daar stond hij opeens voor onze neus, nog steeds dezelfde als vroeger. Geen idee wat ze in hem ziet.'

Ziet? Dat klonk verdacht veel als tegenwoordige tijd.

'Ze heeft hem alleen maar voor een kopje thee uitgenodigd, beweert ze. Zit hij daar, zo brutaal als wat, in mijn woonkamer mijn bier te drinken.'

Bier?

'Maar ze zal er nog spijt van krijgen.'

Spijt?

Haar vader keek wat bedremmeld. 'Nou, wat de één kan, kan de ander ook hoor.'

Spijt?

'Dus ik heb het aangelegd met Marjorie.'

Marjorie?

'Leuke vrouw. Een van mijn eerste vriendinnetjes eigenlijk. Ze woont hier in de buurt, weet je, en is pas voor de tweede keer weduwe geworden. Ze leek er erg op gebrand te zijn om de banden aan te halen. Je gelooft nooit hoeveel we gemeenschappelijk hebben! We zijn samen yoga voor 60-plussers gaan doen. Ik heb je moeder ook gevraagd, maar die had er geen zin in. Bovendien heeft Marjorie me uitgelegd hoe ik via Google achter de betekenis van mijn dromen kan komen.'

Het duizelde Lizzie. Ouders hoorden dit soort dingen niet te doen. Iemand van háár leeftijd misschien, maar toch niet als je zo oud was als haar ouders.

'Kom mee naar binnen, schat.' Hij nam haar bij de arm. 'Dan stel ik je voor aan Marge.'

*

Het was onwerkelijk. Totaal onwerkelijk. Haar vader stond daar te praten met een enorme vrouw die ze in andere omstandigheden misschien leuk had gevonden, als ze zich geen zorgen zou maken de gevoelens van haar moeders te kwetsen. Leuker in elk geval dan die George, een griezelig mager mannetje met een dun snorretje en een rood vest aan. Een van de twee was al erg genoeg geweest.

'Dit is een oude vriend van me, Lizzie,' had haar moeder gezegd, terwijl ze bloosde als een tiener en een uur in de wind stonk naar de Rive Gauche die ze de vorige kerst van de kinderen cadeau had gekregen.

Hij gaf een koud, slap handje en Lizzie moest haar best doen om niet te kokhalzen. Waar waren haar ouders in godsnaam mee bezig?

'Sorry, maar ik kan niet blijven. Ik moet snel naar huis. Tom eet vanavond mee.'

'O ja, Tom.' George knikte meelevend. 'Het spijt me te moeten horen dat je huwelijksproblemen hebt.'

Met een blik naar haar moeder die zei 'Daar kom ik later nog op terug' riep ze de kinderen en zette ze in de auto.

'Ik hoop dat je tevreden bent,' siste ze.

'Waar heb je het over, ma?'

'Je opa en oma laten kennismaken met Grandparents Reunited.'

'Maar ik heb ze niet aan die lui voorgesteld.' De ergernis was van Sophies gezicht af te lezen. 'Zij hebben me aan hen voorgesteld. Het schijnt dat al hun vrienden het doen.'

Geweldig! Lizzie trapte keihard op de rem toen een bus vlak voor haar invoegde. Als grootouders er al een puinzooi van maakten, welke hoop was er dan nog voor haar eigen generatie?

*

Tot nu toe liep het gesmeerd. Ze had de doos van de diepvrieslasagne verstopt en er wat verse geraspte parmezaan en een beetje peterselie overheen gestrooid om het zelfgemaakt te laten lijken. Jammer dat die nepgroente onderop wel van plastic leek. (Dat spul was zo taai dat de keukenschaar het erop had begeven). Ze hoopte maar dat het niet smerig smaakte, maar ze zou het er wel grondig afschrapen voor ze het opdiende.

Het leek Tom goed te smaken, ondanks dat Jack zich precies zoals ze hem had opgedragen aan zijn knie vastklampte. Ook leek hij te genieten van de wijn die Sophie geroutineerd (té geroutineerd) uitschonk.

'Dankjewel. Ik lust best nog een glaasje.'

Jack knikte instemmend. 'Het duurde héél lang voordat mama dit had uitgekozen.'

'Het recept,' greep ze in. 'Ik twijfelde over wat ik zou klaarmaken.'

'Weer eens wat anders dan wat ze normaal kookt.' Sophie keek haar vanachter de kurkentrekker schalks aan. 'Meestal laat ze dingen verbranden zodat ze goed gaar zijn.'

'Ik kan altijd nog wat meer laten verbranden als je nog trek hebt!'

Een vreselijke minuut lang, leek het alsof Tom op dat aanbod zou ingaan. Verdomme. Ze had maar één doos gekocht.

'Nee, dank je. Het was erg lekker.'

'Heb je trek in koffie?'

Op dat moment werd het ongemakkelijk. Zodra ze dat gezegd had, kreeg ze het gevoel dat ze een vreemde op bezoek had. Tom voelde kennelijk hetzelfde. Dat merkte ze aan hoe hij op het randje van de bank zat en beleefd de zijden kussens bewonderde die ze gratis had overgehouden aan een interieurfotosessie.

Het moest nu elk moment gebeuren...

'Ik dacht dat je het misschien wel leuk zou vinden om met kerst hier te lunchen,' begon ze.

'Ah.' Tom leunde naar voren. 'Daar wilde ik het al met je over hebben. Sharon... ik bedoel... ik dacht...' Hij keek opeens opgelucht. 'Is dat de deurbel?'

Hij had hier toch zeker wel lang genoeg gewoond om zijn eigen deurbel te herkennen? Aan zijn gezicht te zien, dacht hij dat het weleens Sharon de Slet kon zijn die kwam kijken waar hij uithing. Dat was het of hij had een stukje van die smerige plastic groente doorgeslikt. Maar toch, gered door de bel.

'Doe jij even open?' zei ze, terwijl ze opstond en deed alsof ze druk bezig was met het opruimen van de koffiekopjes. Ze hoorde hem naar de voordeur lopen. Hoorde zijn verbaasde reactie toen hij opendeed, gevolgd door net zo'n verraste reactie van Rob. Knap staaltje acteerwerk.

Daar stond hij, in een bruin leren jack van kreukelleer, met een fles wijn en zijn karakteristieke lange pony. Hij keek haar op een samenzweerderige manier aan, wierp vervolgens een blik op Tom en keek toen weer naar haar. 'Hoi Lizzie. Heb ik me vergist in de dag?'

23

Alison

De trein naar Londen schokte onverwachts bij het verlaten van het station, maar Alison was zo in gedachten dat ze het nauwelijks merkte. Haar dochter was weken geleden gestopt met haar universitaire studie, maar pas nu had ze ermee ingestemd elkaar te ontmoeten in het appartement van Ross.

Als David hier was geweest, had hij de boel wel geregeld. Maar ze had nog altijd geen flauw idee waar hij uithing, laat staan dat ze wist of hij volgende week met kerst terug zou zijn. Nou, hij bekeek het maar. Ze kon het steeds beter in haar eentje af. Beter zelfs dan iedereen had verwacht, zoals Caroline pas nog had opgemerkt.

'Ik ben blij dat je mijn tip over een make-over hebt uitgevoerd.'

Wat een lef!

'Eerlijk gezegd kon ik me dat niet veroorloven. Ik ben gewoon de drogist binnengestapt en heb een aardige verkoopster gevraagd me te helpen.'

Caroline haalde haar schouders op. Normaal gesproken zou ze dit als een persoonlijke belediging hebben opgevat. Er was duidelijk iets aan de hand met haar zus! Ze was vrolijker, levendiger. Bijna meisjesachtig en weer net zo blakend van zelfvertrouwen als in hun tienerjaren. Als dat met je gebeurde als je weer op eigen benen kwam te staan, was single zijn misschien toch niet zo erg. Het was nu drie maanden geleden en ze was inderdaad al haar gewoontes aan het veranderen. Eerder opstaan dan gewoonlijk. Een kop thee zetten en er niet weer mee in bed kruipen zoals ze altijd had gedaan. Cornflakes eten in plaats van de gebruikelijke toast. Het waren allemaal ideetjes van Karen geweest.

'Jullie missen waarschijnlijk allemaal de oude gewoontes uit je huwelijk,' had ze tijdens de laatste bijeenkomst gezegd. Allemaal, inclusief de twee mannen, hadden ze met een bijna zichtbare brok in hun keel ja geknikt.

'Daarom is het goed om je eigen gewoontes te ontwikkelen,' had Karen hun opgewekt aangeraden. 'Ga vanaf nu dingen op je eigen manier doen. Dit is je kans om nu eindelijk eens alleen maar aan jezelf te denken.'

Behalve natuurlijk als je kinderen had. Jong of al volwassen. Nog steeds deed ze water bij de wijn. Sinds kort stroopte ze tweedehandswinkeltjes in Gerrards Cross en Amersham af. Ze had er echt leuke, andere kleren gevonden: een paar strakke, zwarte spijkerbroeken, een nauwsluitende, zwarte trui. Waarom had ze dat soort dingen nooit gedaan toen ze geld genoeg had om alles nieuw te kopen?

De trein naderde eindelijk Marylebone en Alison pakte haar spullen. Jules had niet bijster enthousiast gereageerd toen ze haar voorstelde om samen te lunchen in het appartement van Ross, maar dat deed er niet toe. David mocht zich dan onttrekken aan zijn verantwoordelijkheden, zij zou haar kinderen nooit in de steek laten. Zelfs niet als zij haar op afstand probeerden te houden.

*

'Ik heb het je toch gezegd, mam.'

Jules zat chagrijnig op de bedbank van Ross, met blote voeten en gekleed in iets wat erop duidde dat ze net haar bed uit was. Haar adem suggereerde hetzelfde! Die was bijna net zo erg als de lucht die in het toilet hing. Daar was ze heel even in geweest, maar had besloten dat ze het liever nog even ophield.

'Mijn studie beviel me niet. Het was saai.'

Saai? Zij zou er alles – alles! – voor over hebben gehad om naar de universiteit te kunnen. Al die nieuwe mensen ontmoeten! Al die kennis! En na afloop een mooi diploma dat, als ze zelf een studie had gedaan, haar als persoon interessanter had gemaakt, zodat David er niet vandoor had hoeven gaan.

'Als je zo graag wilt, doe het dan lekker zelf.'

'En waar moet ik dan van leven, nu je vader me heeft verlaten en ik zelf maar moet zien rond te komen?' Alison flapte het eruit, ook al had ze zich vast voorgenomen geen kritiek op David te spuien (nog zo'n advies van Karen).

'Hou op, mam. Ik wil niks horen over jullie ruzietjes. Hij is al net zo erg. Constant maar zeuren dat hij zich thuis zo belaagd voelde.'

Alison zat op het puntje van de stoel, haar huid tintelde. 'Wat bedoel je? Heb je hem gesproken?'

Jules kreeg een kleur. 'Alleen op Facebook.'

Zat David op Facebook?

'Af en toe stuurt hij me een berichtje om te vragen hoe het met me gaat.' Jules keek haar fel aan. 'Hij vond het trouwens een goed idee dat ik er de brui aan gaf. Zei dat hij er altijd spijt van heeft gehad dat hij rechten heeft gedaan in plaats van Engels.'

Was dat zo? Maar daar had hij nooit met een woord over gerept...

'Misschien zijn er nog veel meer dingen waar papa nooit iets over heeft gezegd.' Jules keek haar nu aan met haar hulpeloze kleinemeisjesblik in combinatie met een boze ik-ben-oud-genoeg-om-voor-mezelf-te-zorgen-blik. 'Misschien was hij zo druk bezig met het verdienen van genoeg geld om een gezin te onderhouden dat hij geen tijd had om aan zichzelf te denken.'

Alison kreeg een droge mond. 'Heeft hij dat gezegd?'

Jules stond op en rekte zich uit. 'Zo ongeveer. Dat moet je mij niet vragen. Vraag het hem lekker zelf.'

'Heb je zijn telefoonnummer?'

Jules keek haar meewarig aan. 'Ik kan je uitnodigen op Facebook als je wilt, als een van mijn vrienden. Dan kun je waarschijnlijk wel contact met hem krijgen. Maar verwacht geen snelle reactie, want hij zit nu in Goa.'

Goa? Met die vrouw?

'Nou ophouden, mam. Ik wil er niet meer over praten. Vraag het hem zelf.'

*

Ze had hier het liefst met Karen over willen praten maar haar antwoordapparaat stond aan. Wonderlijk dat zij de eerste was aan wie ze dit wilde vertellen! Maar geen van haar vrienden met hun hippe countrycasualkleding en hun bestuursvergaderingen van liefdadigheidsinstellingen zou er iets van begrijpen. Sinds David haar had verlaten, ontving ze in plaats van uitnodigingen voor dinertjes hooguit nog van een enkeling een telefoontje dat werd afgesloten met 'we moeten weer eens wat afspreken'.

'Je vormt een bedreiging,' had Caroline met een wrang glimlachje gezegd. 'Ze zijn bang dat je achter hun man aan gaat. Dat heb ik zelf ook een paar keer gedaan en dat was geen succes.'

Maar nu ze weg was uit het appartement van Ross (waar het zo'n puinhoop was geweest dat ze zichzelf moest bedwingen om niet te gaan opruimen) voelde ze een wanhopige behoefte om met iemand te praten. Wie dan ook. Ze was bijna blij dat ze iemand hoorde in de keuken, al moest ze er nog steeds aan wennen dat ook anderen daar gebruik van maakten.

'Hoi.'

Jasses. Het was Annie. Niet Clive met wie eigenlijk heel prettig samen te leven viel. Altijd beleefd. Hij vroeg altijd of het oké was als hij ging koken of dat zij liever eerst wilde. En hij nam altijd zijn koffiemok weer van zijn kamer mee naar beneden. Maar Annie was heel anders. Die gedroeg zich alsof het haar huis was in plaats van dat van Alison. Dat straalde ze zelfs uit als ze met haar rug naar haar toe stond en in een pan op het fornuis roerde.

'Wist je dat we geen melk meer hebben?'

We?

‘Mijn melk staat in de deur,’ zei Alison op haar hoede.
‘Nou, hij is weg. En ik heb melk nodig voor mijn saus.’
Die griet deed alsof het haar schuld was!
‘Ik heb met Clive afgesproken dat hij zijn spullen in de koelkast kan bewaren, maar dat hij zijn naam erop zou schrijven zodat we weten wat van wie is.’
‘Zelfs op melk?’
Daar had je dat toontje weer. Die toon die suggereerde dat ze tuttig deed. ‘Vind je dat niet een beetje overdreven, Alison? Ik bedoel, we leven met z’n drieën in dit huis en we willen niet allemaal hetzelfde gaan kopen, toch? Weet je wat? Als jij nou even wat melk gaat halen – ik kan deze saus echt niet alleen laten – dan doe ik het de volgende keer. Oké?’
Nee, het was niet oké. Maar om een of andere reden stond ze even later toch bij de krantenkiosk om de hoek waar mevrouw Shah net de boel aan het afsluiten was. Alison vond mevrouw Shah aardig; ze waren ongeveer even oud. Samen met haar man werkte ze keihard om de winkel rendabel te houden in een tijd waarin supermarkten en zelfs benzinestations veel klanten wegkaapten.
Alison wierp een blik op haar keurig opgemaakte gezicht en de jeans. ‘Ga je iets leuks doen?’
De vrouw knikte, haar gezicht glansde van opwinding. ‘Ik volg een computercursus. Bij het educatief centrum hier in de buurt. Ik doe het al sinds september en ik vind het echt heerlijk.’ Ze hield haar hoofd naar de achterzijde van de winkel gericht waar luide stemmen te horen waren, maar het klonk niet ruzieachtig. Het had meer weg van een flinke discussie tijdens het avondeten met het gezin. De geur maakte haar misselijk van jaloezie, en dat ging niet alleen om het eten. ‘Mijn man,’ grijnsde mevrouw Shah. ‘Hij moppert een beetje dat hij moet koken, maar volgens mij is het juist goed voor hem. Het gaat tenslotte ook maar om één avond per week.’
Het educatief centrum? Daar had Alison altijd een beetje op neergekeken. Een paar kinderen van haar vrienden waren daar beland toen ze van hun dure school werden getrapt, omdat ze slechte cijfers haalden. Maar nu ze het opgewonden gezicht van mevrouw Shah zag, leek het op een bepaalde manier opeens heel aantrekkelijk.
‘Denk je dat er nog een plekje vrij is?’
Mevrouw Shah schudde haar hoofd. ‘Het cursusjaar is drie maanden geleden begonnen.’
Logisch. Stomme vraag. Wat ze bovendien echt nodig had, was een goede baan bij iemand anders dan haar zus. Als David echt nooit meer terug kwam, moest ze haar leven op orde zien te krijgen. Net als iedereen.
‘Heb je de plaatselijke krant van deze week?’

Mevrouw Shah keek haar vragend aan, heel goed wetende dat er twee opties waren: de *Times Family* en af en toe de *Mail on Sunday*.

'Ik zoek werk,' vulde Alison aan, terwijl ze zich afvroeg waarom ze zich verplicht voelde een toelichting te geven.

De andere vrouw knikte bedachtzaam. 'Ik heb meneer David al een tijdje niet gezien.'

'Nee.'

Ze keken elkaar aan en Alison zag de onuitgesproken vraag in haar ogen.

'Als je op zoek bent naar werk,' zei ze uiteindelijk vriendelijk, 'is dit de beste krant om te bekijken.'

Om haar gezicht te verbergen, deed Alison alsof ze in haar tas naar kleingeld zocht. 'Bedankt,' zei ze en overhandigde haar wat kleingeld. 'Heel erg bedankt.'

Zodra ze thuis kwam (gelukkig was Annie kennelijk naar haar kamer gegaan en had ze de keuken heerlijk voor zichzelf), spreidde ze de pagina met personeelsadvertenties voor zich uit.

Als mensen als mevrouw Shah en Karen voor zichzelf konden zorgen, kon zij het ook! Tenslotte zou binnenkort een nieuw jaar beginnen. En ze was nog steeds – met een beetje geluk – jong genoeg om een nieuw begin te maken.

24

Karen

Sommige mensen zijn dol op kerst, dacht Karen blij, en sommige niet. Gelukkig had zij altijd tot de eerste categorie behoord. Daarom kreeg ze ondanks alles nog steeds een gevoel van opwinding toen ze de zilveren en roze kerstversieringen bekeek in de plaatselijke voordeelsupermarkt.

Misschien kwam het doordat haar eigen ouders – die vergeleken met haar altijd zo'n ongecompliceerd leven hadden geleid – altijd heel veel werk van kerst hadden gemaakt. Het hele jaar door werd er heel zuinig met geld omgegaan, maar mijn hemel, zodra het december werd, gingen ze helemaal los.

Zij had precies hetzelfde gedaan toen ze eenmaal getrouwd was en Paul was daarin meegegaan. Deels omdat Doris, zijn moeder, net zo was geweest. 'Ik heb het hele jaar zegeltjes gespaard,' zei ze altijd. 'Als ik mijn enige kleinzoon niet met kerst kan verwennen, wanneer dan wel?'

Maar dit jaar was het anders.

Ondanks de glinsterende en betoverende kerstversiering zou het lastig worden om net te doen alsof er niks aan de hand was, nu ze Hayley met die man had gezien.

'Hij is gewoon een vriend van het werk,' had haar schoondochter volgehouden toen ze langs was gekomen op dezelfde dag dat Karen haar in het restaurant had ontmoet. 'Niks meer dan dat, Karen, echt niet.'

Ze wilde haar dolgraag geloven! O, niks liever dan dat. En heus, Hayley was helemaal niet het type dat een verhouding begon. Maar ja, hoe zag dat type er dan wel precies uit?

'Ik weet dat je gezien hebt dat hij mijn hand vasthield.' Hayley staarde haar strak aan, alsof ze haar met haar koele groene ogen wilde dwingen haar verhaal te geloven. 'Maar dat was omdat ik overstuur was vanwege... jeweetwel.'

De baby? Had ze een 'vriend' van het werk die toevallig een man was, verteld dat ze een abortus had gehad?

'Hij kan heel goed luisteren.' Hayleys stem klonk nu nog defensiever. 'Hij is zelf getrouwd geweest en hij ziet zijn kinderen nog steeds.'

Getrouwd geweest? Dit begon Karen steeds minder aan te staan.

'Het kan me niet schelen als je het aan Adam vertelt.' Hayley keek haar nog steeds strak aan. 'Ik heb niks te verbergen.'

Maar Karen wist instinctief dat Adam daar heel anders over zou denken.

Ze kon veel beter haar mond houden en doen alsof ze het verhaal van Hayley geloofde zodat ze kerst met de hele familie konden vieren – met of zonder Paul.

Dat was nog iets wat afgehandeld moest worden. Maar niet nu. Alles op zijn tijd. 'Drie pakjes graag.' Ze glimlachte naar de jonge winkelbediende. 'En heb je ook van die party poppers? Mijn kleinzoon is er gek op!'

*

Tegen het eind van de dag begon dat heerlijke kerstgevoel barstjes te vertonen. Het was een heksenketel op kantoor. Iedereen leek opeens al zijn rommel in de verkoop te willen gooien. Als Karen een pond zou krijgen voor iedere verkoper die de kreet 'het mooiste kerstcadeau' in de advertentie wilde laten opnemen, zou ze nooit meer hoeven werken.

'Natuurlijk wel,' zei Sandra, haar collega. 'Je bent gek op dit werk, je zou niet zonder kunnen, al mag je wel een beetje oppassen. Je begint er net zo verslaafd aan te raken als mijn zus aan eBay. En nu we het daar toch over hebben. Ben je die puppy's al kwijt?'

'Op één na allemaal.' Karen trok een gezicht. 'Ik vond het vreselijk toen ze weggingen, maar ze zijn allemaal goed terechtgekomen. Bij twee buren van me. Jij weet zeker ook niet iemand die de laatste pup wil?'

'Die ene die inmiddels al een gat heeft gekauwd in die schoenen die je vorige week had gekocht, en die je keukenkastjes stuk heeft geknaagd?' Sandra lachte. 'Nee, dank je.'

Het klopte wel dat ze heel wat te stellen had met de laatste pup, Sam had ze hem genoemd. Ze moest vandaag nog tijdens lunchtijd naar huis om hem uit te laten, al namen Adam en Hayley die taak godzijdank vaak over. Josh was dol op hem. 'Mogen we hem houden, omie?'

Zelf had ze ook met die gedachte gespeeld. Als hij niet zo bezeten was geweest van katten, had ze het misschien wel gedaan. Maar sinds kort had hij ontdekt dat het erg leuk was om boven op een kat te springen – vooral Orlando was vaak de klos – en er paardje op te rijden. De katten waren uiteraard doodsbang voor hem. En Sam werd almaar ouder en groter. Als ze niet snel een baasje voor hem vond, zou het erg moeilijk worden.

'Heb je een briefje opgehangen bij de dierenarts?'

Dat had ze, maar misschien moest ze eens langs gaan om te kijken of het er nog hing. Als ze op tijd wegging, redde ze dat misschien net voor sluitingstijd.

'Kleintjes!' Sandra had haar headset weer op na hun korte koffiepauze. 'Wat kan ik voor u doen?'

Privételefoontjes waren verboden op het werk. Daarom had ze Hayley en

Adam op het hart gedrukt om alleen in noodgevallen te bellen. Haar hart ging als een waanzinnige tekeer, ook nog toen ze de stem van Hugh hoorde, wat zeggen wilde dat alles in orde was. Hayley was niet bij Adam weggegaan en Adam wist niks van de baby. Nog niet althans.

'Karen, sorry dat ik je op je werk bel, maar ik moet je spreken. Kan dat?'

Ging hij haar mee uit vragen? Oké. Hij was een beetje duf, maar hij had iets en als hij haar aankeek, kreeg ze het gevoel dat ze toch wel interessante dingen zei. Maar hij was lid van de groep! Daardoor kon ze niet doen wat ze altijd deed, namelijk: met hem uit eten gaan en vervolgens vriendelijk vertellen dat ze zich echt heel gelukkig voelde in haar eentje, dus nee, dankjewel. Bovendien was ze officieel nog steeds getrouwd, ook al woonden ze niet meer samen...

'Zou jij me kunnen helpen aan het telefoonnummer van Alison?'

Wat? Hij belde haar op het werk voor het telefoonnummer van iemand anders? Wilde hij haar niet mee uit vragen? Wat was ze toch een stommeling.

'Ik weet niet.' Ze aarzelde. 'Het is niet echt de bedoeling dat we nummers van andere groepsleden doorgeven.'

'Jammer.' Ze hoorde een diepe, teleurgestelde zucht aan de andere kant van de lijn. 'Ze zoekt een nieuwe huurder en ik denk dat ik wel iemand weet.'

'Oké. Nou, ik denk ze het in dat geval niet erg vindt.'

*

Vreemd, dacht ze, terwijl ze de telefoon neerlegde en Sandra's 'wie-was-dat?'-blik negeerde. Hugh leek haar helemaal geen huurderstype. Van alle groepsleden was hij het meest een gesloten boek. Hij had nog altijd niets verteld over zijn werk of zijn familie, al had hij het ooit weleens over een zus gehad. Misschien dat ze tijdens de volgende bijeenkomst wat meer te weten kon komen. Maar Hugh had ontegenzeglijk iets wat anders was dan normaal. En zij misschien ook. Na haar afspraakje met Paul wilde ze opeens iemand hebben, om haar man te bewijzen dat zij ook niet stil was blijven staan.

*

Het viel haar op dat er licht in de zitkamer brandde toen ze na het werk haar straat in wandelde. Maar ze wist zeker dat ze het vanochtend uit had gedaan.

Ze twijfelde of ze er goed aan deed om in haar eentje naar binnen te gaan. Als iemand had geprobeerd in te breken, zou Sam een hoop kabaal maken.

Maar het beest kennende, zou hij een insluiper halfdood likken of constant willen dat hij balletjes voor hem zou weggooien.

'Mam?'

Adam!

Hij zat in de keuken op het aanrecht te spelen met de pup die opgewonden naar haar toe rende en zijn neus tussen haar benen stak. Adam zag wat witjes.

'Ben je ziek?'

'Nee, maar Hayley denk ik wel. Ze eet niks, mam, en ze gaat telkens naar de dokter, maar ze wil me niet vertellen wat er aan de hand is.' Hij keek haar net zo aan als toen hij veertien was en Paul ervandoor was. 'Heb jij nog met haar gepraat?'

Het zweet brak haar uit. 'Ik heb het geprobeerd, maar ze zei dat ze alleen een beetje moe was.'

Nou ja, dat was niet echt gelogen.

'Misschien heb ik te veel door lopen zagen over nog een baby. Al is de kans daarop op dit moment nagenoeg nihil. Ze viel laatst fel tegen me uit en vroeg of ik enig benul had hoe het was om te bevallen van een baby.'

Dit ging de verkeerde kant op. 'Waarom laat je dit niet een tijdje rusten tot ze wat gekalmeerd is en praat je er dan eens rustig over. Ik pas wel op Josh als jullie een keer uit eten willen.'

'Dank je.'

Hij fronste nog steeds. 'En er is nog wat.'

Dat was altijd zo bij Adam. Hij leek zo op Paul. Zelfs nu, terwijl hij sprak, herkende ze in hem de jongen waar zij verliefd op was geworden. Die gecompliceerde jongen die haar maar hoefde aan te raken om haar dingen te laten doen waarvan ze zich nooit had kunnen voorstellen dat ze ze zou doen.

'Ik heb begrepen dat papa je af en toe wil zien.'

Doris had haar mond moeten houden.

'Het valt niet mee, mam.' Hij keek haar indringend aan. 'Ik begrijp het. Getrouwd zijn is niet makkelijk. Dat snap ik nu. Maar het zou fijn zijn als je nog een keer met hem afsprak. Vooral in deze tijd van het jaar.'

Kerst! Kerst maakte dat je dingen deed, die je veel eerder had moeten doen en dingen die je nooit had moeten doen. Allemaal vanwege die ene dag waarop je vond dat je perfect moest zijn.

'Ik heb geen zin in doen alsof we een grote gelukkige familie zijn.'

'Weet ik. Maar we kunnen ons toch wel netjes gedragen? Dat zei je pas toch ook tegen je groep? Dat heb ik gehoord.'

Dat was waar. 'Goed.' Ze mikte wat brokken in Sams voederbak zonder ze eerst zorgvuldig af te meten zoals ze gewoonlijk deed. 'Ik zal hem bellen.'

25

Ed

'Dus voor iedereen geldt,' babbelde Karen opgewekt tijdens de "Maak niet twee keer dezelfde fout"-sessie. Ik weet dat deze tijd van het jaar heel zwaar kan zijn als je alleen staat. Maar probeer je te blijven focussen op de positieve dingen. Uit ervaring weet ik dat je beter niet kunt denken aan de dingen die je als gezin deed...'

O jee. Lizzie had nu al een waterige blik in haar ogen en ze waren nog maar net begonnen.

'Doe nieuwe dingen.' Ze keek rond. 'Hoe is het jullie deze maand vergaan?'

Hou nu voor één keer eens je mond, zei Ed tegen zichzelf terwijl hij ontspannen achterover probeerde te leunen op de enigszins versleten bank van Karen waar hij jeuk van begon te krijgen (vlooien?). Vertel ze niks. Ze zouden het niet begrijpen.

'Ik heb een date gehad!' zei Violet stralend. Op een of andere manier slaagde ze erin om tegelijkertijd het doosje gedroogde cranberry's op te peuzelen dat ze altijd bij zich had tijdens de bijeenkomsten.

Jezus christus! Had iemand die vrouw mee uit gevraagd?

'Met iemand die ik op de sportschool heb ontmoet!'

Met haar kleine zwarte kraaloogjes loerde ze de kamer rond, waarbij ze iedereen kort aankeek alsof ze hen wilde aanmoedigen haar er vragen over te stellen.

Alison – die hem deed denken aan een kruising tussen Nancy en Sandra Heseltine, die hij altijd erg leuk had gevonden – klapte in haar handen alsof De Paarse Vrouw een of andere prijs had gewonnen. 'Dat is geweldig, Violet!'

Waarschijnlijk was Violet niet eens haar echte naam! Die vrouw had gewoon een overdreven voorliefde voor paars, dat was alles. Ze was nu aan het woord, maar hij kon zijn aandacht er niet bij houden. Hij merkte dat hij alleen af en toe iets opving over de belevenissen van de anderen. Dat kwam doordat hij eigenlijk alleen maar kon denken aan wat hem momenteel overkwam. Zelfs nu, terwijl hij zijn draai probeerde te vinden op die bank (ze waren weer bij Karen thuis, omdat iedereen dat gezelliger leek te vinden dan het zaaltje), kreeg hij koude rillingen en hij voelde zich tegelijkertijd ziek en hysterisch als hij dat vreselijke beeld weer voor zich zag van Tatiana die aan de arm van het joch en haar vriendin (bij dat woord alleen al kreeg hij braakneigingen) binnenkwam. En dan nog al die juridische kwesties...

'En hoe ging het?' vroeg Karen.

'Heel goed!' Paarse Vrouw straalde. 'Hij is een van de trainers en zei dat hij mij speciaal gaat begeleiden. Volgens hem zal het niet lang duren voor ik er weer net zo uitzie als vroeger.'

Lizzie, die zojuist had toegegeven dat ze iemand van haar werk met een smoesje had overgehaald om bij haar langs te komen op een tijdstip waarop ze wist dat haar man er ook zou zijn, alleen maar om hem jaloers te maken, schoot in de lach en probeerde dat vervolgens – met weinig succes – te verbergen door te gaan hoesten.

'Wees voorzichtig, hè?' Karen keek de groep rond alsof ze hoopte dat iemand haar te hulp zou schieten. 'Daten na een scheiding is nooit makkelijk. Sommige mensen springen meteen zonder nadenken van de ene ellende weer in de volgende.'

Interessant. Verbeeldde hij het zich of wierp Karen nu een wel heel speciale blik in de richting van Alison? Misschien was zij weer aan het daten. Dat zou hem niks verbazen. Ze zag er behoorlijk goed uit voor haar leeftijd.

'En hoe is het met jou, Ed?'

Dat was die Hugh, die dat zei. Om een of andere reden had Ed hem nooit gemogen. Er was iets niet in de haak met hem, al kon hij er niet precies zijn vinger op leggen. Die subtiele professorachtige houding waardoor hij superieur leek aan de rest. En de manier waarop hij deed alsof hij luisterde naar het nietszeggende antwoord van Ed maar tegelijkertijd af en toe naar Alison gluurde en probeerde haar blik te vangen.

'Goed.' Dat klonk onbedoeld nogal knorrig, dus probeerde hij wat meer levendigheid in zijn volgende zin te leggen. 'Prima, dank je. Ik heb me zelden zo goed gevoeld.'

Oké. Dat was een beetje te veel van het goede. Ze keken nu allemaal naar hem. 'Echt.' Hij kuchte. 'Ik denk dat het komt door hier te zijn. Je weet wel. De groep. Al deze...' Hij maakte een weids gebaar. 'Al deze kameraadschap.'

Paarse Vrouw trok haar wenkbrauwen op. Telkens als hij naar haar keek, zag hij viooltjesbonbons voor zich.

'Vriendschap,' voegde hij er haastig aan toe. 'En het is heel prettig om in een huiselijke omgeving als deze te zijn.'

Welja. Met die hondenlucht overal en die versleten bank.

'Wat is er gebeurd, Ed?' vroeg Karen kalm.

Verdomme. Die vrouw zou professioneel interviewer moeten worden.

En dus vertelde hij ze alles. Dat hij gek werd van het joch dat niet uit zijn bed wilde komen en nooit mee-at, maar gewoon wat uit de koelkast haalde als het hem uitkwam. Want onder etenstijd lag hij te slapen, was hij bij zijn vrienden of deed hij iets anders, behalve dat wat hij verondersteld werd te doen.

Alison haalde haar schouders op. 'Normaal pubergedrag.'

'En dat mijn halfbroer het aanlegt met mijn ex-verloofde?' Hij voelde nu alle woede en pijn in zijn borst opkomen. 'Is dat ook normaal?' Hij wierp een blik op het A4'tje. 'Bedoel je dat met "twee keer dezelfde fout maken"?'

Zelfs Paarse Vrouw keek hem nu medelijdend aan. Hij moest nu vertellen dat het joch laatst 's avonds met Tatiana en haar lesbische vriendin bij hem aankwam, dat ze zich in zijn huis klem zopen, terwijl hij naar bed ging en niet probeerde te denken aan wat zich beneden allemaal afspeelde.

'Maar hoe hebben ze elkaar ontmoet?' vroeg Lizzie met opgetrokken wenkbrauwen. 'Dat kan toch geen toeval zijn geweest?'

Ed slikte. 'Ze zei van wel. Tatiana belde de dag erna op om haar excuses aan te bieden. Ze zei dat ze in een club was met... met haar vriendin en dat het joch opeens voor hun neus stond. Ze raakten aan de praat – ze hadden elkaar al een aantal keer ontmoet tijdens familiebijeenkomsten. Vervolgens vroeg hij of ze meeging voor een afzakkertje en zij zei dat ze dat alleen had gedaan om mij even te kunnen zien om te zien hoe het met me ging, maar...'

Violet snoof. 'Bizar. Volgens mij ben je beter af zonder haar.'

Nog niet half zo vreemd als een veel te dikke paarse vrouw met een fitnessinstructeur. 'En er is nog wat.' Hij zette zich schrap. Hij kon ze nu net zo goed alles vertellen. 'Ik zit in de problemen. Grote problemen. Een of andere kerel beweert dat hij aandelen heeft in mijn bedrijf.'

Hugh veerde op. 'Hoe dat zo?'

Ed haalde zijn hand door waar zijn haar ooit had gezeten (een gewoonte die hij nooit had afgeleerd). 'Ik weet het niet precies. Het ligt erg ingewikkeld volgens mijn advocaat. Het schijnt dat mijn vader hem wat aandelen heeft nagelaten die na een bepaald aantal jaren geïncasseerd moesten worden. En dat moment is nu aangebroken.'

'Interessant.'

De manier waarop hij langs zijn kin streek, gaf de kerel een zekere autoriteit; dat maniertje had Ed altijd geassocieerd met een midlifecrisis. 'Eigenlijk is dit in zekere zin bekend terrein voor mij.'

Paarse Vrouw leunde naar voren. 'Even in normaal Engels graag. Zeg op. Wat doe je eigenlijk precies?'

'Ik heb bij diverse zaakjes een vinger in de pap.' De man grijnsde gladjes. 'Maar mijn ervaring is dat wanneer een man – of een vrouw – zo'n soort erfenis nalaat, dat meestal maar één ding betekent.'

Hij zette zijn bril af, wreef de glazen op en zette hem weer op zijn niet bepaald bescheiden neus. 'Het spijt me dat ik dit moet zeggen. Maar zou het mogelijk kunnen zijn dat deze jongeman waar je het over hebt, een halfbroer van je is?'

*

Waarom had hij daar zelf niet aan gedacht? Dat zou volkomen logisch zijn. Zijn vader – die geile ouwe bok – had zoveel avontuurtjes gehad dat er nog wel meer halfbroers zouden kunnen rondlopen. Als je er toch al een paar had rondlopen, dan kon je er toch net zo goed nog een stuk of tien bij maken?

'Het zou kunnen,' zei Nancy langzaam toen ze na zijn telefoontje bij hem op kantoor kwam. Ze zaten op de bank in de kamer met de grote afbeelding van de Theems achter hem. Zijn vader had die speciaal laten maken voor het huwelijk voorafgaand aan dat met Nancy. 'Maar ik geloof dat hij me dat wel verteld zou hebben.'

Ze gaf een kneepje in zijn hand. 'Ik weet dat dit moeilijk te geloven is, Ed, schat, maar je vader en ik vertelden elkaar alles. Inclusief het feit dat de enige vrouw van wie hij echt heeft gehouden jouw moeder was. Ik begreep dat, al was ik kennelijk een goede tweede.'

Eds hart sloeg op hol. Er was maar één onderwerp waar hij met niemand over kon praten – zelfs niet met Nancy.

'Die man die ik ken... heeft connecties met een privédetective. Volgens hem kan die misschien wel helpen.'

Nancy haalde haar schouders op. 'Waarom niet? Ik heb er ook weleens eentje ingehuurd om iemand in de gaten te houden. Heeft me veel geld gekost, maar dat was het waard, alleen al voor mijn gemoedsrust.'

'Echt waar?' Hij keek zijn stiefmoeder met hernieuwde belangstelling aan. 'Dus jij vindt dat geen stom idee?'

'Gewoon doen. Als deze jongeman iets opeist waar hij volgens zijn zeggen recht op heeft, heb je alle recht om hem na te trekken. Nou, schat, ik moet nu echt gaan. Ik heb een afspraak.'

Hij bewonderde haar. Nancy hoefde niet meer te werken na het huwelijk met zijn vader, maar ze wilde per se haar baan als mode-inkoopster voor een luxe warenhuis houden. 'Ik ben graag bezig,' zei ze toen hij haar voorstelde om het wat rustiger aan te doen na de dood van zijn vader. Ze had ongetwijfeld diverse bewonderaars. Wat zou er gebeuren als ze zou hertrouwen? Jezus, Kerstmis zou zo druk worden dat ze twee eerste kerstdagen nodig hadden.

'Hoe zit het met jou?' Ze keek hem veelbetekenend aan. 'Al een leuke dame op het oog?'

'Echt niet! Ik heb de regel ingevoerd om in deze tijd van het jaar geen nieuwe relatie aan te gaan. Als je ze een mooi cadeau geeft, denken ze meteen dat je serieuze plannen hebt. Geef je ze iets eenvoudigs, dan ben je een krent. En nog erger, ze willen dat je meegaat naar een of ander familiegebeuren.'

Met een schaterlachende Nancy passeerden ze op weg naar de deur de knappe receptioniste met het kastanjebruine haar. Ze schonk hem een verlegen glimlachje. Dat ontging zijn stiefmoeder niet. Ze gaf hem een kneepje in zijn arm en zei: 'Doe het deze keer rustig aan, wie je ook uitkiest.'

'Bedankt voor de tip.' Hij drukte zijn wang kort tegen de hare. 'Trouwens, wie had je die detective laten natrekken?'

Nancy schonk hem een treurig glimlachje. 'Ik denk dat we dat allebei wel weten, schat. Maar maak je geen zorgen. Hij deed niet waar ik bang voor was. Je vader hield echt van me, Ed. Bijna net zoveel als van jou. Misschien liet hij dat niet echt merken, maar het was wel zo. En om die reden zijn we het aan hem verplicht om op de juiste manier met deze aandelenkwestie om te gaan. Mee eens?'

*

Bedoelde Nancy wat hij dacht dat ze bedoelde? Over het juiste doen? Dat afstand bewaren de juiste manier zou zijn?

Teruglopend naar zijn kantoor vroeg Ed zich af waarom hij telkens op de verkeerde vrouwen viel. Waarom lukte het hem niet om een leuk ongecompliceerd meisje te vinden, te settelen en samen kinderen te krijgen? Dat was immers wat hij echt wilde.

Niet naar de receptiebalie kijken. Niet doen.

Te laat.

Verdorie.

Ze was er niet.

Hij schoot snel zijn kantoor in en deed de deur achter zich dicht. Goed. Dat was dat. Drie telefoontjes: eentje dat hij Karen beloofd had te plegen. Het tweede dat hij Nancy beloofd had en het derde dat hij zichzelf had voorgenomen.

'Hugh?'

Waarom klonk de voicemail van sommige mensen alsof je ze echt aan de lijn had? 'Met Ed. Wil je me terugbellen als je tijd hebt? Ik heb besloten in te gaan op je aanbod. Alvast bedankt.'

Het tweede telefoontje was minder simpel. 'Tatiana? Ik weet dat je zit te luisteren naar je antwoordapparaat. Het was vorige week volkomen misplaatst om langs te komen met je vriendin. Blijf uit mijn leven. Begrepen? En blijf ook bij het joch uit de buurt.'

Voor het derde telefoontje gebruikte hij de bedrijfstelefoon, anders zou dat ettertje zijn nummer herkennen en niet opnemen. 'Tisser?'

'Wat bedoel je, "tisser"?' Ed probeerde kordaat te klinken. 'Het is al middag en je zou nu eigenlijk in de klas moeten zitten. De schoonmaakster kan elk moment binnenkomen, het arme mens.'

'Ze is er al. Ik heb gezegd dat die pakjes Durex van jou waren.' Er klonk een snuivend lachje. 'Ze geloofde me nog ook. Trouwens, denk je wel aan de puberregel van twaalf uur slaap per nacht? Ik ging pas om vijf uur vanochtend naar bed, dus ik heb nog heel wat in te halen. Geknijst?'

Geknijst? Dat betekende toch 'begrepen'?

'Als je niet als de sodemieter naar school gaat, kom ik je nu persoonlijk uit je nest schoppen. En nog iets, zet geen stap meer in de buurt van Tatiana.'

Hij lachte gnuivend. 'Je bent zo saai, Ed! Wat is er gebeurd met de grote broer van vroeger, die wist hoe je lol moest trappen?'

Lol? 'En nog wat anders, waar is mijn scheerapparaat?'

'Gisteren gebruikt om mijn schaamhaar te scheren. Ik leg het wel terug.'

Nee, dank je. Zijn andere telefoon rinkelde. 'Moet ophangen nu. Tot vanavond. En zorg dat je deze keer het avondeten niet misloopt.'

'Het avondeten mislopen?'

Het was de knappe nieuwe receptioniste. Hij had per ongeluk in de verkeerde telefoon gesproken! 'Sorry, Ed. Bel ik ongelegen?'

'Nee, hoor.' Ed haalde diep adem. 'Ik heb net een lastige bespreking achter de rug, dat is alles.'

'Weet ik. Ik heb haar gezien.'

'Bedoel je Nancy? Dat is mijn stiefmoeder.'

'Ja hoor.'

'Serieus. Je zou eigenlijk meer over mijn familie moeten weten als je voor mij komt werken.' Nog een diepe ademteug. 'Ik vroeg me trouwens net af of je zin hebt om vanavond met mij een soort van prekerstborreltje te drinken.' Hij probeerde het als een terloopse opmerking te laten klinken. 'Zie het als onderdeel van je inwerkperiode.'

St. Mawes was prachtig – vooral de haven. Ik had graag meer gedaan, maar dat viel niet mee. Op een gegeven moment probeerde ik zijn hand te pakken, maar hij trok hem weg.

'Het spijt me,' zei hij. 'Daar voel ik me niet prettig bij.'

Hij zei precies hetzelfde toen we die nacht in bed lagen op de koele, kraakheldere witte lakens, allebei aan een kant van het zachte, grote tweepersoonsbed.

Waarom? Ik wilde meekrijsen met de meeuwen buiten. Maar als ik dat had gedaan, had hij me misschien iets verteld wat ik al wist. Als hij weet dat ik het weet, weet iedereen het, en dan lukt het me deze keer misschien niet om dit te boven te komen.

Maar als ik gewoon doe alsof mijn neus bloedt – wacht tot de storm is overgewaaid – komt het misschien allemaal nog goed.

Sessie zes
Geef anderen niet de schuld – en jezelf ook niet!

Het is te makkelijk om de schuld bij anderen te leggen als een huwelijk of relatie strandt.

Het is zijn of haar schuld, zeg je misschien. Hij was veel te kritisch. Zij liep constant te zeuren.

Het is ook makkelijk om jezelf de schuld te geven.

Had je bepaalde dingen maar anders gedaan, dan was er misschien niets aan de hand geweest.

Maar iemand de schuld geven, werkt destructief. Dwing jezelf om elke keer dat je dit bij jezelf merkt aan iets positiefs te denken.

Denk elke avond voor je gaat slapen aan iets goeds wat je wél hebt gedaan! Probeer het – het werkt echt!

26

Lizzie

Ze had dus gewonnen! Min of meer. Dankzij Robs 'verrassingsbezoekje' om hem jaloers te maken (het was heel aardig van hem geweest om hieraan mee te werken), had Tom eindelijk toegezegd om kerst met hen te vieren.

Tot halfzeven tenminste. Dan moest hij gaan, terug naar de Slet. Ze wilde hem eigenlijk vragen wat hij Sharon voor kerst had gegeven. Misschien dat net verschenen boek *Slanke dijen in 10 minuten per dag* of een nieuw paar paarse Mickey Mouse-sokken die bij haar slippers pasten. Het was nu tijd om over te gaan tot fase drie van het Tom-terugkrijgplan. En alsof dat nog niet moeilijk genoeg was, moest ze ook nog het huwelijk van haar ouders redden.

Haar vader had gelijk gehad. Na wat stevig doorvragen ('Vertel me wat er is gebeurd allebei, want anders wordt er nooit meer viool gespeeld') bleek dat Sophie hier écht achter zat. Met wat hulp van Jack natuurlijk. Zonder hen hadden haar vader en moeder geen weet gehad van Grandparents Reunited.

'Oma vertelde dat ze er schoon genoeg van had dat opa alsmaar bleef doorzagen over dat hij ook had kunnen trouwen met iemand die hem wel waardeerde,' zei Sophie geërgerd toen ze haar dochter met klem maande om nu eens even te stoppen met het vastnaaien van haar schooluniformlabels. 'Ze zei dat ze zich altijd had afgevraagd wat er met George, haar oude buurjongen, was gebeurd. Dus toen vertelde ik haar over die website waar iemand op school me over had verteld (háár grootouders zijn onlangs hertrouwd – stel je voor!) en we zijn er samen op gegaan.'

'Erop gegaan?'

'Op de computer, mam.' Sophie zuchtte en keek haar aan met een blik van 'ma, je loopt hopeloos achter'. Een blik die ze in de loop der tijd zorgvuldig had verfijnd. Dat Sophie nu ook langer was dan zij en zowel fysiek als mentaal op haar moeder kon neerkijken, maakte het er niet beter op.

'Toen heeft opa Jack gevraagd hem te helpen om ook op die site te komen en Marjorie verscheen in beeld.' Sophie haalde haar schouders op alsof ze wilde benadrukken dat dit absoluut niet haar schuld was.

Ja hoor. Net om de hoek. Hoezo toevallig?

'Zulke dingen gebeuren nu eenmaal, mam. Trouwens, opa en oma wonen hier toch al jaren?'

Klopt. En hoeveel jaar van hun huwelijk kent opa die Marjorie al precies?

'Relax, mam.' Sophie pakte een stukje kauwgum en stak het in haar mond. 'Het stikt op school van de kinderen met grootouders die gaan scheiden. De derde vrouw van Eleanors opa heeft een villa in het Caribisch gebied. Volgend jaar gaan we er met z'n allen heen.'

Dat had je gedroomd! En wie heeft het trouwens over scheiden gehad?

'Zulke dingen gebeuren, duh.'

'Duh? Zeg gewoon "ja, toch" of zo.'

'Doe toch niet altijd zo moeilijk, mam. Taal verandert. De taal die wij nu spreken zou in de victoriaanse tijd vreselijk ordinair zijn.'

Niet happen, zei Lizzie tegen zichzelf. Ze doet het expres om je te sarren. Het zou niet lang duren of ze zou die vioolstrijkstok pakken, expres. Ze kwam in de verleiding om dat ding te verstoppen.

'Maar hoe dan ook, ik heb geen idee waarom je zo tegen me tekeergaat.' Sophie snoof en zette intussen de muziekstandaard klaar.

Nee. Alsjeblieft niet weer dat kattengejank.

'Praat liever met opa en oma. Zij zijn degenen die het doen.' Ze fronste. 'Jakkes. Wat een vies idee. Wist jij dat opa in de badkamer in zijn blootje yoga doet? Dat zegt oma. Denk je dat al die rimpels dan in de weg zitten?'

*

Het was niet alsof ze haar best niet gedaan had, dacht Lizzie toen de kinderen eindelijk in bed lagen (en zo te horen nog steeds niet sliepen – te oordelen naar het pinggeluid van het chatprogramma op Facebook). Haar ouders hadden haar allebei gezegd dat George en Marjorie gewoon goede vrienden waren. Maar ze voelde zich nog steeds misselijk worden als ze terugdacht aan de ontmoeting van vorige week.

'Hij heeft al zijn tanden nog!' had haar moeder haar opgewonden toegefluisterd in de keuken.

Geweldig. Dus de kans dat hij erover struikelt, zoals haar vader, is nihil.

Als ze hen in een andere situatie was tegengekomen, zou ze beiden misschien best gemogen hebben. George was een klein mannetje (zelfs nog iets kleiner dan haar moeder) met een kleine grijze snor en hij had gevlogen voor de RAF. Ze kon zich voorstellen dat daarvan bij haar vader al zijn haren overeind gingen staan – hij was namelijk afgekeurd vanwege zijn slechte ogen.

En wat Marjorie betrof – het vervelende was dat ze Marjorie echt heel leuk zou kunnen vinden als ze geen bedreiging zou vormen. Ze was het type vrouw dat geen enkele moeite had met haar omvang en leek zeer geïnteresseerd in de kinderen. Ze was gek op Jack. 'Wilt u nog wat water?' had hij gevraagd, en Marjorie barstte in lachen uit.

'Water, lieverd? Dat is geen water, maar wodka!' Haar ogen schitterden. 'Helemaal puur, zonder iets erin. Zo heb ik het altijd het lekkerst gevonden, hè, Morrie?'

Morrie? In de zeldzame gevallen dat haar moeder haar wederhelft niet met 'je vader' had aangeduid, was het altijd Maurice geweest.

Haar vader voelde zich hier zichtbaar ongemakkelijk bij. En terecht, want haar moeder keek hem venijnig aan. Nog even en ze zouden elkaar met looprekken te lijf gaan.

En wat deed ze ondertussen aan haar eigen leven? Lizzie keek de keuken rond die eruitzag alsof er een bom was ontploft. Als Tom er was geweest, zou hij haar helpen opruimen en hebben voorgesteld dat hij de stofzuiger zou pakken. Daar kon ze altijd erg boos om worden, herinnerde ze zich, omdat ze het beschouwde als een beschuldiging aan haar adres dat ze niet genoeg in het huishouden deed. Ze had hem zelfs gezegd dat ze niet alles kon doen, als hij ook nog van haar verwachtte dat ze werkte. Vervolgens had hij gezegd...

Shit. Sorry. Chips. Wat maakte het nu nog uit? Het was tijd om fase drie van het Tom-terugkrijgplan in werking te stellen.

*

'Hallo!'

De vrouw bij het schoolhek in de vuile blauwe anorak – niet normaal, het vroor! – keek haar argwanend aan. Lizzie had haar nooit eerder gezien. De enige die ze vaag kende was de Tommy-trut, doordat Jack af en toe met haar zoon George speelde. Haar uitpuilende agenda bood geen ruimte voor een kletspraatje tussen moeders onderling.

'Ik ben de moeder van Jack.'

De vrouw keek nu nog wantrouwiger. 'Ik dacht dat Sharon zijn moeder was.'

Lizzie dwong zichzelf tot een klein lachje. 'Sharon? Mijn hemel, nee. Zij is gewoon... een soort oppashulp. Ze helpt af en toe een handje, want ik werk, begrijpt u? Daardoor heb ik meestal geen tijd om het hele schema te doorlopen. Ik bedoel, om bij het hek te staan wachten, koffie te drinken of wat het ook is dat anderen doen.'

'Ik werk zelf ook,' zei de vrouw stijfjes. 'Parttime.'

'Echt waar? Wat doet u?'

'Ik ben effectenmakelaar.'

Stik.

'Ik vroeg me eigenlijk af...' Lizzie liet haar stemvolume wat zakken en keek meteen even rond om er zeker van te zijn dat de Slet er nog niet was. Ze had zich expres uit de naad gewerkt om hier vroeg te zijn. 'Ik maak me de laatste tijd een beetje zorgen om Sharon. Ze is... nou ja, ze is niet helemaal zichzelf.'

De vrouw keek haar kil aan. 'Ze is zwanger. Dat doet wat met je, weet je.'

'Ja, dat weet ik.' Lizzie probeerde een glimlach tevoorschijn te toveren. 'Ik heb nog een kind.' In een kennel, wilde ze eraan toevoegen. 'Ik vroeg me eigenlijk af hoe goed u Sharon kent. Ik bedoel, ik hoorde... ik dacht dat het over haar ging, dat ze nogal wat vriendjes had. Weet u of dat klopt?'

O jee. O jee. Geen goede vraag te oordelen naar de blik van deze vrouw.

'Dat zult u haar zelf moeten vragen.'

'Dus u weet niet...' Lizzie werd nu wanhopig. 'U weet niet van wie de baby is?'

'Nee.' De vrouw liep van haar weg alsof ze een besmettelijke ziekte had. 'En als ik u een tip mag geven. Als ik u was zou ik dat soort vragen niet stellen aan mensen die u niet kent. Wat bent u eigenlijk, een journaliste?'

Oké. Dus dat werkte niet. Tijd voor fase vier.

*

'Waar ga je heen?' wilde Sophie weten toen Lizzie de trap af kwam in een glinsterende groene jurk die ze ergens achter in haar kledingkast had opgedoken. Gelukkig was hij van stretchstof en kon ze zich er – nog net – in wurmen.

'Wat zie je er mooi uit, mama,' zei Jack.

Lizzie moest er bijna van huilen. 'Dankjewel, lieverd.'

'Hoerig, bedoel je,' snoof Sophie met een wie-denk-je-wel-dat-je-bent-blik. 'Ik neem aan dat je een date hebt geregeld, net als oma.'

'Wat?'

'Heeft ze niks gezegd? Ze gaat vanavond helemaal opgetut en al naar de bingo met George, als een GILF.'

Gilf?

Jack veerde op. 'Dat is de grootmoedervariant van MILF. Je weet wel, *Mother, I'd like to f...*'

'Hou maar op! En opa dan?'

'Hij gaat ook, met Marjorie.'

Te veel informatie. Daar moest ze het morgenochtend maar over hebben.

Lizzie keek op haar horloge. 'Je vader is laat om jullie op te halen.'

Sophie maakte een hoofdbeweging naar de keuken. 'Nee, hoor. Hij zit al een eeuwigheid te wachten.'

Wat? Oké. Dit was het moment.

Lizzie haalde diep adem en liep de keuken in. 'Hoi, Tom.'

Mooi. Hij keek verrast.

'Alles goed, Lizzie?' Zijn blik gleed van boven naar beneden. 'Ik bedoel, ik weet dat je problemen had met je haar, maar je bent een beetje aangekomen, is het niet?'

'Vind je?' Ze glimlachte stralend. Verdorie. Ze moest echt van de chocola afblijven. 'Als je wilt dat de kinderen bij jou slapen, is dat prima. Ik heb een date en ik weet niet hoe laat ik terug ben.'

Mooi zo. Hij keek verontrust nu. Anders kon je het niet noemen.

Met kloppend hart gaf ze beide kinderen een zoen. 'Tot morgen schat, als ik je ophaal van school. Dag!'

Vrolijk zwaaiend door het raam, keek ze hen na terwijl ze het pad af liepen. Tien minuten later, toen de kust veilig was, wurmde ze zichzelf uit de jurk (verdorie, de rits begaf het) en klapte met bonkend hart haar laptop open. Werken. Dat was wat ze moest doen. Gewoon werken, nergens meer aan denken en hopen dat ze niet te ver was gegaan.

*

'Mam?'

Wie was dat in hemelsnaam? Nou ja, een 'mam' hield natuurlijk in dat er maar twee mensen voor in aanmerking kwamen, maar waar was ze?

'Ik wist wel dat je hier zou zijn.'

Lizzie keek nog steeds zoekend rond. Hoe kon het dat ze Sophie wel kon horen, maar niet kon zien? 'Wat bedoel je?'

'Dat gedoe over uitgaan vanavond. Dat was alleen bedoeld om papa jaloers te maken, toch?'

'Praat geen onzin, Sophie.'

'Ik praat geen onzin. Ik kan je zien. Je staat in je pyjama in mijn kamer.'

'Waar heb je het in hemelsnaam over?'

'Ik zie je via de webcam, mam. Ja ja. Dat kleine dingetje boven op mijn bureau dat naar je knippert. Dus ik weet dat je alleen maar deed alsof je een date had, tenzij je van plan was om in je pyjama uit te gaan. En trouwens, je hebt op je ene been meer bruiningscrème gesmeerd dat op het andere. Ik heb het je al eerder gezegd, mam. Je moet eerst een peeling doen.'

'Ik heb... ik bedoel, ik was niet...'

'Je bent niet goed snik, mam. Weet je dat?'

'Dank je.'

'Dat is de reden dat ik niet terugkom.'

'Wat bedoel je?'

'Jack wil wel terug, maar ik heb er genoeg van. Van Sharon mag ik een tijdje hier blijven.'

'Wat?'
'Ik heb haar verteld over je geschreeuw en gehuil, en zij vindt het vreemd.'
'Maar het was niet mijn bedoeling om...'
'Sorry mam, maar ik hoef dit niet langer te pikken. Dat zegt Sharon, en papa ook. Ze zijn echt heel boos dat je met een of andere vrouw op school hebt gesproken. Ouders zouden er voor hun kinderen moeten zijn, maar jij bent zelf nog een kind. Dat zegt Sharon.'
'Wacht! Wanneer kom je terug?'
'Ik stuur wel een sms'je.'

*

Er brandde geen licht bij Karen. Je kunt altijd aankloppen, had ze gezegd. Was tien voor halftwaalf te laat? Ja natuurlijk. Stomme vraag. Stom idee.
'Wie is daar?'
Een vrouw in een behaaglijke, roze peignoir deed de deur open.
'Lizzie? Wat is er aan de hand?'
Het was zo heerlijk om een paar armen om zich heen te voelen. Niet die van Tom en zelfs niet die van haar moeder. Gewoon van een vrouw die ze tot een paar maanden geleden nog nooit had ontmoet.
'Ze heeft me verlaten.' De woorden stroomden paniekerig uit haar mond. 'Mijn dochter is bij me weggegaan. Overgelopen naar de Slet, naar haar vader. Het is allemaal mijn schuld omdat ik niet genoeg aandacht aan Tom heb geschonken. Ik had moeten beseffen dat Sharon niet te vertrouwen was.'
Niet in staat zich te beheersen begon ze onbedaarlijk te huilen. Bloedstollende uithalen die van iemand anders afkomstig leken te zijn. Iemand bevond zich gevaarlijk dicht op het randje van de afgrond. 'Wat moet ik nu doen? Mijn kind. Mijn schatje!'
'Het komt wel goed, lieverd.' Ze werd nu gewiegd door die armen; de armen van een vrouw die dit zelf had meegemaakt. Niet iemand als haar moeder die het niet echt begreep. 'Kom binnen, dan zet ik een lekker kopje thee. Er is niets wat uiteindelijk niet hersteld kan worden. Je zult het zien.'

27

Alison

'Zo,' zei Caroline verbijsterd, terwijl ze voor hen beiden een flink glas chablis inschonk en Alison een glas aanreikte. 'Ik ben blij dat je mijn advies om verder te gaan met je leven eindelijk ter harte begint te nemen. Was een goed idee van me om een huurder te nemen, toch?'

Háár idee?

'Als je alles van tevoren had geweten, was je natuurlijk wel aan York gaan studeren in plaats van zo jong al te trouwen.' Caroline vulde haar glas bij alsof Alisons keuken van haar was. 'Het is momenteel al moeilijk genoeg op de arbeidsmarkt zonder de juiste diploma's. Maar in elk geval heb je mij om je te helpen. Heb je dat dossier over die nieuwe klant die ik heb overgenomen al uitgezocht?'

Alison liet Carolines geklets over zich heen komen.

Vastleggen...

Concurrentie...

Andere reclamebureaus die klanten konden wegsnaaien...

'... dus ik ben er morgen niet.'

Verbeeldde ze het zich nou of zat haar zus – de meest zelfverzekerde persoon die ze kende – te blozen?

'Heb je een nieuwe vriend, Caro?'

'Natuurlijk niet. Daar heb ik het veel te druk voor. Je hebt nog steeds geen antwoord gegeven. Kun jij het kantoor deze week leiden? Het is niet moeilijk, zoals ik al zei. Je moet een beetje kunnen organiseren – en daar ben je niet slecht in – en een beetje prettig in de omgang zijn. Maar nu moet ik opschieten. Trouwens, toen je net naar het toilet was, is er gebeld. Iets over een huurder.'

Er hadden twee mensen gereageerd op de advertentie die ze in de winkel van mevrouw Shah had opgehangen, maar opeens was dat er nog maar één. 'Het spijt me heel erg,' zei een aardig meisje door de telefoon. 'Ik heb net ergens anders een kamer gevonden en ik wilde u dat zo snel mogelijk laten weten.'

Heel jammer! Ze had nog niet gesproken met de tweede beller die een vaag bericht bij Annie had achtergelaten met de mededeling dat hij later die avond terug zou bellen.

Deze keer zou ze het beter aanpakken. Na twee huurders begon ze gevoel te ontwikkelen voor haar nieuwe rol als hospita. Je onderbuikgevoel, had ze ontdekt, was een van de belangrijkste factoren. Als ze naar die innerlijke stem had geluisterd, had ze nooit opgescheept gezeten met Annie, die zich nog steeds gedroeg alsof het haar huis was.

Op dit moment hield de Amerikaanse nog steeds de keuken bezet, omdat ze aan het koken was voor een vriend die langs zou komen. Een 'Als je het niet erg vindt,' of 'Wanneer wil je zelf de keuken in?' kon er niet af.

*

Het was een drukke dag geweest: zich inschrijven bij uitzendbureaus in de stad, waarbij ze telkens de onvermijdelijke vraag 'Wat is uw leeftijd?' gesteld kreeg, en als een trap na ook nog eens: 'Wat is uw werkervaring?'

De deurbel! Alison wierp snel een blik in de spiegel, haalde een hand door haar haar en had meteen spijt dat ze haar make-up niet had bijgewerkt. Alweer ging de bel! Jezus, die man had niet bijzonder veel geduld.

'Hugh?'

Alison keek nog eens goed. Waarom had hij niks gezegd? En waarom...?

'Alison.' Hij deed alsof hij langskwam voor een etentje. 'Het spijt me dat ik iets later ben.'

'Kom je voor de kamer?'

'Jazeker.' Hij bleef haar hand na het handen schudden vasthouden. 'Ik had toch een berichtje achtergelaten bij een van je andere huurders? Heb je dat niet gehad? Ik hoorde je tijdens de bijeenkomst zeggen dat je op zoek was naar een nieuwe huurder en ik ben zo vrij geweest om Karen naar je nummer te vragen. Dat vind je toch niet erg, hoop ik?'

Even stond ze met haar mond vol tanden. Dit was zo bizar. Toch nodigde ze hem uit om binnen te komen, nam zijn jas aan en vroeg of hij trek had in een kopje thee.

'Ik wil je niet tot last zijn.' Hij leek zich nu wat minder op zijn gemak te voelen, maar tegelijkertijd had hij veel weg van David in zo'n bruine ribbroek die haar man meestal droeg voor 'informele gelegenheden' en dat sportieve geruite jack.

'De waarheid is dat ik woonruimte nodig heb, totdat die vervelende kwestie rond het huis waar ik samen met mijn ex woonde, is opgelost.' Hij lachte verlegen. 'Ik weet dat we er in de groep over gesproken hebben, maar het leek me weinig kies om daar meteen te zeggen dat ik interesse had.'

Hij haalde ongemakkelijk zijn schouders op en uit beleefdheid had ze meteen de neiging hem gerust te stellen. 'Wil je de kamer zien? Hij is helaas wat aan de kleine kant. De twee grotere kamers zijn al vergeven. Maar je kunt natuurlijk ook gebruikmaken van de keuken en de zitkamer.'

Waar was ze mee bezig, vroeg ze zich af terwijl ze hem voorging op de trap. Zo door blijven babbelen en alles wat ze zich een paar minuten geleden had voorgenomen over ruimte voor zichzelf reserveren, overboord zetten. Toch leek het haar niet juist om te eisen dat een volwassen vent (van haar eigen leeftijd of in elk geval van Davids leeftijd) op zijn kamer zou blijven, terwijl zij beneden in gelukzalige privacy in de zitkamer zat.

Hij bekeek Jules' kamer die er, nu Jules er niet meer was, nog nooit zo netjes uit had gezien. Het was een beestenklus geweest om alle lijm op de muren weg te krijgen op de plaatsen waar de posters van haar dochter hadden gehangen. Ook emotioneel was dat moeilijk geweest, omdat ze daardoor gedwongen was te accepteren wat haar dochter haar al ettelijke malen over de telefoon had gezegd. Nee, ze kwam niet meer thuis wonen. Nee, ze vond het niet erg als haar moeder haar kamer verhuurde. Tenslotte kon ze ook nooit meer echt thuiskomen, want het zou nooit meer hetzelfde zijn nu papa er niet meer was. Alsof dat háár schuld was!

'Heel mooi.'

Hij keek rond met een ondefinieerbare uitdrukking op zijn gezicht.

'Ik weet dat het niet groot is,' zei ze nogmaals. 'Maar waarschijnlijk past er nog wel een kledingkast in en de badkamer ligt er direct naast.'

Bij die woorden keek hij haar aan. Ze wendde haar hoofd af omdat ze zich plotseling realiseerde hoe ongemakkelijk dit zou worden. Stel je voor: elke dag zou ze hem tegenkomen als hij de badkamer uit kwam en dan zouden ze samen (het zou idioot zijn om apart te gaan!) naar de bijeenkomst gaan.

'Vind je het erg als ik het je later laat weten?' zei hij toen ze de trap af liepen. Hij stak zijn hand weer uit: een stevige, maar beleefde handdruk. 'Ik moet nog een paar andere kamers bekijken en vanwege diverse zakelijke bezigheden, ben ik vaak weg.'

Hij vond haar huis niks! Jemig, dit zou het bij de volgende bijeenkomst ongemakkelijk tussen hen maken!

'Ik bel je voor het einde van de week op, als je dat goed vindt.'

'Prima.'

Nog een stevige handdruk en weg was hij. In een niet onaardige kastanjebruine BMW, die ze buiten geparkeerd zag staan. Vreemd. Al was dat ook wel logisch als hij lid was van de club.

Het rookalarm! Alisons hart sloeg op hol. Brand! Waar? Lieve hemel, ze rook iets. In de keuken... Ze sprintte erheen en duwde de deur open. Wat was die stomme griet aan het doen? Daar stond ze, worteltjes te hakken op het werkblad (zonder snijplank, zoals ze later zag aan de krassen), terwijl het rookalarm zo'n herrie maakte dat een normaal mens er doof van zou worden. Maar dat gold niet voor de Amerikaanse met haar koptelefoon op.

Daarom hoorde ze waarschijnlijk niks en moest ze letterlijk vlak voor die griet gaan staan om haar aandacht te krijgen.

'Wat is er, Alison?'

Alison trok de deur open van de oven waaruit enorme vettige rookwolken opstegen. 'Dit!' schreeuwde ze. 'Waar is in godsnaam je verstand gebleven: olie in een pan doen en die in de oven zetten?'

Annie haalde haar schouders op. 'Is dat niet de bedoeling dan?'

'Nee.' Alison wapperde met een keukendoek richting het alarm om het uit te krijgen. 'Nee, zo moet het niet. Ik dacht dat je zei dat je wist hoe je met deze oven moest koken.'

'Nou ja, min of meer. Maar het is nogal een ouwetje, hè?'

'Néé, dat is ie niet. Die oven is nagenoeg hufterproof.' Alison maande zichzelf tot kalmte. 'Als je iets wilt frituren, doe je dat in een frituurpan op de kookplaat. Je mag blij zijn dat dit geen gewone oven is, want dan was er brand uitgebroken.'

'Nou, dat is niet gebeurd, dus bedaar een beetje.'

Bedaar? Wiens keuken was dit eigenlijk?

'Het spijt me, Annie, maar je toon staat me niet aan. Je dendert hier naar binnen, doet alsof mijn keuken van jou is, nodigt je vrienden uit – daar gaat de deurbel al! – en vraagt niet eens even wanneer ik eigenlijk wil koken.'

'O, nou als het je niet aanstaat, dan hoepel ik wel op. Oké?'

'Rustig nou. We hoeven geen ruzie te maken. We kunnen erover praten...'

Annie smeet haar schort (dat van Alison) neer. 'Misschien.'

*

Toen Alison na het opruimen weer naar boven ging om even alleen te kunnen zijn in haar eigen kamer, begon ze zich af te vragen of ze niet wat overdreven had gereageerd. Misschien had ze er meer rekening mee moeten houden dat Annie niet veel ouder was dan haar eigen kinderen. Misschien moest ze even op de deur van het meisje kloppen en zeggen...

Nee! De kamer was leeg. Ze was vertrokken. En zonder huur te betalen! Waarom was ze er in hemelsnaam mee akkoord gegaan dat het meisje niet een maand vooruit betaalde, maar pas nadat ze haar salaris binnen had? En kijk eens hoe die kamer eruitzag! Smerig. En overal lagen sigarettenpeuken, ook al had ze nog zo gezegd dat roken verboden was.

De telefoon ging, zou zij het zijn?

'Alison? Met Hugh.' Er volgde een korte stilte. 'Het spijt me heel erg, maar ik denk achteraf dat het geen goed idee zou zijn als ik bij jou een kamer zou huren.'

'O, als het vanwege de grootte is,' hoorde ze zichzelf kwebbelen, 'ik heb onverwachts een andere kamer beschikbaar. Een van mijn huurders is op stel en sprong vertrokken en...'

'Het ligt niet aan de grootte. Het is een prima kamer. En het huis is ook schitterend. Het doet me heel erg denken aan mijn vorige huis.' Weer een stilte. 'Ik ben bang dat het met jou te maken heeft.'

'Met mij?' Alison kreeg het warm. Dus niet alleen haar kinderen vonden haar onmogelijk. Of haar huurster. Maar nu ook een man die praktisch een volslagen vreemde voor haar was.

'Weet je, toen ik kwam kijken, besefte ik opeens dat wanneer ik je kamer zou huren, ik iets anders niet zou kunnen doen.'

'Wat bedoel je?'

'Dan zou ik je niet mee uit eten kunnen vragen. En dat zou ik graag eens willen doen, Alison. Heel graag zelfs. Ik vroeg me af of je de komende maand een keer zou willen afspreken.'

28

Karen

'Laat het los!'

Nee, dat voelde niet goed.

'Met schuldgevoelens schiet je niks op.'

Te belerend, dacht Karen, terwijl ze bij het bushokje van de ene op de andere voet stond te wiebelen om het gevoel weer in haar tenen terug te krijgen en in gedachten wat tips schreef voor haar scheidingsclub.

'Maak een nieuwe start in het nieuwe jaar!'

Daarom was ze tenslotte hier.

'Dumpen die schuldgevoelens!'

Verdween haar eigen schuldgevoel maar. Moest je nagaan! Karen geloofde Hayley voor geen meter. Het was duidelijk dat haar schoondochter een affaire had. Wie had dat ooit gedacht? Maar als ze dat aan Adam vertelde, wist ze precies wat er zou gebeuren. Hij zou haar verlaten en de kleine Josh zou zonder twee ouders opgroeien en hetzelfde afschuwelijke liedje zou zich herhalen.

Maar als ze haar mond hield, zou ze haar kleine familie bij elkaar kunnen houden. Het zou best eens kunnen dat ze daarmee in zekere zin eerder veroorzaakte schade zou kunnen compenseren.

Ha, daar was de bus. 'Een retourtje naar Aylesbury, alstublieft.' Het was een opluchting om op een bank te kunnen gaan zitten en uit het raam te staren voor wat afleiding.

'Geen idee wat je als nieuwjaarscadeau moet geven?' prijkte op het bord buiten de kerk die ze net passeerden. 'Zet dan ver voor geven.'

Dat was nog eens toepasselijk. Eigenlijk hingen er altijd interessante borden bij die kerk. Met teksten die je aan het denken zetten, zelfs als je nooit naar de kerk ging, zoals Karen. Maar kon ze Paul wel echt vergeven? En net zo belangrijk, kon ze Hayley vergeven – en zichzelf?

'Zie je in het winkelcentrum,' had hij ge-sms't.

Maar welk? Er waren er twee! Ze had een berichtje teruggestuurd, maar geen antwoord gekregen. Was hij van gedachten veranderd? Ze zou naar de hoofdingang gaan en snel even kijken. Als hij er niet was, zou ze gewoon teruggaan. Zijn eigen schuld, had hij maar preciezer moeten zijn. En dan te bedenken dat ze had gehoopt dat hij veranderd was!

Oké, ze was er. Een snelle blik in haar handspiegeltje, beetje gloss en...

'Paul!'

Daar stond hij. Bij de bushalte, alsof hij op haar stond te wachten. Hij straalde van opluchting, of zo zag hij er in elk geval uit.

'Ik ben zo bij dat je er bent.' Even leek het alsof hij haar een arm wilde geven, maar toen leek hij zich te bedenken. 'Ik kon je niet sms'en, omdat ik mijn mobiel niet bij me heb. En pas toen ik hier was, besefte ik dat er twee winkelcentra zijn.'

'Dat is al jaren zo.'

'Echt waar?'

Hoe bestond het dat hij kletste over winkelcentra, terwijl er zoveel aan de hand was? Mijn god. Hij keek haar net zo indringend aan als op hun eerste ontmoeting. Waarom ging haar hart zo tekeer? Kom bij je positieven, Karen. Deze man is niet te vertrouwen. Dat weet je donders goed. En bovendien ben je over hem heen. Dat was ze echt.

'Waar wil je naartoe?' Bewust begon ze naar voren te lopen, zich een weg banend door de gestage stroom winkelend publiek dat haast had om geen enkele januari-uitverkoop te missen.

'Volgens een vriendin van me die hier vorige week was, is er net een nieuw koffietentje open.'

Een vriendin? Wacht even... wat deed hij nu? Stoppen om met een vrouw te praten... typisch! Jezus. Hij gaf haar geld. Gaf Paul echt geld aan een collectant?

'Het is voor de hospice Florence Nightingale.' Paul keek een beetje gegeneerd toen hij een gele narcis op zijn jas speldde. 'Ze hielden een praatje in... hielden een praatje bij een club waar ik bij hoor. Het raakte me echt.'

Wat voor club, vroeg ze bijna. Een club voor onbetrouwbare (overspelige) echtgenoten en vaders? Maar het viel niet mee om gepikeerd te doen nu hij haar op een onweerstaanbare manier liefdevol bij de arm nam en haar door de drukker wordende mensenmassa heen loodste richting een café met een nogal chique uitstraling waar – hoe was het mogelijk – nog een tafeltje bij het raam vrij was.

'Zullen we hier gaan zitten?' Hij keek haar aan, en voor het eerst sinds hun laatste ontmoeting kon ze zijn gezicht goed bekijken. Hij zag er moe uit: er zaten donkere kringen onder zijn ogen. Maar tegelijkertijd had hij een onmiskenbare twinkeling in zijn ogen, alsof hij echt blij was haar te zien. Zijn overhemd zag er stijf uit, alsof het nieuw was – ja, dat was het ook. De vouwen van de verpakking zaten er nog in. En toen zij haar bestelling opgaf (panini met kaas en pepermuntthee, alstublieft), keek hij zenuwachtig om zich heen, alsof hij iemand verwachtte.

'Heb je na mij nog een afspraakje?'

Hij reikte naar haar hand, maar ze trok hem net op tijd weg.

'Is dat wat je denkt, Karen?'

'Het zou niet de eerste keer zijn, toch?'

Hij knikte. 'Dat is waar. Maar als je eens wist hoe vaak ik daar spijt van heb gehad.'

Ze maakte een afkeurend geluid. 'Ja, hoor. Dat is zeker de reden dat we al die jaren niets van je gehoord hebben. Jij lijdt – wij niet. We hebben een schattige kleinzoon, Paul. Jammer dat je er niet was om zijn geboorte mee te maken en hem te zien opgroeien.'

Mooi zo. Dat raakte hem. Ze zag zijn gezicht van pijn vertrekken.

'Eerlijk gezegd heb je gelijk. Ik verwacht inderdaad iemand. Iemand die, als ik haar dat vraag, jou kan uitleggen waarom ik de afgelopen jaren geen contact heb opgenomen. Wil je even wachten? En ga alsjeblieft niet weg.'

En hij stond op! Liep naar de tafel bij de deur waar een heel mooi blond meisje zat met net zo'n bobkapsel als Hayley zo graag wilde. Ze had het kunnen raden. Hij ging hertrouwen! Hij was alleen maar gekomen voor zijn gemoedsrust, zodat hij een nieuw begin kon maken. Hij wilde haar voorstellen aan deze nieuwe vrouw en zeggen: 'Hé, ik heb een fout gemaakt, maar ik ben veranderd en ik wil dat je me vergeeft.'

Nou, dat kon hij om te beginnen mooi vergeten! Ze trok haar jas aan en stond op. Maar hij had haar bij het raam plaats laten nemen en voordat ze zich ertussenuit had gewurmd, was hij al terug. Met de blonde bob.

'Karen, ik wil je graag voorstellen aan Lisa. Lisa, dit is Karen.'

De vrouw gaf haar een hand en glimlachte. 'Ik heb veel over je gehoord, Karen.'

Ze staarde hem aan. 'Waar denk jij dat je mee bezig bent?'

Lisa schudde haar hoofd. 'Paul, alsjeblieft, je hebt het haar toch wel verteld? Daar ging het juist om.'

Daar ging het juist om?

'Alsjeblieft.' Paul spoorde hen beiden aan om te gaan zitten. 'Iedereen zit te kijken.'

Paniekerig keek hij de blonde vrouw aan. 'Dit is niet makkelijk voor mij.'

'Maar je hebt het beloofd.' Haar stem klonk kalm. 'Weet je nog wat je de club hebt beloofd?'

De club, alweer?

'Oké dan.' Nu keek hij haar recht in de ogen. 'De reden dat ik zolang geen contact met je heb opgenomen, is dat ik in de gevangenis zat. Onderdeel van mijn reclasseringsprogramma is dat ik op zaterdag vrij ben.'

'Dat klopt.' Lisa sprak nog steeds op die kalme, bijna slaapverwekkende toon, waardoor ze veel ouder leek dan ze eruitzag. 'Ik ben Pauls reclasseringsambtenaar. En ik ben blij je nu eindelijk eens te ontmoeten.'

*

Gevangenis? Gevangenis? Heel de weg naar huis mompelde ze dat woord.

'Waarvoor?' had ze meteen gevraagd.

Laat het alsjeblieft niet iets vreselijks zijn. Niet...

'Drugs.'

Godzijdank, dacht ze bijna.

'Wat voor soort?'

Hij beet op zijn lip. 'In het begin marihuana. Daar begon het mee. Ik begon het zelf te gebruiken om de pijn die ik voelde, nadat je me eruit had gezet niet te hoeven voelen. Nee, ik zeg het verkeerd. Ik bedoel het niet als een beschuldiging. Ik begrijp waarom je dat deed. Maar dat werkte op een gegeven moment niet meer, dus greep ik naar ander spul. Vooral ecstasy en nog iets ergers...'

Ze wilde het niet eens weten. 'Hoe betaalde je dat allemaal?'

Weer een berouwvol schouderophalen. 'Dat was het probleem. Ik moest gaan stelen om mijn verslaving te kunnen bekostigen. Dat doen heel veel verslaafden. Al is dat natuurlijk geen excuus. Dus leende ik geld van rekeningen van cliënten. Ik werd niet betrapt – toen nog niet –, maar op een gegeven moment begon ik die zooi zelf te verkopen, zodat ik meer geld had om mijn verslaving te kunnen betalen en toen werd ik gepakt.'

Ze keek hem verbijsterd aan. 'Heb je drugs verkocht aan kinderen als Adam?'

Hij knikte. 'Het spijt me zo. Vergeef me alsjeblieft.'

De bus reed net weer langs die kerk – de kerk met het 'Ver-geef'-bord erop. Toen ze er nog geen twee uur geleden langsreed, wist ze nog niks van dit alles. 'Maar hij heeft tenminste niemand vermoord of verkracht,' zei een klein stemmetje binnen in haar.

Nee, maar hij had net zo goed medeplichtig kunnen zijn aan moord. Hij had er dan misschien spijt van, maar dat hielp al die kinderen wier leven hij mede naar de knoppen had geholpen, geen steek.

Maar waarom wilde ze verdorie dan het liefst haar armen om hem heen slaan en zeggen dat het goed was. En waarom – waarom? – had ze er (met de goedkeuring van Lisa) mee ingestemd Paul 'een keertje' voor de lunch uit te nodigen zodat hij zijn kleinzoon kon ontmoeten?

Natuurlijk moest ze dit aan Adam opbiechten, zei ze tegen zichzelf toen ze uit de bus stapte en kwiek de straat in liep. Zo te zien was hij al thuis – eerder dan afgesproken – de lampen aan de voorkant brandden al.

'Joehoe, ik ben het!'

Klink opgewekt, zei ze tegen zichzelf. Zorg dat hij niet merkt hoe overstuur je bent. Doe gewoon wat je altijd doet en doe alsof er niks aan de hand is.

Dat is wat moeders doen.

'Ben je thuis?'

Ze gluurde om de keukendeur en zette zich alvast schrap voor Sams standaard begroeting. Ze zag de gebruikelijke chaos – water op de vloer uit de waterbak; een afgekloven stuk stof dat erg veel leek op haar schort; hondenspeeltjes her en der verspreid over de grond.

En Adam die aan tafel zat met een grote fles wodka voor zich.

'Waarom heb je me niks verteld?'

Hij keek haar aan alsof ze een complete vreemdeling voor hem was.

'Waarom heb je me verdomme niet verteld, mam, dat Hayley een abortus heeft gehad?'

29

Ed

September was prachtig! Echt onvoorstelbaar.

'Ik kan niet geloven dat dat je echte naam is,' had Ed gezegd toen ze hem dat uiteindelijk tijdens hun eerste afspraakje had verteld. Hij had natuurlijk net gedaan alsof het helemaal geen afspraakje was, anders zou ze misschien niet gekomen zijn. Alleen maar een borreltje met de baas. Maar het was een zeer lange nacht in een wijnbar vlak bij Oxford geworden, in de hoop dat ze daar niemand van het werk tegen het lijf zouden lopen.

Ze had gebloosd en schudde haar prachtige kastanjebruine haar naar achteren. Het had precies dezelfde kleur als de beukenboom waar hij vóór het ongeluk als kind altijd in klom. 'Dus je begrijpt nu vast wel waarom ik mezelf op het werk Sarah noem. Iedereen zou me anders voor de gek houden.'

'Dat zou ik niet toestaan,' wilde hij zeggen, maar hij onderbrak zichzelf. 'Ik zou voorkomen dat jou dat overkwam,' flapte hij eruit, zich een schooljongetje voelend. 'Je moet jezelf kunnen zijn.'

Haar gezicht klaarde toen op, alsof hij iets had gezegd wat nog nooit iemand anders had gezegd. Onzin natuurlijk, want dat weet iedereen, maar alleen filosofen en hopeloos verliefde mannen van middelbare leeftijd zoals hij, zeiden het hardop.

'Weet je, dat is zo waar! Dat is precies wat ik tegen mijn vader zei toen ik had besloten om niet te gaan studeren.'

'Ik ook. Al kon ik eerlijk gezegd waarschijnlijk niet eens naar de universiteit, maar ik was zeker niet van plan om daar alleen maar heen te gaan, omdat ik niet wist wat ik anders zou moeten doen.'

'Precies!' Ze nam nog een slok van haar vlierbessenlimonade. Ed dacht dat ze een grapje maakte toen ze dat wilde drinken, maar na twee drankjes had hij hetzelfde besteld. En het smaakte eigenlijk helemaal niet slecht.

'Mijn vader wilde dat ik rechten ging doen, net als hij.' Ze trok haar mooie kleine neusje op. Ed had er wel vanaf willen skiën als dat mogelijk zou zijn. 'Maar toen heb ik gezegd dat ik niet zo saai als hij wil worden. Mijn moeder zei dat ze precies begreep wat ik bedoelde.'

Zijn hart sloeg een slag over. Een waarschuwingssignaal. 'Dus ze zijn gescheiden, je ouders.' September gierde van het lachen. 'Ben je gek! Ze zijn na Joost mag weten hoeveel jaar nog steeds ziekelijk verliefd. Belachelijk gewoon. Ik vertel ze constant dat ik de letterlijk de enige ben die ik ken met ouders die niet gescheiden zijn.' Ze rolde met haar ogen. 'Zo ouderwets.'

'Maar ze zei dat hij saai was.'

'Alleen als hij in zijn advocatenrol is, gekkie.' Ze sloeg haar hand voor haar mond. 'Jeetje, sorry. Ik wilde je geen gekkie noemen. Je bent mijn baas. O jee. Ga je me nu ontslaan?'

Haar ontslaan? Hij wilde...

'Mijn vader wilde me per se September noemen omdat ze toen... je weet wel! En mijn moeder vond dat zo lief, maar Oktober had daar echt de pest over in, want ze vond mijn naam mooier dan die van haar.'

Oktober? September? Ed kreeg het gevoel alsof hij in een sprookje beland was. Eentje met een normaal twee-oudergezin en twee prachtige dochters (hij wist gewoon zeker dat haar zus ook een stuk zou zijn). En dan te bedenken dat hij September bij wijze van spreken op de drempel van zijn kantoor had gevonden! Ze was zonder twijfel de ware. Hij wist het gewoon. Tenzij natuurlijk de zus ook een topkandidaat zou blijken...

'En toen werd Februari geboren, al had zij eigenlijk Maart moeten heten want ze werd in de eerste twee minuten van maart geboren. Maar zoals mijn moeder zei, wat zijn twee minuten vergeleken met een naam die zoveel mooier klonk, ook al kostte het je meer ruimte op naamlabels. Mijn moeder kan echt niet naaien, dus dat soort dingen moesten we altijd voor haar doen.'

Hij probeerde haar bij te houden, maar verkeerde in een soort hemelse droomtoestand. 'Dus je hebt twee zussen?'

'Drie, gekkie. O help, nou doe ik het weer. Ik wilde je niet vervelen met al dat familiegedoe, maar als ik eenmaal ben begonnen, weet ik van geen ophouden. De volgende zou Juni worden, maar dat vond mijn vader te gewoontjes en ze zat tegen het einde van de maand dus zij heet...'

'Juli!' zei Ed met een gevoel van trots. Het was alsof hij erbij hoorde. 'En wonen ze bij jou in de buurt?'

'We wonen allemaal bij elkaar, gekkie.'

Ze noemde een gegoede buurt – Chalfont St. nog wat – en hoewel hij er nog nooit was geweest, zag Ed alles op een of andere manier heel duidelijk voor zich. Een geweldig, druk en gelukkig gezin met het nodige gekibbel natuurlijk, maar nooit echt heftig. Een normaal gezin met ouders die aandacht schonken aan belangrijke hoogtijdagen en waar ze elke avond samen rond de eettafel aten en de dag doornamen. En voor hij het wist, was het verlangen om bij dat gezelschap te horen, om uitgenodigd te worden voor het avondeten, zo overweldigend dat hij haar vroeg of ze weer tijd had. Liefst morgenavond.

'Sorry, dan kan ik niet,' zei ze en het klonk alsof het waar was. Ed liet zich erop voorstaan dat hij goed was in het interpreteren van weigeringen, tenslotte was hij degene die meestal nee zei.

Hij wachtte op de verklaring. Verjaardag in het gezin. Naar het theater met het gezin. Gezinsoverleg... Maar er volgde niets.

'Volgende week dan?'

Dat ging ook al niet. Uiteindelijk moest hij genoegen nemen met dinsdag over drie weken. Dat was toch idioot?

'Ik zal mijn mond houden op het werk,' zei ze toen hij haar afzette bij het metrostation. Ze had met klem geweigerd om zich thuis te laten brengen door zijn chauffeur. En godzijdank had ze niet gevraagd waarom hij Charlie buiten in de Porsche liet wachten en niet zelf reed. 'Dat zou een verkeerde indruk geven, toch?' Ze raakte vluchtig zijn arm aan. 'En iedereen weet dat je dingen graag op de correcte manier doet.'

Dat kan me deze keer niks schelen, had hij willen zeggen. Echt, het maakt me niets uit. Maar waarschijnlijk had ze gelijk, zei hij bij het naar bed gaan tegen zichzelf, nog half duizelig van geluk.

En nu, drie weken later, was het bijna tijd voor hun date. In de tussentijd was hij elke dag zo vaak mogelijk langs haar bureau gelopen. Elke keer had ze bescheiden naar hem geknikt en verlegen geglimlacht en als hij 'goedemorgen' of 'goedemiddag' zei, kreeg hij weer dat tintelende gevoel vanbinnen.

Soms betrapte hij zichzelf op de verkeerde begroeting op het verkeerde tijdstip.

'Je bent weer verliefd,' had Nancy gezegd, terwijl ze aan het aanrecht een cocktail voor hem mixte. 'Ik kan niet geloven dat je weer een nieuwe vergissing begaat. Hoe zit het met Tatiana? Ik dacht dat je een gebroken hart had? Weet je wat het probleem is als je een perfectionist bent, Ed? Dat je altijd maar op zoek bent naar de perfecte relatie.'

Het huwelijk van zijn ouders was perfect geweest, had Ed willen zeggen.

'En hoe zit het met het joch?' ging Nancy door, terwijl ze hem een glas overhandigde, voor hem uit naar de zitkamer liep en diep wegzakte in de oude stoel van zijn vader. Haar ogen glinsterden.

'Pikt hij nog steeds je teennagelknipper?'

Ja.

'Spijbelt hij nog steeds?'

Ja.

'Nee! Hij zegt dat het maar een grapje was. Ik heb geen idee waar Tatiana uithangt.'

'En hoe zit het met die juridische kwestie?'

Hij wist dat het haar hier echt om ging. 'Ik heb iemand gevonden die kan helpen. Iemand die gespecialiseerd is in het uitspitten van waar mensen mee bezig zijn. Hij werkt eraan.'

*

Maar een van die uitspraken was echt waar. En dan nog maar voor de helft, als hij heel eerlijk was. Hij wist niet wat Tatiana momenteel deed, maar het joch had níét gezegd dat het 'maar een grapje was'.

'Ik bepaal zelf wel wie ik aardig vind,' had het joch verbeten teruggekaatst zonder ook maar een moment op te kijken van zijn laptop waarmee hij op bed lag. 'Trouwens, jullie waren niet eens getrouwd. Dus ik heb haar helemaal niet gekeet.'

Gekeet stond voor gestolen. Dat wist hij. 'Dat heb je wel. We waren verloofd.'

'Maar dat was niet serieus. Je bent tig keer verloofd geweest om ze koest te houden. Dat weet ik, want dat heeft pa me verteld.'

Dat was waar, maar daar ging het nu niet om. 'Dus hoe komt het dan dat ik niet wist dat ze lesbisch was?' Verdomme. Nu vroeg hij Jamie daadwerkelijk om advies.

Het joch barstte in lachen uit. 'Bedoel je niet pot?' Hij bleef maar naar het scherm kijken. Geen wonder dat deze kinderen geen normaal gesprek meer konden voeren, behalve via Facebook. 'Eigenlijk is ze bi, al zegt ze zelf dat ze vroeger hetero was. Misschien heb je haar in de war gebracht.'

Dat was precies wat hem zorgen baarde. Zoveel zelfs dat hij het bij de volgende bijeenkomst wel naar voren móést brengen. Hoe was het ook alweer? Iets over de schuld niet bij anderen leggen.

Gek genoeg begon hij steeds meer naar die bijeenkomsten uit te kijken. Vreemd als je naging hoe verschillend ze waren. Maar het was ontegenzeglijk fijn om te praten met mensen die in hetzelfde schuitje zaten. Die allemaal alleen naar bed gingen na een leven dat nauw verbonden was geweest met dat van iemand anders. Die allemaal in hun eentje opstonden en zich afvroegen wat ze in het weekend moesten doen. Hij begon het zowaar fijn te vinden om in Karens huis te zijn, met haar wierookstokjes, die hondenlucht en die nogal verrassende boekenplank met gedichten van Keats en Auden, en niet te vergeten Chaucer en Larkin op de plank eronder. En hij maakte zich gek genoeg zorgen om Alison die zo aardig was geweest om hem een boek te lenen over drugs en pubers om hem te helpen omgaan met het joch.

'Ik denk niet dat je je ex-verloofde op seksueel gebied in verwarring hebt gebracht,' merkte Hugh tot zijn verbazing op toen Ed eindelijk de moed had gevonden om het hele verhaal aan iedereen te vertellen. 'We hebben waarschijnlijk allemaal iets van beide seksen in ons, al komt dat alleen naar boven in bepaalde situaties en misschien alleen bij bepaalde personen.'

Violet had nadenkend geknikt. 'Ik ken een man die graag de kleren van zijn vrouw aantrekt, maar elke dag in een pak naar zijn werk gaat.'

Waarom verbaasde hem dat niet?

'Is het mijn mannetje nog gelukt?' fluisterde Hugh tijdens de koffiepauze. Ed had zijn gehavende mok stiekem op een tafeltje gezet en hoopte dat Karen niet zou merken dat hij er niets van gedronken had. Hij had altijd al een hekel gehad aan instantkoffie.

'Nog niet. Hij is ermee bezig.'

Het was niet de eerste keer dat Ed er spijt van had dat hij niet zelf een privédetective in de arm had genomen in plaats van in zee te gaan met de man die Hugh had aanbevolen. Dat gaf hem op een of andere manier het gevoel dat die vent een zekere macht over hem had. In elk geval leek het die engerd het 'recht' te geven om tegen Ed te praten alsof ze elkaar al jaren kenden.

'Je zou een nieuwe vriendin moeten zoeken,' fluisterde Hugh toen ze weer op hun stoel plaatsnamen voor het tweede gedeelte. (Nu was eerst Alison aan de beurt en daarna Lizzie. Dat hadden ze gezamenlijk besloten. Elk van hen zou vertellen hoe het de afgelopen maand was gegaan en de anderen zouden steun bieden of suggesties geven.)

'Heb ik al... min of meer.'

Verdomme. Waarom had hij dat gezegd? Maar het was waar. Morgenavond was het eindelijk zover. Dat was de dag waarop September (hij kreeg nog steeds een gevoel van opwinding bij de gedachte dat hij haar echte naam wist, terwijl iedereen op kantoor dacht dat ze Sarah heette) met hem had afgesproken.

'Mooi zo.' Hugh trok zijn wenkbrauwen op. 'Hou me op de hoogte van je vorderingen.'

'En hoe zit het met jou?'

Hugh knikte met een uitdrukking op zijn gezicht die je alleen kon beschrijven als tevreden en zelfvoldaan. 'Ik denk dat ik misschien ook een dame heb gevonden. Maar het zou niet netjes zijn om je daar in dit stadium al meer over te vertellen.'

Wie ter wereld, dacht Ed, terwijl Alison vertelde over de afgelopen week en haar nieuwe huurder, zou in hemelsnaam uit willen met zo'n opschepperige kwal als hij?

*

Ze waren bijna klaar – vanavond zouden ze, godbetert, *I will survive* gaan zingen – toen zijn mobiel in zijn kontzak begon te trillen. Zijn eerste gedachte was dat September wilde afzeggen voor morgen. Hij moest dat berichtje lezen!

Zich verontschuldigend, ging hij naar het toilet op de eerste verdieping.

Hij baande zich een weg langs een berg vuil wasgoed op de overloop, opende de deur van het toilet en voelde zich meteen ongemakkelijk. Hij had er een grondige hekel aan om gebruik te maken van andermans toilet. Dat was altijd al zo geweest. En dit was ook nog eens zo persoonlijk! Er was niet eens een apart toilet. De wc bevond zich in de badkamer. Het matje lag nog op de vloer en overal stonden badspulletjes en...

Daar ging de telefoon weer! Gelukkig. Het was niet het nummer van September, tenzij ze ergens anders vandaan belde.

'Hallo, met Ed.'

'Spreek ik met meneer Smith? U spreekt met de eerstehulppost van Stoke Mandeville. Klopt het dat u de stiefvader van Jamie Wilson-Watts bent?'

'Ja, eh nee. Ik ben zijn stiefbroer.'

Eds hart ging als een razende tekeer bij de gedachte aan het joch en wat er vanavond voor hij wegging, was gebeurd. Ze hadden flink ruzie gemaakt, omdat hij het eten dat hij speciaal bij de Chinees om de hoek had gehaald, niet wilde eten. 'Ik eet als ik honger heb en dat heb ik nu niet,' had hij woest uitgeroepen voor hij de deur keihard achter zich dichtgooide en nog iets mompelde wat klonk als 'labatyd' of hoe dat puberwoord ook was dat zoveel betekende als 'hier baal ik van'.

'Wat is er gebeurd?' Zijn keel kneep zich samen en hij voelde hoe het zweet hem uitbrak. 'Snel alstublieft, vertel het me. Wat is er met mijn broertje?'

30

Lizzie

'Ik ga met je mee,' hoorde Lizzie zichzelf zeggen. Op een of andere manier verdreef anderen helpen de pijn en het verdriet bij het zien van Sophies lege kamer, van Sophies lege plek aan de eettafel. De spaarzame sms'jes van Sophie gaven haar het gevoel dat haar dochter in het buitenland op schoolreis was in plaats van dat ze zich op een paar honderd meter afstand bevond bij haar vader en zijn maîtresse.

Karen knikte goedkeurend toen ze dit voorstelde en dat gaf haar een warm gevoel van binnen. Ze was nodig. Nou ja, het was duidelijk dat iemand met die arme Ed mee moest. Hij zag eruit alsof hij niet meer wist waar de voordeur zat, laat staan waar het stuur van de auto zat. Al herinnerde ze zich later dat hij zelf niet reed.

Karen had ook aangeboden mee te gaan, maar dan zouden ze de bijeenkomst hebben moeten afbreken. Bovendien was Lizzie Karen nog wel wat schuldig na al haar geruststellende telefoontjes in de afgelopen maand waarin ze belangstellend informeerde naar hoe het met haar ging.

Het was maar goed dat haar vader oppaste thuis. Hij zou het niet erg vinden als ze wat later was. 'Je moet gaan,' had hij gezegd, toen ze twijfelde of ze deze maand naar de bijeenkomst zou gaan na alles wat er gebeurd was. 'Het zal je goed doen.'

Nu ze Ed naar het ziekenhuis reed, was zij het die een ander moest kalmeren. 'Het gaat goed met hem,' zei ze telkens, alsof ze zichzelf daar ook van moest overtuigen. 'Dat hebben ze toch gezegd. Probeer je niet zoveel zorgen te maken.'

'Me zorgen maken?' Eds ogen waren zo diep weggezakt dat elke gelijkenis met Elvis (kaal of niet kaal) een lachertje leek. Zit niet zo de hele tijd op je horloge te kijken, wilde ze zeggen. Ze reed zo hard mogelijk.

'Je hebt geen idee, Lizzie, wat een nachtmerrie dat joch is. Wacht maar tot die twee van jou pas om twee uur 's nachts of nog later thuiskomen. Hij moet volgend jaar herexamen doen. Of beter gezegd, herexamen doen voor zijn herexamens.'

Lizzie greep het stuur nog steviger vast. Sophie en Jack zouden dat nooit doen. Zij zou ervoor zorgen dat ze elke avond voor elf uur thuis waren tot ze... Laten we zeggen, tot ze minstens eenentwintig waren. En ze zou ook zorgen dat ze van de drank afbleven. Nou ja, in elk geval dat ze niet meer dronken dan zij en dat was niet veel. Alhoewel, laatst had ze wel nog een halve fles achterover geslagen nadat ze de lege slaapkamer van Sophie in was gelopen om haar goedenacht te wensen.

'Sorry.' Ed keek haar vluchtig aan. 'Ik wilde je niet ongerust maken – je hebt al genoeg aan je hoofd. Maar niemand denkt dat zijn kinderen de dingen zullen doen die ze doen, totdat ze echt gebeuren.'

Daar zat wat in. Als iemand haar een jaar geleden had gezegd dat Sophie liever bij haar vader wilde wonen dan bij haar – of dat zij en Tom niet meer samen zouden zijn – zou ze het nooit geloofd hebben.

'Maar hij is jouw zoon niet,' hielp ze hem voorzichtig herinneren. 'Hij is je stiefbroer.'

Ed maakte een gek geluidje dat ze maar moeilijk kon duiden doordat ze zich op de weg probeerde te concentreren en hem niet kon aankijken. 'Hij zou net zo goed mijn zoon kunnen zijn. Als je uit een familie als de mijne komt, zijn die grenzen... nou ja, die zijn er gewoon niet. Neem mijn stiefmoeder.' Hij lachte zwakjes. 'Het is ongelooflijk. Karen dacht echt dat Nancy mijn vriendin was toen ze vorige maand zag dat Nancy me omhelsde. Oké, ze is maar een paar jaar ouder dan ik, maar ik heb nog wel jongere stiefmoeders gehad.'

'Echt waar?'

Wauw. Dat zou een mooi item voor het tijdschrift kunnen zijn... Ophouden, Lizzie. Dat is wel het laatste waar je nu aan moet denken.

'Hoe zit het met jou?' Hij keek haar van opzij aan. 'Sorry dat ik het zeg, maar ik heb na al die bijeenkomsten het idee dat er tussen jou en je man eerder sprake was van genegenheid dan van echte passie.'

Hoe durfde hij!

'Als je eenmaal kinderen hebt, heb je nauwelijks tijd meer voor dat soort dingen.' Razendsnel verdrong ze de herinnering aan het maandelijkse ritueel op zondagen. Was het te wijten aan gebrek aan seks dat zij en Tom uit elkaar waren gegroeid?

'Maar heb je ooit echte passie meegemaakt?'

Voor iemand die verondersteld werd zich zorgen te maken over zijn stiefbroer, ging dit echt te ver!

'Natuurlijk hebben we dat. Kijk, we zijn er.' Ze reed tot vlak voor de ingang. 'Ga jij snel naar binnen, dan zoek ik een parkeerplekje.'

'Ga je niet met me mee?' Hij zag eruit als een klein jongetje en ze voelde medelijden met hem, ondanks het vervelende gesprek van zojuist. Er was iemand die haar nodig had! De kinderen misschien niet, maar deze man wel.

'Ik moet eerst die auto kwijt zien te raken, maar ik dan kom ik ook naar de spoedeisende hulp. Ik vind het wel. Maak je geen zorgen.'

*

Was er ooit passie tussen hen geweest? Eds vrijpostige vraag speelde door haar hoofd terwijl ze de auto achteruit tussen een Mini en een Discovery in parkeerde. Lizzie voelde een onaangename rilling over haar ruggengraat gaan. Als ze heel eerlijk was, was het eerder fijn dan gepassioneerd geweest. Het was fijn geweest om al bijna vanaf de eerste week op de universiteit een vriendje te hebben, fijn om gekust te worden, fijn om met iemand op te trekken en toekomstplannen mee te maken. Toen waren er opeens kinderen en daarna – tja, iedereen weet hoe dat gaat – veranderde er iets tussen hen.

De kinderen! Lizzie begon als een bezetene in haar tas naar haar mobiel te zoeken. Ze had haar vader al veel eerder moeten bellen dat ze laat thuis zou komen.

'Geen probleem, schat.'

Ze kon de sherry bijna door de telefoon heen ruiken.

'Kleine Jack ligt boven in diepe slaap en wij zitten naar een dvt van de bibliotheek te kijken.'

'Dvd, pap! Mag ik mama even?'

'Ze is er niet, lieverd. Ik leg het je later wel uit.'

Wat? Maar wie bedoelde hij dan met 'wij'? En nu verbrak hij de verbinding! Wat was daar aan de hand? Zodra ze hier weg kon, moest ze er het fijne van weten.

*

Het was niet moeilijk om de eerstehulppost te vinden. Ze hoefde alleen maar de dranklucht te volgen en een gestage stroom binnenstrompelende pubers die hun hand voor hun mond hielden. Oké, dat deed het hem. Vanaf nu geen wijn meer voor haar opdat de kinderen haar gedrag niet zouden overnemen. Ze zou die fles chardonnay meteen leeggieten.

Maar waar was Ed in hemelsnaam? Misschien moest ze gewoon gaan zitten wachten, maar het kon ook zijn dat hij was meegenomen naar een apart kamertje en dat hij haar nodig had.

'Pardon,' zei ze tegen de knappe receptioniste met kastanjebruin haar. 'Ik ben op zoek naar een meneer Smith.'

Het meisje keek haar onderzoekend aan. 'Bent u familie?'

Lizzie aarzelde. Als ze nee zei, zouden ze haar nooit binnenlaten en ze had het Ed beloofd, echt beloofd. 'Ik ben zijn...'

Zus?

Voor hetzelfde geld hadden ze zijn gegevens genoteerd en wisten ze dat dat niet waar was.

‘Zijn vriendin.’ Onbewust frummelde ze aan haar verlovingsring. Ze had zich er nooit toe kunnen brengen om hem af te doen, net zo min als haar trouwring. Als ze dat deed, zou dat als een nederlaag voelen. Dat zou betekenen dat het echt voorbij was. ‘Ik ben zijn vriendin,’ herhaalde ze alsof ze ook zichzelf daarvan moest overtuigen.

‘Vriendin?’ De knappe brunette keek haar uitdrukkingsloos aan. ‘Juist, goed dan. Door die deur daar. Hij is in het tweede kamertje aan de linkerkant.’

Ze verzamelde al haar moed – ziekenhuizen hadden iets wat haar altijd angst aanjoeg, ze moest er niet aan denken dat haar kinderen ooit ernstig ziek zouden worden – en passeerde een oudere vrouw in een rolstoel met een zwaar verbonden knie en een man die zich meelevend over haar heen boog. Zo had zij zichzelf en Tom in de toekomst voorgesteld. Maar ze zou hem terugkrijgen. Zeker weten!

‘Hallo?’

Aarzelend gluurde ze langs het gordijn en deed snel een stap terug. Wat schattig! Ed zat naast het bed van iemand die eruitzag als Jack maar dan veel ouder en kwetsbaarder, en hield zijn hand vast. ‘Het spijt me, Ed,’ zei het joch. ‘Het spijt me echt. Ik weet dat ik een eikel ben geweest. Ik wilde het alleen maar proberen.’

Wat proberen? Het ziekenhuis had toch gezegd dat het joch te veel had gedronken? Of had Ed dat ervan gemaakt, omdat het om iets ernstigers ging?

‘Het is goed.’

Eds stem klonk zo vriendelijk; zo liefhebbend dat ze met hem meeleefde. Het was een aardige vent, echt waar. En dan te bedenken dat zij hem had beschouwd als een omhooggevallen snob toen hij vertelde dat hij een eigen zaak en een privéchauffeur had.

‘Hebt u ze gevonden?’ zei de receptioniste bits toen ze terug liep.

Lizzie knikte. ‘Ik denk dat ze even wat tijd samen nodig hebben. Zou u Ed... mijn vriend... willen zeggen dat ik in de auto op hem wacht?’

*

Het duurde een eeuwigheid voor hij naar buiten kwam. Zo lang zelfs dat ze haar hele noodvoorraad Bounty’s in het handschoenenvakje soldaat maakte. Ze belde haar vader nog een keer, maar die zei met slaperige stem dat het niet erg was als ze laat thuiskwam en hoopte dat ze het naar haar zin had.

Vergeefs deed ze een poging uit te leggen dat het een ander soort avond was, maar hij leek er met zijn hoofd niet bij te zijn. En haar moeder nam haar mobiel niet op.

Trouwens, wat moesten ze op hun leeftijd eigenlijk met een mobieltje?

Wat Sophie betreft, sinds ze was vertrokken stond haar mobiel altijd uit.

'Ze komt wel terug,' had Karen gesust toen ze daar die vreselijke nacht heen was gegaan. 'Mijn zoon is op zijn veertiende een tijdje uit huis geweest. Bleef een weekje bij zijn vader en kwam toen weer terug. Dat doen ze meestal. Je moet gewoon doorgaan met je leven.'

Maar hoe? Hoe deden anderen dat? Hoe hielden ze het vol, wetend dat hun kind liever ergens anders woonde? Kom op Ed. Waar zit je? De nieuwigheid van een nagenoeg onbekend iemand helpen, begon inmiddels zijn charme te verliezen. Ze wilde thuis zijn bij dat ene kind dat voor haar gekozen had. Maar hoe lang zou het duren voor ook hij besloot dat hij weg wilde?

Aha, daar was hij.

'Alles in orde?'

Hij knikte kort. 'Het joch heeft te veel gedronken. Ik heb hem wel erger meegemaakt. Hij zegt dat hij zich goed voelt, maar ze houden hem een nachtje ter observatie.'

'Een hele opluchting.'

Weer een kort knikje. 'Ja.'

Ze startte de motor. 'Je klinkt anders niet erg opgelucht.'

'Eigenlijk is er iets helemaal niet in orde, Lizzie. Sorry dat ik het vraag, maar wat heb je precies tegen die receptioniste gezegd?'

Ze voelde een vreemde hartklopping. 'Ik vroeg waar je was en toen wilde ze weten of ik familie was. Ik geloof niet dat ze me anders binnen had gelaten – en jij had gezegd dat je graag wilde dat ik erbij was.'

'Dat klopt.'

'Dus ik heb gedaan alsof ik je vriendin was, omdat ze me anders nooit had doorgelaten.'

Stilte. Ze kon zijn gezicht niet zien in het donker.

'Ik bedoelde er niks mee, Ed. Ik weet dat je waarschijnlijk al een vriendin hebt of anders krijg je er binnenkort wel één en ik ben getrouwd en...'

Waarom ratelde ze zo door?

'Het punt is,' zei hij langzaam. 'Dat een of ander vreselijk toeval wil dat dat meisje aan de receptie ook voor mij werkt. Ik wist niet dat ze er 's avonds nog bij werkte om financieel rond te kunnen komen.'

'Je voelt je toch niet zo beroerd omdat je haar niet genoeg betaalt?'

Weer een schor lachje. 'Dat zou misschien wel moeten. Maar ik voel me beroerd omdat we net aan het daten zijn, ook al weet niemand dat nog.'

Shit. Sorry. Chips. 'Dus zij denkt nu dat je de boel belazert.'

'Precies,' zei Ed mistroostig. 'Het lijkt wel alsof mijn liefdesleven gedoemd is te mislukken. Nou ja, in elk geval is er niks ernstigs met het joch. Trouwens, Lizzie, dit zegt de vrouw in mij, heb je ooit haarextensions overwogen? Zo ja, dan weet ik wel iemand die je kan helpen.'

*

Ed stond erop dat hij vanaf haar huis een taxi zou nemen en wilde niet dat ze hem thuis bracht. Dan zou ze eerder bij haar zoontje zijn.

Hij had vanuit de auto al een taxi besteld, dus hopelijk stond die klaar als ze aankwamen. Verdomme, dat was niet zo. Nu moest ze hem wel binnen uitnodigen. En dan zou haar vader denken dat hij meer was dan gewoon een vriend. Echt niet! Zeker niet na die ongepaste opmerking over extensions.

'Lizzie, lieverd!'

Ze wist het! Marjorie! Compleet met wit huispak en een halfleeg glas. 'Wat heerlijk om je te zien, schat. Ik heb je vader gezelschap gehouden terwijl je moeder naar de bioscoop is.'

Haar vader gezelschap houden? Haar moeder naar de bioscoop?

'Kom binnen.'

Marjorie keek Ed stralend aan. 'Ik denk dat je wel een kop koffie lust, hè? Maak je geen zorgen, zo laat is het nog niet.' Ze wenkte hem. 'Ik hoop dat je het leuk hebt gehad in het "ziekenhuis".'

Ze legde zoveel nadruk op dat laatste woord dat ze net zo goed gewoon had kunnen zeggen wat ze dacht.

'Ed en ik waren in het ziekenhuis om bij zijn stiefzoon langs te gaan,' zei Lizzie kordaat. 'Ik bedoel, zijn stiefbroer.'

Waarom zei ze dat? Nu keek haar vader Ed aan met wat ze vroeger toen ze net met Tom uitging 'de blik' noemde. Die blik die zei: 'Ben jij goed genoeg voor mijn dochter?'

Lizzie stotterde. 'Ed heeft zo'n gecompliceerde familie dat ik het door elkaar haal.'

'Dat kun je wel zeggen,' mompelde Ed.

'Aha, daar is de taxi.' Goddank.

'Taxi?' zei haar vader fronsend. 'Heb je dan te veel gedronken om nog te kunnen rijden?'

'Ik heb geen rijbewijs,' zei Ed snel.

'Ik ook niet!' riep Marjorie stralend. 'Het is veel fijner om de bus te nemen, vind je niet? Je ziet meer. Bovendien is het op mijn leeftijd ook nog eens ongelooflijk goedkoop. Weet je, een vriendin van me reist op dit moment per bus van het noorden van Engeland naar Cornwall. Onderweg overnacht ze natuurlijk in een paar leuke hotelletjes.'

'Dag.' Ed was al halverwege het pad, glibberend over het ijs. 'Tot volgende maand. Misschien.'

❊

Lizzie deed niet eens een poging om Marjorie en haar vader ervan te overtuigen dat Ed gewoon een vriend was. Ze hadden hun mening kennelijk al helemaal klaar.

Maar ze was niet van plan die twee zonder nadere uitleg te laten gaan.

'Wat doet zij in hemelsnaam hier?' siste ze naar haar vader nadat ze de trap op was gerend om te kijken of Jack lekker in zijn bed lag te slapen. 'En waar is mama?'

Haar vader stopte demonstratief zijn handen in zijn zakken, zoals hij altijd deed als hij op het punt stond zijn mening te geven. 'Je moeder wilde naar de film met George. "Je doet maar," zei ik. En toen heb ik Marjorie gevraagd of ze me gezelschap wilde houden. Kijk.' Hij wees naar het speelbord voor de televisie. 'Ze weet zelfs van me te winnen met scrabbelen. Dat is je moeder nog nooit gelukt.'

Dit was belachelijk! 'Jullie gedragen je allebei als een stelletje pubers, besef je dat?'

'We voelen ons weer pubers, poppetje. Het is gewoon geweldig. Tom en jij hebben ons aan het denken gezet. Waarom zou je de rest van je leven doorbrengen met iemand die nooit echt de ware voor je is geweest?'

Nu werd ze pas echt onpasselijk. 'Dat meen je toch niet? Niet echt. Jij en mama, jullie zijn één geheel. Jullie horen bij elkaar. Als patat bij mayonaise.'

Haar vaders zakken zouden nog uitscheuren als hij nog even zo doorging. 'Dan is mijn smaak misschien veranderd, liefje. Dat komt voor.'

Dit kon niet waar zijn. Dat was onmogelijk. 'Dus jullie gaan scheiden?'

'Tuurlijk niet.'

Een golf van opluchting spoelde door haar heen.

'Maar misschien worden we een beetje als je tante Peg. Zij heeft jarenlang een "maatje" gehad. Net als oom Dick, trouwens.'

'Wat?'

Hij gaf haar een schouderklopje. 'Een scheiding geeft zoveel gedoe. Dat laten we wel aan jullie over. En nu naar bed jij. Ik breng Marjorie even naar huis. Trouwens, we hebben die halve fles witte wijn die in de keuken stond, leeggemaakt. Hopelijk vind je dat niet erg, maar ik wil niet dat je je opeens afvraagt waar die is gebleven en dan denkt dat Jack eraan heeft gezeten. Er stond vandaag weer een stuk in de krant over hoeveel kinderen alcohol drinken. Vreselijk, toch. O, ja, Sophie heeft gebeld. Zegt dat ze je al de hele tijd probeert te bereiken.'

❊

Nee, zei Sophie door de telefoon. Ze wilde die avond niet thuiskomen, maar misschien wel komend weekend. Lizzie deed haar uiterste best om tijdens dat gesprek niet in tranen uit te barsten en ze te bewaren voor naderhand.

'Is er iets?' vroeg Rob de volgende dag vriendelijk toen ze aan het eind van de middag een fotosessie deden. Het ging deze keer om een artikel over hoe je kinderen in de zomervakantie leuk bezig kon houden. Het was bedoeld voor het augustusnummer dat, zoals gebruikelijk, pas over vier maanden zou verschijnen. Rob had de studiovloer volgestort met zand – al loeide er buiten een storm – en had van karton zandkastelen gebouwd die er door de cameralens vrij realistisch uitzagen. Het enige wat nog ontbrak, waren de modellen, samen met hun moeders. Maar die waren laat. Daardoor kwam het dat ze hem het hele verhaal van gisteravond vertelde – inclusief haar blunder bij de eerstehulp.

'Je vriendin Karen heeft gelijk. Je dochter komt vast en zeker terug. Je moet haar gewoon even wat tijd gunnen. Mijn zus in Sydney heeft net zoiets meegemaakt toen ze hertrouwde, maar uiteindelijk is alles goed gekomen. En wat dat vriendinnetje van die vriend van je betreft...' Hij grinnikte. 'Zie er gewoon de humor van in. Het enige wat je hoeft te doen, is teruggaan en de waarheid vertellen.'

Daar had ze zelf ook al aan gedacht. Vanavond zou eigenlijk wel goed uitkomen. Ze kon terwijl Jack aan het honkballen was even snel heen en weer naar het ziekenhuis. Ze hoopte maar dat het meisje – September had Ed haar genoemd, alhoewel haar dat echt een heel vreemde naam leek – dienst had.

Verdomme. Er zat een vrouw van middelbare leeftijd. 'Kan ik een berichtje achterlaten voor het meisje dat hier gisteren werkte?'

'Wat is haar naam?'

'September.'

'September?' De vrouw fronste. 'Er werkt hier niemand die zo heet.'

'Kunt u me dan vertellen wie er dienst had?'

'Het spijt we, we mogen geen persoonlijke gegevens geven.'

'Maar ze had kastanjebruin haar. Erg knap. Ze was hier rond tien of elf uur 's avonds.'

'Als u een berichtje wilt achterlaten, zal ik kijken wat ik kan doen.'

Een berichtje? Dat was nog niet zo eenvoudig.

BESTE SEPTEMBER,

IK BEN DE VROUW DIE JE GISTEREN HEBT ONTMOET EN DIE ZEI DAT ZE DE VRIENDIN VAN ED WAS. MAAR DAT BEN IK NIET. IK ZEI DAT ALLEEN MAAR, OMDAT IK DACHT DAT JE ME ANDERS NIET NAAR BINNEN ZOU LATEN. IK BEN GEWOON EEN VRIENDIN DIE HIJ KENT

VAN EEN CLUB, EEN SOORT ZELFHULPGROEP. HET SPIJT ME ALS IK PROBLEMEN HEB VEROORZAAKT.

ALS JE ME WILT SPREKEN, BEN IK TE BEREIKEN VIA HET VOLGENDE TELEFOONNUMMER.

MET VRIENDELIJKE GROET,

LIZZIE

Hij neemt de plaatselijke krant door en wijst huizen aan die ik me wellicht kan veroorloven.

Zijn ogen staan kil. 'Als we dit verstandig aanpakken, zonder er advocaten bij te betrekken, besparen we geld.'

Advocaten? Daar heeft hij het nog nooit over gehad.

Mijn gezond verstand zegt me dat ik met een advocaat moet spreken om te weten waar ik juridisch gezien sta. Ik ben bang. Als ik dat doe, betekent dat dat het echt is afgelopen. Maar dat kleine stemmetje binnen in mij dwingt me om een afspraak te maken met een firma in de buurt van Holborn.

Het was niet gemakkelijk om me ertoe te zetten, maar het is me gelukt.

Bij het zien van de mahoniehouten tafel waar we omheen zaten en de suikerklontjes in het zilveren schaaltje, wist ik dat het veel ging kosten. Het was een vrouwelijke advocate. Ze had het constant over een schone breuk alsof we ons in een gipskamer bevonden. Tegen mij zei ze dat ik alle mogelijke redenen waarom ik vond dat mijn man onredelijk was geweest, moest opschrijven.

Een van haar cliënten was kennelijk gescheiden, omdat haar man alle koolplanten uit haar groententuin had getrokken.

Toen ze me dat verhaal vertelde met een glimlach rond haar lippen, besloot ik dat ik niet alles wat ik zou kunnen vertellen, zou zeggen.

In plaats daarvan, leunde ik naar voren in mijn stoel en zei dat ik van mening was veranderd en dat ik niet wilde weten wat mijn rechten waren, omdat ik helemaal niet wilde scheiden.

Vervolgens rinkelden haar dure zilveren oorbellen en zei ze dat haar cliënten dat soms zeiden, maar later vaak van mening veranderden en dat ze de rekening zou opsturen.

Sessie zeven

Het spijt me vreselijk, maar ik moet deze keer afzeggen. Er is onverwacht iets tussengekomen. Tot volgende maand.

31

Alison

Ze was bijna te laat thuis om zich nog om te kunnen kleden. Een van Carolines cliënten had gebeld toen ze nog op 'kantoor' was, zoals haar zus het noemde, ook al was het maar een kamer in de flat van haar zus, die vol lag met paperassen die ze op een of andere manier probeerde te ordenen.

Haar zus mocht er dan goed in zijn anderen te zeggen wat ze moesten doen, maar administratie was duidelijk niet haar sterkste kant. En toen had er iemand gebeld die Natasha heette en die wilde weten waar de nieuwe pr-tekst was. Had David zich op zijn werk altijd zo gevoeld? Voortdurend op de huid gezeten. Voor het eerst kreeg ze een idee van wat werkdruk was, maar het was natuurlijk geen excuus voor zijn gedrag.

'Pr-tekst?' had ze herhaald, en ze kreeg het gevoel dat ze weer op school zat.

'Voor die acnecrème!' De stem van die Natasha klonk ijskoud. 'Caroline had me beloofd die voor vanavond te sturen.'

Zo kwam het dat ze het meisje geruststelde en op een of andere manier – met veel geluk – wat gekrabbelde aantekeningen in het handschrift van haar zus vond over een behandeling voor acne, een onderwerp waar ze toevallig nogal wat over wist, dankzij Jules.

Ze had geprobeerd Caroline te bellen, maar haar telefoon stond nog steeds uit, dus ze haalde diep adem en typte een paar zinnen, waarbij ze ervoor zorgde dat ze de naam van de crème erin verwerkte, de prijs van het product en waar je hem kon krijgen. Daarna mailde ze het stukje.

Als het niet goed was, kon Caroline het rechtzetten als ze terugkwam en altijd nog de 'uitzendkracht' de schuld geven.

Daarna moest ze zich echt haasten om thuis te komen. Eigenlijk hoopte ze dat hij had afgebeld. Maar er waren geen berichten! Stiekem had ze zin om zelf af te bellen. Maar dat zou laf zijn.

Ze trok een keukenkastje open – het kastje dat David al eeuwen geleden had zullen repareren – om een theezakje te pakken. Nu hing het scharnier helemaal los! Waar bewaarde hij de schroevendraaiers? En waarom had zij dit soort klussen altijd aan hem overgelaten? Misschien kon het ook wel met een keukenschaar. Alison staarde met rode wangen naar de schroef die ze er weer in had gedraaid. Ze kon het! En ze kon ook weer beginnen met daten. Helemaal opnieuw...

*

Wat trok je aan voor je eerste date in dertig jaar? Alison bekeek zichzelf kritisch in de badkamerspiegel en hield een grijsgroene pantalon voor, die tot haar verwondering minstens een maat te groot voor haar was geworden sinds ze hem voor het laatst aan had. Dat deed het Scheidingsdieet nou met je, had iemand tijdens de vorige bijeenkomst gezegd. Een spuitje uit het vierkante flesje dat op haar dochters nachtkastje stond – hmm, lekker! – en ze was zo goed als klaar.

Lichamelijk, althans. Maar haar hoofd tolde. Wat deed je tegenwoordig – of deed je niet – tijdens een eerste date? De gedachte dat ze een ander dan David zou kussen was zo absurd dat haar spiegelbeeld hardop lachte.

David... Ze kon zich maar al te goed herinneren wat ze had gedragen tijdens hun eerste afspraakje al die jaren geleden. Een spijkerbroek met soulpijpen en mooi borduursel aan de zijkant, waarvoor ze wekenlang had gespaard. Gek genoeg leek zoiets weer in de mode te komen – Jules had er een die bijna hetzelfde was! Beseften kinderen wel dat hun ouders dezelfde kleren hadden gehad, om maar te zwijgen van ervaringen?

De deurbel! Hij was vroeg. Alison begon te beven toen ze de trap af liep. 'Jules?'

Alison staarde ongelovig naar de modieuze jonge vrouw die daar stond, met een sjaal elegant om haar hals geslagen en een zwarte legging die overging in enkellaarsjes.

'Ha, mam.' Jules liep naar binnen alsof ze nog maar een halfuur geleden het huis uit was gegaan, in plaats van vijf maanden. 'Wat eten we? Ik rammel.'

Wat een ramp! Hugh kon er elk moment zijn. 'Maar je hebt helemaal niet gezegd... je hebt niet gebeld.'

Jules liet een mooie weekendtas die ze nog niet kende midden in de hal vallen. 'Dat hoef ik toch ook niet? Het is mijn huis.'

Wacht even. 'De vorige keer dat ik je zag, zei je iets heel anders. Als ik me goed herinner waren jouw woorden: "Ik woon nu bij Ross en ik weet niet wanneer ik terugkom."'

'Ja, nou, ik had zware stress, toch? Dat is normaal.' Jules wierp haar een blik toe die haar het gevoel gaf dat zíj zich moest verontschuldigen in plaats van andersom. 'Het gebeurt niet elke dag dat je ouders uit elkaar gaan. Geen wonder dat ik mijn studie niet aankon.'

Dat was niet eerlijk! 'Maar je zei dat het daar niets mee te maken had. Je zei dat de studie je tegenviel.'

'Dat was ook zo. Maar wat thuis is gebeurd is me ook tegengevallen.'

'Het is mijn schuld niet dat je vader heeft besloten weg te gaan.'

Zo! Ze had het gezegd! Op precies de toon die ze had moeten vermijden.

'O, nee?' Jules was al halverwege de trap en riep naar beneden: 'Jij liep altijd op hem te mopperen. En op mij. Je bleef maar drammen, omdat je verder niets te doen had.'

Wat? Alison kon nauwelijks geloven wat ze hoorde. 'Maar ik had ervoor gekozen thuis te zijn om voor jullie te zorgen.'

'Is dat zo? Of deed je dat omdat het gewoon makkelijker was? Zodat je naar bloemschikken kon en naar tennis en naar al die andere dingen, terwijl papa zich kapot werkte en zijn eigen dromen niet kon waarmaken.'

Dat was niet eerlijk!

'Maar goed, ik wil er nu niet over praten.' Jules fronste. 'Je bent onmogelijk. En kom niet weer met je hormonen aanzetten. Ik heb de hele dag hard gewerkt en ga naar mijn kamer.'

Háár hormonen? En die van haar dochter dan? Niet voor het eerst vroeg ze zich af hoe oneerlijk het was dat sommige moeders doormaakten wat ze gekscherend 'menopauze' noemde op het moment dat hun tienerdochters begonnen te ontdekken wat hun ouders waren kwijtgeraakt.

'Jules... Jules... Wacht!'

Ze had het moeten zeggen. Te laat. Alison wist dat ze iets had moeten zeggen over Clives vriendin die Jules' oude kamer voor een maandje huurde. Maar Jules had niet laten weten dat ze thuiskwam, dus...

'Wat is er in godsnaam met mijn kamer gebeurd?!'

'Dat wilde ik je net vertellen, Jules. Ik moest hem wel verhuren. Het spijt me, maar ik red het niet met het geld dat papa...'

'Je hebt mijn kamer verhuurd!'

Jules' ogen spoten vuur toen ze van de trap af kwam. Alison kromp bijna in elkaar; haar dochter zag eruit alsof ze zou gaan slaan. 'Hoe durf je! Ross zei dat je een huurder in de logeerkamer had, maar niet dat je hetzelfde met mijn kamer zou doen!'

De deurbel. O, nee. Niet de deurbel.

'Alison! Wat zie je er leuk uit. Sorry dat ik een beetje laat ben.'

Hugh had een beige pantalon aan die qua kleur precies bij de hare paste, met een marineblauwe blazer erboven die mooi afstak bij de bos gele rozen die hij in zijn hand hield.

'Geeft niet.' Alisons stem trilde. 'Kom binnen. Dit is Jules, mijn dochter.'

'Let maar niet op mij.' Jules slingerde haar tas al over haar rug. 'Ik ging net weg. Nee, probeer me niet te kussen, mam.'

Haar ogen flitsten eerst naar Hugh en toen naar haar. 'Eerst een huurder en nu een vriend. Dat moet ik je nageven, mam. Je hebt je leven echt weer opgepikt. Kennelijk was papa toch niet zo belangrijk voor je.'

*

'Het spijt me vreselijk,' zei Alison, waarschijnlijk voor de zesde keer die avond. Het was een geweldig restaurant – een nieuwe Italiaan waar ze al tijden heen wilde – maar ze had nu al het gevoel dat ze het voor hen allebei had verpest.

'Echt, ik begrijp het volkomen.' Hij riep de kelner om haar glas te laten bijvullen en Alison nam zich voor om dat niet op te drinken. Ze had al te veel gezegd. Al die ellende over David die ze op bijeenkomsten voor zich had gehouden (zoals het al een paar maanden niet hebben van een 'volwaardige' relatie omdat haar mans 'hoofd er niet naar stond') was er op een of andere manier gewoon uit komen rollen, gedeeltelijk omdat ze zich zo schaamde voor de scène met Jules.

Ze maakte zich ook zorgen. Haar dochter was echt razend geweest. Nee, had Ross ge-sms't, ze was niet naar hem teruggekomen. Waar zat ze dan? Alison kreeg visioenen van Jules die de straten af schuimde of dronken werd. Nam ze haar mobiel maar eens op!

'Blijf proberen.' Hugh wees naar de telefoon die naast haar bord lag. 'Nee, echt. Ik vind het niet onbeleefd. Je moet haar te pakken zien te krijgen en het proberen uit te praten. Ik weet hoe lastig het met jonge mensen kan zijn.'

Jonge mensen? Dat was een woordgebruik, dacht Alison onwillekeurig, dat werd gebezigd door mensen die zelf geen kinderen hadden. Zoals Caroline. Zo meteen zei hij nog dat hij pleegkinderen had of neven en nichten, en dat hij het dus helemaal begreep.

'Ik heb een nicht die zo'n beetje deed zoals jouw dochter zich gedroeg. Nog steeds, eigenlijk.' Zijn gezicht betrok een beetje. 'Maar het is haar schuld niet. Daar moeten we ook rekening mee houden.'

Ze wachtte. Plotseling was de hartelijke, bescheiden man die ze tijdens de bijeenkomsten had leren kennen een ander mens geworden. Hij was zelfs boos.

'Is er iets gebeurd?' vroeg ze zacht.

'Ja.'

Hij pakte zijn glas.

'En... en kan je zus ermee omgaan?'

'Ze is gestorven.'

'Wat vreselijk. Het spijt me.'

'Dank je. Normaal gesproken praat ik er niet over, dus laten we het ergens anders over hebben, oké?' Zijn gezicht had weer de gebruikelijk beleefde uitdrukking. 'Vertel me eens over dat gesprek dat je deze week hebt gehad.'

Ze vond het moeilijk om het karakter van het gesprek te veranderen, maar toen ze haar gesprekspartner beschreef (jonger dan Jules) en de baan (telefonisch klanten werven voor een IT-bedrijf) lukte het haar bijna.

'Er waren meer dan zeventig sollicitanten!' Zonder dat ze het van plan was dronk ze haar glas leeg. 'Het uitzendbureau zei dat ik was afgewezen om mijn gebrek aan ervaring, maar dat hadden ze toch aan mijn cv al kunnen zien? Zelf denk ik dat het was omdat ik zei dat ik geen idee had hoe ik moet twitteren en dat je dat het best aan vogels kon overlaten.'

Haar flauwe grapje was bij een ander niet aangeslagen, maar hij glimlachte en knikte er meelevend bij, waardoor ze zich weer monter voelde. Hij boog zich nu naar haar toe. Zijn blik was op haar gevestigd met een intentie die haar zowel een ongemakkelijk gevoel als – o jee! – een prettig soort onrust bezorgde. 'Ik wil me nergens mee bemoeien, maar moet je werken? Ik bedoel, je hebt een prachtig huis, dus waarschijnlijk... Wat ik wil zeggen is dat je man wellicht een financiële regeling heeft getroffen, of dat, als hij dat niet doet, je het recht hebt het op te eisen.'

'Je zou het goed met mijn zus kunnen vinden. Ze blijft daar ook op hameren en ze is zo lief geweest om me een beetje administratie voor haar te laten doen, maar dat is maar tijdelijk. Ik heb wel een advocaat gesproken, maar omdat de kinderen al ouder zijn, heb ik alleen recht op de helft van ons vermogen.' Ze glimlachte wrang. 'Het is niet zo makkelijk een huis als het mijne, zoals jij het uitdrukte, bij te houden. Ik zoek een derde huurder, maar zelfs dan zal ik het moeten verkopen als ik geen baan vind.'

Hij trok een meelevend gezicht. 'Dat heb ik ook gedaan, maar ik heb het grootste deel ervan aan mijn ex-vrouw gegeven.'

'Echt waar?'

Hij haalde zijn schouders op. 'Ik hou niet van ruzie, bovendien heb ik eigen middelen.'

Ze had graag meer willen vragen, maar dat zou onbeleefd zijn geweest. 'En zie je je ex-vrouw nog veel?'

'Ze is verhuisd. Naar Nieuw-Zeeland.'

Daar was het weer. Dat gezicht. Die stilte die doorvragen ontmoedigde. Hij was duidelijk een man die zijn privéleven afschermde. En waarom ook niet? Wie zei dat ze elkaar meteen alles moesten vertellen?

'Heb jij iets aan de bijeenkomsten?'

Ze had zijn vraag niet verwacht.

'Ja, eigenlijk wel. Karen is een schat.'

'Een heel vriendelijke vrouw, wel een beetje een warhoofd.' Hij keek alsof hij meer wilde zeggen, maar hij hield zijn mond. 'Nou, het was een heerlijke avond. Dank je. Maar nu denk ik dat ik je naar huis moet brengen, vind je niet?'

*

Caroline belde de volgende ochtend nog voordat ze de kans had gehad om naar de badkamer te gaan. Nu was het te laat! Het was nog maar tien voor zeven, en nu al was er iemand (Clive? Zijn nogal vreemd uitziende vriend met de ongeschoren kaken?) in de badkamer. Als ze een derde huurder nam, moest ze echt gaan overwegen een douche op haar kamer te nemen, maar wat zou dat weer kosten?

'Nou, vertel. Hoe ging het?'

De bazige toon van haar zus maakte duidelijk dat ze alle details wilde horen. Ze liet zich ontvallen dat het abrupter was afgelopen dan ze had verwacht.

'Misschien ziet hij je gewoon niet zitten.'

Dank je, Caroline. In gedachten ging ze terug naar zijn afscheid bij haar voor de deur. 'Nee, dank je,' had hij gezegd op een enigszins spijtige toon. Hij wilde nu niet nog een kopje koffie bij haar komen drinken. Maar wilde ze nog een keertje uit eten? Mooi. Dan zou hij haar bellen.

'Dus je ziet hem nog een keer?'

Het aanhoudende vragenvuur van haar zus bracht haar weer naar het heden.

'Misschien.'

Caroline snoof. 'Ja dus. Nou, wees voorzichtig. Dat wil ik alleen maar zeggen. David is nog maar net weg. Wanneer is het huwelijk van die Hugh gestrand? Hij zoekt toch geen afleiding, hè? Daar heb ik er ook een paar van gehad.'

Ze wist het niet precies, moest Alison erkennen. Maar daar zou ze snel genoeg achter komen. Ze wierp een blik op haar mobiel en voelde een verheugd soort spanning door zich heen trekken toen ze de sms zag die net voor Carolines telefoontje binnen was gekomen.

BEDANKT VOOR GISTERAVOND. BEN EVEN WEG. WAT D8 JE VAN WOE OVER 3 WKN? ETEN BIJ MIJ THUIS.

Drie weken weg? Ze voelde een steek van teleurstelling gecombineerd met opluchting. Het was niet zo slecht om het de tijd te geven als er al sprake was van een 'het'.

Ze had de telefoon nog niet neergelegd, of er kwam iemand uit de badkamer. Mooi. Nog net genoeg tijd om... Nee. Te laat. De deur ging weer dicht en er was weer iemand naar binnen gegaan. Nu zou er geen warm water meer zijn en...

De deurbel! Haar hart sprong verwachtingsvol op. Wie weet was het Jules!

Ze was teruggekomen en wilde haar verontschuldigingen aanbieden. Zeggen dat ze wist dat haar moeder de gedupeerde partij was en dat...

'Karen!'

Haar blik viel op een mandje dat Karen vasthield. In het mandje hoorde ze kefjes. Alisons hart trok samen. Dat klonk net als Mungo toen hij klein was.

'Sorry dat we een beetje vroeg zijn.' Karen was ademloos en duidelijk van haar stuk gebracht. 'Maar ik moet eerder op mijn werk zijn dan gewoonlijk.' Ze stak haar de mand toe. 'Lief van je, Alison. Echt. Hier is zijn eten. Hij hoeft alleen maar een paar keer uitgelaten te worden tot ik terug ben. Op deze leeftijd mogen ze zich nog niet inspannen.'

Ze kon haar alleen maar aanstaren. 'Ik begrijp het niet. Wil je dat ik op je puppy pas?'

'Heb je het bericht niet gekregen? Toen ik belde, zei je zoon dat het prima was. Ik heb uitgelegd dat ik iemand zocht die een dagje voor Sam kon zorgen, omdat er niemand is die hem eten kan geven of kan uitlaten.'

'Mijn zoon?'

'Ik heb aangenomen dat hij dat was. Hij had een heel zware stem.'

De vriend van Clive!

'Hij zei dat je er niet was, maar dat hij een briefje zou neerleggen en dat je waarschijnlijk wel ja zou zeggen.'

'Dat is mijn nieuwe huurder. En hij had niet het recht...'

Nog een kefje deed iets in Alisons borstkas opspringen.

'O jee.' Karen beet op haar lip. 'Als het niet kan, moet ik iemand anders zoeken, hoewel ik op dit vroege tijdstip niet zou weten wie. Ik vrees dat ik momenteel zelf een paar probleempjes heb – daarom moest ik deze maand de bijeenkomst ook afzeggen. Dat bericht heb je toch wel gekregen, hè?'

Nee, dat had ze niet. 'Het is goed,' hoorde Alison zichzelf zeggen. 'Zeg maar wanneer hij moet eten. Ik red het wel.'

32

Karen

Karen voelde zich erg schuldig dat ze weer een bijeenkomst had afgezegd. Ze werd nota bene verondersteld een zelfhulpgroep te leiden! 'Het wordt beter,' was de boodschap die ze elke maand probeerde over te brengen.

Dus ook al werd het beter als je dacht aan de vrijdagavonden die je voor jezelf had, met de katten, een glas wijn en het late actualiteitenprogramma, hoe kon ze in vredesnaam uitleggen dat het in andere opzichten slechter werd, wat ook de reden was waarom ze de bijeenkomst van vandaag had moeten afzeggen.

'Onderschat nooit de effecten die je scheiding op de lange termijn op je gezin heeft,' had ze in een van haar zelfhulpboeken gelezen.

En dat was waar.

Neem nu Adam. Als ze zelf niet zoiets had doorgemaakt, had ze haar schoondochter nooit geholpen.

'Ongelooflijk dat je me niet over de abortus hebt verteld,' had hij gebruld.

De intensiteit van zijn verdriet sneed dwars door haar heen, net als toen hij drie was en ze de snijdende pijn had gevoeld, fysiek had gevoeld, van de spijker die door zijn vinger was gegaan toen hij achter in de tuin een stuk hout had opgeraapt.

Sinds de ruzie van een paar weken geleden had haar zoon haar genegeerd. Geweigerd de telefoon op te nemen als ze belde, ook al had ze haar telefoonnummer afgeschermd, zodat hij niet kon hebben geweten dat zij het was. Hij deed de deur niet open als ze langs ging, hoewel ze zou zweren dat hij het was achter de gordijnen, ook al waren de lichten uit.

Wat Hayley betreft... Ze had geen flauw idee wat er met haar gebeurd was. Ze had haar ook niet te pakken kunnen krijgen. Geen van beiden had kleine Josh gebracht en ze was echt ziek van de zorgen.

Zo ziek dat ze haar werk had gebeld om te zeggen dat het haar speet maar dat er iets was gebeurd en dat ze later op de middag zou proberen te komen.

'Geweldig,' had haar baas kortaf gezegd. 'Vandaag drukken we. Hartelijk bedankt.'

Ze zou het later moeten uitleggen, dacht Karen, die door Alisons mooie straat rende (wat mooi, die narcissen in de tuinen!), nadat ze de pup had weggebracht. Als ze niet opschoot, zou ze Adam mislopen.

Het was maar goed dat hij had verteld waar hij werkte. Maar het was wel anders dan de vorige firma waar Adam voor had gewerkt. Ze keek kritisch naar de bruine deur. Volgens de plaquette ernaast was dit het kantoor van een financiële consultantsfirma. Adam was accountant. Hoe zat dat?

'Hallo?'

Ze tuurde door een gang naar het meisje dat achter het bureau zat. Ze had sportschoenen aan onder een zwarte stretchbroek. Roze sportschoenen. Eerder afgetrapt dan de glanzende variant. Gescheurd linoleum. Een vreemde geur.

'Sorry dat ik je lastigval.'

Het meisje keek nauwelijks op. 'Ja?'

Niet de toon die je zou gebruiken tegen iemand die een potentiële klant is, dacht Karen.

'Ik zoek mijn zoon.'

Nog terwijl ze het zei, besefte Karen dat dit waarschijnlijk geen goed idee was. Een moeder die haar volwassen zoon op zijn werk kwam opzoeken.

'Het is min of meer een noodgeval.'

Nou, dat was het toch ook?

'Hoe heet hij?'

Misschien werkten hier meer mensen dan ze dacht.

'Adam. Adam Davies.'

'Sorry.'

Het meisje staarde haar aan. Jezus, dacht Karen. Adam had tegen haar gelogen. Hij had gedaan wat sommige mannen doen als ze waren ontslagen. Doen alsof ze een andere baan hadden. Hij ging elke dag met een aktetas de deur uit en...

'Uw zoon is er niet.'

Dus hij had wel een baan! Karen voelde een golf van opluchting. Wat had ze dwaas staan denken.

'Wanneer is hij terug?'

Het meisje verzamelde nu alle paperassen en legde ze lukraak in een la.

'Hij komt niet terug.'

Wat?

'Hij heeft ontslag genomen. Vorige week. Zonder aankondiging. Kwam ontzettend onhandig uit, kan ik u wel vertellen.'

Had Adam zijn baan opgezegd? Maar hoe kwamen ze dan rond? En waar zat hij? Alsjeblieft God, laat hem niets stoms hebben gedaan. Het was allemaal haar schuld. Waarom had ze hem niet de waarheid verteld in plaats van te luisteren naar haar domme vrouwelijke intuïtie? Er zat maar één ding op. Welke dag was het? Donderdag. Dat betekende dat Hayley nog maar een uur geleden was begonnen te werken. Met een beetje geluk was ze er nog.

*

'Na u.'

De vrouw achter haar in de rij keek haar aan alsof ze gek was. In dit deel van de stad lieten mensen anderen niet voorgaan. 'Nee, echt.' Karen hoorde de wanhopige klank in haar eigen stem. 'Ik heb geen haast. Bovendien heb ik meer dan u.'

De vrouw keek neer op de twee blikjes witte bonen in Karens mandje, haalde haar schouders op en ging voor haar naar de kassa. Had Hayley haar gezien? Zo ja, dan lukte het haar dat niet te laten blijken. Met een beetje geluk kon ze een paar woorden met haar wisselen, voordat er iemand achter haar in de rij kwam staan. Mooi. Ze was nu aan de beurt.

'Ik kan niet praten.' Hayley bestudeerde aandachtig de streepjescode op het blik bonen in plaats van Karen aan te kijken. 'En ook al kon ik praten, dan heb ik niets te zeggen. Ik wil hem niet terug.'

Wil hem niet terug?

'Is hij weggegaan?'

'Heeft hij het je niet verteld?'

Karen werd niet goed. 'Ik heb hem niet gezien. Hij belt niet terug. Hij heeft ontslag genomen...'

Hayley liet een kort gesnuif horen alsof dat haar niet verbaasde.

De paniek bracht een bittere smaak in haar mond. 'Waar is hij dan?'

'Ik weet het niet. En eerlijk gezegd kan het me niet schelen, Karen. Het is te ver gegaan.'

Dat waren exact haar woorden toen ze al die jaren geleden bij Paul weg-ging. Vijf woorden die het leven van een gezin ondersteboven gooiden en schokgolven zonden door een generatie die nog niet eens was geboren.

'Het is niet te laat.' Ze worstelde met de woorden alsof het dikke stroop was, en wist tegelijk dat het misschien wel te laat was. 'Jullie moeten praten.'

Hayley veegde een lok vochtig haar van haar voorhoofd. 'Hoe kan ik dat doen als hij mij ook niet terugbelt?'

'Hayley!'

Vanachter in de winkel schalde een scherpe stem.

Hayleys ogen stonden bang. 'Karen, ga alsjeblieft weg, anders word ik ontslagen.'

*

Ze moest met iemand praten, anders werd ze gek. Een waanzinnig moment lang wilde ze bijna Paul bellen, maar dat kon ze beter niet doen. Hij had beloofd dat hij donderdagavond zou bellen, als hij een nieuwe telefoonkaart had gekregen. Maar dat had hij niet gedaan. Mooie belofte.

Maar wie dan? Het moest iemand zijn die haar verleden begreep – alles. Dat sloot praktisch iedereen uit. Behalve Doris.

Karens schoonmoeder deed de deur van haar knusse flat zo snel open dat Karen vermoedde dat ze aan de andere kant had zitten wachten, zoals ze altijd deed, met een oog op de tv en een ander op de straat in de hoop dat er iemand zou komen 'aanwaaien'. Ze zou vaker moeten langskomen. Dat zou ze echt moeten doen.

'Dat lijkt me duidelijk.'

Doris' ogen stonden verbluffend helder ondanks het waterige blauw. Hetzelfde gold voor haar Yorkshire accent. 'Het wijfie heeft iemand anders. Ze heeft een abortus gehad, omdat het andermans guppie was en Adam is er vandoor gegaan. Ik kan het hem eigenlijk niet kwalijk nemen.'

'Hayley zou zoiets nooit doen!'

'Wie was die vent dan die je bij haar zag?'

'Ze zei dat het iemand van haar werk was. Een vriend.'

Terwijl ze dat zei, wist Karen al dat het niet goed klonk.

'Maak dat de kat wijs. Je moet Paul eens vragen wat hij ervan vindt – hij is Adams vader. Hij verdient het te weten, liefje.' Doris stak haar hand uit en kneep in haar arm. 'Wanneer zie je hem weer?'

'Hij komt binnenkort langs om te lunchen als hij in de stad is. Hij mag blijkbaar naar huis.'

'Naar huis?'

Doris ogen lichtten hoopvol op, terwijl ze in haar blauw met roze Parker Knoll-fauteuil ging zitten. Ze herinnerde die stoel zich al zolang ze Doris kende.

'Nou ja, niet naar huis, natuurlijk. Maar om familie op te zoeken. Lisa, van de reclassering, zegt dat ze het in sommige situaties goedvinden.'

Doris knikte. 'Mooi.'

Karen voelde haar paniek groeien. 'Maar het heeft geen zin, toch? Als we Adam niet kunnen vinden. Joost mag weten waar hij zit. Hij had niet over de abortus moeten weten. Stel dat hij iets vreselijks heeft gedaan. Iets als...'

'Kom op, lieverd.' Doris kwam moeizaam overeind. 'Geef hem het voordeel van de twijfel. Hij kan wel iets hebben. Adam!'

Was Doris gek geworden?

'Adam! Kom eens hier, jongen. Je moeder is hier voor jou. Ze heeft je iets te zeggen.'

'Is hij hier? Wist jij het al die tijd?'

Het lukte Doris haar schouders op te halen en tegelijk haar looprekje vast te houden. 'Nou ja, die jongen moest toch ergens heen? Hij is wat rustiger geworden, maar je hebt nog veel uit te leggen. Adam. Kom eruit. Een beetje respect voor je moeder, graag. Maakt jouw telefoon zo'n raar geluid?'

Het was haar telefoon. Karen wierp een blik op het sms-bericht en verstarde. Het was van Alison.

BEL AJB. PROBL MET HOND

33

Ed

Meestal vond Ed het heerlijk elke ochtend naar zijn werk te gaan. Hij genoot ervan nonchalant tegen betrekkelijk onbekenden te zeggen dat hij 'naar kantoor' ging. En dat een buitenstaander dan naar zijn spijkerbroek en sportschoenen keek en met recht zou denken dat hij een of ander nederig kantoorbaantje had of werk deed voor een callcenter.

Allesbehalve dat hij de baas was.

Niet dat Ed een traditionele baas was, natuurlijk. Niet veel directeuren aten hun lunch met wat personeelsleden in het parkje aan de overkant. Daar waren ze weer mee begonnen nu het voorjaar werd. De nieuwelingen vonden het eerst een beetje gek en Ed moest ze altijd op hun gemak stellen. Hij bood hen een stukje van zijn broodje kaas met zuur aan zodat ze zich ontspanden en hem toelieten in de collegiale sfeer.

'Dat mis ik nou,' zei Ed soms tegen Nancy. 'Ik wil niet dat ze denken dat ik een verwend jongetje ben dat papa's zaak heeft geërfd.'

Nancy sprak hem niet tegen, wat haar sierde. Zij wilde ook niet bekendstaan als een rijkeluisweduwe. Daarom had ze haar mooie lingeriewinkel in de stad ook nooit gesloten. (Na zijn eerste intieme ervaringen met vrouwen snapte Ed waarom lingerie ook gewoon ondergoed heette. Het was daaronder ook goed.)

Maar na die vreselijke nacht bij de Spoedeisende Hulp had het werk wel iets van zijn glans kwijtgeraakt. Voor het eerst was Ed nerveus toen hij door de zware klapdeuren binnenkwam, net als een werknemer die wist dat hem iets boven het hoofd hing.

Wat zou September zeggen? Zou hij haar kunnen uitleggen dat Lizzie een vriendin was en niet zíjn vriendin?

O god. Haar bureau was leeg. Misschien zat ze op het toilet. Had ze een vergadering? Als ze maar ergens in het gebouw was. 'Waar is September?' had hij aan iemand gevraagd. 'Ik bedoel Sarah.'

'Die heeft zich ziek gemeld,' kreeg hij te horen. 'Komt voorlopig niet, blijkbaar. Klonk ernstig.'

Dat was het ook.

Maar vandaag had HR (een chique naam voor Jean in haar functie van wat vroeger personeelsfunctionaris heette) hem er met een veelzeggende glimlach van verzekerd dat 'Sarah' weer terug was! Maar goed dat hij net een schone spijkerbroek had aangetrokken en een crèmekleurig shirt zonder boordje met zijn bruine leren jack erover (dat het joch, de schurk, had geprobeerd te lenen). Terwijl hij naar de receptie liep – daar zat ze! – begon hij te zweten.

'September?'

Ze zat met haar rug naar hem toe in die ergonomisch verantwoorde draaistoel die hij voor de receptie had laten komen. 'Smith en Pa,' zei ze op die heerlijk heldere toon die bij hem het gevoel opriep dat de zon doorbrak. Meestal kreeg Ed een kick als hij iemand die woorden hoorde uitspreken. Toen zijn vader nog leefde, was het Smith en Zoon geweest. Na zijn dood had hij niet gewild dat zijn vader verdween dus leek hem die naamsverandering op zijn plaats.

'Natuurlijk, meneer, ik verbind u door.'

Hij bleef onzeker hangen en wachtte tot ze zich zou omdraaien. Stik. Nu nam ze weer een telefoontje aan.

'Smith en Pa!'

Wat kon hij doen. Kuchen! Goed idee. Nu moest ze wel weten dat hier iemand stond. Eigenlijk kwam het best onbeleefd over om met haar rug naar hem toe te gaan zitten praten. Stel dat hij een bezoeker was geweest.

'Ik ben bang dat hij er nog niet is. Kan ik een boodschap aannemen?'

Verbeeldde hij het zich nou of wendde ze haar stoel nog verder van hem af? Hij kon de hele dag naar haar rug kijken, met die weelde aan glanzend, kastanjebruin haar waar hij zijn handen doorheen wilde halen, dat hij wilde ruiken; hij wilde zijn tong langs haar nek laten gaan...

'Smith en Pa!'

Toen zag hij het!

Ze praatte helemaal tegen niemand! Die uitgekookte meid gebruikte de reservetelefoon. Kijk! De stekker zat niet eens in het contactpunt. September deed dit alleen maar om hem te ontwijken.

Slim!

Hij trok zijn mobiel en belde het hoofdnummer. Onmiddellijk ging de juiste telefoon, die voor zijn neus, wat inhield dat ze zich moest omdraaien en hem op moest nemen.

Ja. Ze nam hem op en speelde het toch klaar niet zijn kant op te kijken, wat behoorlijk moeilijk was aangezien hij recht voor haar stond.

'Smith en Pa!'

'Met mij,' zei hij in zijn telefoon.

Haar glimlach verdween en haar ogen verloren hun glinstering, zag hij, en voelde een steek van verdriet.

'Nee, niet neerleggen. Alsjeblieft. Ik wil met je praten.'

'Ik ben bang dat ik geen boodschap kan aannemen!'

'Alsjeblieft, September. Kijk me aan. Lizzie is niet, of was niet, mijn vriendin. Ze was toevallig bij me toen ik het bericht kreeg over mijn stiefbroer. Daarom kwam ze mee naar het ziekenhuis om me te steunen.'

'Steunen? Ze was toevallig bij je?'

Dat werd op zachte toon gezegd, zonder de zangerige toon voor Smith en Pa.

'Echt waar. We waren allebei op een soort bijeenkomst.'

Hij zweeg even, omdat er mannen van de postkamer langskwamen.

'Natuurlijk, meneer. Zou u me wat meer over die "bijeenkomst" kunnen vertellen?'

Zei ze dit omdat de postkamerjongens voorbijliepen, of vanwege hem?

'Oké.' Op zoek naar steun keek hij naar de scheur in de muur achter haar. 'Ik zal het je vertellen. Ik ga elke maand naar die bijeenkomst bij een vrouw thuis waar een aantal alleenstaande mensen bij elkaar komen om...'

Shit. Ze had opgehangen.

'September, laat me uitpraten!'

Voordat hij het wist had hij haar polsen vastgepakt. Ze voelden ragfijn en tegelijk warm aan. 'We komen bij elkaar om elkaar te steunen. Om de anderen te helpen over verbroken relaties heen te komen. Het is geen datinggroep. Ik meen het.'

'Je doet me pijn.'

'Het spijt me.' Hij liet haar polsen los. 'Ik wil alleen dat je het begrijpt.'

Ze lachte. Niet de heerlijke, heldere lach waarmee ze hem had betoverd, maar een bittere lach die niet klonk alsof het van harte was. 'Ik begrijp het wel, hoor. Ik begrijp dat ik zo stom ben geweest te vallen voor iemand voor wie iedereen me heeft gewaarschuwd toen ik hier kwam werken. Of ik die Ed kende. Wist je dat je bekendstaat als een seriële echtgenoot die maar blijft trouwen, maar wel verder kijkt als hij vindt dat het niet helemaal lekker loopt. Je vader was ook zo, hoor ik. Een perfectionist die zich van mensen of dingen ontdeed als er ook maar iets aan mankeerde.'

'Nee. Nee. Je ziet het helemaal verkeerd...'

'Smith en Pa!'

Deze keer was het de echte telefoon. Bovendien liep zijn assistent Garth langs, die hem met een veelzeggende blik aankeek. Hij wist precies wat die betekende. Over vijf minuten vergadering met de raad van bestuur. Niet te laat komen. Hij mocht dan een onconventionele baas zijn, maar sommige dingen kon je niet veranderen.

'Garth!' Hij haastte zich om hem bij te houden terwijl hij de gang door liep; een mooie, glazen, lichte gang die was opgefleurd met planten en appelsapautomaten om iedereen tevreden te houden. Iedereen behalve hem.

Zijn assistent met dat volmaakt verzorgde gezicht dat zijn gevoel voor kleding moest compenseren (te korte broek en kraagloze overhemden met stropdas), had vanaf het begin voor hem gewerkt. Als iemand hem de waarheid zou vertellen, dan was hij het wel. En Nancy, natuurlijk. 'Vindt iedereen me de seriële echtgenoot die om de haverklap trouwt en als hij denkt dat het niets wordt een ander neemt?'

Garth klopte hem vriendelijk op de schouder. 'Natuurlijk denkt iedereen dat, Ed. Maar maak je daar geen zorgen over. Dat hoort bij je excentriciteit. Daarom houden we van je. Net als we van je vader hielden. En nu opschieten, anders kom je te laat voor de vergadering.' Zijn ogen vernauwden zich. 'En aan de notulen te zien, krijg je iets heel belangrijks om over te praten.'

*

Eds vader had hem voor de raad gewaarschuwd. 'Allemaal lange tenen,' had hij geschreven in een van de talrijke aantekeningen die Ed na zijn vaders dood had gevonden, alsof hij zich erop had voorbereid in plaats van ineens door een hartaanval te worden geveld. 'Hou voet bij stuk, dan geven ze zich wel gewonnen. Pas op voor Andrew. Die is het ergst.'

Het was inderdaad Andrew die hem nu het vuur na aan de schenen legde. 'Dus als ik het goed begrijp,' hij wierp een blik op de notities bij de agenda, 'eist een anonieme onderneming twintig procent van de aandelen in dit bedrijf, en hun advocaten beweren dat je vader daar vóór zijn dood mee heeft ingestemd.'

'Kennelijk.' Ed bleef hem strak aankijken. Sla je blik niet neer, hadden zijn vaders aantekeningen geïnstrueerd. Tot hij het opgeeft.

'En weten we ook waarom?'

'Nog niet. Ik ben ermee bezig.'

'Hoe dan?'

'Ik laat het geval onderzoeken.'

'Maar is het wettig?'

Dat was een vraag van het nieuwste lid van de raad, een vrouw die Eileen heette. Ze had voor zijn vader gewerkt, voordat hij met Nancy trouwde. Hij kon zich vaag herinneren dat ze een keer was blijven slapen toen hij klein was, maar dat wilde niet per se iets zeggen. Bij zijn vader niet.

Andrew snoof. 'Dat kun je maar beter uitzoeken, jongen. Want echt, hier zit een luchtje aan. Ik heb in dit bedrijf geïnvesteerd, weet je nog? En ik kan me eruit terugtrekken wanneer ik maar wil.'

Kon dat?

Ed keek Garth even aan die met zijn ogen een bevestiging seinde. Bedankt, pa. Dat stond nou weer net niet in je aantekeningen.

*

'Nee.'

Hij zag voor zich hoe Nancy op haar zonnebed in Antigua (voor haar werk, had ze gezegd, maar wat voor lingerie verkochten ze daar?) nadrukkelijk het hoofd schudde. 'Nee, ik denk niet dat je vader een minnares had. Hij hield van mij, Ed.'

Ed haalde diep adem. Misschien had hij dit gesprek niet door zijn mobieltje moeten houden. Vooral niet met deze ontvangst. Maar hij kon niet wachten tot Nancy terug was. Twee weken was lang om te lopen piekeren over alle mogelijkheden.

'Maar stel dat hij vóór jou iets met iemand anders had...'

'En dat had hij ook. Meerdere malen.'

Precies.

'En stel dat er een kind uit voortgekomen is...' Hij vond het vreselijk om het hardop uit te spreken, maar hij moest reëel zijn. Het was een mogelijkheid. 'Een kind aan wie hij geld naliet.'

'Ik weet het niet.'

Nancy's stem stierf weg vanwege de implicaties daarvan of vanwege de slechte ontvangst. 'Laten we er verder over praten als ik weer thuis ben, Ed. Ik moet nu weg.'

Hij smeet zijn mobiel bijna op het kookeiland – een glanzend marmeren geval dat Tatiana had laten plaatsen en dat hij af en toe als doelpaal gebruikte.

'Mis!'

Het joch slenterde binnen, met tegen elk oor een mobiel gedrukt. Hij zag er geen spat minder fit uit door zijn drankgelag van de avond ervoor. Echt, hoe ze dat klaarspeelden, wist hij niet.

'Ik hoop dat dat water is.'

Ed knikte naar het glas dat het joch vasthield.

'Ik moet je terugbellen, Jes. Er is iets.'

Eén mobieltje uitgeschakeld. Nog één te gaan.

'Ik vroeg: is dat water?'

'Kerry? Bel je nog, oké?'

Twee uitgeschakeld.

'Ik vróég: is dat water?'

Jamie rolde met zijn ogen.

'Tuurlijk is het dat. Slokje?'

Als hij dat accepteerde, zou het aangeven dat hij hem niet vertrouwde. Dat hij het joch niet geloofde als hij beloofde niet meer zoveel te drinken en dat, oké, oké, hij zou gaan leren voor zijn hertentamens.

‘Ben je aan het studeren?’

‘Wat een bogus, Ed. Het duurt nog eeuwen voor de tentamens beginnen.’

‘Ja, maar je zei dat je vroeg zou beginnen.’

‘Doe ik ook. Morgen toch? Maar ik heb effe een break nodig.’

‘Jij hebt meer breaks dan een fractuurspecialist.’

‘Ben jij nooit jong geweest?’

‘Waar ga je nu heen?’

‘Uit, Ed.’

‘Niet met...’

Hij zweeg, niet in staat haar naam uit te spreken.

Het joch grijnsde. ‘Nee, niet met Tatiana of haar vriendin. Dat heb ik beloofd, Ed. Weet je nog? Trouwens, heb je nog wat lofi te leen?’

Lofi?

Het joch rolde zijn blik hemelwaarts. ‘Geld, een vijfje. Liever meer. Ik betaal je terug. En je wilt toch niet dat ik op een gevaarlijke plek zonder geld kom te zitten om naar huis te kunnen?’

Ed stak zijn hand in zijn zak. ‘Dat is chantage. Je krijgt vijf pond, meer niet.’

‘Lauw. Later.’

En weg was hij.

Ed wachtte tot de deur dicht was, voordat hij het glas optilde en eraan rook. Geen geur. Wodka of water?

Vertrouw hem.

Waarom?

Omdat hij het heeft beloofd.

Ja hoor.

‘Zie je wel?’ Het joch stond weer in de deuropening – hoe had hij zo stil terug kunnen lopen? ‘Ik zei toch dat het water was, Ed? Trouwens, er heeft iemand gebeld. Een vrouw. Claire hoe-heet-ze. Geen nummer gegeven. Ze zei dat ze terug zou bellen. Fijn te horen dat je weer meedoet, Ed.’

34

Lizzie

Lizzies verlegenheid over het ziekenhuisincident – alsof ze op een andere vriend te wachten zat! – viel in het niet vergeleken bij haar verdriet om Sophies weigering naar huis te komen. Hoe kon haar dochter zo hard zijn dat ze een andere vrouw boven haar moeder verkoos?

'Zo ligt het niet,' had Rob met klem gezegd bij de koffie die een gewoonte leek te worden na een fotosessie. Ze moest toegeven dat ze goed konden samenwerken. Ze stelde er eer in een goede verslaggever te zijn en hij wist duidelijk waar hij het over had. Als het goed liep, was het net als dansen. Op een of andere manier was ze, sinds hij had beloofd de zogenaamde 'vriend' te zijn om Tom jaloers te maken, gaan inzien dat hij eigenlijk heel lief was, maar natuurlijk niet op die manier.

'Kinderen zullen altijd van hun moeder blijven houden.' Hij keek haar met een merkwaardige blik aan. 'Maar eerlijk gezegd, Lizzie, ben je waarschijnlijk te ver gegaan.'

Te ver gegaan?

Hij roerde in zijn cappuccino. 'Je bent nu een beetje rustiger, maar toen ik je leerde kennen was je... niet te houden! Je schreeuwde tegen de kinderen. Je deed altijd van alles terwijl je door dat oortje van je praatte. Nooit...'

'Dus het is allemaal mijn schuld?' Ze keek hem woest aan. 'Wil je dat zeggen? Dat ik zoveel deed dat ik geen tijd voor Tom had en dat hij daarom bij me wegging? Jullie mannen zijn toch allemaal hetzelfde. Dat zei hij ook.' Er prikten tranen in haar ogen. 'Het is niet eerlijk. Ik moest gaan studeren. Moest een goede baan krijgen. Moest een goede vrouw zijn. En een goede moeder. Maar niemand zei dat het zo moeilijk zou zijn...'

'Ach, joh.' Robs hand was verrassend warm. 'Dat zei ik niet. Eigenlijk vind ik die man van je maar een eikel dat hij dat heeft gedaan. Maar ik heb het over je dochter. Kinderen denken alleen aan zichzelf. Dat zegt mijn zus altijd. Maar je moet wel onthouden wie hier de volwassene is. Kinderen vinden het niet fijn om hun ouders te zien instorten. Ze willen dat ze zich volwassen gedragen. En als je je dochter terug wilt, dan moet je haar laten zien dat er thuis iets is veranderd. Dat het weer een thuis is waar ze terug kan komen.'

Misschien, zei een stemmetje in haar binnenste, heeft hij gelijk.

Sophie zou vanavond komen eten, zodat ze nog meer kleren en schoolwerk kon komen halen. (Dat was toch bizar? Haar eigen dochter die alleen thuiskwam om haar spullen te halen?) Nou, ze zou doen wat Rob had gezegd. Een prettig en rustig thuis scheppen. En misschien meteen wat informatie lospeuteren over Tom en Sharon.

De slet was nu enorm aan het worden, hoewel ze zich er nog steeds niet toe kon zetten om te geloven dat het Toms kind was. Iedereen zei dat Sharon het met iedereen deed! Nou, ja, misschien niet iedereen, maar een paar vrouwen op het schoolplein hadden erkend dat ze haar wel het type vonden.

En wat mam en pap betreft, daar wilde ze niet eens over nadenken.

❋

Rob en zij waren vandaag vroeg klaar, dus ze zou Sophie bij school ophalen, en Jack ook, die een 'incestdag' had, zoals hij het noemde. Haar moeder had op Jack gepast, dus daar had ze eerst heen gemoeten en shit, sorry, chips, er was helemaal geen eten meer voor vanavond.

'Hoi,' zei een vrouw, die in een zwarte Mini cabrio stopte.

Ze zat echt niet te wachten op de Tommy-trut, hoewel ze deze keer een zilverkleurige glitterspijkerbroek aan had, met roze sportschoenen en een enorme geel-en-groene tas, die Lizzie geen van alle in de nieuwste catalogus had gezien. (Waarschijnlijk omdat ze geen tijd had om hem te lezen.)

De vrouw leek koortsachtig iets in haar tas te zoeken.

'Shit, dat mormel heeft weer gepoept. Je hebt zeker geen keukenrol bij de hand? Geweldig! Dank je.'

De georganiseerde Tommy-trut had het niet meer in de hand? Dan was er voor geen van hen nog hoop.

'Sorry, maar ken ik jou?' De vrouw keek haar nu aan alsof ze niet net 'hoi' had gezegd en haar keukenrol had geleend.

Lizzie knikte. 'Je zoon George is afgelopen jaar een keer komen eten. Hij had neten in zijn haar en ik had geen eten voor ze.' Ze wierp een blik op de tas. 'Jij had net een shitzoen – ik bedoel Shih Tzu – gekregen en de kinderen vertelden dat je hem in je tas bij je droeg.'

Er brak een brede grijns op het gezicht van de vrouw door. 'Ja, nu weet ik het weer! Ik weet nog dat ik dacht: goddank is er nog iemand wiens leven net zo'n puinhoop is als het mijne.'

'Echt?'

'Zeker weten.' Haar glimlach verdween. 'Trouwens, ik heb geen hond in mijn tas, voor het geval je de dierenbescherming wilde bellen. Nooit gehad. Het is zo'n nephond met plastic poep uit Japan, waar ik voor een van de kinderen op moet passen. Niet van mij. Nogal een lang verhaal. Daar moeten ze verantwoordelijkheidsbesef van krijgen. Ha! Wat een giller. Ze kennen het woord niet eens, laat staan dat ze het hebben.' Plotseling schoten haar wenkbrauwen omhoog. 'Wacht eens. Ben jij niet die vrouw wiens huwelijk door toedoen van Sharon de Slet op de klippen is gelopen?'

Deze vrouw mocht ze wel! Heel erg graag zelfs.

'Noem jij haar ook zo?'

'Dat doet iedereen toch? Wist je dat dat nepborsten waren? Het zijn van die plastic kipfiletjes. Ik weet het zeker! Ik zag haar er gisteren in haar auto mee hannesen, toen ze dacht dat er niemand keek.'

'Luister!' Bijna greep Lizzie haar bij de arm. 'Ik moet bewijzen dat het kind dat ze verwacht niet van mijn man is.'

Er werd sissend ingeademd. 'Lastig. Hoe wou je dat doen?'

'Ik weet het niet.' De TT (hoewel het nu niet meer juist leek om haar zo te noemen) keek alsof ze iets in haar hersenen terug probeerde te vinden. 'Jammer dat je de OLC hebt gemist. Die is pas weer over zes maanden. We hadden een beetje kunnen rondvragen.'

De OLC?

'De Onzin en Leuter Club, ook wel bekend als het Ouder Leerkracht Comité.' Ze glimlachte hartelijk naar Lizzie. 'Ik zal je ervoor opgeven, als je wilt. Het is een goeie manier om mensen te leren kennen. Luister, wat Sharon betreft. Ik zal mijn oor te luisteren leggen en het je laten weten. Oké.' Ze knikte nadrukkelijk naar een puistige puber die op hen af kwam. 'Volgens mij wil iemand je spreken. Zo te zien waarschijnlijk een nieuwe docente.' Ze snoof. 'Tot kijk!'

Lizzie staarde ongelovig naar de gedaante die op haar af kwam, met een linnen tas nonchalant aan een arm, uitpuilend met schriften.

'Mam!'

Sophie? Haar dochter! Haar dochter die ze drie dagen en vijf uur niet had gezien, met haar haar in... Waar was haar haar?

'Ik heb het laten knippen!'

Sophie zwiepte haar hoofd opzij en weer terug, als om te laten zien dat er niets te zwiepen viel. 'Hoe vind je het?'

Maar ze had haar helemaal geen toestemming gegeven! Sharon ging buiten haar boekje! En Tom ook.

'Erg leuk,' hoorde ze zichzelf zeggen. 'Staat je goed.'

Sophie keek verrast. 'Echt? Sharon zei dat je door het lint zou gaan.'

Nog een keer diep ademhalen. 'En wat vond papa ervan?'

Sophie wendde haar blik af. 'Hij vond het eigenlijk niet zo'n succes. Hij zei dat ik het eerst hem of jou had moeten vragen.'

Ja, ja, ja!

'Zullen we gaan?' Lizzie weerstond de verleiding haar dochter hier op het plein te omhelzen. Sophie vond dat misschien niet leuk en dan was al haar moeite om niet door het lint te gaan over het haar voor niets geweest. Haar tanden deden zeer door het op elkaar klemmen van haar kaken. 'Ik dacht dat we maar eens vis en patat moesten halen om onszelf te verwennen.'

'Meen je dat?' Sophie liep naast haar naar de auto. 'Waar is Jack? Ik heb hem gemist.'

Stik. Inderdaad, waar zat Jack?

Er werd op haar schouder getikt. De TT weer. Waar was die ineens vandaan gekomen? 'Daar. Kijk.'

Hoe was hij zomaar de straat overgestoken?

'Geeft niet, mam.' Sophie hield haar hand vast, alsof zij het kind was. 'Ik haal hem wel. Keer jij de auto maar. Ziet ernaar uit dat je iemand klem hebt gezet.' Ze grijnsde naar haar. 'Je bent er niet beter op gaan rijden, hè?'

*

Ze hadden een fijne avond. Echt fijn. In plaats van elkaar de hersens in te slaan, zaten de kinderen gezellig met haar om de keukentafel van hun vis en patat te eten, zo uit de vettige zakken, want dat was lekkerder, zei Sophie.

'Toen ik klein was, kregen we dit altijd als we op vakantie waren,' zei Lizzie dromerig bij haar dubbele portie.

Gek, daar had ze in geen jaren aan gedacht.

'Vertel er nog eens over,' drong Sophie aan.

Natuurlijk had ze hen in de loop der jaren honderden verhalen over het eiland verteld. Maar ze hadden nooit bijzonder geïnteresseerd geleken, in tegenstelling tot nu. Het was gewoon een van mama's herinneringen. Maar nu zaten ze allebei rechtop en ze keken haar verwachtingsvol aan. 'We gingen elk jaar naar het Isle of Wight.'

Jack knikte. 'Je hebt ons er een keer mee naar toe genomen.'

Sophie zei: 'Jij weet het niet meer, maar ik wel. Hè, mam?'

Lizzie knikte. Tom en zij hadden de kinderen meegenomen toen ze klein waren. Naar Shanklin, waar ze met haar ouders had gezeten. Het was fantastisch weer geweest, maar Tom was er niet erg bij geweest. Hij moest almaar mensen bellen. Hij was ook kortaangebonden. Alison had vorige maand gelijk gehad toen ze tijdens de bijeenkomst had gezegd dat het altijd zo makkelijk was je de leuke dingen te herinneren en niet de vervelende.

Hoe lang geleden was die vakantie geweest? Minstens vijf jaar. Zou hij – o god – toen al iets met Sharon hebben gehad? Of met iemand anders?

'Ik wou dat papa hier vis met patat met ons zat te eten,' zei Jack ineens.

'Ik ook.'

Lizzie stak haar hand uit en gaf haar dochters hand een kneepje. 'Hij komt straks. Hij komt jullie halen.'

Sophie knikte en keek alsof ze iets wilde zeggen.
'Maken Sharon en hij weleens ruzie? Je weet wel, gewoon kibbelen. Over... televisie en zo?'
Sophie beet op haar lip. 'Soms. Sharon zegt dat ik maar een halfuur per dag op mijn laptop mag, net als Eleanor, ook al is die een halfjaar jonger dan ik.'
'Hij is er!'
Jack sprong opgetogen op. 'Papa is er! Kijk, we hebben vis en patat voor je. Ik heb wat voor je bewaard.'
Ze had de sloten niet laten vervangen toen hij bij haar wegging. Ze had de oude gehouden zodat hij terug kon komen als hij wilde.
'Hoi.' Tom knikte verlegen naar haar, en ze kreeg een raar gevoel in haar maag. Hij had een overhemd aan dat ze nog nooit had gezien (had Sharon de Slet het uitgekozen?). En hij leek dunner. Het stond hem goed. Kon het zijn dat dit de man was met wie ze zo'n beetje volwassen was geworden? De man met wie ze haar eerste huis had gekocht? De man die de vader van haar kinderen was? De man die...
'Ik wil niet weg.'
Sophie stond op. Haar lip trilde. 'Ik wil niet weg, mam.'
Tom zond haar een snelle blik die zei: 'Wat heb je tegen haar gezegd?'
Niets, wilde ze roepen. Ik had haar tegen jou kunnen vergiftigen, maar dat heb ik niet gedaan. Echt niet.
In plaats daarvan sloeg ze een arm om haar dochter. 'Maar schatje, je hebt al je spullen bij Sharon thuis liggen. Je beer en...'
'Papa kan mijn beer gaan halen.'
Ze wist dat dat zou werken! Sophie was dan twaalf, maar kon nog steeds niet zonder Bruno de beer slapen.
'En al je schoolspullen voor morgen dan?'
'Die kan papa ook halen.'
Ze haalde haar schouders op en keek Tom aan. 'Wat denk je? Ik wil Sharon niet op de kast jagen.'
Oeps. Dat was te veel.
'We moeten doen wat goed is voor de kinderen.' Hij sprak stijfjes. 'Dat hebben we altijd gezegd.'
Ja, hoor. En ze in de steek laten was zeker het beste. Nee. Ze kon het Rob bijna horen zeggen. Dat soort dingen moet je niet zeggen, Lizzie. Blijf rustig.
'Nou, blijf maar even om je vis en patat op te eten.' Ze had het water al op staan. 'Jack wil even bij je zijn.'
Tom keek in de richting van de zitkamer waar Jack naartoe was gegaan. 'O ja? Volgens mij kan het hem niet veel schelen.'

Ze sneed een groot stuk appeltaart voor hem af. Dat was altijd zijn favoriet geweest. 'Je weet hoe kinderen zijn. Ze willen alles!'

Hij glimlachte en viel aan op zijn taart. Zijn favoriete taart. Lang leve de diepvriesafdeling. Ze hoopte maar dat ze er niet te veel rum in had gespoten. En misschien had ze de spuit even moeten omspoelen, die was de laatste keer gebruikt om antibiotica in de keel van de hamster (nu overleden) te spuiten.

'Zo!' Ze dwong zichzelf opgewekt te praten. 'Ben je blij?'

'Blij?'

'Om je nieuwe kindje? Het nieuwe gezin dat je binnenkort krijgt.'

Oeps. Daar was zeker een verbitterde ondertoon in te bespeuren.

'Lizzie, het is niet hetzelfde.'

Haar hart sprong op. 'Hoe bedoel je?'

Langzaam legde hij zijn lepel neer. 'Het is niet hetzelfde zonder jou. Ik mis jullie allemaal. Ik wilde helemaal niet dat Sharon zwanger zou raken. Het was die ene keer maar, snap je. En zij begon met zoenen. En...'

'Papa!' Jack kwam binnen rennen en sprong op Toms knie.

Lizzie was met stomheid geslagen. Haar hoofd tolde. Wilde niet dat ze zwanger raakte. Alleen die ene keer? Zij begon met zoenen? Dus het waren geen twee maanden geweest?

Wilde dat zeggen...?

Tom stond op. 'Ik kan maar beter gaan, vooral als ik Sophies spullen nog moet brengen. Ben zo terug.'

Terwijl hij wegliep wierp hij haar een blik toe. Een blik die, als ze hem goed kende (en ze had altijd gedacht dat ze hem goed kende), betekende 'ik mis je'.

Ze vloog de trap op, kleedde zich om en werkte haar make-up bij. Sharon woonde maar een paar minuten rijden hier vandaan. Ze had niet veel tijd voordat hij terug was.

Er klonk geluid bij de deur. Nog niet naar beneden gaan. Laat hem wachten. Laat hem naar haar verlangen.

'Papa heeft mijn spullen gebracht,' riep Sophie naar boven.

Niet haasten. Laat hem wachten. Trek dat losse truitje aan dat je op je werk uit de kast hebt geleend en misschien...

'Hij is al weg.'

Sophie zat weer Sky te kijken, met beer Bruno tegen haar borst geklemd. 'Hij zei dat hij morgen zou bellen. Mag ik opblijven om hiernaar te kijken, mam?'

Ze trok een gezicht. 'Mag ik nooit van Sharon. Ze zei dat ik veel te laat voor mijn leeftijd naar bed ging. Het is cool om terug te zijn.'

Vandaag krijg ik geen adem. Dat is me wel vaker gebeurd, maar niet zo plotseling als dit. Het overviel me, als een enorm gewicht op mijn borst dat me dwingt stil te staan. Hier, op deze plek. In Marylebone High Street. Vlak voor de designerwinkel van Oxfam.

Er kwam zelfs iemand naar me toe om te vragen of het wel ging, dus dan moet ik er wel vreselijk hebben uitgezien.

Het erge is dat ik die vriendelijke vrouw bijna had verteld wat er aan de hand was.

Dus oké, ik doe het maar. Ik zal nu maar eens bellen. Het telefoontje dat ik al die tijd van je heb moeten plegen.

En als dat niet helpt, dan zit er nog maar één ding op.

Sessie acht
Een nieuwe date – langzaam aan!

Ben je eenzaam?

Of boos?

Dat kan allebei reden zijn om – te snel! – met iemand anders uit te gaan. Je wilt bewijzen dat je nog aantrekkelijk bent. Dat is begrijpelijk, vooral met het voorjaar in de lucht!

Maar wees voorzichtig!

Loop niet te hard van stapel!

35

Alison

Jee! Alison was vergeten hoe glibberig dat onding kon zijn! Het schoot net bijna uit haar hand. Natuurlijk was ze maar aan het proberen. Ze zou hem niet gebruiken. Ze wilde alleen kijken of ze hem nog kon inbrengen, meer niet. Ze had hem al... grote genade! Was het al zo lang geleden? Op een of andere manier was lekker tegen David aan kruipen genoeg voor haar geweest. Er was niets geruststellenders dan de warmte van degene die je al bijna dertig jaar kende. Tenminste, dat had zij altijd gevonden.

Bovendien was het zo'n gedoe om hem in te brengen dat ze vaak had gevraagd of hij 'zin had' om zich de moeite van het gefrummel met al die gel te besparen.

Maar nu zag ze wel in dat seks op afspraak waarschijnlijk voor hem net zo'n afknapper was geweest als voor haar.

Oké. Nog één keer proberen, met misschien iets meer zaaddodende gel aan de rand. Als ze nou eens een voet op het deksel van de wc zette en hem er dan in schoof. Idioot dat er wat betreft anticonceptie voor vijftigers niet meer alternatieven waren! Misschien werden ze verondersteld er niet meer aan te doen.

David was het daar kennelijk niet mee eens. Dus eigenlijk zou het zijn verdiende loon zijn als ze vanavond inderdaad met Hugh naar bed ging.

Alison spoelde haar handen af en wierp een blik in de spiegel. Make-up zat op zijn plaats. Beige beha-/bodygeval van La Senza (daar was bijna de helft van Clives weekhuur aan opgegaan!), een luchtige, knielange jurk van polyester dat kon doorgaan voor zijde, en een dunne glanspanty (ze werd roekeloos van het warme weer!). Mobiel op stil in het handtasje en een zakdoekje erbij. Godzijdank had Jules vandaag uitgekozen om uit te gaan! Sinds haar dochter weer thuis was ('Ik kan geen huur betalen en volgens Ross kan ik niet eeuwig op zijn bank slapen'), had ze geen minuut rust gehad.

Moest je die puinhoop zien! Overal sweaters op de grond, lege ontbijtkommetjes op het vloerkleed waar ze voor de tv had zitten ontbijten in plaats van fatsoenlijk aan tafel te zitten. De afstandsbediening onder de kussens van de bank.

Maar eerlijk is eerlijk, Jules had een baan gezocht. Maar dan wel bij de delicatessenwinkel om de hoek! Had ze gestrest en in examentijd haar dochter de kop gek gezeurd om het haar mogelijk te maken achter de toonbank te staan en croissants te serveren? Wat ga je met je leven doen, bleef ze Jules vragen, en Jules keek haar aan met een blik die zei dat ze niet het recht had om dat te vragen, waarna ze zei dat ze weg moest gaan en haar met rust moest laten.

De enige met wie Jules leek te praten was haar tante (met wie ze het altijd goed had kunnen vinden) en de pup. Die ochtend nog was ze beneden gekomen en zag ze Jules opgekruld zitten met Sam op schoot. Ze praatte zacht zoals ze bij Mungo had gedaan toen ze allebei klein waren geweest.

'Dag, Sam.' Ze bukte en kuste hem op zijn zwarte snuitje. Het was zo fijn dat weer te kunnen doen. Zo heerlijk om haar gezicht in zijn warme vacht te begraven, zoals ze bij Mungo altijd had gedaan. Bovendien was het niet dat ze haar oude hond verving. Een paar weken maar, had Karen beloofd. Tegen die tijd had ze wel een nieuwe eigenaar gevonden, en intussen zou ze er ontzettend mee geholpen zijn als Alison pleegouder kon zijn. 'Ik blijf niet zo lang weg. Tot straks.'

De pup keek haar nog steeds aan met zijn donkere ogen die precies leken te lezen wat ze dacht. 'Natuurlijk kom ik terug. Alleen moet je niet wakker blijven! En niet meer in de tuin verdwalen, hè?'

'Zal ik niet doen.'

Alison draaide zich met een ruk om. Wat gênant! Daar stond Clive met een brede grijns op zijn gezicht. 'Je gaat iets leuks doen, hoop ik.'

Ze knikte. 'Min of meer. Sorry, ik wist niet dat je thuis was.'

Hij liep door naar de keuken en zette water op. Voor het eerst voelde ze niet dat vreemde gevoel dat ze altijd kreeg als een van haar huurders dat deed. Het was bijna prettig te weten dat er nog iemand thuis was. Heel even wenste ze zelfs dat ze die avond thuisbleef met Sam op schoot en die maffe serie op tv die ze was gaan volgen.

'Vind je het erg om een oogje op Sam te houden als ik weg ben?'

'Nee, dat vind ik leuk, hoor.' Clive hurkte naast Sam, zoals ze net ook had gezeten, en streelde de pup alsof hij een katje was. 'Leuk beestje, vind je niet? Maar zijn naam vind ik niet geweldig.'

'Dat zou ook niet mijn keuze zijn geweest.'

'Ik heb met een meisje gewerkt die een hond kocht toen haar man bij haar weg was gegaan. Ze noemde hem naar hem. Kenny, heette hij. Ze zei dat ze het een kick vond om zijn naam te roepen en dat hij dan naar haar terug kwam rennen, in tegenstelling tot haar vent.'

Alison giechelde en vroeg zich af of ze Sams naam in David moest veranderen. Om een of andere reden klonk dat niet goed.

'Dat ziet er goed uit.' Hij keek haar met een vreemde blik aan die ze niet kon doorgronden.

'Wat?'

Weer een blik. 'Je giechelt. Dat zou je vaker moeten doen. En ik vind het leuk hoe je je haar hebt geföhnd. Maar goed, veel plezier. En maak je geen zorgen, ik blijf niet op. En ik verdwaal ook niet in de tuin. Over de tuin gesproken, zal ik komend weekend de heg eens bijwerken, als het weer zo blijft? Het begint echt lente te worden, hè?'

Wat ontzettend aardig! Piep! Een sms? Van Caroline?

> JE HEBT ME NIET VERTELD DAT JE DIE TEKST OVER ACNECRÈME HAD GESCHREVEN! GELUKKIG VOND DE KLANT HET KENNELIJK WEL OKÉ (MAAR GOED DAT JE ERVARINGSDESKUNDIGE BENT, DANKZIJ JE KINDEREN), MAAR LAAT HET ME IN HET VERVOLG ALSJEBLIEFT WETEN. IK WIL ER EERST NAAR KIJKEN. MAAR GOED, OMDAT JE ER NIET MEE ONDERUIT BENT GEGAAN, MAG JE ER NOG WEL EEN PROBEREN. IK ZAL JE DE INFO MAILEN (JE WEET TOCH HOE JE BIJLAGEN MOET OPENEN, HÈ?). HET GAAT OVER EEN VOEDINGSSUPPLEMENT VOOR VROUWEN IN DE OVERGANG. NET IETS VOOR JOU!

❊

Etentje bij mij thuis, had Hugh voorgesteld. Zijn oude huis. Het appartement waar hij besloten had te blijven wonen, nadat hij had geweigerd een van haar kamers te huren. Hij had naar haar toe willen komen om 'het makkelijker voor je te maken' maar dat had ze afgeslagen. Als ze zelf reed, kon ze weg wanneer ze zelf wilde.

Het duurde langer om er te komen dan ze dacht. Het adres dat Hugh haar had gegeven was vlak bij Gerrards Cross, en die buurt kende ze niet goed. Verdorie! Alison kreeg een droge mond. Ze had er een hekel aan te laat te komen en, nog erger, ze had Hughs mobiele nummer niet bij de hand. Net toen ze eraan dacht, ging haar eigen telefoon, hoewel iemand de beltoon had veranderd (Jules).

'Alison. Ik vroeg me af of je verdwaald was. Het is een beetje mistig vanavond, vind je niet, en ik vond het een naar idee dat je misschien rondjes door de buurt reed.'

Wat attent!

Dankbaar legde ze uit dat ze inderdaad verdwaald was. In plaats van haar aanwijzingen te geven, stond hij erop dat ze zou stoppen – 'als je bij de brievenbus bent, weet ik precies waar je staat' – en dat hij met de auto zou komen zodat ze achter hem aan kon rijden.

❊

Hughs galante gedrag bij het voorgaan naar zijn appartement ('Grote genade, wat zie jij er beeldschoon uit. Je haar zit super!') was nog maar het begin. Vanaf het moment dat ze door de victoriaanse voordeur binnenkwam in een verrassend ruime hal met een zwart-witte tegelvloer en lelies op het mahoniehouten tafeltje voelde ze zich thuis. Hoe kon hij zich nou hebben voorgesteld dat hij een kamer in haar huis zou huren als hij zo duidelijk meer kon betalen?

'Wat wil je drinken?' had hij gevraagd, terwijl hij in de zitkamer met prachtige erkers en een zitje bij het raam vanwaar je uitzicht had over het plein een prachtig walnotenhouten Georgiaans hoekkastje opende. 'Ik heb hier het meeste wel staan.'

Dat was zo! 'Ik ben bang dat ik nogal saai ben.' Ze liet een lachje horen dat zelfs in haar eigen oren belachelijk klonk. 'Ik drink nooit als ik nog moet rijden. Als ik word aangehouden kan ik eerlijk zeggen dat ik geen druppel op heb.'

Hij knikte goedkeurend en stak zijn handen in de zakken van zijn bruine corduroy broek, die hij smaakvol had gecombineerd met een geruit overhemd, zoals ze ook wel in de bijlagen van *The Sunday Times* zag. 'Heel verstandig. Eens zien... Ik heb appelsap, vlierbessensap, brandnetelthee, als je iets warmers wilt. Wil je in de keuken zelf komen kiezen?'

Ze liep achter hem aan naar – weer – een verrassend ruime, vierkante keuken met aan de ene kant een glanzend fornuis en aan de andere een Amerikaanse koelkast. Er hing een heerlijke geur die rook alsof hij uit de oven kwam.

'Vegetarische lasagne,' zei hij, en hij trok een wenkbrauw op alsof hij keek of ze dat goed vond. 'Ik heb zelf in geen eeuwen vlees gegeten. Maar ik heb ook een quiche met geitenkaas en asperges in elkaar geflanst, als lasagne je niet lekker lijkt.'

Een man die kookte! Ze kon zich Carolines reactie precies voorstellen. Davids idee van koken was op weg naar huis langs de supermarkt gaan.

'Mooi appartement.'

'Dank je.' Hij zei het alsof ze hem daar in het verleden ook al mee hadden gecomplimenteerd. 'Eigenlijk is het van mijn nicht die in de States werkt, en ik dacht dat ik hier weg moest – daarom was ik op zoek naar woonruimte. Maar nu blijft ze nog een poosje.'

Die nicht over wie hij het al eerder had gehad?

'Ze heeft het van mijn zus geërfd,' zei hij zacht, alsof hij haar onuitgesproken vraag beantwoordde.

De zus die was gestorven. Wat erg!

Hij gaf haar een glas (roze, met geribbelde randjes) vlierbessensap. 'Iedereen zegt dat een scheiding net is alsof er iemand overlijdt, maar als er iemand doodgaat is het veel erger. Het is een verscheurende pijn die van 's morgens vroeg tot 's avonds laat door je heen trekt en die er, als je 's morgens wakker wordt, nog steeds is.'

Zo had ze zich na David gevoeld, maar nu was het aan het wegtrekken. Voordat ze iets kon zeggen, had hij zich afgewend en deed hij de ovendeur open met een paar blauw-wit gestreepte ovenwanten die er verdacht schoon uitzagen. 'Maar genoeg daarover! We gaan een avondje genieten. Ga lekker zitten.'

*

Ze hadden een heerlijke avond, ondanks haar bedenkingen omtrent de schone ovenwanten. Ze had zich, heel onvriendelijk, afgevraagd of Hugh het niet gewend was te koken en of de lasagne en de quiche (die ze op zijn aandringen had geproefd, gewoon om te zien wat ze van het recept vond) echt van zijn hand waren.

Maar dat waren ze. Het deeg was zelfgemaakt, bovendien was het kookboek, dat nog op het glinsterende zwart-witte granieten aanrecht lag, bezaaid met vingerafdrukken van bloem.

Na het toetje (een kom zelfgemaakte vruchtensalade met mango, peer en blauwe druiven), dronken ze koffie in de serre die naast de keuken lag. Dat was ook een reden waarom hij zo graag in dit appartement was getrokken, vertrouwde hij haar toe. Hij had ooit een grotere gehad en het was een van de dingen die hij miste, moest hij toegeven.

Alison begreep dat wel. Ze dacht aan haar eigen heerlijke serre thuis, waar ze een dag eerder sigarettenpeuken had gevonden, ook al had ze alle huurders heel duidelijk gezegd dat er niet in huis gerookt mocht worden.

'Hoe gaat het met de huurders?'

Ze glimlachte wrang. 'Je zult er geen spijt van hebben dat je niet bij ons bent komen wonen. Een van hen heeft bijna brand gesticht en de nieuwe draait de hele nacht muziek.'

Hij trok een wenkbrauw op. 'En de pup? Je zei dat je op hem paste voor Karen.'

Hij kon goed luisteren, dat moest ze hem nageven. 'Nou, Sam is het enige lid van het huishouden waar Jules om kan lachen. Maar het is een kleine rakker. Vorige week schrok ik me dood. Hij was door de heg naar de tuin van de buren gekropen. Hij was twee uur weg en ik moest tegen Karen zeggen dat ik hem niet kon vinden. Een paar minuten later stond hij met de staart tussen de poten bij de achterdeur!'

Hugh maakte een geamuseerd geluid, maar toen viel er een ongemakkelijke stilte. Snel! Bedenk iets om het gesprek vlot te trekken! Haar blik viel op de kasten vol boeken door de hele kamer. Prachtige mahoniehouten kasten die bijna bezweken onder een fascinerende mengeling van paperbacks en hardcovers.

'Wat geweldig, al die boeken!'

'Heerlijk, vind je niet?' Zijn ogen lichtten op. 'Mijn zus en ik zijn altijd dol op boeken geweest.' Hij pakte er een met een oranje rug. 'Heb je dit gelezen? Het is een prachtig verhaal over een vrouw die na een scheiding in haar eentje over de hele wereld reist. Echt aangrijpend.'

Ze bladerde het door, waarbij ze ervoor zorgde dat ze de bladzijden niet kreukte. Maar pas toen ze weer voorin keek om te zien wie de uitgever was, zag ze de opdracht.

VOOR ADELINE. HET LEVEN WORDT BETER. LIEFS, HUGH.

Weer zijn zus? Of misschien een geliefde?

Voorzichtig zette ze het terug en ze draaide zich om. Lieve help, ze had niet beseft dat hij zo vlak achter haar stond. Even stonden ze elkaar aan te kijken. Er zat een groen vlekje in zijn blauwe ogen dat ze nog niet had gezien, en zijn neus...

Plotseling trok hij zich terug. 'Wat dacht je van een slaapmutsje? Muntsiroop met een klein scheutje likeur. Niets waar je door in de problemen komt, dat verzeker ik je.'

*

Door de alcohol (vermout? wodka?) werd de rest van de avond heel ontspannen voor hen allebei. En Hugh was zo attent! Ze was vergeten hoe fijn het was als een man met zijn ogen liet merken dat hij geboeid was! Daar kun je nog wat van leren, David! Ze was bijna zo ver dat ze zou zijn blijven slapen als hij het had gevraagd, ook al zei een klein, verstandig stemmetje dat ze wel heel erg hard van stapel liep. Maar toen sprong Hugh op en zei dat hij haar niet in haar eentje terug liet rijden.

'Geen denken aan. Wie weet verdwaal je wel in die mist. Het is beter als ik voor je uit rijd.'

Waarom was ze nou zo teleurgesteld? Zag Hugh haar toch niet zitten?

'Natuurlijk,' zei hij zacht, terwijl hij haar in haar jas hielp, 'zou ik je graag willen vragen of je vannacht bleef...'

Haar hart ging zo hard tekeer dat het bijna uit haar borst sprong.

'Maar dat zou niet goed zijn, toch? Niet nu al.'

Nee. Inderdaad.

'Maar misschien...' Zijn mond was nog maar een paar centimeter van de hare en ze merkte dat ze bijna geen adem meer kreeg. 'Misschien een andere keer?'

*

Zodra ze voor de deur afscheid had genomen ('Nee, Alison, echt niet. Ik kan beter niet binnenkomen.') wist ze dat ze een fout had gemaakt.

Ze rook het.

Een combinatie van hondengeur, luchtverfrisser en dat zoete luchtje dat Jules altijd op had.

'En hoe laat denk je dat het is?'

Haar dochter zat haar onder aan de trap met Sam in haar armen beschuldigend aan te kijken.

'Het is bijna twee uur, mam. Waar heb je gezeten?'

Bijna twee uur? Echt waar? Ze kon zich het aantal keren niet herinneren dat ze voor het slapen gaan de wekker op drie uur had gezet, zodat ze wakker zou worden en Jules kon bellen om te vragen of ze al op weg naar huis was.

'Ik stond op het punt de politie te bellen.'

Wat belachelijk!

'En jij had toch gezegd dat Sam zindelijk was?'

'Dat is hij ook. Meestal.'

Alison ging naast haar dochter op de onderste trede zitten. 'Luister, Jules, ik weet dat het moeilijk voor je is, maar...'

'Moeilijk!' Haar dochter schoof van haar vandaan. 'Je hebt er geen flauw idee van hoe moeilijk het is. Papa gaat in een of andere bouwval wonen en jij gaat uit eten met een of andere vreemde vent. Ik hoop dat je uitkijkt! Straks word je misschien nog zwanger ook...'

Alisons hoofd tolde. 'Wat zei je daar?'

'Ik zei dat je straks misschien ook nog zwanger raakte...'

'Nee, dat over papa. Zit hij niet meer in Goa?'

'Nee.' Jules had haar gezicht in Sams vacht begraven. 'Hij is terug en woont in een of ander stokoud krot in Holloway zonder warm water. Doet alsof hij weer student is. Zieliger kan niet.'

'Waarom doet hij zoiets nu in vredesnaam?'

'Ik zou het niet weten. Hij zegt dat hij zichzelf probeert te ontdekken. Hij wil de dingen doen die hij altijd heeft willen doen. Echt, mam, je zou hem moeten zien! Hij heeft een baard laten staan en draagt een spijkerbroek. Ga alsjeblieft naar hem toe. Probeer hem bij zijn positieven te brengen. Ik heb zijn adres.'

Jules gaf haar een stukje papier. 'Het is vlak bij metrostation Highbury.

Niet zo ver.' De toon van haar dochter was ineens weer kinderlijk geworden. 'Volgens mij stort hij in, mam. Hij doet echt raar. Je moet wel even gaan kijken of het wel goed met hem gaat, denk je niet?'

36

Karen

Alles in haar leven liep ineens weer gierend uit de bocht! Hoe kon ze al die andere mensen nu weer helpen hun leven op de rails te krijgen? Het was bijna een opluchting toen ze ontdekte dat de wc beneden lekte; mooi excuus om de bijeenkomst bij haar thuis af te zeggen.

Lizzie, de eerste die ze belde, klonk bijna overstuur. 'Ik verheugde me er enorm op. Ik heb jullie zoveel te vertellen. Zullen we het dan bij mij thuis doen?'

Dus na een snelle belronde, spraken ze dat af. Lizzies huis was een beetje verder weg, wat inhield dat ze misschien wat later was, vooral omdat ze op Pauls telefoontje moest wachten. Rond zevenen, had hij beloofd. Of ongeveer rond zevenen. En, nee, ze kon hem niet bellen. Weet je nog? Dat mocht gewoon niet. Het was nu zo dat hij met zijn telefoonkaart in de rij moest staan en dan maar hopen dat hij niet te lang hoefde te wachten.

Te lang? Hoe was het daarbinnen? Hij had voorgesteld dat ze hem eens zou komen bezoeken, maar daar was ze nog niet aan toe. De gevangenis? Het was een wereld die ze niet kende en niet wilde kennen. Het leek niet te bevatten dat Paul had kunnen doen wat hij had gedaan, maar toch, verzekerde hij haar, waren er nog hordes mensen net als hij daar. Artsen, advocaten, accountants. 'Ook mensen met een goede baan raken in de problemen,' had hij vriendelijk gezegd. 'En ze zijn niet allemaal schuldig.'

Toen ze met haar tas over haar schouder en haar hand op de deurknop stond, belde hij. Net toen ze zich ervan had overtuigd dat het niet zou gebeuren; dat vossen hun streken niet verloren; en dat ze de bus zou missen als ze nu niet wegging.

'Je belt!'

'Niet zo verrast.'

Karen haalde haar schouders op. Ze ving een glimp van zichzelf op in de spiegel in de hal en was blij dat ze nog niet zo'n nieuwe telefoon had die de persoon aan de andere kant van de lijn liet zien hoe je eruitzag. Ze was rood aangelopen, zoals altijd als ze zenuwachtig was.

Toen viel haar blik op de kristallen aan de zilverkleurige IKEA-kandelaar waar ze zich in de uitverkoop op had getrakteerd. Alleen al ernaar kijken – vooral die kleine roze die ze in de winkel al zo mooi had gevonden – gaf haar op een of andere manier een rustig gevoel.

'Sorry. Ik moet gewoon ergens heen.'
'Ga je iets leuks doen?'
Daar gaf ze geen antwoord op. Hij had het recht niet dat te vragen.
'Ik moet met je praten. Over Adam.'
Kort vertelde ze over Adam die bij Hayley weg was vanwege haar verhouding en dat hij naar zijn oma was gegaan.
'Ik weet het. Ik hoorde het van mijn moeder.'
Doris had beloofd te wachten tot zij met hem had gepraat!
'Ik heb ook met Adam gepraat. Ik begrijp hem wel, liefje.'
Liefje? Zo had hij haar in geen jaren genoemd. Het ergerde haar en tegelijkertijd voelde ze iets anders, iets waar ze de vinger niet op kon leggen.
'Daar hebben we het nog wel over. Als ik zaterdag bij je kom lunchen.'
'Maar Adam komt niet. Niet als Hayley er is.'
'Ja, hij komt wel. Ik heb met hem gesproken.'
'Maar waarom praat hij wel met jou en niet met mij?'
'Dat is iets tussen vader en zoon, denk ik. Maar goed, dat maakt toch niet uit? Het belangrijkste is dat er gepraat wordt.'

*

Het belangrijkste is dat er gepraat wordt? Dat had ze Paul de eerste jaren vaak genoeg verteld, maar of hij dat deed? Als hij had gezegd hoe hij zich had gevoeld; hoe gefrustreerd hij was geweest als jonge vader die het allemaal overeind probeerde te houden, dan had hij misschien niet... gedaan wat hij had gedaan.
'Mensen kunnen veranderen,' had Doris laatst gezegd.
Was dat zo?
En als dat zo was, vroeg Karen zich onderweg naar de bijeenkomst af, zou ze hem dan echt een kans moeten geven? Niet bij haar, natuurlijk. Daar was het te laat voor. Maar misschien zou ze hem een kans moeten geven nog een keer deel van het gezin uit te maken.
Toen zag ze het. Een poster aan de muur van het cultureel centrum. Spirituele beurs. Onzin. Baarlijke nonsens. Ze had wel over dergelijke mensen gehoord. Oplichters die je linkerhand bekeken en als daar geen ring aan zat allerlei onzin verzonnen over knappe, donkere vreemdelingen. Maar zonder er erg in te hebben merkte Karen dat ze naar binnen werd getrokken.
Het was duidelijk net begonnen. Er waren nog mensen bezig een stand op te zetten; iemand legde tarotkaarten op een groen vilten kleed. Maar het was de vrouw die Karens blik ving. Een gewone, verstandig uitziende vrouw met stevige, bruine schoenen en een rok met elastieken tailleband. Haar blik kruiste die van Karen. Geen aura. Raar. De afgelopen maanden had ze

niemands aura kunnen zien. Kwam dat doordat ze te gestrest was?

'Hoeveel?' vroeg ze zonder dat ze het van plan was.

'Meestal is het vijfendertig pond, maar omdat u mijn eerste klant bent, maak ik er twintig van.'

'Ik heb niet zoveel tijd.'

'Ik weet het. Ik zag het al toen u binnenkwam.'

Dat had iedereen kunnen zeggen, dacht Karen, die een stoel bijschoof. Ze had het woord STRESS op haar voorhoofd gedrukt staan. Maar toch stak ze haar hand uit naar deze vreemdelinge die begon te knikken alsof in de lijnen van die handpalm woorden stonden geschreven. 'U hebt een zoon.'

Niet een kind. Een zoon.

'En u hebt ook een geesteskind.'

Karen verstrakte.

'En nu hebt u een keuze.' Ze keek op en Karen zag dat ze jonger was dan de rok met elastiek en de stevige schoenen deden vermoeden. 'Tussen twee mannen.'

Twee?

'Als het zo ver is, zult u wel weten wat u moet doen.'

De vrouw liet haar hand los, zodat die bijna op de tafel viel.

'Was dat het?'

De blik van de vrouw was op de hare gevestigd. 'U hebt een afspraak. Ga maar. Anders komt u te laat. En laat het geld maar zitten. Ik heb liever dat u de juiste beslissing neemt.'

Karen had het warm en koud tegelijk. 'Maar welke is dat dan?'

De andere vrouw glimlachte. 'Als het zo ver is, weet u het. Dat is altijd zo. Maar we staan het ons niet altijd toe ernaar te luisteren. Snapt u wat ik bedoel?'

*

Ja, dat snapte ze. Nee, ze snapte het niet. Twee mannen? Paul moest er een zijn. Maar de andere? Haar hoofd tolde nog steeds tegen de tijd dat ze aankwam bij de leuke victoriaanse tussenwoning van Lizzie, die in een heel mooie straat bleek te staan, niet ver van de straat waar Paul en zij al die jaren geleden hadden gewoond. Het duurde even voordat Lizzie opendeed (ze hoorde haar boven tegen de kinderen roepen) en toen ze opendeed, probeerde Karen niet te kijken naar de rommelige hal die bezaaid lag met broodtrommels van school, met de half opgegeten boterhammen er nog in, post die al dagen niet was geopend en schoenen die overal en nergens lagen zodat ze bijna struikelde over een enkele sportschoen die vlak voor de drempel lag.

'Sorry, hoor,' verontschuldigde Lizzie zich, terwijl ze haar binnenliet in een voorkamer waar de anderen al zaten te wachten. 'Er is zoveel te doen als je alleen bent. Ik kan maar geen tijd vinden om op te ruimen.'

Ze kon zich die tijd nog zo goed herinneren! Het wordt beter, wilde ze net zeggen, maar Violet (surprise, surprise!) was haar voor.

'Ik wil graag zeggen dat ik afgelopen maand de stap heb gezet.' Stralend keek ze de kring rond en daarbij onthulde ze een nieuwe voortand in het gat dat er tijdens de voorgaande bijeenkomsten had gezeten. 'Ik heb een afspraakje gehad!'

'Met een pitbull,' mompelde Ed.

Lizzie giechelde, maar gelukkig leek Violet het niet te hebben gehoord.

'Hij heeft me getrakteerd op een high tea in High Wycombe.'

'Kijk eens aan, de man weet wat lekker is!'

Karen wierp hem een blik toe die hem maande niet zo onvriendelijk te zijn, maar Violet kwebbelde er nog lustig op los. 'En volgende week gaan we naar Kew Gardens. Daar ben ik weleens geweest, je weet wel, met Elvis.'

Karen was vastbesloten Ed voor te zijn. 'Fantastisch, Violet. Maar denk aan onze bijeenkomst "Een nieuwe date – langzaam aan!". Het is heel logisch dat we willen bewijzen dat we nog steeds aantrekkelijk zijn. En het is begrijpelijk dat we willen dat er iemand gek op ons is om dat te bewijzen. Maar er bestaat een risico dat we eraan beginnen, voordat we eraan toe zijn.'

'En heb jij dat gedaan?' Eds stem klonk anders. Onmiddellijk besefte ze waarom. Daar had ze vroeger genoeg ervaring mee gehad met Paul. Hij was dronken! Of op z'n minst aangeschoten. En Alison zag er nogal verhit uit.

'Ik ben bang van wel.' Ze dacht terug aan de reeks kortdurende relaties die ze de afgelopen jaren had gehad. Nou ja, nog steeds had. Oké. Tijd om eerlijk te zijn.

'Eigenlijk maak ik die fout nog steeds. Ik heb nooit gezegd dat ik volmaakt was. Het feit dat ik met deze groep ben begonnen, wil niet zeggen dat ik mijn eigen problemen onder controle heb.'

Ze luisterden nu aandachtig. Zelfs Violet, die niet in haar tas had gerommeld op zoek naar de kauwgom die ze meestal kauwde.

'Ik weet niet meer hoeveel dates ik heb gehad sinds mijn huwelijk op de klippen liep. Maar geen ervan heeft langer dan twee of drie weken geduurd, omdat ik niet... intiem wilde worden, als ik het zo mag zeggen.'

Alison was nu zo rood als een tomaat! En die Hugh maakte beslist een ongemakkelijke indruk, als je zag hoe hij op de stoel bij het raam heen en weer zat te schuifelen. Nou, een goede indruk maken op hem kon ze wel vergeten, dat was zeker.

'Ik vond het gezellig en ik vond het leuk als ze mij zagen zitten, maar ik was te bang om er verder mee te gaan. Bang om te worden gekwetst.'

Zo, ze had het gezegd. Iets wat ze nog niet eens echt aan zichzelf had toegegeven. En nu het was uitgesproken, werd het duidelijk. Kwam dat door die zogenaamde helderziende? Ze was als de dood om Paul weer in de familie toe te laten, omdat ze niet gekwetst wilde worden, ook al zou ze nooit – maar dan ook echt nooit – weer naar hem teruggaan.

'Dat vind ik heel dapper van je, dat je dat hebt toegegeven.' Lizzie gaf haar een dikke, warme knuffel, wat fijn was, maar tegelijkertijd een beetje gênant. Ed leek niet bepaald overtuigd, of dat kwam doordat zijn ogen dicht zakten alsof hij bijna in slaap viel en van de bank af zou vallen waar hij stevig tussen Violet en Hugh zat ingeklemd.

'Dat gaat er bij mij niet in!'

In zijn toestand ging er bij hem niets meer in.

'Wat is er mis met veel dates hebben als je daardoor de juiste vindt?'

Ed boog zich naar voren, waarbij hij Violet een beetje opzijduwde, maar daar merkte hij niets van, ondanks Violets boze blik. 'Ik heb net een fantastische meid gevonden, maar ik ben haar alweer kwijtgeraakt, dankzij een reeks ongelukkige voorvallen.'

'Sorry, hoor,' mompelde Lizzie.

Wat? Wilde dat zeggen dat er iets was tussen Ed en Lizzie?

'En weet je wat er nu weer is gebeurd?'

Jemig, Eds adem was bijna sterk genoeg om haar koffie mee te flamberen! Hij kon maar beter niet zelf naar huis rijden.

'Mijn eerste vriendinnetje heeft weer eens gebeld. Stel je voor! Mijn allereerste vriendin. Nou ja, natuurlijk niet mijn eerste, maar de eerste met wie ik...'

Hugh viel hem in de rede. 'Ik denk dat we het wel snappen.'

Ed knikte heftig. 'Ze wil weer eens afspreken! Dat is toch niet te geloven?'

Hugh snoof. 'Ik dacht dat je zei dat je net een fantastische meid had gevonden. Als je die echt zo fantastisch vond, zou je daar niet zo snel overheen komen.'

'Ik weet het, ik weet het.' Ed schudde zijn hoofd alsof hij het zelf ook niet begreep. 'Maar toch denk ik dat het feit dat Claire weer belde het lot is. Het moet gewoon zo zijn. En als ik nog steeds iets met September had, dan zou ik Claire geen kans kunnen geven.'

'Dat kun je ook niet, als je net zo dronken als vanavond komt opdagen.'

Violet zei natuurlijk weer wat de rest dacht.

'Ik ben niet dronken! Ik heb alleen een paar... Shit, waar is de wc?'

Terwijl hij weg was, probeerden ze te praten maar het was moeilijk de draad weer op te pakken. Zowel Hugh als Alison was verrassend terughoudend. Alison praatte zelfs liever over Sam. Met een beetje geluk wilde ze hem nog iets langer houden, tot ze een permanent thuis voor hem had gevonden.

'Mam!'

Ze hoorden het geluid van een sleutel in het slot.

Lizzie sprong overeind. 'Sorry, dat is mijn dochter. Mijn man komt haar thuisbrengen.'

Er klonk dringend gefluister bij de voordeur. 'Weet je,' zei Alison, 'ik heb gisteren een leuk grapje op de radio gehoord. Echtgenoten is verleden tijd van echt genieten. Snap je?'

Er lachte niemand. Ze hadden meer aandacht voor wat er buiten de kamer werd gezegd.

'Ik geloof je niet, Lizzie.'

'Je gelooft me niet! Dat is helemaal mooi! Kom maar binnen, dan kun je het zelf zien!'

Ze keken allemaal toen er een lange, best knappe man met donkerbruin haar in de deuropening kwam kijken. 'Dit is mijn groep. De groep die me helpt af te rekenen met de shit die jij me hebt bezorgd.'

Er trok een meisje aan haar hand. 'Dat is tien pence in het viezewoordenpotje, mama!'

'En hij,' zei Lizzie, terwijl ze naar de deur wees, 'die man die je daar in de tuin zag overgeven, is níét mijn vriend. Dat is Ed.'

Violet knikte fel. 'Dat is zo, maar als je het mij vraagt hebben ze een tijdje geleden wel een soort afspraakje gehad, in het ziekenhuis. Daar heeft Ed me over verteld. Maar toch, jongeman, kom er maar bij zitten. Je zou er nog wat van kunnen leren.'

'Erbij komen zitten? In mijn eigen huis met een stelletje vreemden?' Hij keek Ed woest aan. 'Nee, bedankt. Ik moet weg.'

Karen hoorde de deur dichtgaan en het geluid van Lizzie die de trap op rende om haar dochter toe te spreken, en het jochie dat nu vanuit zijn kamer zijn moeder riep. Als ze Paul al die jaren geleden had teruggenomen, zouden ze dan opnieuw hebben kunnen beginnen?

Ze stond op. Paul had gelijk gehad. Het werd tijd om Adam de waarheid te vertellen.

*

Tegen de tijd dat het zaterdag was, stond ze stijf van de zenuwen. Maar de wc was tenminste gerepareerd. Zoals elk jaar met Pasen had ze de tafel feestelijk gedekt met paaseitjes en pluizige, gele kuikentjes en naamkaartjes. Het was jaren geleden, besefte ze met een schok, dat ze Pauls naam had geschreven.

En verborgen in de keuken, zodat hij er pas na de lunch om kon zeuren, stond haar paasei voor de kleine Josh. Ze kon niet wachten tot ze hem weer mocht knuffelen! Eigenlijk kon ze er amper bij dat ze kwamen. 'Komt ook wel goed uit,' mompelde ze toen ze had gebeld om het te checken. 'Ik heb je iets te vertellen.' Maar toen viel haar mobiel uit, en toen Karen had geprobeerd terug te bellen, gaf de toon aan dat er geen verbinding was.

Nu ging de bel! Eerst Doris met haar gebogen maar vastberaden loopje en haar gezicht dat zei: 'Dit kan nog interessant worden.' Ze liep regelrecht naar de tafel. 'Wil je eerst iets te drinken?' had ze gevraagd.

'Ik krijg liever te eten, liefje, als je het niet erg vindt. Dit is voor mij bijna theetijd. Ik lunch altijd om twaalf uur, niet om halftwee.'

Paul, die haar had gebracht, klonk verrassend verzoenend. 'Mam, daar hebben we het al over gehad. Je weet dat ik hier niet eerder kon zijn.'

Toen Adam. Adam die haar nog steeds niet wilde aankijken. 'Het spijt me, lieverd,' zei ze, terwijl ze hem in de hal terzijde probeerde te nemen. 'Het spijt me dat ik je niet heb verteld over Hayley. Ik wilde...'

En toen Hayley. Hayley die er bleek en dun maar beeldschoon uitzag, met kleine, mollige Josh in zijn buggy, die daar meteen uit wilde toen hij haar zag.

'Omie!' riep hij, terwijl hij op haar af rende.

O, lieve hemel, wat rook het heerlijk om haar kleinzoon in haar armen te houden, hem in te ademen, te weten dat ze, wat er verder ook in deze familie van haar zou gebeuren, altijd Josh hadden.

En nu zaten ze schouder aan schouder om de tafel. De kip was best goed gelukt, hoewel ze er niet van kon eten. Ze keek alleen maar naar Paul, die hongerig at maar tegelijkertijd tussen zijn happen door met Adam praatte. Ze vroeg zich af of ze het hen moest vertellen, en zo ja, wanneer.

'Dat was heerlijk,' zei Paul, toen ze de chocoladepudding, die altijd zijn lievelingstoetje was geweest, hadden weggewerkt. 'Maar nu denk ik dat we moeten praten, vind je niet?'

Er viel een stilte, op het geluid na van Doris die haar tanden op haar onderlip zette, wat ze altijd had gedaan sinds Karen haar kende. 'Jullie moeten het uitpraten.'

Adam maakte een laatdunkend geluid. 'Er is niets uit te praten. Ze heeft een a...'

'Adam!' Karen stond op. 'Laten we Josh zijn paasvideo geven, oké?'

Snel nam ze hem mee naar de voorkamer, net op tijd om Hayley te horen zeggen: 'Dat was het niet. Je begrijpt het niet.'

Juist. Diep ademhalen. Zeg het. Gewoon zeggen.

'Er is eigenlijk iets wat ik moet vertellen, wat jullie kan helpen het beter te begrijpen.'

Haar blik ontmoette die van Paul en hij knikte.

'Je vader en ik...'

Dat voelde raar.

'Je vader en ik, Adam, hebben samen besloten dat je iets moet weten. Iets wat we jou of jou, Doris, eigenlijk nooit wilden vertellen. Het spijt me als het een schok voor jullie is, maar oké.'

Weer een stilte. Doris keek lichtelijk zelfingenomen. Ze dacht, besefte Karen ineens, dat ze ervoor uit zouden komen dat ze nog steeds getrouwd waren. Niet dit.

'Ik heb ook een abortus gehad.'

'Wat?' Adam staarde haar aan. 'Wanneer?'

Lieve god. De uitdrukking op zijn gezicht deed haar, te laat, beseffen dat ze haar mond had moeten houden.

'Toen je twaalf was.' Tot haar opluchting viel Paul haar in de rede. 'Je moeder raakte zwanger – we hadden het na jou jarenlang geprobeerd – en we namen gewoon aan dat het te laat was en...'

Zijn stem stierf weg. Karen had bijna medelijden met hem. Nu moest ze hém helpen. Ze keek rond naar de geschrokken gezichten en nam het over. 'We hadden een probleem.' Ze slikte moeilijk en hield de blauwe steen in haar zak vast voor steun. 'We kregen te horen dat het kindje niet gezond was. Gehandicapt. Waarschijnlijk door mijn leeftijd. Ze konden niet zeggen hoe ernstig het was – zo goed waren de tests toen nog niet. En je vader en ik wilden het niet.'

Paul schudde zijn hoofd. 'Dat hadden we niet aangekund.' Hij keek smekend rond alsof hij op zoek was naar goedkeuring. 'We waren gesetteld. Een leuk huis, elk jaar met vakantie naar Spanje. We waren gelukkig met z'n drietjes.' Hij keek naar Karen en hij wendde zijn blik af. 'Een gehandicapt kind had dat allemaal op het spel gezet.'

De afschuw op Adams gezicht bezorgde haar braakneigingen. 'Maar mam, jij dacht er toch zeker niet zo over?'

'Nee.' Ze klemde het tafelkleed in haar hand en dacht aan de puzzelvrouw met de gehandicapte dochter, die haar zo van streek had gemaakt. 'Maar ik was bang. Voor wat het met ons allemaal zou doen als je vader... als je vader er niet mee om kon gaan. Dus ik heb me door hem laten overhalen tot een abortus. En daar heb ik altijd spijt van gehad, elke dag weer. Daarom kwam er een einde aan ons huwelijk. Omdat ik hem daarna niet meer om me heen kon verdragen. Net als ik mezelf niet meer kon verdragen.'

Ze huilde nu, en Hayley hield haar hand vast. Zelfs Doris' ogen stonden meelevend en niet beschuldigend. 'Je zei dat het was, omdat hij iemand anders had, liefje.'

'Dat kwam een paar maanden later.'

Ze zeiden het tegelijkertijd.

'Maar wat wil je nou eigenlijk zeggen?' Er lag een staalharde blik in Adams ogen. ‘Dat het, omdat jij een abortus hebt gehad, oké is dat mijn vrouw ons kind heeft laten weghalen, omdat ze het niet aankon?’

‘Nee... misschien... nou...’

‘Hou op!’ Hayleys stem was helder. Beverig maar helder. ‘Zo is het niet gegaan. Ik heb niemand willen vertellen wat er is gebeurd, maar nu moet ik wel. Doris heeft me dat doen inzien.’

‘Heb je met mijn oma gepraat?’

‘En waarom niet, Adam?’ Doris’ ogen schitterden. ‘Jij dacht toch zeker niet dat ik jou er een zootje van liet maken, net als je ouders? Tot die tijd ging het goed met ze. Laat haar uitspreken, jongen.’

‘Weet je nog dat je die avond weg moest naar een salesconferentie en dat ik naar het afscheidsfeest van de manager moest?’

Adam knikte.

‘Ik heb me door hem thuis laten brengen. Het was donker. IJskoud. En hij ging mijn kant op. Bovendien had ik wat gedronken.’

Karen kon nauwelijks ademhalen. Nee. Alsjeblieft niet.

‘Het was gebeurd voor ik er erg in had.’ Hayley huilde nu. Ze keek hen beurtelings aan alsof ze hen wilde dwingen kritiek te leveren. ‘Ik wist niet eens zeker of het wel was gebeurd. Ik probeerde nee te zeggen, maar zoals ik al zei, ik had wat gedronken. Te veel.’

Adam sprong op. ‘Ik maak de hufter af.’

‘Dat kan niet.’ Paul hield hem vast. ‘Ze was dronken, jongen. Dan heb je juridisch geen poot om op te staan.’

‘Dus je snapt!’ Nu was Hayley degene die opstond. ‘Toen ik ontdekte dat ik zwanger was, kon ik het niet houden.’

‘Maar hoe weet je dat het van hem was?’ Adam was overstuur. ‘Het had van mij kunnen zijn.’

Hayley knikte. ‘Ik weet het, maar dat risico kon ik niet nemen.’

Karen moest het vragen. ‘Maar die man, liefje. Die man met wie ik je zag eten. Was dat hem?’

Weer een knik. ‘Hij wilde me spreken. Zijn verontschuldigingen aanbieden.’

‘Meer kijken of je hem zou aangeven of niet.’

‘Hij heeft je het geld gegeven, hè?’ Adam keek alsof hij moest overgeven.

‘Nou, ik kon het jou niet vragen, toch?’

Dit was vreselijk! Veel erger dan wat ze zich had kunnen voorstellen.

‘Oké, iedereen. Hayley, ga zitten. Alsjeblieft. En jij ook, Adam. We gaan hier als een familie over praten. Net als we in de...’

Hij zweeg en keek Hayley aan.

‘Het is goed. Ik weet het. Doris heeft het me verteld.’

Er trok een glimlach om Pauls mond. Karen voelde zich nu iets beter.

'Echt, mam. Jij komt overal, toch? Ik zei al, we gaan dit als een familie bespreken, net als we in de gevangenis doen. Ik ben een luisteraar. Weet je dat? Dat is net als therapie, maar in dit geval zijn wij ook gevangenen die anderen helpen hun problemen te bespreken. Dat wil niet zeggen dat ik alles kan oplossen, maar ik kan helpen, zo'n beetje als je moeder andere mensen helpt met hun scheiding om te gaan. Gek, hè?'

Ze keken elkaar over de tafel aan, en ze kreeg weer dat vreemde gevoel. Wat was dat toch?

'Dus deze gaan we op tafel gooien.' Paul keek op zijn horloge en ze besefte met een schok dat het het horloge was dat zij voor hem had gekocht, al die jaren geleden, nog voordat Adam geboren was. 'Hoe lang duurt Thomas de Trein nog? Volgens mij nog een halfuur. We kunnen een begin maken, denk je niet? Bovendien ben ik bang dat ik nog iets aan jullie twee moet opbiechten, jongens.'

Hij stak zijn hand uit en pakte die van Karen. Zijn warme greep voelde verontrustend geruststellend aan. 'Kom, liefje. Het wordt zo ongeveer tijd dat we het ze vertellen, denk je niet?'

37

Ed

Nog een week, hadden de juristen hem tijdens de laatste vergadering gezegd. Hij had nog een week voordat hij – volgens de papieren die zijn vader had ondertekend – twintig procent van de aandelen van Smith en Pa moest inleveren.

Hij had zijn zorgen graag aan September toevertrouwd (hij had het idee dat ze het zou hebben begrepen) maar toen had die debiele Lizzie daar een eind aan gemaakt. Wat had haar het recht gegeven zich voor te doen als zijn vriendin? Ze was zijn type niet eens!

En nu deed September wat ze kon om maar niet met hem te hoeven praten. Natuurlijk viel hem 's morgens af en toe een koel en afstandelijk 'Goedemorgen' ten deel. Maar dat was het wel. Haar mobiel stond altijd uit als hij haar nummer probeerde, en hij had geen enkele reactie op het briefje gekregen dat hij laatst onder de computer had achtergelaten.

Maar nu had hij met Claire afgesproken en wie weet wat er zou gebeuren! De klank van haar naam gaf hem al vlinders in zijn buik. De eerste vrouw op wie hij ooit verliefd was geworden, als je zijn moeder en oppas niet meetelde. (Dat was een grapje, zei hij tegen zichzelf.) Het eerste meisje met wie hij... nou ja, je weet wel. Ze waren natuurlijk nog kinderen geweest. Als hij dacht aan het gefriemel achter de omheining van school, in de bosjes, schaamde hij zich. Zijn techniek was sindsdien met sprongen vooruitgegaan. Letterlijk.

Maar ze vonden het destijds niet erg, omdat ze allebei even onervaren waren. Het was juist heerlijk geweest. Heerlijker dan wat dan ook daarna, met hun zachte zoenen, zoals ze daar naderhand op het gras hadden gelegen en elkaar alleen maar hadden aangekeken.

'Je bent prachtig,' had hij ademloos gezegd, de aanblik van haar naakte borsten in het maanlicht indrinkend. 'Weet je, ik vind nooit meer iemand als jij. Nooit.'

Ze had toen gelachen. Een zachte, bijna treurige lach. 'Ik denk van wel, Ed. Maar het is lief van je om dat te zeggen.'

In sommige opzichten was het waar. Hij had echt niemand gevonden als zij, afgezien van September, die hem in veel opzichten aan een oudere Claire deed denken – of een Claire die hij zich had verbeeld. Dezelfde zachte, plagende lach. Dezelfde etherische schoonheid. Hetzelfde vermogen om hem te doorzien ook al probeerde hij zijn gevoelens verborgen te houden.

En nu zat hij hier, in een restaurant, op haar te wachten! Op Claire, welteverstaan, herinnerde hij zichzelf. Niet op September.

'Meneer Smith?'

De kelner stond naast hem.

Ze had afgezegd. Stik. Ze had gebeld om te zeggen dat ze niet kwam. Of misschien later kwam...

'Ik wilde alleen zeggen dat uw gast er is.'

Dank u, god. Dank u!'

'Kunt u haar zeggen dat ik hier zit?'

De kelner bleef staan treuzelen. 'Ik dacht dat u haar misschien tegemoet zou willen lopen. Gezien haar...'

Zijn woorden ebden weg. Net als het bloed, dat Ed uit zich voelde wegebben. Daar was Claire. En hij had gelijk gehad. Op het eerste gezicht was ze ook niet veranderd. Ze was net zo mooi als toen, met die albasten huid en dat fijne roodgouden haar en die heerlijke, zachte glimlach met dat plagerige plooitje in haar mondhoek. Voor zover hij kon zien, was ze nog steeds slank en droeg ze een prachtige, groene rok in de kleur van haar ogen.

Precies hetzelfde.

Maar dan ouder.

En in een rolstoel.

'Ed!'

Ze reikte naar hem vanuit haar stoel omhoog en greep zijn handen. 'Sorry dat ik wat later ben.'

Hij probeerde iets te zeggen maar de woorden wilden niet komen.

'Ik wilde het je niet vertellen.' Ze keek op haar benen neer, die in een vreemde hoek gedraaid waren. Pas toen zag hij dat haar linkerhand nog op haar schoot lag, ook in een vreemde hoek. 'Mensen krijgen soms het verkeerde idee. En dat wilde ik bij jou niet.'

Hij probeerde nog steeds iets te zeggen.

'Mag ik hier zitten?'

Ze begon tegen de wielen van haar stoel te duwen, naar de plaats tegenover hem, maar onmiddellijk verscheen de kelner weer met twee anderen, die bijna vochten om haar te helpen.

'Zeg in vredesnaam iets, Ed. Het is MS, geen lepra. Het is niet besmettelijk.'

'Het spijt me.'

Het kwam er als gepiep uit.

'Nou, dat hoeft niet. Ik kan medelijden niet uitstaan.'

'Wanneer is het begonnen...'

'Ongeveer vijf jaar na ons.' Ze haalde haar schouders op. 'Ik zal je niet met de details vervelen. Ik wil je alleen uitleggen waarom ik contact met je heb gezocht.'

'Ben je getrouwd?'

Weer een klaterlach. 'Nog steeds dezelfde, Ed. Recht op de man af. Getrouwd geweest, ja, maar hij kon het niet meer aan toen het ernstiger werd. Dat gebeurt vaak.'

Ze zat nu aan tafel. Anderen zouden nu denken dat ze 'normaal' was. Nee, dat was verkeerd. Gezond. Nee, dat klonk ook niet goed.

'En jij? Ben jij getrouwd?'

'Nee.'

Ze keek hem sluw aan vanonder haar prachtige wimpers. 'Maar wel geweest, hè Ed? Drie keer, als ik me goed heb laten informeren.'

Dus ze had hem nagetrokken!

'Dat klopt!' Ze had zijn gedachten altijd al kunnen lezen. 'En dat is meer dan jij hebt kunnen doen. Die privédetectives van je stellen weinig voor, als ik het mag zeggen!'

Wat?

'Serieus, Ed, ik moet je iets vertellen.'

Ze keek hem nu recht aan. Die groene ogen zogen hem op, zoals ze al die jaren geleden in het maanlicht ook hadden gedaan.

'Weet je nog, die nacht?'

Hij knikte. Het waren er meer dan één geweest, als hij zich goed herinnerde.

'Ik weet dat het er meer dan één waren, maar ik heb het over die eerste keer. Die keer dat we niet van plan waren te... je weet wel.'

O, ja, dat wist hij nog! Hij kon zijn huid nog tegen de hare voelen; zijn mond op de hare...

'Ik was zwanger.'

Zwanger. Zwanger. Dat kon niet. Dat had hij geweten.

'Ik heb het je niet verteld, hoewel mijn ouders je wel konden villen. Ik was zeventien, Ed. Zeventien! Nog op de middelbare school. Dus ze hebben je vader gebeld.'

Pa?

'Hij wilde het je niet zeggen voor het geval je erop zou staan met me te trouwen. Je zou je toekomst verpesten, zo drukte hij het uit, geloof ik. Dus mijn ouders en jouw vader hebben een overeenkomst gesloten.'

Alles viel nu op zijn plek...

'Mijn zoon – onze zoon – zou twintig procent van je onderneming erven wanneer hij eenentwintig werd.'

Lieve help! Betekende dat dat die lange, nogal knappe, zelfingenomen schurk van een vent...

'Je zoon!' Ze glimlachte. Dezelfde heerlijke lach en hetzelfde zachte, Schotse accent – net als dat van die tengere vent – waar al die tijd geleden zijn hart, en nog veel meer, door was gesmolten. 'Dat klopt. Maar maak je geen zorgen. Giles en ik willen het niet.'

Willen het niet?

'We willen je geld niet. We wilden alleen weten hoe je zou reageren, meer niet.'

Reageren?

'Doe eens niet zo onbenullig, Ed. Alsjeblieft. Ik had je slimmer ingeschat. Giles en ik redden het prima met z'n tweeën. We hebben zelfs ons eigen bedrijf. We ontwerpen handtassen. Maar ik moet zeggen dat ik nieuwsgierig was. Ik wilde weten of je het juiste zou doen.'

'Dat kon ik toch niet?' Eindelijk kon hij zijn eigen stem horen. 'Ik wist niet dat dat joch mijn zoon was! Als ik het had geweten, dan had ik...'

'Wat had je dan gedaan?' Haar groene ogen werden serieus. Ze peilden hem. 'Volgens mij weet je niet wat je zou hebben gedaan, Ed. Maar ik weet wel dat het genoeg is geweest. Je bedrijf is veilig. Ik wilde alleen dat je Giles zou ontmoeten. Zien of je een soort band met hem kon opbouwen.'

Het leek alsof ze zich wilde omdraaien. Onmiddellijk stond er een kelner naast haar, kwijlend, bijna. 'Kan ik iets voor u doen, mevrouw?'

Ze glimlachte, duidelijk gewend aan dergelijke aandacht, en niet omdat ze in een rolstoel zat.

'Dank je. Zou je nu mijn zoon kunnen zeggen dat hij binnen kan komen?'

❋

Hij moest gek geweest zijn dat hij het niet eerder had gezien. Toen hij de lange, tengere jonge man met de lange, weerbarstige lok haar (van hem) en de groene ogen (van Claire) zag, besefte Ed dat hij een combinatie van hen allemaal was, inclusief het joch. Stik, ze moesten ongeveer even oud zijn, en dat betekende dat hij een zoon had die even oud was als zijn halfbroer.

Hij had natuurlijk over dit soort dingen gelezen, in het mannentijdschrift *GQ* en andere bladen die hij weleens las. Kinderen die achttien jaar na de spermabank ineens voor je deur stonden. Vrouwen die beweerden dat hun kinderen het nageslacht waren van een of andere arme donder die zich niet eens kon herinneren dat ze hen op een drankje hadden getrakteerd, laat staan dat ze nog meer met hen hadden gedaan.

Maar bij Giles kon je er niet omheen. Hij was duidelijk een Smith. Waarom had zijn vader het hem niet verteld? Al die onzin over het niet willen verpesten van zijn jeugd. Hij had met Claire kunnen trouwen, ze hadden hun zoon kunnen opvoeden en...

'Het spijt me als je ervan bent geschrokken.' Giles' beleefde stem bereikte hem als door water. De jongen – man? – schudde hem de hand alsof hij op sollicitatiegesprek kwam. 'Ik hoop dat mijn moeder heeft gezegd dat we eigenlijk niets willen hebben. De vorige keer dat we elkaar zagen, voelde ik me vreselijk schuldig.'

Was dit een grap? Was een kind dat alleen door zijn moeder was opgevoed niet kwaad op de vent die haar zwanger had gemaakt en haar toekomst had verknald?

'Ik ben degene die zich moet verontschuldigen.'

Hij keek de knul aan. Jee, met die neus leek hij ook nog op zijn ouweheer. 'Als ik het had geweten – als mijn vader het me had verteld – was het misschien anders geweest.'

Claire maakte een grappig geluidje dat hem naar een verleden bracht waarin ze haar gegiechel in de bosjes had ingehouden zodat niemand hen kon horen. 'Kom op, Ed,' zei ze met die hypnotiserende, fluwelen stem die de mensen aan de tafel ernaast zich deden omdraaien alsof ze dachten dat ze misschien een beroemdheid was. Nu hij erbij stilstond leek ze wel wat op een jonge versie van Jane Asher. 'Wat zou je dan precies gedaan hebben? Met me trouwen, Giles opvoeden en vadertje en moedertje spelen?'

Ja, ja, ja!

'Ik denk het niet.' Haar groene ogen glinsterden zonder ook maar de minste kritiek, en ze nam intussen met haar rechterhand een hap van haar salade. De linker lag akelig verkrampt op haar schoot. 'We waren allebei te jong. Je was binnen een jaar bij ons weggegaan.'

'Misschien niet.' Hij aarzelde. 'Als ik een zoon had gehad – als ik geweten had dat ik een zoon had – dan had ik mijn plicht gedaan.'

Er verschenen rimpels in Giles' voorhoofd, zoals vroeger bij zijn vader. 'Daarom heeft mijn moeder het je niet eerder verteld. We wilden geen verplichting voor iemand zijn. Mijn moeder en ik hebben het altijd prima gered. Heeft ze al verteld over haar bedrijf?'

'Ze zei iets over handtassen...'

'Vorig jaar stonden we zelfs in de top vijftig van rijkste mensen.' Giles ging achterover zitten en glimlachte niet meer. Jezus, hij had het echt verknald met die verplichtingen, hè? 'Dus we willen niets van je hebben. In feite denk ik dat we, na wat je net hebt gezegd, ook geen emoties van je willen hebben.'

'Ga niet weg!'

Voor hij het wist was Ed opgesprongen en hield hij Giles' zwarte T-shirt vast.

'Laat los!'

'Toe nou, jongens!' Claire keek geamuseerd. Voldaan zelfs.

'Dat jullie ruzie maken om mij is wel het laatste wat ik wil.'

‘Ruzie maken? Ruzie maken om een vrouw? Waarom klinkt dat bekend?’

Ze keken allemaal op. Krijg nou wat! De eerste gedachte die bij Ed opkwam was dat September Claires zus kon zijn met die kastanjebruine lokken. De tweede was wat ze daar in vredesnaam deed.

‘Je secretaresse zei dat ik je hier kon vinden.’

Ze sprak zacht en keek naar een plek net boven zijn hoofd, alsof iemand haar dwong te praten maar haar niet kon dwingen hem aan te kijken. ‘Ze sms’t je de hele tijd maar je reageerde niet. Er is op kantoor een probleem waar je je over moet buigen.’

Ze liet haar blik over Claire en Giles gaan. ‘Het spijt me dat ik je lunch verstoor.’

‘Geeft niet, hoor!’ Claire stak haar hand uit naar September. ‘Leuk je te ontmoeten. Ik ben trouwens Claire en dit is Giles.’ Ze keek hem uitdagend aan. ‘Onze zoon.’

‘Zoon?’ September herhaalde het woord alsof het in haar mond brandde. ‘Zoon? Weer zoiets dat je me niet hebt verteld, hè Ed? Als ik me goed herinner heb jij geloof ik gezegd dat je wanhopig naar een gezin verlangde. Het ziet ernaar uit dat je dat al had. Ik laat jullie alleen.’

Ik heb gebeld.
Haar telefoonnummer stond in zijn adresboek.
Stel je voor!
Zo simpel is het.
Ik heb haar alles verteld.
Ook mijn eigen situatie.
Toen werd ze heel stil.
Ik heb als eerste neergelegd.
Alsjeblieft niet meer praten. Ik wil er niet meer over praten.

Sessie negen
En nu?

We zijn nu acht maanden (!) bezig dus deze bijeenkomst is bedoeld om te zien waar we nu heen willen.

Wat wil je dat we nu doen?

38

Lizzie

Ze had Tom sinds de vorige bijeenkomst niet meer gezien. 'Misschien was het wel goed,' had Alison gezegd toen ze Lizzie belde om haar te bedanken dat ze met z'n allen bij haar mochten komen. 'Misschien denkt hij nu na over wat hij kwijt is geraakt.'

Haar stem kreeg een bijna meisjesachtige klank. 'En ik ben een paar keer met iemand uit geweest.'

Echt waar? Alison was jaren getrouwd geweest – vijfentwintig jaar, toch? Hoe kon ze zo snel al iemand anders hebben? Tom en Lizzie hadden bijna hun dertiende trouwdag gevierd en ze kon zich niet voorstellen met iemand anders. Hoe kon ze het bed, een aanrecht of de ontbijttafel met iemand delen die haar bevallingen niet met haar had doorgemaakt? Die niet met haar het eerste huis had gekocht? Die niet had geholpen al die fotoalbums van het gezin samen te stellen?

Ze kon Sharon wel villen. Weg met dat mens. Maar ze zou niet winnen. Dat zou ze niet toestaan. Net als ze ook niet zou toestaan dat haar ouders hun leven zouden verknallen. Belachelijk! Waar dachten ze dat ze mee bezig waren met dat puberale gedrag? Iemand zou ze eens bij hun positieven moeten brengen en er waren maar twee mensen van wie ze wist dat die ertoe in staat waren. Maar goed dat het nog steeds paasvakantie was.

*

'Sophie?'

Geen reactie.

'Sophie!'

Deze keer was het geen vraag, maar dat maakte niet uit. Niet als *Big Brother* aan stond. Soms had ze het idee dat de tv een betonnen muur optrok tussen haar mond en de oren van haar kinderen.

'Sophie?!'

'Tisser?'

'Daar moet "wa" voor. Ik heb een projectje voor je.'

Haar dochter, die de eerste vierenhalve minuut dat ze thuis was engelachtig lief was geweest, keek haar nu met een 'wat nou weer?'-gezicht aan.

Waarom, dacht Lizzie, had ze altijd het gevoel dat ze zich aan haar kinderen moest verontschuldigen?

'Ik wil graag dat je iets voor me doet.'

Fout. Elke hint dat ze haar moesten helpen zorgde er gegarandeerd voor dat hun blik weer naar de tv werd gedraaid. Die van Jack was niet er eens vanaf geweest.

'Het heeft met Facebook te maken.'

Een sprankje belangstelling.

'Ik wil dat je me laat zien hoe je iets op oma's Facebook-pagina zet.'

'Hoezo?'

'Dat kan ik niet zeggen. Het is een soort geheimpje maar ik zal je betalen.'

'Hoeveel?'

'Twee keer je zakgeld.'

'Zoveel als jij me geeft of papa?'

Ze had niet geweten dat ze allebei zakgeld gaven.

'Wie het meeste geeft.'

Nu had ze de aandacht. Of kwam dat door het reclameblok?

'Mag ik dan ook naar Ellies slaapfeestje?'

Gaf Ellie een slaapfeestje? Perfect. Maar niet te enthousiast kijken. Dat kon verdacht overkomen. 'Misschien. Maar alleen als je iets voor me doet als je daar bent.'

'Tan?'

Lizzie kwam overeind. 'Dat vertel ik je later nog. Laat me nu maar zien hoe Facebook werkt, oké? Je weet oma's wachtwoord toch?'

*

De deurbel ging veel eerder dan ze had verwacht. Wauw! Had ze dit spul maar gehad toen ze tiener was. Lizzie ging in gedachten terug naar de tijd dat ze zo oud was als Sophie nu en avond aan avond op haar bed het nieuwste nummer van *Jackie* had zitten lezen en zich had afgevraagd of iemand haar ooit mee uit zou vragen.

Nu konden ze verliefd worden of het uitmaken door gewoon hun laptop aan te zetten.

'Lizzie! Goddank ben je thuis!'

Als ze haar niet had verwacht, had ze haar moeder nauwelijks herkend. Maar toch was het effect erger dan ze had verwacht. Uitgelopen mascara op haar wangen (dat zou haar wel afleren op haar leeftijd weer make-up te gaan gebruiken!) en een gekwelde uitdrukking op haar gezicht, terwijl ze haar mobiel vastklemde. Ongetwijfeld had die akelige man gebeld.

'George heeft het uitgemaakt.'

'Kom binnen.' Snel trok Lizzie haar moeder naar binnen, de keuken in, voordat de buren het zagen. 'Wat is er precies gebeurd?'

'Er is iets heel raars met mijn Facebook-pagina gebeurd. Kennelijk staat er dat ik single ben en beschikbaar ben. Dus George is woedend – daarom heeft ie het uitgemaakt – en je vader ook.'

'Natuurlijk is hij woedend. Je bent niet single en beschikbaar, mam. Je bent met papa getrouwd.'

'Nee, je begrijpt het niet. Je vader is woedend omdat iemand ook op zijn Facebook-pagina single en beschikbaar heeft gezet! Dus Marjorie wil niet meer met hem naar de bingo. Dat is toch te gek voor woorden? Ze heeft me gebeld en gezegd dat hij haar had verteld dat wij een "open relatie" hadden, dus ze had niet gedacht dat ze er verkeerd aan deed als ze met hem uitging, niet dat er iets is gebeurd natuurlijk. Maar nu voelde ze zich vernederd door wat er op zijn Facebook-pagina staat.'

Te weinig informatie.

'Hoe weet je dat er niets tussen hen is gebeurd?'

'Lieverd, natuurlijk is er niets gebeurd. Je vader is al jaren niet meer tot dat soort dingen in staat. Dat was voor een deel het probleem ook. Daarom had ik George nodig. Een vrouw heeft ook behoeften, en als iedereen het weet...'

Te véél informatie.

'Maar hoe zit het met papa en jou?'

'Hij zegt dat hij een poosje weg moet om na te denken. Ik zei dat ik dat ook wilde. Dus hier ben ik dan. Mijn koffer ligt in de auto. Kan een van de kinderen hem naar binnen halen, denk je? Ik moet echt iets te drinken hebben.'

*

Alles kwam tegelijk! Haar moeder in de logeerkamer. Haar vader nam zijn mobiel niet op. Tom nam ook niet op. En nu had ze Max aan de lijn. Zodra ze zijn stem hoorde, wist Lizzie dat er iets aan de hand was. Niemand telefoneerde nog, en de hoofdredacteur al helemaal niet, tenzij het extreem dringend was. Je werd tegenwoordig zelfs per sms ontslagen.

'Lizzie?' klonk Max' stem snorrend door de lijn. 'Ik hoop niet dat ik stoor?'

Shit. Dit was eng. Max dacht nooit aan andere mensen dan zichzelf. En het was ook niet bepaald bevorderlijk dat Jack wat vriendjes te spelen had.

Haastig slikte ze haar koekje door. 'Nee, hoor.'

'Zeker weten? Weet je zeker dat je geen feestje hebt daar?'

Lizzie wurmde zich langs een groep jongens die door haar hal skateboardden en sloot zich beneden op de in wc. 'Ik had een soort bijeenkomst maar ik kon er even tussenuit knijpen.'

'Mooi. Luister. Ik ben bang dat we afscheid hebben moeten nemen van Kelly. Je weet hoe dat gaat, bezuinigingen en zo. Maar we willen dat jij nu de problemenrubriek gaat doen.'

'Ik?'

'Zeker weten, schat.'

Ze kon hem bijna zijn haar over een schouder horen gooien; was het hare maar zo glanzend. 'Jij wordt de nieuwe Life Counselor van *Charisma.* Jij, schat, wordt het gezicht van het normale leven. Een getrouwde vrouw met twee kinderen. Een zeldzaamheid tegenwoordig, vind je niet? Maar de tijden veranderen. Onze lezers willen terug naar traditionele normen en waarden. Ze hebben genoeg van ongetrouwde moeders. Ze willen het soort goede raad dat hun moeder hun vroeger gaf.'

'Ik weet niet of...'

'Schat, de laatste die die vier woordjes heeft uitgesproken, werd ontslagen. Natuurlijk kan ik je geen hoger salaris geven, maar je houdt in elk geval je baan, en dat was vorige week nog zo zeker niet.'

O?

'De cijfers zijn niet geweldig, schat. Lees jij niets?' Weer een gorgelend, rokerig gegrinnik. 'Als we je dan moeten ontslaan, Lizzie, dan moet ik het hele blad zelf schrijven. Grapje.'

Was dat echt een grapje? Op dat moment kreeg ze een ingeving. 'Max, als we hier een succes van willen maken, doen we het als volgt...'

Hij luisterde ruim vijfendertig seconden – ongewoon lang voor Max – voordat hij haar in de rede viel. 'Ik kan je nog steeds niets extra's betalen.'

'Maar dat hoeft ook niet. Geloof me maar. Ze doet het voor niets.'

Max knikte. 'Prima. Trouwens, ik vind je haar leuk zitten, Lizzie. Minder streng, als je snapt wat ik bedoel. Extensions, neem ik aan?' Ze zag hem in gedachten een hand naar zijn eigen kapsel brengen. 'Ik heb ze zelf ook. Maar dat blijft onder ons, oké?'

*

Ze had afgesproken dat ze Sophie de volgende ochtend buiten het huis na Eleanors slaapfeestje zou treffen. Ondanks haar IETS GEVNDN?-sms'jes, had ze geen piepje van haar dochter gehoord. Daar stond ze nu, buiten Sharons bescheiden rijtjeshuis, doodsbang dat Tom naar buiten zou komen, maar tegelijkertijd verlangend hem te zien.

Hoe kon hij nu elke avond naar het huis van deze vrouw gaan in plaats van naar zijn eigen huis? Miste hij hen niet? Hij had die avond wel zoiets gezegd, maar sindsdien had hij niet op haar berichten gereageerd.

Daar was ze! Ze liep het pad af en zag er eerder uit als vijftien in plaats van twaalf. Waar haalde ze het zelfvertrouwen vandaan? En waarom had ze make-up op?

Haar dochter liet zich op de voorstoel glijden. 'Niet door het lint gaan. Het gaat er wel weer af.'

Lizzie gaf haar een kus en merkte opgelucht dat ze zich niet afwendde. 'Ik ga niet door het lint. Het staat je goed.'

'Echt? Sharon zei dat je uit je dak zou gaan.'

'Hoezo?'

'Ze zei dat je altijd vond dat haar tatoeages voor plebs waren.'

'Tatoeages?'

Sophie trok de mouw van haar T-shirt omhoog. 'Ik heb WERELDVREDE maar ze hebben het verkeerd gespeld.'

Wereldvrete?

'Ik zei al, het gaat er wel weer van af. Maar het kan wel een paar dagen duren.'

Niet door het lint gaan. Niet door het lint gaan.

'Wat vond papa ervan?'

'Die was er niet.'

'Watte?'

'Watten koop je bij de drogist, mam. Ik zei dat hij er niet was. Hij sms'te me. Zegt dat hij een paar dagen van huis is.'

'Waarheen?'

'Weet ik niet. Ik heb het al eens gezegd mam. Geen vragen meer over wat papa allemaal doet. Dat is niet eerlijk.'

Dat wist ze. Maar hoe moest ze anders iets te weten komen?

'En wat heb je ontdekt?'

Sophie deed haar tas open. 'Is dit wat je wilde hebben?'

Super! Sharons zwangerschapskaart! Snel keek ze de data door. Datum van laatste menstruaties. Ze wist het! Ze wist het gewoon!

'Waarom lach je, mam?'

Omdat Tom Sharon onmogelijk zwanger kon hebben gemaakt. Ze deden het toen nog niet. Ze gingen de maand erna pas met elkaar. Dus dat betekende dat iemand anders de vader moest zijn. Ze hoefde dit alleen maar aan Tom te laten zien en dan konden ze opnieuw beginnen. Ze konden naar Schotland verhuizen of naar Milton Keynes, waar niemand hen kende.

'Ik heb ook dit.'

Sophie haalde iets glanzends en metaalachtigs uit haar tas.

'Wat is dat in vredesnaam?'

'Een konijn, mam. Jeetje. Weet je helemaal niets? Je moet hem elke avond eten geven. Dat doet Sharon. Dat heeft ze gezegd. Mogen wij er ook een? Je weet wel, in plaats van een shitzoen?'

*

'E-mail hem.'

Haar moeder keek haar streng over de tafel aan, vanachter de laptop tegenover Lizzie, waar ze zelf zat te werken.

'E-mail?'

'Je bent toch niet doof, liefje. Dan heeft hij tijd om na te denken. Als je hem aan de telefoon hebt, wil hij je misschien wel helemaal niet zien.'

Echt, hoor! Haar moeder was nog maar een week bezig met hun 'Zo moeder, zo dochter'-probleemrubriek: de column met ouderwetse antwoorden voor moderne tijden, maar ze kreeg het al echt in de vingers. Misschien had haar moeder gelijk.

ZIN OM TE KOMEN ETEN? OP DE 12E. KIDS WILLEN JE OOK GRAAG ZIEN.

Hij zou zich toch zeker wel herinneren dat de twaalfde hun trouwdag was? En dat hij daardoor nee zou zeggen of...

Piep, piep.

'Hij heeft al gereageerd.'

'Tuurlijk heeft ie dat.' Haar moeder nam een slok water. 'Hij heeft gewacht tot jij de eerste stap zette. Net je vader. Niet dat ik hem die bevrediging ga geven, natuurlijk. Toe dan. Wat heeft hij gezegd?'

'Hij komt. Maar hij gaat ergens een tafel boeken zodat we kunnen praten.'

Haar moeder snoof. 'Niet zulk goed nieuws. Dat zou kunnen betekenen dat hij geen scène wil, als hij zegt dat het voorbij is.'

'Bedankt, mam. Voordat je me goede raad geeft, kun je je misschien beter eerst over je eigen huwelijk ontfermen.'

Haar moeder lachte het kleinemeisjeslachje dat ze sinds George had gecultiveerd. 'Doe ik ook, lieverd. Maak je daar maar geen zorgen om.'

'Wat ga je dan doen?'

'Dat zul je wel zien, lieverd. Dat zul je wel zien.'

'Heb je enig idee waar papa is?'

'Natuurlijk wel. Hij zit waar hij meestal zit.'

Waar hij meestal zit?

Haar moeders ogen twinkelden. 'In de schuur. Ik zet iets te eten bij de deur neer, drie keer per dag. Het is net de vogeltjes voeren, maar dan goedkoper. Hij komt wel naar buiten als hij er klaar voor is. Zelfs je vader wil weleens douchen. Nou, als je mijn advies wilt hebben over Tom en die zwangerschapskaart die je van Sharon hebt gepikt, dan zou ik het zo aanpakken...'

39

Alison

'Hoi, met mij.'

De stem van haar zus schalde door de carkit toen ze net de snelweg op reed. Wat was dat toch met Caroline en haar dat ze elkaar altijd op de meest ongelegen momenten belden?

'Ik dacht ik laat je even weten dat de menopauzemensen ons stuk wel goed vonden.'

Ons stuk?

'Zelfs dat over de penopauze.'

Was dat Carolines manier om sorry te zeggen? Ze was eerst niet zo zeker geweest over Alisons grapje, maar had het er tegen haar zin in laten staan.

'Dus ik heb je nog iets gestuurd. Moet het vanavond hebben, oké?'

Kijk uit voor die vrachtwagen die zo uitzwenkt! 'Ik zal het proberen, maar ik ga nu wel ergens heen.'

'Weer die Hugh? Loop je niet wat te hard van stapel?'

En waarom niet? Had haar man niet hetzelfde gedaan?

'Eigenlijk ga ik David opzoeken. Hij woont kennelijk in een krot.'

'Een krot?'

Ze genoot hier bijna van!

'Maak je geen zorgen, we hebben in een café in Camden afgesproken.'

Caroline snoof. 'Nooit van gehoord. Waarschijnlijk zo'n sojatent. Je had toch gezegd dat hij vegetariër was geworden? Nou, wat je ook doet, neem hem niet terug!'

*

Er was iets bovenmatig bespottelijks, zei Alison tegen zichzelf terwijl ze haar auto parkeerde, aan het feit dat ze zenuwachtig was omdat ze had afgesproken met haar eigen man.

Maar hij was haar man niet. Niet echt. Niet meer. David, de David die ze had gekend met zijn pak en wekker die om halfzeven 's morgens ging zodat zij kon opstaan en zijn brood kon maken voor op zijn werk, was verdwenen. En ze wist niet wie ze ervoor in de plaats zou ontmoeten.

Ze voelde een onverhoeds verlangen zich naar huis te reppen, naar haar warme Aga, en Sam te knuffelen, een cake voor Jules te maken en misschien rustig met Hugh te dineren.

Te laat. Ze was er al.

'Alison!'

Een lange, dunne man met een donkere baard en een bos blond – blond? – haar stond op van een tafeltje bij de deur. Hij droeg een spijkerbroek met hippe gaten erin, een T-shirt met de tekst IK BEN EIGENLIJK 25 – DE RIMPELS STAAN VOOR ERVARING en een paar witte sportschoenen. Dat was David inderdaad. Maar niet de David die in september het huis had verlaten. Het was de man die ze al die jaren geleden had leren kennen, toen zijn haar lichter was geweest en hij een spijkerbroek had gedragen in plaats van een pak. Alleen de lijnen in zijn gezicht getuigden van het verstrijken van de tijd.

'David,' wist ze uit te brengen. En toen zweeg ze, omdat hij zich naar haar toe boog. Hij gaat me zoenen, dacht ze. O, god, hij gaat me zoenen.

Ze voelde zijn mond, warm en zacht, op haar wang.

'Kom, ga zitten.'

En ze liep met hem mee met een vreemde onrust die voortkwam uit de vraag of ze nu opgelucht of teleurgesteld was over de kus.

Hij leunde achterover, trapte zijn schoenen uit – ze voelde ze onder de tafel neer ploffen – en glimlachte naar de serveerster met het gemak van iemand die vaste klant was. 'Het vaste recept, alsjeblieft, Lisa.' Hij glimlachte naar haar. 'Bietenthee. Wil je het proberen?'

Ze knikte zonder iets te zeggen en was onthutst door deze ontspannen David die zo kon doorgaan voor een volwassen student. Hij knikte goedkeurend, interpreteerde haar zwijgen ten onrechte als instemming. 'Voor mijn gast graag hetzelfde.'

Gast? Gast?

'En,' zei hij, terwijl hij zich voorover boog zodat ze een gat in het T-shirt onder zijn geel met groen gestreepte trui kon zien. 'Hoe is het nou met je?' Zijn ogen namen haar van top tot teen op. 'Je ziet er geweldig uit.'

Dat kon ze van hem niet zeggen! Gat in T-shirt? Gele en groene strepen? 'Hoe is het nou met je?'

'Hoe het nou met me is?' herhaalde ze. 'In godsnaam, David, hoe denk je dat het met me is? Mijn man gaat na dertig jaar bij me weg; gaat met een of andere vrouw naar Zuid-Afrika en Goa en slaat z'n kamp op in Camden, loopt in een gescheurde spijkerbroek en laat de kinderen en de hypotheek aan mij over, en dan moet ik ook nog accepteren dat ik alleen ben. En jij vraagt hoe het met me gaat?'

'Zo is het niet.' Heel even kon ze de oude David in zijn ogen zien opleven. 'We proberen de wereld te redden door de naam van Vrede te verspreiden.'

Vrede? We?

'Bovendien heb je het mis. Primrose is mijn vriendin niet, hoewel ik het weet van Sam. Doe maar niet alsof, Alison.'

Oké. Dat zou ze niet doen. Sam! Ze zou hem gewoon in de waan laten dat ze iemand had.

Hij fronste alsof hij moeite had duidelijk te spreken. 'Primrose is mijn spiritueel leidster. Zij is degene die me liet kennismaken met dit alles. En om je voor te zijn, we zijn geen wedergeboren christenen. Of leden van een of andere vreemde groep, zoals Jules kennelijk denkt. We hebben geen naam maar we geloven wel in het delen van geluk en in niet drinken of vloeken.'

Zijn gezicht gloeide. 'Het is fantastisch, Alison. Weet je, ik mediteer elke twintig minuten.' Hij wierp een blik op zijn horloge. 'Ik heb nog maar een paar minuten.'

'Maar waar leef je dan van? Waar komt het geld vandaan?'

'We pluizen de afvalbakken van supermarkten uit. En we draaien allemaal beneden een dienst om mee te betalen aan de huur.'

Hij hield haar zeker voor de gek. Maar David hield niemand voor de gek, hoewel, nu ze erbij stilstond, hij in het begin weleens een grap had uitgehaald. Maar die kant was verdwenen voor ze er erg in had, vooral omdat er toen zoveel gebeurde. Kinderen, genoeg geld verdienen voor de hypotheek.

'Dat was het hem nou juist!' Hij gloeide weer, alsof hij haar gedachten las. 'Ik werkte elk uur van mijn leven. Ik hield maar niet op. Weet je weet hoe uitgeput ik was? Ik kon niet denken. Had amper tijd om adem te halen met al die e-mails die om de paar seconden mijn inbox in buitelden. En dan dat tijd schrijven!' Hij maakte een extravagant gebaar in de lucht. 'We moesten elke minuut verantwoorden, elke seconde. En als we te lang op de wc zaten, werden we op het matje geroepen. Ik heb geprobeerd het je te vertellen, maar je luisterde niet.'

Ze voelde een woede opborrelen die op het punt stond uit te barsten. 'Dat kwam doordat ik het druk had met de kinderen. Jij was er niet, jij was op je werk. David – David, luister je wel?'

Maar hij had zijn ogen dicht gedaan en wiegde neuriënd naar voren en naar achteren. Om hen heen deden nog een paar mensen hetzelfde, zag ze. Een vrouw met oranje stekelhaar en een regenboogbroek. Een kale man met een gouden ringetje in zijn linkeroorlel en een Chinees uitziende tattoo op zijn blote linkerbeen.

'Ze mediteren,' fluisterde de serveerster in het voorbijgaan. Ze trok een wenkbrauw op, alsof ook zij het idioot vond.

Alison duwde de stoel achteruit en stond op. 'Oké. Ik heb het wel gezien hier.'

Zijn ogen gingen open. 'Ga niet weg. Ik wil je iets laten zien. Deze kant op.'

Voor ze het wist trok hij haar achter in het café een trap op, een gammele, bruine deur door, een kamer in met paars gestreepte lakens bij wijze van gordijnen voor de ramen en dekbedden in stapels langs de muren van een muf ruikende kamer.

'Hier wonen we!' Hij straalde weer. 'Geweldig, hè?'

Sprakeloos keek ze rond. Op het aanrecht slingerden vier tandenborstels en ernaast stond een stapel vuile borden die eruitzagen alsof ze er al weken stonden. David was het soort man geweest dat afwaste wat zij had afgewassen, omdat haar normen niet voldeden aan de zijne. En dan de ramen! Ze waren niet gewoon kapot; waar ooit glas had gezeten, staken nu scherven uit de sponningen.

Caroline had gelijk! David was min of meer doorgedraaid. Ze raakte zijn arm zacht aan. 'Kom alsjeblieft naar huis. We kunnen naar een dokter gaan en...'

Onmiddellijk rukte hij zich van haar los, alsof ze hem een elektrische schok had gegeven. 'Ik wil niet naar een dokter. Ik mankeer niets. Nu niet. Ga alsjeblieft weg.'

Hij deed de deur open en even was ze bang dat hij haar de trap af zou duwen in zijn haast van haar af te zijn. 'Maar David...'

'Ga nu. Ik schrijf je wel over het huis.'

Het huis?'

'We moeten het huis natuurlijk verkopen. Ik moet mijn aandeel aan de groep betalen. Dat doen we allemaal.'

'Maar je had toch gezegd dat ik daar kon blijven...'

Hij stak zijn handen op alsof hij haar wegwuifde. 'Rustig maar, Alison. Ik zei toch dat ik je erover zou schrijven? Ga nu maar. Ga wég.'

Angstig tuimelde ze bijna de trap af en daarbij passeerde ze een intens bleek, dun meisje met een zwarte legging en een korte tuniekjurk aan. 'Primrose?' vroeg ze verwonderd.

De vrouw knikte. Ze had een fijne lichaamsbouw; zo'n type waarbij de wangen uit ivoor lijken te zijn gevormd. Mooier dan ze zich van het zakendiner herinnerde. 'Hoi. Ik wist niet zeker of je je mij zou herinneren. Dave zei al dat je zou komen.'

Dave?

'Hij heeft het je toch verteld?'

'Wat verteld?'

'Dat we gewoon vrienden zijn. Verder niets. Zodra ik David zag wist ik dat hij gered moest worden. En hij ziet er nu veel beter uit, vind je niet? Wij allebei, nu we geen jurist meer zijn en ons hebben gewijd aan het redden van anderen!' Ze keek Alison bijna medelijdend aan. 'Jij zou het ook moeten overwegen. Echt!'

En voordat Alison iets kon zeggen, was ze langs haar heen geglipt en had ze de deur boven dicht gedaan, haar op de trap achterlatend met het gevoel volledig en grondig buitengesloten te zijn.

*

Ze moest met iemand praten. Iemand die haar zou begrijpen. Misschien met Clive, maar je kon maar beter niet te vertrouwelijk worden met iemand die huur betaalde. Lizzie en Ed waren te jong om het te begrijpen. Karen dan. Maar haar antwoordapparaat stond aan, bovendien wilde ze haar niet steeds lastigvallen.

Dan bleef er maar één persoon over.

Ze had zijn telefoonnummer niet bij zich – waarom had ze het niet in haar mobiel ingevoerd? – maar ze wist nog waar hij woonde. Het lag bijna op de route naar huis. En had hij niet gezegd dat ze altijd mocht bellen?

Pas toen ze de indrukwekkende, zwarte deurbel in het midden van de witte cirkel van stucwerk indrukte, vroeg ze zich af of ze te opdringerig was.

Laat maar. Hij was toch niet thuis. Alison was zowel opgelucht als teleurgesteld. Nee. Wacht! Ze hoorde voetstappen.

'Alison.'

Het was geen vraag of een toon van aangename verrassing. O god, ze had hem op een onbewaakt ogenblik gestoord en de uitdrukking op zijn gezicht gaf aan dat het niet zo goed uitkwam.

'Sorry dat ik zomaar langskom, maar ik moet met je praten.'

Ze kwebbelde maar door, zoals ze altijd deed als ze nerveus was. 'Als het niet uitkomt, is het niet erg. Ik kom wel een keer terug. Of ik bel je of...'

Toen leek de uitdrukking op zijn gezicht te veranderen en zag hij er weer uit als de Hugh met wie ze laatst de avond had doorgebracht. 'Kom maar binnen.'

Met het gevoel ongelegen te komen liep ze achter hem aan de keuken in, waar hij het dunne, zwarte boek neerlegde dat hij in zijn hand had gehouden toen hij de deur opendeed. DAGBOEK had er op de kaft gestaan. Dus hij hield er een bij. Karen had het tijdens hun eerste bijeenkomst aangeraden en ze was ermee begonnen, maar had het niet volgehouden.

'Zal ik een kopje muntthee voor je zetten? Ik vind altijd dat dat helpt als je ergens over moet praten.'

Ze knikte. 'Dank je. Ik bedoel nee. O jee, ik weet niet meer wat ik bedoel.'

Hij keek zo vriendelijk, dat ze gewoon wilde dat hij haar in zijn armen nam; haar knuffelde.

'Kom zitten en vertel eens wat er is.'

Dus dat deed ze. Alles over David. En Primrose. En ook dat over Dave.

En hij luisterde. Stil. Hij knikte op de juiste momenten. Schudde zijn hoofd als dat nodig was.

'Dat klinkt alsof je man in een midlifecrisis zit,' had hij gezegd, terwijl hij thee inschonk uit een witte, porseleinen theepot. 'Ik vind het altijd zo oneerlijk als mannen dat doen. Vrouwen hebben het vaak veel moeilijker en die kopen dan geen sportwagens en houden er geen minnaars op na.'

Precies.

Hij boog zich naar haar toe

'Kan ik iets doen om je te helpen?'

Zonder erbij na te denken dook ze naar voren en kuste hem. De kracht verraste haar en zo te zien hem ook. Toen kuste hij haar terug. Hard en doelgericht, tot hij plotseling stopte. Hij legde een hand om haar hoofd en keek haar diep in de ogen.

'Dit is niet het juiste moment, Alison. Je bent te boos en ik wil dat we om de juiste redenen bij elkaar zijn, als je de tijd hebt gehad om rustig te worden.' Hij liet haar hoofd los en pakte haar hand. 'Ik moet binnenkort weg voor zaken, ben ik bang. Maar als ik terugkom, mag ik je dan bellen?'

Ga niet weg, wilde ze zeggen. Blijf bij me en bemin me. 'Dat zou ik fijn vinden,' wist ze uit te brengen.

'Mooi.' Hij knikte goedkeurend. 'Laten we dit onder ons houden, oké? Je kinderen en je zus... Uit wat je over hen hebt verteld, maak ik op dat ze het misschien niet goedkeuren. En ik vind ons allebei volwassen genoeg om onze eigen beslissingen te nemen, jij?'

40

Karen

Het was bijna een maand na die bewuste lunch, en nu was het tijd voor de volgende bijeenkomst waarvoor Alison (de schat) zich als gastvrouw had aangeboden. 'Wat nu?' was het thema van de avond. Precies wat Karen zich ook afvroeg.

Daar zaten ze dan, in Alisons prachtige salon aan de goede kant van de stad, die haar herinnerde aan het soort huis dat Paul en zij misschien zouden hebben gehad als hun huwelijk niet zo grandioos was misgelopen. Zo zonde van het bord met TE KOOP in de voortuin. Dit was het huis waar je als stel bleef wonen, tenzij je ging scheiden of kleiner wilde wonen.

'Hoi.'

Bij de voordeur keek ze recht in een paar helderblauwe ogen. Ze keek omlaag en toen omhoog, ze kon er niets aan doen. Zijn accent (noordelijk, hè – ze was nooit goed geweest in dat soort dingen) klonk vriendelijk alsof ze elkaar al eerder hadden gesproken.

'Je weet het niet meer, hè?'

Het leek wel alsof zijn ogen haar plagend aankeken. Op een merkwaardige manier deden ze haar denken aan Pauls ogen toen ze elkaar net hadden leren kennen. Vriendelijk. Bijna bewonderend, op een manier die haar hart rare buitelingen deed maken. Maar betrouwbaar. Het soort ogen dat je kon vertrouwen. Dat dacht ze althans.

'In de bibliotheek.' Hij deed een stap naar achteren om haar binnen te laten. 'Jij gaf me folders over je groep die ik in de bibliotheek moest neerleggen. In september was dat.'

Dus ze had hem inderdaad al eens gesproken! Nu wist ze het weer. Zo lang geleden, ook al was het niet echt veel tijd. Maar er was wel geweldig veel in gebeurd.

'Woon je hier?' Onwillekeurig klonk haar stem verrast. Hij was toch zeker te oud om de zoon te zijn over wie Alison het had gehad en te jong om haar man te zijn, maar toch...

'Ik ben Clive, een van de huurders. Kom binnen. Ze zitten allemaal in de keuken. Deze kant op.'

Dus ze was achter hem aan gelopen, vol bewondering kijkend naar de prachtige marmeren haltafel en de schilderijen die overal hingen (veel paarden en wat foto's van kinderen) en toen ze om het hoekje van een deur gluurde, zag ze een beeldschone mosgrijze bank met bijpassende stoelen en een prachtige houten tafel (waarschijnlijk mahonie) met zilveren fotolijstjes erop.

En wauw! De keuken! Het was er zo een waar je in kon wonen; wat in de omschrijving van de makelaar 'het middelpunt van het huis' zou worden genoemd, met een kookeiland in het midden voorzien van glanzende pannen, schone kookboeken en een Aga – flessengroen – waaraan Alison stond met de waterkoker in de hand.

'Karen, wat leuk dat je er bent. Thee of koffie?'

Verlegen ging ze aan de warme, houten tafel zitten die tegen de muur aan de andere kant stond en waaraan iedereen zat. En dan te bedenken dat Alison al die avonden in haar eigen woonkamertje op de bank had gezeten, die in de loop der jaren aan flarden was gescheurd door de katten en toen door de puppy's. Ze kreeg het warm van schaamte!

'Herken je deze kleine rakker?'

De huurder – Clive, was het toch? – zat nu naast haar op zijn hurken met een kronkelende, zwart-witte pup in zijn armen, die lang zo klein niet meer was als de laatste keer dat ze hem had gezien.

'Sam!'

Maar tot haar teleurstelling sprong hij uit Clives armen en rende regelrecht op Alison af. Hij liep haar bijna omver toen ze met een dienblad naar de tafel liep. 'Hij is het beste wat je voor haar had kunnen doen,' hoorde ze hem zacht zeggen, terwijl hij overeind kwam om plaats voor Alison te maken.

'Ik zal jullie alleen laten,' hoorde ze hem tegen Alison zeggen. 'Ik wou dat er voor mij zo'n groep was geweest toen ik het nodig had.'

Dus hij was ook gescheiden! Ze had het graag aan Alison willen vragen, maar dat zou raar zijn geweest, bovendien wilde ze zich niets in het hoofd halen. Hij zag er jonger uit dan zij – vijf jaar of misschien nog meer! – en zonder complicaties had ze toch ook al genoeg op haar bordje?

Bovendien werd zij verondersteld deze groep te leiden. Omdat ze laat was, waren ze al begonnen met hun gebruikelijke ronde updates over hoe het iedereen was vergaan en wat ze deden. Ze kon hen niet over zichzelf vertellen – dat deed er ook niet toe – maar ze moest zich concentreren. Ze keken naar haar; zij was hun baken. Zij had deze puinhoop die ze nu doormaakten overleefd. Wat een ironie dat ze alles nu opnieuw meemaakte, dankzij het feit dat Paul weer zomaar was opgedoken.

*

'Het gaat lukken!' zei Lizzie opgewonden. 'Toen ik naar die zwangerschapskaart keek, zag ik dat Tom de vader echt niet kon zijn!'

Violet kauwde bedachtzaam op haar koekje. 'Ik vind het rot dat ik het voor de hand liggende moet zeggen, liefje, maar misschien heeft hij je iets op de mouw gespeld wat de data betreft. Laten we eens kijken. Jouw manlief heeft gezegd – gezworen op zijn moeders graf – dat hij het maar één keer met die vriendin van je heeft gedaan en dat ze toen zwanger is geraakt.'

Lizzie knikte en Karen kreeg medelijden met haar. De wanhoop in haar ogen was hartverscheurend. Moest Violet dit nu echt doen? Zou het voor Lizzie niet makkelijker zijn om het zelf te ontdekken of het hopelijk nooit te ontdekken?

'Stel dat hij liegt.' Violet pakte nog een koekje, hield het omhoog als om het te keuren en legde het toen weer op de schaal. Walgelijk!

'Stel dat hij al een paar maanden de sponde met haar deelt en dat de kaart klopt. Ik heb een vriendin die actrice is, die dat heeft gedaan.'

'Maar dat heeft hij niet gedaan. Dat zou hij nooit doen. Dan zou hij het me gezegd hebben. Je kent Tom niet. Zo is hij niet.'

Er viel een stilte. 'Ik had niet gedacht dat mijn man het type was om er een dubbelleven op na te houden,' zei Alison zacht. 'Maar toen ik pas geleden met hem had afgesproken, zag ik dat hij in Noord-Londen in een krot woonde met een groep zonderlingen die willen dat hij dit huis verkoopt en de helft ervan aan hun "goede doelen" doneert.'

Er werd ontzet naar adem gehapt.

'Dat sta je niet toe, hoop ik,' zei Ed.

Alison haalde haar schouders op. 'Wat voor keuze heb ik? Hij heeft recht op de helft. Hij mag zelf bepalen wat hij ermee doet.'

'Nou, bij mij lijkt het erop dat ik de vrouw kwijt ben die de grote liefde van mijn leven was,' deed Ed een duit in het zakje.

Violet snoof. 'En welke van de kandidaten zou dat dan zijn?'

'Touché.' Ed schudde zijn hoofd alsof hij om zichzelf moest lachen.

'Laat dat maar aan mij over,' zei Violet, die zichzelf van een volgend koekje voorzag.

'En ik heb ontdekt dat ik een zoon heb!' Ed keek verwonderd de groep rond. 'Hij is geweldig!'

'Ik vraag me af,' kuchte Hugh, 'hoeveel mannen een zoon hebben van wie ze niets af weten.'

Dat was waar, maar het leek Alison een ongemakkelijk gevoel te geven.

'Mijn ex-man zit in de gevangenis.' Stik! Dat had ze niet willen zeggen, dacht Karen ontsteld. 'Niet om iets vreselijks – nou ja, dat is het wel. Maar hij heeft niemand pijn gedaan. Nou ja, misschien wel. Maar niet aangevallen, bedoel ik. En hij is aardiger dan toen. Hij komt bij me langs – dat mag in een open gevangenis. En hij helpt me problemen met onze zoon op te lossen.'

Ze keken nu naar haar alsof ze niet hadden verwacht dat ze iets zou zeggen. Misschien had ze haar mond moeten houden. Misschien had ze het voor hen allemaal verprutst, want het doel van deze groep was laten zien dat alles goed zou komen.

'Dat is geweldig,' zei Alison langzaam. 'Wat fijn om te beseffen dat mensen ten goede kunnen veranderen.'

Ze knikte. 'Misschien. Maar het heeft me aan het denken gezet. Toen ik met deze groep begon, wilde ik jullie niet zeggen wat goed was en wat niet, want daar ben ik niet voor opgeleid. Ik heb een graad in Engelse literatuur, niet in coachen. Maar ik vond wel dat ik jullie steun kon bieden en samen kon brengen.'

Ze knikten allemaal.

'En wat mij de laatste tijd is overkomen, nou, dat heeft me nog sterker aan het denken gezet. Ik denk namelijk dat deze bijeenkomsten allemaal prima waren, maar dat we misschien wel meer tijd nodig hebben.'

Ed knikte. 'Dat gevoel heb ik altijd.'

'Dus misschien kunnen we weleens ergens voor een nachtje heen? Het hoeft geen dure tent te zijn, maar dan is het een soort congres.'

'We kunnen naar een van mijn adressen.' Dat was Ed. 'Ik heb een huisje op het Isle of Wight, als jullie het iets vinden.'

❋

Het Isle of Wight, dacht Karen. Daar was ze nog nooit geweest.

'Toen ik klein was gingen wij weleens naar het eiland,' mijmerde Lizzie. 'Waarschijnlijk kan mijn moeder de kinderen wel hebben.' Ze klonk nu twijfelend. 'Afhankelijk van of mijn vader terug is.'

Ze had niet verteld dat ook haar ouders uit elkaar waren! Waar ging dat heen met de wereld? Maar misschien was hij gewoon met vakantie.

Het idee kreeg steeds meer vorm. Het tweede weekend van mei? Oké! Al met al was het geen slechte bijeenkomst geweest, bedacht Karen onderweg naar huis. Het was niet precies verlopen zoals ze had bedoeld. Maar zo was het leven. Ja, toch?

Adam deed nog steeds koel tegen haar, maar dat was begrijpelijk. Een abortus en een niet-bestaande scheiding. 'Probeer het eens vanuit mijn standpunt te bekijken,' had ze achteraf gezegd.

'Dat zal ik proberen,' had hij somber gezegd. 'Maar ik zie je nu in een ander licht. Sorry, maar zo is het nu eenmaal. Je had het me van Hayley moeten vertellen en je had moeten zeggen dat jullie niet gescheiden waren.'

Haar in een ander licht zien? Zijn woorden achtervolgden haar, vooral omdat hij haar sinds die lunch niet had teruggebeld. En nu zat ze zich hier voor te bereiden op een ontmoeting met Paul komende zaterdag, zoals afgesproken. Niet thuis, maar in de koffiezaak. Deze keer wist ze zelfs even naar Lisa te zwaaien, de ambtenaar van de reclassering die ergens achterin zat.

'Heb je iets van Adam gehoord?'

Dat was zijn eerste vraag.

Ze schudde haar hoofd.

'Ik wel.'

Het was niet eerlijk! Zij was degene geweest die hem had grootgebracht, al die jaren voor hem had gezorgd, zijn papa en mama was geweest...

'Je moet je niet gekwetst voelen.' Hij stak zijn hand uit en klopte zacht op de hare. Zijn aanraking zond een schok door haar heen, louter omdat ze het niet had verwacht. 'Hij heeft me geschreven. Zei dat Hayley het weer wilde proberen, maar dat hij het niet wist. Dus hij heeft me gevraagd wat ik in zijn geval zou doen.'

De thee liet een rare smaak in haar mond achter. 'En wat heb je gezegd?'

Hij keek haar strak aan. 'Ik heb het hem recht voor z'n raap gezegd, Karen. Gezegd dat ik haar zou vergeven. Ik zou beseffen dat er verzachtende omstandigheden waren. Ik heb ook iets anders gezegd.'

Hij wachtte duidelijk tot ze erop zou aandringen dat hij verderging, maar om een of andere reden hield ze haar mond.

'Ik heb gezegd,' zei hij uiteindelijk, 'dat ik had gewild dat wij het harder hadden geprobeerd.'

Nu kreeg de thee een nog vreemdere smaak.

'En ik heb gezegd dat ik er alles voor zou geven; maakt niet uit wat, om met zijn moeder opnieuw te beginnen.'

Nee. Ja. Nee. Wat dacht hij nou eigenlijk wel?

'Niet weggaan.' Hij keek op. Ze had zich niet eens gerealiseerd dat ze was opgestaan.

'Ik moet gaan.'

'Maar er zijn nog maar een paar minuten voorbij.'

Ze trok haar jas aan. 'Het is genoeg geweest.'

Hij klampte zich nu vast aan haar mouw. 'Het spijt me. Ik ging te snel voor je. Ik had moeten schrijven...'

'Nee.' Aan de andere kant van de zaak, zag ze het geschrokken gezicht van de reclasseringsambtenaar, die naar hen toe kwam lopen. 'Een brief had ook niet gewerkt. Een brief kan niet alle pijn goedmaken, zoals jij bent weggegaan.'

'Alleen maar omdat jij zei dat ik weg moest.'

'Natuurlijk zei ik dat! Jij vond toch dat ik ons kind moest laten weghalen?'

Hete tranen sprongen haar in de ogen. 'Dat zal ik nooit vergeten, Paul. En wat nog erger is, ik zal het mezelf ook nooit vergeven.'

Snel baande ze zich een weg tussen de klanten door naar de deur, en onderweg ging haar mobiel. Het kon hem niet zijn. Hij mocht er geen hebben.

'Hallo?'

'Karen?'

Ze herkende het accent onmiddellijk.

'Ik weet niet of je je mij nog herinnert...'

'Clive. Van de bibliotheek. Alisons huurder.'

Ze hoorde aan zijn stem dat hij glimlachte. 'Die, ja. Luister, zeg het maar als ik me nergens mee mag bemoeien, maar er is een lezing. In de bibliotheek. En ik weet dat je er vaak komt, dus ik dacht dat het je wel zou interesseren. Het gaat over spiritualiteit in de hedendaagse literatuur. Donderdagavond. We bieden wat hapjes en drankjes aan en er komen wat schrijvers. Misschien heb je...'

'Dank je.' Ze wierp een blik over haar schouder en zag Paul met zijn reclasseringsambtenaar achter zich aan naar haar toe komen. 'Ik zou het erg leuk vinden.'

41

Ed

Waarom had hij het eiland voorgesteld, vroeg Ed zich af, terwijl Charlie hem naar huis reed. Daar nam hij alleen bijzondere mensen mee naar toe. Heel bijzondere. Hij had Tatiana en veel van de andere vrouwen niet mee naar het huisje genomen dat zijn vader zijn moeder als huwelijksgeschenk had gegeven. Maar nu hij erover nadacht had hij het wel in gedachten met Claire gedeeld toen ze daar op het cricketveld van school lagen, die nacht na zijn zeventiende verjaardag.

'Je zou het geweldig vinden,' had hij gefluisterd. 'Het huisje ligt aan de voet van de St. Boniface Down, boven de puinhelling. We gingen voor het ontbijt altijd wandelen. Voordat mijn vader op was. Zij, ik en de hond.'

En Claire had zich naar hem omgedraaid, herinnert hij zich, en zijn gezicht gestreeld op een manier waaruit sprak dat ze het begreep van zijn moeder, zoals niemand het daarna ooit had begrepen.

En trok een golf van woede door hem heen. Zijn vader had niet het recht om zijn toekomst voor hem te bepalen. En Claire – die had hem moeten vertellen dat ze zwanger was in plaats van haar ouders eerst zijn vader te laten bellen. Ze hadden kunnen trouwen, en zelfs al waren ze niet getrouwd, dan nog zou hij voor haar hebben gezorgd.

Daar was hij nu zeker van, terwijl hij de trap op rende naar de voordeur. Oké. Hij had nogal een verleden. En toen Claire het had uitgemaakt... was hij eropuit gegaan en hij had een meisje gezocht bij de plaatselijke meisjesschool. Maar dat kwam alleen maar doordat hij zich gekwetst voelde. En afgezien van Claire, en dat telde niet want hij had het niet geweten van de baby, had hij altijd zijn verantwoordelijkheid genomen, toch? Hij had ervoor gezorgd dat al zijn vrouwen bij de scheiding meer dan hun aandeel kregen. Kijk maar naar...

'Jamie! Waar ga jij om deze tijd nou nog heen?'

Het joch keek stralend op hem neer, daar bij de voordeur. Hij kreeg – niet voor het eerst – het gevoel dat hij klein was, ondanks zijn ruime één meter tachtig. 'Uit, Ed. Aan de boemel.'

'Maar het is bijna elf uur.'

'Dan kun je maar beter je bed in duiken, hè?' Het joch grijnsde brutaal naar hem. 'Op jouw leeftijd heb je je schoonheidsslaapje wel nodig.'

Ed draaide zich om en probeerde hem te grijpen, maar het joch was te snel. 'Maar je hebt binnenkort tentamens. Je moet studeren.'

'Weet je?' Het joch gooide zijn autosleutels omhoog en ving ze weer op. 'Elke keer dat je dat zegt, wil ik het tegenovergestelde doen.'

Er stond die ochtend een stuk in de krant, meende hij zich te herinneren. Een nieuw virus waar tieners aan leden. OCD, dat was het! Obstructional Concentration Disorder waardoor ze weigerden te doen wat volwassenen van hen verlangden.

'Hoe laat ben je terug?'

Het joch straalde. Hij had gewonnen en dat wisten ze allebei. 'Vóór drieën. Geen paniek, ik heb mijn mobiel bij me.'

Drie uur in de nacht! Dat wilde zeggen dat hij de wekker weer op halfvier moest zetten zodat hij wakker werd en kon controleren of hij terug was en zo niet, dat hij dan de politie kon bellen, zoals hij elke keer had gedreigd.

In zijn tijd, dacht hij toen hij de keuken door liep, had zijn pa hem op zijn donder gegeven voor gedrag als dit. Maar toch... ergens vond hij het stiekem wel grappig dat het joch zoveel karakter had. De appel viel niet ver van de boom. Neem nu deze kaas. Ed keek neer op een blok cheddar dat hij uit de koelkast had gepakt om er een stuk van te snoepen. De tanden van het joch stonden erin, zodat duidelijk was dat hij weer geen mes had gebruikt. Ed vertrok zijn mond toen hij zich herinnerde dat een van zijn vaders vriendinnen hem de mantel had uitgeveegd, omdat hij rechtstreeks uit de melkfles had gedronken. Het joch kon ergere dingen doen. En zoals Alison in de groep had gezegd, het ging erom dat je strikt was met regels die ertoe deden. Leuke vrouw, Alison. Het soort vrouw dat zijn vader had moeten trouwen als hij Nancy niet had gevonden.

Shit. Dat deed hem ergens aan denken. Hij had beloofd haar te vertellen wat er met Giles was gebeurd. Natuurlijk had hij het wel geprobeerd, maar hij had geen contact gekregen. Wel vreemd. Ze reageerde altijd op voicemails. Misschien nog maar een sms'je. Deze keer wat explicieter.

HEB HEM GEZIEN. PANIEK VOORBIJ, MAAR HEB NIEUWS. BEL AJB.

Dat moest afdoende zijn.

Toen hij eindelijk wilde gaan slapen, ging de telefoon. 'Nancy?'

Het gegiechel aan de andere kant van de lijn klonk niet als Nancy, maar hij kon niemand anders bedenken die hem om deze tijd 's nachts zou bellen.

'Alles goed met jou?'

'Met mij wel maar met je broer iets minder.'

'Tatiana! Waar zit je? Alles goed met Jamie? Wat doe je bij hem?'

'Zit je met de handen in het haar? Oeps! Sorry! Het joch heeft gewoon weer eens te veel gedronken. En ik probeer hem niet in bed te krijgen, als je dat bedoelt. Eigenlijk mag je van geluk spreken dat we in dezelfde tent zaten, anders hadden we hem niet naar huis kunnen zeulen.'

Naar huis?

'Ik zit bij Nick thuis.'

De toon waarop ze het zei klonk alsof hij zou moeten weten over wie ze het had. 'We brengen hem wel langs. Ben je thuis?'

Op een of andere manier lukte het Ed zich uit bed te slepen, wat water tegen zijn gezicht te gooien en een spijkerbroek aan te trekken. Het voornaamste was dat het goed ging met het joch, maar toch wilde hij bij Tatiana en haar vriend niet de indruk wekken dat hij om deze tijd in bed had gelegen.

Hij had alleen zijn vingers nog maar door zijn haar gehaald toen hij het geluid van haar sleutel hoorde. Het was er nog niet van gekomen het slot te laten vervangen. Dat was zoiets als definitief toegeven dat het allemaal voorbij was.

'Ed!' Ze gaf hem een vluchtige kus op zijn wang. Door de geur van haar parfum kreeg hij het verlangen haar in zijn armen te nemen. Toen deed ze haar mond open en hij veranderde van gedachten. Waar was haar accent gebleven? Zonder accent leek ze opeens heel gewoontjes. Gewoon zo'n meisje dat iets probeerde te zijn wat ze niet was. Volkomen anders dan Alison, Lizzie of Karen of – hoewel bij die gedachte zijn hart een roffel maakte – September.

'Maak je geen zorgen, Ed.' Ze keek alsof ze hem een schouderklopje wilde geven. 'Zo erg is het nu ook weer niet.' Nu hield ze haar hoofd in standje tandpastareclame. 'Ik heb erger meegemaakt. Hier naar binnen, Nick!'

Een nogal kleine Dudley Moore-lookalike kwam binnen met het joch over zijn schouder. 'Met mij allesj goe,' leek hij te zeggen.

'Waar wil je hem hebben?' gromde Dudley Moore.

Als het niet zo onwerkelijk was geweest, had het misschien een pakketlevering geleken. 'Hierheen, alsjeblieft.' Ed duwde de slaapkamerdeur van het joch open. 'Moet ik weer met hem naar het ziekenhuis?'

'Neuh.' Dudley haalde zijn schouders op met een Frans gebaar dat paste bij zijn sigarettenadem. 'Hij heeft gewoon een paar tequila's te veel op.'

'Hoe weet je dat het geen drugs waren?'

'We hebben naar zijn pupillen gekeken, hè, schatje?'

Schatje?

'Waar is je vriendin, Tatty?' vroeg hij bits.

Tatiana perste haar lippen boos op elkaar. 'Kan ik je even spreken, Ed?'

Ze liep met hem naar de keuken alsof de flat van haar was. 'Vind je het erg als ik deze weer meeneem?' Ze pakte de garde. 'Ik heb hem overal lopen zoeken. Hij was van mij, weet je nog? Luister, die "vriendin" die ik had, daar moet je het niet over hebben, als je het niet erg vindt. Niet waar Nick bij is.'

'Hoezo niet?'

'Omdat ze nog steeds een vriendin is, maar niet meer dat soort vriendin. Eigenlijk, als ik eerlijk ben is ze dat nooit geweest, vrees ik.'

'Ik begrijp het niet.'

Tatiana klopte hem op de schouder. 'Ik wilde het makkelijk voor je maken, Ed. Ik wilde je niet kwetsen. Dus ik dacht, als ik deed alsof ik die voorkeur had, dan zou je het minder erg vinden. Maar nu heb ik Nick ontmoet, en als ik eerlijk moet zijn, denk ik dat hij de ware is.'

De ware? Die anderhalve meter man? Je zag hem amper.

'Grootte doet er niet toe, Ed.' Nog een schouderklopje. 'Humor wel. En het vermogen om een vrouw het gevoel te geven dat ze bijzonder is.'

'En dat deed ik niet bij jou?'

'Maak je niet dik. Zorg jij maar voor het joch – ik ben bang dat hij het wel erg vindt van Nick, maar het was echt alleen maar kalverliefde. Er is niets tussen ons gebeurd. En Ed?'

Wat nu weer?

'Ik weet zeker dat je snel de ware tegenkomt. Bij jou duurt het alleen wat langer, meer niet.'

Hij kon het nog steeds niet allemaal bevatten. Toen viel hem iets in. 'Wat is er met je accent gebeurd, Tatiana?'

Verbeeldde hij het zich of keek ze heel even verlegen; kreeg hij een kijkje achter dat masker van zelfvertrouwen? 'Nu heb ik het niet nodig, Ed. Ik heb eindelijk iemand gevonden die me goed vindt zoals ik ben.'

*

Juist. Dat was het dan. Er werd niet meer gefeest tot de tentamens voorbij waren. Geen toelage meer zodat het joch geen drank meer kon kopen en niet uit kon gaan. Geen oppervlakkige vrouwen met namaakaccent meer...

'Dat wordt niets!'

Claire zat tegenover hem. Deze keer niet in een restaurant maar bij haar thuis. Een mooi appartement op de begane grond in Notting Hill, niet ver van de boekwinkel van Oxfam. Het had grote, open ruimtes en houten vloeren waar ze bijna overheen zweefde in haar roze rolstoel. Ze had hem gevraagd langs te komen om 'eens te praten', maar in plaats daarvan zat hij haar alles over het joch te vertellen, en over September en dat hij de juiste vrouw maar niet kon vinden, en dan meteen alles erbij. Hij was vergeten hoe goed ze kon luisteren.

'Je moet ze hun eigen fouten laten maken,' zei ze toen ze in haar prachtige zitkamer zaten die uitzicht bood over de gemeenschappelijke tuin. 'Dat moest ik ook doen. Giles was geen doetje. Dat zijn ze geen van allen.'

Dat schuldgevoel weer! 'Hoe heb je het klaargespeeld, zo helemaal alleen en...' Onwillekeurig wierp hij een blik op haar stoel. Zelfs de roze wielen konden niet verhullen wat het echt inhield.

'En in mijn situatie? Bedoel je dat?'

Ze glimlachte. Een prachtige, onweerstaanbare glimlach. 'Ik had hulp. Mijn moeder stond tot voor kort voor me klaar, maar nu vraag ik haar niet graag meer om hulp. Bovendien gingen de zaken zo goed dat ik genoeg geld had voor een huishoudster en dat soort dingen.'

Dat soort dingen? Ze had wel heel mooie stukken staan, zoals die Chinese lakkast met de rood-zwarte voorkant.

'En ik heb ook mijn aanbidders gehad, hoor.'

Nu lachte ze naar hem, ze plaagde hem. Daagde hem uit te betwijfelen dat een vrouw in een rolstoel aanbidders kon hebben.

'Kun je...'

Hij bloosde. Hoe kon je een vrouw in een rolstoel nog vragen of ze nog kon vrijen? Maar het was belangrijk. Hij moest het weten. 'Ik bedoel, het gaat me niet aan maar...'

Ze glimlachte weer maar deze keer minder breed. 'Inderdaad. Dat gaat je niet aan. Ik wilde alleen dat je langskwam, zodat we wat praktische zaken konden afkaarten. Ik zei al, we willen je geld niet.' Haar ogen schitterden. 'Dat was maar een test om te zien of je het juiste zou doen, en waarschijnlijk wilde ik je ook even in de rats laten zitten.'

Haar mooie ogen werden serieus. 'Maar ik wil graag dat Giles en jij elkaar regelmatig zien. Dat je een vader voor hem bent. Hij heeft er nu meer dan ooit een nodig.' Ze sloeg haar blik neer. 'Heel eerlijk gezegd weten de artsen niet hoe het hiermee zal gaan.'

Toen kreeg hij het idee. Waarom had hij dat niet eerder bedacht? Het was zo perfect, het was zo logisch. Ze hadden al een zoon. Claire was de enige vrouw die hem ooit had begrepen. Oké. Misschien was dat een beetje overdreven, maar er was niets als je eerste liefde, toch? Bovendien had ze hem nodig! Net zoals zijn eigen moeder hem nodig had gehad. En het joch zou een stiefmoeder hebben. Een echte. Niet eentje die hem zou verlaten om een afkickkliniek in te gaan zonder zelfs maar een sms'je te sturen. Hij zou ook een soort stiefbroer hebben, of hoe je zo'n relatie ook noemde, waarin je ontdekte dat je halfbroer ontdekte dat hij een zoon had.

'Claire,' zei hij, en hij knielde bij haar neer. 'Ik hou van je. Dat besefte ik nog niet, maar nu weet ik het. Al die meisjes hadden niets te betekenen.'

September trok in een flits door hem heen en bezorgde hem een korte steek, maar die negeerde hij. Ze wilde hem niet. En na Tatiana had hij daar genoeg van.

'Alsjeblieft Claire, luister! Ga niet weg. We hebben al een kind, en hij heeft een vader nodig. En jij – jij hebt iemand nodig die voor je zorgt. Dus wil je me de eer aandoen om met me te trouwen?'

Toen ik de foto's zag wist ik dat het voorbij was. Die vrouw die je voorstelde, is goed. Ik heb altijd mannen gebruikt als ik iets over hem te weten wilde komen.

Het zijn close-ups. Waarschijnlijk moest ze bijna door het raam kruipen om ze zo te krijgen. 'Je klinkt niet erg van streek,' zei ze toen we hadden afgesproken. Ik met het geld. Zij met de foto's.

Dat mensen zijn opgevoed om hun gevoelens te verbergen, wil nog niet zeggen dat ze geen verdriet kunnen hebben. 'En ik wist het al van haar,' zei ik zacht. 'Hij bleef volhouden dat het voorbij was, maar ik geloofde hem niet. Ik dacht dat het met haar hetzelfde zou gaan als met de rest, maar hij houdt van haar.'

Ik wees naar de foto. 'Dat zie je aan de manier waarop hij naar haar kijkt. En zij houdt van hem. Dat zie je aan haar ogen.'

'Wil je dat ik ze blijf volgen?'

Het heeft geen zin. Absoluut geen zin.

Zelfs jij moet dat toegeven.

Sessie tien
Even eruit!

Voor deze bijeenkomst krijgen jullie geen velletje papier. We maken van deze gelegenheid – dank je, Ed! – gebruik om ons te ontspannen en aan de toekomst te werken.

We gaan ook iets heel bijzonders doen om het verleden makkelijker los te kunnen laten...

42

Lizzie

Het was haar moeders idee geweest. Laat het maar aan haar over om het aan duizenden lezers door te brieven. Lizzie hapte naar adem toen ze de proeven zag. Haar moeder zou haar eerst de tekst laten lezen. Bovendien, wat gaf haar het recht om de beproevingen van haar dochter als het probleem van de week te gebruiken?

'Jij was met die fotoshoot bezig, weet je nog, lieverd? Er was geen tijd om het jou te laten lezen.'

Haar moeder had het journalistenjargon makkelijker overgenomen dan Lizzie prettig vond. 'Ze belden van de redactie en ze zeiden dat ze de tekst een dag eerder nodig hadden in verband met kerst. Dus ik heb wat ideetjes getypt en ze doorgemaild. Ik snap niet waar je je druk om maakt. Jij hebt ons en al je vriendinnen gebruikt voor de voorbeelden in je stukken.'

Dat kon ze niet ontkennen, zei Lizzie tegen zichzelf, terwijl ze de proeven bekeek. En eigenlijk was het reuze interessant.

> MIJN EX-MAN IS MET MIJN VRIENDIN NAAR BED GEWEEST EN NU IS ZE ZWANGER. VOLGENS MIJ WIL HIJ NAAR HUIS KOMEN, MAAR WE ZIJN ALLEBEI TE KOPPIG OM TOE TE GEVEN DAT WE NOG IETS VOOR ELKAAR VOELEN. WAT MOET IK DOEN?
> CHRISTINE, LONDEN

Christine?

'Nou, dat is je tweede naam,' legde haar moeder uit. 'Hou toch op met stressen. Londen is een wereldstad. Niemand zal je herkennen, tenzij iemand uit de buurt je situatie natuurlijk herkent.' Ze streek haar haar waarin nieuwe highlights zaten, glad. Een tintje blonder. Stond haar goed. 'Heb je mijn antwoord gelezen?' Weer dat gladstrijken. 'Ik ben er best trots op.'

> LIEVE CHRISTINE,
> VROEGER SCHEIDDEN MENSEN NIET ZO SNEL ALS JULLIE MEISJES NU. JE KUNT EEN ECHTGENOOT NIET TERUGBRENGEN ALS JE NIET TEVREDEN BENT. WAAR IS DE TROUW GEBLEVEN? MANNEN DENKEN TEGENWOORDIG MET HUN GULP OPEN, EN JOUW MAN HEEFT ER NU DUIDELIJK SPIJT VAN DAT HIJ DIE VAN HEM NIET HEEFT DICHTGE-

HOUDEN. VRAAG HEM EENS TE ETEN, MAAK EEN FLESJE ROOD SOLDAAT, EN DAN KUN JE ZEGGEN WAT JE VOELT. DE KANS IS GROOT DAT HIJ NIET TERUGGAAT NAAR DIE SLET.
MAGGIE

'Barry vond het geweldig.'

Wie?

'Barry. Je nieuwe hoofdredacteur. Hebben ze het je niet verteld? Ze hebben Max een ontslag-sms gestuurd. Nou ja, ze zeiden dat hij had besloten te gaan freelancen, wat op hetzelfde neerkomt. We hebben er gisteravond allemaal een e-mail over gekregen. (Wist je trouwens dat hij haarextensions had?) Heb je gekeken?'

Naar de extensions of e-mails? Hoe dan ook, ze had er geen tijd voor gehad! Met de fotoshoot van gisteren die de hele tijd werd opgehouden door Rob die telefoontjes beantwoordde van een of ander meisje, en dan die bijeenkomst gisteravond, om nog maar te zwijgen van de kinderen (hoe kon ze hen nou een weekend achterlaten?) en nu dit.

'Je hoeft niet jaloers te zijn, Lizzie.'

'Ben ik niet.'

'Jawel. Ik ken die blik. Weet je, ik heb eindelijk ontdekt waar ik goed in ben. Ik weet niet waarom ik er niet eerder op ben gekomen. Ik was vroeger op school altijd heel goed in Engels. En natuurlijk schreef ik de nieuwsbrief van je vaders bowlingclub.'

Lizzie keek door de tuin naar de schuur. 'Over papa gesproken, is hij er al uit gekomen?'

Haar moeder snoof. 'Alleen als hij denkt dat ik in bed lig. Ik wou dat hij zijn eigen eten kocht. Hij heeft die gesneden kip gegeten die ik apart had gehouden voor de lunch met de meiden morgen.'

Jezus! 'Misschien moet je hem in mijn problemenrubriek zetten.'

'Onze rubriek, lieverd. Trouwens, de redacteur heeft het over een contract sturen gehad, nu het zo goed gaat. Heb ik gedaan. Je vader in de rubriek gezet, bedoel ik. Kijk maar.'

LIEVE LIZZIE,
MIJN MAN, DIE MET PENSIOEN IS, HEEFT EEN AFFAIRE GEHAD MET EEN VROUW DIE ERUITZIET ALS EEN MOPSHOND. ZE WAREN ALS TIENER VERLIEFD OP ELKAAR EN HEBBEN ELKAAR VIA FACEBOOK WEER ONTMOET. NU IS HET UIT (WEER VIA FACEBOOK) EN IS HIJ VERHUISD NAAR HET TUINHUISJE. WAT MOET IK DOEN?
OLIVE, SOUTHEND

Olive?

'Mijn moeders tweede naam. En je vader en ik hebben het voor het eerst in Southend gedaan.'

Te veel informatie. En wat voor antwoord was dit?

LIEVE OLIVE,
ALS IK JOU WAS ZOU IK DE DEUR VAN HET TUINHUISJE OP SLOT DRAAIEN EN DE SLEUTEL WEGGOOIEN.
LIEFS, LIZZIE

'Dat kun je niet plaatsen! Dat zou ik nooit antwoorden en je hebt mijn naam gebruikt.'

Haar moeder keek nogal beschaamd. 'Het spijt me, lieverd. Het is al naar de drukker. Bovendien leest die Marjorie het blad. Dan komt het goed over. Ze herkent zichzelf wel. Twee mannen in een schuur zou wel heel erg toevallig zijn. Nou, toe dan, bel hem.'

Bel hem?

'Tom. Vraag hem te eten. En zet twee flessen klaar. Niet één. Wie weet heb je ze nodig.'

*

Tot haar verbazing stemde Tom in, hoewel hij een beetje weifelachtig klonk. Ze had hem weten over te halen met als reden dat ze het over Sophies obsessieve vioolspel moesten hebben. En dan moest ze het gesprek op een of andere manier op de zwangerschapskaart van Sharon de Slet brengen...

Maar allereerst moest ze eten inslaan dat er niet uitzag alsof het uit een pakje kwam. En ze moest de kinderen iets geven waar ze stil van werden. En ten slotte moest ze zichzelf opknappen en thuis opruimen en...

'Hola!' zei Rob toen ze haar plannen vertelde na hun werkzaamheden van die dag. 'Zou hij niet degene moeten zijn die dit allemaal doet? Híj heeft een uitstapje gemaakt.'

Dat was waar. Maar zoals haar moeder zei, zo dachten mannen niet.

'Niet alle mannen.' Rob zwaaide zijn cameratas over een schouder en liep met haar mee over Euston Road. Hij was de afgelopen maanden een echte vriend geworden.

'Misschien wel,' gaf ze toe. 'Maar ik zou alles doen om hem terug te krijgen.'

Rob trok een gezicht. 'Dat zei mijn zus in Sydney ook.'

'Maar die was toch gelukkig getrouwd en had zes kinderen?'

'Dat is ze ook. Maar drie van die kinderen zijn uit haar eerste huwelijk. Twee uit haar tweede, en eentje uit het derde. Zij heeft ook wat meegemaakt.' Hij keek vriendelijk op haar neer. 'Daarom maak ik me ook zorgen om je.'

Zorgen?

'Nou ja, ik ben met je begaan. Maar het is jouw leven.' Hij keek op zijn horloge. 'Moet rennen. Er wacht iemand op me.'

'Wacht even!'

Hij was Euston Road al aan het oversteken, zodat zij aan de andere kant van de weg stond, waar ze het metrostation in moest.

'Vind je dat ik hem die zwangerschapskaart moet laten zien?'

'Wat?'

Zijn stem werd bijna overstemd door het lawaai van de avondspits.

'Die kaart met...'

Laat maar zitten. Bovendien, wat wist hij er nou van? Of haar moeder, die had voorgesteld dat ze de kaart naast Toms servet op tafel zou leggen. Ze zou wel zien hoe het ging.

*

Tom kwam stipt op tijd. Het was haar net gelukt Jack een dosis hoestsiroop toe te dienen (hoe moest ze er anders voor zorgen dat hij niet kwam storen?) en Sophie om te kopen met een middagje stevig shoppen om te zorgen dat ze die avond geen viool meer zou spelen.

Zijn gezicht sprak boekdelen. 'Wat is er met ze? Jack gaat meestal pas naar bed als wij...'

Zijn stem stierf weg omdat ze allebei beseften hoe ironisch dat laatste woord was.

'Ze zijn nu anders.' Lizzie ging hem voor naar de tafel die ze had versierd met rozenblaadjes uit de feestwinkel. Misschien een beetje te dik aangezet, besefte ze nu, waarop ze er haastig een placemat overheen mikte. 'Deze hele... toestand heeft hen veranderd. En mij. Heb je deze gezien? Jacks nieuwe schoolfoto.'

Ze zag hem het opzuigen. De jaarlijkse schoolfoto's waren altijd leuk geweest, maar deze van Jack, waarop zijn nieuwe voortanden prijkten, was wel heel aandoenlijk. Ze kon Toms hart bijna zien samenknijpen. Ze kon hem bijna horen denken. 'Heb ik dit opgegeven?' dacht hij.

Mooi.

'Hoe is het met Sharon?' Ze keek expres niet op, terwijl ze een lepel in de lasagne stak die ze voorzichtig uit het pakje had gehaald en in de schaal had gelegd die ze van haar moeder had geleend. De hare waren allemaal gebarsten, of er zaten korsten in.

'Niet te veel wijn!' Hij stak zijn hand op. 'Ik moet nog terugrijden.'

Als het aan mij ligt niet.
'Het gaat goed met haar, dank je.'
'In volle bloei?'
Toe maar, draai de dolk nog eens om.
Hij bloosde. 'Ja.'
'Haar data zitten er wel een beetje naast, hè?'
'Ik weet niet...'
'Dit heeft Sophie per vergissing meegekregen. Het is waarschijnlijk in haar tas terechtgekomen. Sharons zwangerschapskaart.'
Lizzie wapperde met de kaart. 'Volgens deze informatie is ze zwanger geworden voordat je "iets" met haar kreeg.'
Tom nam een grote slok rode wijn. 'Dat kan niet kloppen.'
Ze wist het!
'Dus misschien is het kindje niet van jou.'
Ze zei het zachtjes, bang te hard van stapel te lopen. Niet te snel, had haar moeder gewaarschuwd. Te laat.
'Ik weet dat het van mij is.'
'Hoe kun je dat nou weten?! Begrijp je het dan niet, Tom? Ze heeft wat aangerommeld. Ze zegt dat het jouw kind is, maar je hebt me verteld wanneer jullie begonnen te... je weet wel. Dat betekent dat het goed is!'
'Goed?' Hij stond op alsof hij een elektrische schok had gekregen. 'Hoe kan het goed zijn?'
Ze hield de foto van Jack voor zijn neus. 'Omdat je dan naar huis kunt komen. Je stelt haar niet teleur, omdat het jouw kind niet is. En wij hebben je nodig, Tom. We hebben je nodig, net als jij ons nodig hebt.' Ze maakte een weids armgebaar. 'Je mist dit allemaal.'
Hij keek op de lasagne neer: er zat een groot, bruin plastic vel onderop. Stik. Was ze vergeten dat weg te halen? 'Oké, mijn kookkunsten mis je overduidelijk niet, maar de kinderen, Tom. Mis je het niet dat je hen welterusten kust, dat ze 's morgens op ons bed springen, dat je er niet bent als ze met hun tekeningen van school komen, dat je niet elke ochtend naast mij wakker wordt...'
Nu kwamen de tranen. Groot en snel. Ze snikte zo hard dat ze even dacht dat ze een alarmbel hoorde. Dat was haar mobiel niet. Ze had eraan gedacht die uit te zetten. Maar het was wel haar beltoon.
'Sorry.'
Sinds wanneer had hij dezelfde toon als zij?
'Nu? Waar? Ik kom eraan.'
Hij keek haar verwilderd aan. 'Sharon. De weeën zijn begonnen. Ze hebben geprobeerd me te bereiken. Ik moet gaan. Het is er bijna.'
'Wacht.' Ze greep haar jas. 'Ik wil mee.'

❄

Haar moeder nam niet op. Waar zat ze? In alle andere noodgevallen die ze had gehad (zoals toen Jack gehecht moest worden na die ruzie met zijn zus omdat ze allebei wilden afwassen), had ze Sharon gebeld. Wat treurig dat ze geen andere vriendinnen had – dat kwam ervan als je te hard werkte. Maar wacht eens. Er was wel iemand.

'Karen? Luister, het spijt me dat ik je hiermee opzadel, maar ik heb iemand voor de kinderen nodig. Ja, Tom is wel komen eten. Het is een lang verhaal. Kun je heel misschien langskomen?'

❄

Ze wilden haar niet binnenlaten. Tenzij ze een heel goede smoes bedacht. Maar ze moest er zijn. Ze moest er zijn wanneer Tom besefte dat Sharon hem een rad voor ogen had gedraaid. Anders was het misschien te laat. De Slet kon hem wijsmaken dat het zijn kind was, maar als zij erbij was en haar die geweldige kaart voor de neus hield, dan zou Sharon wel bekennen.

'Haar zus?'

De zuster wierp een blik op de papieren voor haar. 'Er staat niet dat ze iemand verwacht. Geen familie, staat hier.'

Shit, sorry. Chips. Ze was vergeten dat Sharon al jaren in onmin leefde met haar familie.

'Ik ben een soort verre zus. Echt.'

Ze glimlachte stralend naar de zuster.

'Ze heeft me nodig. En haar man ook. Met hem heb ik ook een speciale band.'

Haar blik viel op een tijdschrift op een van de tafels in de wachtkamer. 'Kijk, daar sta ik in.'

De zuster keek eerst naar de tafel en toen naar haar.

'In het tijdschrift. Ik doe de problemenrubriek. Met mijn moeder.'

'Dus?'

Deze zuster dacht duidelijk dat ze als een kip zonder kop stond te ratelen.

'Kijk!'

Ze zwaaide met het tijdschrift voor de ogen van de zuster. 'Ik moet mijn zus spreken zodat ze... zodat ze in het blad kan staan.'

Het was onzin, maar de zuster weifelde.

'Op welke afdeling zei je ook weer dat ze lag?'

'Afdeling 8, maar...'

En weg was ze. Sneller dan ze tijdens de eierrace was geweest; in elk geval sneller dan de race die ze had gedaan om naar de race te komen voordat die begon. Sneller dan ze van de auto naar het ziekenhuis was gerend. Sneller dan...

'Lizzie!'

Sharon en Tom spraken als uit één mond toen ze opkeken. Ze stond stil. Verstard. Niet in staat zich te bewegen. Als dit een jaar geleden was geweest, had ze het niet geloofd. Of zes maanden geleden. Of vorige week. Voor zich zag ze het volmaakte gezinstafereel. Sharon. Haar man. En hun baby. Met kastanjebruin haar. Het evenbeeld van zijn vader.

43

Alison

'Sam! Ga van dat bed af! Daar mag je niet liggen, dat weet je.'

'Niet zo streng voor hem zijn, mam. Het is nog maar een baby.'

Soms wist Alison niet of het in huis nemen van Sam – zogenaamd voorlopig, tot Karen wat 'dingetjes thuis' had opgelost – idioot was geweest of het beste wat hen ooit had kunnen overkomen.

Voor Jules was Sam zeker goed geweest. Moest je die twee daar nu opgekruld op bed zien liggen, terwijl zij probeerde te beslissen wat ze aan moest.

'Je ziet er leuk uit, zo.' Haar dochter keek op, haar armen nog om Sam heen, die alle drukte in zich opnam. 'Waarom trek je weer iets anders aan?'

Gek eigenlijk. Zodra Jules weer thuis was komen wonen ('voor een paar maanden maar, tot ik een kamer kan betalen'), kon Alison zien dat ze was veranderd. Ze was in zekere zin milder geworden. Ze had meer waardering. Haar aanvankelijke woede over Hugh was afgezwakt tot een zwijgende acceptatie, vooral toen Alison even met haar was gaan zitten om te vertellen over het gesprek met haar vader.

Jules had haar neus opgetrokken en haar nieuwste armtatoeage bekeken, wat ze altijd deed als ze nadacht. 'Klinkt alsof hij knetter is geworden.'

Precies wat Caroline had gezegd – niet dat ze haar zus tegenwoordig veel sprak. De nieuwste vriend (een of andere knul die kennelijk Simon heette) nam veel van haar tijd in beslag. Zoveel tijd dat ze Alison had gevraagd drie ochtenden in de week te komen in plaats van twee. Ze had zelfs een paar pr-teksten 'mogen' schrijven.

'Je vader heeft altijd heel hard gewerkt,' vertelde Alison verder, terwijl ze zich afvroeg waarom ze hem verdedigde. 'Ik denk dat het hem allemaal te veel werd.'

Jules had haar schouders opgehaald. 'Tegenwoordig werken alle ouders hard. Moet je jezelf zien. Je bent nooit meer thuis.'

'Ik kan er niets aan doen – ik moet werken om de hypotheek te betalen.'

'Het is goed, mam. Ik wilde geen kritiek leveren. Ik wilde iets duidelijk maken. Bovendien moet ik iets gaan zoeken. Ik kan niet altijd op jouw zak blijven teren.'

Ze was inderdaad veranderd!

'Waar ga je vanavond met die Hugh heen?'

Alison wierp nog een blik op haar spiegelbeeld. Ze had haar kleurspoeling in geen jaren zelf gedaan, maar het zag er echt goed uit – net zo goed als wanneer de kapper het deed en voor een fractie van de prijs. En die paar kilo die ze was afgevallen sinds David was vertrokken, stond haar wel goed. Deze keer was het pessarium er makkelijk in gegleden, hoewel ze bijna Deep Heat had gebruikt in plaats van de zaaddodende gel die ernaast stond in het nachtkastje. Wat een ramp zou dat zijn geweest! 'Hij kookt voor me bij hem thuis.'

Jules kwam onmiddellijk overeind, waardoor Sam van het bed sprong in de hoop dat het weer ballengooitijd was. 'Ga je naar zijn huis toe?'

'Zijn appartement.'

'Weet je wel hoe gevaarlijk dat kan zijn? Hij kan van alles proberen.'

Daar had ze zelf ook aan gedacht. Even maar. Hugh was er veel te hoffelijk voor. Met een steek van schaamte herinnerde ze zich dat zij met die kus 's avonds meer had laten blijken dan hij.

'Nou, laat je mobiel aan. En doe geen domme dingen.'

Ze keken elkaar aan. Handige dingen, die spiegels. Raar, dacht ze, om met haar dochter over een vriend te praten, terwijl ze een paar maanden geleden nog gelukkig getrouwd was geweest. Plotseling laaide de woede binnen in haar weer op. Hoe durfde David hun huwelijk zo aan de kant te zetten? Ze had het recht te doen wat ze wilde. Wat dan ook.

*

Na dat gesprek had Alison geen zin om meteen weg te gaan. Bovendien had ze nog tijd over. Een stukje lopen met Sam was precies wat ze nodig had om haar gedachten te ordenen, vooral nu het 's avonds langer licht was.

Terwijl ze toekeek hoe Sam over het veld naar een grote chocoladebruine labrador dartelde waarmee hij in de loop van de weken vriendschap had gesloten, kon ze bijna doen alsof hij Mungo was. Nee! Zo mocht ze niet denken. Hij was anders. Net als zij nu. Iedereen was veranderd.

Maar toen ze ging rennen om Sam bij te houden bedacht ze hoe heerlijk het was weer een hond te hebben. Iemand voor wie je de deur uit moest, wat voor weer het ook was. Ze was ook tegen hem gaan praten, net als ze met Mungo had gedaan. 'Wat vind jij dat ik moet doen als Hugh toenadering zoekt?' vroeg ze nu.

Het was zo'n schattig klein hondje, dat nu begrijpend naar haar opkeek. Misschien moest ze Karen vragen of ze hem toch mocht houden... Toen was hij ineens weg en ze moest hem achterna rennen. Wauw! Ze was buiten adem. Maar dat voelde verrassend goed.

'Er heeft iemand voor je gebeld,' zei Clive toen ze terug was. 'Iemand die David heet.'

Haar hart sloeg een slag over.
'Ik zie aan je gezicht dat het dé David was?'
Ze knikte.
'Ik ben bang dat ik me onbedoeld met je leven heb bemoeid.' Zijn ogen glinsterden. 'Ik heb gezegd dat je net de deur uit was met Sam.' Clive grijnsde ondeugend. 'Weet hij het van de pup? Want anders heb ik waarschijnlijk net de indruk gewekt dat Sam een man was...'

*

Hugh had zich duidelijk grote moeite getroost! De kleine beukenhouten keukentafel was mooi gedekt met smaakvolle roze met groene placemats met plantenopdruk en echte servetten die gevouwen naast Wedgwood-borden lagen. Er stond een kom water met een drijfkaarsje erin.
Romantisch maar niet overdreven.
'Het meeste is van mijn zus geweest,' zei hij toen ze hem complimenteerde met zijn smaak. 'Ze heeft me ook geleerd te koken.'
De afgelopen maanden had hij het vaak over haar gehad, tegen haar en tijdens de bijeenkomsten. 'Het zal wel moeilijk voor je zijn dat ze er niet meer is,' zei ze zacht.
Zijn gezicht bleef onbewogen. 'Het gaat.'
Zoals hij het zei klonk hij als een man die het over zijn overleden vrouw heeft. 'Ruikt heerlijk!' Ze zei het met opzet op een zangerige toon om een positieve sfeer te krijgen.
'Dank je.' Hij sneed ernstig verse dragon met de precisie die verraadde dat hij koken serieus nam. 'We zullen het zo wel proeven, nietwaar?'
Hij was vanavond anders. Hij deed zenuwachtig; onhandig. En zijn handen trilden licht toen hij het eten naar de tafel droeg. Wat verlangde ze ernaar hem op zijn gemak te stellen! Maar toch voelde het niet helemaal goed om aan tafel te zitten met een man die haar man niet was. Hij had Wagner opstaan, terwijl zij liever jazz had. Ze vroeg zich af of het nog van seks zou komen. Stel dat ze het helemaal verkeerd deed. Stel dat ze saai was. Maar David was toch met iemand anders naar bed geweest, dus waarom zou zij dat niet doen?
Ze aten de tagliatelle bijna in stilte.
'Heerlijke pasta,' zei ze vriendelijk.
'Dank je.' Hij praatte langzaam alsof hij ergens anders aan dacht. 'Ik heb het zelf gemaakt.'
Een man die zijn eigen pasta maakte? Ineens had ze een visioen van Hugh die stroken pasta te drogen hing, zoals ze zo'n tv-kok had zien doen.
'Wat is er?'

Hij keek haar bijna argwanend aan.

'Eigenlijk niets. Ik moest even ergens aan denken.'

Hij leek niet overtuigd.

Ze legde haar bestek neer. 'Ik ben ook zenuwachtig, hoor.'

'Wie zei dat ik zenuwachtig was?' Er lag een lege uitdrukking op zijn gezicht en een angstig voorgevoel bezorgde haar een koude rilling.

'Nou, jij misschien niet dan, maar ik wel.'

Zijn gezicht leek op te klaren, waardoor ze door durfde te gaan.

'Jij bent de eerste man met wie ik uitga sinds David.' Ze boog zich over de tafel heen, nu de wijn en haar bekentenis haar moed gaven. 'Ik ben bang, Hugh. Ik voel me onhandig en dom als een puisterige puber.'

Hij stak zijn hand uit en greep de hare. 'Je bent geen puisterige puber. Je bent mooi en intelligent, Alison.'

Hij sprong op. 'Eigenlijk weet ik niet waarom ik je te eten heb gevraagd. Ik heb je niets te bieden. Ik... ik ben er niet klaar voor.'

Toen stond ze op en bijna stond ze tegen hem aan; hij was minder lang dan David en hun gezichten waren vlak bij elkaar. 'Ik verlang niet veel van je, Hugh. Alleen maar vriendschap en misschien...'

Voor ze het wist lagen zijn armen om haar heen. Stevig. Warm. Armen die naar haar verlangden. Geen armen die haar wegduwden zoals die van haar man. Ze voelden anders aan. Hier en daar dikker, maar toch minder sterk. Zijn mond lag nu op de hare; hard en tegelijkertijd zacht. Verkennend; eerst nieuwsgierig en daarna veelzeggend, alsof hij haar met een bedoeling kuste. Ze voelde hem hard worden toen ze tegen een muur stootten, met haar rug ertegenaan.

Nee! wilde een deel van haar gillen.

Stel je niet aan, zei een ander deel.

Toen voerde hij haar mee van de tafel, een kamer ernaast in. Vluchtig zag ze dat het een kleine kamer was; met een enorm bed en een roze met crèmekleurig sprei. Nogal overbodig bedacht ze dat het er wel vrouwelijk uitzag voor een man. En toen lag hij boven op haar; zijn mond nog hard tegen de hare en zijn handen die haar zwarte blouse uittrokken en toen haar broek.

Het was te snel.

'Wat is dat?'

Ze verstarde.

'Wat?'

Hij hield op met waar hij mee bezig was. 'Ik voel stukjes in het bed. Heel veel scherpe stukjes.'

De voetenscrubcrème, besefte ze plotseling ontzet. Het spul dat ze had gebruikt om haar huid gladder te maken. Ze had het er niet allemaal af gekregen!

'Ik voel niets,' loog ze.

Hij begon weer, maar de stemming was verdwenen. Ze had gehoopt dat ze gingen liggen en even zouden praten, een beetje zoenen. Misschien een beetje strelen in plaats meteen recht op het doel af te gaan. Hoe kon dit nu met een andere man gebeuren? Maar dit was toch wat ze had gewild?

Zijn huid voelde warm aan tegen de hare, fris. Met een citrusgeur. Niet zoals die van David. Plotseling werd ze overspoeld door een enorme golf van verlangen naar haar man. Ze duwde hem weg en kwam overeind, haar blouse tegen haar borsten drukkend. 'Het spijt me. Ik kan het niet.'

Ontzet zag ze zijn gezicht veranderen. Hij zag er anders uit. Zijn wenkbrauwen vormden één lijn en zijn mondhoeken krulden omhoog alsof hij haar verachtte.

'Je hebt me gewoon zitten opgeilen.'

'Hugh! Dat is gemeen.'

Hij duwde haar terug op het bed. Nu was ze echt bang.

'Net als de anderen. Dat doe je. Je verleidt een man en dan...'

'Joehoe! Ik ben het maar! Waar zit je?'

Even dacht Alison dat ze droomde. Dit kon niet. Maar toch klonk het als...

'Caroline!'

Goddank klom Hugh van haar af.

'Gelukkig! Hoe wist je waar ik zat?'

Maar er klopte iets niet. Helemaal niet. Haar zus keek niet naar haar. Ze keek naar Hugh. En toen weer naar haar.

'Wat is hier in godsnaam aan de hand, Simon?'

Simon?

Hugh klemde zijn lippen op elkaar, terwijl hij een blauwe, zijden kamerjas aantrok. 'Dat is kwetsend, hè, Caroline. Net zoals je mijn zus hebt gekwetst.'

Alison keek van de een naar de ander. Waar had hij het in vredesnaam over?

'Weet je nog wie dit was?'

Hugh haalde een foto uit een la. 'Adeline was getrouwd met Bruce. Maar die zul je je ook wel niet herinneren.'

Was Bruce niet de man met wie haar zus een paar jaar geleden iets had gehad? Die bij zijn vrouw was weggegaan, waarna Caroline het had uitgemaakt? Zowel David als zij had dat afgekeurd.

'Precies. En weet je wat mijn zus heeft gedaan, twee jaar geleden, toen haar man bij haar weg was gegaan? Ze is een plattelandsweg ingereden en heeft een overdosis genomen. Dit dagboek liet ze achter als afscheidsbrief.'

Hugh liep naar Caroline en greep haar arm vast. 'Wees maar niet bang. Ik zal je niets doen. Waarschijnlijk kwets ik je al doordat ik met je zus naar bed ben geweest.'

'Nee,' fluisterde Alison. 'We hebben niets gedaan.'

Caroline zag eruit alsof ze moest overgeven. 'Hoe heb je hem leren kennen... Hoe heb je...'

'Door jou!' Hugh schudde zijn hoofd met wat eruitzag als een wrange glimlach. 'Internetdaten kan link zijn. Daar waren we het over eens. En als ik het me goed herinner, zei jij dat we zo boften dat we elkaar op die site tegen waren gekomen.'

Zijn gezicht stond nu ernstig. 'Dacht je dat het toeval was? Van het dagboek van mijn zus wist ik precies wie je was. Ze had een privédetective ingeschakeld die wist wie je was. Ze wist waar je woonde. Toen kwam ik erachter dat je een datingsite bezocht, en dus kon ik je opzoeken. Daarna was het kinderspel. Wil je het zien?'

Wat zien, wilde Alison vragen, maar haar lippen bewogen niet. Haar zus kon evenmin iets uitbrengen, zag ze.

'Het dagboek.' Hij trok een la achter zich open en haalde er het dunne, rode boekje uit dat ze in zijn hand had gezien toen ze een keer onverwacht langskwam. 'Je staat erin. Alles over jou. Ik heb de stukjes aangegeven. Moet je luisteren.'

Bruce zei dat hij moest overwerken. Alweer. Toen hij die avond thuiskwam had ik medelijden met hem. Zijn ogen waren rood van vermoeidheid. Maar toen hij onder de douche stond, piepte zijn mobiel. Zij was het. Weer. Ik weet niet hoe ik verder moet. Hij had gezegd dat het voorbij was. Dat had hij beloofd.

'En dan het laatste wat ze heeft geschreven. Het stuk nadat de privédetective je had gevolgd.'

'Mij gevolgd?' sputterde Caroline. 'Hoe durft hij?'

'Zij. Hou je mond en luister.'

Hij zegt dat het nu voorbij is. Dat zij het heeft uitgemaakt met hém. Iets vaags over 'meer ruimte voor zichzelf' nodig hebben. En ook al weet ik dat ze dit deed vanwege mijn telefoontje naar haar, ik besef ineens dat ik mezelf de das om heb gedaan.

Want hij houdt nog van haar.

Ik zie het aan de doffe blik in zijn ogen. Ik besef dat, wat ik deze keer ook doe, het niet zo zal gaan als de vorige keren. Want hij hield van deze Caroline. Deze carrièrevrouw zonder kinderen in haar chique flat, die in een cabrio rijdt. Die zelfverzekerde, mooie vrouw die in niets op mij lijkt.

Dus je snapt wel, Simon, het heeft geen zin meer. Helemaal geen zin. Het spijt me.

Hughs ogen – ze kon hem na al die maanden niet als een Simon zien – glinsterden. 'Ik denk dat ze dit dagboek voor mij heeft geschreven. Om het allemaal uit te leggen. Om uit te leggen waarom ze die overdosis nam.'

Alison hapte naar adem, wierp een vluchtige blik op haar zus, die op haar lip stond te bijten. Met een misselijk gevoel bladerde ze door het dagboek. 'Kinderen! Ze heeft het over kinderen. Wat is er met hen gebeurd?'

Weer zo'n schorre lach. 'Die bestonden niet. Alleen in haar verbeelding. Mijn zus heeft de ene miskraam na de andere gehad, en ze had voor ieder kind een naam. Dat was een van de problemen; zij wilde graag doorgaan met een of andere nieuwe behandeling. En dat kon niet zonder hem.'

'Maar die nicht...' Alison maakte een gebaar om zich heen. 'De nicht van wie dit is. Hoe zit dat met haar?'

Hugh keek haar strak aan. Zonder een spier te vertrekken. 'Geadopteerd. Ze heeft mij de flat toevertrouwd zolang ze in de VS zit.' Hij zei het trots. 'Ik heb hem zo gehouden zoals ze hem heeft achtergelaten.'

'Maar waarom heb je gedaan alsof je een kamer nodig had om in te wonen?'

'Om je te vleien. Dan kon ik doen alsof ik je met je uit wilde.'

Het besef kwam aan als een mokerslag. Zo hard dat ze de pijn van afwijzing voelde, ondanks alles wat hij net had gezegd. Hij had haar niet gewild. Al die dingen die hij had gezegd, had hij niet gemeend. Ze was niet aantrekkelijk. Hij had haar gebruikt...

'Ik begrijp het nog steeds niet.' Caroline beet op haar lip. 'Je hebt contact gezocht met Alison om wraak op mij te nemen. Maar hoe wist je dat zij mijn zus was?'

'Weer door jou! Je moet beter oppassen met wat je zegt, Caroline! Ik weet het nog goed, je hebt erom gelachen. Je zei dat je zus vast niemand anders zou kunnen vinden, dus dan kon ze maar beter lid worden van zo'n groep afgedankte zielenpieten.'

Alison snakte naar adem om dat verraad. 'Heb jij dat gezegd?'

Caroline wendde haar blik af. 'Dat meende ik niet. Sorry. Adeline heeft zichzelf omgebracht. Toen ze me belde en vertelde hoeveel Bruce voor haar betekende, heb ik er een punt achter gezet.' Ze haalde haar schouders op en keek een andere kant op. 'Ik had nog nooit een van de echtgenotes gesproken.'

'Sorry,' zei Hugh kil, 'geeft mij mijn zus niet terug. Maar wraak helpt ook. Met mijn zwager heb ik al afgerekend, maar ik vond niet dat jij er zo makkelijk vanaf kon komen. Het heeft al onze levens verwoest – ik heb zelfs mijn baan als scheidingsadvocaat opgegeven, omdat ik er niet meer tegen kon.' Hij stootte een hees lachje uit. 'Daar kende ik al die privédetectives van. En toen ben ik bij dat scheidingsclubje gegaan om haar te verleiden en wraak te nemen op jou.'

‘Wat laag.’

‘Nee. Vrouwen als jij zijn laag. Vrouwen die de man van een ander verleiden en dan weggaan, omdat ze zich niet willen binden.’

Zijn blik werd op haar gericht. ‘Ik vond het niet leuk je te kwetsen, Alison. Je bent een lieve vrouw, echt. Maar ik hoop dat je zus een lesje heeft geleerd. Ze maakt huwelijken kapot. En daar moet een eind aan komen, zoals mijn zus zei. Dat is het minste wat ik voor haar kan doen. En ga nu maar weg. Jullie allebei.’

44

Karen

Karen geloofde haar oren niet toen Alison haar belde en over Hugh vertelde. In zekere zin voelde ze zich verantwoordelijk. Was het naïef van haar geweest om in de krant te adverteren voor de groep? Misschien had ze hen eerst allemaal moeten natrekken.

'Hoe had je dat moeten doen?' merkte Clive op. Ze zaten in een wijnbar in een mooi dorpje waar ze nog nooit was geweest dat maar een halfuur rijden was. Niet zo ver dat ze niet terug kon als ze zich ongemakkelijk voelde. Maar wel zo ver dat Adam, Hayley of wie dan ook hen niet zouden zien.

Om een of andere reden had ze niemand verteld dat ze Clives uitnodiging had aanvaard. Ze zouden er helemaal verrukt van zijn geweest, het als een date hebben gezien. Maar eerlijk gezegd wist ze niet goed wat het was. Tot nu toe had Clive niets gedaan wat vriendjes in het verleden hadden gedaan, zoals haar per ongeluk aanraken als ze het autoportier voor haar openhielden of na vijf minuten haar hand pakken. Hij leek zich meer om Alison te bekommeren.

'De enige manier om mensen na te trekken,' ging hij verder, met stemverhef om het geroezemoes in de bar te overstemmen, 'is met de middelen die de politie heeft. Je weet wel, zo'n bewijs van goed gedrag dat mensen moeten indienen als ze met kinderen of kwetsbare groepen werken. En we weten niet of Hugh of Simon, of hoe hij zich ook noemt, dat heeft.'

Karen speelde met de steel van haar wijnglas. 'Alison en haar zus maken zich zorgen over wat hij over zijn zwager heeft gezegd. Iets over dat hij met hem heeft afgerekend.'

'Dat werpt er weer een ander licht op.' Clive leek na te denken. 'Misschien moet je ze in dat geval aangifte laten doen.'

Ze kreeg het een beetje warm. 'Kan ik daardoor in de problemen komen?'

'Hoezo?'

Hij keek haar nu aan op een manier die alleen omschreven kon worden als bewonderend. Het gaf haar een gevoel van angst en opwinding. Van macht zelfs. Maar dat was niet wat ze wilde voelen; niet nu alles zo op z'n kop stond.

'Jij bent de hartelijkste, vriendelijkste persoon die ik ken.' Hij keek haar nog steeds aan. 'Alison heeft me een beetje over de bijeenkomsten verteld.

Ze komt altijd helemaal opgetogen terug en ze straalt een zeker zelfvertrouwen uit, dat ze daarvoor niet had.'

'Echt? Maar dat kwam vast door Hugh.'

'Dat kan,' gaf hij toe. 'Maar toch, het feit dat ze het gevoel had dat ze met jou kon praten, bewijst hoe belangrijk je bent. Je hebt zoveel mensen geholpen die er anders alleen voor hadden gestaan. Ik wou dat ik zoiets had gehad toen het mij overkwam.'

Om een of andere reden hield ze haar mond. Ze ging er niet op in met het soort vragen dat ze normaal gesproken zou hebben gesteld. Zoals: was hij getrouwd geweest? Wie is bij wie weggegaan? Waarom woonde hij op zijn leeftijd nog steeds in een gehuurde kamer?

Het leek eeuwig te duren voordat hij iets zei. 'Weet je, ik heb hier nog niemand over verteld.'

Haar handen begonnen te zweten om de steel van haar glas.

'Maar jij hebt iets, Karen, waardoor ik het je wil vertellen. Om een of andere reden denk ik dat jij het zult begrijpen.'

Hij wachtte nu af. Hij wilde dat ze iets zei.

'Probeer maar,' zei ze zacht.

Hij haalde diep adem en ging er eens goed voor zitten. 'Ik ben jong getrouwd. Dat deed je in de jaren zeventig.'

Dus hij was ouder dan hij eruitzag!

'Eerst ging het goed met mijn vrouw en mij. Jong getrouwd – dat was een van de redenen waarom ik mijn studie diergeneeskunde eraan gaf. Maar toen probeerden we kinderen te krijgen.'

Ze knikte. 'Kinderen krijgen is prachtig, maar het is een ongelooflijke strestest voor je relatie. Lizzie... ik bedoel een van de meiden in de groep zegt dat haar man het zo moeilijk vond, omdat ze werkt en de hele tijd gestrest rondloopt en...'

Hou op met dat geratel, maande ze zichzelf. Hij moet praten.

'Eigenlijk...' Hij zweeg en keek rond. 'Eigenlijk kwam het doordat we geen kinderen konden krijgen dat het helemaal mis liep.'

Geen kinderen krijgen? Dat was vreselijk! 'Wat erg voor je.'

Hij knikte zwijgend. 'Dank je. Dat vond ik ook. Dus je snapt dat het mijn schuld was.'

Nee! 'Zo moet je het niet zien. Alleen maar omdat jij degene was die geen kinderen kon krijgen, wil dat nog niet zeggen dat jij de schuld op je moet nemen.'

Zijn stem was nu amper hoorbaar. 'Maar het lag niet aan mij. Het lag aan haar.'

'Maar waarom...'

'Omdat ik niet wilde adopteren. Ik had het maffe idee dat als je niet op de gewone manier kinderen kon krijgen, dat je ze dan helemaal niet moest willen.'

'O.'

Ze had het niet willen zeggen, maar het kwam eruit. En de toon zei meer dan welk woord dan ook.

'Zie je wel?' Hij schudde zijn hoofd. 'Jij vond ook dat ik flexibeler had moeten zijn.'

'Ik wilde niet...'

'Geeft niet. Dus het ging helemaal fout. Ik heb haar het huis laten houden – ik had niet het idee dat het gezien de gang van zaken mijn recht was om er mijn aandeel van te eisen – en toen heb ik een kleiner huis gekocht en me op mijn werk gericht.' Hij glimlachte wrang. 'Productiemanager, als je het wilt weten. Nogal saai. Zo ben ik Nancy tegengekomen, Eds stiefmoeder. Ik maakte folders voor haar winkel.'

Ze wilde meer weten. 'En toen?'

Hij lachte, alsof hij zichzelf uitlachte. 'Op een dag werd ik wakker en dacht: ik vind het vreselijk. Ik had het geld niet nodig – mijn moeder had me het een en ander nagelaten – dus ik heb het huis verhuurd en besloot in een bibliotheek in het zuiden te gaan werken, omdat ik dol op boeken ben en ik iets heel nieuws wilde doen. Ik wilde hier de verantwoordelijkheid van het kopen van een huis niet, daarom huur ik. Als mijn eigen huurder over zes maanden vertrekt, trek ik zelf misschien verder. Nieuw-Zeeland.'

Hij keek haar aan. 'Maar ik zal je vertellen, Karen, dat ik heb geleerd om veranderingen te verwelkomen. Er niet bang voor te zijn.'

Precies wat ze tegen de groep had gezegd, maar ze had er zelf niet in geloofd. Tot nu misschien.

'Het meeste begrijp ik wel – vooral dat van de boeken. Paul lachte me altijd uit als we op vakantie gingen, omdat ik altijd eerst mijn boeken inpakte en dan mijn kleren.'

'Zo ben ik ook! Kijk!' Hij groef in zijn zak en haalde een paperback te voorschijn.

'Jij dacht, ik breng maar iets mee voor het geval je je verveelt?' zei ze voor de grap.

'Nee!'

'Grapje, hoor. Die heb ik vorige week gelezen. Goed, hè?'

Ze praatten een poosje over de schrijver die volgens hen allebei meer erkenning verdiende dan hij kreeg.

'Nog een glaasje?'

'Nee, dank je. Ik krijg na één glas al rubberen benen.'

Hij lachte. Het was een prettige, warme lach waarbij ze zich helemaal op haar gemak voelde. Als ze niet die merkwaardige kriebel voelde als hij tegen haar praatte of haar aankeek, dan had ze kunnen denken dat ze met een oude vriend zat te praten die ze al eeuwen kende. Daarom verraste zijn volgende vraag haar nogal.

'En hoe zit het met jou, Karen? Wat is jouw verhaal?'

Of het nu kwam door de wijn of de sfeer (het was zo druk in de wijnbar geworden dat ze dichter bij elkaar moesten gaan zitten op het damasten bankje), het kwam er allemaal uit. Het in haar eentje opvoeden van een tiener, de problemen met Hayley, Paul die in de gevangenis zat en – na een keer diep ademhalen – de bekentenis van haar eigen abortus. Dingen die ze nooit iemand buiten haar eigen familie had verteld. Het feit dat ze vroeger een mooi huis had – niet zo mooi als dat van Alison, maar het kwam in de buurt – en dat ze nu in een andere wereld leefde waarin ze op de kleintjes moest letten. Maar dat het het allemaal waard was, tenminste dat dacht ze, omdat ze trouw was gebleven aan zichzelf.

Hij knikte. 'Precies. Zo denk ik er ook over.' Hij legde zijn arm op de rugleuning achter haar en ze voelde haar hartslag versnellen. 'Je hebt wel het een en ander voor de kiezen gekregen, hè, Karen? Je moet wel een bijzonder mens zijn.'

Bijzonder?

'Sommige mensen hadden al bij de helft daarvan het bijltje erbij neergegooid, maar jij lacht altijd. Loopt altijd mensen aan te moedigen. Jawel, dat doe je, ik heb je gezien. Maar wat doe je met je man?'

'Ex-man,' zei ze snel. 'Hoe bedoel je?'

Hij keek haar aan met een blik die zei dat ze heel goed wist wat hij bedoelde. 'Nou, het komt op mij over dat hij weer bij je terug wil komen. Het is natuurlijk geweldig dat hij je helpt met de problemen met je zoon en zijn vrouw. Maar uit wat je me hebt verteld maak ik op dat hij je weer terug wil.'

'Denk je?' Weer voelde ze die mengeling van opwinding en angst.

'Ja. De vraag is, wil jij hem ook terug?'

Die vraag had ze zichzelf ook al gesteld. 'Ik weet het niet. Ik weet het echt niet. Hij heeft me nodig. Wat moet hij als hij vrijkomt en nergens heen kan?'

'Dus het is het oude liedje met hem, hè? Sorry, Karen, maar ik ben nu even streng. Het is mooi dat je zo'n fantastisch, hartelijk en zorgzaam mens bent. Maar er komt een moment dat je ook voor jezelf moet zorgen. Dus neem geen overhaaste beslissingen. Denk goed na. Beloof je dat?'

Even dacht ze dat hij zijn hand op de hare zou leggen. Nee! Shit. Mooi. Ze had nu al genoeg complicaties.

'En hoe zit het met jou, Clive?' Haar stem klonk een beetje als een hoog gepiep. 'Wat ga jij met de rest van je leven doen? Je kunt niet eeuwig op de bank blijven hangen.'

Dat was er scherper uit gekomen dan ze had bedoeld, maar hij knikte alsof het een heel voor de hand liggende opmerking was. 'Ik ga weer naar Nieuw-Zeeland, denk ik. Mijn moeder is vorig jaar overleden en ik heb niet veel om hier voor te blijven. En het is een nieuw begin.' Deze keer raakte hij heel kort haar arm aan. 'Er komt een moment in je leven dat je dat nodig hebt. Vind je niet?'

Misschien. Maar er was nog iets anders. 'Hoe is het met je vrouw gegaan?'

Hij glimlachte treurig. 'Ze is in haar tweede huwelijk zwanger geraakt.'

'Maar hoe dan?'

'Ivf of zoiets. Dus je ziet, Karen, als ik was gebleven, dan hadden we dat misschien gedaan. Maar ik geloof vurig in aanvaarden dat iets voorbij kan zijn. Je kunt niet aan het verleden blijven hangen. We moeten allemaal verder, anders blijven we steken.'

Hij wees naar de sigarettenpeuk voor hen, die iemand net had uitgedrukt. 'Net als dat. Het wordt een beetje lawaaiig, hè? Zal ik je naar huis brengen? In de auto kunnen we verder praten. Ik kreeg net een idee over je zoon en schoondochter.'

❄

Het eerste wat ze de volgende ochtend deed was op weg naar haar werk bij Hayley langsgaan. Terwijl ze wachtte tot de deur openging, vroeg ze zich af wat ze zou doen als er een man bij Hayley was. Dat mocht. Tenslotte waren Adam en zij uit elkaar. Maar nee! Ze werd overspoeld door een golf van opluchting toen Hayley de deur opendeed in haar werkkleren en met de kleine Josh, wiens mond vol jam zat.

'Oma!'

Ze glimlachte naar Hayley, die er bleek en getekend uitzag. 'Ik zal je niet ophouden – ik weet dat je naar de crèche moet. Ik ben op weg naar mijn werk, maar dit moet je lezen.'

Ze duwde haar schoondochter een vel papier in handen en liep snel het pad af. Als ze opschoot kon ze nog net naar Doris' huis en maar vijf minuten te laat op haar werk komen.

Niemand deed open. Paul had gezegd dat hun zoon een andere baan had, maar was vaag geweest over de details. Ze zag de gordijnen bewegen en wist vrij zeker dat ze er Doris' gedaante achter zag. Ze zou het hem wel geven. Met zoveel herrie als ze maar kon maken liet Karen het papier door de brievenbus glijden. Het was aan haar zoon gericht, maar ze zou er niet van opkijken als haar schoonmoeder het zou lezen. En als ze verstoppertje wilde spelen, dan moest ze dat zelf weten.

En nu opschieten. Als ze volgende week een lang weekend vrij nam, moest ze nu genoeg uren draaien. Het Isle of Wight! Het idee gaf haar een gevoel van opwinding. Clive had gelijk. Ze had iets nodig om haar zinnen te verzetten. Ook vanwege dat ene wat ze hem níét had verteld. Dat ze nog steeds getrouwd was.

45

Ed

Ed zat in de auto moed bij elkaar te rapen om langs het pad omhoog te lopen. Hij was hier in geen jaren geweest – tien jaar om precies te zijn. En zelfs toen had zijn vader hem min of meer gedwongen.

'Het zal je helpen het verleden onder ogen te zien, jongen. Bovendien heeft ze het je nagelaten. Je bent het haar verschuldigd om het te onderhouden.'

Maar elke vierkante centimeter van het huisje voerde hem zo direct terug naar die eindeloze, warme zomervakanties waarin zijn moeder voordat de rest wakker was zachtjes op zijn deur klopte en ze er met z'n tweeën tussenuit knepen, stiekem, waarna ze met de hond, die langzaam volgde door de warmte in de vroege ochtend, door de begroeiing op de helling naar beneden liepen, naar het kiezelstrand.

'Wie het eerst door is!' riep zijn moeder dan opgewekt en dan lagen ze erin! Zijn moeder (slank, besefte hij nu, hoewel hij haar wilde schoonheid altijd vanzelfsprekend had gevonden) spatte lachend met het zoute water naar hem, hem aanmoedigend ook de sprong te wagen. Dan sprong Paddy erin en speelden ze maffe spelletjes; idiote spelletjes die, nu hij erbij stilstond, te gevaarlijk waren. Spelletjes waarbij hij naar de bodem dook en tussen haar benen door zwom en zijn adem zo lang inhield dat het een eeuwigheid leek. Spelletjes waarbij zijn moeder naar de rij rotsen zwom, zodat ze een zwarte stipje werd, en dan raakte hij altijd in paniek en begon hij te roepen voor het geval ze niet terug zou komen.

'Gekkie,' zei ze dan, terwijl ze hem knuffelde. 'Dacht je dat ik jou ooit in de steek zou laten?'

Hij huiverde.

'Kil, vind je niet?' Charlie, zijn chauffeur, draaide zich naar hem toe. 'Zelfs voor de tijd van het jaar.'

Hij knikte. Hij wilde niet praten, zelfs niet met deze vriendelijke man die een van de weinige mensen was die wisten wat er echt gebeurd was. Dit was nu een moment waarop hij wenste – echt vurig wenste – dat hij zelf had kunnen rijden. Nog zo'n uitdaging waar zijn vader hem voor had gesteld en die hij niet was aangegaan.

'Je kunt gaan als je wilt, Charlie. Ik red het wel met de tassen.'

Hij had al duidelijk gemaakt dat als ze er waren, Charlie zijn eigen gang kon gaan als hij zijn mobiel maar aan liet staan. Nog vóór ze waren aangekomen had Ed zich al afgevraagd hoe lang hij het hier zou uithouden. En nu hij er echt was staarde hij omhoog, naar het huisje met zijn blauwe veranda dat tegen de heuvel aan lag, tussen de heuvels en de ruige helling, en hij vroeg zich af of hij niet weer een van zijn klassieke fouten had gemaakt.

'Nee, dat heb je niet,' had Nancy door de telefoon gezegd toen ze eindelijk weer bijpraatten, zoals ze altijd hadden gedaan sinds zijn vader was gestorven. (Hij had toch beloofd dat hij voor haar zou zorgen als 'er iets gebeurde' hoewel het nu andersom leek te gaan.) 'Het is een lief gebaar. Die groep van jou heeft je wel geholpen, hè? Ze wilden ertussenuit en jij hebt hen daarbij geholpen.'

Ed wierp een blik op zijn horloge. Nog een paar uur voordat ze zouden komen. Ze kwamen in twee auto's met dezelfde veerboot vanuit Portsmouth. Dat had hij ook zo gepland. Voordat ze kwamen, moest hij nog iets belangrijks doen.

❄

De heuvel waarop het huisje stond was steiler dan hij zich herinnerde, of hij was misschien gewoon niet erg in vorm. Maar hoe dichterbij hij kwam, hoe mooier het eruitzag. Hij had zich tenminste aan dit deel van de afspraak gehouden. Misschien was hij niet vaak genoeg gekomen, maar hij had hier mensen betaald om het te schilderen en de tuin bij te houden. Hopelijk hadden de laatste huurders, die pas vorige maand waren vertrokken, het binnen ook fatsoenlijk achtergelaten.

Instinctief stond hij stil bij de vlinderstruik en hij dacht terug aan al die keren dat hij daar uren met zijn moeder had gezeten om naar de vlinders te kijken. Ze schilderde ze ook, herinnerde hij zich plotseling. Waar waren die schilderijen nu? Er flitste een beeld door zijn hoofd van zijn vader die bij hen kwam staan en zijn arm zorgeloos om zijn moeders schouders had gelegd. Ze hadden zoveel van elkaar gehouden! Was zijn vader daarom van de ene vrouw naar de andere gefladderd; van vriendin naar vriendin, toen zijn moeder was gestorven, waar hij pas mee ophield toen hij met Nancy trouwde, voordat hij dood neerviel?

En bleef hij zelf daarom altijd op zoek naar de ware? De ware van wie hij net zoveel had gehouden als van zijn moeder...

Daar was het. Het lavendelperkje onder het balkon. Haar lievelingsplekje toen ze nog leefde. En toen ze dood was. 'Daar wil ze liggen,' had zijn vader gezegd, en als kleine jongen had hij het beeld van haar gehad dat ze daar als Sneeuwwitje in een kist lag, een open kist zodat iedereen haar kon zien.

Nee, had zijn vader hem vriendelijk verteld. Alleen haar as.

As? Zouden ze dan een groot vreugdevuur houden, zoals ze thuis elk jaar deden met Guy Fawkes?

'Je zult die as niet zien,' had Viv de schoonmaakster op vrolijker toon gezegd. 'Maar het zal een plek zijn waar je altijd heen kunt, wanneer je maar wilt, om met haar te praten.'

Nu hij daar op het zand zat – droog en korrelig in de zomerse warmte – dacht hij erover na. Natuurlijk, je leest erover. Mensen die zeiden dat hun geliefden nog steeds tegen hen praatten, in hun hoofd, en dat ze dan terugpraatten. Maar op een of andere manier klonk dat toch dwaas. Ze kon toch niets horen? En wat zou hij tegen zijn moeder terugzeggen? Dat hij het meisje met de rare naam, met wie hij een band had gehad, een echte band, was kwijtgeraakt? En dat hij daarna een figuur had geslagen door een vrouw ten huwelijk te vragen op wie hij als schooljongen verliefd was geweest, alleen maar omdat ze samen een kind hadden en omdat ze in een rolstoel zat?

'Een kind!'

Wauw! Hij viel bijna voorover. Hij had zijn moeders stem niet zozeer gehoord als wel gevoeld. 'Een kleinzoon?'

Hoe had ze geweten dat het een jongen was? Misschien waakte ze dan toch nog over hem, zelfs nu ze dood was. Maar wat zijn vader en kindermeisje ook hadden gezegd, ze zou helemaal niet dood zijn als hij niet...

'Joehoe!'

Hij sprong op. Er stond iemand te zwaaien. Een groot en paars iemand. Lieve help. Hij had zich niet gerealiseerd dat Violet ook zou komen. Ze zou in een van de bijgebouwen moeten slapen, als hij niet zijn eigen bed wilde uitlenen.

'Hallo zeg! Wat fantastisch!'

Een andere stem! Klonk als die van Karen. En was dat niet Lizzie die daar de heuvel op rende? Ze moeten eerder gekomen zijn of anders had hij langer bij de vlinderstruik gezeten dan hij dacht.

'Denk aan je manieren.' Deze keer was het de stem van Viv. Hij kwam overeind en liep naar hen toe.

'Hallo,' zei hij met een naar hij hoopte vriendelijke gastheerstem. 'Welkom op het eiland.'

*

Alison kwam helemaal niet. Er was op het laatste moment iets tussengekomen, vertelde Karen hen op zachte toon, waardoor hij zich afvroeg of ze in orde was. Hij vond Alison aardig – was hen eigenlijk allemaal aardig gaan vinden, op Hugh na, die hij op een of andere manier niet kon uitstaan – en voelde bezorgdheid bij het horen van 'op het laatste moment iets tussengekomen'. Misschien kon hij Clive een sms'je sturen, gewoon om even te informeren.

Grappig dat hij zich zo bezorgd voelde. Voor hij bij de groep kwam, had hij nooit veel belangstelling getoond voor andermans gevoelens. Dat is tenminste wat Tatiana hem verteld had. 'Weet je wat jouw probleem is?' schreeuwde ze naar hem tijdens hun laatste dagen samen. 'Je bent zo vastgeroest in het verleden dat je totaal niet denkt aan de mensen die je nu om je heen hebt! Dat is waarom je geen huwelijk in stand kunt houden.'

Klopte dat? En toch kon hij het niet helpen dat uit alle vrouwen die hij tegenkwam in zijn leven – inclusief Claire – September degene was die hem het gevoel gaf dat het leven zin had. Duidelijk. Op het moment zelf. En nu was het te laat.

*

'Hoe lang heb je dit fantastische huis al?' vroeg Lizzie, terwijl ze samen in de keuken stonden waar ze hem hielp om de lunch te maken. (Ze hadden afgesproken dat ze dat om beurten zouden doen.)

'Al eeuwen.' Hij wierp een blik door de openslaande deuren naar de veranda die uitzicht bood over zee. 'Het is van mijn moeder geweest.' Hij glimlachte. 'Het werd ook wel het vrouwennest genoemd. Niemand kon haar ooit overhalen het te verkopen, zelfs niet toen de familie even min of meer op zwart zaad zat.'

Lizzie keek alsof ze iets wilde zeggen maar hield zich in. Mooi. Even had hij gedacht dat hij haar alles zou vertellen, en dat wilde hij niet. Je denkt nooit aan anderen, had Tatiana gezegd.

'En jij? Hoe gaat het met jou?'

Lizzie wendde zich af, maar hij had nog net een glimp van tranen opgevangen. 'Ze... ik kan haar naam niet over mijn lippen krijgen... is bevallen.'

Ze keek hem aan en deze keer zag hij ontegenzeglijk tranen blinken. 'Het... hij lijkt als twee druppels water op mijn man.'

Shit. En ze had zo zeker geweten dat de Slet met iemand anders naar bed was geweest.

'Dus...' Hij probeerde tactisch te zijn. 'Dat was het dan, zeker?'

Ze knikte. 'Hoe wil je deze wortelen? In plakjes of blokjes? Tom wil ze altijd zo.'

En toen was het hek van de dam. Tot nu toe had Ed zich altijd een meester gevoeld in het omgaan met huilbuien van vrouwen. Je negeerde ze gewoon, liep de kamer uit of gaf de dame een grote gin-tonic. Maar nu sloeg hij zijn armen om deze mooie, kwetsbare vrouw en zei dat het wel goed zou komen en dat niet alle mannen zulke hufters waren en dat ze wel snel iemand anders zou vinden.

'Maar ik wil niemand anders.' Haar snikken werden luider. 'Ik wil Tom.'

Shit. Nu stond ze echt hard te huilen. Wat moest hij doen? Gelukkig. Daar was Karen.

'Kom maar, liefje.' Ze knikte naar Ed om aan te geven dat ze het van hem over nam. 'Kom maar even mee. Laten we even een luchtje scheppen. Ik vind altijd dat dat helpt.'

Hoe deed ze dat? 'Er is links van de tuin een mooi pad. Het loopt naar het strand.'

Geen antwoord. Ed boog zich met een gevoel van mislukking weer over de wortelen.

'Onzin,' zei de stem in zijn hoofd. 'Het is helemaal niet mislukt. Jij hebt hen hier gebracht. In mijn huisje zullen ze tot zichzelf komen.'

Hij was gestopt, en het mes was in de lucht blijven hangen. Hij had zijn moeders stem sinds de dag na haar dood niet meer zo duidelijk in zijn hoofd gehoord. Dat was de dag dat ze tegen hem had gezegd dat hij zich geen zorgen moest maken en dat ze er altijd voor hem zou zijn. Maar toen hij zijn vader over die stem vertelde, was zijn vaders gezicht streng geworden en had hij hem in niet mis te verstane woorden gezegd dat het horen van stemmen in je hoofd een teken was dat je gek kon worden en dat hij er onder geen voorwaarde naar mocht luisteren. Dus dat had hij niet gedaan. Maar daar klonk hij weer!

'Vertel het ze. Vertel hun over mij. Vertel hun alles.'

Alles? 'Nee.' Hij liet het mes zo hard op de wortel neerkomen dat het puntje eraf schoot. Dat was te veel gevraagd.

*

Ze kwamen eerder terug dan hij had verwacht.

'Wauw!' zei Karen. 'Dat ziet er goed uit.'

Lizzie knikte. Ze was nog bleek, maar huilde gelukkig niet meer.

'Het is maar een vegetarische ovenschotel, hoor.' Ed wierp een blik op de oven.

'Een beetje ambitieus om voor al die mensen bij elkaar bonen te koken, vind je niet?' merkte Violet op, die langsliep. 'Denk eens aan de gasvorming. En vergeet niet dat ik aan de lijn doe.'

Karen giechelde en was Violet dankbaar dat ze het ijs had gebroken. Gek dat ze in een andere omgeving ineens weer verlegen waren tegenover elkaar, net als tijdens de eerste bijeenkomst. Nu voelde het alweer een stuk beter.

'Daar heeft ze misschien gelijk in.'

Ed maakte zich zorgen. 'Ik heb ook aardappels uit de oven die misschien niet helemaal gaar zijn van binnen; het duurde heel lang voordat ze klaar waren.'

Hij sneed er een door. Stik. Deze moest doorgehakt worden.

Karen legde een hand op zijn arm. 'Heb je weleens aardappels in de oven klaargemaakt, lieverd?'

Hij schudde zijn hoofd van niet.

'Ze moeten er veel langer in, tenzij je een magnetron hebt.'

Er was nog hoop.

'We kunnen voor de lunch ook naar die gezellige pub in het dorp gaan.'

Hij knikte. 'Goed idee. Ik trakteer. Nee, echt. Het is het minste wat ik kan doen om deze verpeste lunch goed te maken.'

Hij was er in geen jaren geweest. Hij was er zelfs nog nooit binnen geweest. Wanneer zijn ouders binnen iets hadden gedronken, was hij in de tuin gebleven. Zijn vader was dan af en toe naar buiten gekomen met een zakje chips met een klein blauw zakje zout erin.

Maar de pub met zijn laaiende vuur deed hen allemaal goed. Zelfs Lizzie, die er veel leuker uitzag nu ze een beetje was aangekomen, was gaan praten en had hen laten lachen met haar verhalen over haar ouders die hun nieuwe vriend en vriendin via Facebook hadden gevonden en verloren.

Toen had hij hun verteld over het joch, en dat die 's avonds de deur uit ging als Ed op het punt stond te gaan slapen. En dat hij altijd om geld zeurde zodat Ed zijn portefeuille moest verstoppen, waarna hij hem niet meer kon terugvinden.

'Dat is lief, dat hij bij je mag wonen,' had Lizzie gezegd.

Dus hij had geprobeerd uit te leggen dat er misschien veel niet klopte aan zijn familie maar dat ze altijd voor elkaar zorgden en dat zijn stiefmoeder Nancy meer een oudere zus was. En toen, bij de toffeepudding, waarop hij altijd dol was geweest, zat hij zomaar te vertellen over Claire en zijn aanzoek.

'Maar je kent haar nauwelijks!'

Dat was waar.

'Je bent een onverbeterlijke romanticus, liefje.'

Dat was Karen. Ook waar.

'En je zult wel beledigd zijn dat ze je heeft afgewezen.'

'Maar kennelijk heeft ze iemand anders. Ook al zit ze in... ondanks haar...'

Hij kon het niet over zijn lippen krijgen.

'Ook zal zit ze in een rolstoel.' Lizzie maakte de zin voor hem af.

Hij bloosde. 'Ik weet dat het vreselijk is, maar ik dacht dat ik haar een dienst bewees.'

'En ik dacht dat Sharon mij een dienst bewees door voor mijn kinderen te zorgen. Maar in plaats daarvan heeft ze mijn man ingepikt.'

'Lieverd, hij had een keuze. Mannen zijn geen marionetten. Ze kunnen nee zeggen.'

Het begon weer een zwaar gesprek te worden. Dat leek Karen ook te voelen. 'Zullen we teruggaan naar het huis om Violet op te halen? Ze zal nu wel uitgeslapen zijn. Misschien kunnen we daarna een eindje gaan rijden? Daarvoor zijn we uiteindelijk gekomen!' Haar ogen glinsterden. 'We moeten niet vergeten dat we nu vrijgezel zijn en alles kunnen doen wat we maar willen.'

Lizzie maakte een geluidje. 'Als je een oppas hebt.'

'Dan bof jij maar met je vader en moeder.'

Ze knikte.

De wandeling naar het huisje duurde niet lang. En hoewel hij er in deze tijd van het jaar eigenlijk nog nooit was geweest, zag het er beeldschoon uit, moest hij toegeven. 'Natuurlijk is het beeldschoon,' zei zijn moeder in zijn hoofd. 'En raad eens wie net is aangekomen?'

Hij keek het pad af, naar het huis.

'Het is Alison!' riep Karen opgetogen. 'Kijk, ze heeft iemand meegenomen!'

46

Karen

Gelukkig was het Hugh niet. Dat was Karens eerste gedachte. Tenzij hij ineens blond en vrouwelijk was geworden. Maar wie had Alison dan meegenomen? Dit weekend was strikt voor 'Hoe overleef ik de scheiding?' Bovendien had ze gedacht dat Alison, na wat ze Karen door de telefoon had verteld – hoewel er weinig details waren gegeven – niet had willen komen.

'Het spijt me.'

De twee vrouwen stonden hevig naar adem te happen na het beklimmen van de heuvel. 'Ik heb geprobeerd te bellen, maar ik kon geen contact krijgen.'

'De ontvangst is niet altijd even goed,' mengde Ed zich in het gesprek. 'Sorry.'

'Nee, ik moet sorry zeggen, omdat ik zomaar aan kom waaien.'

De vrouw die dat zei leek op Alison en toch ook weer niet. Ouder. Zelfverzekerder. Naast haar zag Alison er absoluut verlegen uit. 'Ik heb tegen mijn zusje gezegd dat ze toch moest gaan, ondanks wat er is gebeurd – de hufter. Het is voor ons allemaal een goede les, als ik zo vrij mag zijn.'

Haar zus! Nu begreep ze het.

'Ik zei dat ik mee zou gaan om haar gezelschap te houden. Als er geen plaats is, kan ik altijd een hotel zoeken.'

'Hoeft niet, hoor.' Ze zag dat Ed duidelijk verward keek en dat verbaasde haar niets. 'Ik ben bang dat ik alleen een veldbed in de kamer van je zus heb. Kom binnen.'

Veldbed? Karen liep achter hen aan naar binnen. Ze kon wel raden wie het echte bed voor zichzelf zou opeisen. 'Ik vind dat we daarna bij elkaar moeten komen om erover te praten,' zei ze stijf. 'Dat is tenslotte een van de redenen dat we hier zijn. De groep, bedoel ik.' Ze keek de zus nadrukkelijk aan, maar de boodschap kwam duidelijk niet over. 'We moeten bespreken wat we hier aan over hebben gehouden en er mogen vragen gesteld worden.'

'Let maar niet op mij,' kweelde de zus. 'Ik heb in hetzelfde schuitje gezeten. Ik kan misschien wel iets toevoegen.'

Dat zal best, dacht Karen. Ze had niet vaak op het eerste gezicht een hekel aan mensen. Maar deze Caroline met haar directe manier van praten en zoals ze te pas en te onpas dingen zei als 'ik zei tegen mijn zus' zou best weleens die ene uitzondering kunnen worden.

*

'Wát heeft hij?'

Ed leunde naar voren alsof hij niet kon geloven wat hij net had gehoord. Ze vond het zelf ook nog moeilijk te geloven. Ze voelde zich nog gedeeltelijk verantwoordelijk.

Alison herhaalde weer enkele details. Eds vuisten waren gebald, zag Karen. Hij had haar nooit het kwade type geleken. Ook Lizzie keek geschokt.

'Dat is toch zo'n beetje verkrachting. Ik vond het al een irritante gladjanus maar dit is nog veel erger. Ik hoop dat je hem hebt aangegeven.'

'Dat heb ik ook gezegd.' Carolines toon was verontwaardigd, zoals dat bij schuldbewuste mensen vaak het geval is. 'Het is schandalig.'

'Dat is het zeker.' Lizzies stem klonk duidelijk in het kaarslicht. (Om een of andere reden was er geen stroom, had Ed verontschuldigend gemompeld. Misschien omdat hij was vergeten de laatste rekening te betalen.) 'Het is schandalig dat jij een verhouding met een getrouwde man hebt gehad.'

'O, kom op, zeg. Doe normaal, lieverd. Zulke dingen gebeuren aan de lopende band.'

'Inderdaad.' Lizzies blik was op die van de vrouw gevestigd. 'Het is mij inderdaad net overkomen, en daarom ben ik bij deze groep gegaan. En waarschijnlijk heeft die Bruce je verteld dat zijn huwelijk al jaren voorbij was.'

Caroline knikte. 'Dat zeggen ze allemaal. Maar ze menen het natuurlijk niet. Ze hebben alleen een extraatje nodig om het vol te houden. Geen vastigheid. En dat kwam mij bijzonder goed uit.'

Dit was niet te geloven! 'Maar heb je nooit stilgestaan bij de vrouw? Hoe gekwetst ze zich zal voelen?'

'Nee, Karen, dat heb ik niet gedaan. Als een vrouw haar man niet kan vasthouden, dan is dat haar eigen schuld.'

'Caroline!'

Dat was Alison.

'Sorry, zus. Maar het is zo. Zelfs van David was het te begrijpen, snap je. Hij had zich in de loop der jaren afgebeuld. Ik was dan misschien niet zo dik met je man, maar ik begrijp wel waarom hij ertussenuit moest en zichzelf moest ontdekken, zoals hij het uitdrukte.'

Ed stond op. 'Ik heb genoeg gehoord. Ik heb dan misschien een rommeltje van mijn relaties gemaakt, maar ontrouw ben ik nooit geweest. Het spijt me, Caroline, maar je bent hier niet meer welkom.'

'Wat? Maar je kunt me er toch niet zomaar uit gooien. Om deze tijd nog?'

'Zoals je zei, er staat verderop een prima hotel.'

'Maar...'

Karen beet op haar lip. 'Als Caroline blijft en naar onze verhalen luistert en naar wat we van elkaar hebben geleerd, kan zij er misschien ook iets van leren.'

'Ik hoef niets te leren!'

'Hou je mond.'

Ze keken haar allemaal aan. 'Inderdaad. Ik zei hou je mond. Wij gaan vanaf nu praten, en jij houdt je mond. Je hebt een stukje van Lizzies verhaal gehoord; nu zul je het mijne horen.' Karen haalde diep adem. 'Ik heb mijn man het huis uit geschopt, omdat ik een abortus van hem moest laten doen. We hadden al een kindje en hadden het gevoel dat we het niet aankonden. Ik heb mezelf dat sindsdien kwalijk genomen en ook ik heb een paar minnaars gehad, maar nooit getrouwde. Nu is mijn ex weer opgedoken, en hij wil het weer proberen. Maar ik heb een ander leren kennen, en nu moet ik beslissen wat ik moet doen.'

Alle ogen waren op haar gericht.

'En wat ga je doen?'

Lizzies stem klonk zacht.

'Ik weet het niet, meisje. Ik heb me voorgenomen na dit weekend een beslissing te nemen. Nu jij, Ed.'

'Ik? Maar jullie kennen mijn verhaal al.'

Ze knikte. 'Ik wel, maar niet iedereen.' Haar toon werd milder. 'Als je het onderste uit de kan wilt halen hier bij de scheidingsclub dan moet je feedback krijgen uit de groep. Dat hebben we in het begin afgesproken.'

Hij knikte. 'Oké.' Hij haalde diep adem. 'Mijn excuses aan iedereen die dit al weet.'

'Ik nog niet.' Violet zat bijna te likkebaarden, maar Alisons zus keek haar aan met een blik die haar het zwijgen leek op te leggen.

'Ik heb op mijn werk een meisje leren kennen. September. Iemand van wie ik echt het gevoel had dat ze de ware was. Maar ik heb het verknald.'

'Nee,' deed Lizzie een duit in het zakje. 'Dat heb ik voor hem gedaan.'

'Hoe dan?'

'Dat ligt een beetje ingewikkeld. Vertel maar verder, Ed.'

'Oké. Toen kwam ik mijn eerste vriendinnetje weer tegen. Claire. Ze heeft een kind gekregen – dat wist ik niet – en, ja, het is mijn zoon. Hij is nu in de twintig en zij zit in een rolstoel. Dus ik heb haar ten huwelijk gevraagd.'

'Wat ontzettend romantisch,' zei Caroline ademloos.

'Misschien wel, maar ze heeft me afgewezen.'

'En nu?' Violet stootte hem aan. 'Wat ga je nu doen?'

Ed haalde zijn schouders op. 'Ik weet het niet. Maar van deze groep heb ik geleerd dat ik er wel overheen kom. Jullie zijn allemaal zo dapper.'

Zeg het. Zeg het, drong de stem in zijn hoofd aan.

'Er is nog iets.' Hij hoorde zijn eigen stem haperen. 'Mijn moeder. Ik heb gezegd dat ze aan kanker is gestorven. Maar dat is niet zo. Dat hebben ze in het begin tegen mij gezegd om me te beschermen.' Hij haalde weer diep adem. 'Het volgende is gebeurd. Op een dag zaten we in de auto. Ik was negen. Een druk mannetje. Ik wees haar iets aan buiten de auto. Een kermis. Met een draaimolen. En palmbomen.'

Zijn stem trilde. 'Ik wilde erheen. Dat soort dingen deden we. Leuke dingen. Maar ze zei dat ze geen tijd had om te stoppen. Dus heb ik... Ik heb aan haar hand gerukt. Die lag op het stuur. En we zijn van de weg geraakt. Het volgende dat ik nog weet was dat ik thuis wakker werd in bed. En mijn moeder was er niet meer.'

Hij staarde hen ontzet aan. 'Daarna ben ik een poosje mijn geheugen kwijt geweest. Daarom geloofde ik die leugen over kanker ook. Maar toen ontdekte ik de waarheid. Mijn domme gedrag in de auto heeft mijn moeder het leven gekost. Daarom is er sindsdien niets in mijn leven goed gegaan. Daarom heb ik nooit leren rijden. Ik kan het gewoon niet. Daarom ben ik kaal, want al mijn haar is uitgevallen toen ik kind was, kennelijk door de shock. Daarom kan ik nooit gelukkig zijn. Want geen van de vrouwen met wie ik ben getrouwd kon zich met mijn moeder meten, afgezien van eentje misschien. En omdat ik bang ben een relatie te hebben met iemand van wie ik echt hou. Ik ben bang dat ik ze pijn zal doen zonder het te willen, net als bij mijn moeder. Daarom moet voor mij alles perfect zijn, of het nu in relaties is of het feit dat ik niet tegen rotzooi kan, zodat niets ooit nog verkeerd gaat.'

Zo. Het was eruit. Hij had het niet moeten doen. Had het niet moeten zeggen. Zoals ze hem nu allemaal aan zaten te kijken.

'Arme jongen. O, jij arme jongen.'

Karen keek op. Dat klonk niet als Lizzie. Of Violet. Of Alison en zeker niet als haar zus. Wie was in hemelsnaam dat bloedmooie, roodharige schepsel dat in de deuropening stond, met haar lange, tengere gestalte tegen de muur geleund; haar blik op Ed gevestigd, die haar plotseling ook had gezien.

'September?'

Lizzie kleurde rood. 'Het spijt me, Ed. Ik kon het niet laten. Die brief die ik heb achtergelaten. Ze heeft hem eindelijk gekregen.'

September liep met grote passen naar binnen en ging aan Eds voeten zitten. Ze nam zijn hand in de hare. 'Het duurde even, omdat het ziekenhuis mijn andere naam had.'

'En ik heb haar over ons weekend verteld!' Lizzie weer. 'Ik dacht dat het misschien zou helpen als...'

'Ik hierheen kwam en je opzocht.'

Het meisje sprong op en gooide haar armen om een duidelijk verbijsterde Ed. ‘Nu heb ik alles gehoord. Hou je echt van me, Ed? Echt? Want als dat zo is, ik denk dat ik dat ook voor jou voel.’

47

Lizzie

Ze kon tenminste iets goed doen. Van haar eigen leven had ze misschien een zootje gemaakt, met de hulp van Tom en Sharon, maar op een of andere manier had ze, zoals het er nu voor stond, geholpen om het voor Ed en dat mooie meisje goed te maken.

Met de komst van September was het voor de rest van de dag met praten gedaan. Ze waren in kleine groepjes uiteengevallen, en Lizzie slenterde naar de plas waar ze met haar ouders zoveel fijne vakantie-uren had doorgebracht. Dat was de plek waar haar vader zich over de stenen muur had gebogen (streng verboden) en stekelbaarsjes had gekieteld. En daar was het postkantoor waar haar moeder altijd ansichtkaarten kocht en een keer – tot haar grote blijdschap – een groen schepnet waarmee ze konden gaan vissen in de poelen bij Luccombe.

Vooruit dan maar. Ze kon het niet laten.

> RAAD 1NS WAAR IK BEN, sms'te ze. BONCHURCH. EEN WKND MET GROEP. MAMA PAST OP KIDS

Zo! Haar eerste sms naar haar vader sinds hij zo dom was geweest om het huis uit te gaan. Hij had natuurlijk in de schuur zijn oplader niet bij zich, hoewel haar moeder vermoedde dat hij af en toe naar binnen sloop om naar de wc te gaan, als zij weg was. 'Als hij dommetje wil spelen, dan zal ik hem niet tegenhouden,' hield ze vol.

Nou, het werd tijd dat het allemaal eens ophield. Eén op de klippen gelopen relatie in de familie was al erg genoeg. Bij de gedachte aan de baby – ze wist niet hoe hij heette en eerlijk gezegd wilde ze het ook niet weten – werd ze niet goed. Tom en zij waren door de kinderen met elkaar verbonden. Maar nu had hij een kind bij een ander. Erger nog, hij had tegen haar gelogen. Gelogen over hoe lang hij al iets met Sharon had. Als het één keertje was geweest, zoals hij had beweerd, dan had ze hem heel misschien nog kunnen vergeven. Maar dit was anders. En zoals Karen aan de telefoon had gezegd, moest ze opstaan, het stof van zich afkloppen en verder gaan met haar leven.

Alsof het niets was.

*

'Bedankt!' Toen ze terugkwam zat er een stralende September bij het vuur. Ed was nergens te bekennen, maar te oordelen aan de blozende wangen van het meisje, was hij waarschijnlijk nog in de slaapkamer. 'Ik ben zo blij dat je die brief hebt geschreven. Als Ed het me zelf had verteld, had ik hem nooit geloofd. En toen ik hem zo over zijn moeder hoorde praten, nou, daardoor besefte ik wat een heerlijke man het is, ook al is hij een beetje neurotisch bezig alles precies goed te doen.'

Lizzie knikte. Het was moeilijk enthousiast te reageren nu ze zichzelf zo waardeloos voelde. Ze had gedacht dat het zou helpen hier te komen; er even uit met de groep, had Karen gezegd. Maar het hielp niet. Niet als er meisjes als September stralend rondliepen met een geluk dat helaas niet besmettelijk was.

'Waarom ben jij bij de groep gegaan?' ging ze verder. 'Ben je al lang alleen? Dat zal niet lang duren, geloof me. Ik weet zeker dat ik iemand voor je zou kunnen vinden...'

Lizzie liep naar de deur. 'Ik wil eigenlijk niemand. Sorry, ik moet weg.'

Ze botste bijna tegen Alison aan die de hoek om kwam. 'Heb je even?' De oudere vrouw nam haar mee naar haar kamer; een kleine kamer met een smal bed en wat pastels aan de muur die eruitzagen alsof ze een poos geleden waren geschilderd door een redelijk vaardige amateur.

'Ik kon er niets aan doen. Ik hoorde wat Eds vriendin zei. Het spijt me. Ik weet dat het moeilijk voor je moet zijn. Maar je zult er doorheen komen, Lizzie. Het voelt alleen nu afschuwelijk.'

Wat vriendelijk van haar! Vooral na wat ze zelf had doorgemaakt.

'Eigenlijk heeft het me goed gedaan.' Alison leek te weten wat ze dacht. 'Ik wilde wanhopig graag bewijzen dat ik nog aantrekkelijk was. David gaf me het gevoel afgewezen te zijn.'

'Zo voel ik me ook.'

'Dan moet je niet dezelfde fout maken als ik!' De oudere vrouw hield haar polsen vast. 'Duik niet in bed met de eerste de beste man die wil.'

Er flitste een beeld van Rob de fotograaf door haar hoofd. Goddank was er toen niets gebeurd! Tenminste, dat kon niet, anders had Rob zich veel schuchterder gedragen in plaats van haar nieuwe (platonische) beste vriend te worden. 'Zal ik niet doen. Bedankt voor de goede raad.'

'Geen dank. Nu moeten we opschieten, anders komen we te laat.'

Te laat waarvoor?

'Heeft Karen dat niet gezegd? Ze wil dat we in de tuin bij elkaar komen. Kennelijk moeten we allemaal iets doen. En ze doet er heel geheimzinnig over.'

*

Het bleek om een Amerikaans idee te gaan. Karen had er op internet over gelezen. Ze moesten allemaal een ballon opblazen en bij het blazen, moesten ze er al hun gevoelens in uitademen. Daarna gewoon een knoopje leggen en toekijken hoe hij wegzweeft.

Wat voor zin had dat?

Het opblazen was het moeilijkste. Ze probeerde het. Maar ze beging de fout om zich Sharon in dat kraambed voor te stellen, en ze kon meteen geen adem meer krijgen. Toen haalde ze zich Toms gezicht voor de geest terwijl hij in het ziekenhuis naar de baby keek; het kind dat niet van hem en haar was maar van Sharon en Tom. Ze hoorde zijn stem. 'Het spijt me, Lizzie. Het was niet twee maanden. Het was twee jaar. We hebben al twee jaar een relatie. Ik wilde je alleen niet kwetsen.'

Op dat moment smeet ze de ballon op de grond.

Maar iemand nam het van haar over. Iemand met bleke, mollige handen en kruimels aan de vingers. 'Zal ik?' vroeg een stem vriendelijk. Violet!

'Zeg maar wat je erin wilt blazen, dan doe ik het voor je.'

'Pijn,' stootte Lizzie uit.

Violet blies, waarbij haar kalkoenennek trilde.

'Afwijzing.'

Nog een keer blazen. Nog een trilling.

'Angst voor de toekomst.'

Deze keer een langere uitademing.

'Opluchting.'

Violets zwarte kraaloogjes keken haar aan. Als het had gekund had ze zichzelf aangekeken. Waarom had ze dat gezegd? Maar het was waar. Opluchting omdat ze eindelijk de waarheid wist!

Weer een keer blazen.

'De behoefte mezelf trouw te zijn.'

Weer werd er geblazen, goedkeurend bijna.

'Vastberadenheid. Een nieuwe uitdaging aangaan.'

De ballon was nu bijna vol.

Wat kon ze nog meer zeggen?

'Vriendschap?'

Dat was Violets stem. Ze keek haar hoopvol aan. Ze waren niet erg vriendelijk voor haar geweest in de groep, besefte Lizzie ineens schuldbewust. Ze hadden achter haar rug om stiekem om haar gelachen. Wat onvriendelijk. Wat ontzettend onvriendelijk.

'Vriendschap,' zei ze kordaat. 'Absoluut.'

Violets zwarte ogen straalden toen ze haar de ballon gaf.

‘Knoop jij hem maar dicht,’ zei ze resoluut.

En Lizzie moest zich ertoe zetten het warme speeksel aan de ballon aan te raken.

‘Eén, twee, drie,’ riep Karen. En met z’n allen lieten ze hun ballon los. Daar gingen ze. Hoog in de lucht, die nog steeds licht was – na de winter was dat zo heerlijk – een belofte van een zomer die komen zou.

En opeens voelde Lizzie zich beter dan ze zich in jaren had gevoeld. Lichter. Helderder. Nog steeds met dat angstige gefladder in haar maag, maar stukken beter dan ze zich een hele poos had gevoeld.

48

Alison

Toen ze haar roze ballon had losgelaten – wat haar een dwaas gevoel gaf, maar tegelijkertijd ook op een of andere manier 'vrij' – ging ze terug naar het huisje voordat de anderen gingen, die nog op het strand waren, en op dat moment zag ze dat Carolines spullen weg waren.

'Sorry,' stond er op het briefje. Meer niet. Niets over waar ze heen was of hoe zij, Alison, nu terug moest of dat ze moest wachten voor het geval haar zus gewoon een eindje was gaan rijden. Maar dan zou ze haar koffer toch niet hebben meegenomen?

De anderen hadden geschokt gereageerd op het verhaal van Hugh – net als zij. Dat Caroline een arme vrouw tot zelfmoord had gedreven.

Maar dan nog, de echtgenoot was daar ook verantwoordelijk voor, en dat was een heel ander verhaal.

'Ik heb met mijn zwager afgerekend,' had Hugh gezegd. Wat betekende dat precies?

Op een of andere manier, en in de nasleep van alles wat er was gebeurd, leek David wel een heel eind in het verleden thuis te horen. Het was stom van haar geweest om zich zo gevleid te voelen. En nog stommer om het zo ver te laten komen dat ze met een praktisch vreemde in bed belandde. Maar, zoals Karen tijdens een bijeenkomst had gezegd, er was niets gebeurd. Ze had eigenlijk geluk gehad. Veel geluk. En nu zou ze voortaan beter oppassen. Ze zou zich op de kinderen concentreren – Jules mocht dan doen alsof ze volwassen was, maar ze had duidelijk nog steeds ouderlijke steun nodig. Een verantwoordelijke ouder. En ze moest zien wat haar budget was en op huizenjacht gaan, als David echt werk wilde maken van de verkoop van hun huis.

'Ga je al?' Lizzie stond bij haar in de deuropening, blozend van de kou. Ze zag er jonger door uit, heel aantrekkelijk. Arme meid! Alison had medelijden met haar. Dat had zij tien jaar geleden kunnen zijn als David dit eerder had gedaan. Zij had hun kinderen tenminste kunnen grootbrengen voordat het gezin uit elkaar viel. Lizzie had dat nog allemaal voor de boeg, maar ze was ook jong genoeg om iemand anders te vinden.

'Ik denk van wel.' Alison keek rond in de lege kamer. 'Het ziet ernaar uit dat mijn zus voortijdig is vertrokken. Ze zal zich na haar bekentenis wel ongemakkelijk hebben gevoeld.'

Lizzie knikte stijfjes. 'Ik weet dat het jouw zus is, maar ze kwam niet erg berouwvol over.'

'Nee.' Alison lachte droog. 'Daar doet Caroline niet aan. Meestal is er wel een excuus voor haar gedrag.'

'Net als bij mijn vader.'

Lizzie kwam binnen en ging op de rand van het bed zitten. 'Volgens mijn moeder zit hij nog in zijn schuur. Ze wil hem terug, maar is te trots om dat te zeggen. En ik denk dat hij hetzelfde voelt.'

'En die vriendin van hem? Jij zei toch dat ze eigenlijk best aardig was?'

'Marjorie?' Lizzie knikte. 'Ik vond haar best leuk, tenminste als ze geen concurrente van mijn moeder was geweest! Ze leek nogal in verlegenheid gebracht toen mijn moeder vertelde dat mijn vader haar iets op de mouw had gespeld over hun zogenaamd "problematische huwelijk".'

'Weet je waar ze woont?'

'Gewoon om de hoek! Kun je dat nog toeval noemen?'

'Weet ik niet. Maar het zou een idee kunnen zijn om bij haar aan te bellen. Vertellen wat er aan de hand is met dat schuurtje en kijken of zij je vader iets aan het verstand kan peuteren.'

De jonge vrouw keek twijfelachtig. 'Misschien.'

'En hoe zit het met jou?' Alison wilde haar armen wel om haar heen slaan. Ze leek zo jong om dit allemaal door te moeten maken. 'Ben je je door dit weekend iets beter gaan voelen?'

'In zekere zin wel.' Lizzie trok haar knieën op en sloeg er als een jong meisje haar armen omheen. 'Ik kan niet beschrijven hoe ik me voelde toen ik besefte dat het Toms kind was. Ik vind het nog steeds moeilijk te geloven. Maar toen ik ieders verhaal had gehoord, besefte ik dat ik niet de enige was. Ellendige dingen gebeuren. En mensen slaan zich erdoorheen. Net als Karen. Wat een prachtvrouw, hè?'

Alison dacht na over Karen. Een heerlijk, hartelijk mens dat bruiste van het potentieel dat ergens voor gebruikt moest worden. Een vrouw die ze nooit zou zijn tegengekomen als David niet was weggegaan. Eigenlijk was ze dan niemand van deze mensen tegengekomen, door het geïsoleerde leven thuis dat ze voorheen had geleid. 'Ze is geweldig. Ze verdient een medaille voor het feit dat ze ons bij elkaar heeft gebracht.'

'Ik weet niet wat ik zonder de groep had moeten beginnen.'

'Ik ook niet. Heb je het gehoord? Karen stelde voor pas over zes maanden weer bij elkaar te komen. Dat we ons leven oppikken en daarna weer bij elkaar komen om te zien hoe het iedereen vergaat.'

'Zes maanden?' Het gezicht van de jonge vrouw betrok. 'Ik weet niet of ik het zonder iedereen wel trek. Ik vond het zo fijn te weten dat er alleen al mensen zijn met wie ik kan praten. Niemand begrijpt het helemaal als hij het zelf niet heeft meegemaakt.'

Voor ze het wist had Alison haar hand uitgestoken en kneep ze in die van Lizzie. Hij voelde heel klein en ringloos aan. Tot nu toe had ze die van haarzelf niet af willen doen. Het leek zo definitief. Maar, heel vreemd, hij was pas geleden begonnen te jeuken, alsof hij na al die jaren haar huid irriteerde. Dat moest psychisch zijn.

'Ik kan je vriendin zijn, als je wilt. We kunnen afspreken en je mag me bellen wanneer je maar wilt.'

'Meen je dat?' Lizzies gezicht klaarde op. 'Dank je. Ik heb het gevoel dat ik Karen niet meer kan bellen. Ze heeft me nu al vaak genoeg geholpen en ze heeft duidelijk haar eigen sores.'

Alison knikte. 'Nu je het zegt, ik weet nog wel iets over Karen.'

Zodra ze het had gezegd, wist ze dat ze dat niet had moeten doen.

'Wat?'

Alison dacht aan het telefoongesprek in de hal dat ze de dag ervoor onbedoeld had gehoord. Clive had toen de telefoon snel neergelegd.

'Weet je nog dat Karen zei dat ze iemand anders had leren kennen? Nou, ik denk dat ik weet wie het is.'

'Wie dan?'

'Sorry. Ik heb al te veel gezegd. Maar als ik gelijk heb, is het een leuke vent. Erg leuk. Ik hoop alleen dat Karen de juiste beslissing neemt. Voor iedereen.'

*

Toen Caroline na twee uur nog niet terug was, nam Alison Lizzies aanbod aan om haar naar huis te brengen, samen met Violet. De oudere vrouw was het hele weekend nogal stil geweest, had ze gemerkt (ze had het het hele weekend niet over films of Elvis gehad) en ze wilde in de auto een praatje met haar maken, omdat ze zich best schuldig voelde dat ze dat niet eerder had gedaan. Maar Violet dutte in en Lizzie was duidelijk een automobilist die liever niet praatte tijdens het rijden. In zekere zin kwam dat haar wel goed uit. Ze had tijd nodig om na te denken.

Het lag voor de hand dat zij eerst naar huis werd gebracht, hield Lizzie vol. 'Bovendien slaapt Violet nog,' voegde ze eraan toe.

Dat was zo. Violet zat te snurken en er liep een dun straaltje speeksel over haar kin naar beneden.

Het was heerlijk weer thuis te zijn. Om weer bij Sam te zijn voor wie Jules had gezorgd. Maar waar zat hij? Zijn mand was leeg, dus waarschijnlijk was Jules met hem gaan wandelen. Maar waarom hing zijn riem dan aan de kapstok? Ze waren ook niet in de tuin – en toen ze naar boven rende om te zien of ze stilletjes in haar kamer waren (misschien lagen ze wel samen op haar dochters bed te slapen, zoals ze hen zo vaak had aangetroffen) zag ze een briefje liggen.

MOEST DIT WEEKEND WEG. ZIE JE MAANDAG. LIEFS, J

Sam! Waar was Sam? Wat had haar dochter met hem gedaan? Zelfs Jules was toch niet zo onverantwoordelijk om een hond een weekend alleen te laten?

Koortsachtig belde ze het nummer van haar dochter, maar na een paar keer overgaan schakelde de voicemail in.

Ze voelde een bittere smaak achter in haar keel. Ze leek niet logisch te kunnen denken. Misschien was hij toch in de tuin. Nee. Buiten op straat dan? Maar dan kon hij naar de hoofdweg zijn gelopen en dan...

Lieve help. Wat kwam daar nou op haar af? Een klein, zwart hondje dat naar voren dook aan iets wat een rode riem leek in plaats van een zwarte. En achter hem... Nee, dat kon niet!

Als ze hem niet zo goed had gekend (of dacht te hebben gekend) had ze hem niet herkend. Voor haar stond een heel ander soort man dan die in het café in Camden. Dit was David zoals ze hem had leren kennen. Natuurlijk ouder. Maar met een los zittend wit overhemd en een spijkerbroek. Glad geschoren. Fris naar citroenen ruikend. Redelijk kort haar.

'Dus dit is Sam! Een druk mannetje, hè?'

Davids gezicht straalde zoals dat van de jonge David die ze ooit had leren kennen. 'Ik was vergeten hoe hard ze konden trekken als ze zo jong waren.'

Door de opluchting werd ze kwaad. 'Waar denk jij dat je mee bezig bent? Ik kreeg de schrik van mijn leven toen ik zag dat hij weg was. Jules zou op hem passen. En zijn riem! Die was weg...'

Hij raakte haar arm even aan. 'Die werd te strak voor zijn nek, Alison. Ik heb een andere gekocht.' Hij praatte langzaam, alsof het de riem was waar het om ging. 'Jules kreeg een lastminute-uitnodiging, dus ze heeft gevraagd of ik op de hond wilde komen passen.' Hij bekeek haar gezicht. 'Ze probeerde me op het verkeerde been te zetten, wist je dat? Ze zei dat je met iemand sliep die Sam heet.'

'Doe ik ook. Hij maakt me elke ochtend om zes uur wakker.'

Hij bukte om de hond op zijn buikje te kietelen, zoals hij vroeger bij Mungo deed. 'Ik wist eerlijk gezegd niet zeker of je wel wilde dat ik naar huis kwam. Maar elke keer dat we belden, kregen we meteen je voicemail.'

Geen ontvangst, dacht ze. Ze hadden geen ontvangst gehad. Maar Jules had dit niet zomaar mogen doen. Ze hoorde Karens woorden weer. Iets over kinderen die wilden dat hun ouders weer bij elkaar kwamen. Iets over kinderen die zich vreselijk misdroegen tegen de ouder die 'geen schuld had,' hoewel ze nu van de groep wist dat er geen sprake was van schuld. Ze moesten er allemaal een beetje verantwoordelijkheid voor nemen.

'Wat geeft je het recht te denken dat je zomaar kunt terugkomen?' Ze sprak op koude toon toen ze naast elkaar (dat voelde idioot goed!) over straat naar huis liepen.

Hij keek beschaamd. 'Ik heb me gerealiseerd dat ik dom ben geweest. Ik wil terugkomen, Alison, alsjeblieft. Bovendien heb je me nodig. Caroline heeft gebeld en me verteld wat er is gebeurd met die... die man. Maar het is goed. Ik vergeef je.'

Haar vergeven?

'Nou, je bent toch met hem naar bed geweest?'

Niet te geloven! 'En stel dat ik dat had gedaan, David? Wat had jij er dan mee te maken? Jij bent er met een of andere vrouw vandoor gegaan – van wie je beweert dat ze gewoon een vriendin is – en ik mocht hier alles opknappen. En nu vind je het raar dat ik verder ben gegaan met mijn leven, zoals je zelf hebt gezegd. Wat wil je nou eigenlijk?'

'Jou.' Hij liep naar haar toe en keek haar met zijn blauwe ogen aan. 'Ik wil je terug. Ik wil dat het leven weer normaal is. Ja, ik heb een fout gemaakt en leg mijn hoofd in jouw schoot. Je hebt geen idee hoe schuldig ik me voel.' Hij wierp een blik op Sam. 'Toen Mungo ziek was, wilde ik bijna terugkomen, maar ik wist dat ik zou moeten blijven als ik dat deed.'

'Dank je.'

'En ik moest juist bij alles wegblijven om het uit mijn systeem te krijgen.'

Was dit echt bedoeld om haar van gedachten te doen veranderen?

'Ik wil alleen maar een nieuw begin maken. Asjeblieft, Alison.'

Hij praatte nu snel, alsof hij bang was dat ze weg zou rennen. 'Ik wil geen tweede Nick worden.'

Nick? Ze dacht terug aan de vriendin wier man een verhouding had gehad, toen het huis uit was geschopt – waarna zowel hij als zijn vrouw zich diep ellendig voelde.

'Maar ik wil ook geen tweede Pete worden.'

Pete was de man die ook een verhouding had gehad, die bij zijn vrouw mocht terugkomen maar voortdurend aan zijn 'sabbatical' werd herinnerd.

'Ik wil alleen...'

Aan hun voeten klonk een geluid. Een kokhalzend, raspend geluid.

Davids stem klonk bijna boos. 'Wat is er met hem?'

'O jezus! Zie je dat dan niet? Hij heeft iets ingeslikt. Hij eet altijd van alles.'

Snel stak Alison haar hand in Sams keel en trok er iets sponzigs uit dat een klokhuis had kunnen zijn of een ander stuk afval van straat.

'Dat doet hij altijd – het is een vuilnisbak.'

David keek naar haar hand. 'Je hebt je trouwring afgedaan!'

'Nee, niet waar. O god... hij heeft hem vast ingeslikt. Toen ik mijn hand in zijn keel stak.'

Snel herhaalde ze die handeling en viste rond in Sams bek.

'Niets!'

Ze staarden elkaar ontzet aan. 'Wat doen we nu?'

49

Ed

Het had raar moeten voelen om met September terug te rijden. Maar dat was niet zo. Ze hadden aan één stuk door op de achterbank zitten praten, en Charlie was zo welgemanierd om zijn oortelefoon in te doen zodat hij niet kon horen wat ze zeiden.

Tenminste, dat hoopte Ed maar.

Sommige dingen waren best... erg openhartig geweest.

'Natuurlijk vond ik je altijd leuk,' zei September, en ze bloosde die blos waar hij een huivering van langs zijn ruggengraat kreeg. 'Maar dat is zo afgezaagd, snap je? Afspraakjes met de baas en zo. We zijn allemaal opgevoed met het idee dat je je eigen weg baant in het leven.'

'Ik ook.' Hij zag zijn vader even voor zich. 'Maar je hebt het niet voor het uitkiezen op wie je verliefd wordt.'

September knikte energiek zodat haar kastanjebruine, kaaklange haar instemmend op en neer veerde. 'Dat zei mijn moeder ook.'

Hij kneep in haar hand. 'Je hebt haar over mij verteld.'

Weer die heerlijke glimlach. 'Natuurlijk. We vertellen elkaar alles. Nou ja, bijna alles. Mijn zussen en zij popelen om je te zien.'

Er ontbrak hier iets. 'En je vader?'

'Hij ook.'

Waarom had hij het gevoel dat ze nu wat terughoudend was?

'Als je mijn vader leert kennen, zul je hem wel mogen.'

O jee.

'Nou, hij vond dat gedoe in het ziekenhuis wel een beetje vreemd. Je weet wel, dat die Lizzie deed alsof ze je vriendin was. En toen zag ik jou met je ex en je zoon over wie je me niet had verteld.'

'Dat kwam doordat ik toen ook nog maar net van zijn bestaan afwist.'

'Precies wat ik tegen hem heb gezegd. Maar goed, mama vroeg zich af of je zondag wilde komen lunchen. Ik mocht je eigenlijk pas vragen als we alles uitgepraat hadden.' Ze keek hem onderzoekend aan. 'En dat hebben we toch? Alles uitgepraat?'

Dat hoopte hij maar. Maar waarom had hij dat vreemde, subtiel knagende twijfelgevoel? Dat gevoel dat altijd op kwam zetten als alles net goed ging met een meisje. 'Absoluut.' Hij keek Charlie in de spiegel aan. Misschien had die oortelefoon toch helemaal niet aan gestaan. 'Zondag? Graag. Hoe laat?'

*

De twijfels die Ed had werden opzijgeschoven zodra hij thuiskwam, nadat hij September had afgezet bij station Marylebone (Nee, echt Ed. Het zou geen goed idee zijn om me terug te brengen. Je leert ze zondag toch wel kennen).

Wat hij daar aantrof, was de bevestiging van alle angsten die ouders koesterden als ze hun grotere kinderen een weekend alleen thuis lieten. Het was niet het aantal schoenen dat achteloos uit geschopt in de hal tegen de muur lag. Daar was hij aan gewend. Hij telde ze altijd om te zien hoeveel vrienden het joch die nacht mee naar huis had genomen.

Het was de gecombineerde geur van niet-doorgetrokken toiletten, bier, iets zoetigs (nee, alsjeblieft!) en braaksel, waardoor hij zich afvroeg of hij wel twee hele dagen had moeten weggaan, ook al had het joch beloofd, plechtig beloofd, dat hij geen 'misbruik' zou maken van het huis, zoals hij het had uitgedrukt.

'Ha, Ed! Wat ben je vroeg terug!'

Een kennelijk geagiteerd joch kwam de trap af zakken in een enorme, witte badjas die Tatiana had achtergelaten, die een vaste klant bij Champneys was geweest. 'Nee, daar moet je niet naar binnen gaan! Ik moet eh... Ik moet de keukenvloer nog even doen!'

Dat sterkte zijn vastberadenheid. Krijg nou wat. De keukenvloer doen? Waar was die dan? Zo groot was de keuken niet, dat gaf hij toe, maar elke vierkante centimeter ging schuil onder dozen van afhaalpizza's, lege blikjes, kapotte glazen en... een lichaam?

Het bewoog. Gelukkig. Iets (het geslacht was moeilijk te bepalen aan de hand van kapsel en oorbellen) kwam overeind, maakte een soort boergeluid en braakte over Eds sportschoenen, waarna het weer neerzeeg op de vloer en luid begon te snurken.

'Jezus, Ed. Het spijt me. Ik zal ze even uittrekken. Ik koop nieuwe voor je. Ik...'

'Hou maar op.' Ed hield een hand in de lucht, zoals hij mensen in parken had zien doen om anderen te laten stilstaan. Hij zei: 'Het geeft niet.'

'Geeft niet?'

Hij knikte en probeerde het visioen van zijn vaders gezicht buiten te sluiten, dat maar niet weg wilde gaan. 'Ik ben ook ooit jong geweest, snap je. Ik weet nog dat ik een feestje had gegeven en mijn vader te vroeg terugkwam en helemaal door het lint ging. We hadden niet zo'n ontzettende bende gemaakt– dit is echt indrukwekkend – maar hij gaf me echt het gevoel mislukt te zijn. Kom op. Hier heb je een doek. Ik pak stoffer en blik, dan gaan we aan de slag.'

Bij het zien van de uitdrukking op het gezicht van het joch was hij zowel trots op zichzelf als beschaamd. Hij had duidelijk verwacht dat Ed van leer zou trekken. Maar om een of andere reden voelde hij zich na dat weekend op het eiland een stuk rustiger. Hij hoopte alleen maar dat hij dat tot morgen kon vasthouden, als hij zijn zoon zou spreken.

*

Hij had de sms gekregen toen hij na het weekend naar huis reed. Het bericht had luid gepiept en toen September nieuwsgierig naar zijn mobiel had gekeken, had hij haar laten zien van wie het bericht was. Hij wilde niet de indruk wekken dat hij nog meer geheimen had. Hij had het gevoel dat, als het menens was met dit meisje – en dat was het dacht hij ook, ondanks dat rare kriebelgevoel – dat hij doodeerlijk tegen haar moest zijn.

'Natuurlijk moet je met hem praten,' had ze onmiddellijk gezegd. En toen voegde ze er wat nieuwsgieriger aan toe: 'Lijkt hij op jou?'

Eigenlijk, vertelde hij haar, deed Giles hem denken aan een volwassener versie van het joch. En waarom niet? Ze waren allemaal familie van elkaar, hoewel de pechvogel die de opdracht kreeg hun familiestamboom te maken er een enorme dobber aan zou hebben om uit te zoeken welke takken waarheen gingen.

Nu hij een klein café in liep in een zijstraatje van Strand (voorstel van Giles), vroeg hij zich af of hij dat maar eens moest laten doen, of dat ze zich allemaal moesten opgeven voor dat tv-programma over familiebanden.

'Ed?'

Hij knikte. Hoe zul je elkaar noemen, had September gevraagd. En hij had het niet geweten. 'Papa' leek een beetje maf in deze omstandigheden – de jongen leek net een jongere halfbroer. Maar 'Ed' kwam ook te nonchalant over.

'Hoe is het?'

De jongen knikte. Niet dat hij hem een jongen zou moeten noemen; hij was een jonge man. Maar toch...

'Waar moet ik beginnen,' vroeg hij September tijdens die rit waarin ze over zoveel dingen hadden gepraat.

'Bij het begin,' had ze voorgesteld. 'Vraag hem wat zijn vroegste herinnering is en ga van daaruit verder. Zo moet je ook je levensverhaal schrijven, wist je dat? Daar is momenteel een radioprogramma over.'

O, ja? Dat was geen slecht idee. Hij keek de jongen aan die tegenover hem zat, stijf van wat op hem overkwam als rancunes. En hij kon het hem eerlijk gezegd niet kwalijk nemen.

'Ik heb geen moeder gehad, weet je,' zei hij plotseling. 'In elk geval vanaf mijn negende. Toen is ze gestorven.'

Giles bleef hem aankijken. 'Ik heb helemaal geen vader gehad. En mijn moeder had geen man. Heb je enig idee hoe moeilijk het voor een vrouw is om in haar eentje een jongen op te voeden – of om de enige jongen in de klas te zijn wiens vader nooit naar de ouderavond komt?'

Shit.

'Ik wist het niet. Mijn vader had het me niet verteld.'

Weer zo'n blik. 'Je was er wel achter gekomen als je de moeite had genomen contact te houden met mijn moeder in plaats van een ander meisje te zoeken.'

Die was raak.

'Heb jij dat nooit gedaan?' Ed wist dat hij zat te rommelen. 'Vriendinnetjes gehad?'

'Nee.'

Fijn.

'Nog iets te drinken?' Hij gebaarde naar het appelgembersap van de jongen. Appelgember!

'Nee, dank je.'

Shit.

'Wat is je vroegste herinnering?'

'Sorry?'

'Je vroegste herinnering.'

Hij was nu wanhopig. 'Die van mij is dat ik in mijn ledikantje zit en mijn vaders stem hoor. Ik weet niet meer wat hij zei, maar wel dat ik stil moest zijn. Dus vooruit, wat weet jij nog?'

'Hetzelfde. Dat ik je vaders stem hoor, terwijl ik in bed zat.'

Ed verstarde. 'Hoe bedoel je?'

De blik van de jongen was op hem gericht, maar stond niet meer zo hard, of verbeeldde hij zich dat? 'Opa kwam ons vaak opzoeken. Elke week. Meestal op maandag, en soms op dinsdag.'

'Echt. Maar waarom heeft hij niets tegen mij gezegd?'

De jongen maakte een spottend geluid. 'Zoals mijn moeder al zei, hij dacht dat het je leven zou verpesten als je misschien het dwaze idee zou krijgen om te trouwen terwijl je jonger was dan ik nu. Maar het heeft hem er niet van weerhouden ervoor te zorgen dat het goed met ons ging. En dat betekende niet alleen een huis voor ons kopen. Het betekende dat hij mama en mij kwam opzoeken.'

Wauw! Dat had Ed allemaal niet verwacht! En het was er in één adem uitgekomen – zo snel dat het moeilijk was om te bevatten. Elke maandag? Of dinsdag. Dat wilde zeggen dat deze zoon van hem – hoe idioot het ook nog steeds klonk – zijn vader meer had gezien dan hijzelf.

'Je meent het.'

De jongen knikte. 'Denk je dat ik het verzin? Vraag maar aan mam. Hij is degene die haar een lening heeft gegeven om haar bedrijf op te starten. Maar ze heeft het terugbetaald. Daar stond ze op.'

Ed boog zich voorover. Ineens kreeg hij een stoot van energie en een steek van jaloezie. 'Vertel eens. Wat was hij voor iemand?'

'Grappig.'

Grappig!

'Nou ja, je moest er wel iets voor doen. Je moest hem zien te amuseren. En niet laten zien dat je ontzag voor hem had.'

Nu was het Eds beurt om zijn pas gevonden zoon vol ontzag aan te kijken. 'Hoe ben je daar achter gekomen?'

De jongen haalde zijn schouders op. 'Waarschijnlijk was het voor mij niet zo belangrijk als voor jou. Hij was jouw vader. Natuurlijk wilde jij zijn goedkeuring. Voor mij was hij een of andere oude vent die zei dat hij mijn grootvader was, maar ja, wie zegt dat dat waar was? Ik bedoel, mijn moeder heeft altijd gezegd dat ze voor mijn geboorte maar één vriend heeft gehad, maar...' Hij bloosde. 'Van sommige dingen weet je niet of je ze van je ouders moet aannemen, toch?'

Dat kon je wel zeggen, ja.

'Maar goed, met de concurrentie die ik had, had het geen zin om me druk te maken over de vraag of hij me leuk vond of niet.'

Concurrentie?

'Jij, Ed.' Hij trok een gezicht dat misschien wel sardonisch was. 'Of moet ik pa zeggen? Jij was het van wie hij echt hield. Hij praatte altijd over je. Zei hoe trots hij op je was. Dat je het moeilijk had gehad na de dood van je moeder.'

Ed kromp ineen.

'Dat je het goed deed in de zaken, ook al wilde hij dat niet tegen je zeggen om je niet verwaand te maken.'

Was hij daarom zo afstandelijk geweest?

'En jij?' Ed boog zich voorover. 'Wanneer zou hij mij over jou en Claire, je moeder, vertellen?'

De jongen haalde zijn schouders op. 'Ik weet het niet. Een keer, denk ik. Maar toen ging hij dood, hè? Dat vond ik echt jammer. Maar volgens mij heeft hij het misschien zien aankomen. Hij zei altijd dat, als hem iets overkwam, hij ervoor zou zorgen dat het goed met ons ging. Mijn moeder zei altijd dat we geen hulp nodig hadden, maar hij stond erop.'

Allebei zaten ze een poosje in stilte na te denken.

Toen bedacht Ed ineens iets. 'Je zei daarnet dat elke jongen zijn vaders goedkeuring wil. Heb jij dat ook bij mij?'

Ze keken elkaar aan, het leek wel een eeuwigheid. Langzaam, heel langzaam knikte Giles toen. 'Ik denk van wel. Anders had ik hier nu niet gezeten, toch? Ook al is het wat je vader zou willen.'

'Hoe bedoel je?'

'Dat was het andere. Opa zei dat hij op een dag een manier zou bedenken om ons bij elkaar te brengen, zodat je niet zo'n vader zou zijn die zijn graf in zou gaan zonder te weten dat hij een zoon heeft.'

Sluwe, ouwe vos.

'En wat vind jij, Giles?'

'Waarvan?'

'Van mij. Hoe wil je het doen? Wil je dat we elkaar regelmatig zien of worden we kerstvader en -zoon?'

De jongen keek hem met een strakke blik aan. 'Dat hangt af van hoeveel je voor je vader voelt, denk ik.'

'Ik denk,' zei Ed langzaam, 'dat jij precies het soort zoon bent dat ik altijd had willen hebben. Een beetje ouder misschien. Ik had eigenlijk gehoopt op een zoon die ik paardje kon laten rijden op mijn knie en een schone luier kon geven.'

Ze lachten allebei.

'Misschien krijg je die nog.'

Ed dacht aan September en voelde die vreemde tinteling die hij altijd kreeg als hij aan haar dacht. 'Hopelijk. Intussen wil ik dat je iemand leert kennen. Twee mensen, eigenlijk. Ze heten Nancy en Jamie, ook wel bekend als het joch. Maar ik waarschuw je. Je hebt een spreadsheet nodig als je deze idiote, uitgebreide familie wilt leren kennen waar je net lid van bent geworden.'

Giles grijnsde. Een jongensachtige grijns die al zijn tanden bloot liet en Ed deed denken aan de foto van toen hijzelf afstudeerde en het leven zich voor hem uitstrekte. 'Klinkt spannend. Zolang mijn moeder ook maar lid mag zijn.'

'Dat spreekt vanzelf.'

Toen kwam er iets in hem op. En nog iets.

'Wil je me papa noemen?'

'Ik zeg liever Ed, als je het niet erg vindt. Voorlopig, althans.'

Hij begreep het wel, maar was toch dieper gekwetst dan hij had verwacht.

'En ik wil ook nog zeggen dat ik Jamie – het joch – wel achter het behang kan plakken. Afgelopen week is hij zijn ov-kaart voor de derde keer kwijtgeraakt; hij heeft van British Rail een boete gekregen omdat hij een kinderkaartje heeft gekocht, ook al is hij zeventien jaar en ruim één meter tachtig lang en nu is er een probleem met mijn creditcard. Het ziet ernaar uit dat hij hem zonder mijn toestemming heeft gebruikt. Ik vroeg me af... Zou jij niet een soort broederlijk praatje met hem willen maken als je hem beter leert kennen?'

'Tuurlijk. Opa zei dat je elkaar in een familie altijd moest helpen.'

Hij vond het nog steeds vreemd om deze zelfverzekerde jongeman zijn vader opa te horen noemen.

'Wat heeft hij nog meer over de familie verteld?' Hij was nieuwsgierig.

Giles haalde zijn schouders op. 'Van alles. Kennelijk is iedereen familie van iedereen.'

Dat was waar.

'Ook een nogal beroemd persoon van eeuwen geleden.'

Wat? Visioenen van Violet in een jurk die eruitzag als een canvas strandstoel flitsten door zijn hoofd.

Giles grijnsde. Hij had een erg leuke lach die ook nog een beetje ondeugend was. 'Hij wilde niet zeggen wie. Maar hij zei wel dat je erg op hem leek. Enig idee over wie hij het had?'

50

Karen

Ze was zowel benieuwd als bang toen ze de voordeur opendeed en haar koffer in de hal zette. Meende Clive wat hij in de sms zei, die ze net had gekregen toen ze bij Southhampton was?

Alle drie de katten kwamen haar luidkeels mauwend tegemoet. Zeg nou niet dat Adam was vergeten ze eten te geven zoals ze in het briefje had gevraagd. Nee, het was in orde, te oordelen aan de lege blikjes in de vuilnisbak. Lekker overvoerd. Precies zoals ze had gehoopt.

Ze keek weer op haar mobiel naar het bericht van Clive.

IS HET GELUKT? BEL NOG OM TE HOREN. SAMEN ETEN?

Alles op zijn tijd. Was zijn plannetje gelukt? Dat zou ze pas weten als ze Adam of zelfs Hayley belde. Maar als het niet was gelukt, waren ze misschien allebei boos op haar. Wanneer zou hij bellen? En eten? Ze was moe. Maar ze wilde hem weer zien. Dat wilde ze echt. En deze keer was het niet zomaar iemand uit het verleden die ze weer eens wilde zien. Op een of andere manier voelde dit volslagen anders.

Een sleutel in het slot!

'Adam?'

'Ik ben het.'

'Hayley!'

Het leek zo lang geleden dat ze haar had gezien! Wat had ze haar opgewekte gezicht gemist en haar opgeruimde manier van doen. Wat vond ze het heerlijk nog een vrouw om zich heen te hebben met wie ze kon lachen en dollen – om nog maar te zwijgen over dat geweldige, mollige kleinzoontje van haar! 'Josh!' Ze vloog op hem af en drukte hem tegen zich aan, voordat ze opkeek naar Hayley die haar onderzoekend aankeek.

'Leuk gevonden.'

Ze bloosde. 'Hoe bedoel je?'

'Kom nou, Karen. Jij hebt Adam gevraagd je katten te voeren terwijl je weg was. Stipt om zes uur 's avonds, zei je. En om acht uur 's morgens. Precies dezelfde tijden die je in je brief aan mij hebt genoemd.'

Karen hield haar adem in. 'En?'

'En we liepen elkaar in de keuken tegen het lijf, zoals je bedoeling was, omdat je weet dat Adam altijd een beetje later komt.'

'En?'

Hayley begon nu te glimlachen, precies zoals ze was. Beter nog, Karen kon haar aura weer zien. Blauw, van energie!

'Nou, we praten weer met elkaar. Dat is een begin. Hij zegt dat hij tijd heeft gehad om na te denken en hij weet dat het zwaar voor me is geweest.'

'Dus we dachten dat we het nog maar eens moesten proberen.'

Adams diepe stem kwam vanaf de voordeur die nog openstond, besefte ze. 'Gelukkig!' Ze voelde een enorme golf van opluchting door zich heen trekken. Ze zouden niet de fouten maken die zij had gemaakt. Het zou goedkomen met hen. Met hen drieën. En misschien...

'Op één voorwaarde.'

Ze keek op naar haar zoon. 'En die is?'

'Dat je met papa praat als hij vrij komt. Volgende week mag hij er al uit, weet je dat?'

Er trok weer een trilling door haar heen. Een die ze niet kon interpreteren. Spannend. Eng.

'Oké.'

'Hij wil een keer met je uit eten. Op vrijdag – als hij vrij komt.'

'Waar?'

Maar zodra ze het zei, wist ze al wat haar zoon zou zeggen.

'The Black Horse.'

Daar waren ze al die jaren geleden tijdens hun eerste afspraakje heen geweest. Hun eerste date toen ze een sprietige tiener was en hij zoveel ouder had geleken, ook al scheelden ze maar een jaar.

'Goed, ik ga met hem eten. Maar stel je er niets van voor, jullie twee. Het is gewoon eten. Meer niet, oké?'

Ze grijnsden en Adam, zag ze blij, stond met zijn arm om Hayley heen. Waarom wilden kinderen toch altijd dat hun gescheiden ouders weer bij elkaar kwamen? Nou ja, niet altijd, maar vaak wel. En Paul was wel veranderd. Dat moest ze hem nageven. Maar was hij genoeg veranderd?

'Er is nog iets.'

Adam keek bezorgd. 'Met oma. Ze voelt zich niet goed. Ik mocht je niet eerder bellen, maar ze ligt in het ziekenhuis.'

*

Toen ze onderweg was, belde Alison haar in paniek. Iets over haar trouwring die Sam had ingeslikt. De dierenarts had gezegd dat ze zich geen zorgen moest maken – het gebeurde wel meer. En waarschijnlijk zouden er geen complicaties zijn, tenzij Sam begon over te geven, en in dat geval moesten ze hem meteen laten opnemen. De ring zou er misschien op 'natuurlijke wijze' weer uit komen.

Normaal gesproken zou Karen ongerust zijn geweest. Maar Doris leek haar nu belangrijker.

'Gewoon weer zo'n licht infarct,' zei de verpleegster. Licht infarct? Niemand had haar over infarcten verteld. Haar schoonmoeder zat tegen twee stijve, witte kussens geleund in bed. 'Heb je het bericht gekregen?'

Geen wonder dat ze, toen ze jonger was, Doris directe manier van doen als vijandig interpreteerde. Nu kende ze haar goed genoeg om te weten dat het gewoon haar stijl was.

'Ik ben meteen gekomen.'

'Lekker een weekendje de hort op geweest, hoor ik?'

Doris zag eruit alsof ze glimlachte, maar misschien kwam dat doordat haar lip een beetje opkrulde in de mondhoek. Niet zo ernstig deze keer, had de zuster gezegd. Een paar spiertjes aan de rechterkant van haar gezicht en haar mond, maar daar was al verbetering te zien.

'Min of meer. Het was met mijn groep.'

Weer zo'n opgekrulde glimlach. 'O, ja. Dat van de dating.'

'Het is geen dating, Doris. Het is een groep om alleenstaande mensen te helpen de draad weer op te pikken.'

Doris klopte op de stoel naast haar. 'Kom lekker zitten, meisje. Die singlesgroepen heb je trouwens niet meer nodig, toch?'

Karen verstarde.

'Kijk maar niet zo, meisje. Ik weet het. De kinderen hebben het me verteld. Onze Paul wil weer opnieuw met jou beginnen, hè?'

'Nee.' Karen schudde haar hoofd. 'Ik weet het niet. We gaan samen eten. Meer niet.'

Doris' ogen werden zacht en vaag. 'Maar je geeft hem toch wel een kans, hè? Dat heeft hij nodig. Hij komt bij me wonen als hij vrij komt, snap je, en als ik er niet meer ben, kan het huis van jullie zijn.'

Probeer me niet om te kopen, wilde Karen gillen. 'Ik heb mijn eigen huis, dank je,' zei ze zacht.

'Ja, liefje. Maar een vrouw als jij wil toch niet de rest van haar leven blijven werken? Ze heeft een man nodig die voor haar zorgt. En onze Paul is veranderd, zoals ik al zei. Hij is altijd van je blijven houden, Karen, en van niemand anders. En ik denk dat jij het ook zo voelt. Waarom heb je anders geen scheiding aangevraagd en ben je niets begonnen met een van die vriendjes die je in de loop der jaren hebt gehad?'

*

De rest van de dag kon Karen wat Doris had gezegd niet van zich af zetten. Het was waar. Waarom was ze nooit aan een nieuwe relatie begonnen? Het gekke was dat er zoveel mis was met Paul, maar dat ze hem toch zo miste toen hij weg was. Toen ze hem had weggestuurd...

Was het echt waar dat, als je eenmaal kinderen met een man had gekregen, je nooit hetzelfde voor een man kon voelen met wie je geen kinderen had gekregen?

In sommige opzichten had ze graag haar afspraak afgezegd, ook al had ze zich erop verheugd hem te zien, tot ze naar het ziekenhuis was gegaan. Misschien was een rustig avondje thuis beter voor haar.

*

Het restaurant zat vol. Toen ze de deur opendeed wenste Karen dat ze had ingestemd met het voorstel dat Clive haar zou komen ophalen.

'Je bent er!'

Hij zat al aan de tafel te wachten. 'Ik heb wat telefoontjes van je gemist. Ik dacht dat er iets was gebeurd en dat je moest afzeggen.'

Ze knikte en liet zich intussen op haar stoel glijden, maar niet voordat Clive was opgesprongen en hem voor haar naar achteren had getrokken, waarmee hij de ober te snel af was. 'Dat heb ik bijna gedaan.'

'Waarom?'

Ze zweeg omdat de ober haar de kaart gaf. 'Omdat er iets is gebeurd.'

'Vertel.'

En dat deed ze. Clive kon goed luisteren. Hij onderbrak haar niet. Hij luisterde; maakte op de juiste momenten instemmende geluiden en gaf haar zwijgend een zakdoek aan – een echte van wit linnen – toen haar ogen op een bepaald moment vochtig werden.

'Het komt op me over alsof ze allemaal proberen je zo ver te krijgen dat je iets doet, waar je niet zeker van bent.'

Ze knikte, want ze vertrouwde haar stem nog niet.

'En jij hebt het gevoel dat je met je ex moet doen wat het juiste is, ten eerste omdat jij bij hem bent weggegaan – om redenen die ik heel begrijpelijk vind – en ten tweede omdat hij iemand nodig heeft die voor hem zorgt als hij uit de gevangenis komt.'

Hoe waar.

'Maar wat wil jíj, Karen?'

Zijn handen gleden over de tafel.

'Wat wil jij in het leven?'

De handen hielde nu de hare vast. Elke spier in haar lichaam tintelde. Elke vezel stond op ontploffen. Ik wil dat je me mee naar huis neemt, schreeuwde ze inwendig. Ik wil dat je dingen met me doet die ik nooit voor mogelijk heb gehouden. Ik wil die sterke, bruine armen om me heen. Ik wil dat je praat terwijl je met me vrijt, zodat ik weet dat je aan mij denkt.

Toen trok hij ineens zijn handen weg. 'Ik wil je niets opdringen, Karen. Maar je bent een heerlijke vrouw. Je moet iets niet doen omdat je je schuldig voelt. Het is nu tijd om aan jezelf te denken. Weet je wat, we gaan bestellen, oké? Je ziet eruit alsof je wel iets te eten kunt gebruiken.'

*

In één week met twee verschillende mannen uit eten! Het was bijna alsof ze het met beide mannen deed, maar dat was natuurlijk niet aan de orde. Uitgesloten. En het had niets, maar dan ook helemaal niets te maken met die vrouw op de paranormale beurs.

The Black Horse! In sommige opzichten was het romantisch, maar in andere opzichten was het weinig origineel. Daar zat hij aan tafel. Weer had ze zich niet willen laten ophalen. Je kon veel beter je eigen auto buiten hebben staan, zodat je snel weg kon.

'Karen.'

Hij drukte zijn wang tegen de hare.

Ze wist er een lachje uit te persen. Hij was dunner. Wat had hij doorgemaakt? Ze kon er slechts naar gissen aan de hand van dingen die hij haar had verteld. Kennelijk was het in de laatste gevangenis niet al te erg geweest. Ja, hij had een cel met een vent moeten delen die de hele nacht wakker was. Maar na een halfjaar kreeg hij een eigen cel. Ze hadden een afdeling Opleidingen, en ook al had hij al een titel, hij had een cursus gedaan om de tijd door te komen. Ze hadden hem zelfs geholpen bij het zoeken naar een baan nu hij op vrije voeten was. Het stelde niet veel voor. Niemand in de financiële sector wilde nog iets met hem te maken hebben, wat niet zo gek was. Daarom had hij een baan in de catering gezocht. Het was een begin, zei hij tegen haar.

Dat alles kreeg ze te horen in hun haperende gesprek dat pas iets soepeler verliep toen ze over 'de kinderen' praatten.

'Fantastisch dat ze weer bij elkaar zijn, hè?'

Ze knikte.

'Dat zal jouw idee wel zijn geweest.' Hij glimlachte nerveus. 'Ze op hetzelfde tijdstip de katten laten voeren.'

'Eigenlijk was het het idee van een vriend.'

Ze wachtte of hij iets zou vragen maar dat deed hij niet.

'Mijn moeder mag komende week het ziekenhuis uit.'

'Weet ik. Ik ben er onderweg hierheen even langs gegaan.'

‘O ja? Wat zei ze?’

Ze gunde hem de bevrediging niet Doris’ woorden te horen dat ze haar ex een kans moest geven. ‘Je kent je moeder.’

Hij glimlachte even, daar was die flits van wederzijds begrip. ‘Inderdaad.’

Er viel een korte stilte. Hij keek nu steeds nerveuzer. Ze had de neiging haar armen om hem heen te slaan en te zeggen dat het goed kwam, dat hij nu vrij was, dat er altijd een familie voor hem zou zijn. Maar tegelijk sloeg ze de hoofdmaaltijd liever over en kneep ze ertussenuit.

‘Ik heb eigenlijk geen honger,’ zei hij.

‘Ik ook niet!’

‘Maar we hebben al besteld, hè?’

‘Weet je nog dat we...’

‘Dat we tijdens ons eerste afspraakje eten hadden besteld en toen beseften dat ik mijn portefeuille niet bij me had?’

Het was destijds ontzettend gênant geweest, maar nu konden ze erom lachen.

‘Jij wilde ervandoor gaan...’

Hij knikte. ‘Ja, daar schaam ik me voor. Maar jij zei tegen de manager hoe het zat en bood aan af te wassen.’

‘Toen we vertelden dat het onze eerste afspraak was, wilde hij dat niet hebben, dus we zijn teruggegaan en hebben achteraf betaald.’

Ze lachten allebei. Hoe kwam het toch, peinsde ze, dat als je aan het verleden dacht, het heden ook beter voelde?

‘Je ziet er heel mooi uit als je lacht.’ Hij keek haar nu aan met een blik die haar huid deed tintelen, net zoals dat de avond daarvoor het geval was geweest. ‘Ik bedoel, je ziet er altijd mooi uit, maar als je lacht, ben je nog mooier.’

Uit verlegenheid klonk ze bars. ‘Kom op, zeg.’

‘Nee, echt. Ik meen het.’

Wat deed hij nou? Hemeltjelief! Wat deed hij nou?

‘Sta op. Alsjeblieft.’ Ze was zich acuut bewust van mensen die naar hen keken. Maar hij zat daar. Op één knie. Met een doosje – een blauw fluwelen doosje – in zijn handen.

‘Deze is van mijn moeder geweest. Ze heeft hem aan mij gegeven. Het was de verlovingsring van haar moeder. Alsjeblieft Karen, zou je me de eer willen aandoen om mijn vrouw te blijven? In het echt, en niet alleen in naam?’

51

Lizzie

Het was een gek gevoel om de kinderen twee volle nachten achter te laten. Raar, eigenlijk, in aanmerking genomen dat ze er zozeer aan gewend was dat ze hen overdag achterliet. 'Ik zou niet zo lang bij de mijne kunnen wegblijven,' had Sharon in het verleden eens gezegd als Lizzie moest overwerken.

Toentertijd had ze het geweten aan het gebrek aan ambitie of zelfs vaardigheden van haar vriendin. Laten we wel wezen, had ze toen gedacht, welke intelligente vrouw wilde nu fulltime thuisblijven?

Nu pas besefte ze dat ze het onmogelijke had willen doen. Een huishouden runnen, voor twee kinderen en een echtgenoot zorgen, en daarbij een veeleisende baan hebben, kon alleen maar als je 'hulp' had. Geen 'vriendin' die op je man aasde. Niet iemand die al twee hele jaren een verhouding met hem had. Een man die kennelijk zo weinig voor haar of voor andere mensen voelde. Werd je zo als je met computers werkte? Waarschijnlijk dacht hij dat hij maar op een envelopje hoefde te klikken om het te openen.

Misschien werd het haar dan toch te veel. 'Doe niet zo raar,' had haar moeder gezegd toen ze zei hoe ze het vond om haar kinderen achter te laten toen ze met de groep naar het Isle of Wight ging. 'Natuurlijk wordt het je weleens te veel. Dat is te verwachten en daarom moet je er ook eens tussenuit. De kinderen ook. Ze hebben tijd met oma nodig. Hoe laat moesten ze ook weer naar bed?'

Nu ze weer naar het huis van haar ouders reed – of wat voorheen het huis van haar ouders was, voordat haar vader naar de schuur in de achtertuin was verhuisd – voelde ze het zelfvertrouwen van het weekend en de ballonsessie een beetje verbleken. Wat had het voor zin? Ze zat nog in dezelfde situatie. Ze had nog steeds twee kinderen die ze in haar eentje moest opvoeden en een man die een kind bij een ander had verwekt. Als het allemaal niet zo pijnlijk echt was, zou Lizzie het gevoel hebben gehad dat ze een van de vele soapsterren interviewde waar ze in *Charisma* over had geschreven.

'Ha, mam.'

Sophie kwam haar bij de deur tegemoet en sloeg haar armen om haar middel. Dat was lief.

'Heb je me gemist?'

'Je bent maar even weggeweest. Bovendien hebben opa en ik het druk gehad.'

Opa?

'Inderdaad, liefje.' Haar moeder kwam drukdoenerig uit de garderobekast en waste bedrijvig haar handen. 'Je vader besloot dat hij naar binnen moest, omdat hij naar de W wilde.'

Niet zo gek.

'Oma, ik heb het al eens gezegd. Het heet geen W, hij wilde op de Wii.' Sophie maakte zo'n wanhopig geluid dat ze altijd gebruikte voor volwassenen die in haar ogen iets stoms deden. 'Je moet er mee uitkijken – als je het mij vraagt, raakt hij eraan verslaafd.'

Waar zat Jack?

'Bezig met zijn project over de Simca's, lieverd.'

De inca's? Maar dat had weken geleden al ingeleverd moeten worden.

'Beter laat dan nooit, zoals ik al jaren tegen je vader zeg. Pas maar op, Lizzie. Als je een ander vindt – en natuurlijk is het tegenwoordig op de relatiemarkt lastig – als je op een bepaalde leeftijd komt, wordt alles krakkemikkig. En dan heb ik het niet over de prijsindex. Dan heb ik het over je onderdelen.'

'Mam!' Lizzie maakte een heftig hoofdgebaar naar haar dochter.

'Dat geeft niet, liefje. Ze heeft haar mij-pod in. Weer eens iets anders dan haar viool, moet ik zeggen. Heb je het leuk gehad?'

'Het was geen vakantie, mam. Het was een soort bijeenkomst om te brainstormen.'

Haar moeder schudde haar hoofd. 'Ik weet het niet. Jouw generatie weet gewoon niet meer wat het is om lol te maken. Je moet eens zien hoe wij dat doen. Je vader heeft kaartjes besteld voor de schouwburg voor morgenavond. Een beetje saai, ik weet het, maar die nieuwe knul – die in alle kranten staat – die trekt er zijn kleren in uit. En we hebben ons opgegeven voor buikdansles. Nou ja, ik heb me opgegeven. Je vader heeft zich ingeschreven voor de Silver Surfers. Ik snap niet waarom. Er zijn hier in geen velden of wegen stranden te bekennen.'

'Wacht even.' Dit was een stortvloed van informatie. 'Dus als ik het goed begrijp hebben papa en jij het weer goedgemaakt?'

'Tuurlijk hebben we dat!'

Lizzie draaide zich om en zag haar vader in een kanariegeel sweatshirt met NOOIT TE OUD OM TE LONKEN op de voorkant. Wat hadden die oudjes toch?

'Dat kwam door je berichtje.' Haar vader sloeg een arm om haar moeder en daar kreeg Lizzie een typisch gevoel van in haar buik. 'Dat kaartje van het Isle of Wight. Dat bracht al die herinneringen weer naar boven.'

'Van toen je klein was en wij er met jou heen gingen,' beaamde haar moeder bijna meisjesachtig. 'Toen beseften we dat we geen afscheid konden nemen van al die jaren.'

Gelukkig maar.

'Over jaren gesproken,' voegde haar moeder er zacht aan toe. 'Er is iemand die je wil spreken. Hier binnen.'

En voor ze wist wat haar overkwam, werd Lizzie in het kamertje naast de hal geduwd, dat optimistisch papa's studeerkamer werd genoemd.

Nee. dat kon niet.

'Lizzie.'

Tom kwam naar haar toe met een uitdrukking in zijn ogen die zei dat hij niet wist hoe ze zou reageren. 'Alsjeblieft, niet weglopen. Kijk me aan.'

Dat deed ze. Hij zag er dunner uit. Moe, wat te verwachten was gezien het feit dat hij waarschijnlijk elke nacht wakker werd van een krijsende baby. Of misschien bleef bij gewoon in bed, zoals hij deed toen hun kinderen klein waren.

Ze wist precies waarom hij er was.

'Maak je maar geen zorgen.' Ze keek hem met een stalen blik aan. 'Ik heb ze ondertekend.'

'Wat ondertekend?'

'De papieren. Die de advocaat heeft gestuurd. Heel edelmoedig van je dat je je onredelijk gedrag hebt toegegeven. Na wat Sharon en jij tegen me hadden gezegd, dacht ik dat ik het allemaal aan mezelf te danken had. Jou niet genoeg aandacht geven, zei je geloof ik.'

'Alsjeblieft.' Hij pakte haar mouw vast. 'Ik wilde ze eigenlijk niet sturen. Dat moest van Sharon.'

'En die verhouding met haar moest dan zeker ook van Sharon?'

Tom ging zitten en sloeg zijn handen voor zijn gezicht. Ze kreeg bijna medelijden met hem. Waarom kon ze geen woede voelen?

'Dit heb ik verdiend. Het is mijn schuld – gedeeltelijk mijn schuld. Maar ik voelde me zo ellendig, Lizzie. Ik had het idee dat je niet meer om me gaf. Je was altijd met de kinderen bezig of aan het werk. Je had nooit belangstelling voor mij.'

Kom nou toch! Als hij dit in het begin had gezegd, dan had ze ermee ingestemd. Zichzelf de schuld gegeven. Maar nu ze erop terugkeek en de mensen van de groep had gehoord, zag ze het duidelijker.

'Dat heet gezinsleven, Tom. Iedereen past zich eraan aan. Iedereen met enige moraal, tenminste.'

Zijn gezicht veranderde. 'Zeg nou niet dat jij nooit hebt overwogen een verhouding te beginnen. Hoe zit dat met die fotograaf van je? Je had hem wel snel te pakken, nietwaar? Of is dat nu voorbij?'

'Het is nooit begonnen.'

Hij snoof. 'En dat moet ik geloven. Luister, Lizzie. Ik ben hier om te zeggen dat ik een fout heb gemaakt.' Zijn trekken verzachtten. Hij stond op en probeerde haar te omhelzen. 'Ik mis je, ook al zie je er... anders uit. Ik mis de kinderen, ik mis het thuiskomen in mijn eigen huis in plaats van een huis dat van iemand anders is. Ik wil deze hele episode vergeten. Achter me laten. Weer normaal zijn.'

Dit was niet te geloven! 'En de baby dan... jouw baby.'

'Gesteld dat het mijn kind is...'

'Stop.'

Nu voelde Lizzie de woede. Hij borrelde en siste in haar binnenste. Rood, rauw en fel als de ballon die ze net had losgelaten. 'Je moet de woede voelen,' had Violet tussen haar gespuug door gezegd. 'Pas dan kun je je herstellen.'

Nou, die woede die voelde ze nu, hoor!

'Die baby en jij lijken als twee druppels water op elkaar. Hij huilt ook als hij iets nodig heeft en denkt alleen maar aan zichzelf.'

'Dat is niet zo aardig.' Toms gezicht betrok. 'En de kinderen dan? Wil je niet weer bij elkaar komen voor de kinderen?'

'Nee.'

Het woord vloog met meer kracht haar mond uit dan ze wist dat ze in zich had. 'Dat zou niet voor hen zijn. Het zou voor jou zijn. En eerlijk gezegd denk ik dat het goed voor ze is om deze levensles te leren.'

'En die is?'

Dat was wat ze wél aan het weekend op het Isle of Wight had overgehouden. 'Het belang om trouw aan jezelf te zijn. Dag, Tom. En hier zijn de papieren. Je kunt ze meenemen. Er staat een stippellijntje onderaan waar je kunt tekenen.'

'Wacht even! Wat ga je doen?'

'Dat weet ik nog niet. Maar weet je, Tom, ik overleef het wel. De advocaat zegt dat ik het recht heb om in het huis te blijven wonen tot de kinderen groot zijn, voor het geval Sharon en jij er je zinnen op hadden gezet.'

Aan zijn gezicht te zien was dat precies wat hij in gedachten had gehad. Dat gaf haar meer moed. Ze voelde zich zekerder over wat ze nu deed. 'In sommige opzichten heb je me een dienst bewezen door hier te komen. Nu weet ik tenminste hoe je echt bent.'

Hij draaide zich om.

'Trouwens.' Nu was het haar beurt. 'Er is iets wat je mag hebben.'

'Ja?' zei hij hoopvol.

'Die afschuwelijke bootsalontafel. Hij staat op de stoep als je hem wilt ophalen. Als hij er nog staat.'

ZES MAANDEN LATER

Sessie elf
Hoe gaat het?

Een korte herinnering aan iedereen over komende dinsdagavond. Onze terugkomavond, weten jullie nog? Ik hoop dat jullie allemaal bij mij thuis kunnen komen, zoals we altijd deden. Als je wilt mag je een flesje wijn meenemen.

Tot dan! Karen.

PS: Misschien vraag je je af wat de plastic vork in deze envelop doet. Dat is een teken van hoop! Jullie hebben allemaal kunnen proeven hoe het leven in je eentje kan zijn. Maar de vork betekent dat je binnenkort echt kunt toehappen en genieten van het 'maal' dat het leven je voorschotelt! En denk eraan, zoals Anna Raeburn gisteren op de radio zei: 'Ervaring is wat je krijgt als je niet krijgt wat je wilt – en zo leer je weer iets!'

52

Lizzie

'Weet je zeker dat je het wel redt?'

Lars knikte. 'Maar je geen zorgen. Geniet jai nou maar.' Hij grijnsde. Een brede, gulle scheve grijns die paste bij zijn zonneblonde lokken. Weer kon Lizzie haar geluk niet geloven. Hoeveel mannen als hij waren er? En dan te bedenken dat hij haar had gekozen!

'Dat wordt dikke pret en spelletjes doen als je weg bent.'

Ze wist niet zeker of dat idee haar wel aanstond. Scandinaviërs waren extreem goed in sommige dingen (vooral bepaalde dingen waar ze het echt niet over kon hebben!) maar ze leken niet de remmingen te hebben die de Britten hadden.

'Wat voor pret en spelletjes?'

Eigenlijk zou ze het niet moeten vragen. Straks dacht hij nog dat ze hem niet vertrouwde. Hoewel dat na Tom niet zo raar zou zijn. Dat had Lars gezegd toen ze hem na de bijeenkomst het hele verhaal had verteld. Niet dat het haar bedoeling was geweest. Ze had zich geprobeerd in te houden, maar toen hij haar met die smeltblik aankeek en vroeg of ze over haar leven wilde vertellen, nadat hij haar over het zijne had verteld, toen had ze het er allemaal uit gegooid.

Lars maakte een nonchalant armgebaar. 'Misschien een potje voetballen. Of een eindje fietsen.'

Fietsen. 'Zorg je wel dat ze een helm op doen? Ze liggen...'

'Beneden in de kast,' maakte hij haar zin af.

Dankzij Lars hadden ze allemaal geleerd zich een beetje te ontspannen. Zelfs toen Jack vorige week zijn verjaardagsfeestje vierde en ze op aandringen van Jack verstoppertje in het donker speelden. 'Gatver!' had iemand gegild. 'Ik sta in iets vies!'

Dat vieze bleek een plas braaksel (dat was meteen de laatste keer dat ze zou proberen een taart te bakken) en net toen dat was ontdekt, ging de deurbel. Het was een van de ouders, die te vroeg was.

Zelfs nu nog bloosde ze van schaamte bij de herinnering aan Lars die als afleidingsmanoeuvre de TT (die trouwens de afgelopen maanden een goede vriendin was geworden) in de keuken een grote gin-tonic had aangeboden. 'Ze moeten het spelletje nog even oitspelen,' had ze hem tegen haar horen zeggen. 'Alsjeblieft. Nog een glas? Jai hoeft niet te raiden, nee?'

Het had haar net – maar dan ook net – genoeg tijd gegeven om het plasje op te vegen en de braker met nog een stuk braaktaart om te kopen om er maar niets over te vertellen.

Yes! Lars was echt een onverwacht cadeautje. Hij was ook, zoals ze haar assistente op haar werk bekende, verrassend goed in...

'Ga je niet uit?'

Sophie onderbrak haar gemijmer (zoals altijd) met een pruilmondje dat nog nadrukkelijker pruilde door de strepen rode lippenstift. Sharon had Sophie voor haar verjaardag een make-uples gegeven (dankjewel, Sharon) zonder haar iets te vragen. Het gevolg was dat Sophie nu weigerde de deur uit te gaan zonder twee lagen make-up.

Als dit een paar maanden geleden was gebeurd, had Tom ervan gelusten. Maar ze had geleerd dat het die drukte eigenlijk niet waard was. Struikel niet over die kleine dingetjes, had Karen gezegd toen ze haar erover had gebeld. Hou alleen over grote dingen je poot stijf. Zoals de financiën, die ze nog steeds aan het regelen waren. Maar dankzij haar baan en Lars konden ze amper rondkomen. Het was krap, maar als er niets vreselijks gebeurde, ging het net.

'Ja, ik ga uit,' zei ze op Sophies vraag. 'Maar ik ben niet zo laat thuis. Dus wel goed naar Lars luisteren, hè?'

Sophie stond duidelijk met haar wimpers naar Lars te wapperen en Lizzie kreeg een lichte hartklopping. Was het wel verstandig geweest om zo snel al een man in huis te nemen?

'Maak je geen zorgen,' baste Lars. 'Er zijn geen problemen. Ze doet haar compartimenten en Jack doet die van hem.'

Compartimenten?

Sophie gniffelde. 'Ik heb geprobeerd uit te leggen wat vakken waren, maar hij begreep het niet, dus ik heb gezegd dat hij het moest opzoeken, en hij heeft er een andere betekenis uitgepikt.'

Lars fronste. 'Ik zeg het fout, ja?'

Lizzie trok een jasje aan. 'Het maakt niet uit, Lars. Echt niet. Kan ik er zo mee door?'

Ze had de vraag eigenlijk aan Sophie willen stellen, maar Lars nam hem serieus. 'Je ziet er ongelooflijk aantrekkelijk uit.'

Ze gloeide. Grappig. Sinds de laatste keer dat ze Tom had gezien was ze in één keer van de chocolade af. En hoewel ze niet was afgevallen, was ze ook niet meer aangekomen.

Sophie knikte. 'Je ziet er goed uit. Is dat mijn spijkerbroek?'

'Sorry.'

'Nou, niet op knoeien, hè?'

'Dat beloof ik.'

Ze keerde een van haar wangen naar Sophie om een zoen te krijgen en stopte nog net op tijd omdat ze dat ook bij Lars wilde doen, uit gewoonte.

Wacht even. Ze miste iets. Jack. Waar zat hij?

'Zijn vissen eten geven,' zei Lars ernstig.

Echt? Hemeltje. Hij werd echt een verantwoordelijk kind. Als ze nou heel lief waren mochten ze hierna wat groters hebben. De goudvis had de virtuele vlooien vervangen, die volgens Jack gelukkig dood waren gegaan. En met de goudvis werd er gelukkig ook niet meer gerept over de Shitzoen.

'Tot straks! Doei!'

*

Alison

Had ze het goede gedaan? Tijdens de bijeenkomst zouden ze willen weten of ze het had gedaan. Destijds had het een waanzinnig plan geleken toen Ed ermee was gekomen net voordat ze het eiland had verlaten om naar huis te gaan. Maar hoe meer Alison erover nadacht, hoe minder gek het werd. Tenslotte bekeek Ed het vanuit een mannenstandpunt, zoals ze tegen Caroline had gezegd. En dat was iets wat ze geen van beiden echt begrepen.

'Hem opzoeken?' had Caroline ongelovig door haar mobiel geroepen toen ze onderweg naar huis had gebeld, voordat ze thuiskwam bij David. 'Waarom zou ik dat in godsnaam willen?'

Zoiets had Alison wel verwacht. Caroline kon dingen alleen vanuit haar eigen standpunt zien. Als kind al. Maar het was haar zus. En als ze voor haar herstelproces vrede moest sluiten met mensen die ze gekwetst had, dan moesten ze daar allebei misschien naar luisteren.

'Je moet je excuses aanbieden. Je moet hem vertellen dat het je spijt dat je iets met hem hebt gehad ook al... waren jullie er allebei bij.'

'En moet ik nog iets zeggen over die verknipte zwager van hem die zowel jou als mij probeerde te verleiden?'

'Dat hoeft niet. Maar je moet wel zeggen dat je hoorde dat zijn vrouw is gestorven en dat je dat erg vindt.'

'Hij zal wel denken dat ik hem nog eens wil verleiden.'

'Dan moet je duidelijk maken dat dat niet zo is.'

Caroline klonk zacht. 'Weet je, hij was de enige man van wie ik echt heb gehouden. Dat was de ironie ervan.'

Houden van! Dat waren de enige woorden die ze haar zus nooit hoorde gebruiken. 'Waarom ben je dan bij hem weggegaan?'

Deze keer een nog zachtere stem. 'Omdat ik bang was mezelf vast te leggen, denk ik. Hij had het over weggaan bij zijn vrouw, voor mij. Dat had nog nooit iemand gedaan. Ik wilde niet verantwoordelijk zijn voor een... voor een gestrand huwelijk.'

'Waarom heb je dan altijd iets met getrouwde mannen gehad?'

'Juist omdat die niet bij hun vrouw weggaan, Alison. Snap je het niet? Maar Bruce had de regels overtreden. Dus ik nam de benen.'

'En toen kon zijn vrouw er niet meer tegen en heeft ze...'

'Stop. Ik kan nu geen overdosis schuldgevoel verdragen. Oké. Ik ga. Nou ja, ik bel hem in elk geval.'

'Laat je me weten hoe het is gegaan?'

'Niet zo aandringen, Alison.'

Dus daarbij had ze het gelaten. En ze was thuisgekomen en was David tegen het lijf gelopen. David! Een verrassend goed uitziende David zonder de zorgrimpels in zijn gezicht en een kleur die hij blijkbaar had gekregen tijdens een rugzakvakantie door Spanje die hij de week ervoor had gemaakt.

'Wat, met die maffe huisgenoten van je?' had ze spottend gereageerd.

Hij had beschaamd gekeken. 'Ik ga niet meer met hen om. Toen ze maar bleven aandringen op een bijdrage, zoals ze het uitdrukten, begon ik weerstand te voelen. Ze stonden toch boven al dat materialistische gedoe? Maar toch bleven ze zeggen dat ik het huis moest verkopen. Ik vond het geen leuk idee dat jij het in een kleiner huisje zou moeten zien te redden.'

Ze liep langs hem heen en zette de waterkoker aan. 'Maar eigenlijk, David, is het te laat. Ik heb besloten dat ik ga verkopen. Ik heb behoefte aan een nieuw begin.'

Hij had geschrokken gekeken. Bang. Dat had ze nog nooit bij David gezien. Hij was altijd zo zelfverzekerd geweest. Arrogant, zelfs. 'Alsjeblieft, Alison. Niet doen. Ik weet dat ik me als een hufter heb gedragen, maar geef me nog een kans. Alsjeblieft?'

Dus ze had beloofd erover na te denken. Ze had eigenlijk niets anders gedaan. Een nieuw begin. Hem terug nemen. Verkopen. Niet verkopen. Ze wist het niet meer. En nu hoopte ze dat de groep haar kon helpen dingen in perspectief te plaatsen. In haar eentje lukte dat absoluut niet.

*

Ed

'Wat dacht je van dinsdag?'

September hield haar hoofd schuin, wat ze altijd deed als ze voorwendde ergens over na te denken, terwijl ze eigenlijk al een besluit had genomen.

'Ik heb liever vrijdag.'

'Niet woensdag?'

'Te saai.'

Ed liet zijn vinger voor de honderdste keer over Septembers buik gaan. Hij kon er geen genoeg van krijgen. Zijn zoon – of dochter – voelen die zich ergens onder Septembers subtiel opbollend buikje ophield. Zelfs Giles, die op dat moment voor de vierde keer die maand met Jamie in een wijnbar zat, zei dat als hij er nu niet over ophield, hij niet op zijn kleine halfbroertje of -zusje zou passen wanneer dat geboren was.

'Oké. Dinsdag dan.' Hij boog zich voorover om haar navel te kussen. 'Maar ik waarschuw je. Voordat we tien jaar getrouwd zijn, wil ik de hele week.'

'Zeven dochters!' ze giechelde. 'Dan betalen we ons scheel aan al die bruiloften.'

Ze wisten allebei dat dat er niet toe deed dankzij de nalatenschap van Eds vader. Maar hij wist tenminste dat het September niet om zijn geld te doen was, anders had hij niet zoveel moeite moeten doen om haar over te halen een kindje te krijgen.

Hij bleef haar buik strelen; daar kon hij maar geen genoeg van krijgen. 'Weet je zeker dat je het niet erg vindt als ik je een avond alleen laat?'

'Natuurlijk niet, gekkie.' Ze lachte. 'Ik heb toch verteld dat mijn zussen langskomen om me gezelschap te houden?'

Aha, de zussen! Toen September hem voor de eerste keer aan haar familie had voorgesteld – de zondag na het weekend op het Isle of Wight – had het zweet hem op het voorhoofd gestaan. Vooral wat betrof haar vader die September duidelijk adoreerde. 'Maak je geen zorgen,' had ze gejubeld. 'Ze weten alles. Ook van al je ex-vrouwen en dat Lizzie heeft gezegd dat ze je vriendin was. Je kunt maar het beste vanaf het begin openhartig zijn, vind je niet?'

Maar er waren uitzonderingen.

'En ik vond dat ik over Tatiana moest vertellen en dat ze deed alsof ze jeweetwel was, zodat ze je het niet kwalijk nemen dat je laatste verloving geen success was.'

Ze had hem een snel kneepje gegeven, wat zijn bloed onmiddellijk aan de kook bracht. De nacht ervoor was zo verbluffend geweest dat hij niet zeker wist of hij wel echt had plaatsgevonden. Maar dat moest wel, omdat hij zich elk detail kon herinneren; als hij eraan terugdacht smolt hij weg, net als bij dat kneepje. Net als bij het horen van haar stem...

'Hoe weet je dat zo zeker?' had ze streng gevraagd toen hij had gezegd wat hij voelde toen ze op zijn bed lagen. 'Waarschijnlijk zeg je tegen elk meisje dat ze anders is dan de vorige.'

Hij had zich dat ook afgevraagd. En daarom wist hij het antwoord. 'Omdat we op dezelfde golflengte zitten.' Hij had een hand uitgestoken en streelde een haarlok die over haar borsten hing. 'En omdat ik je maar niet uit mijn hoofd kan zetten. Dat heb ik niet gekund sinds je me voor de eerste keer begroette. Volgens Nancy is dat een teken.'

'Nancy?' Ze had gedaan alsof ze diep moest nadenken. 'Eens zien. Is dat ook een vriendinnetje? O, nee. Vergeten. Dat is die mooie stiefmoeder van je, hè?' Ze giechelde. 'O, jongens, dat wordt lachen straks.'

En gek genoeg deden ze dat ook. September en haar zussen woonden in zo'n victoriaanse tussenwoning met vier verdiepingen in het noorden van Londen die vanbinnen veel groter bleek te zijn dan het aan de buitenkant leek. Dat kon je van haar vader ook zeggen. Op het eerste gezicht zag hij eruit als zo'n keiharde crimineel uit de politieserie *The Bill*, ook al bleek hij advocaat te zijn. 'Zo Ed, ik hoor dat je belangstelling hebt voor mijn dochter,' was zijn eerste opmerking nadat hij Eds hand bijna had gebroken toen hij die ter begroeting schudde.

Ed vermande zich en keek Septembers vader recht aan. 'Ja, meneer.'

De man bleef hem strak aankijken zonder het 'meneer' te corrigeren of hem uit te nodigen om hem bij de voornaam te noemen (die Alastair was, wist hij). 'Ik vraag maar één ding van de vrienden van mijn dochters, en dat is dat ze hen fatsoenlijk behandelen. Zo niet, dan krijg je met mij te maken.'

Blijf hem aankijken. Niet luisteren naar het gegiechel van September of van haar zussen, die allemaal kleinere klonen van haar waren. 'Goed, meneer.'

'Mooi.'

Eindelijk wendde hij zijn blik af.

'Dan gaan we eten.' Hij keek naar zijn vrouw, nog zo'n evenbeeld van September. Hoe was het mogelijk dat je vijf van deze schoonheden in één gezin had als de vader net een buldog in mensengedaante was? 'Ben je klaar, schat?'

Ed had verwacht dat Septembers moeder ('Noem me maar Betty, liefje') nu met het eten naar binnen zou komen, maar in plaats daarvan ging iedereen zitten en deed Alastair het.

'Papa kan geweldig koken,' fluisterde September. 'Mama is een ramp in de keuken.'

Meer gegiechel.

Tegen het einde van de dag kon hij niet echt zeggen dat hij en Meneer dikke vrienden waren, maar het ijs was beslist gebroken, vooral toen hij meedeed aan een potje Scrabble, dat ze elke avond speelden. Dat was een traditie.

'Goed voor je hersenen,' had Alastair verkondigd.

'Daar bedoelt hij eigenlijk mee dat hij een hekel heeft aan winnen,' zei Betty stralend. 'Dus doe je best, liefje. Septembers vorige vriendje was hopeloos.'

Dus hij had ongelooflijk zijn best gedaan en had met slechts drieëntwintig punten verschil weten te verliezen, wat volgens de meisjes fantastisch was. Hij ging die avond het huis uit (nadat hij zich tevreden had moeten stellen met een kusje op de wang van September) terwijl hij zich afvroeg of hij in een kruising van een modern *Little Women* (dat had hij van Nancy moeten lezen om te leren hoe vrouwen in elkaar zaten) en Oprah terecht was gekomen.

En nu, zes maanden later, was September zwanger.

'We moeten het hun vertellen,' had hij doodsbenauwd gezegd toen ze hem het nieuws had verteld, maar tegelijkertijd was hij in de wolken. 'Je vader vermoordt me.'

Maar er was een lachje over Septembers gezicht getrokken en ze had erop gestaan het hun te vertellen als ze zelf zover was, maar er was geen haast bij want ze was 's morgens niet eens misselijk. En nee, ze wilde echt niet met hem trouwen, omdat geen van zijn vorige huwelijken een succes was geweest en ze wilde het niet bederven.

En nu ging hij dan, naar de laatste bijeenkomst van de scheidingsclub waarvoor hij zijn mooie meisje alleen moest laten, terwijl hij eigenlijk liever thuisbleef.

'Je moet gaan,' hield ze vol. 'Ik red me wel.'

Als hij niet het vooruitzicht had gehad Alison en Karen weer te zien, zou hij er niet over piekeren. Maar zij zouden weten wat hij moest doen, zei hij tegen zichzelf terwijl hij op Karens deur klopte. Zij zouden wel weten hoe hij September kon overhalen toch met hem te trouwen. Gesteld dat haar vader hem niet afmaakte.

❊

Karen

'Nee. Het zal wel niet zo lang duren. Maar ik denk dat het beter is als je later komt. Als je het niet erg vindt.'

Karen luisterde naar de stem aan de andere kant van de lijn die zei dat hij het natuurlijk niet erg vond. Dat hij eeuwig op haar zou wachten, zoals hij al duizenden keren had gezegd. En dat hij ernaar verlangde een echt gezin te vormen. Zijn stem bracht nog steeds een glimlach op haar gezicht: gaf haar nog steeds een warm gevoel, net als in het begin. Hij was een goed mens. Nee. Meer dan een goed mens. Hij was...

De deurbel! Daar konden ze toch nog niet zijn?

'Hallo, jongens!'

Hayley keek haar vragend aan. 'Je was het vergeten, hè?'

Vergeten? Wat vergeten?

'Jij zou op Josh passen, weet je nog? Zodat Adam en ik uit eten konden.'

Nee, dat was niet zo. Ze vergat nooit iets. Ze had altijd alles op een rijtje. Dat moest wel met haar baan. Het was Hayley die het mis had – dat ging zo als je zwanger was – maar dat wilde ze niet zeggen. Niet na Doris.

'Ja, hoor. Ik weet het nog,' zei ze. Ze besloot het mee te spelen, zodat Hayley zich niet hoefde te schamen. 'Alleen komt mijn groep vanavond. Maar dat vind je toch niet erg, hè, meisje?'

Ze keek liefhebbend naar haar kleinzoon die nog klaarwakker in zijn buggy zat alsof het geen bedtijd voor hem was, en dat was het ook nog niet. Nog zoiets waar ze niet moeilijk over deed. 'Ik zal hem proberen op bed te leggen voordat ze er zijn.'

'Dankjewel, Karen.' Hayley gaf haar een kus op haar wang en daar kreeg ze een warm gevoel van. Doris had dat net voordat ze heenging ook gedaan. Bij die herinnering werd ze nog verdrietig maar tegelijkertijd inspireerde het haar. Schoonmoeders waren belangrijk. Zelfs de excentrieke.

'Deze kant op, Josh! Heb je al wat gegeten?'

'Alleen een klein hapje. En je weet dat hij altijd honger heeft. Net als zijn moeder op dit moment.'

Karen schonk haar een warme blik. 'Gaat het goed?'

Ze knikte. 'Fantastisch. Dat is een goed teken, toch?'

Kennelijk. En dan de blikken die Hayley op Adam wierp, die nog in de auto zat, klaar om weg te rijden. Fijne, warme blikken die erop wezen dat alles misschien toch nog goed kwam. En dat had er zes maanden geleden nog heel anders uitgezien.

'Tot vanavond dan, meisje. Kom op, Josh. We gaan kijken wat we in de keuken kunnen vinden.'

53

Lizzie

'En, Lizzie...' Karen keek haar aan met die warme blik waardoor Lizzie zich altijd meteen beter voelde. Karen was zo'n schat van een vrouw, zo zorgzaam. Moest je zien hoe vaak ze de trap op schoot om te kijken of alles goed ging met haar kleinzoon. 'Hoe gaat het met de nieuwe man in je leven?'

Alison straalde. 'Ik heb van alles over hem gehoord. Hoe hem je hem in hemelsnaam gevonden?'

Lizzie bloosde. 'Het was mijn moeders idee. Ze zei dat ik een advertentie in de krant moest zetten, dus dat heb ik gedaan. Karen heeft me geholpen hem te formuleren – je kunt niet zorgvuldig genoeg zijn, hè?'

Ed viel in: 'Ik hoop dat je me geen bemoeial vindt, Lizzie. Maar met dat soort dingen moet je heel erg oppassen. Je komt soms de raarste types tegen.'

Meer gelach. 'Je hebt het mis, Ed. Net als al die moeders op school die groen en geel zien van jaloezie als Lars de kinderen komt ophalen. Hij is niet mijn nieuwe vriend, maar mijn au pair. Lars is geweldig met de kinderen en het betekent dat het thuis niet meer zo'n rommeltje is. Vooral nu ik gepromoveerd ben tot hoofdredacteur.'

'Jeetje!' Alison klonk echt geïmponeerd. 'Dat is op jouw leeftijd een hele prestatie.'

'Dank je.' Lizzie straalde. 'En ik moet jullie nog iets vertellen. Ik heb een nieuwe vriend – nou ja, ik denk dat hij dat is, hoewel het nog pril is.'

De zwarte schittering in Violets ogen werd nog harder. 'Hoe heet hij?'

'Rob.'

Ze wierp Karen een blik toe, die de enige was die van het misverstand in het begin wist. Die keer waarvan ze niet wist of ze nu... of niet.

'Hij is fotograaf.'

Violet zuchtte melancholisch. Verbeeldde ze het zich nu of had de vrouw maar twee onderkinnen in plaats van drie? 'Ik ging vroeger doorlopend op de foto. Bij Robert, bedoel ik.'

'Hij is fotograaf voor mijn tijdschrift,' voegde Lizzie er haastig aan toe. 'Hij doet ook veel voor de andere glossies. We overwegen samen een bureau op te zetten.'

Ze zweeg omdat ze besefte dat ze zenuwachtig zat te kwetteren. 'En vanavond moet ik helaas eerder weg. Hij komt me halen.'

*

Alison

'Snappen jullie?' Alison keek nerveus de groep rond. 'Ik weet niet wat ik moet doen.'

Ze knikten allemaal. Behalve Violet. 'Ik zou hem niet vertrouwen,' zei ze met haar mond vol kruimels. 'Wie weet gaat hij wel terug naar die maffe tante. Verkoop het huis, strijk je deel op en koop een villa in Spanje. Dat heb ik na mijn eerste scheiding gedaan. Ik ga er nog steeds heen. En ik verhuur hem als iemand erheen wil. Misschien kom je er een van mijn beroemde vrienden tegen.'

Ze keken haar allemaal aan. Op een of andere manier leken Spanje en Violet niet bij elkaar te passen, en wat het beroemde betreft... Nou ja, ze hadden maanden geleden al geleerd dat te negeren.

'Het gekke is,' zei Alison, 'dat hij net terug is van een rugzakvakantie in Spanje. Hij zei dat hij dat had willen doen toen hij jong was, maar dat we toen zijn getrouwd en kinderen kregen en dat het daardoor niet kon. Daar voelde ik me wel gekwetst door.'

Ed sprong op. 'Dat is het! Ik krijg ineens een briljant idee.'

En terwijl Alison naar hem luisterde, kreeg ze het gevoel dat het misschien wel iets was...

*

Ed

'Dus jullie snappen wel,' zei Ed toen Lizzie en Alison hun verhaal hadden gedaan en hij aan de beurt was, 'dat ik ook niet weet wat ik moet doen.'

Lizzie knikte. 'Ik begrijp wel waarom ze niet met je wil trouwen, Ed. Sorry. Maar dat is in het verleden niet zo best afgelopen.'

Bedankt voor deze bijdrage. Hij wilde eigenlijk graag de reacties van Alison en Karen horen. Zij waren degenen die hij echt was gaan respecteren.

'Je moet het haar vader vertallen,' zei Alison vriendelijk. 'Als het David was, zou hij je openheid waarderen.'

Karen knikte. 'Geheimen binnen een familie zijn niet goed. Vroeg of laat komen ze toch wel uit. Wat het trouwen betreft, ben ik het met je lieftallige September eens, lieverd. Als er niets aan mankeert, waarom zou je er dan iets aan doen?'

Omdat ik wil trouwen, kon hij wel uitschreeuwen. Omdat ik naar stabiliteit verlang.

'Hij wil trouwen,' zei Violet resoluut, en ze stak haar hand uit naar een volgend koekje. 'Hij verlangt naar stabiliteit. Niets mis mee.'

Dank je, Violet. Hij was zo dankbaar dat hij bijna bekende wat hij dacht over dat van die beroemde actrice, maar toen begon ze net weer te praten. 'Je zult gewoon moeten wachten, Ed. Simpel.' Die zwarte kraalogen waren echt eng. 'Het moment komt wel een keer. Ik vind haar erg leuk klinken. Er zijn niet zoveel vrouwen die bereid zijn er een halfbroer bij te nemen.'

Dat was waar. Toen hij had uitgelegd dat de moeder van het joch nog steeds niet in staat was om voor haar zoon te zorgen, had September gezegd dat hij natuurlijk bij hen moest blijven wonen. Ed hoopte maar dat het allemaal goed zou gaan.

'Wat willen jullie vanavond trouwens zingen?' vroeg Violet erachteraan. 'Ik dacht zelf aan *She's coming round the mountain*. Ik heb met een heel beroemde actrice gewerkt die daar onze kleedkamer mee op zijn kop zette.' Ze fluisterde een naam die met geen mogelijkheid waar kon zijn, maar deze keer had Ed medelijden met haar en hij voelde geen minachting zoals in het begin van deze bijeenkomsten. 'Ze zei dat ze dan de wereld aankon.'

En toen was Karen aan de beurt.

*

Karen

Eigenlijk, zei iemand, is Violet toch aan de beurt? Maar Violet had alleen haar hoofd geschud en gezegd dat ze liever niets zei maar gewoon luisterde, als ze dat goed vonden. Maar ze zou het wel leuk vinden om aan het eind iets te zingen.

Dat vond Karen eigenlijk niet in orde – ze zou haar misschien spreken als de rest naar huis was, om te zien of het wel goed met haar ging. Maar intussen keek iedereen naar haar dus ze moest wel iets zeggen, ook al wilde ze het niet kwijt. Niet nu. Niet nu alles was veranderd.

'Er is wel veel gebeurd. Mijn schoonmoeder Doris is overleden, wat wel verdrietig was.'

Er werden van alle kanten zachte uitingen van medeleven gemompeld.

'Ze had een beroerte gehad en net toen het weer beter ging, gebeurde het heel snel.'

Karen zweeg en voelde dat haar ogen volstroomden. 'Maar ze zag kans om daarvoor nog iets tegen me te zeggen, dat ik ook aan jullie wil doorgeven omdat het zo klopte.'

Iedereen keek, ook Violet. Karen dacht terug aan de dag dat ze aan Doris' bed had gezeten en haar frêle polsje had vastgehouden, terwijl ze naar

Doris' lippen keek waarmee ze iets probeerde te zeggen. 'Ze zei dat het belangrijk was beslissingen voor mezelf te nemen. En niet omdat ik dacht dat ik er andere mensen gelukkig mee maakte.'

Violet knikte. 'Trouw zijn aan jezelf,' murmelde ze tussen de biscuitkruimels door.

Karen knikte. 'Precies.'

'En heb je dat ook gedaan?' vroeg Lizzie zacht.

Laat het maar aan een journalist over om te zeggen wat iedereen dacht.

Karen glimlachte en dacht aan de blauwe steen die ze Paul in de hand had gedrukt, de laatste keer dat ze hem had gezien. 'Ik wil je dit geven,' had ze gezegd. 'Om een nieuw begin te markeren. Neem hem in je hand als je kracht nodig hebt. Streel hem. Hij helpt, daar zul je nog verbaasd over staan.'

Hij was ontroerd geweest. Dat zag ze. Aangedaan zoals de oude Paul dat niet zou zijn geweest.

Nu leunde Ed naar voren. 'Je kunt ons niet in spanning laten zitten, Karen. Je bent anders. Dat zie ik gewoon.' Hij keek de kring rond. 'Dat zien we allemaal. Heb je een nieuw persoon in je leven?'

Zou ze het hen vertellen? Was dat professioneel? Zij hoorde hen te helpen en niet andersom. Maar het was wederzijds geweest; ze hadden elkaar dingen geleerd die ze zelf niet konden verzinnen. Dus misschien...

'Oma! Oma!'

Karen sprong op. 'Sorry, ik ben zo terug.'

Maar toen ze terugkwam was het duidelijk dat ze een besluit hadden genomen. Ze zouden het haar niet vragen. Ze hadden besloten dat het onbeleefd was aan te dringen. En in plaats daarvan kwamen de bedankjes en een doos bonbons (Ed) en een enorme bos bloemen die uit het niets leek te komen (van allemaal) en twee pakken biscuitjes (Violet). En iedereen liep de zomeravond in. Lachend, met de belofte om contact te houden.

*

Lizzie

'Vertel eens,' zei Lizzie zacht na het etentje dat, ondanks het feit dat ze door de bijeenkomst van de scheidingsclub te laat kwam, zo fijn was geweest. Zo natuurlijk. Zo natuurlijk en fijn dat ze nog uren in zijn auto voor haar huis hadden zitten praten. Gek dat zijn lengte er niet meer toe deed. Hij was het waar ze in de loop van de afgelopen maanden geleidelijk voor was gevallen. Hij maakte haar aan het lachen. Hij gaf haar het gevoel interessant en zelfs mooi (zijn woord, niet het hare) te zijn. Hij kon het goed met de kinderen vinden, zonder dat hij te dominant was.

'Vertel eens,' zei ze nog eens. 'Wat weet je nog van die avond dat je die keer in het najaar langskwam? Toen ik er zo erg aan toe was?'

Hij keek haar aan en streek toen snel een haarlok achter haar oor. 'Alles tot in de kleinste details.'

Help!

'Ik had naderhand...' begon ze hakkelend, 'een vreemde ervaring. Ik werd wakker in bed met mijn nachtpon aan. Later zei Sophie dat ze iemand naast me had zien liggen. Een man.' Ze slikte nerveus. 'Was jij dat?'

Hij keek haar aan en het leek een eeuwigheid te duren. 'Zou je willen dat ik dat was?'

'In een bepaald opzicht wel. Maar in een ander niet, omdat het te vroeg zou zijn geweest. Bovendien heb je te veel vriendinnen gehad. Hoe weet ik dat je mij niet ook belazert?'

Hij pakte haar hand. 'Dat zou ik nooit doen. Bovendien heb ik alleen maar zoveel vriendinnen gehad, omdat ik de ware zocht.'

Ze durfde geen adem te halen. 'Dus dan was jij dat? Bij mij in bed?'

'Niet noodzakelijkerwijs.'

'Je plaagt me!'

Hij grijnsde. Een heerlijke, warme grijns waardoor zijn gezicht straalde en haar deed verlangen hem weer te kussen, ook al moest ze zich een beetje voorover buigen om dat te doen. 'Misschien. Luister, we spreken het volgende af. Over een paar maanden vertel ik je de waarheid, oké?'

Over een paar maanden? Dan vond hij dat ze samen iets hadden. En niet alleen een zakenrelatie. Leef in het heden, had Karen eerder op de avond gezegd. En waarom ook niet? Het hier en nu was het enige waar je van op aan kon. En dat was oké.

❊

Alison

KINDEREN HET HUIS UIT? WORD JE NIET GOED VAN LEGE SLAAPKAMERS? WAT JIJ NODIG HEBT IS 'DE LEGENESTSURVIVALGIDS'.

DIT HANDIGE BOEK STAAT BOL VAN DE HANDIGE TIPS HOE JE JEZELF KUNT TERUGVINDEN ALS JE LAATSTE KIND HET HUIS UIT GAAT. HET HELPT JE JE LEVEN OPNIEUW IN TE RICHTEN.

NEEM VOOR INFORMATIE CONTACT OP MET...

Alison keek op van de proefpagina. 'Je hebt mijn naam eronder gezet!'

Caroline haalde haar schouders op. 'Jij hebt de pr-tekst geschreven. Ik zou er niets over weten. Niet echt.'

Alison weerstond de verleiding te zeggen dat Caroline nog niet zo lang geleden degene was geweest die haar had gezegd wat ze moest doen toen Jules het huis uit ging, ook al had haar zus zelf geen kinderen.

Sinds het incident met Hugh was haar zus een ander mens. Ze had Alison aangemoedigd meer pr-teksten te schrijven in plaats van administratie te doen. Ze had zelfs een paar gesprekken met cliënten geregeld.

Maar het was wel hectisch geweest. Daardoor had ze zich gerealiseerd waarom een drukke baan, gecombineerd met een veelbewogen leven thuis, David te veel van het goede was geweest.

'Ik wil dat je deze auteur doet,' ging Caroline nonchalant verder. 'Haar volgende boek gaat over weer alleen door het leven gaan. Ik denk dat ik dat niet goed kan promoten, maar jij zou het prima kunnen.'

'Maar je weet dat ik niet kan...'

'Kun je het niet, of wil je het niet?' Haar zus schudde haar hoofd. 'Ik bied je een pracht van een kans, Alison. Een kans die de meeste vrouwen van jouw leeftijd en ervaring met beide handen zouden aangrijpen, echt. Je hebt talent om pr-teksten te schrijven en met cliënten om te gaan. Je zou misschien zelfs partner kunnen worden.'

Zes maanden geleden, toen David was vertrokken, zou ze de kans inderdaad met beide handen hebben aangegrepen. Maar nu niet.

'Sorry.'

Caroline haalde haar schouders op. 'Je moet het zelf weten.'

Toen werd haar gezicht zachter. 'Als het niet goed gaat, kun je er altijd nog op terugkomen. En veel geluk, trouwens. Je moet me alleen niet vragen om voor die verhipte hond van je te zorgen, terwijl jij je dromen najaagt.'

*

'Waar denk jij nou dat je heen gaat?'

Jules kneep haar ogen tot spleetjes toen ze de lijvige, blauwe rugzak in de hal in zich opnam.

Alison zuchtte. Nog maar een paar weken geleden had iedereen tijdens de bijeenkomst van de groep gezegd dat het een grandioos idee was. Daardoor was ze vastberadener dan ooit. 'Dat heb ik al gezegd. Honderden keren.'

'Maar ik dacht dat je het niet meende!' Jules gaf de tas een duw. 'Mensen van jouw leeftijd gaan niet op rugzakvakantie. Dat hoort niet. Bovendien kun je hem niet dragen.'

'Jawel, hoor.' Alison probeerde de twijfels uit haar stem te weren. 'En als het niet lukt, dan gooi ik er wat uit.'

David kwam de hal in. 'Kom op, Jules. Het staat vast. Dat weet je. Mama verdient een vakantie en jij en ik krijgen wat tijd samen. Bovendien moet iemand voor Sam zorgen.'

Jules' gezicht werd zachter. Een beetje maar. 'Heb je genoeg truien bij je? Het is koud 's nachts in Zuid-Amerika, weet je. En heb je wel een eerstehulppakketje? Je moet reservenaalden bij je hebben voor het geval je ernstig ziek wordt. De ziekenhuizen zijn niet zo schoon. En stel dat je geld op raakt.'

'Dan moet ik me zien te redden.'

David kneep geruststellend in haar hand. Hij had mee gewild. Voorgesteld om het als een verzoeningsperiode te zien, maar ze had geweigerd. Dit moest ze in haar eentje doen. Bovendien had hij nu een baan bij een liefdadigheidsinstelling. Het betaalde niet geweldig, maar ze konden het ermee redden tot ze terug was, en daarna konden ze beslissen wat ze wilden doen.

'Dat weet ik al,' had hij zacht gezegd.

Zij dacht het ook te weten. Maar ze wilde het zeker weten. En dit was een manier om erachter te komen.

Jules snoof. 'Nou, ik hoop dat je goed nadenkt en geen domme dingen doet. Jullie zijn er nogal goed in om een zootje van je leven te maken. Moet je maar naar tante Caroline kijken.'

'Nu je het over haar hebt, Caroline heeft een nieuwe man in haar leven.'

'Echt?' David en Jules keken haar allebei aan.

Alison knikte. Het was nu niet het moment om te vertellen dat Caroline inderdaad naar Bruce was gegaan, die nog gebukt ging onder schuldgevoel over zijn vrouw – vooral na het spervuur van verwijten van Simon/Hugh –, maar bovendien verdriet had omdat hij ook Caroline was kwijtgeraakt. Het was nog vroeg maar misschien, wie weet, kon er iets moois groeien.

'Oké,' zei ze resoluut. 'Het wordt tijd om te gaan, anders mis ik mijn vlucht.'

David pakte haar tas. 'Wacht even. Er staat een verkeerde naam op het label. Wie is Ali?'

'Dat ben ik.' Alison glimlachte verlegen. 'Ik heb besloten mijn naam te veranderen. Alison is te verstandig. Ali klinkt veel avontuurlijker en dat wil ik van nu af aan ook zijn.'

Ze keken haar allebei aan alsof ze haar verstand verloren was. Nou, ze zouden er maar aan moeten wennen, zoals de groep had gezegd. 'Ik moet dit gewoon doen,' fluisterde Alison/Ali zacht. 'Ik heb het nooit gedaan toen ik jouw leeftijd had. Er zijn eigenlijk heel veel dingen geweest die ik niet heb gedaan.'

Jules fronste. 'Zoals die idiote cursus aan de universiteit waar je je voor hebt opgegeven?'

'Precies.'

Onderweg naar het vliegveld praatten David en zij over praktische dingen. De voor- en nadelen van het verkopen van het huis en kleiner te gaan wonen in een andere streek – ze had altijd wel graag aan de kust willen wonen. Dat was een optie. De andere optie bleef in de lucht hangen. Het alleen zijn was voor haar niet meer zo eng als het een jaar geleden was geweest. Ze kon het. Als ze daarvoor koos.

Bij 'Vertrek' stonden veel tieners afscheid te nemen van hun ouders. De ouders stonden allemaal aan de thuisblijfkant van de afzetting. Zij was de enige volwassene met een rugzak.

'Tot over vier weken,' zei David toen hij een afscheidskus gaf.

Ze knikte.

Hij kuste haar nog een keer. 'Ik ben echt trots op je, Alison. Het was een superidee.'

'Ali,' corrigeerde ze. 'En het was mijn idee niet, maar dat van Ed.'

'Dag!' Terwijl ze naar de douane liep, zwaaide ze vrolijk vanaf de andere kant.

Zoals Karen had gezegd, was het geen slecht idee om je man in onzekerheid te laten zitten. Vooral als je zelf nergens zeker van was.

*

Ed

Zijn geheim was bekend. Dat was niet zo raar, eigenlijk. Iedereen op het werk had het erover. Dat merkte Ed aan het feit dat ze abrupt zwegen als hij probeerde zich in het gesprek te mengen.

En nu had Septembers vader hem ontboden om te komen eten.

'Hij lust me rauw,' zei hij tegen September, toen ze het bevel overbracht.

'Welnee, doe niet zo raar.' Maar haar stem klonk zachter. Niet het aangename soort zacht waar hij aan gewend was geraakt. Maar een enigszins bang zacht dat hij verontrustend vond.

Zo verontrustend dat hij het even bij iemand kwijt moest. Nancy? Ze was tegenwoordig nooit thuis. Hij kreeg alleen haar voicemail. Daar moest hij het ook nog over hebben, maar nu even niet. Het joch? Wie hield hij voor de gek? Bovendien leek zijn pas hervonden zoon het beter met Jamie te kunnen vinden dan hijzelf. Die twee waren nu al een paar keer uitgegaan naar een club of kroeg of wat lui van in de twintig ook deden. Hij vond het bijna een stomme zet dat hij ze aan elkaar had voorgesteld.

Karen en de anderen? Ze hadden de vorige keer al advies gegeven en hij wilde ze er niet meer mee lastigvallen. Gezien de omstandigheden was er waarschijnlijk maar één persoon die het misschien begreep, maar eigenlijk wist hij niet of hij dat durfde.

Ach, wat kon het hem ook schelen?

'Dat lijkt me nogal duidelijk.' Claire keek op van een bosje stalen die ze bekeek. 'Je moet open zijn. Eerlijk. Jezelf. Duw me eens naar het raam, alsjeblieft. Deze wielen blijven volgens mij ergens in steken.'

Zonder moeilijk te doen deed hij wat ze hem had gevraagd. Een van de beste dingen die hem het afgelopen halfjaar waren overkomen, was dat hij weer contact met Claire had. Niet op die manier. Maar op die andere. De manier die hen in eerste instantie bij elkaar had gebracht; dat ze zo goed konden praten.

'Je hoeft me niet uit te lachen.'

Ze trok een wenkbrauw op. 'Doe ik niet.'

'Echt niet? Wat je allemaal over eerlijkheid zei. Als ik had geweten dat je zwanger was, had ik voorgesteld te trouwen.'

'Precies. En dat zou niet eerlijk zijn geweest, omdat je het dan om de verkeerde redenen had gedaan. Daarom heeft je vader gedaan wat hij heeft gedaan. Maar dit is anders, hè? Je bent nu ouder. Je houdt van September die, moet ik zeggen, niet alleen een heerlijke meid is, maar waarschijnlijk een goede vrouw voor je is.' Claires mondhoeken krulden ondeugend. 'Ik mag haar wel. Met haar weet je waar je aan toe bent.'

'Maar wat zeg ik tegen haar vader als we daar gaan eten?'

'Dat zei ik toch?' Ze klopte op zijn hand alsof hij een stoute jongen was. 'Vertel hem de waarheid. Zeg dat het niet de bedoeling was om haar zwanger te maken, maar nu ze dat is, je met haar wilt trouwen en dat ze dat niet wil. Wees nu eens een brave jongen en duw me naar mijn slaapkamer. Ik moet me omkleden voor een date. En maak je geen zorgen. Ik verwacht niet dat je kijkt.'

*

Tegen de tijd dat Ed bij het huis in Primrose Hill was stond hij te trillen van de zenuwen. Het was een warme zomerdag en hij had per abuis een jasje over zijn overhemd aangetrokken.

'Niet te netjes,' had September gezegd, maar dat kon zij makkelijk zeggen. Zij was niet het offerlam dat om genade kwam smeken. Hadden advocaten het recht je te straffen, vroeg hij zich af. Doe niet zo gek. Natuurlijk hadden ze dat. Zijn vader had altijd hele verhalen verteld over dat hij vroeger was klem gezet.

'Edward.'

Het duurde een paar seconden voordat Ed doorhad dat hij Edward werd genoemd – wat niemand sinds de basisschool had gedaan – en verder dat Septembers vader de deur had opengedaan. Op een of andere manier had hij September verwacht, maar nu hij door de keuken achter zijn toekomstige schoonvader (wie hield hij nu voor de gek?) aan liep, begon hij zich af te vragen waar ze in vredesnaam zat.

'Weg.'

Alastair keek hem onaangedaan over de kurkentrekker heen aan. 'Ik heb tegen de meisjes gezegd dat ze zich uit de voeten moesten maken, zodat wij met z'n tweeën waren.'

Dus hij was echt van plan hem af te straffen.

'Wit of rood?'

Ed had het gevoel dat zijn keel werd dichtgesnoerd. 'Wit. Water, bedoel ik,' kwaakte hij. 'Moet helder hoofd houden, snap je. Ik snap er niets meer van!'

Waar kwam dat ineens vandaan?

Alastair leek het niet te hebben gehoord; hij deed de oven open en zette een ovenschotel midden op tafel. Een advocaat die kookte! Een advocaat die tegen zijn vrouwvolk kon zeggen dat ze even weg moesten gaan. Een advocaat wiens dochter hij zwanger had gemaakt. Ed wilde wegrennen. Zou dat ook hebben gedaan als September een ander soort meisje was geweest.

'Ik hou van haar, ik bedoel ik hou van uw dochter en ze is zwanger en ik wil met haar trouwen.'

Zo. Het was eruit. Maar het leek alsof Alastair het niet had gehoord. Hij staarde strak naar de zilveren lepel in zijn hand, die hij in het borrelende mengsel van vlees, kaas en pasta liet zakken.

'En ik eet ook geen vlees.'

Alastair knikte. 'Weet ik.'

Hij zette een dampend bord, helemaal vol, voor Ed neer.

Stik.

'Dat kan ik niet eten.'

'En ik kan je niet met mijn dochter laten trouwen.'

Wees eerlijk, had Claire gezegd. Wees jezelf.

'Maar ik hou van haar.'

'Juist daarom.' Alastair zat nu rustig te eten, met grote happen, alsof hij Ed uitdaagde ook te gaan eten. 'Ik hou van Septembers moeder. En daarom ben ik nooit met haar getrouwd.'

'Bent u niet getrouwd?'

Het kwam er op pieptoon uit.

'Waarom zou je veranderen wat al goed is?' Hij had nu zijn mes en vork neergelegd. 'Ik zie in mijn werk te veel gestrande huwelijken. Ja, ik wilde toch met Betty trouwen, maar zij was degene die nee zei. En ze heeft gelijk. We zijn even gelukkig als toen we elkaar leerden kennen, gelukkiger eigenlijk. En we hebben vier fantastische dochters.'

'Hebt u er bezwaar tegen als we gaan samenwonen?'

'Natuurlijk heb ik er bezwaar tegen als je met mijn vrouw samenwoont.'

Dat bedoelde hij niet.

Alastair grijnsde. Dat was bijna nog angstaanjagender dan wanneer hij fronste. 'Ik weet dat je dat niet bedoelde. En natuurlijk heb ik er geen bezwaar tegen als je met September samenwoont.' Zijn blik verduisterde. 'Maar o wee als je haar ongelukkig maakt. Als je ook maar naar een andere vrouw durft te kijken, dan zal ik...' Hij stopte met het zwaaien met de lepel en stak hem in het bord eten voor hem alsof hij het eten stak zoals hij Ed wilde steken. 'Dan zet je hier geen voet meer over de drempel. Begrepen?'

'Papa!'

De voordeur ging open en vier mooie meisjes renden naar binnen. September vloog zo bevallig als haar vooruitstekende buik haar toestond naar Ed. 'Is het geregeld, papa?'

Alastair knikte alsof hij net een casus had afgesloten. 'Ik denk van wel. Jij, Ed?'

En ook al wist Ed dat hij bang moest zijn, hij voelde toch een merkwaardig soort rust. Een rust die hij lange tijd niet had gevoeld. 'Ik denk van wel, meneer.'

'Mooi.' Hij wiebelde met zijn wenkbrauwen. 'Welkom bij de familie, Ed.'

❋

Karen

Karen krulde zich op de bank op, en legde haar hoofd in zijn schoot.

Zo voldaan of gelukkig had ze zich nog nooit gevoeld. De helderziende vrouw had gelijk gehad, toen ze zei dat ze zou weten wat ze moest doen als ze een besluit moest nemen.

'Zo denk ik er ook over,' zei hij.

'Zeker weten?' Ze keek hem aan. 'Ook nu je weet dat ik nog steeds getrouwd ben?'

Hij drukte zijn gezicht in haar hals. 'Zo zeker ben ik nog nooit van iets geweest. Je zei net al, je kunt altijd een scheiding aanvragen. Trouwens, volgens mij had je die jaren gewoon nodig – en ook je groep – om Paul eindelijk los te laten. Dat begrijp ik wel.'

Hij was geweldig!

'Natuurlijk wil dat niet zeggen dat ik bij je moet komen wonen...'

'Nee, dat wil ik graag.'

'En weet je zeker dat de kinderen er geen moeite mee hebben?'

Ze knikte. 'Ik heb met ze gepraat. Ze begrijpen het. Het duurt misschien even, maar...' Ze zweeg en dacht aan wat Doris had gezegd. Ze moest aan zichzelf denken, wilde ze eigenlijk zeggen, maar dat klonk zo egoïstisch als je het hardop uitsprak.

Hij legde zijn armen nog steviger om haar heen. 'Ik weet dat kinderen altijd op de eerste plaats komen.' Hij grijnsde. 'Ook al zijn het geen kinderen meer. Zeg maar niks! In jouw ogen zullen het altijd kinderen blijven.'

Ze knikte.

'En hoe is het met...'

Zijn naam bleef tussen hen in hangen. Ook wat Paul betreft moest ze denken aan wat Doris had gezegd. Dat had haar schoonmoeder bedoeld. Dat wist ze.

'Ik denk dat het helpt dat Doris hem het huis heeft nagelaten. En hij heeft een baan. En volgens Adam een nieuwe vriendin.'

'En wat vind jij daarvan?'

Dat had ze zich ook al afgevraagd. Het was raar dat Paul zo snel iemand anders had, nadat ze hem vriendelijk had gezegd dat ze gewoon niet weer met hem kon samenzijn. Ze had gezegd dat er te veel was gebeurd, maar dat ze er altijd voor hem zou zijn. Als vriendin. Omdat hij de vader van haar kinderen was. Maar dat ze de afgelopen weken was gaan beseffen dat er iemand anders was voor wie ze veel gevoelens koesterde.

'Het voelt dubbel.'

Ze keek naar hem op. Clive en zij hadden meteen aan het begin besloten dat ze eerlijk moesten zijn, zelfs over haar twijfels omtrent de leeftijdskloof van negenenhalf jaar tussen hen.

'Maar je twijfelt niet over mij?'

Ze zag zorgen zijn blik verduisteren en ze wilde ze weg kussen.

'Natuurlijk niet.'

'Mooi.' Zijn lippen raakten de hare, net op het moment dat hij iets wilde zeggen. Het klonk als: 'Want Alison zei voordat ze vertrok, dat ik weer bij haar mocht komen wonen als ik me bedacht.'

O ja?

Zijn ogen glinsterden. 'En ze zei dat als wij niets samen zouden beginnen, ik een grote fout zou maken. Trouwens, dat was ik vergeten. Toen je boven was, heeft er iemand gebeld. Een meisje dat een beetje paniekerig klonk. Je moet haar maar even terugbellen.'

Niet nu...

'Nee, echt.' Clive gaf haar het nummer en de telefoon. 'Het klonk dringend.'

*

'Hallo, met Karen. Volgens mij heb je gebeld...'

Als het maar niet nog een probleem is. In elk geval geen probleem met Hayley of Adam of...

'Bent u de dame van de scheidingsgroep?'

'Ja, maar eigenlijk...'

'Sorry dat ik u stoor. Ik heb u een halfjaar geleden aan de lijn gehad. Misschien weet u het nog. Ik ben de vrouw van wie u per abuis het nummer in de krant heeft gezet en ik krijg almaar telefoontjes voor uw groep.'

Wat erg! 'Dat weet ik nog. En het spijt me, maar...'

'Dus ik heb uw nummer bewaard, gewoon om door te geven als er nog iemand belde, en nu...'

De woorden stokten in haar keel. Op een of andere manier wist Karen precies wat het meisje nu zou gaan zeggen. Ze kon haar zien zitten. Op de vloer van haar woonkamer, met de telefoon tegen haar oor geklemd alsof het een laatste strohalm was.

'Nu is er iets in je leven gebeurd en je moet met iemand praten,' zei Karen zacht.

'Hoe wist u dat?'

'Gewoon een gevoel, meisje.'

'Doet u de groep nog?'

'Doe ik de groep nog?' herhaalde Karen, meer als vraag aan Clive.

Hij knikte, trok haar op zijn knie en drukte zijn lippen in haar nek. 'Eigenlijk is het afgelopen, maar als je belangstelling hebt...'

'Ik ken nog een paar die wel willen,' onderbrak het meisje haar. 'En er is een man bij mij op het werk die net aan de kant is gezet door zijn vriendin. We zitten er nogal mee, moet ik zeggen.'

Natuurlijk zaten ze ermee. Maar met een beetje geluk niet lang.

'Wat dacht je van volgende week dinsdag,' hoorde Karen zichzelf zeggen. 'Ik zal proberen een zaaltje te huren, maar als dat niet lukt, is het misschien bij mij thuis.'

'O, dank u wel! U weet niet hoe fijn ik dat vind.'

O, dat wist ze wel. Ze kon het zich maar al te goed herinneren. Een reddingsboei. Een warme, knusse groep waar de mensen aanvankelijk weinig met elkaar gemeen leken te hebben, maar die elkaar in de loop van de weken zouden gaan waarderen, met elkaar mee zouden leven en misschien wel van elkaar zouden gaan houden.

'Trouwens,' ging het meisje verder. 'Hoe heette uw groep ook weer?'

'De scheidingsclub,' zei Karen trots. 'Kom maar langs. Ik beloof je dat je er geen spijt van zult krijgen.'

Oeps! Vergeten...

EERSTE JAAR. VIOOL. MET LOF
Moet je dit zien, mensen! Dankzij Violet, mijn ballonnenpartner, voor het idee van de uitdaging.

ALL RIGHT MAGAZINE Gouwe Ouwe-pagina. 'Alle oude bekende sterren zijn toegestroomd voor de vijfenzestigste verjaardag van Violet, een door iedereen vergeten bescheiden ster uit de jaren zestig die meespeelde in films met groten als Elvis en andere Hollywood-namen. Violet – ze gebruikte nooit een achternaam – is na een akelige scheiding met pensioen gegaan, maar heeft nu een kleine rol op zich genomen in een film van Spielberg. "Ik ben vijfentwintig kilo afgevallen en heb mijn leven weer op de rails dankzij een praatgroep die de scheidingsclub heet," vertelde ze onze verslaggever gisteren in een exclusief interview. Nou, wij kunnen in elk geval zeggen dat je er fantastisch uitziet. Violet!'

VERLOREN – EEN (PLASTIC) SHI TSU-HOND (WAARSCHIJNLIJK TUSSEN DE AUTO EN HET SCHOOLPLEIN UIT HANDTAS GEVALLEN). Mocht u hem vinden, bel alsjeblieft Lars op nummer...

NIEUW VISITEKAARTJE: ALI EN DAVID GREENE VERHUIZEN NAAR...

C&J PR CONSULTANCY – Bel voor info Caroline of Jules.

BA ENGELS (cum laude) uitgereikt aan Alison Greene (Universiteit van Reading)

BOEKENPAGINA *Charisma* Alleen? Dan is dit nieuwe zelfhulpboek echt iets voor jou. *De scheidingsclub* door Karen Davies staat bol van nuttige informatie en tips. En heel verfrissend, het is geschreven door iemand die het allemaal zelf heeft meegemaakt, en niet door een zogenaamde 'deskundige'. Vijf pond negenennegentig. Uitgegeven door Help Yourself Books.

E-MAIL VAN NIEUWE MENSEN IN HET OUDE HUIS VAN ALI EN DAVID:
'Onze hond heeft net een mooie gouden (trouw?)ring opgegraven in de moestuin. Weten jullie van wie hij misschien is?'

Beste ouder/verzorger,
Na de periodieke luizencontrole willen we u laten weten dat er bij uw zoon/dochter luizen zijn aangetroffen. Zie voor op te volgen instructies de achterzijde van dit formulier.

Jack! Kom eens hier. Hoe kun je nou luizen hebben?

GESLAAGD. 'Bewijs van met goed gevolg afgelegd rijexamen door Ed Smith.'

'Hallo, lieverd! Grenada is de ideale plek voor een tweede huwelijksreis, hoewel je vaders nieuwe gebit opspeelt, dus ik draag het maar voor hem. Tot gauw – maar niet te gauw, hoop ik!
Liefs
Mama'

ZOEK JE GELUK! KOM BIJ DE SCHEIDINGSCLUB EN ONTDEK HOE JE JE LEVEN WEER OP DE RAILS KRIJGT!

SPECIALS

SCOTT WESTERFELD

SIMON AND SCHUSTER

SIMON AND SCHUSTER
First published in Great Britain in 2006 by Simon & Schuster UK Ltd,
1st Floor, 222 Gray's Inn Road, London WC1X 8HB

This edition published in 2014

Originally published in the USA in 2006 by Simon Pulse,
an imprint of Simon & Schuster Children's Division, New York.

A CIP catalogue record for this book is available from the British Library

ISBN: 978-1-47112-396-2

10 9 8 7 6 5 4 3

Printed and bound by CPI Group (UK) Ltd, Croydon, CR0 4YY

www.simonandschuster.co.uk

www.scottwesterfeld.com

To all the fans who've written me about this series.
Thanks for telling me what was right, what was wrong,
and which bits made you throw the book across the room.
(You know who you are.)